双龙英雄
演天记

刘明义◎著

台海出版社

图书在版编目(CIP)数据

双龙英雄演天记 / 刘明义著. -- 北京：台海出版社, 2021.5
ISBN 978-7-5168-3284-4

Ⅰ. ①双... Ⅱ. ①刘... Ⅲ. ①侠义小说－中国－当代
Ⅳ. ①I247.5

中国版本图书馆CIP数据核字(2022)第062043号

双龙英雄演天记

著　　者：刘明义

出 版 人：蔡　旭　　　封面设计：天下书装
责任编辑：吕　莺

出版发行：台海出版社
地　　址：北京市东城区景山东街20号　邮政编码：100009
电　　话：010-64041652（发行，邮购）
传　　真：010-84045799（总编室）
网　　址：www.taimeng.org.cn/thcbs/default.htm
E－mail：thcbs@126.com

经　　销：全国各地新华书店
印　　刷：固安兰星球彩色印刷有限公司
本书如有破损、缺页、装订错误，请与本社联系调换
开　　本：787毫米×1092毫米　1/16
字　　数：330千字　　　印　张：26.25
版　　次：2022年5月第1版　　印　次：2022年5月第1次印刷
书　　号：ISBN 978-7-5168-3284-4

定　　价：88.00元

目录

第一章 忧虑

大顺军进了京师，明帝自缢于煤山，京师人心惶惶。

一日，大顺王出城布防，委托大将、丞相及相关人员商讨城内事务。

大将李岩原来也有资格参会，然而牛丞相等人看他不顺眼，便借故支他去了别处。但前明官员唐启忠却在其中。

唐启忠能站在这里，有两个原因：一是他和四川唐家掌门人唐万敌是堂兄弟；二是他和驻守山海关的吴三桂关系好，大顺王有心让他去做做吴三桂的工作。

刘大将和郝大将很快成了会议的主角。

刘大将道：“兄弟们打进了京师，该好好‘红火红火’了，但‘红火’应该有个度。”

郝将军不耐烦了！嚷嚷道：“当然要有度，‘红火’够了，也就不‘红火’了，简言之，‘红火’彻底，彻底‘红火’，这就是‘红火’的度。”

下面有人叫好，“既然是‘红火’，那就放开，如果要束手束脚，那还叫‘红火’”？

丞相牛金星高声道：“各位还是小心点儿好，要是碰上李岩、胡冰，这话可就不好说了。”

众人闻言，不免有点气馁，这时刘大将大手一挥，道：“不要怕，难道他们还能把大家怎样了？有什么委屈，来找老刘。”

刘大将拍拍唐启忠的肩膀，道：“你先‘红火’两天，后天大早出发。”

唐启忠道：“属下遵命，但吴三桂家属……”

刘大将听得心烦，“哼”了一声，转身离去。

“红火”就这样开始了。

小校李小成率领几个人，在城里转了大半圈，凡是能想到的地方都去了，但总有人捷足先登，而且人家的场面也很大，他们挤不进去。后来，他们发现一处小院子里有点点灯光，便踹门进去。

这家主人乃前朝最后一批进士，自大顺军进城，他就吩咐老婆娃娃关好门，白天吃饭摁嗓子，晚上咳嗽捂鼻子。

这天晚上，听得外面没啥动静，心烦意乱的进士想看看圣贤书，刚找到，哪知却招来了李小成。

见李小成进院，进士赶忙迎上去赔笑道：“酒，还是有点的，菜，真没有啊……”

见进士哆哆嗦嗦，李小成心里好笑，道：“好说，好说，有酒没菜，不算慢待；只需咸菜一盘，咱们也能‘红火红火’。”

只是那酒的味道实在不堪，李小成一口下去，顿感炽烈如火，随即一口喷到进士脸上。

他一脚踹翻了凳子，另一名军士三两下撕碎了进士的书，看到进士在旁抖得不成样子，几人大笑，道：“‘红火’，原来这也是‘红火’。”几人正要离开，藏在地窖里进士的女儿吓得叫出了声来。

被揪出来的母女俩抱成一团，站在角落发抖。

李小成命一弟兄去搞些酒肉，对那进士道：“好好伺候大爷，你今儿就能不死。”

看着妻女被人强掠，进士终是忍无可忍，挺了挺脖子，道：“难道你大顺就不讲男女有别？”

李小成怒道：“混蛋，你应该说‘咱大顺’！你，难道有二心？”

进士吓得一身冷汗道：“小的不敢，小的口误，口误而已，将军息怒。”挡在老婆小孩前头，他颤声道：“大顺，自然要顺天理，承民意……”

李小成有些不耐烦，劈手揪住进士，手腕一抖，便将他甩到院中，高声道：“天理？实力就是天理，没实力还想讲天理？”可是不管李小成等人如何胁迫，这对母女就是不从。

李小成面色阴冷，命令军士道：“给他们来个脆的，直截了当。”

这时那进士又闯了进来，扑向李小成，高喊着：“混蛋，我咬死你……”张嘴咬向李小成的脖子，李小成右肘一抬，将进士撞开，骂道：“不给你个痛快的，你不知道我的厉害。”

进士倒飞出去，撞在墙上，一口鲜血喷出，昏死过去。旁边母女俩见状，忘记了先前的恐惧，冲上去和李小成扑打起来。

李小成等人三两下将母女俩放倒，怒喝：“找死！老子在战场上杀人如麻，你让老子不痛快，老子将你全家变成鬼。”说着，又是“咔咔”两脚。

解决了母女俩，李小成命人将三具尸身扔入地窖，正要离开，耳边传来一声叹息。李小成一愣，只见月光下，站着一人。

李小成认出来人，倒吸一口凉气想要上前搭话，可是那人不语，李小成几人对了个眼色一同向那人扑去，只见那人只是挥了挥手，便将几人拍倒。

唐启忠到了山海关，劝说吴三桂慎重行事。

吴三桂沉默不语。

忽有军士来报京师来了家人，急忙唤入，来人哭诉了刘大将在吴家的所作所为，还念了一首诗：“爷爷杀人二十年，就为吃香又喝甜，如今成了人上人，爷想干甚就干甚。”

吴三桂咬牙切齿，怒喝：“畜生、一群畜生……”

唐启忠回到京师向大顺王回报，说吴三桂不肯来投，大顺王召集众将议事，决定率十万人马直奔山海关。

双方展开激战，大战一昼夜，吴军不支，丢盔弃甲，吴三桂开始退败，在阵前扔下无数金银。

大顺士兵一见金银，登时争抢、争打起来。田大将看出其中有诈，厉声喝止，却没有效果。这时，阿济格、多铎的辫子军，从两翼向大顺军扑来。

“溃败”了的吴三桂，杀了个回马枪。

大顺王、田大将惊骇之余，扬鞭挥剑，意欲重新组织反击，但溃败的激流一泻千里；若非俞半碗于乱军中救出二人，恐怕大顺王、田大将也会被踩踏在乱军之中。

大顺王败回京师。采纳牛金星建议，登基称帝，大顺文武，皆连升三级，然后撤离京师。

大顺军撤离京师，有一个人却看着熊熊烈焰放声大哭，这个人就是俞半碗，大顺皇帝的高级侍卫。

俞半碗正哭着骂着，侍卫潘云奉命来催促他上路，可奈何武功修为不够，离俞半碗还有五丈时，已给俞半碗的哭声震得两耳发麻，举步维艰。

俞半碗，人称铁渣，一身硬功登峰造极。据江湖名宿圣手书生顾方的评价，近百年来，硬功方面，俞半碗堪称江湖第一。

江湖上流传一句顺口溜："铁掌扇腥风，一哭天下惊。"

俞半碗本不是大顺皇帝的手下，有人传，丐帮出身的俞半碗是受了顾方的委托，在李自成攻下西安之后，来护卫闯王安全的。

好不容易等到俞半碗哭声小了些，潘云小心翼翼靠过去，低声道："俞大侠，属下奉皇上所命……"话未说完就见俞半碗头也不回，手向后一翻，将潘云领口扯住，扔了出去。

大顺军一路溃退，除李岩所部，其他各队完全没了形状。

他们退缩到独柳塬。情势已是万分危急，再退下去，就彻底完了。

李岩将自己的看法写成奏章，派弟弟李侔呈报皇帝。李侔刚走，李岩又唤过妻子红娘子道："最后的机会了，你去见见皇上。"红娘子点头而去。

李岩示意周围几人退去。

帐中只剩下胡冰守在李岩身旁。

胡冰，绰号"雪影"，投军前，是江湖上赫赫有名的侠客人物，和俞半碗并称"南胡北俞"，也是接受顾方的建议，于三年前投到闯王军中的。

再说红娘子，拿着奏章来见，此时，大顺皇帝与牛金星正在帐中议事，牛金星接过红娘子手中的奏章，大致浏览一遍，兴奋地道："陛下，李将军果然足智过人，我大顺有救了……"此言一出，帐中人无不惊愕。

丞相牛金星与将军李岩向来不和，这是军中人人皆知的事情。现在，牛丞相这么说，皇帝不免多看了牛金星两眼。

牛丞相满脸戚容，叹道："陛下，以前微臣多自以为是，今日方知少壁将军登高望远，臣是万万不及的……"

大顺皇帝忽然大笑道："拿来朕看……"

李岩在奏章里建议分兵行事：皇帝率主力在湖广一带流动作战，图谋中原。李岩率部往河南活动，以为策应。建议俞半碗、胡冰于军中择百余武功高强之人，昼伏夜出，伺机行事；或焚毁军粮，或搅扰驻地，使其终日惶惶，不敢轻言南下……

大顺皇帝眉头舒展，高声道：“来人，宣制将军李岩副将李侔进帐。”

牛金星忙道：“万岁、万岁应屈尊枉驾，亲自到少璧帐中……”

大顺皇帝先是一愣，随即笑道：“好，就依你；朕也确实该去看看他。”一边命人传众将军也往李岩处议事。

李岩、红娘子、李侔和胡冰已恭候在帐外。远远看见皇帝的身影，李岩忽然回头问胡冰：“宋先生送走了吗？”

李岩所说的宋先生叫宋献策，人称“宋疯子”，有那么一段时间，李岩的意见连妻子和弟弟都不赞同的时候，只有宋献策点头赞许。大军退到独柳塬的当晚，李岩命胡冰送宋献策离开，胡冰虽然有点奇怪，可也没有想得太多。

离开李岩军帐不足五里，宋献策执意让胡冰回去，胡冰无奈，只好返回。让他大吃一惊的是，他刚走两步，再回头时，这个瘦削的老头儿已是人影俱无。

见皇帝来了，李岩等急忙屈膝叩头，李岩道：“臣李岩，恭迎圣驾。”

众将听完李岩分析，纷纷主动请缨。郝大将说自己可以潜伏在伏牛山一带，只要两千人马，就能搅得敌军睡觉睁眼，吃饭拿鞭。

听过众将议论后，大顺皇帝道：“既然众卿皆认为少璧所奏可依，众卿立刻分头行事吧；只是日后少璧孤军奋战，朕甚不放心，故此准备派李过、袁宗第两位将军共往，以为辅佐；红娘子、孩子就留在朕的身边，也能妥为照料，少璧以为如何？”

李岩闻言，急忙扯着妻子一齐跪倒道：“万岁英明。”

大顺皇帝见众人再无异议，便高声道：“传令三军，凡能生擒吴三桂来见朕者，赏银万两，官升若干级；能枭其首级者，赏银五千，官升三级。”

红娘子目光从众将脸上掠过，看见了所有人都充满激动和期待；但丞相牛金星的目光连同眼角的几道皱纹，隐隐地闪着让红娘子不安的冷静。

牛金星感受到了红娘子对他的注意，笑道：“不知红将军有甚高见？”

红娘子笑道：“我能有什么主意？——我出去准备一些吃喝。”

郝大将道：“正是呢，走了半天，老郝水米未进。红将军，你若是能让咱吃顿饱饭，砍掉吴三桂那奸贼的脑袋，又多了三分把握。”

红娘子退出账外，见潘云正慌张地走过，正要问他，一旁的汪力忙解释道：“红将军，有几名伤号，潘将军过去瞧瞧。”

红娘子抹抹头发，吩咐红妹子赶快做好准备，又嘱司马丹去帮助伙夫们给帐中整一点水饭。

见郑天则挎着药箱过来，红娘子便抢着道：“相公的意见皇上采纳了，这会儿，他们正筹划具体的行动呢。”

赛华佗郑天则闻言，兴奋道：“皇天不负有心人，大顺有望了。”

红娘子道：“你们抓紧安排好伤员，最多半个时辰，大军就要行动了。”

红娘子看着郑天则身轻如燕，脚踏如飞，暗想，日后但有闲暇，也得向妹夫胡冰学习几招，行军杀敌，这工夫很实用……最好也拉着相公一块来学。

就在这时，远远听见军帐内忽然传来一阵撕心裂肺的大叫，急忙转身时，看见郑天则、司马丹也向那边急奔，还有几条灰色的人影也朝那里飞纵。

红娘子知事情有变故，急忙掣出剑来疾驰过去，她的身后，是无数士兵们惊恐不安的眼光；更远处，西边与天相接的那里，正涌起一大片阴云……

第二章 黑风

营帐内，小校接过红娘子差人送来的茶，先给大顺皇帝递了一碗。大顺皇帝正要接住，旁边的牛丞相忙探手接过来道："臣先来。"

大顺皇帝一怔，道："这是什么地方，就你多心……"

李岩正说到关键处，忽听"当啷"一声，随后传来牛金星的惨叫，众人急抬头看时，却见牛丞相手中的碗已碎落在地，茶水漫流之处，"嗤嗤"有声，显见茶中是下了剧毒。

那牛金星两眼赤红，口鼻鲜血溢出，右手扼住自己的咽喉，左手好像也要抬起来，他眼珠凸出，死盯着李岩，吐出几个字："李岩，你——"随后，仰天跌倒，寂然不动，大顺丞相牛金星被毒死了。

刘大将反应神速，他退开两步，按剑喝问："李岩，你果然要谋反吗？"

帐外的汪力、潘云已冲进帐来，各掣大刀，跃至大顺皇帝两侧，刀尖寒光闪闪，汪力指着李岩喝道："大胆李岩，还不俯首就擒！"

俞半碗挡在大顺皇帝身前喝道："怎么回事？"

帐中乱作一团，田大将、郝大将皆已兵刃在手，分立大顺皇帝左右，田大将目光凛凛，脸色铁青，冷笑道："李岩，没有想到你行事这般狠辣下作！"

李岩木然而立，手中那张行军图尚在，人却是满头大汗，数次张嘴欲语，唯喉结发堵，嗫嚅难语。

李侔上前两步道："此事有蹊跷——"

语未毕，忽听"嗤嗤"几声响，大顺皇帝左侧的田大将大叫一声，倒在地上，帐内多出三人，跃身挡在李岩的前头。

左首一位老者，双目深陷，额头前倾，手持一玄色长弓。

右边那人身子瘦削，右手持一铁扇，右脸自上而下有一道清晰的伤疤，仿佛是被熊罴所伤。

中间之人乃一跛者，拄一铁杖，满脸凶光。

左边老者回头对李岩施礼道："将军神机妙算，某等佩服。——这班贼逆一个也休想走脱。"

右边那人手中长弓一摆，向胡冰道："胡大侠，帐内帐外，某已布下天罗地 网，只等李将军号令，如今只需将这等贼首枭首示众，天下百姓必然望风来归。"

胡冰大惊，忙询问李岩道："将军，这……他们是什么人？"李岩不语。

大顺皇帝见状，大怒道："李岩，原来你竟然图谋不轨——"刘、郝诸将急忙道："先退到外面再说。"

李侔嘶声大叫："不要乱，皇上——"，那持弓人身子一移，挡在李侔前头，道："李将军，咱们瓮中捉鳖。"

说话间，左手在弦上一拉，弦声如炸雷从头顶滚过。潘、汪二将挥刀大叫："恶贼，受死。"

持弓人冷笑，长弓已将二人的大砍刀绞住，"崩、崩"两声，潘、汪二将被摔出账外。

刘、郝二将各举兵刃，向前来迎，持弓人左手轻探，已将他俩手中的兵刃夺下，随后对刘、郝二人冷声道："只要你二人弃暗投明，李岩将军或可委以重任。"

刘大将骂道："他李岩若能当皇帝，老子就是太上皇了……"

疤脸人道："那就先'黄了'你。"言讫，人影如魅，朝刘大将冲过去，一边出招，一边数落："你在京四十天无恶不作，专辱大家闺秀……如今李岩将军欲判你斩立决，那是将军的情怀，按我等的意图，定将你押往菜市口，五马分尸，以泄民愤，以慰死者……"

说到最后，"呸呸"唾在刘大将脸上，左手扯住刘大将从大帐的缺口中掷了出去。

俞半碗手持长剑，刺向疤脸人小腹。

跛足人见俞半碗动手，铁杖强出，捣向皇帝的胸口。

大顺皇帝俯身拾起田大将的宝剑，朝跛足人的铁杖迎上去；只是他剑术虽精，但和这跛足人相比，仍相差太远，不到两个回合，已是险象环生。

俞半碗心系大顺皇帝安危，长剑划出一道白光，将疤脸人铁扇荡开，口中叫道："郝将军，护皇上先退。"叫声中，左手疾出如电，抓向跛足人的铁杖，那持弓人提步轻滑，挡在大顺皇帝和郝大将中间。其膀子微动，将大顺皇帝挡在一边，“啪啪啪”打掉郝大将几颗门牙，骂道：“姓郝的，三十年前，你在西安就干过一件灭门惨案，那时，咱家就想除掉你，后来你投了大顺，仍然贼性不改，进了北京后，居然将一干读书人赶在四合院子里，肆意凌辱……死去吧！”

他一脚踹在郝大将屁股上，将其踢出帐外。郝、刘二人虽有伤在身，却强打精神，跑回本部率领本部人马，将这里包围起来。但李岩、李侔的部众无论如何也不相信自己的主将会反叛，在几员副将的率领下，拱卫在大帐四周，和刘、郝一众形成对峙，双方剑拔弩张，一触即发。

胡冰转眼去瞅李岩，哪知李岩已跌在地上，说不出话来。

冲进帐来的红娘子弯腰扶着他痛声叫道：“相公，你怎么了——”

这时大顺皇帝挺剑向李岩直刺过来，

胡冰急忙施出“空手夺白刃”的功夫，右手一牵一带，将大顺皇帝的宝剑“拿”了过来。他的功夫本以柔腻、轻灵见长，可如今事急神乱，用力过猛，差点将大顺皇帝带倒。

胡冰急忙伸手去扶，不料大顺皇帝奋拳直出，右手直捣在胡冰的小腹上，胡冰猝不及防，被大顺皇帝一拳击得仰身跌出，几乎昏厥过去。

李侔见哥哥瘫软无力，不管红娘子和司马丹如何揉、搓，半句话都说不出来，便从人群中挤过来道：“皇上——”话音刚出，却给持弓人扳住肩膀，李侔立觉一股阴寒之气自持弓人手腕传过来，竟不能动得半分。

大顺皇帝突然从袖子里翻出一柄短剑，冷笑一声，直刺持弓人咽喉，持弓人右手松开李侔，硬弓一旋，拉开要擒拿大顺皇帝的架势，但没了他的扯拽之后，李侔的身体本能地朝前一冲，迎着大顺皇帝的宝剑撞了上去，李侔痛叫一声，摔倒在地。

胡冰悲痛万分，大叫：“住手！”他内力深厚，这一嗓子又是含怒而发，帐中人如遭棒击，立时呆住。胡冰觉得自己仿佛跌进了一个万丈冰窟。

郑天则见李岩坐在地上不能动弹，意识到他是被人封了穴道，面色阴寒，似是中了寒毒。能在无形中让人中毒，这种毒技，恐怕除了四川唐门的“毒天下”唐万敌之外，再无别人。

郑天则明白，李岩其实中毒并不深，换成其他人大约就能缓过来了，只因他体力弱，加之急气攻心，情况有些严重……

胡冰更是惊慌：帐中这三个怪人的内力特征就是阴寒刻毒，若说他们果然应李岩所召而来，那么李岩和牛金星一齐中毒又做何解释？还有昨晚的宋献策，莫非“毒天下”唐万敌也在这儿？

胡冰心乱如麻，红娘子、司马丹更是手足无措。

这时却见疤脸人的铁扇峰聚成锥，刺向俞半碗的咽喉。胡冰奋身将俞半碗拽后，手中宝剑一招“长虹贯日”削向疤脸人的铁扇，疤脸人猝不及防，铁扇被削去半截，侥幸他后退及时，方保手腕无虞。

疤脸人大怒道：“胡——”一旁的持弓人急忙拦住他接过话道：“胡大侠既然要留下俞半碗，自然另有深意。”

外头的喊声夹杂着风声，渐渐大了起来。刘大将、郝大将所部已占了上风，李岩所部寸步不让，他们嘶声大叫：“李将军对大顺忠心耿耿，人人尽知，分明是有人暗中挑拨，从中陷害”。

红娘子撇开李岩，抱住大顺皇帝的胳膊，哭道：“皇上，不是的……”大顺皇帝一巴掌将红娘子搧出去。红娘子满脸是血，挣扎着爬到大顺皇帝脚下，哭叫道：“相公不会……”

大顺皇帝哪里还有心思听红娘子辩解，他左手抢过俞半碗手中的长剑，以剑为刀，抡起来，剁向红娘子。

司马丹抱住红娘子侧身滚开。

大顺皇帝回马一剑，刺向持弓人，持弓人正与旁人对战，哪里料到大顺皇帝的剑法在这种时候还能这么凌厉，饶是他反应神速，低头躲过，但盖在头顶的一盘假发已被削下，赫然露出一颗剃了半边的阴阳头来。

持弓人急忙用手遮住脑袋，朝疤脸、跛足二人叫道：“快，快，先掩护李岩将军退出帐外。”

大顺皇帝火眼金睛，怒斥李岩、胡冰一干人：“怪不得你们这般有恃无恐，原来是勾结了敌人。——去死吧。”

此时，郑天则解开了李岩的穴道。穴道初解，李岩浑身酸痛，正要向大顺皇帝解释，话还未出口，人已仰天跌倒。

帐外，一种怪异的声音响天而来……这种声音连强弓劲弩的飞射声也吞了下去，帐外十数万将士们的惊叫声，也成了在怪音中飘飞的枯枝败叶，“黑风，鬼风，快逃——”持弓人的声音在风中异常清晰：“保护好李将军，扯乎——”

疤脸人、跛足人应和一声，向李岩扑去，胡冰纵身挡在李岩身前，道："且慢。"

三人一见胡冰阻拦，道："我三人在前头开道。"言毕，也不待胡冰回话，便朝帐外冲去，他们刚出军帐，"噗"的一声响，这顶已是四面漏风的帐篷被整个掀飞出去。

独柳塬上，霎时暗无天日，一切都被狂风卷起的大沙吞噬了……

可怕的风，漫起的土粒遮天蔽日，黄喷雾罩，继而张狂肆虐无坚不摧……

胡冰眼不能见，耳不能闻，凭着印象朝李岩寻去，但他的身子刚挺起来，旋被一股强劲的风吹倒；他想喊，但嘴一张，满嘴俱是沙粒，沙粒就在他嗓子眼里打转。

那风声如兵铁磕击，尖厉、刺耳，卷着无数坚冰乍破的凶猛，一如恶虎看见了猪羊，在这沟壑纵横的独柳塬上撕卷着残缺不全的绝望。

胡冰心中大苦，他两手深深地抠进黄土，他不敢再动。似乎觉得有人从他头前滚过，他探手去抓时，自己却被迅猛的狂风吹出不知几十丈。胡冰大骇，急忙低头缩手，竭尽全力将手抠入土中，但在狂风的推搡下，他无力支撑，也不知翻了多少个滚，才在一处凹坑将自已稳住。

又过了许久，风声渐渐安稳，空中的土粒也层层散落，再后来，连声音也没有了，剩下的只是一个彻底的昏黄……

胡冰抖了抖身子，运气调理，耳目脑神便至清醒。

他站起来，惶然四顾，军帐已不见一顶，兵士、马匹亦复全无，偶有所见，也不过是残露在土外的人或马的残肢，只有那棵独柳，几乎是平趴在地。

先前在这里的人，都没了……

胡冰几个纵跃，又将附近的沟壑都查看了一遍，可哪里有半点收获？情急之下，又大叫了几声，反响是一点也没有，那风也更趋沉寂。

胡冰定了定神，尽量平静地将四周审视了一番，但仍然一无所获。

他知李岩身子孱弱，于这狂风大沙或者难以抵挡，但红娘子和郑天则、司马丹都是身具武功之人，为何也不见他们的身，莫非……

黄沙落定，西头的天边已能看见隐约的星光，胡冰精疲力竭，刚找了个可以倚靠的地方坐下来，隐约间听到远处有悲声传来：

"相公，你醒醒——"

"公子，你怎么了？"

胡冰纵身而起，几个纵越，看见李岩和红娘子，还有司马丹……

李岩已昏死过去，红娘子百呼不应，转头看时，却见李岩右腿上有一处剑伤，仍在渗血，急忙给李岩裹伤。

胡冰让二人扶起李岩，他左掌抵住李岩后背，右手伸出食指、中指，按在李岩的风池穴上，将自己的内功——水月冰魂缓缓地输到李岩体内。

和其他门派的内功不同；其他门派的内功一般往往先为健体，后为伤敌，疗伤乃是其末，而胡氏的水月冰魂则以疗伤为首务。

约莫顿饭工夫，李岩的胸脯微微起伏，红娘子伸手到李岩鼻前，只觉李岩气息微弱，细若游丝。待胡冰扶李岩躺下后，她忙问："如何？"

胡冰摇摇头又点点头，对红娘子轻道："还得再看一会儿——"其实，胡冰心底雪亮，李岩虽伤不及死，但体内元气已几至耗尽，脉象飘忽，能否痊愈，殊为难测。

胡冰仔细审视了李岩的剑伤，心中冷成一片，"是皇上的剑刺出来的。"

见胡冰又凑到李岩跟前察看，司马丹忽然想起郑天则最后从李岩身上取出一根细针来，便告诉了胡冰，胡冰吃了一惊，撩开李岩的右襟，果见李岩肋下有一处微微的细痕，胡冰伸指轻轻地按了按，然后拍拍手掌道："果真如此！"

司马丹道："莫非就是那三个怪人？"

胡冰摇头道："断然不是，这三人的武功和我不相上下，但点将军穴道的人，武功明显要比我高出许多……"

此时只见胡冰再次将手指向李岩的风池穴，刚一触及，就迅猛发力，将一缕真气在一瞬间急射而出……

李岩终于醒了过来，他问："二弟怎样了？"

见红娘子摇头，李岩顿了顿，道："十万生灵哭鬼风，百无一用是书生啊。"

司马丹哭道："公子，怎么会这样？"

李岩叹了口气，眨眨眼，看看红娘子，目光又落在自己的腰上，红娘子会意，伸手从李岩怀中摸出一个包来，这包的外层是防水的软牛皮。

李岩示意红娘子将包转给胡冰，他说话已很吃力，但胡冰和司马丹听得很清楚："恢复锦绣中华……或有可堪此任者，将此物转交与他。"

其时尘埃落定，独柳塬上，弯月朦胧，夜风习习，李岩抬头看看，道："好月色。"顿了顿，复对红娘子道："李岩一生失败，倘若孩儿尚存，即名之'李败'；你和孩儿可往……可往……"

李岩的话如风，寂然消失，司马丹伏地大哭，痛声不已。

红娘子把她唤起来，捋了捋额前的乱发，盯着胡冰、司马丹道："兄弟，妹子，本来还有许多事该我做，但相公一身文弱——"

红娘子看了看怀中的李岩，继续道："黄泉路上，必有恶鬼当道，我身为妻子，自当去助他一臂之力。"

胡冰、司马丹闻言大惊，叫道："不能啊——"

但红娘子既萌死志，纵然胡冰反应迅速，又哪里来得及？待二人惊扑过去时，红娘子已将一把匕首刺进自己的左胸。

胡冰惊得目瞪口呆，司马丹好像突然从梦中醒来一样，扑在李岩夫妇身上，号啕大哭，叫道："公子， 你如何就……就这样走了——"

哭声中，司马丹从红娘子身上拔下匕首，直朝自己胸口刺去，旁边胡冰挺身而起，右手一探一拨，将她匕首夺下。

司马丹跳起来要抢时，胡冰随手一掷，将那匕首丢落在远处。

司马丹怒道："你拦不住我。"说着，便恶狠狠地朝壑壁上撞去，但胡冰的手指在司马丹肩上轻轻一搭，司马丹奋起的力气全部消失。

司马丹还在冲扑，胡冰一声大喝："不要闹了——"

司马丹不由一愣，抬头看着胡冰那张扭曲、黯淡的脸，一股委屈又涌上心来，她苦叫了一声，旋即又冲上来，不停地捶打着胡冰，扯拽着胡冰的胳膊，哭道："你不用管我，用不着你管——"

胡冰长叹一声，伸手点了她的哑穴，再将她扶到李岩夫妇身边，对她道："司马丹，你听着，我有几句话要说，说完之后，你生死自便。"

胡冰道："将军死得蹊跷……这到底是怎么回事，你能说清楚吗？"

"将军还有个儿子，将军叫他李败……"胡冰的声音渐渐地低了，他想起已有身孕的妻子："红妹子， 你在哪里？"

胡冰的脸色冷峻起来，一字一句道："一定要把这件事搞清楚。"

他的眼睛霍霍闪亮，身上散发出可怕的杀伐之气。

第三章 截杀

司马丹平静下来，本就冰雪聪明的她明白以后必须独自去做许多事了。

忽听身后有人道："胡大侠说的对，小丹子，你相信公子是反贼吗？何况，公子待我等恩重如山，如今遭此天大的冤屈，大仇未报，怎能轻率言死？"

转头看时，却是郑天则一瘸一拐地走来，蓬头垢面，就像从土里钻出来的。

原来郑天则为李岩解开穴道后，即被鬼风同帐篷一起卷走，幸他精通医道，又有些粗浅功夫，拼命护住要害， 刚刚清醒过来，便循着胡冰和司马丹的吵闹声寻了过来，才知道李岩夫妇竟已去了。

他大哭一场之后，仔细看了李岩的伤口，结论和胡冰大致不差。他们将李岩夫妇安葬在那棵柳树下，并把那棵柳树尽力扶正。

然后开始寻找李侔和红妹子等人。

这时候，以吴三桂为先锋的大军浩浩荡荡地杀过来又杀过去了。

三人寻了半日一无所获，晚上，司马丹与胡冰商议："看来咱们得往更远的地方走了，不知胡大侠以为如何？"

见胡冰点头，司马丹又道："只是怎样行动，还请胡大侠拿个主意。"

胡冰道："这'大侠'云云，别人叫叫倒也罢了，你二人也这样口口声声，实在别扭；倘二位不弃，胡冰愿与你们结成兄妹，日后行走也方便些。"

郑天则、司马丹闻言喜道："如此甚好。"

当下排叙彝伦，胡冰最长，郑天则次之，司马丹最少。

这一年，胡冰二十六岁，郑天则二十三岁，司马丹十六岁。

三人在独柳树下盟誓后，开始计划日后的行程，最后商议郑天则和司马丹扮成江湖郎中在河南、陕西一带查访，因为红妹子自幼随姐姐在这些地方要把卖艺，各处的情形较为熟悉。胡冰自己则沿着大顺军败退、清军以及吴三桂军尾随的方向一路南下。

三人且走且议，一路急行，又相随了一天多。

胡冰也顾不上门规家法了，将本门武功的总诀传给二人，又给他俩传了些简单的练功之法，嘱他俩务必勤思苦练。

司马丹天赋甚高，又自幼随李岩读书，领悟能力自比平常人高出许多。胡冰曾想把李侔赠给他的宝剑给二人护身，那柄剑名含光，是李岩先祖传下来的神器，削铁如泥，锋利无比。

司马丹坚决不受，担心利器在身反易被人盯上。

三人反复推敲总觉得李岩给孩子起名李败不妥，思来想去，最后将败字改为“文、贝”二字，定名为“文贝”。

胡冰和郑天则念了两 遍“李文贝”，道：“甚好，若是能见到他，就唤他文贝，贝儿。”

天亮的时候，三人走出了黄土高地，约定三年后的五月端午，还在独柳塬见面。

郑天则二人谨记胡冰所告，逢人一般装聋，遇事每每作哑，倘有饥饿之忧，郑天则便施展妙手回春之术，诊医瞧病，所得堪可维持衣食所需。

但有闲暇，二人就依胡冰所教，勤练不辍，三年过后，俩人的武功竟颇有提高。

每逢月黑风高之际，司马丹总不免飞檐走壁，杀富济贫；她有一手易容绝技，又天生擅长模仿各种人、物的声音。

有一次，竟摸进了洪承畴家中，将一联“百足之虫死而不僵，千夫所指无病亦终”挂在洪家书房。

彼时那洪承畴正春晓一刻，忽觉耳边“恨声昭昭”，遽然挺身，却人影俱无，唯屋中两道白绫自檐上垂下，十六个大字殷红如血，飞流直下，如不知什么怪物探出的长舌，在高烛的照耀下，散发出一阵阵的森冷，洪承畴受此惊吓，不久竟一命呜呼了。

胡冰顺着大顺军南去的方向一路直追，一天后已超过了清军的后队。因为是间道而行，总不断遇到溃散之后藏匿起来的大顺军士。从这些人口中得到的信息来看，大顺军的溃败速度完全超过了胡冰的想象。士兵们有认出胡冰的，摇头叹息一番，言明皇帝南奔途中，已严令各部，见了李岩、红娘子、胡冰一干逆首，一律或擒或杀。

胡冰也从军士们口中得到了更多的情况。刘大将所部向西溃败，郝大将在几天前就阵亡了，田大将投江自杀。

一天傍晚，在山间小路上，胡冰看见一名神色紧张满脸尘色的汉子，胡冰一眼看出他是大顺兵，便挡住他，并言明自己的身份。

此人名为袁方成，是皇帝身边的典卫，利用职务之便，裹卷了一定数量的金锭银块，寻觅逃跑时机。哪知刚跑出不远，便听到皇帝营帐中皇帝的惨叫声。

不料在此遇上胡冰，见胡冰大怒，抡掌就要拍下，袁方成叫道："小人有话——"

胡冰喝道："你这人，还有甚话好说！"

袁方成哭道："胡义士，整个大顺都完了，有办法的人早就溜了；听说大批的财宝，此前就给人转移了。为大顺，小人死了两个兄弟，爹娘也给杀了……"

胡冰跌坐在地上，挥手示意袁方成快滚。

袁方成谢过胡冰，向前急赶了两步，又折回来，一边看着胡冰的脸色拾捡地上的金银，一边安慰胡冰："胡义士，您也不必难过……"

袁方成还在磨叽，忽听胡冰低声喝道："住口。"随即便给胡冰摁倒在地。

很快，山坡、树林间传来一阵沙沙的响动，由远而进，后来就听见有人在说话了："快走，眼看误了时辰。"

另一人道："快累死老子了，再这样跑，好处未必有，累死是肯定的了。"先前那人道："甄老弟，你就少牢骚两句吧……看见那十几只大箱子没有？南柯大娘吩咐咱们通知金九爷。只要咱们把信送到，咱'捉鳖会'肯定拿大头。"

两人坐在胡冰两人窝身的石窠顶上喘气，姓甄那人道："这我知道，南柯大娘已给了咱不少银子。"先前那人道："你知道就好，要误了时辰，南柯大娘的手段你也是知道的。"姓甄的似乎打了个冷战，忙道："邓老弟，那就快点走吧。"

胡冰忽然跳出来道："你俩且慢。"

老甄、老邓怔了怔，不知哪个嘟囔了一句，二人竟不回头，向前的速度更快了。

谁知头顶一阵风过，胡冰已拦在他们前头，道："南柯梦云的话在下已带给金九，你俩就不必这么奔命了。"

邓、甄二人看胡冰轻功这般高妙，还叫出了当家人的姓名，一时惊惧不安。

姓邓的鼓了鼓气道："敢问这位大爷尊姓大名？如何识得我家会长的名号？"

胡冰道："别废话，你俩只需把这次差使的具体情况告诉我就行了。"

姓邓的道："这位爷，您不是说将南柯大娘的话已带给金九爷了吗？"

想到自己不够周密，胡冰干脆威胁道："如此看来，你是不想以实相告了。"说着便跨步向前，扬起右掌朝老邓拍去。

老邓怒"哼"一声，举刀斜出，狠削胡冰右臂。

见胡冰拍向刀背，老邓冷笑着心道："原来是个有心使狠眼睛不明的家伙。"

但胡冰非但很快地抓住了他的刀背，还不知如何就拗断了他的钩形刀尖；刀尖既断，便听"嗤嗤"两响，两块薄如丝帛、状若箭镞的红三角带着瘆人的血色，挟一阵犹如蝙蝠的怪叫没入暮色中。

老邓惊得目瞪口呆，结结巴巴地道："你如何知道……机关？"

胡冰冷笑道："看来，五年前放过你'捉鳖会'是个错误。"

说着左手一滑，已按在老邓肩头，内力微吐，便将老邓震得昏跌在地。

然后转头对老甄道："他是想说都不成的了，你呢？"

老甄连忙道："小人甄不贵，奉南柯大娘之命，往总舵交金九爷一封信，至于信的内容，小的也不知道。"

老甄自怀中掏出一封信，却听胡冰道："那信封里藏着一层药末，现在你把它吃掉，然后再将信交给我。"

甄不贵一惊，但脸上立刻又堆上笑容，"高明，高明，想不到我甄不贵这么隐蔽的'下三烂'手段，大爷一眼就瞧清楚了。"

他毫不犹豫地将药末吸进嘴里，又将信抖了抖，再吹一吹，方将信诚惶诚恐地双手奉上，谄笑道："现在，这信上干净得只有字了。"

但纸上却无一字，胡冰情知不好，正要退后，那甄不贵突然张嘴一喷，一团灰雾劈头盖脸罩向胡冰，胡冰猝不及防，向后跌倒。

甄不贵狞笑着蹲在胡冰身边，拍拍胡冰的脸道："这药岂止只迷鳖？迷你这样装模作样的家伙也不成问题。"

哪知胡冰忽然坐起，嘴里也猛地喷出一股白雾来，把甄不贵给喷倒在地。

胡冰先拍醒老邓，命他整醒甄不贵，随即朝二人喝道："胡某不在江湖走动已经有几年了，出手也陌生了，竟然差点被你们暗算……"

话未说完，老邓尚可，刚醒过来的甄不贵已抖成一团，继之又双腿一软，跪在胡冰前，叩头道：“甄不贵哪里能想到您就是胡大侠，否则就算牛鬼蛇神附体，姓甄的也万万不敢在您老人家面前要这点小聪明。”

老邓也紧随其后，道：“胡大侠，这也不能全怪咱俩，只因咱们习惯成了自然，难以自控，人要是心头龌龊，动作就‘下三烂’了，胡大侠，您大人大量……”

甄不贵忙不迭地又道：“其实目下这种尴尬，胡大侠，您老人家也多少有点责任，倘若您早那么一点点说出您的大名，咱俩早就乖得像煮在锅里的龟了。”

胡冰喝道：“快说，你‘捉鳖会’又要干么？假如你们还敢要花招——”

老邓、甄不贵苦笑道：“事到如今，就是还有心要花招，手脚也不灵便了。”

于是二人你一言我一语的抢答起来，胡冰很快听出了大概。

原来，四天以前，长江两岸各门派均接到一个通知，说李自成带着近百箱的金银珠宝，马上就要经过九宫山。

还说负责押送的人当中，虽有俞半碗和胡冰，可他们都受了重伤，已不堪一击。众帮会首脑虽将信将疑，可那“百箱金银”实在诱人。何况其中有几家帮会对昔年胡冰抄了他们老巢之事一直怀恨在心。

经过侦查，确知这情报所说不假，特别是看到了那一批沉甸甸的木箱后，百余名江湖豪客的恐惧顷刻云散。他们准备在天色将明的那一刻动手。

彼时大顺皇帝和他的手下人困马乏，而这些人则是以逸待劳，很多大顺士兵在没有醒来时就遭了这些人的毒手。

一阵腥风血雨之后，大顺皇帝李自成被害，浑身是伤仍血战不已的俞半碗不知被什么人救走。

群豪中也有不为金银只为报仇而来的人，没有见到胡冰，心中很不安。“莫邪门”三位如狼似虎的僧人和“不文门”的蔡氏叔侄，更是大叫大嚷只说上当。箱子夺到以后，各帮派的头头们开始构思分红的办法。

有的主张抓阄，有的主张平分，最后还是“捉鳖会”的女会长南柯梦云建议将这批宝贝运到一个安全的地方。众人当下动手，将几十只箱子搬运到劳日山庄。

老邓和甄不贵战战兢兢，低声道：“胡大侠，咱俩——”

胡冰“冷哼”一声，伸手抓起二人就要抛出，眼见性命不保，甄不贵扯着嗓子大叫：“劳日山庄很隐蔽。”

这一声果然奏效，胡冰怔了怔，将他俩放下来，喝命他们“前面带路”。甄不贵面如土色，惟点头哈腰而已，但老邓却道：“且慢。”他一边揉着可能被胡冰抓碎的肩胛骨，一边道：“胡大侠，我二人一旦迈出这步就从此没了退路，还请胡大侠先保证不害我二人性命，小的才敢奉命。”

胡冰怒道：“你竟敢讲条件？”

老邓这次却倔得很：“人最要紧的就是这条命，南柯会长的手段胡大侠是知道的，胡大侠既不肯做出保证，我二人就不如死在这儿干脆。”

胡冰冷冷地道：“你们的命就这么金贵？你们在劫杀他人时，如何就不想想别人的性命。”

老邓情知现在生死系于一线，索性放开胆子：“我俩小小人物，所为不过是因风作浪；今天是‘捉鳖会’的捉鳖手，明日就可能成了‘养鲨帮’的一名屠夫。今日既决定给胡大侠带路，江湖上恐怕就再也没了咱们的立锥之地。从此自保尚且不足，哪里还有机会害人。胡大侠明鉴。”

胡冰暗想现在确实不能勉强他们，又觉得老邓所言也有点道理，便点头依允。二人大喜，急忙点头谢过。

袁方成也急急离开。

据邓甄二人讲，劳日山庄是个极偏僻的去处，庄主是谁，俩人并不知道，甄不贵还提醒胡冰“那里有许多人好像就是冲着他而来”。

胡冰问：“都有哪些？”

两人抢着说了几个人的名姓。

别的人倒也罢了，惟听到莫邪“三圣僧”、赣二和“不文门”蔡氏叔侄时，胡冰暗想：“看来，能将这许多人组织起来的那人，定是个本领通天的厉害角色……赣二，怎么还有他？”

胡冰只觉自己的心在抽搐。

赣二是扬州大善人、少林俗家弟子、铁拳张还草的看门人，不能言语不会营生，却有一身可怕的武功。

那年，胡冰查出了张还草勾结官府，巧取豪夺、贩卖人口、欺男霸女的种种罪恶，便找上门去。

一场恶斗下来，张还草所谓大君子、大善人的伪面孔被戳穿，在拼尽全力也敌不过胡冰后，张还草只有自杀，张府上下老少几百人一并做鸟兽散，但胡冰从此也被赣二死死缠住。

但赣二又没有被杀的理由，即使胡冰有三次被他逼得几乎丧命，但胡冰始终不能向他施展绝杀之招。于是，遇上赣二，胡冰只有逃。

但奇怪的是，不管胡冰逃到哪里，这赣二总是能随后赶到。

后来还是武当掌门废云道长和圣手书生顾方推荐他往闯王营中效力时，给他出了个假死的主意，他们认为，以赣二的心性，一旦击“死”对方，也不会太为已甚。

果然，赣二一拳击中了胡冰，胡冰几口鲜血急喷出去后，便倒地而“亡”，那赣二孩子般地在胡冰的屁股上踹了两脚，痴痴地笑了笑，扬长而去……

现在，赣二又出现了。但劳日山庄是必须去的，胡冰没有退路。

翻了几处山坡，过了两条小河。已是五更天气，甄不贵喘着粗气道：“到了。”

胡冰转身对二人道：“你们走吧，——不过，后面有人跟踪，你们小心了。”

俩人闻言，不由朝身后看了看，又听了听，却觉没有什么异样，心道：看来，胡冰闯山庄是必然的了，他武功虽高，但肯定难敌众拳，到时咱俩的举动要给那些人发现，定然死路一条。

想到这儿，俩人对胡冰道：“多谢胡大侠，只是咱们如今走，至少还可以碰碰运气，要是等到天明，那就必死无疑。”说完，不待胡冰说话，就转身跃向山坡的另一方向，眨眼间没入了林子的深处。

谁知刚刚奔过了一道山坡，就看见一个黑衣人挡在前头。

胡冰在林子中独坐到天明。他知道身后有人在窥视，也知道这个人很可怕，他在林子中等到天明，后来确信那人已离开，他才朝前而去。

第四章 围攻

劳日山庄很热闹，各路豪杰共计九十四人聚在这里。劫掠来的箱子共有三十八个，都很大。看着这些箱子，所有人眼冒金光，只有莫邪“三圣僧”和赣二对这些不感兴趣。而问题又在于这里的人又数这四人武功最高，赣二没脑子倒也罢了，莫邪“三圣僧”却是有名的“难拿”。

“捉鳖会”会长南柯梦云游走在众人之间。

话说昔年，南柯梦云曾经积累了大量的财富，正当她准备更弦改辙时，胡冰找上门来，捣毁了“捉鳖会”，逼着南柯梦云将所有的财富交出来充作大顺军费，才饶了她一命。南柯梦云恨得咬牙切齿，她曾宣布，报仇第一，发财第二；报仇是目的，发财是手段。

南柯梦云深知自己武功跟胡冰相差太远，就算胡冰原地踏步，她苦练三百年，也斗不过人家一根小指头。于是，她剑走偏锋，充分发挥了自己“捉鳖”的经验，成功提炼了一种“捉鳖散”，还吸引了像杨穿天、金九这样的豪客为自己效死力。

她首先赞扬莫邪“三圣僧”，说此次劫夺大顺皇帝的财宝，是他们的功劳，这些东西如何处置，要拿个主意。

“三圣僧”从长计议了好一会儿，决定先采用提问方式，谁答对给谁分。

杨穿天答对五个问题，账上有了一百两。

“三圣僧”大师兄苦日发问了。

只见他抽了抽硕大的红鼻子，若有所思，随后，指了指那些箱子，道：“那里头装满了金银，金银嘛，也叫利益，尔等可知，如何才能多得金银？多得利益？”

人群深处，有人不小心“嗤”了声，“三圣僧”之海空跨步飞起，众人只觉一阵恶风响起，海空已将那人拽出来，质问：“莫非你已经有了答案？”

那人看海空凶神恶煞，未等海空做出下一步举动，已经晕过去了。

海空见状，骂道：“原本稀松，偏偏还爱逞能。”将其掷在地上。

有人答：“不择手段，暗里坑蒙拐骗抢偷盗，明里取索逼迫哄拿要。”

苦日满脸不屑，道：“一孔之见，心理阴暗。”

杨穿天笑道：“如何取得红利，不能就是一味的抢呀、打呀，那都是脑子不够用的体现。真正脑子够用的人，是不靠这些取得红利的，而是让有办法的人先按照自己的方式取得利益，然后，再让这些人把利益乖乖献上来。”

海空道：“话说起来容易，放眼当今，人们的心胸既狭且臭，富人们谁肯乖乖地把金银奉上？”

众人你一言我一语议论着。

忽听有人高声道：“胡冰来了。”

苦日抢出几步，对着走来的胡冰道：“没想到啊没想到，胡冰，你明知道老衲师兄弟在这儿，还敢自投罗网，看来你本事见长啊！”

胡冰道：“那么多大顺兄弟，都是你们所杀？你们到底受了什么人的指使？”

海空道：“老僧敢作敢当，人是我们杀的，至于是何人所指使，无可奉告。”

胡冰恨道：“就为了这点金银，你们下如此辣手？”

海空道：“老衲师兄弟只是为了找你，金银珠宝，我师兄弟是不放在眼里的。”

“不文门”掌门蔡无汤和他的两个侄儿蔡有瓢、蔡有勺也站在了胡冰前头。

蔡有瓢摆一摆手中的烟锅道：“胡冰，各人炕上有婆姨，睡觉不想别人妻，虽说那蔡倚窗罪大恶极，应该千刀万剐，可清理门户是咱‘不文门’内部的事情，你将他杀了，那是干涉‘不文门’的家事；何况不管是谁杀了我们族人，我等自有义务为他报仇，这道理想必你胡冰也是很明白的，咱‘不文门’找了你十年，今天你是走不了了。”

胡冰心中疑惑：对于蔡氏叔侄的指控，他一直无法确定，他搞不清楚，他下手除去的恶棍中有没有蔡倚窗，但他也无法为自己辩护。

胡冰抱拳朝这六人道：“今日之事，先公后私。”

苦日点头，转身对那些人道：“胡冰现在要杀你们了，你们逃是逃不了的；最好你们能自杀，也省得他多费力气，不过我们会杀了他，你们也就死而无怨了。”

“三圣僧”见众人不说话，又问蔡氏叔侄道：“你三人是什么想法，也趁早表个态。”

蔡无汤抢先道：“胡冰今天肯定死，——咱们就让他一步。”

“三圣僧”点头，和“三蔡”退到一旁道：“胡冰，你得快点，生死如风，不过一场黄尘。”

胡冰在其余的那些人面前站定，道：“你们一起受死吧。”

这些人不约而同地掣出了兵刃，散成环形，半围住胡冰。

南柯梦云袅袅娜娜，笑道：“胡大侠别来无恙。经年不见，胡大侠雄风依旧，足见江山易改，英雄之豪气长存……胡大侠，咱们一起上，也不是你的对手。但你不想知道是谁传的消息让大众围杀大顺皇帝，抢劫财宝吗？”

胡冰道：“如果你能告诉我，胡某可饶你一命。”

南柯梦云叹口气道：“我等几乎是同时接到的口信，但人家到底是何身份，我等却无一人知晓。”

胡冰怒道：“既如此，你还废话什么？”

南柯梦云道：“咱们耳目众多，胡大侠，你今天若放咱们一马，说不定哪一天咱们就能给你打听清楚。”

胡冰不屑道：“没有你，胡某也能查出来。”

杨穿天急忙道：“慢着，胡大侠，山坡各有一群羊，何必总让自己阳春白雪——”

胡冰怒吼：“就算你说得有理，你们还是该死。”言毕，叉开五指，拍向杨穿天。

杨穿天急忙缩身扭腰，想要侧身避开，哪知胡冰手臂微动，右手已扣住了杨穿天的肩头。

眼见杨穿天性命不保，“黑虎帮”帮主洪福全出手攻向胡冰。

洪福全深知自己的武功不及胡冰，只能以巧取胜，狼牙棒照着胡冰的小腹猛击过去，拇指按动机关，棒头开启处，短箭迅速射出。

谁知胡冰怒喝声中，右手已将短箭接住，左手则将杨穿天向洪福全大力掷出。

洪福全见状，急忙丢开狼牙棒，伸手接住杨穿天，不料胡冰手上力道奇大，俩人被摔出丈余后，重重地撞在一块大石上，登时昏厥过去。

群豪眼见武功还行脑子够用的两人一招未至，便倒在地上，有几个反应快的撒腿朝院后窜去，胡冰一声大喝“哪里去”，弯腰在青石铺成的地面上抓起一把沙粒扬了出去，破空声中，几人应声仆地。

见胡冰如此神勇，群豪哪里还敢再动？

南柯梦云见事情的发展完全不按自己的预料走，一时方寸大乱，急道："胡冰，你不能滥杀无辜——"

胡冰冷笑道："今日叫你这女贼死。"

飞起一脚，一颗鸡卵大小的石子挟着风声击向南柯梦云的后脑，哪知南柯梦云却已提前倒下了。

胡冰情知有诈，想去看个明白，但"三蔡"已一字排开，挡在了胡冰的前头。

胡冰咽下一口气，道："蔡门主，你到底有何依据说蔡倚窗是我杀的？"

蔡无汤道："放眼天下，除了'不文门'和你胡冰，又有谁坚决地要杀蔡倚窗？又有谁能杀了蔡倚窗？"

胡冰道："不错，那厮欺师灭祖，祸害百姓，要是给胡某撞见了，他自然死路一条。——好吧，就算是胡某杀的吧。"

见胡冰认下了杀人之事，"三蔡"再无顾忌，蔡有瓢操的是一把铜瓢，其大如盖，使将出来，虎虎生风。蔡有勺的手中是一柄茅勺，勺柄长可比臂，通体漆黑，因为在农家是常用来淘茅厕的，故而奇臭无比。

二人招式怪异，兵刃使将出来兜着风，呼呼作响，像有什么怪物在胡冰耳边大鸣不已，尤其是蔡有勺的茅勺，一阵接一阵的恶臭直逼咽喉直刺心肺。

蔡无汤喷出来的烟味更难闻，像是树叶和辣椒面的混合，霉味辛味雾一般地飘散在胡冰的周围，在受到激荡之后，丝丝缕缕如针如芒，往胡冰的鼻子中直呛。

胡冰哪里见过"三蔡"这等神奇的辅助手段，更重要的是胡冰实在不愿对他们痛下杀手，是以虽然数次中招，可是在掌力触及他们身体时又收回了不少的力道，如此，双方穿梭如织地你来我往进行了数十招，看上去居然打了个平手！

胡冰数次警告"三蔡"再不退开，就不客气了，但蔡氏叔侄充耳未闻，稍退之后，复又全身攻上，嘴里还不停地反击胡冰：

"浇粪的勺子舀水的瓢，咱不爱听那毛驴叫。"

"抽烟就是要咳几声，不敢拼命的不是人。"

"天生的汉子地造的心，改天换地杀胡冰。"

莫邪"三圣僧"已等得不耐烦了，对胡冰说："姓胡的，快点打发了这三个宝贝。”

又对“三蔡”大吼：“不要叫了，凭这点本事，还想在这儿逞强，和尚劝你们还是赶快收兵，否则，胡冰动了真怒，一掌一个，‘不文门’可就血本无归了。”

难天忍无可忍，挺剑就要直上，却给苦日喝住：“师弟，岂能言而无信！”

海空搔搔乱发，眼睛转了两圈，忽然把二位师兄唤到身边道：“我师兄弟答应了让他们姓蔡的先上，可并没有说咱们不能和胡冰一道，将这三个家伙杀了。”说毕，仗剑冲向“三蔡”。

胡冰哪里想到“三圣僧”会这样釜底抽薪，急向“三蔡”喝道：“还不退开，——他们已经过来了。”

蔡无汤叫道：“过来算个甚，无非也杀人，瓢、勺二侄子，叔叔去挡和尚们。”

胡冰道：“你们也太不知死活——”

话未说完，见海空怪叫着，一招“天网恢恢”朝蔡无汤额头斩下，而蔡无汤依然一种义无反顾的样子，举起烟锅朝上迎向海空的短剑。

胡冰一招“惊涛拍岸”拍在蔡有勺的勺杆上，震得蔡有勺的勺头一歪，刚好击在蔡有瓢的右膝上，蔡有瓢痛叫一声，仆倒在地。

趁着这空当，胡冰跨步赶上，长臂探出，将蔡无汤的衣领抓住，向后直拽。

此时，海空刚好将蔡无汤的烟杆斩断，那烟杆本来可以碎石裂铁，哪知在海空的剑下，竟形同虚设。

海空冷笑着，剑尖直出，挑向蔡无汤的眉心，——胡冰就是此时将蔡无汤拉开。

虽然如此，海空的剑尖还是挑飞了蔡无汤的发簪，蔡无汤一时披头散发，目不能视。老头振臂人吼，因为被胡冰拽住，向前既不可能，他就屈臂成锤，朝后撞向胡冰。

而胡冰身后的蔡有勺由于胡冰的“使诈”，竟将乃兄击倒，也是愤怒如火上浇油，但见他茅勺一抡，自高而下，一招“泰山压顶”，勺头直砸胡冰的脑后。

那茅勺上的恶臭仿佛突然炸裂，简直要从人身体各处挤进来一般，海空猝不及防，大叫：“这是什么，臭死人了。”

眼见苦日和难天各挺长剑冲了上来，胡冰急忙侧身躲过蔡有勺的砸击，扯着蔡无汤朝着蔡有勺掷了过去，还顺手封了蔡无汤的肩井穴，只听一声“闷哼”，撞在一起的叔侄二人登时昏了过去。

胡冰扬掌迎向苦日，苦日忽然道：“胡冰，你也斗了这么长时间了，休息一会再动手不迟。”

胡冰冷笑道：“那倒不必，不过胡某还是要明告你们，胡某实在无意和你们为敌，你们最好不要自找麻烦。”

苦日道：“大言不惭，胡冰，你今日是死定了。”

胡冰叹道：“既这样，胡某就不客气了，你们上吧。”言讫，走起追风步，双掌一并，聚形成铲朝正站在前头的苦日拦腰扫去，正是“惊涛骇浪”系列掌法中的一招“大江东去”。

苦日没有料到胡冰会抢先动手，急忙伸掌去格，只听“嘭”的一声，两人一掌对过，苦日痛叫着退后，撞倒了身后一颗碗口粗细的松树。

难天、海空反应迅速，一左一右，使出莫邪绝技“苦海般若掌”分袭胡冰两肋，迫使胡冰撤掌自护，否则，苦日必然难禁胡冰可能连续拍出的三掌。

苦日虽稳住了身子，但五脏一时气血如沸，嗓子眼发涩，他知道自己受了重创，不敢再犟，急忙收神摄智，盘膝坐下运功疗伤。

胡冰的情形也不妙，他虽抢先发难，震伤了苦日，但自己也给苦日震得虎口发痛。

海空在大力拍出一掌后，高声道：“大师兄不必着急，有我和二师兄也能照样收拾了他。”

难天接话道：“那是，报仇一定能成功。”

海空道：“将胡冰灭了。”

劳日山庄一时风声大起，草木披靡，沙石飞扬。

仗着内力纯厚轻功绝顶，难、海二僧的夹攻虽然可怕，但胡冰的掌法也渐渐展开，只是紧张的心情仍没有任何的放松。

苦日已然无碍，只站在一旁观战，片刻后，举步向前，加入了团战。

胡冰情知生死系于一发，当下清啸一声，抖擞精神，决意要和“三圣僧”鱼死网破。

一边观战的赣二拖着把砍刀走了过来，且不停地用劲抽着鼻子，发出“哧溜哧溜”的声响。

第五章 推敲

见赣二要出手，苦日大喝一声：三僧齐齐拔出剑来，胡冰也顺势掣出含光剑，一招“秋风扫落叶”迎向最先出剑的苦日，但听一声脆响，苦日的短剑被挥成两截。幸得苦日反应迅速，急忙撤剑回身，方得全身而退。

胡冰一招得手，大呼一声，左手劈出去的掌力也丝毫不减。

苦日短剑被毁，只得举掌来迎，难、海二人忌惮胡冰的宝剑，出招大显粗糙。

几招过后，“三圣僧”的脚步不免凌乱，眼见师兄师弟被胡冰所趁，难天奋臂出掌，迎向胡冰，二人对了两掌后，难天稍显不支。

海空有点气急败坏，大叫：“海天一日——”

胡冰心中一凛，他对三僧们所说的这种毒药虽不甚了解，却深知这三人是从来不打诳语的。眼见苦日已探手入怀，胡冰出剑如枪，朝苦日分心刺去，苦日只得向后跃开。

胡冰正要转身时，赣二出手了。他抡起大刀，望胡冰的宝剑砍去。

胡冰只得撇开苦日撤回宝剑，赣二身形不变，只刀柄微微一旋，板门一般的大刀朝胡冰拦腰斩来，胡冰不敢以宝剑相迎，只得闪避。

可他无意伤害赣二，又担心“三圣僧”乘机使辣，只好使出轻功，上下游走。而“三圣僧”则讨嫌赣二影响了他们，一有机会，便向赣二下手。如此一来，三僧中有两僧在攻击赣二，赣二的功力又比圣僧们有所不及，十几招后，赣二已中了“三圣僧”几掌。

胡冰起先十分纳闷，不知苦日何以在拔开药瓶瓶口后又收起了药瓶，转而一心一意地瞄着赣二的软肋，但他很快便明白了：莫邪“三圣僧”是江湖上大有身份的人，他们已公开声称为徒儿报仇不惜出掌、使剑、用毒来杀死胡冰，可他们并没有说用各种手段来对付赣二。

三方五人都是江湖上赫赫有名的“难缠”，如今以这种方式缠在一起，实在让人觉得不可思议。

一旁的南柯梦云是假晕，她悄悄救醒了杨穿天，随即听到金九从庄外传来讯号。

金九本来已得到密探的讯息准备行动，正在这时，“回头帮”帮主师盛天来到，把大致的情形告诉了金九；于是，金九带着新研制出来的“捉鳖散”同师盛天一道赶来。他们赶来的时候，群豪晕过去已经多时了。

金九不顾性命地冲过去，却给师盛天拽住，他劝金九试着联络一下南柯梦云，以确定她的死活。

果然，南柯梦云是假死，杨穿天也没有死。师盛天只好再忍一忍，他们立刻分头行动。

此时，三方彻底进入了乱战阶段。

胡冰感到眼皮发涩，双腿也沉重起来，“三圣僧”和赣二的动作也都明显减慢了，胡冰断定他们中毒了。

原来，杨穿天几人钻到了劳日山庄的地下，他们在地洞的不同地方施放“捉鳖散”，这是一种无色无味的白色粉末，不置人于死地，只是让人四肢酸软，全身无力。

南柯梦云则藏在一棵大树的空心中，她顺着树的缝隙将“捉鳖散”悄悄地吹出去，随着沙尘，药粉很快就被几人的掌力卷入战团。

胡冰反应明显，主要是因为苦日拔开过“海天一日”的瓶塞，那药气受几人掌力所震，终究还是散出一缕，服过解药的“三圣僧”最初自是浑然不觉，哪知“捉鳖散”在弥散开后，和“海天一日”互相激发，药力竟然剧增。“捉鳖散”消化人的力量，“海天一日”消化人的神志。

最先受影响的是赣二，只见他在抡起大刀朝胡冰右肩斜切而下，苦日左掌乘虚按向赣二左肋，胡冰右脚横跨，右手寒光剑刺出一招“长虹贯日”，逼退难天和海空的双剑合击。在躲开赣二这一砍的同时，左掌一招“飞流直下”斜切而出，直削苦日右肩。

苦日拼着肩头受伤，左掌还是结结实实地拍在赣二的右肋上，但听“嘭”的一响，赣二就地转了半个圈子，踉踉跄跄地抢出两步，扑倒在地，摔出去的大刀“嚓”的一声，将一只石凳劈为两截。

胡冰左掌直进，将反应已显迟钝的苦日震得跌了出去。

难天、海空见状，大叫着，朝胡冰扑来。倒在地上的苦日抖抖地从怀中摸出药瓶来，打开瓶盖。

胡冰情知苦日一旦将瓶中的药散开，自己便断难幸免，当下收好宝剑，连着又拍出两掌，勉强将难天、海空逼退两步，转身欲走时，海空怪叫一声，向前直扑过来，抱住胡冰的右腿，叫着：“别跑——”

难天冲上来将胡冰另一腿抱住，胡冰举掌欲朝海空拍下，见二人满脸狰狞，稍一犹豫，给难天挺头撞在小腹上，胡冰登时痛彻心扉，再也坚持不住……

南柯梦云他们围过来了。距胡冰两丈远的地方，南柯梦云冲金九点点头。

金九会意，左臂一摆，袖子里飞出一颗拳头般大小的袖珍流星锤，击向胡冰的右胸；胡冰本能地抬臂去格，哪知已力不从心，被流星锤重重地击在右胸，胡冰双肩稍稍向上耸了耸，随即一口鲜血喷出，倒在地上……

见胡冰晕过去了，金九们放下心来。

金九几人正犹豫是否要将胡冰和“三圣僧”等人一起了结时，那边传来南柯梦云气急败坏地叫骂：“混蛋，敢戏弄老娘？”

三人急忙过去看时，却见南柯梦云接连打开的几个箱子，里面装的竟然全是瓦片、石头、烂铁之类。

箱子都打开，直到最后一个箱子，也没有他们渴望见到的金银珠宝。

南柯梦云冲到还在昏迷的胡冰和“三圣僧”前，暴跳如雷，恶狠狠地踢了海空一脚，脸色狰狞可怖。

此时“回头帮”帮主师盛天已不知所踪。南柯梦云稍稍冷静了些，想了想，看到杨穿天也朝自己点头，便咬牙道：“一不做，二不休——”从杨穿天手中抢过剑来，朝胡冰胸口狠狠扎去。

不料随着一阵急风飒飒响过之后，南柯梦云便觉手腕被什么东西勒住，没等她惊叫出声，她的头已和杨穿天的头重重地撞在一起。

晕过去之前，她似乎听到一声叹息：“虎落平阳被犬欺，想不到一代大侠胡冰竟被尔等蹂躏至此……”

一间矮矮的小屋。

一间烂得只剩下残破的瓜棚。有一个青衫人，道士模样，在破棚前打坐。

一个模糊的声音从瓜棚中飘出来：“道长，难道一切就这样结束了？还有李将军……”是胡冰的声音。

道长长叹道：“结束只是因为时候到了，时候到了的时候，旧的，就得结束；可是，还有新的要开始——”

这年，紫禁城失火。

官方说法是灯笼失控引起的。可民间却传是两个黑衣人那晚从天而降，潜入紫禁城。

后来，还是杰王爷闻讯率“三天下”赶来增援，那两个神秘的黑衣人才离开。

这两个人来景福宫的目的，是想盗走一种叫叹青的剧毒之物。

这次事件后，一个名叫莫天树的老太监下落不明，这个老太监几天前曾和有的人议论过关于叹青的事。朝廷据此认定莫天树和这次事件有关。

那叹青本是前明皇帝秘密诛杀不能明着杀的皇亲国戚后宫嫔妃的。服了这种毒药的人，非但没有任何痛苦，反而有一种飘飘欲仙的感觉。

据说，后来，人们把紫禁城翻了个遍，也没有找到这东西。

而那两人似乎也没有得逞，叹青的有无本就是一个谜。要是有，这两人盗之何用？据说朝廷大员众说纷纭，并无结论；目前仍是一个谜。

杰如是被皇帝以及辅政大臣召到宫中议事的。

大早离开，到了掌灯时分还不见回来，杰如的独生女儿养月儿两次前去探望，皆被挡住。平日，养月儿仗着皇太后的喜爱，即便在皇宫内苑仗剑行走大声喧哗也是常见的事，这次史无前例地吃了闭门羹。

第二次去时，因为闹得过分了，侍卫们竟然点了她的穴道，虽然很快就给她解开了，但侍卫们的神情分明是告诉这位刁蛮的格格：“再闹，可就没有这么便宜了。”

养月儿无奈，只好跺脚而归。

好在她第三次来到宫外时，正遇上父亲出来，父女一同回了王府。

早已守候在议事厅的人们本以为杰如有话要说，哪知杰如却是一种疲倦慵懒之态，众人只有作揖告别，杰如也不挽留。

唐万敌和无路子近日归来，探得江湖上许多重要的事情，正要说给杰如听。

虽然迟说一天也未为不可，可唐万敌认为，话应及时说出来。

其实，杰如已没有多少时间供自己安排了。

他必须在今天把即将秘密出京的线路想清楚，然而他想了很久，仍然没有明确的思路，不免有点烦躁。

原来，今天中午，一直昏迷的班抱钧曾有过短暂的清醒，他挣扎着告诉杰如，胡冰来看过他。胡冰究竟是来“看”他呢，还是捎带有其他目的？班抱钧却说不清了。

胡冰，一个可怕的名字，尤其，假如胡冰又和京城的某些势力建立了某种联系。

杰如很明白，清人建国已有二十年，但对于如何掌控这个庞大的帝国，不确定的东西还很多。

杰如盘膝坐在炕上。当真气流转了两周天后，杰如觉得自己安静了许多。

正在深思间，忽听窗外似有落叶声响，杰如对着门口说道：“麻先生请进。”麻隆中应声而入。

杰如赞道：“麻先生素来不喜张扬，如今显露武功，定是有要事找我相商了。”

麻隆中道：“王爷英明。却不知麻某可有资格随王爷一同出京？”

杰如笑道：“麻先生果然料事如神，此来恐怕不只是主动请缨吧。”说着便请麻隆中入座。

麻隆中谢过后，道：“麻某有几句话想和王爷说说，叨扰处，请王爷原宥。”

杰如欣慰道：“那当然，非但如此，本王还有要事相托。”

麻隆中，人称“狐天下”。江湖上谑曰：“横不过胡冰，狐不过隆中。”

他足智多谋，和人称“毒天下”的四川“唐氏掌门”唐万敌、“走天下”的“崆峒”掌门“无路子”并为江湖“三天下”。

三人的性子虽有不同，但行事俱豪爽。

如今听了麻隆中的话，杰如道：“麻先生，明日皇上要秘密召见你等，对如今朝廷内外的是非，麻先生知道不少，假如皇上有所问及，先生还要谨慎——”

麻隆中道：“王爷是说，因为有些话明日圣上要说，王爷今日就不便张口？”

杰如点头道："还请麻先生在唐掌门、无路子道长那边做些暗示，他们对朝廷的行事风格可能不太了解。"

麻隆中道："既然王爷肯以实相告，咱们晚知几个时辰也无所谓，有些话明日再说也无妨。"说完，拱手道声"告辞"，人已不见踪影。

杰如长长地喘了口气，和这几个人见面，他总是很紧张……

养月儿轻轻地走进来，对杰如道："爹爹，其实您大可不必这样；您要是能和他们知无不言，哪怕是将自已的喜怒哀乐和在朝中的委屈辛苦，都和他们说说，总有一天，你们会走在一起的。"

杰如点点头，他忽然有了决定，他拍拍女儿的肩头道："和爹爹一同出趟远门如何？"

养月儿跳起来搂住杰如的脖子道："还是爹爹知道女儿的心思。"

杰如刚想休息，大内突然来人，命杰如火速进宫。

杰如倒吸一口凉气：又出事了。

果然，首席辅政大臣索尼告诉杰如，刚接到加急消息：陕甘总督被刺身亡。

鳌拜怒气冲冲："忍无可忍，即刻发兵清水堡。"

索尼问杰如："王爷怎么看？"

杰如沉吟道："此事牵扯甚广，要慎重，一定要查个水落石出。"

鳌拜道："王爷的意思是，如果查不清楚，就只能暂时如此？"杰如点头道："是的。"

鳌拜起身道："江湖上的事例向来由王爷做主，是臣等多虑了。"

第六章 江湖

次日清晨，皇帝身边的一名高级侍卫迈音达带来皇上口谕，说皇上身子不适，“诸事但凭王叔随机处理”。

杰如虽知这是鳌拜从中作梗，但也无可奈何，因为迈音达是鳌拜的侄子。

果然，那迈音达又说皇上担心王爷力量不足，故派他前来相助。

杰如马上召集相关人等议事，除杰如、迈音达和“三天下”外，还有两名王府侍卫青皮和胡子，格格养月儿也特准来旁听，但杰如特地嘱咐养月儿：“不许多话，迈音达也来了。”

迈音达曾拜托鳌拜向杰如提亲，欲娶养月儿为妻，当时杰如未允，搪塞说：“女儿尚小，不及婚配，此事过两年再提不迟。”

如今迈音达以大内侍卫的身份来到这儿，自然也有不忘旧话的意思。

先由杰如简单介绍了日前宫中起火一事，他说“那名失踪的老太监莫天树，据查原姓朱，可能是前明皇室后裔”，这话让麻隆中等人大感意外。

唐万敌道：“最近，江南许多门派的门主和门中高手莫名失踪，门派中没了约束，余下帮众为争夺财物自相残杀……江湖上传言是胡冰所为，但也有人认为，这不是胡冰的行事风格。”

迈音达在一旁插话道：“又是胡冰，哪天撞在本侍卫手上，非剥了他的皮不可。”

一旁的无路子却阴阳怪气地道：“啊，那可就惨了。”

迈音达说：“就是要让他惨。”

养月儿忍不住了，笑道：“迈大人你想错了，道长是同情你，是担心你会很惨。”

迈音达霍地转头，对无路子道：“真是这样吗？”

无路子不语，唐万敌笑道：“格格所言也不尽然，胡大侠对那些没有明显恶行的人，一向是手下留情，所以，除非迈大人也曾驱民圈地卖官鬻爵……”

迈音达的脸色难看，问无路子道：“你就是这个意思？”

见无路子点头，迈音达怒道：“你——”

无路子拂尘一摆道：“王爷今日有要事商议。”

迈音达看看杰如，杰如“冷哼”一声道：“迈侍卫，我等皇命在身。”

迈音达恶狠狠地瞪了无路子一眼，坐了下来。

无路子道：“丐帮最近有一件很有意思的事。”

唐万敌说：“确实有意思，丐帮帮主俞半碗居然娶老婆了，他和凌云鸽子贺紫这对冤家，经丐帮诸长老再三撮合，腊月初八结婚了，还邀请了很多江湖朋友。”

迈音达道：“这事应该早报知朝廷，一根绳子将这些家伙尽数捆了来——”

唐万敌不理他，只将声音抬高：“前去祝婚的人只有四五个，但分量却很重，有少林掌门枯心大师、武当掌门废云道长、华山掌门三心和他的师兄二意两位道长，顾方也去了。可怕的是枯心大师和废云道长在参加完俞、贺二人的婚礼，返回途中，一并失踪了。少林、武当、丐帮弟子， 还有顾方等人，几乎找遍了全国，却一点线索也没有，整个武林人心惶惶，胡冰胡大侠估计就是为此而重现江湖的……”

杰如插嘴道：“也许这也是各地官府屡屡遭袭的原因，或者也是日前那两人夜入大内重伤班抱钧的原因。”

养月儿道：“爹爹，您是说，有人认为枯心大师、废云道长的失踪是我们做的？”

杰如点点头，“这是最直接也是最好的解释。”

沉默了片刻，唐万敌又道：“俞贺二人的喜筵上，胡冰没有出现，原因是什么，人们各有猜测，却是难有定说。”

迈音达插话道：“捆来两个叫花问一问不就成了。”

青皮冷笑道：“丐帮不想让人知道的事谁能知道，丐帮的人不想开口的时候，谁又能强迫了他们。”

杰如问麻隆中对此是何看法，麻隆中沉吟道：“不好说。胡冰、司马丹对独柳塬之变耿耿于怀，这么多年来，一直不遗余力地查证此事；而俞半碗因为当日在独柳塬所见，不肯放松对李岩的指责，是以双方积怨日深。”

唐万敌道：“十五年前，胡冰曾受邀到过丐帮总舵，丐帮的司务大长老千里追狼来投达、司法大长老长手如来史步宜要求胡冰把李岩的遗物拿出来，胡冰不肯，双方言辞激烈，几乎动手，幸得副帮主不笑弥勒向明息事宁人……”

杰如道：“如此说来，李岩确实交给胡冰一本书？”

麻隆中道：“若仅凭这件事就断定书的存在，恐怕还不够——”

养月儿问道：“要是有的话，麻先生，那究竟该是一本什么样的书呢？”

麻隆中道：“这不好说。李岩学识渊博，天文地理民俗传说俱皆精通，数术阴阳机械火药涉猎甚广，运筹帷幄谋划作战更是他的擅长，假如他真有什么遗书的话，那可能是我们能想象到的任何一方面。”

养月儿道：“真有这样的人，那他不成了神仙。”

一直没有开口的胡子叹道：“可他终究不是神仙，不能未雨绸缪，否则，许多事情也就不是现在这个样子了。”

杰如又问：“听说李岩还有个儿子？”

唐万敌道：“不错。独柳塬之变后，竟再无消息。”

养月儿道：“据闻那俞半碗虽身为帮主，却不甚料理帮务，每日唯知吃酒，大醉之后，便放声大哭，不知是真是假？”

唐万敌看看迈音达，杰如笑道：“今日议事，但求知无不言言无不尽，唐掌门但说无妨。”

唐万敌想了想接着说道：“俞半碗不是当了丐帮帮主后才这样的。前明时期，他家十余口人因诬告而被官府杀害，从那时起，他就这样了……”

养月儿问唐万敌道：“那俞半碗和贺紫成了婚后，还是这个样子吗？”话一出口，即觉有点不合适，不由耳热脸红，幸得旁人没有注意。

唐万敌道：“这个就不好说了。不过，贺紫得阴山神尼的真传，脾气也同其师一般刚烈，几句不合， 就动手打人。不过这贺紫也的确不可小觑，她嫁到清水堡不久，就找到了郑天则和司马丹，劝他俩设法说服胡冰，把李岩的遗物交给丐帮，司马丹的反应很冷淡。贺紫等人拿他们没办法，只得放他二人离去。”

养月儿插话：“这司马丹人称俏燕子，她长得很漂亮吗？”

麻隆中道：“这个嘛，据闻是……那个，那个明艳照人倾国倾城……她本是李岩从死人堆里救出来的，自小深受李岩的影响，是以对李岩之死一直耿耿于怀。这些也不必说了， 她行走江湖，最让人防不胜防的是她做的面具和模仿他人说话的本事，日后我等要千万小心，说不定什么时候，你我身边坐着的熟人，就是那位名满天下的司马丹所扮。两年前，人们传言洪大学士酣睡之际， 有人在他屋中挂出一联，如果我猜得不错，那肯定是司马丹所为。”

杰如叹了口气：“这司马丹真是一位可怕的人呢。”

养月儿又道：“父王不必多虑，麻先生不也同样能决胜千里吗？江湖上不是说‘横不过胡冰……’”

杰如急忙喝道：“月儿不得无礼。”

麻隆中苦笑道：“格格取笑了。司马丹风仪爽秀又才情高雅，老麻和人家……万万不能相提并论的。”

杰如又问：“俞半碗既不理帮务，丐帮的那名副帮主向明和那两名长老想必是很能干的了。”

唐万敌道：“不错，据说因为俞半碗实在是醉得有些过分，史步宜甚至动议要罢去他的帮主之位，但向明竭力反对。可以说，若非向明和来、史两长老的操持，这个数百年历史的江湖第一大帮恐怕早已土崩瓦解了。”

杰如又问向明的武功如何，唐万敌道：“老唐曾和他有一面之缘，这个人表面总是一团和气，就算发怒，也给人一种平和的感觉。但来、史二长老皆武功高强，从他二人对向明的尊敬程度来看， 向明的武功绝非泛泛。”

麻隆中道：“那也并不绝对。自古以来服人心者单凭武力是远远不够的，有时过于尚武反而会坏大事。”

养月儿又问：“那俞半碗和贺紫为何这么大岁数了才结婚，还得丐帮诸长老费那么大的周折？”

麻隆中笑道：“这两人可算得上是青梅竹马。贺紫有一个师妹叫贺青，人称穿云蝙蝠，有一次，贺青借着去看俞半碗的机会，卷走了军营中的若干金条，俞半碗发现连夜追过去， 要将她带往闯营中治罪。贺紫以为原物退还也就是了，女孩子最重名声，一旦张扬出去，让她日后如何做人？俞半碗寸步不让，两人竟然动了手，直到胡冰闻讯赶来才将二人劝开。但这一架似乎确实打伤了贺紫的心；更要命的是，对贺紫又敬又畏的贺青，怕贺紫责罚，趁乱逃走。等贺紫找到她时，那贺青已是贪婪成性屡教难改，半年后，贺青再次逃走，从此踪影不见。贺紫把这账一股脑儿全记在俞半碗身上，而俞半碗则认为自己完全没有错，反而指责贺紫管教不严。两人几成水火之势。”

麻隆中又道：“丐帮的形势能否有改观，不是凭几个人就能实现的，甚至不是丐帮一方能决定的。”

杰如笑道：“当然，我们也不会只是静观其变。”

迈音达道：“王爷不必忧心，小臣愿带一彪人马，一个月内将清水堡彻底剿灭，生擒俞半碗、向明来见。”

杰如道：“好，好，你既有此心意，不妨说说你的行动方案。”

迈音达道：“很简单，小臣只带两千人马，将清水堡团团围住， 谅他俞半碗插翅也难逃。”

唐万敌哈哈笑道：“迈大人，不是我挫您的锐气，倘若迈大人想用这种法子攻击清水堡，估计迈大人最多走到祁连山……”

迈音达怒道：“姓唐的，你竟敢嘲笑朝廷命官？”

唐万敌道：“迈大人，您还年轻，又生在富贵之家，将来前途无量，就这样不明不白地被人取了性命……”

迈音达大怒，扬掌向唐万敌拍去，忽然又硬生生地停住，把叉开的手掌攥成拳头，转身对杰如躬躬身，要求和唐万敌决斗。

杰如道：“迈大人，决斗是你们双方的事。”

养月儿没有想到父亲是这种态度，立时兴奋起来，对唐万敌道：“唐前辈，迈大人要和您决斗，您可敢应战？”

唐万敌摇头：“让我与这毛小子决斗，传出去人们会说老唐以大欺小；不行，不行，这简直比杀了老唐都难受。”

麻隆中见杰如有意促成这场决斗，只是碍于身份，不好明说，而麻隆中又见唐万敌、无路子等人也没有将迈音达放到眼里，深知这对日后的行事大为不利。于是笑道：“ 大家都是为朝廷效力，相互过上几招，也是为了增进感情而不是为了拼命， 迈大人，唐掌门，不知二位意下如何？”

买音达道：“习武之人动起手来，刀剑无眼，总要分个胜负的。”

唐万敌也道：“这话说得也是，既要伸手，总要分个高低才是。”

这时麻隆中站起来道：“我倒有一个主意，既不伤和气，又能决出高低，不知二位肯听否？”

见唐、买两人没说话。麻隆中接着道："二位尽可各显神通；在座的各位都是评判者，由王爷为主评，如何？"

杰如笑道："麻先生在江湖上素有'麻公道'之称，这主评一职，非你莫属。"

麻隆中闻言，问唐、买二人的意见，唐万敌嘀咕了一句什么，点点头；买音达看看杰如，也没说什么。

麻隆中拱手道："如此，麻某就当仁不让了，麻某出一道题，这题只有要求没有内容，如何比，由二位自行决定。二位可听清楚了？"

青皮一旁笑道："老狐狸，快点吧。"

麻隆中道："题目很简单，就是买大人和唐掌门比一比上刀山下火海的本事。"

他命人将几十把牛耳尖刀固定在渔网上，刀尖朝上；又命人支起一口大锅，倒入大半锅水，燃起火。

等到水快要沸腾的时候，麻隆中向一众人解释道："上刀山，就是坐在尖刀上，还要允许旁边有人颤动渔网；下火海的意思就是坐在锅中，还要允许有人下面点火。买大人和唐掌门各选一项，同时进行，谁要是首先支持不住，那就输了。"

唐万敌道："老夫下火海，买大人你以为如何？"

买音达道："可以。"

麻隆中问道："那么，现在开始？"

唐万敌愁眉苦脸道："坐到锅底，实在太烫，老唐能否可申请一个小凳子？"

麻隆中看看买音达，买音达道："可以。"

养月儿道："这也太危险了，能不能换一个法子？"

唐万敌、买音达道："君子一命换一诺。"

于是，二人简单热热身，待麻隆中号令一出，买音达即跃上"刀山"，而唐万敌则纵入"火海"。

起风了，买音达身子底下的渔网，仿佛在大海中颠簸，但他依旧然岿然不动。

麻隆中心中嘀咕，暗道："这人轻功果然不凡，怪不得'拿大'。"

唐万敌也很长时间不说话了。但锅中却逐渐弥散一阵阵恶臭，那味道十分呛鼻，闻者欲呕。

刀山中，已有血滴不断滴下，买音达全身也已汗湿。

麻隆中看看杰如，挥手示意比武结束，二人稍行调整即能行动。

杰如对迈音达道："如何？"

买音达道："我，认输。"

杰如道："输便是输，技不如人，愿赌服输，也要堂皇响亮。"

买音达站起来对着唐万敌鞠躬道："唐掌门，迈音达输了，任凭唐掌门处置。"

唐万敌急忙还礼道："买大人何必如此。"

买音达擦了擦汗，惟惟称是。

又听杰如道："好吧，现在继续议事。"

杰如笑道："某年，莫邪'三圣僧'曾派人送来一份请柬，说是邀我参加一个集会，只是后来为兵事所阻，未能成行，想起来一直以为憾事。"

麻隆中道："王爷所说可是前明崇祯十一年五月的事？"

唐万敌抢着说道："说来也甚是荒唐；这三个怪物居然要召开一届武林大会，正式宣布江湖进入莫邪'三圣僧'时代；还给大会定下了什么章程、议题，真是岂有此理。"

胡子道："可就是在那次集会上，在下遇见了唐家老三唐小敌。"

唐万敌却振振有词："大家同属武林一脉，这点礼数还是不能缺的，我家老三是代我去的。"

麻隆中道："总而言之，咱们此次行动，不到万般无奈的时候，千万不要去招惹这三僧。"

杰如道："听说胡冰就是因为杀了他们的弟子，从此难以摆脱这三个人了；不过据传这三人虽号为圣僧，其实却有点浑。"

麻隆中道："何止是浑，简直是疯；他们的疯和俞半碗的苦、赣二的痴差不多属同一境界；有人说胡冰一生有两个对手：一是赣二，另外就是莫邪'三圣僧'了。"

几人你一言我一语将莫邪"三圣僧"的情况说了个大概。

第七章 嫁祸

莫邪“三圣僧”行事乖戾，出手杀伐全凭心情，毫无常理，武林中人自不敢轻易和他等接近，圣僧们所到之处，一般是望风而逃。

不知是“三圣僧”突发奇想，还是受了高人点拨，他们得意扬扬地向武林宣布：从此，武林正式进入了莫邪“三圣僧”时代。于是，遍撒英雄柬广邀天下高手齐聚莫邪，以庆祝这个美好时代的终于来临。最让人出乎意料的是，少林枯心大师和武当废云道长也前往庆祝。

英雄会后，“三圣僧”动了收徒的念头，机缘之下收了一个三岁的孩童为弟子。从此之后，“三圣僧”便很少在江湖上走动了。

他们关起山门，尽心竭力的教徒，并给徒儿起名为“罗汉”，开始的几年，罗汉学得全心全意，可自从几位重量级的武林高手应邀和罗汉过招，被罗汉三拳两脚击倒。罗汉便开始目中无人，而且几年的江湖行走，他成了一个吃喝嫖赌坑蒙拐骗杀人越货采花劫色的恶棍！

一天，“三圣僧”接到一个噩耗，罗汉死了，莫邪山回龙谷的石壁上留下了胡冰的名字。

从此，莫邪“三圣僧”就开始向胡冰索仇，双方倒也有过几次接触，但都以胡冰的脱身收场。

直到后来胡冰投入李自成营中，“三圣僧”才不得已停止了追杀；据说“三圣僧”所以暂时罢手，是因为两个人的出面调停，一个是顾方，一个是李岩。

养月儿插嘴道：“那顾方倒也罢了，‘三圣僧’凶神恶煞般的人物，如何会接受李岩这样文士的劝说？”

麻隆中道："其实在这件事上，李岩所起的作用，可能比顾道长更关键。"

唐万敌道："不错，双方的约定是待胡冰助大顺完成大事，将由他两人出面，彻底解决这件事。'三圣僧'情知不能违拗，也就应了。"

养月儿道："那么，胡大侠的武功和这三位僧人相比，孰高孰低？"

唐万敌道："一对一自然是胡大侠占上风，若是三人一拥而上，那就不好说了，要是他们再用上'海天一日'，胡大侠就必败无疑。"

养月儿道："要是这样，胡大侠是不是也有可能在'三圣僧'没有提防的时候，将他们逐一击倒，从此万事大吉？"

杰如道："为侠之道，即在于杀恶扬善除暴安良，那三圣僧虽行止怪异，却无必死之过，如此，胡大侠也就只好退让了。"

唐万敌道："王爷所见甚是，否则以胡冰的出手之辣，武功之高，'三圣僧'也许早已在劫难逃了。"

杰如顿了顿，道："倘若有幸得与这样的人物相交，即便刀戈相见，肯定也是人生一件快事。"

此后，话题转到"不文门"蔡家上来。

唐万敌道："这是一个很特别的门派，平日不甚在江湖上走动，也不与武林其他人来往；他们认为是胡冰杀了蔡倚窗，也缠住胡冰不放，实际的情形是——"

几人又把想到的话说了一阵，见天色已晚，杰如将动身前的相关事情又强调了一遍，便吩咐人们回房休息。

深夜，麻隆中又悄然来到杰如的书房，问："王爷，此行的第一站可是兰州？"

杰如反问："麻先生以为如何？"

麻隆中道："咬定青山不放松，王爷既有此心，麻某愿意先行。"杰如笑道："麻先生夤夜而来，就是要和本王说这两句话吗？"

麻隆中亦笑道："麻隆中本来还有一个疑问，现在已然冰释，也就无须多说了。"二人相视一笑，复将出行之事作了番推敲，麻隆中悄然离开。

这年冬天，胡冰在兰州一家酒店现身。

酒店的门被撞开，一阵冷风窜进店里，裹挟着两个人跌跌撞撞地走进来。

两人衣衫褴褛，神情委顿，前头的人手拄木棍，有点跛脚，看来是受了伤；后面那人扶他坐下时，胡冰仔细看过吃了一惊：此人竟是太行九合寨寨主闫老成。

这闫老成在江湖上有铜头铁罗汉之称，一身金钟罩功夫非常了得，寻常武者所使的刀枪根本伤他不得，是什么人能将他伤得这般狼狈?

他俩刚进来，远处便传来了衙门戈什的吆喝声。

胡冰联想到最近江湖人物神秘失踪之事，拍着桌子道："这年头可奇怪了，山大王变成盲流了，开店的沟通官衙了，缺胳膊断腿的眼看就要被抓走了。"

闫老成自知有人在示警，起身道："快走，这饭不吃了。"

胡冰叹了口气道："迟了，落坡的老虎比不过快腿的狗呐。"

话音刚落，随着一声暴喝，两名戈什跨步进来，那小二哈着腰指指胡冰和闫老成二人道："就是他们了。"

一戈什道："这三人留下，其他人快滚。"

胡冰把壶中酒喝尽，起身欲走。

戈什见状，抖了抖腰上的佩刀喝道："叫你留下，你没有听见吗?"

胡冰摸摸光头道："听见了，大人的声音那么高，草民自然听得见。"

那戈什道："既如此，你还敢走?"

胡冰笑道："若是前两天呢，草民自然不敢，但今天不同了。"说着，从怀中摸出一锭银子道："俗话说，有理能走好几天，有钱能买阎王爷；现在草民把银子给了二位，能不能走?"

两戈什立刻眉开眼笑道："当然能，要是愿意，您就在这白吃两天也行。"

胡冰起身扬长而去，好像全然未觉身后已有人悄悄地跟了上来。

晚上，月色蒙蒙，巡抚衙门的大院内，树影婆娑。

后院的一间角房，灯光幽幽地闪着，窗户里有一人来回踱步，嘴里似乎还不停地默叽着唠叨着。

就在月亮躲进云层的那一瞬，一道人影从角房对面的屋顶上纵起，在空中划出一条弧线后，寂然无声地落在这间角房的屋顶。

瞧其身法，所使的轻功竟是"追风步"——这人自然是胡冰。

少顷，胡冰顺着墙壁如壁虎一般滑下，隐在拐角的阴影里，屋内的声音听得清清楚楚。

听得一人道："哈大人，当断不断，必受其乱，有人还想去告御状——"

这哈大人就是巡抚哈必达。胡冰决定在兰州停留两天，就是打算会会这个清廷大员，看看他究竟是怎样的三头六臂，让那么多人家鸡犬不宁流离失散。

和哈必达说话的声音也很耳熟，只是一时又想不清楚这人是谁。

又听有人对哈必达道：“杨师爷所言极是，朝廷明令官府不得无故与任何江湖门派发生冲突，还限期将所圈之地、山坡林场尽数退还百姓，这两项咱们都没有做到……”

这人胡冰识得，他叫柴发，兰州提督。

哈必达似乎很烦躁，道：“有什么法子，就直截了当地说罢。”

先前说话的那人道：“是，大人说的是——”

胡冰猛然想起，这个说话如公鸡奋颈的人，是“毒脑子”杨穿天。

杨穿天道：“哈大人，咱们一定能变被动为主动。如果把所有的事联系起来，成为一个整体，并让朝廷来的钦差能感受到我们都是想朝廷所想急朝廷所急，他们就难有甚话。当然，有些事还得尽量遮掩，万一遮掩不住，咱们还可以瞒天过海……”

柴发道：“哈大人，这次杰王爷亲自出动，咱们还是小心应付为好。”

杨穿天道：“哈大人，形势虽不乐观，可兵法云‘置之死地而后生’，何况犯此禁者，亦非哈大人治下独有，就是受先皇遗命辅政的大臣也有参与。”

哈必达道：“干苑秋一案既然涉及江湖恩怨，杰王爷的插手就顺理成章。”

杨穿天道：“所以，咱们要迅速破案，在杰王爷来兰州之前，将此案做个彻底干净的了结。”

柴发冷冷地道：“杨师爷说得轻巧，你已经查了好几个月了，到现在还是没有任何的蛛丝马迹，如今说破就能破了吗？”

杨穿天笑道：“此一时也彼一时也，只要朝廷满意，破案有什么难的，大人，黑风岭那边，万不能走漏风声。”

哈必达踱了几步，慢慢道：“干苑秋凶杀案，圈地与顾命大臣，杰亲王和今日的闫老成，看来还是咱们的胜算大一些。”

三人又秘密策划了一番，胡冰一生惩戒凶奸无数，却从未见过为了一私之利，能把如此凶残的毒计构思这样合理化。

待杨穿天躬身退出，哈必达便吩咐柴发也即刻行动，并再三告诫他不可大意：“挑那些最面黄肌瘦且能言善辩的人，假做流民，潜入柴家庄，加大鼓动力度。”

待柴发也离开后，哈必达冷笑：“杰王爷，纵你铁面无情，本领通天，你总不能将陕甘大小近千名官员一锅端了吧。”

胡冰还在苦思良策，那边已传来“救火”的急呼。

杨穿天的“全局一盘棋”计划竟已开始。

胡冰右手在墙壁上轻轻一搭，身子凌空拔起丈余，向“起火”的方向扑去。火势本虚，衙役们的救火不过虚张声势。

躲在屋脊上的胡冰很快就看见两个蒙面黑衣人架着闫老成越墙而去。

胡冰正要起身追上去时，忽见前面高墙之上又漫起一道人影紧跟在闫老成三人的后头，动作甚是轻捷、飘忽。

胡冰不由一怔：“这又是什么人？杨穿天的‘全局一盘棋’计划中，可没有这种安排。”

眨眼间，三拨人已先后越过几重屋宇，来到临街的一条巷子。

两名黑衣人驾车冲到城门后，将“拦阻盘诘”的守城士兵“击倒”，出了城，一路向西直奔。

胡冰见前面那人也趁乱而出，方欲追上时，忽听后面又有一骑快马赶过来，急忙缩身躲起，就这么一瞬，这匹快马已驰至城门，马背上的人拿着腰牌朝刚刚爬起来的兵士晃了晃，就出城直去。

胡冰益发奇怪，杨穿天那“全局一盘棋”，也没有这一着。他心中疑惑，行动却毫不犹豫，在城门关闭的一瞬，已从门缝中穿了过去。

跟了十余里后，胡冰正要动手，忽听“嗤嗤”两声细响，便听赶车人痛叫着栽下车去，马车旋即也停了下来。

胡冰悄悄地掩过去，看见“救”闫老成的那两人已横身跌在车轮旁，紧随其后的那个骑马人随即赶来，一见情势不对，正欲回马疾走，一条人影从车底直窜出来，凌空跃起，伸掌朝骑马人后颈拍去。

骑马人似乎也有防备，听到掌声，在马背上忽地转过身来，双掌齐出，迎向来人的单掌，瞧其反应和身手，功夫实在不弱。

那窜起的人影变招更快，他人在空中，拍出去的右掌去势不变，左手突然反出折扇，已击中对方脖颈，骑马人闷哼一声，摔下马背。

持扇人看上去甚是着急，击落骑马人后，便纵在车旁问道：“车里可是闫老寨主？”里头“嗯”了一声后，即再无动静。

持扇人急忙进去，小心翼翼将车中的闫老成扶出来。

原来，闫老成受的伤是哈必达和杨穿天一手策划的。

击伤闫老成的时候，故意给他透露：丐帮将成为下一个被袭击的目标。

最近江湖上怪事连连，闫老成即便有所怀疑，也得将相关的情形报与丐帮。

这正是哈必达和杨穿天他们“全局一盘棋”行动中的一个重要内容：挑起丐帮和官府之间的械斗，好让即将来到的杰如焦头烂额，无暇顾及其他事。

胡冰已认出持扇人是麻隆中，略一思忖，已知此人的目的是要阻止闫老成去丐帮“谎报”军情，心中略安。

胡冰正要往柴家庄，哪知刚一转身， 正给闫老成疗伤的麻隆中突然跃起，挟一股强劲的风声，右掌直击，拍向胡冰左后肩，待胡冰错步滑开时，麻隆中又迅速挡在胡冰的前头，折扇聚而成锥，指在距胡冰咽喉不足二寸的地方。

胡冰战战地道：“小的……大王饶命——”

麻隆中忽然收起折扇，朝胡冰施礼道：“大师不必藏拙。假如在下不知进退，扇子还敢向前，恐怕如今已败了；大师既不善作伪，反而更容易露出破绽。”

胡冰只得道：“麻先生果然名不虚传。”

麻隆中说：“请教大师法号”？

胡冰冷冷道：“不敢，二水和尚。”

麻隆中道：“久仰久仰。大师想必也听清楚了哈必达和杨穿天所谋之事，斗胆烦请大师照看一下这位闫寨主，同时设法拦住杨穿天。”

胡冰道：“我为何要听你的？我去拦人，你干什么？”

麻隆中道：“麻某去揭发哈必达的阴谋、安抚百姓。大师武功卓绝，去拦截杨穿天可稳操胜券，而且——”

那麻隆中压低声音道：“大师可知最近屡有江湖人物失踪之事？在下怀疑杨穿天上黑风岭就与此事有关。”

接着又把杨穿天的行动路线告诉了胡冰，然后不管胡冰是什么反应，只道：“有劳大师了。”

随即人影一晃，消失在夜色中。

胡冰似乎没有选择，只好先把被麻隆中击倒的人用重手法点了他们的穴道，将其放在一处隐蔽的地方，然后扶闫老成上马，往西南而去。

二十余里后，果然朦朦胧胧地看见一处庄院，灯光依稀，隐隐还能听见暗器在空中飞动的声音。

第八章 灭口

胡冰在马臀上一拍，令其自去，自己则挟着闫老成朝灯火处飞驰。

又几声惊叫传来，胡冰放好闫老成，便往院中窜去，忽见一道人影纵出院外，眨眼间没入深暗之中。

胡冰暗叹："好俊的轻功。"发力迎了上去，哪知追击不过五六里，便失了此人的踪迹，无奈，只得折往破庙中，然而所见却让他大吃一惊。

只见院子里横七竖八躺着二十余具尸身。胡冰正深悔自己晚来一步，却在破庙的门口看见了杨穿天的尸身。

杨穿天是后脑被石子击中毙命的，照他倒下的位置和身子的情形来看，杨穿天大约还逃了几步。本以为是杨穿天杀人灭口，现在看来是杨穿天被人灭了口。

忽听远处有风声，胡冰心中一凛，越出墙外，顺手将闫老成点了哑穴，两人一齐伏在草丛中。

来人是麻隆中，胡冰突然跃出，劈手揪住麻隆中喝道："姓麻的，算你聪明，你也不能算出他们下手这么狠吧？"

麻隆中挣之不脱，只道："二水大师，快放手……现在形势紧急。"

胡冰正要再刺激他两句，麻隆中抬头问胡冰道："大师可见过凶手？"

见胡冰点头，麻隆中道："却不知大师有没有看出此人的路子？"

胡冰如实道："不曾交手，没看出这人的面目。"

二人将闫老成救醒，麻隆中将此间发生的事和哈必达、杨穿天所谓全局一盘棋的阴谋说给他。

闫老成深恨自己为宵小所算，朝胡冰麻隆中施礼道："多谢二位援手之恩，敢问二位如何称呼？”

二人皆不欲以真名姓相告，就随便带了过去。

闫老成愤愤地踢了地上的杨穿天一脚，骂道：“你这厮丧尽天良，作恶多端，今天得了报应。”

麻隆中仔细察看了看这些人的死状，说道：“和干苑秋一门被害的手法基本一致。”

胡冰道：“那干苑秋只是一乡绅，并无武功，他如何会卷入这种江湖是非之中？你这样说，恐怕是另有企图吧。”

麻隆中没有正面回答，问胡冰道：“其他事暂时搁下，你我合作，先将这儿的事处理干净，如何？”

胡冰冷笑道：“我为什么要跟你合作？凭什么相信你？”

麻隆中叹道：“老麻只是担心大师惊动哈必达。一旦让他缩回了身，他就可以百般抵赖，如此，老百姓所蒙之冤想大白于天下，又得多费周折了。”

胡冰“冷哼”一声不说话。

闫老成朝麻隆中拱拱手道：“二位在此既还有要事，就由老夫往黑风岭好了。”

麻隆中想了想道：“闫当家的深明大义，在下极是钦敬，咱们就这样定了。”

胡冰道：“闫老成身上带伤，这一路又甚是凶险，你这样让他去，岂不是让他白白送死！”

麻隆中道：“只要闫当家不暴露身份，不显露武功，此行一定平安。”

闫老成正要行动，忽听胡冰道：“有人来了。”

麻隆中脸色一变道：“快，快把这些尸身藏到后面的菜窖里。”说完，急忙跃上房顶，将房上的几具尸体挪了下来，见胡冰还是置身事外的样子，麻隆中催道：“快点，倘是哈必达那厮派来的人，那就前功尽弃。”

听得马蹄声越来越近，胡冰“冷哼”一声，提起杨穿天朝屋顶扔了过去，待麻隆中赶到菜窖时，却见杨穿天不偏不倚，刚好落入菜窖口中。

麻隆中处理好这边的一切，又操起一把烂铁锹到院中，却见胡冰早用一块木板将地上的血迹铲尽，并将可能看出来的打斗痕迹尽数掩了过去。

麻隆中喜道：“大师武功既高，心思也这般细密，在下佩服。”

胡冰笑道：“被狗咬得多了，连屁股上也能长出两只眼来。”

说完，转身走进破庙，躲在佛像后，探头向外看时，见麻隆中在地上打了几个滚，从地上抓起一把土，在脸上抹了两下，然后蜷缩在一处半塌的墙角，瑟瑟缩缩，抖成不胜风寒之状。

此时，已有两骑直奔而来，胡冰认得其中一人是昨日在酒店收了银子将自己放出来的戈什，叫伍贵，是巡抚侍卫。

那伍贵马鞭往空中一甩，打出一个脆响，朝麻隆中喝道："兀那花子——"

麻隆中猛一激灵，颤颤地道："……是唤小人吗？"

伍贵道："大爷问你，昨晚可有一队人马打这儿经过？"

麻隆中道："啊，是，是……还有好几辆马车呢。"

伍贵往远处瞅了瞅道："一切正常，哪里有什么意外？咱们回去复命吧。"

这里处理干净，趁着天未大亮，胡冰、麻隆中一前一后潜进柴家庄。果见有人在打谷场开导百姓："父老乡亲们兄弟姊妹们，大家做好准备，明天丐帮的弟兄一到，咱们就冲进衙门，结果那帮贪官的狗命。还有九合寨的人也要来助阵，九合寨，听说过吧……朝廷明令禁止圈地，哈必达可以说是公开对抗朝廷，咱们杀了那狗官，也是有理有据。何况此次有人带头，你我弟兄只需在一旁摇旗呐喊就成了。杰王爷马上就到，王爷就是要查清哈必达的恶行，将其绳之以法。"

说话之人正是柴发。

见人越聚越多，柴发干脆站到石碾上义愤填膺："活一次不容易，哪能就这样白白地被被人欺侮而死。事情紧迫，各位就跟着我柴发动手吧。"

但有两个人的声音让柴发很恼火。

一个道："这年头，只要能稳稳当当地活着就行了，受一受做官的欺侮也很正常。"说完，对着柴发摇摇头，叹一口气，转身走了。

另一个看上去很有点活力的人则仰头看着柴发道："走了贪官哈必达，又来酷吏达必哈，老百姓终究还是面朝黄土背朝天。多一事不如少一事，凑合着活吧；想死，等着就行了，哪用着急。"说着，也转身走了。

柴发气急败坏道："等死？恐怕人家连等的机会也不会给你，怂包，孬种。"

但走的人更多了，有人一边走一边道："等一阵是一阵，总比那愣头青要强，放着好好的官不做，偏要这么大逆不道，唉，老柴家祖上无德呀。"

忽听，远处传来了兵队疾行的声音，还有号角声。

哈必达开始行动了，即便柴家庄的百姓真的早已恭顺如羊了，哈巡抚也得把他们当反贼剿灭，然后再命手下人扮作柴家庄的百姓，“杀”往兰州劫掠一番。

这是杨穿天“全局一盘棋”的内容，百姓们要是不肯行动，官府就要主动行动。

麻隆中对胡冰道：“大师，快，无论如何要将他们拦住。”两人退出柴家庄，向着兵声大起的方向急奔过去，恰遇急着赶来的无路子。

无路子急道：“哈必达除了发兵来此外，还打开牢狱，放跑了所有的犯人，然后派人纵兵追赶，说是丐帮、九合寨的人来犯……”

胡冰、麻隆中闻言，均倒吸一口凉气，这本是“全局一盘棋”没有的路数。耳听兵马的喊杀声越来越近，无路子急道：“擒贼先擒王。”

麻隆中道：“不成。这一招一旦失灵，官兵受惊，四散而溃，必然是如疯如狂，遭殃的还是百姓。”

无路子急得转了两个圈子道：“那该奈何？”

麻隆中道：“烦请二水大师和道长速返柴家庄，组织青壮年掩护父老幼弱转移到后面的山旮旯里，将那些游说者制住，返回来时，一定要扮作王爷的手下。”

柴家庄的百姓正慌慌张张地朝庄外急拥，急得柴发几人在村口伸臂大叫：“逃，是不成的，两条腿的人能逃过四条腿的马吗？等一等，丐帮的弟兄马上就来了。”

但不管柴发们如何声嘶力竭，柴家庄的百姓仍如溃堤之水，竟无一人响应。

柴发大怒，拔刀跃在一个土丘上恶狠狠地道：“站住，谁敢再跑，劈了。”

忽听人群中一声大叫：“恶贼住手！”

众百姓但觉眼前人影飞动，那柴发已“嘭”的一声跌出丈外。

接着就看见一名和尚举着刚才从柴发手里夺下的砍刀，大声道：“让老人娃娃们先走，爷们先停一停，后生们站出来，跟我走——”

又见一个道士，击倒了柴发的几个同伙，也吼着让年轻人留下来。

众百姓怔了怔，互相看了几眼，又大声叫着：“快跑，迟了就死定了。”

冲在前头的，是几个青壮汉子，胡冰、无路子和先期赶到的迈音达不管怎样拦阻，也同样毫无效果。

那些走路尚且不稳的老头老婆子们，在仆倒之后就再也无力爬起。

胡冰气急，飞步将几个跑得快的汉子统统放倒，威胁道：“再要这般自顾自地逃命，立刻把你们送给哈必达。”

官兵们更近了，溅起来的尘土中有着分明的血腥气。

几名受了胡冰、无路子威胁不得不“扶危济困”的汉子，看看只丢下了自己几人，见和尚道士还没有放自己走的意思，便苦苦哀求起来。

无路子温言道：“钦差即刻就到，你等——”

几名汉子抬头看看，再听听官兵们越来越近的吆喝，突然大声叫道：“为什么偏偏就是我们几个？”

买音达怒道：“你们大老爷们，这等软弱，爷们的脸面何在？”

其他人一时倒也不敢再强，只一人道：“什么脸面？好死不如赖活着，为别人死了，太不值。”

胡冰腾地一步跃过去，劈手揪住这个人就要扔出去，一矮瘦的汉子站出来阻住胡冰道：“咱们三人听你们 吩咐。”他指了指身后的二人道：“咱们决不孬，只是习惯了，别人怂了，咱也跟着怂。”

胡冰一愣，随即笑道：“好，好样的。”

买音达找了一个身材和杰如有几分相似的汉子，命他换上一身衣裳，嘱其“不要忘了，你现在已是王爷身份，只要尽可能做出一种威严的样子，只需点头就行了”。

这汉子就是最先表示不孬的那个，名唤柴三，听了无路子的话笑道：“这容易得紧，不就是官老爷叉腰仰头粗声大气的那一套么。”

几人带上柴发等人的兵刃，一齐朝前村奔去。刚走几步，忽然听到那边响起了一阵笛子的乐声，那笛声不紧不慢悠悠扬扬的，却盖过了官兵们的喧嚣。

胡冰、无路子嘱迈音达带柴三等六人藏在一处断墙后，两人跃上一棵合抱的大树，从远处望去，不由吃了一惊。

原来，村前有一条大渠，渠上有座木桥，现在，渠那边是数百官兵，帅字旗下，几名侍卫簇拥着巡抚哈必达，许多身着官服的地方大员也夹杂其间。

木桥的这边，五头黄牛角前尾后一字排开，五牛十角，阳光下，牛眼闪闪，牛脖子直直地向前探出，筋健分明。

麻隆中端坐在中间那头牛背上，横笛吹奏，那笛音风雨潇潇浪声滔滔：苦涩而悲壮、萧瑟也铿锵。

胡冰低声道：“这老狐狸果真有点意思，却不知他是用何等法子让这五头牛俯首帖耳的。”

无路子道：“老麻家世代经营牧场。”

胡冰恍然而悟，二十多年前，闯王大军的一支部队经过麻家牧场，见麻家数百匹良种马膘肥体壮，便以情动之以理晓之，将这群马尽数充了军。

见无路子紧张得仿佛两只耳朵也长了一寸，胡冰道：“要是必须动手的话，哈必达、伍贵他们交给我，其余由你们对付。”

话虽这样说，但胡冰心里也知道，一旦麻隆中的“空城计”失效，对面那些武装到牙齿的官兵冲过来，柴家庄百姓仍不免生灵涂炭。

那边哈必达马鞭一扬，指着麻隆中喝道：“什么人在这里装神弄鬼？”

麻隆中不答，只那笛音更加高亢激越了，乐曲虽不过就是一首普通的《关山曲》，但一经融合了麻隆中的“见缝插针”内力，威力自是非同小可，对岸那些功力不济者，已呈龇牙咧嘴摇摇不稳之状。

无路子请胡冰在树上监视，自己则悄悄地溜下去给迈音达、柴三几人安排什么去了。

麻隆中收起笛子朝哈必达道：“哈大人，麻隆中有礼了。”

哈必达大吃一惊，麻隆中年前为了干苑秋一案曾经和他有过接触，只是因为换了行头，哈必达一时没有认出。

哈必达拱拱手朝麻隆中道：“原来是麻先生，——王爷可好？”

麻隆中道：“王爷听说这柴家庄的百姓有结交匪类的意向，是以和麻某悄悄潜进来察探实情，只是没有想到柴发竟然也参与其谋。”

麻隆中鼓足内力，将声音远远地送到对岸，众官兵听了尽皆哗然。

哈必达大声道：“本官早已怀疑柴发和柴家庄一干刁民有勾结，故此带兵前来弹压；哪知王爷明察秋毫，先行一步。”说着，马鞭再挥，朝众将士喝道：“快快杀过桥去，擒拿反贼，保护王爷。”

麻隆中挺身站到牛背上，道：“王爷还以为各位大人是要去春猎的。但王爷以为这个季节打野兔捉野鸡不是时候，猎狐捕狼又有扰民之嫌，故而派麻某带五头牛来犒劳诸位。”

哈必达见麻隆中这么从容不迫，心中不免狐疑，又深恨杨穿天没有算到麻隆中会突然钻出来，便觉芒背在身。

忽听他身后的一名姓陈的县令低声道：“哈大人，下官前去试探试探如何？”

哈必达连忙道：“陈大人请。”

陈县令拍马上了木桥，朝麻隆中道：“麻先生好笛子，只是这笛音前一段显得游刃有余居高临下，后半段就如大浪淘沙充斥杀伐之气，想必是麻先生和王爷一同来此暗访，已然明察秋毫，我等诚惶诚恐，请见王爷一面。”

麻隆中高声道：“王爷此行，只想查清干苑秋之死和最近那么多人神秘失踪有没有关系，至于其他，王爷无意插手。”

陈县令忽然冷笑道：“姓麻的，你不必在此牛头马面，咱们犯的每一条都是死罪，即便朝廷愿意网开一面，但事情既已公开到这种程度，哪里还有挽回的余地？”

说着，回头叫道：“哈大人，各位大人，弟兄们，王爷断然不在柴家庄，只要把这个装神弄鬼的家伙先做了，其他自然一帆风顺；否则，悔之无及。”

这一招果然有效，许多人想到自己的罪行既已大白于天下，一旦王爷到来，肯定罪无可赦，便胁迫着周围的兵丁们要冲过桥来。

忽然从断墙后跃出四人来，无路子朝桥头喝道：“你等果真要怙恶不悛吗？”又指着身边的那人道：“王爷在此，哈大人，还不下马拜见王爷！”那“王爷”自然是柴家庄村民柴三所扮。

麻隆中见状，从牛背上跃下来给“王爷”施礼道：“见过王爷。”

柴三毕竟还是没有忍住，他左手叉腰右手指着大人们，怒喝道：“呔，你们这些狗头，好生大胆，见了王爷还不快快下马，活够了吗？”麻隆中阻之不及，叹道：“毕竟还是功亏一篑。”

陈县令抢过身旁一武士的弓箭，挽弓搭箭，“嗖”的一声朝柴三直射过来。

麻隆中伸手接住来箭，再跃上牛背，气运丹田，大声道：“各位请看，你们身边的哈大人也是假的。”

言毕，朝胡冰的隐身处拱拱手道：“就请二水大师揭下那假巡抚的面具。”胡冰闻 言，即从对岸那棵高树上窜出，冲 向 哈必达，大多数人还没什么反应时，胡冰已从那人脸上扯下一副面具，随即返回，站在牛背上。

麻隆中仍旧大声道：“真的哈巡抚恐怕已经逃走了。”

陈县令见状，仰头长叹：“罢了，陈某心术不正，见弃如此，也是咎由自取。”说着，持箭反朝自己咽喉猛地一刺，跌在马下。官兵见状，惊声四起，已有四五成人开始丢弃兵刃。

胡冰见还有人举棋不定，怒喝一声，冲天而起，窜到他原先藏身的那棵大树上，“咔嚓”折断一根碗口粗细长近半丈的树枝，飞身过去，将假巡抚扫落马鞍。

麻隆中在身后大叫：“二水大师，且慢动手，援兵到了。”胡冰恍若未闻，眨眼间，已将冲过桥来的数十人扫得人仰马翻。

那被胡冰扫落马下的假巡抚其实受伤并不重，只是见胡冰来势凶猛，自己万难抵挡，便大叫一声，佯为伤重之状，现在看见己方人马已经溃不成军，趁乱爬上马背，朝西南方向逃走。哪知这马空腾了不多久，忽然止步急停，好像撞在了什么物件上。

假巡抚抬头看时，见一名光头和尚正站在神驹的前头，手中的树枝搭着马头，任假巡抚如何提缰拽辔，那马竟不能再进半步，唯有重喘抽臀尥蹶子而已。

假巡抚摘下腰间的狼牙棒，恶狠狠地朝胡冰头上砸去，胡冰手中的枯枝轻轻一旋，假巡抚狼牙棒脱手飞出。

胡冰将假巡抚拽下马来，正要挥拳，却给随后赶来的麻隆中死死抱住道：“大师手下留情——”

忽听有人大呼：“成功了，成功了。”

第九章 真假

胡冰抬头看时，只见正四处溃散的兵将们个个东倒西歪跌跌撞撞，完全是力竭不支的样子。

胡冰忽觉自己也有点头重脚轻，他心中一惊，急忙盘膝于地，运功相抗，心知：是唐万敌到了。

远远地看见几个人从这边直奔过来，眨眼间来到跟前，走在前头的两人，一个言笑晏晏青春年少，有人呼之为“公子”；另一个肩上扛着麻袋，口称捉了个“大的”，正是四川唐门的掌门人毒天下唐万敌。

麻隆中挡在胡冰前头，指着地上横躺竖卧的那许多人，对唐万敌道：“你不是说这些人很快会醒来吗，怎的还不见动静？”

唐万敌一边道，“快了，马上就醒过来了”，一边从麻袋倒出一人，果然是巡抚哈必达。

几人分头行动将二十余名有级别有身份的大人老爷们或捆或绑集中到一起，这时，被毒倒的人们渐渐醒了过来。

哈必达、柴发先后悠悠转醒，柴发叹道：“哈大人，当初要是更直截了当一些，也不至于现在。”

忽听人群后传来一阵脚步声，跟着有人道：“柴发，你不知追悔，还敢在这儿大言不惭？”却是杰如的声音。

柴发道：“事已至此，追悔又能如何？”

杰如喝道：“无耻之尤，该死！”挥掌拍在柴发的顶门上，柴发登时气绝。

麻隆中阻止不及，急嘱无路子、迈音达将哈必达一干人押走。

杰如登上木桥，对众百姓做了一番安抚，等百姓、官兵各自散开后，麻隆中发现胡冰已不见了。

见麻隆中拿着胡冰用过的那根枯枝发怔，养月儿问道：“麻先生，您可知道这人的来历？”

麻隆中点点头，若有所思，低声对杰如道：“王爷，不管事务多么繁忙，一定得上一趟独柳塬。”

唐万敌道：“老麻子，那人到底是哪路神仙？”

麻隆中道：“要果真是神仙倒也罢了；你以为他真是和尚？”

养月儿喃喃道：“二水，二水是冰，冰——”她忽然惊道：“麻先生，难道这人会是胡冰胡大侠？不知这位胡大侠现在去了哪里？”

麻隆中道：“按理，他的下一个去处应该是黑风岭，可是胡大侠轻功超绝，纵然咱们现在赶往那里，肯定也是追不上他的。”

又对杰如道：“当务之急，是将这里的一切上奏皇上，请朝廷派钦差来核查。”几人边走边议，麻隆中很快做了安排，几人依计各自行动。

胡冰没有去黑风岭。城里有一座酒楼名叫天香窟，胡冰察知近来这里发生的古怪离奇之事，和天香窟有关。

哈必达、杨穿天等人嘴上说的“黑风岭”，是暗语，实指“天香窟”。

胡冰光着头，带着酒意，人没有进去，声音早已炸起来：“大爷来了，大爷我来了，你们难道没看见大爷来了吗？”

没有人应和，胡冰推门进去后，看见两个中年男女，男的好像是被胡冰惊醒的，睡眼惺松；女的正在柜台上噼里啪啦打算盘，念念有词。

见了胡冰，那女人只微微抬起头来，向左努了努嘴，道：“请选择。”原来左边有三扇门，门上各写着“人”“畜”“草”。

胡冰莫名其妙，道：“什么意思？”

那男人“哧”了一声，埋头又睡，旋即鼾声大起。

那女人道：“就是你想吃什么，就进哪个门的意思。”

胡冰道：“胡说，大爷要是进了‘人’门，就得吃人吗？”

那女人头也不抬，道：“当然，门是你推开的，事情就得你自已做，难道你进了那门，是要请老娘去吃吗？”

她抬头看了胡冰一眼，道："不像，不像，一个花和尚，装模作样而已，当然不会勾留老娘去享受。" 说完，又噼里啪啦打起算盘来。

胡冰道："吃人？莫非你们开的是黑店？莫非这里是十字坡？"

女人冷笑道："黑吃黑，白吃白，黑吃白来白吃黑，你久走江湖，难道不知，人生来就是要互相吃的吗？"

胡冰道："大爷不管这些，大爷只想知道，大爷进哪个门最好。"

胡冰将睡觉的人拽起来，恨道："大爷问你话，你难道没有听见？"那汉子眼里精光一闪，道："看你这么难拿，莫非你是大侠？"

胡冰吃了一惊，暗道："这厮什么人？招子也忒亮，要是果真让这腌臜家伙瞧出来，事情就不好办了。"

想到这儿，便道："什么大侠不大侠，关键是你的态度。"

打算盘女人道："大侠就是大侠，有什么遮遮掩掩的？"

胡冰沉声道："不要瞎掰扯，快告诉大爷，这三道门到底如何走？"

打算盘女人展颜笑道："大侠不必紧张，咱们生意人，就算知道大爷是大侠，也无意搞清大侠是哪条道上的。"

接着给胡冰解释道："所谓'人'，主要是满足您老对女、男的要求；所谓'畜'，主要是满足您老对畜的要求；所谓'草'……这么给您说吧，草，就是素，咱们天香窟，除了人的天香国色外，就那'草'，也是世间珍奇，无所不有。"

胡冰总算恍然大悟，他涉足的酒楼很多，却从来没有见过如此分类的。

打算盘女人还在叨叨不已："我看大侠最好是选择'人'。咱们这里能满足您的各种需求，跑腿小厮供你驱遣，牛鬼蛇神供你出火，尤其那天香十艳：鹊艳让你飘飘欲飞，快乐如神仙；狐艳让您香暖饱满，色香味和谐；鹰艳让您雄踞不下，高处不胜暖；狼艳让您威风八面，雄风赛当年；……"

睡觉男人忽然插嘴道："还是'畜'好。人生一世算个求？又吃又喝死不休；什么大侠加名士，混个肚饱才有理。吃鲸鱼肉，保管你身强体壮揍倭寇；喝虎骨汤，保管你跨步如飞过羚羊；牛鞭让你金枪利，鹿血使你青春长；一碗清蒸飞龙肝，二两凤凰髓灌肠，还有那非洲雁、美洲豹，水深捞出虎头蛟；北极熊、南洋鸟，掘地三尺蚯蚓脑；天上飞的吃光光，水里游的心慌慌，龙爪双拼竹叶青，猪嘴硬拱老白干；大侠啊，管饱你吃了上顿想下顿……"

胡冰听得两耳轰鸣，怒极反笑，道："尔等男女，态度何以前倨后恭？"

睡觉男人道："很简单，因为咱看出你是大侠。"

打算盘女人道："很简单，因为咱知道你银票多多。"

胡冰心下略安，道："这就奇了，大爷一没出拳，二没出手，你二人何以就断定大爷是大侠？身上还有银子？"

睡觉男人"哧"了一声，道："在公众场合粗声大气的，普天之下，只有四种人。"

打算盘女人道："一是不管不顾的流氓，二是日进斗金的老板，三是颐指气使的官爷，四是金刚不坏的大侠。"

睡觉男人道："眼睛瞪成瓷溜子，脸色灰成桌布子，叫嚷恨似铁棍子，这是流氓；眼睛好似金银闪亮，脸色显出金玉满堂，声音像金石激荡，这是有钱的老板；眼睛看你却没有你，脸色一寒就吓死你，声音不高但驱使你，是官爷。"

打算盘女人道："眼光锐利像针锥子，脸色平展像案板子，声音沉郁像风铃子，这是大侠。"

胡冰兴趣盎然，道："倒有意思，那么大爷身上银票多多，你是如何知道的？"

睡觉男人道："闻，这女人鼻子尖，就算你把银子藏在狗屎中，她也能闻出来。——不信？你试试？"

胡冰笑道："既然尔等知道大爷是大侠，态度何以如此怠慢？"

打算盘女人道："天下太平了，大侠没有地位了，要是你是流氓和官爷的话，那倒是例外。当然，如果你是胡冰，那也是个例外，但胡冰已经死了。"

睡觉男人抢着道："这是我家掌柜说的，也是她立下的规矩，说只要胡大爷来了，就算把酒楼送给胡大侠，她也毫不犹豫。"

打算盘女人道："咱家掌柜金小云，云姐儿，——您老还想知道什么？"

胡冰道："什么也不想知道了。"言毕，推开"人"门，走了进去。门里却是一片光亮，帘子微动，两个姑娘已悄然掩在胡冰两侧。

两姑娘浓妆艳抹，头发蓬乱，衣松带宽，似乎香梦初醒意犹未尽。

胡冰不由脸热，忙道："难道你们认识大爷？"

一姑娘道："大爷俗了，有缘千里面对面，无缘同床梦不见；你来了这里，自然是咱的衣食父母。"

一姑娘展颜向胡冰道："休听她胡说，门上自有方向，大爷自去选择。"

另一姑娘道："我家掌柜说了，选择出于爱好。"引领胡冰转了一圈，这屋有五个门洞，分别是：江湖乐、秀色深、豪门怨、农家寒、市井闲。

胡冰道："江湖乐吧。"

胡冰跨步推门。

却是三道石门，一阵斗折蛇行后，忽然见到一大厅内，有人正在慷慨激昂。

原来是莫邪"三圣僧"正在召开武林大会，胡冰情知是假，却凑过去。

苦日道："这会开到这儿，也是圆满，最后，老衲代表两位师弟正式宣布，武林之莫邪'三圣僧'时代正式结束。"

一干人齐声叫好，苦日又道："旧的时代结束了，新时代自然不可避免要到来，这是民心所向，谁要想挡这潮流，那自然蚍蜉撼树谈何易。"

难天接腔道："问题在于，新时代该是什么时代呢？事关武林之千秋万代，无论如何不能轻率行事，定当从长计议。"

海空乱发一甩，道："各位都是武林中赫赫有名的人物，自当知无不言，从长计议是好的，但有话快说，要保持高效率。"

胡冰原本也要插两句的，听海空这样说，只好忍住。 有人道："那么就请三位快抖搂吧。"

难天道："是这话。"

"老衲代表师兄师弟，正式宣布，从今日起，武林正式进入长白时代。"

苦日道："长白时代，就是永远白的时代，长白时代的核心人物，自然是长白掌门杰如杰大侠。"

胡冰捏着嗓子大声道："不妥，不妥，不妥之至。"

众人将眼光转过来，却见是一个光头但又不似和尚的家伙，灯光下，那一脸土色带着三分滑稽七分嘲笑。

"三圣僧"自然也是一愣，道："你是何人？"

胡冰道："雪影无痕，苍天有灵；冰手写意，水月夺魂，在下胡冰。"

众人闻言，不由大哗，按照事先设计的流程，自然没有这一出，况且，按照江湖中的一般性结论，胡冰早就死了。

假苦日道："原来是胡大侠，久仰久仰，不过胡大侠早就死在老衲 师兄弟手下，哪里的石头缝里又冒出你这样的一号？"

他打量了一下胡冰，又道：“就算你也有光头一颗，那也未必就能修成弥勒。”

胡冰笑道：“大师果然高见，胡某若不是成了弥勒，岂能死而复活？”接着，胡冰大声道：“现在胡某正式宣布，江湖正式进入黑暗时代， 又黑又暗、日月不明时代，也可以简称为黑时代或暗时代。有哪个不服，上前来说话。”

众人怒道：“你这厮大大咧咧，莫非你真的是胡冰？”也有人道：“就算你真的是胡冰，那也不能由你一人说了算，如今河海晏清， 天下安宁，你却来了个黑时代、暗时代，莫非你有心理问题？”

胡冰道：“尔等无祖无宗，早已成了茅厕里的石头。”

众人更是大怒，同声道：“你这厮竟然满嘴泼污，岂是大侠心性？”

还有人道：“你要是胡冰，老子就是胡冰他爹。”假苦日干脆道：“同上，揍他个狗日的。”于是，一帮江湖豪客冲了上来，胡冰愣了愣，认为自己不能出手，只好逃走。

逃到一处昏暗的地方，正不知如何曲折，听到一个女音道：“向前直走，五步后右拐，用力猛推，自有洞天。”胡冰依言进去，不由惊了。

他看见了司马丹。司马丹正跪在地上，跪在地上的司马丹正在哭泣；旁边一只箱子倒扣在地，地上散着各种行医用具，莫非是郑天则的药箱？

他们的旁边分立着几名豪客，却是师盛天、贺青、贺兰及一些奇形怪状的家伙，还有不久前离奇死亡的杨穿天。

对面，是一张大桌，桌后的椅子上，坐着两个男女，他们 的身后是“三天下”。

却听那女人喝道：“司马丹，郑天则抗拒到底，自然咎由自取，你莫非也要步他后尘吗？”

那司马丹抖抖道：“确实不知道，那东西一直由胡冰保管，到底是什么，咱们没看过。”

男子怒道：“胡说，这事胡冰岂能不和你沟通？”

唐万敌道：“就是，胡冰死了这么多年，这问题自然要落到你司马丹头上。”

司马丹哭道：“这话有理，要知道小女子对那物事也大有兴趣，无奈胡冰对此守口如瓶，几次套问也没有结果。”

麻隆中轻摇英雄扇，缓步向前，弯腰对司马丹道：“据说胡冰对你甚是倚重，李岩遗物这么重要，你说你一点也不知情，当咱们是小孩子吗？”

司马丹道："这都是据说而已，胡冰一向自视甚高，岂能把一个女人当成事？"

贺兰插嘴道："他连女人也不当回事？那他还活着干吗？莫非他自身的问题很严重？你这话不可信，不可信。"

司马丹道："这是真的，他见了女人从来无动于衷……"说到这儿，那司马丹竟站起来，拍拍麻隆中的脸，道："哪像你……"

麻隆中推开司马丹的手，笑道："咱是男人，那胡冰武功虽然厉害，嘿嘿，说不定是个太监……"

胡冰再也忍耐不住，喝道："尔等宵小，如此埋汰他人，岂不该死？"喝声中，踏步向前，聚起二分掌力，朝那假冒的麻隆中击去。

哪知"轰隆"一声大响，胡冰只觉脚下一滑，人已朝下直直掉下。

胡冰暗叫一声不好，掌力陡然加大，朝下直劈，同时，右脚在左脚背上一点，身子螺旋翻转，冀图朝上跃起。

孰料头上响起一阵"哗哗"声，接着就有若干股强劲的浊水直朝胡冰泼下来，浊水之中，还带着四股劲风。

胡冰听声变音，已知 暗弩之类的短箭，他躲开了暗器，但不能扭转下坠之势。

胡冰掉下去的地方是个水坑，他双脚初一接触水面，两臂一振，展开浮光掠影之势，向左逸去。

只听"唰"的一声，上头一张渔网张开，朝着胡冰兜头直罩下来。同时，身后又传来强弩劲射的声响。

胡冰身子微晃，躲开渔网，含光宝剑顺势朝后挥出，不料却削了个空。原来偷袭者临机变招，竟放了两声空响。

胡冰一剑削空， 方要调整动作，身后一阵短弩袖箭密密麻麻地朝他射来；同时有两人跃出，各挺长枪，一上一下朝胡冰直刺；上面的那一枪如毒蛇吐信，意在锁喉； 下面的则似恶狗扑食，径取胡冰胸腹。

胡冰一声轻笑，右手剑刺出一招"迎风而上"，左手则拍出一招"大浪淘沙"，眨眼间，已将前面两人的枪拨开，也将后面的暗器震落。

依稀中，似乎听到有人叫好。 胡冰笑道： "好戏还在后头。"

他人在空中，一个"鹞子翻身"，头下脚上，左手轻轻一揽，将对方又随后射来的几支袖箭接住复又大力掷出，喝道："想活命的逃开去吧。"

一番你来我往的攻杀之后，被胡冰削断震落的明枪暗箭已在他脚下散落了一层，但这些人在中了胡冰的掌剑之后，兀自不肯退开，即便含光剑刺中的其实是他们的要害，他们仍死命向前，原来，这五人竟是带着人皮面具的稻草人。

胡冰拍出一招“乱石穿空”后，把内力提高至五成，两掌之后，三名稻草“杀手”的外衣被尽数震飞，但他们的胸口又各自射出三只短箭，分上中下三路射向胡冰的咽喉、小腹和右脚踝。

胡冰用含光剑将下面的两支短箭拍开，再仰身避开最上面的一支；但他身后的那两名没了头臂的长枪手却忽然爆了一枪，胡冰本能地回头闪避时，谁知这稻草长枪手却只是在断颈处冒了一股轻烟，并无实质性的攻击。

第十章 蝎子

趁着胡冰稍一犹豫，前面的飞箭手又飞出一阵暗器。胡冰奋起神力，拍落了这些短弩银针后，打定主意要摆脱这几个稻草人的纠缠。

哪知他身子甫动，四壁忽然洞开许多小窟窿，青烟股股，不断吹入。

胡冰心中一惊：“捉鳖散”，果然是南柯梦云！

就在胡冰觉着不对，要设法逃开时，这里上下左右各个方位甚至脚底，都有暗器射出来——飞弩、蒺藜、铁三角，应有尽有。

胡冰左掌劈出一点容身空间，喝道：“南柯梦云，这般鬼鬼祟祟，见不得人吗？”

四周并无回音，不过，胡冰还是听见正南洞中的响动有点异常，于是他急忙剑交左手，右臂衣袖疾卷，将射来的两只短弩接住，随后再奋力掷出。

只听“嚓嚓”两响，短弩先后射进了洞中，洞里果然传出了有人负伤后的痛叫。

胡冰一招得手，左手宝剑跟着向前挥出，硬是从密集的“暗器雨”中挤出一道缝隙，身子朝正南直掠过去，叫道：“南柯女贼，这种手段岂能奈何得了胡某？”

有一个声音从雾的深处传出来：“姓胡的，莫非你四处碰壁，走投无路，竟只好出家做了和尚吗？——这未免有点太可惜了吧。”

正是“捉鳖会”会长南柯梦云的声音。

胡冰怒喝一声，凭着感觉，挺剑朝右前刺去。

南柯梦云佯惊道：“啊呀，不好了，快撒网。”话音未落，便听“唰”的一声，一张渔网竟然从地下的水潭中腾起。

胡冰手腕一抖，含光剑向下直削，孰料那渔网尚未抖开，水池中又刺出几条长枪，枪尖挥出一阵逼人的血色，胡冰只好挥剑相格。

又听南柯梦云道："胡冰，你要是还不住手，本大娘要往你身上泼屎泼尿了。"

胡冰叹一声道："大鱼晾在沙滩上，老虎囚在笼子里；南柯女贼，你说得不错，看来胡某只好认栽。"

话甫出口，但听南柯梦云拍拍手，一切动静果然立时停止。

现在，胡冰就在南柯梦云的网中，被网住的胡冰真的就像一条大鱼。

而南柯梦云手里拿着的，正是胡冰的含光剑。她身边立着"捉鳖会"副会长金九和"回头帮"帮主师盛天。

她用剑尖近距离地指着胡冰恶狠狠地道："姓胡的，你还有甚话好说？"

师盛天那年在劳日山庄先行逃走，南柯梦云花了五年的时间将其"缉拿归案"，分了他的家财，并向江湖同道公布了他的老底，让他"死心塌地"地加入了"捉鳖会"。

金九提醒南柯梦云："胡冰武功高强，别着了他的道儿。"

网中的胡冰笑道："胡某既中了这老女贼的诡计，又蒙你老金点了几处穴道，还能有什么道儿？你如此胆小怯懦，此生也只能是终老在副会长的位置上了。"

金九笑道："副会长怎么了？你想当吗？但梦云不要你……"

南柯梦云喝道："闭上你的嘴，少说两句行不行！"

南柯梦云吩咐金九去后院守着。

胡冰笑道："有如此忠心耿耿的人在你这老女贼身边，也难怪捉鳖会能百尺竿头更进一步了。"

南柯梦云怒道："你死到临头，还嬉皮笑脸，本大娘警告你，倘若你再敢说'老女贼'三个字，就立刻要了你的命。"

胡冰道："这就奇了，南柯会长口口声声'大娘'，胡某不喊你老女贼莫非喊你老贼女吗？"

南柯梦云忽然笑道："胡大侠，俏燕子司马丹可是日日夜夜念叨着你呢。"

胡冰大惊道："你说什么？南柯梦云，你见过三妹？快说，你把三妹怎么样了？"

南柯梦云的脸上立刻阴云密布，咬牙切齿地道："胡冰，你害得南柯大娘帮毁人亡，还抢走了我数十年的积蓄。我要把司马丹挖了眼睛割了鼻子，再在她脸上划上七八十刀；她既是你的什么三妹，受你的株连那也理所当然。"

胡冰道："以往那事可与三妹无关，要杀要剐，你冲我胡冰来好了。再说，看你现在发展的也很不错，拥有挺大的产业，对了，前面的女人提到他们的老板是金小云，难道是你女儿？”

南柯梦云道：“老娘本来给她挣下万贯家私，她却毫不领情，非要给人家做小老婆。”

胡冰道：“想必是你女儿知道了你的身份，原来不过是强盗，深以为耻。”

南柯梦云咬牙切齿道：“这都是拜你胡大侠所赐，两代人的痛苦一并算。念你也算一条汉子，本大娘允许你在临死之前留下几句话。”

胡冰叹了口气道：“无须几句，胡冰只想我二弟和三妹是不是真的在你手上？”

南柯梦云道：“不错，司马丹现在确实在我手上，临死之前，本会长会让你们见一面的；至于郑天则，咱们已把他卖了，卖给谁，本会长不知道，你也别问。”

说着，大声道：“向南、冷北，把司马丹带进来。”

师盛天疑道：“那么，不等那边来人了？”

南柯梦云似有点不耐烦：“当然得等。杨穿天死了，不等，还能有什么办法？”

只见一男一女两个瘦得剪刀似的人把司马丹架出来。

司马丹只叫了声“大哥，二哥他——”就给南柯梦云过去点了哑穴。

然后，南柯梦云用含光剑的剑尖挑着手帕，探到缠着胡冰的网上，抖了几下后，但见一阵白色粉末散着一股幽幽 的香味飘落在胡冰身上。

胡冰道：“你，你要干什么？”

南柯梦云话不说，忽然跃上房梁，取下一支木匣，走到距胡冰三四尺的地方，将匣子里的东西放出来，却是几只蝎子。

蝎子们摇摇脑袋，定了方向，朝胡冰这边蠕蠕地爬过来。

南柯梦云笑道：“这玩意儿对付那些自命不凡的家伙最有效。”

胡冰道：“这可不是闹着玩的，你不如将胡冰也卖了，肯定更值钱。”

南柯梦云道：“这成什么话？胡大侠，我一生都毁在你的手里，你说，天下还有什么能比用这等法子杀了你更让我开心？”

司马丹激怒攻心，几乎昏厥过去，南柯梦云却道：“在自己心上人面前这么狼狈，对男人来说，才是最有效的打击。”

胡冰怒道：“南柯女贼，胡某和三妹义结金兰……”

南柯梦云复又转身到胡冰身道：“胡大侠，你何必装模作样。俗话说，要想心贴心，先要身靠身……”

胡冰大窘，担心南柯梦云还会说出更难听的话来，便大声道：“原来我是天下最该死的人，今日遭此大祸，那也是虽百死而不足抵其罪。”他声音一高，倒把南柯梦云吓了一跳。

胡冰又道：“既然这样，胡冰也就无话可说了……想不到你我为敌一世，到头来竟要与你这样的人同归于尽，唉，造化弄人，无可奈何。”

南柯梦云诧异道：“同归于尽？胡冰，你是什么意思？今天是你死，是我的蝎子要一口一口地咬死你，你知道吗？”

胡冰道：“知道，我还知道这蝎子爬在人身上后，并不急于下口，还得等同伴都占据了有利的位置后，才‘异口同咬’，每咬一口所需要的时间是半袋烟工夫，能让人痛到下辈子也不敢做人。经了三天三夜的叮咬后，我胡某全身已不过是一具空皮囊，但心志还清楚。”

司马丹早已听得魂飞魄散，而胡冰却说得流畅自如且面带笑容。

南柯梦云睁大眼睛道：“你是如何知道这些的？”

胡冰乜斜着南柯梦云道：“如何知道已不重要了，重要的是胡某要告诉你，当你的恋香蝎决定咬我的时候，你南柯梦云就死定了或者说已经死了。”

胡冰说完，闭上了眼睛。

恋香蝎已通过渔网线，爬到了胡冰身上。

胡冰闭着眼道：“南柯会长，蝎子们已各就各位，等你一声令下，那时，胡某的生死尚难定论，但你南柯会长的一生就肯定是走到头了。”

南柯梦云后退一步，想看出胡冰是不是在虚张声势，但她没有发现任何蛛丝马迹。于是咬咬牙，道：“姓胡的，你不要以为这样就能吓倒我——”说着撮唇哨了一声，蝎子们闻声之后，即刻昂起头，寂然不动，唯蝎口大张，只待主人再哨一响，它们就要奋股埋首，各自在胡冰的身上穿出一个血洞来。

南柯梦云的第二声终于没有哨响，她轻轻地吐了口气，用含光剑瞄着胡冰道：“你骗人，须知我只要用力一掷，照样也可以杀了你，你信不信？”

胡冰将眼睛睁开一缝，笑道：“信，当然信；——不过，你迟迟不肯哨出第二声，足见也是底虚得紧。这样吧，咱们不如心平气和地谈……”

金九忽地冲进来，从南柯梦云手中夺过宝剑道：“听蝼蛄叫就甭种地了，怕水深就不捉鳖了，让我来。”说着，挺剑便刺，忽听胡冰大叫：“麻隆中——”

南柯梦云从金九手中夺下宝剑，将金九斥到身后，对胡冰道："你喊那老狐狸做什么？可见你也是心虚。"

胡冰叹道："不是心虚，是不愿现在就死……"

原来胡冰确实感到周 围气息有不对的地方，但究竟是什么，胡冰也说不清。

司马丹素知大哥性子虽诙谐，行事却异常谨慎，他这样谈笑风生，大概也有自己的判断，这样想来，情绪也就大大缓解。

南柯梦云的疑心越来越重，因为杨穿天的死对她是个沉重的打击。

那些神秘的人物来黑风岭接"货"，只和杨穿天一人接触，其他人一律不得多话，两个月前，"东南西北四耗子"中的来东就是因为说了句"躬送阁下出山"一句示好卖乖的话，被来人一手抓毙。

杨穿天的死讯和胡冰要来这里的消息就是抓毙来东的那人告诉她的，如何对付胡冰的法子也是此人的主意。

但让南柯梦云十分不安的是，这个人为南柯梦云做了这一切之后，什么也没有说就走了，也没有交代如何处理胡冰。南柯梦云的头有点发热。

可一想到自己的"捉鳖会"曾经"捉"了那么多江湖人物，此事一旦张扬出去，那她就真的没处逃生了，杀了胡冰自然能保证消息不至泄露出去。这样想着，脸上的凶光又渐渐起来了。

师盛天悄然靠过来道："会长，这胡冰使的显然是缓兵之计。依他的性子，若有这么大的把握，他早就动手了；这附近全无异常，胡冰明摆是故弄玄虚。"

南柯梦云白了一眼师盛天道："不管胡冰是不是故弄玄虚，你师帮主肯定是最希望我南柯梦云被人四处追杀了。"

胡冰笑道："此话不假，南柯会长现在面临的情况似乎有点复杂，倘若你能够向我三妹低头认错，她或者能帮助你想一个万全之策。"

见南柯梦云还在想，胡冰又道："南柯梦云，千钧一发你当断不断，岂非害人害己？再说，你这蝎子们——"

南柯梦云颓然坐在椅子上，擦擦脸上的汗，叹了口气道："好，胡大侠，这次你又逃过一劫……不过，你胡大侠也得说两句什么吧？"

胡冰笑道："那当然，只要日后南柯会长能像今日这样，胡某自然不会为难你等。"

南柯梦云知道让胡冰说出这样的软话，已属不易，于是呼哨一声，将七只恋香蝎收入木匣中。

又转身解了司马丹的穴道，得了司马丹类似的保证后，南柯梦云方解开渔网，给胡冰服了解药。

胡冰一旦脱困，即怒喝一声，出手将南柯梦云并师、金二人击倒后，从窗子中窜了出去。

众人见他初服解药就能使出这般轻功，一时惶恐难安。胡冰很快将周围飞速探视了一圈后，却没发现任何异常。

他返回屋中，举掌将南柯梦云击倒，随即左掌探出，抓住师、金两人掷了出去，只听“嘭嘭”两响，师盛天和金九撞在墙上后又跌下来，二人痛彻骨髓，却不敢出声。

随后又将南柯梦云兀自抱在怀中的木匣抓在手里，随手一掷，那半尺见方的木匣竟深深地嵌入青石地面中。

胡冰扶司马丹坐好，对南柯梦云几人喝道：“快点，挑简单的说。”

司马丹道：“大哥，你这样凶巴巴的，他们如何能说得。”

但南柯梦云几人实在说不出什么子丑寅卯来，大约只说了三点在胡冰、司马丹看来有些价值的话。

这次能困住胡冰，是接货人指点的，那张连宝剑也斩不断的渔网， 也是那人给的；接货人先后来过三次，每次嘴脸都不相同，但武功高强；对这些人的身份来历他们一概不知，只杨穿天可能知道点，按以前的约定，接货的人马上又要来了。

看看南柯梦云不似作伪，胡冰、司马丹相信了他们的话。

接货人果然来了，来“接货”的人并没有南柯梦云他们诉说的那么可怕。来人在南柯梦云的“货仓”里只相中易了容的司马丹和另外两名年轻女子，对于其他几名被“捉鳖会”捉来的江湖人物和光头胡冰却没有显示出任何热情。

司马丹已听出这两个蒙面接货人是女的。

两个女人只相中了三个女人，而且听其声辨其形，这两个女人的功夫也极平常。一手交钱一手“交货”后，来人便给司马丹三人喂服了不知什么药粒，又朝南柯梦云道了声“合作愉快”，就迅速离开。

胡冰逼南柯梦云几人发下毒誓，悄然跟上。离天香窟不远的一个黑屋子里，有两个蒙面人。

前面那人坐着，他身后的那人瘦削得如同一具干尸，垂手弓腰，肃然而立。后面的那人轻声道："教主，既然擒获了胡冰，就干脆任由南柯梦云杀了他算了，二十年快过去了，胡冰还……"

教主道："让南柯梦云拿住胡冰，算是掀开了折辱胡冰的序幕，这种折辱要持续进行，直到让他心灰意冷为止，你明白吗？"站着的那人急忙点头。

教主又道："二十年，二十年长吗？对付胡冰这种人，仅让他激于义是不行的，还得让他愤于世，让他在极度绝望的时候，感到对什么都无所谓，那样他就任由本座摆布了。"

身后那人道："教主高见。"

教主却叹了口气道："这不是高见，这是无奈。"

少顷，教主又吩咐道："设法把杰如他们也引到天香窟。严告莫天树、蔡倚窗，网罗搜魂手的事就此打住，大平的事要做好，'风水二仙'的事，也不能再拖了。"

那人躬身道："属下明白，属下这就去了。"说完，身子一闪，倏忽不见。

•

第十一章 重逢

司马丹在船上，胡冰在暗处，一路跟踪，一直到了湖北境内。

司马丹早已觉得这和调查江湖人物神秘失踪事已有点南辕北辙了。

司马丹曾悄悄和胡冰沟通了一次，但胡冰毫无头绪，又担心失去这条线索，便一直跟下来。

进入首宁城的时候，胡冰认出前来接队的竟是少一尘。

这少一尘有个师弟名多一点，二人昔年是纵横西北的黑道人物，不想如今在首宁现身。

少一尘的车马队去的地方叫熏风楼，胡冰更没有料到少一尘会在这种地方落脚，正思谋如何应对，熏风楼高处的两个女子甩着手帕朝胡冰喊道："兀那汉子，——过眼瘾吗？"

旁边的几名佳丽也立刻一哄而起，一时娇声浪语，不绝于耳，引得许多人扭头来看，胡冰人窘，直往人群里缩。

忽然有人拍着他的肩头道："幸会，幸会。"

胡冰一惊，察觉到一股柔力朝自已肩头按来，可他居然没有躲开。

他处惊不乱，本能地沉肩缩腰，右腿微抽，意欲从这人的掌下脱出；同时扭腰侧身，左手从右腋下疾速探出，从下朝对方的臂肘扣去。

这一招三用，一气呵成，出手也极隐蔽，丝毫没有引起周围其他人的注意。

只是他快，这人更快，胡冰的招式没有使尽，这人已将胡冰手腕拿住，低声道："小胡，是我。"

这人竟是顾方，不见已有十多年，如今见了老道长，胡冰竟至于两眼发热。

在熏风楼对面一个叫一二酒楼的地方，两人坐在临街的阁子里，顾方告诉胡冰，最近他也在追查武林人物失踪的事情。

胡冰将自己的情况包括如何到了这里的前因后果都告诉了顾方。

顾方沉吟片刻，问胡冰：“下一步，你如何打算？”

胡冰道：“从这里入手，看能不能查出点什么来，至少也得搞清少一尘背后的主人是哪路神仙。”

华灯初上的时候，从熏风楼的西头，一个人远远地来了，此人一身锦绣，仰首昂视，俨然富商大贾。

待这人走近楼前，早有一个汉子，伸手搭臂，排开众人，嘴里高叫着“闪开点，闪开点，让大爷先走。”

这位大爷并不买账，喝道：“你这厮的手干不干净，也敢往爷的身上蹭？”

那大汉一愣，抬头和这人目光相对时，顿觉对方眼中一股冷冷的寒气直逼过来，这汉子不禁浑身一颤，心道：“好毒。”

来人便是胡冰，鸨儿搭讪了两句，将若干佳丽给胡冰介绍过来。

胡冰大声道：“大爷今日按下行程，是因为听说你这熏风楼有新来的 姑娘。”

鸨儿听胡冰这样说，堆一堆笑脸道：“大爷来得迟了——”

胡冰一拍桌子道：“不行，大爷为这而来，岂能败兴。”

鸨儿一愣，复又扭腰提臀绽开满脸的笑容道：“大爷息怒，大爷应理解老婆子的难处，干什么都得守信……”

胡冰瞪眼道：“休得啰唆，小心大爷一把火烧了你这什么熏屁楼。”

胡冰还在横，已有一汉子向鸨儿暗示：“上头说首宁没有这号人物，大可不必畏惧……”

又来往了几个回合，见胡冰执意不肯，鸨儿直起了腰，硕大的葫芦脑袋尽量向后挺，身体整个就如鼓起来的气包，朝胡冰嘘气瞪眼道：“大爷也忒不近情理，你也是活过几年的人，行事如何这般幼稚？”

胡冰甩出一沓银票道：“这样行不行，——哼，瞎了你的人眼。”

鸨儿眼睛一亮，随即又黯淡下来，咽了咽口水道：“大爷，咱们就是为了银子，可就算您的银子多如万水千山，但人家的势力能遮天蔽日，人家是天，惹恼了天，天就塌了，天塌了，银子再多，管个什么用？”

胡冰笑道："你是这熏风楼的主事人吗？"

鸨儿拍了拍自己道："当然。"

胡冰道："既然你是正主，就赶快把这一沓银子拿走，按大爷的意思办，否则，你就得通知熏风楼中所有的人快点逃命。"

鸨儿道："你这话是什么意思？"

胡冰笑道："就是这个意思，你可看明白了。"

说着，胡冰将桌上的台布扯在手里，往烛焰上伸去。

眼见台布燃起，鸨儿急忙道："大爷您且慢，千万且慢，老身这就出去，看能不能通融一下。"

胡冰笑道："这就对了，——你快点。"

言讫，转身向楼上急跑，呼哧呼哧喘着粗气，嘴里不断默叽着："了不得，可了不得了，多楼主，多楼主，您快点，扎手……"

胡冰心道："果然是多一点。"

鸨儿的叫唤方止，就听见一阵轻捷如跨的脚步声，眨眼间，一个身影就已"滚"下楼来。

这人猴头蒜鼻、瘦脸、宽额、削颏，脑后束一根二寸长的小辫子，身高不过二尺余，鼻子、耳朵乃至身上的每个部位都酷肖一只大辣子，正是多一点，江湖上人送绰号"狗尾辣子。"

多一点仰着头将胡冰打量了一番道："就是你，要烧熏风楼？"

胡冰反问："多一点，什么时候竟成了楼主？"

多一点大吃一惊，他们师兄弟在首宁隐姓埋名十余年，很少和江湖人物来往，不意今日刚一照面，就给胡冰喝破身份。

未等多一点有什么表示，两名铁塔般的汉子低声怒喝："找死！"老拳挥起，朝胡冰直扑过来。

多一点急呼一声"住手"，随即身子一挫，贴着一壮汉的后脊背从他的肩头翻越过来，只轻轻一扳，这两人居然无法再向前半步，而多一点也轻捷无声地落在胡冰对面 的椅子上。

多一点拱手对胡冰道："尊驾高姓？来熏风楼究竟意欲如何？"

胡冰笑道："大爷不满意，打算烧了这熏风楼。"

多一点回头指着鸨儿斥道：“岂有此理，紧急关头，还这般墨守。”

那鸨儿看看胡冰，凑到多一点跟前低声道：“可是，成大人他们……”

多一点道：“家有三件事，先从紧处来，他们就算是老虎，也得先把眼前这位神仙大爷糊弄高兴了再说。”

见老鸨哈腰而去，多一点又试探胡冰的“高姓大名”，胡冰道：“大爷的名姓哪里能随便告诉你这等人；你姓多的快快离开这里，省得大爷看见你就恶心得想吐。”

多一点脸上青气一显，却又堆上笑脸道：“大爷说得极是，咱们自便离开。”

那鸨儿领来的却是司马丹。

原来姑娘们既知来到了什么地方，哭着闹着，寻死觅活，没有一个肯出来。

见司马丹点头示意，胡冰又将多一点唤来，道：“狗辣子听清楚没有，大爷是要那几位姑娘都出来，可你们却这样敷衍，看来你这熏风楼还是烧了的好。”

多一点道：“阁下果然是来找不痛快来了。你想必也是道上的人了，究竟意欲如何，不妨明说，何必整这些无聊的法子。”

胡冰笑道：“你赶快把能主事的人叫来，你还不配跟大爷画什么道儿。”

多一点恶狠狠地跃上凳子，怒对胡冰道：“就算你是水晶宫里来的龙王，多某今日也得抽了你的筋。”

多一点并没如何动作，手中已多了两件奇门兵刃：右手是一根长有尺余、细若筷子的铁棍，如判官笔的尖椎一般；左手是一铁环，环内锯齿犬牙差互。

身后那两名壮汉道：“杀鸡焉用牛刀；就让我兄弟俩教训教训这不知死活的家伙。”

多一点道：“也好……不必留情，只管放手。”

哪知这两名壮汉刚刚拉开了阵势，却见胡冰人影微动，右手一抬一收，这两人便呆立不动。

多一点见两名壮汉一招未合，就给点了穴道，上前要给他俩解开穴道，可忙乱了一阵以后却是徒劳无益。

胡冰道：“姓多的，你还是识相点……趁早把你家主子喊出来是正经。”

多一点方知自己的武功和胡冰相差太远，可仍然恶狠狠地瞪着胡冰，不进也不退。胡冰见状，怒道：“果然是不见棺材不掉泪。”

说着跨步向前，右手一探一拨，已将多一点的兵器夺下，随手团弄了几下，一棍一环登时变成一颗铁球。

多一点脸色惨然，认定是昔日的仇家找上门来了，便急忙命人找师兄少一尘。

少一尘正和几个有身份的人密谈，听了多一点的报告，也不由吃惊，心中直犯嘀咕："莫非是那贺紫终究不肯给主人面子，还是派人找上门来了吗？"

哪知少一尘来了之后，除了和师弟一同遭了胡冰的一顿奚落外，仍看不出胡冰的真实身份。

少一尘一口咬定自己就是这儿的主人，对胡冰的任何威胁都视而不见，甚至当胡冰又要放火烧熏风楼时，少一尘还说，大爷既然这样做，少某愿助一臂之力。说着，命多一点等几人准备好干柴易燃之物，助这位大爷放火烧楼。

见胡冰犹豫，少一尘道："阁下不妨打开窗子说亮话，我师兄弟若有本事接住，自当全力以赴。接不住的话，也只能任由阁下处置。"

司马丹突然道："少一尘，你也不必在此托大，不要以为使出这等无赖的法子，我们就没有办法了。"

少一尘看看司马丹，道："二位原来早有预谋，但咱们熏风楼历来奉公守法，来这里的姑娘也都是入了籍的，二位真有其他的想法，也得找一个令人信服的理由吧。"

胡冰冷冷地道："这话若是换一个人来说，咱们或者就真的无话可说了，只是任何事情有了你们师兄弟的掺和，大爷自然就不能置之不理。"

司马丹道："这些姑娘的来历咱们都清清楚楚，到时把实情公布出去，就算官府包庇，但江湖同道恐怕也不会放过你。"

少一尘坐不住了，这里的买卖其实一直都是他在经营，内情一旦让主人知道，后果难以预料。

想到这儿，少一尘一咬牙，右臂一振，一根软绫自袖中直卷出来，一招"混淆黑白"，朝胡冰的右颈削过去。

多一点也着地一滚，操起一只高过自己许多的凳子，高举过顶，如扫如砸，攻向胡冰的下三路。

胡冰突然收腿停臂，待少一尘卷聚成棍的"混天凌"距自己鼻尖不足两寸时，左腿跨步向前，斜着身子仰头闪开，只听"咔嚓"一声，多一点的凳腿在击中胡冰小胫时折为两截。

胡冰随即一掌击在少一尘的左肩，少一尘登时觉得自己身上的每一根骨头都被人揪住，正竭力往外扯拽。

少一尘丢开软绫，道："好吧，少某认栽，你们想知道什么？"

多一点闻言，急忙道："师哥，万万不能说——"

然后他突然丢掉手中的家什，哀求胡冰："大……大爷，你放了我师哥，你把我拿住就行了——"

多一点对少一尘道："师哥，当年你我师兄弟被那贼婆娘所欺，四处流浪，无容身之所，幸得主人收留——若非主人出面，那女贼早已追在这儿了，你我——"

见少一尘又痛得大叫起来，多一点惨然道："主人是谁，我师兄弟是万万不能说的，打死也不能说……只求大爷能放过我师哥一马，多某甘愿领死。"言毕，也不管胡冰答应不答应，抡掌朝自己的额头拍下。

司马丹急忙道："且慢。"

多一点恨道："怎么？死也不行？"

司马丹叹了口气，对胡冰道："大哥，——你放了他们吧，三妹已经知道他们的主人是谁了。"

又对多一点道："你快快止住这里的吵闹，我有话和你们说。"多一点虽狐疑不已，却也只能点头而去。

将少一尘"请"到一处僻静的地方，司马丹把她和胡冰的姓名告诉了少一尘。

少一尘"啊"的一声，急忙躬身行礼，口称"有眼不识泰山，该死，该死"。

司马丹道："你不必如此，我兄妹想见你家主人一面，只是想请教她一个问题，却不知她现在如何称呼，是高掌柜呢还是别的什么夫人？"

胡冰道："高掌柜？夫人？三妹，你怎么知道这个人姓高？"

司马丹低声道："因为她就是高夫人，大顺皇帝的皇后。"

胡冰惊得几乎要跳起来，他朝外看看，又瞅瞅少一尘，低声道："三妹，这不可能吧，很多年前，在九宫山，她和大顺皇帝一同被害了。"

司马丹点头又摇头道："以前的消息是这样的，可现在的事实是，她还活着。"

忽听到一阵轻微的脚步声，接着，就有人推门进来道："胡义士，司马妹子，老身等你们多年了——"

这声音果然让人震惊。

多年前，在九宫山的那次灾难中，高夫人侥幸得脱。她没有随着已经溃散的军队向南逃，而是领着几人顺流而东，辗转漂泊，最后在首宁落了脚。

她利用首宁水陆交通畅达无阻的便利，又是各种势力的汇聚之所，经营起了一个庞大的商业帝国。

她还网罗了像少一尘、多一点这样的江湖高手，各司其职，成功保证了她的事业在“黑白”两道都畅通无阻。

后来，她又联系上了李来亨的大顺余部，也联系上了丐帮。

第十二章 亲人

为了使事业畅通，高夫人花了大量的银子，疏通当地的军政要员，保证自己能从官府得到自己的所需。

高夫人热情地对胡冰、司马丹道："现在好了，胡义士，司马妹子……"

司马丹道："夫人，司马丹现在只想见见二哥。"

高夫人道："二哥，你的二哥？他是谁？"

司马丹道："二哥郑天则，给人瞧病的，夫人……你想不起来也是正常的。"

高夫人奇道："天则？自然记得，老身也一直挂念着他，可是却无缘得见，你们是说他在老身这里？"

司马丹道："他是在兰州被人带走的，怎能不在这儿？"

少一尘忙说此次西北之行，主要是物色一些姑娘，其他并不涉及。

胡冰、司马丹对视一眼，均想："果然另有文章。"

胡冰约略地将他和司马丹如何来这里的经过讲了一遍。

高夫人道："江湖人物失踪的事，老身也听说了，并且也派人打听过，可没有查出什么。"

想到辗转经年，红妹子、李文贝还没有消息，如今郑天则又不知所踪，司马丹心中凄苦，叫道："大哥，二哥他——"话未说完，身子不由自主向后跌过去，高夫人抢步扶住。

司马丹在天香楼吃尽了南柯梦云等人的苦头，因为牵挂郑天则，强撑精神坚持到现在，哪知苦苦追踪之后，结果还是没有他的音信。

胡冰和司马丹刚在客栈安顿下来，顾方来了，待胡冰介绍后，司马丹急忙行礼。

司马丹虽然多次听胡冰提到这位武林大前辈，却一直无缘得见，可今天见了，又觉无话可说，只鼻子发酸。

顾方道：“想不到事情会是这样。”

三人计议了半天，还是计无所出，最后决定静观其变，暗中行事。

顾方道：“看来江湖乃至整个国家，又要面临一场浩劫了。事关家国社稷，你们一定要谨慎行事，特别是你胡冰，手中的东西一定得拿好啊。”

胡冰道：“道长放心，有胡冰在，就有将军的遗物在。”

顾方道：“如此，贫道就放心了。”言毕，起身告辞，司马丹道：“道长可是要去会会高夫人？”

顾方来访，高夫人喜不自胜，一番客气之后，又请顾方出面，探探武林各大门派包括胡冰和司马丹的态度。

顾方道：“胡冰、司马丹 都是深明大义之人，为了社稷百姓，就是让他们赴汤蹈火，也会义无反顾，若是为了别的，恐怕就不好说了。”

高夫人道：“老身知道该怎么做，可那司马丹的态度实在令人担心。”

顾方笑道：“夫人多虑了，岂不闻‘君子之过也，犹 日月之食也；过焉，人皆见之，更焉，人皆仰之。’”

高夫人眉头渐渐展开，道：“好，就依道长所言；有些东西，既然已经成了包袱，就当果断舍弃。”

顿了顿，高夫人又道：“道长，老身还有一个好消息要告诉胡冰和司马丹；因为担心他们过于激动，所以，昨晚才没有说出来……”

少一尘来见胡冰、司马丹，说奉主人之命，要带他俩到一个地方。

司马丹道：“我和大哥随处皆可安身，贵主人的心意，多谢啦。”

少一尘道：“少某领二位要去的地方，也是一户寒门人家，但那儿的几个人却极尊贵。本来敝主人也是要给他们一个好安排的，可一来敝主人确定他们的身份也不过最近十来天的事，二来清兵最近在城中活动频繁，敝主人不敢轻举妄动……”

司马丹终于忍不住道：“你能不能说清楚些？”

少一尘哈腰道：“少某只是奉命行事，另外，敝主人还劝二位最好易容前往，各方面也都方便些。”

胡冰、司马丹对视一眼，点点头。

少一尘一路殷勤致意，一阵曲折后，少一尘指着石桥旁一处很有气势的院子道：“过了那儿就到了。”

贴着这家大院的右墙向里拐，沿着小巷走进很深的地方，少一尘指着一处小门道：“就是这儿，二位请了，少一尘告辞。”

说完，躬躬身，就消失在巷子里。

胡冰、司马丹对视一眼，便向那柴门走去。

几步后，司马丹忽然拽住胡冰道：“大哥——”

胡冰见她脸色大变，说话发抖，心中奇怪，正要问她为什么时，司马丹却又放开胡冰，向前急走了几步，又停住，全身又抖了起来，胡冰急忙上前扶住，低声道：“三妹——”

司马丹脑袋微微前倾，不看胡冰，只道：“大哥，你听——”

胡冰得了司马丹提示，果然听到院子里极低的声音，虽极微弱，胡冰却很熟悉，因为那依稀是练他胡家独门内功水月精神时，诵读练功总诀的过程。

胡冰心头大震，紧紧地抓着司马丹的胳膊，轻轻地向前走。

几步后，胡冰终于听清楚了，“心如月，行若水，非月非水心无累”。

是一个青年的声音，这声音低到大约只能说话人自己听见，若非胡冰、司马丹本身武功不弱，而且几乎每日也在诵读此诀，那就断然不会察觉。

胡冰放开司马丹紧赶了几步。

院里的诵读声突然停下，里头有人问道：“谁呀？是谁——？”

胡冰再也忍不住，推门直进，叫道：“红妹子——”

院子里问话的人，赫然就是红妹子。

胡冰、司马丹抹抹脸，露出本来的面容后，错愕无比的红妹子大睁着眼睛，从同样惊奇不已的两个孩子的搀扶中挣脱出来，佝偻的身子突然挺直，朝胡冰扑过来，叫道：“冰哥，是你，真的是你，——你怎么现在才来？……你早该来的呀？”

呜咽一阵后，又转向司马丹，“丹儿，还有你，你那么聪明，早该找到这里……老天有眼，叫我活着见到你——”

司马丹擦擦泪，道：“红姐姐……”

红妹子朝后向那两个孩子招招手道：“快，快过来——”

不远的一个高处，顾方、高夫人把这儿的一切都看在眼里。两人也唏嘘叹息了一番，顾方道：“生离死别，悠悠经年。夫人，胡冰、司马丹会感谢你的！”

高夫人道：“但愿如此，只是红妹子恐怕挨不了多久了。”

顾方惊道：“怎么，莫非她已痼疾在身？”

高夫人道：“正是。一个柔弱女人，要带两个孩子，担惊受怕还要竭力操持，岂能长久？老身暗中观察过，那两个孩子读过不少书，武功也有相当的根基，而这两项红妹子本来都不擅长……红妹子心力交瘁，油枯灯尽。”

顾方道：“那也是无可奈何的事，这边的事，夫人一定要慎重。”

高夫人的判断很准确，与胡冰、司马丹相聚了十天后，红妹子溘然长逝。

她把她该留的话都留下了，临别，她笑着躺在胡冰怀里，用瘦骨嶙峋的手抹去跪在她身前两个孩子的眼泪……

红妹子在这个世界留下的最后一句话是：“冰哥，若可能，让孩子们常去范阿婆母子的坟上磕头，烧点纸钱……”

不久，首宁就出现了一位大善人，受她的委托，胡冰也做了几件力所能及的事。

司马丹除了督责两个孩子读书习武，小院外的世界仿佛已与她无关。

时日长了，孩子们深敬这位姑姑的学识渊博，也深畏这位姑姑的毫不姑息。

红妹子遗言中提到的范阿婆是这个小院的主人。

二十年前，独柳塬那场大乱，已有身孕的红妹子和众人走散，她抱着不足周岁的外甥——李岩和红娘子的儿子，即李岩名之为“李败”、司马丹又字其曰“文贝”的孩子，在一名范阿大的哑巴随侍的全力保护下，幸运地躲过了一劫。

两大一小，翻山越岭，再顺江而下，总算到了范阿大的老家首宁。

范阿大家中只有老母，见儿子平安归来，又有了“儿媳和孙儿”，自是悲喜交加。

不久红妹子生下女儿胡春儿。

范阿大上山砍柴，下江捕鱼，劳累不辍，不幸的是，一次上山采蘑菇，给毒蛇咬中，挣扎着将蘑菇送回来时，已然不治。

从此范阿婆将儿子以前做的事全接过来。

红妹子忙里顾外，全力操持。她一直认为，姊夫乃世家子弟，胡家祖传习武，她不能误了两个孩子的学业，虽然在这两方面她的能力都极有限，可她还是殚精竭虑全力而为，手抄笔录；武功，她只知道习练水月精神的一些基本法则。

好在两个孩子皆聪明伶俐，均脱落的一表人才，悟性极高又善解人意。

十三岁那年，李文贝上山砍柴，不慎失足，坠下山崖，侥幸被绝壁上斜伸出来的一棵松树挂住，仗着稍有根基的武功和缠在腰上的绳子，终于爬上山来。

范阿婆将那根绳子在香案上供了三天，并名之为“救命绳”，还郑重其事地告诫儿媳儿孙们，任何东西，只要能助人过了这种生死关，就有了灵性。

这天晚上，司马丹将三人招呼回屋中，压着声音道：“大哥，那许多人物的失踪，到今天我发现了一个线索，这些人失踪，最初是黄山派的掌门人路清及他的大弟子毛廷光，后来是大别山震风镖局的十名镖师，然后是伏牛山大金刀雁拔毛一门三十人尽数下落不明，再后来是华山派的四大弟子，最后是我和二哥……”

胡春儿道：“姑姑，您是说，这些人的失踪就集中在一条线路上，那么，沿这条线附近的江湖人物就可能还会有事？”

司马丹点头道：“按现在的情形看，最近一个阶段内，估计不会再发生江湖人失踪的事；但顺着这一线索去查，也许能发现一些蛛丝马迹。”

胡冰略一沉吟道：“顺着这条线索往西走，过了华山，著名的江湖人物就是隐居在太白山的‘太白二怪’风入崖和水无性两位前辈了。三妹，你是说他们两人……”

司马丹道：“大哥，虽然没有明确的结论，但‘风水’二老在江湖上的作用，断然是不可低估的。”

胡春儿道：“姑姑，您和爹爹这次在这儿见到我们，是不是有点突然？”

司马丹点头道：“就算有人故意将我们引到这里，那么，掳走二哥又有什么意图呢？还有……”

正说着，胡冰忽然将灯吹灭，低声道：“你们小心。”随后飞身掠出屋外，窜上屋顶，但鼓目四望，并无可疑之处。

胡冰返回来对司马丹三人道：“最近，总觉得附近有人在窥探我们，这次是最近的一次，很明显，因为我们声音低，他也想听得清楚些。”

几人立刻行动，胡冰和高夫人简单打了个招呼后，便带司马丹三人启程赶路。

这天，一行四人进了河南境内，决定先去华山拜见华山掌门三心道长和其师兄二意道长，再设法去太白山见风入崖和水无性。

可一过洛南，胡冰就感到了一种实在的危险。

一番观察后，胡冰断定除了赣二外，还有一股势力也在跟着他们，他建议分头行动，他躲在暗处，或许能发现隐藏着的那些人。

这样又走了几天，到了洛阳附近，忽见江湖人物多了起来；司马丹认出这些人多是前不久失踪的武林人物的亲属或朋友，显然，这些人也是为了找人。

这天上午，三人进了洛阳城，正准备找个地方吃点东西，忽听有人低声议论："连南柯梦云和金九也街头卖唱了，怪了。"

"听说是给胡大侠逼的。"

"南柯梦云可是江湖上有名的美人，如今人虽老， 珠不黄，即便不为听，总是要去看看的。"

"你小子狗胆包天，难道不怕那两人将你如鳖一样地捉了去？"

几人说笑着，朝前头走了，司马丹使个眼色三人尾随而前。

原来，在被胡冰逼得发下重誓后，南柯梦云等人又受到一个蒙面人的袭击，那蒙面人的武功高得出奇，只打了个照面，几人便被尽数击倒。

待她醒过来时，除了金九之外，其他人都没了踪影，这几年积蓄下的几箱子物事也半点不存。

南柯梦云痛苦得几乎自绝于人世，可活下去又不能违誓，只好重操旧业，街头卖唱。

第十三章　回头

南柯梦云察觉到洛阳可能会是个很热闹的地方，便一路赶来，找了个地势，拉开架势弹唱起来，词曰：

（男）小河有水草悠悠，哥哥有心拉手手。妹妹哪里走？哥哥就在对岸愁。

（女）两岸秋草摇头头，妹妹有情上路路。蝉儿叫不停，羊儿抬头让人羞。

（男）白菜长成嫩油油，虫儿恋香钻袖袖；哥哥见饭愁，做梦还拉妹子手。

（女）小河窄成一线线，哥哥窝囊一年年，腊月大花轿，哥哥不来妹已走。

金九拉得认真，南柯梦云唱得投入，别有一番韵味。

人群中有那不识南柯梦云和金九的，便拍掌欢叫起来。

或道："好一首'恋香钻袖袖'，哥哥也穿大袖袖，兀那女子，怎地不来钻？"

也有人道："这两人肯定是梨园弟子，要是自己开个戏班子，管保一年走红。"

知根打底的，悄悄丢下点碎银子，赶快走开。

一时间，人们掷向场中的钱"叮叮咚咚"响起来了，南柯梦云朝人握拳致谢，金九则弯腰拾捡。

突然响起一阵锣鼓，来了几名戈什，道是"提督大人巡察到此，闲杂人等快快回避"。

正在拾钱的金九"回避"得慢了，便挨了戈什的一脚大踢，那戈什恶狠狠地斥道："还不快点滚，小心大爷将你抓起来，卖与披甲人为奴。"

金九怒道："老金半年不卖人，今日倒要尝尝被人卖的滋味。"言讫，银子地上一扔，就要上前。

南柯梦云急忙拽住，拉着金九躲在一边，待提督大人的仪仗队过去之后，铜钱已少了大半，余者二人也不去拾捡，转身而去。

司马丹三人吃了午饭，得了胡冰的传话找了处客栈住下时，却发现和南柯梦云、金九比邻而居。

彼时二人怒气未消，正商量着如何既不违誓又想狠狠地报复一下那提督大人。他俩的声音虽低，司马丹却大致能听清楚。金九以为趁黑摸进提督府，或杀人或放火，干脆利索，胡冰也不一定知道。南柯梦云断然否定了金九的意见，她给出了一个更恶毒的法子。她将金九唤到近身，如此这般交代了一通。

司马丹听得清楚，心中大是恼火，暗骂南柯梦云也实在该死。自己既不愿和他们碰面，便叫来李文贝低声在他耳边嘱咐了一番。

原来，南柯梦云打听到今天戈什们巡逻开道根本不是为了什么“巡察”，而是提督急着要去娶六姨太，心念一动，恶意陡升。

金九却九分犹豫，十分不愿，吞吞吐吐地道：“那事，老金如何下得了手？”南柯梦云启发金九，但金九只是摇头：“梦云，你……你也知道，别的女人，咱老金看也不想看，这事，能不能另外想个法子？”

南柯梦云开导金九：“无妨，只要能除了这口恶气，其余什么也不要想。”

那金九只是不肯，最后甚至还惶惶急急地说：“既如此，就不如……就不如梦云你亲自去一趟……”

南柯梦云怒道：“废话，我能去这半天跟你费什么劲？”

金九只得退步，但又嗫嚅道：“……只是如何行事，还请梦云再指点指点。”南柯梦云苦笑道：“榆木疙瘩，不中用。”然后甩给金九两句话：“玩狠的，你就当捉鳖去好了；要不，你就从提督那里整点银两来，送给她，她必定喜之不尽……”

那金九本来还想问得更具体些，又见南柯梦云不耐烦到了极点，逡巡再三，咬牙跺脚出门而去。

南柯梦云一阵窃笑后，心中不免有点那个，便决定尾随金九去看看这个蠢笨如牛的家伙如何去偷提督老爷的六姨太。

岂知这金九捉鳖倒是身手矫健，如今要做这种事，举步维艰，搞清了六姨太的住处后，房顶上爬了很久，依旧是无计可施。

抓耳搔腮半天，忽然想到一个两全其美的法子，随即开始行动。他很快找到已经酒酣的提督，将刀架在提督的脖子上，声如爆竹炸裂：“大爷要去会会你那新娶的六姨太了，快点拿出钱来，你那六姨太也喜欢。”

此时，早已围过来一批管家、打手，但见金九把明晃晃的钢刀架在提督的脖子上，哪里敢轻举妄动。

提督被金九如小鸡一样地拎着，狼狈至极，偏偏金九还叫着嚷着要去会会六姨太，更觉羞愧难当，趁着金九稍稍手松，挣扎着，大声叫道：“士可杀不可辱，有种，你就杀了本——”

金九唾了一口，托着提督的下颌狞笑道：“本来杀了你也没什么，只是老子有誓在身——”

原来金九是想用这种法子，向“六姨太”示警，只要她藏起来，自己就可以向南柯梦云交差了。

却见一婆子跌跌撞撞而来，哭叫道：“不好了，六姨太不好了……”金九闻言，将提督老爷随手掷下，道一声：“今日便宜了你。”

说话中，人已跃上屋顶，准备离开，忽然有人拍了拍他的肩头，随后就听到一个熟悉的声音：“金九，跟我来。”

金九吓得几乎瘫下去，但还是硬着头皮跟了上去。

原来，提督大人新娶的六姨太名甜甜，其父乃前明进士，清廷建立后，誓死不降，但此老除了读书做官外，根本不会其他营生，穷困潦倒了几十年，死后，连入土的棺材也没有，甜甜只得卖身葬父。

洛阳阔佬袁方成替甜甜了了心愿，想娶甜甜为妾，无奈甜甜至死不从，只道有话在先，为奴为婢，死无怨言，至于为妻为妾那就断难从命，否则毁容自杀。

适逢提督老爷来袁府借钱，见甜甜美貌，立时魂不附体，表示“若得此女，其他一切自然好说”。

袁方成心中不舍，但自己的生意还需假手人家，只好点头。

哪知这甜甜却不是使小性，自入了提督府，就将一把剪刀比在自己的喉咙前，任谁也难以靠近。

今夜，听到外头闹得厉害，又听说是一位强盗会飞檐走壁，也是奔着自己来的，甜甜羞愤难当，弹了几声瑶琴，而后悬梁。

跟在金九之后的李文贝，看到金九在院子里大叫大嚷起来的时候，本打算离开，却又给琴音吸引，便想去那边看个究竟。

但刚刚往前走了两步，忽然觉得屋檐下一阵疾风掠起，跟着就看见一道暗影飘入“六姨太”的屋中。

就在提督老爷靠近那屋子时，那暗影抱着一人从后窗子纵了出去，眨眼间，就消失在无边的黑夜中。

这人的来去简直神速之至，与其说是他看到了，毋宁说是他感到的，显然，此人的轻功比之于姨丈胡冰的“追风步”更快。

李文贝正伏在屋顶四处张望，忽然又看见一个熟悉的身影朝那边的金九追过去，却是姨丈胡冰，带走金九的正是胡冰。

胡冰是和赣二一路相互盯梢着来到洛阳的。他故意将自己的信息暴露给赣二，想发现赣二身后是不是有人在暗中点拨，然而却没有任何发现。

到了洛阳城郊，赣二忽然“不安”起来，对胡冰故意留下的线索明显失去了兴趣，变得烦躁异常，折腾了一阵后，向洛阳直奔而来。

胡冰心中一紧，提力直追，一直追到这提督府附近，就不见了踪影。

李文贝监视金九时，胡冰已悄无声息地找遍了提督府，他自然看到了有人救走了甜甜，可同样也没有追得上那个人。无奈，又怀疑金九会不会和赣二有点联系，便将他带走盘问。

李文贝回到客栈，胡冰、司马丹正在盘问金九和南柯梦云。他们当然也不会说出任何有价值的东西来。

胡冰无奈，只得喝退南柯梦云和金九，草草地休息了一夜，打算离开洛阳。

但次日早晨，南柯梦云挡住了他们。

南柯梦云道：“胡大侠，您既不许咱们捉鳖贩鳖，咱们沿街卖唱又屡屡受人欺辱，如今，我二人衣食无着，胡大侠也不能见死不救。”

胡冰皱皱眉头道：“你们如今吃点苦头，也是罪有应得，怎么，还想让胡某安排好你们的吃喝？”

南柯梦云道：“岂敢，只想求胡大侠解了咱们的誓言……”

胡冰早就不耐烦了，喝命他俩快快走开，但南柯梦云这次犯了倔，她说自被胡冰抖搂了底细之后，女儿也弃他们而去，如今生活无着，还受人欺侮，倒不如让胡冰一掌拍死。

南柯梦云愈说愈恼火，连声音也抬高：“那样，你胡大侠的功劳簿上又多了一页，人世间少了咱俩，距你胡大侠所谓的朗朗乾坤也就不远了。”

司马丹挡在胡冰前，展颜笑道：“既然二位萍踪无定，咱们便一路同行如何？只是我四人吃住都极简陋，风餐露宿的时候也是常常有的，不知二位能不能忍受？”

南柯梦云眼光亮了又暗，道：“司马女侠说笑了，跟你们走在一起，玷污了几位的好名声，南柯梦云岂不是更十恶不赦？”

司马丹道：“千万不要这样说，你我都是穷苦人家出身，如今咱们再次相遇，也是缘分不浅。”

胡冰听司马丹说得诚恳，方知她是诚心邀请南柯梦云金九，一时着实踌躇，但见大家都不反对，最后只好点头。

南柯梦云两人数十年作恶江湖，是“白道”上皆曰可杀的人物，如今得了司马丹的邀请，心中颇多感慨。几人便一同上路。

胡冰提议他和金九走到暗处，假如有什么变故的话，也容易应付。

南柯梦云冷笑道：“胡大侠这样做是不相信我呢，还是不相信司马女侠？须知司马女侠上算神仙下算阎罗，而我南柯梦云不过惯于捉几条泥鳅而已……”

司马丹道：“姊姊何必多心，和大哥分道而行，是以前就定好的……”

南柯梦云闻听司马丹“姊姊”相称，又见其司马丹一脸诚恳，叹道：“既这样，南柯梦云不自量力，司马女侠，咱就呼你为大妹子了；不过，司马大妹子要清楚，我南柯梦云虽然低贱，却也无意攀附那些高高在上、自以为是的大人物。”

金九也道：“司马女侠，你真的不嫌弃咱们？”

胡春儿笑道：“姑姑真心实意，金大伯又何必多心。”

李文贝也来向南柯梦云和金九行长辈礼，慌得南柯梦云两人还礼不迭。

一路上，南柯梦云一路鲜有言语，金九则兴奋异常。

这日来到一处集镇，算算离华山已不过是一两日的路程，六人又聚在一起。

几人找了一处饭店，边吃边议，金九只是一口一口地喝酒，喝酒的动作甚是敏捷，一仰头就是一大碗，往下咽时连喉结也不曾动一动，仿佛就直接倒进了肚里。

李文贝劝这位金大伯适当地吃点东西，金九咂叭着嘴道：“酒，这可是酒呐，上好的酒……”

金九一碗一碗地喝酒，本已引起别人的注意，喝到酣处，又摇头晃脑地道：“咱这一辈子只两处放不开，一处么，眼看是由不得老金了；可这酒老金却能喝他个得心应手，呵呵，金九，金九，不是金老九，而是精于酒，酒之精、老精酒……”

忽闻一人冷冷地道：“狗男狗女，满嘴喷蛆。”说话的是一名道士，道士身旁还有两名汉子子。

金九闻言，也一拍桌子道：“兀那贼道，大路通天——”

南柯梦云急忙拽金九坐下道：“安分守己一顿饭，相安无事鬼不缠，道长不是说咱们，快吃饭。”

那道士道：“就是说你们那，甭以为戴上假辫子，道爷就看不出你那颗光头，哼，鬼鬼祟祟，掩来藏去，僧不僧俗不俗，一看就是个人口贩子。”

这显然冲着胡冰来了，因为胡冰就带着假辫子。

胡冰苦笑着朝那道人抱抱拳道：“道长好眼光，下次在下一定扮个道士出来，刚才咱们说话声音有点高了，搅了各位的雅兴，咱们这就离开。”

那道士掣剑在手，挡在门口，冷冷地道：“其他人自然可以走，但金九必须留下，这厮作恶多端，今日叫他难讨公道。”说着，“唰”的一剑，剑尖越过司马丹的肩头，直向金九左颊刺来，店中一时大乱。

金九袖中突然甩出一竿鱼钩来，一招“放长线钓大鱼”，直朝那道士的咽喉钩去，同时，身子一缩，高大魁梧的身子竟如游鱼一般，向一旁滑出二尺，避开了道士刺来的一剑。

那道士冷笑着，剑尖微微向上一挑，已将金九的银钩绞住，也不见他如何移动，人又站在金九的前头，左手聚指如钩，扣向金九的咽喉。

另一名汉子也突然虎吼一声，出右掌拍向南柯梦云的肩膀，口中叫道：“南柯魔女，就算你身上真长出了人皮，也休想逃过今天。”

胡冰笑道：“有话好说，何必动刀动枪的。”

笑声中，伸指弹向金九的鱼钩，那本来被道士拉直的鱼竿受力之后，忽然直直地挺起来，将道士扯得不由自主向前迈出一步。

道士知道如再不松开鱼钩，那么手中剑恐怕就真要被金九的鱼钩钓起来了，只好收回内力，退开一步。

胡冰趁势在金九的鱼竿上一抹，那鱼线在空中打了个回旋之后，便将攻向南柯梦云那汉子的右臂缠住。

那汉子挣扎了几下，但胳膊上的鱼线却愈缠愈紧；汉子起脚踢出时，胡冰已将金九拉开，随手一拍，将那汉子震开两步，道：“你这一招‘碎碑手’使得也还有模有样，只是内力似是而非，看来你还得跟你那师傅多练几年。是不是，迈侍卫？”

胡冰又向那道士道：“道长剑术之高，本来可以所向无敌了。只是心稍浮气稍躁，‘折柳剑法’难免变形，——不知和三心道长什么关系？”

那道士见胡冰轻而易举就将自己两人的杀着化解，知道是遇上了高手，自己和人家的武功相差太远，再折腾也只能是出丑，当下道：“三心道长是贫道的师叔祖，贫道道号七零，敢问阁下如何称呼？”

胡冰道：“道长回去告诉三心老道，就说有人骂他，他就会告诉你在下是谁了。”

一直没有说话的青年对胡冰笑道：“二水大师，想不到在这儿能见着您，荣幸之至，荣幸之至。”说完，也不待胡冰有什么反应，就拽着七零，叫上迈音达，快步离开了这里。

见他们走远，南柯梦云道：“这女娃儿自然也是女扮男装了。”

司马丹道：“听说那王爷杰如有一女，平日出言无忌，应该就是她了。”

没有查到任何有价值的消息，赣二也不再出现，如今又见华山弟子和清廷之人在一起，胡冰和司马丹心甚怏怏。

不日来到华山脚下，但见华山道上，绝壁高峙，危岩如削。

一行六人逶迤上得山来，时间既是深秋，山石高木显出阵阵的萧瑟冷冽之气，极目远眺，唯见寒霜逼眼，暗云升腾。

胡冰轻轻地叩动了山门，一童子应声而出，将六人打量了一番后，最后对胡冰道：“您就是八年前来过的那位胡大侠吧？”

胡冰点点头，那童子道：“师祖等了胡大侠两天，不见您来，就下山去了。”

胡冰道：“下山？不可能吧，据我所知，你师祖可有三十年没出过这山门了。”

那童子笑道：“师祖的一切都给胡大侠算中了，那胡大侠就是师祖了。”说完，就要关门，胡冰急忙道：“那么，你可知道你家师祖到了哪里？”

那童子又看看司马丹，道：“采药或者就在此山中，云游则茫茫无所踪。”说完，关紧了山门。

几人不免失望，尤其是南柯梦云和金九跟着胡冰和司马丹来见武林中领袖级别的人，虽说仍不免有点紧张，但也着实兴奋、激动；可如今无功而退，不免悻悻。

下了山，几人在一片林子中坐定，司马丹对胡冰道："你晚上再上去，将两位道长逼出来和你相见。"

胡冰道："三妹也这样想？我本来也怀疑就在山上，可死犟，要是打定主意不出来，华山这么大，恐怕逼也无用。"

司马丹笑道："大哥，江湖上人称你为雪影，反正你现在手中握有他华山派的不是，即便将他的道观一把火烧了也有话可说，实在不行，你就将他的徒子徒孙教训一番，解解气，也算不虚此行。"

人们正觉得司马丹的这番话大违她平日的亲和平静，忽听空中有人爆喝道："好你个司马丹，这世上有一个胡冰也就够难应付了，不想你这小妮子也变得如此冷酷。"

第十四章 爆炸

这喝声仿佛就在听者的耳边，枯瘦劲厉，好似有无数芒刺刺入人的耳鼓。

说话中，便见一道人影从树上飘落，人未站定，即伸手朝胡冰肩头扣去，口中叫道：“要烧我道观，老道倒要看看胡冰的能耐是不是又有长进。”

这老道白发银髯，飘然落地时无声无风，枯瘦如柴的手指攒聚成似爪非爪的形状，快疾如电。

胡冰不退反进，双掌齐出，一招“乱石穿空”，朝老道扣来的右掌夹去，老道身子向后急挫，闪开胡冰的正面袭击，右爪倏然成掌，扭身向司马丹拍去。

司马丹向来不带兵刃，急切间，拔下发髻上的簪子，对准老道 的掌心迎了上去，老道笑道：“好。”

笑声中，跃起半丈，左腿在旁边的一棵树上轻轻一点，向上直窜而起，躲开司马丹临机的一招，也刚好避开了胡冰从后面袭来的一招“飞流直下”。

待胡冰又要出招的一瞬，老道忽然头下脚上，左掌如刀，朝李文贝的脖后切去；右掌如扇， 压向胡春儿。

李文贝急忙使出“追风步”，向右纵去，哪知刚跨出半步，便觉肩头一紧，整个人已被老道硬生生地从空中摁下来，胡春儿无意去躲，被老道强大的力道推得向后退出好几步。

那老道收起掌来，眨眨眼，道：“女娃儿为甚不躲？”

胡春儿道：“躲无可躲，为甚要躲！”

老道笑道：“不错，这女娃儿不错……”

胡春儿道："既如此，前辈就收晚辈入华山派做一名道士好了，晚辈连道号都想好了。"

老道眼睛豁然闪亮，道："是吗？说来听听。"

胡春儿道："华山派的道号俱以数字开头，晚辈就以'九牛'为道号，如何？"

见老道大摇其头，胡春儿奇道："怎么，前辈莫非认为不合适？"

老道道："这'九牛'么，说来也成，只是'九牛'以后必然是'一毛'，那是贫道师傅的尊号。"

胡冰急忙过来引见，众人知其道号三心，是华山派掌门二意道长的师弟。

司马丹向三心道："小孩子口没遮拦，还请三心道长多多包涵。"

三心笑笑，招呼几人上山。

上得山来，饭毕，有小童将胡冰一行人引入大厅，三心、二意道长早等在那里了。

此时的三心神情肃穆，二意正襟危坐，凛凛一代宗师的模样。

南柯梦云二人在江湖上厮混几十年，哪里有过这种经历，眼见那名老道的眼光如风一样地朝自己卷过来，金九两腿颤颤欲抖。

看见胡冰和司马丹向二道行礼，确知那道人果然是华山掌门二意道长。

二意朝六人环视一周道："贫道坐关二十年，哪里料到甫一启关，便得见故人，幸何如之。"

胡冰等人客气一番，南柯梦云和金九再一次站起来道："我二人…… 那个，那个，道长出如此言，我二人无地自容。"

二意微笑道："往之不谏，来者可追，何况能和胡大侠、司马女侠走在一起的，世上也并无几人。"

司马丹他们上来下去又上来，所见不过是三心、二意和那童子而已，司马丹心下嘀咕，便问："莫非贵派……"

二意颔首微笑道："华山派已经解散了。"又指着那青年道："他道号十寒，本也该下山的，可他却执意不肯，想必是与我师兄弟俗缘未尽，也可能是他迷途不返之故。"

胡冰惊问："二意道长，怎会这样？"

二意笑容依旧，道："昔年我先师创华山一派，乃随时应世；如今我师兄弟二人解散华山派，也是顺世随时，并不违先师祖训。"

二意看看李文贝、胡春儿，又对司马丹道：“江山代有人才出，十年树木百年树人，司马女侠，你可是任重而道远那。”

司马丹急忙躬身道：“公子和大哥待司马丹恩重如山，司马丹自当鞠躬尽瘁。”

二意笑笑，不语，只向胡冰道：“请胡大侠随贫道来内室，贫道有要事相告。”

约莫两个时辰，见三心陪着胡冰出来。

三心道：“师兄坐关二十年，主要就是参研你的内功，要将自己百虚气中和你内功相抵触的方面尽数剔去，如今，师兄的百虚气和胡大侠的水月精神已大致能融为一体了。师兄心愿既了，从此再无羁绊矣。胡大侠，如今道观风冷气清，你就请下山去吧。”

司马丹方明白二意是在向胡冰传功，还想说什么时，十寒忽然现身，冷冷地道：“师祖既然有言，你们请吧。”

司马丹心中叹气，只得从命，出门转身，听得有声音从后传来：“英名如尘，骂声 如焰。易水河畔，零丁洋上，胡冰，老道为你祈福。”

这声音如同从一道崎岖山路上蜿蜒吹下来的秋风，风过古岩，幽幽似歌，胡冰已辨不出说这话的，到底是三心还是二意。

六人再次易容，向西往风入崖和水无性隐居的太白山直去。

一路上见到不少安民告示，有一条引起了胡冰和司马丹的注意，那就是禁止民间以任何形式研制火器或与火器相关的东西，违者以谋反罪论处。

想到离“风水二仙”住的地方已经不远，而“二仙”又是天下闻名的火器高手，这种告示莫非有所指？

这日他们进了西安，不久胡冰就发现有人在盯梢，除了道士七零外，还有两个道士：五湖和四海，迈音达也在他们身旁。

司马丹道：“既然他们也是往太白方向去的，咱们佯装不知好了。”

忽然听到远处传来几声异样的风声，胡冰、司马丹道：“是赣二。”

胡冰闪身出门，直到二更天气才返回来，道：“三妹，看来，咱们又要分开了。”

司马丹点点头道：“大哥，赣二这般穷凶极恶，你不要太大意。”

胡冰答应一声，嘱咐了李文贝和胡春儿几句，又对南柯梦云和金九道：“如今这四周危险重重，二位多加小心。”

赣二那野狼般的哀号又远远地传来，胡冰转身出屋，伴着一阵飒飒的风声，很快消失在暗夜里。

胡冰刚走，几人心情还没有平静，听见外面又想起一阵急促的脚步声，约有四五人在小屋的 院外站定，一人叫道："屋中可是胡大侠和司马女侠？"

李文贝正要挺身出屋，司马丹一把拉住，沉声道："不知道长有何吩咐？"

来人正是无路子，同行还有迈音达、养月儿和华山派的两名道士五湖和四海。

五湖跨步入院，叫道："贫道等受人之托……"哪知他刚欲提脚迈进门槛，忽然脚下一滑，跟着一阵劲急的风声当胸袭来。两股一反一正的力道 配合精妙，五湖纵然反应再快，也是不由向后跌出，幸得四海在他身后急忙扶住。

五湖心下光火，冲身再向屋中扑去，这次，他很顺利就抢进了门槛。可屋中一片漆黑，他正张嘴叫了声"胡——"，便觉右侧有一高大魁梧的人影朝他肋下袭来，未等他决定如何反击时，忽有一团火光自脚下升腾而起，耀眼刺目，似乎在他胸前停了瞬间，但当他伸手去格时，就听到有人喝道"疾"，接着就有一冰凉滑腻之物从他颈间溜进衣服中。

五湖大惊，手忙脚乱想把手探到衣服里时，已被人从屋里摔将出来。

听司马丹冷冷地道："门槛太高，屋中暗无天日，若有话，即请直说。"

五湖心中不服，怒吼一声，却给无路子喝住。

无路子道："我等冒昧前来，不过是有一件事要告诉胡大侠；近日在附近出没的，除了赣二外，还有莫邪'三圣僧'，胡大侠小心了。"

司马丹道："多谢道长美意，道长此来是不是也有阻止我们前往太白的意思？"

男扮女装的养月儿道："司马前辈，既然不管我们说什么，也无法消除您的疑心，其他也就不必多言了。"言毕，和无路了一行人走得干干净净。

金九长嘘了口气问道："如今该当如何？太白山到底能不能去了？"

南柯梦云也道："大妹子，要不，咱们分头行动，再乔装一下，是不是更安全些？"

司马丹笑道："姊姊所言极是，可对方一旦认定大哥不在这了，大哥的麻烦就可能会增多，再说，'三圣僧'那样的人，想必也不会向咱们动手。"她又压低声道："据说，'风水二仙'最近在火器的研究方面，有突飞猛进的进步，能将铁蛋、铁锥一类的东西装在胳膊长短的器械里，以炸药为推进物，射程在十几丈开外……"

众人皆不由惊"啊"起来，南柯梦云道："听说当年'风水二仙'所以离开闯军，就是因为营中有人让他俩加紧制造这种火器，‘二仙’才负气出走的。”

司马丹道：“我也问过公子，公子却没有正面告诉我。”

南柯梦云点点头道：“很显然，‘三天下’等人在此出现，肯定和这种霹雳枪有关。”

司马丹道：“并非只他们一家，想当皇帝的，谁不想争取‘二仙’的支持？”又对李文贝道：“贝儿，去了太白后，先以你的身份去见二老，至于他们见还是不见，都要大声将实际情形告知他们。”

可直到到了太白山下，也没有见到莫邪“三圣僧”。

眼见距太白不足一天的路程，上太白山的前夜，司马丹认真地向几个人介绍了“风水二仙”的情况。

风入崖，人称铁心；水无性，人唤石肠。二人徒弟唤作尼尼，本是前明的一名小太监。昔日“风水二仙”随大军攻入北京后，宫中太监死伤逃亡者过半，尼尼也不知给什么人砍成重伤，待“二仙”发现时，已是气息奄奄。“二仙”急忙找来郑天则将尼尼救活，又见他模样俊丽，说话伶俐，言行也颇能温慰人心，二仙就将其带在身边，亦子亦徒，关爱有加。

不久，俩人带着尼尼不辞而别，从此归隐太白，宣布以后不与任何势力发生联系，还声称若有人敢踏进他们所圈定的禁地，“杀无赦”。

五年前，安装火药弹时，突然发生了爆炸，风入崖身负重伤，在水无性和尼尼的精心调理下，身体各方面俱已恢复，唯双眼从此失明。

话说半月前霹雳谷中，尼尼慌慌张张来到“风水二仙”面前说有人进了霹雳谷。

水无性“冷哼”一声，道：“去，拿一支霹雳枪来……”

尼尼道：“那人也有一种飞弹，看起来不弱于咱们霹雳枪。”

“二仙”闻言，几乎要跳起来，惊道：“什么？你说那人也有霹雳枪一类的东西，还比咱们 的强？”

风入崖怒气更甚，道：“这世上还有谁能超过我？还有谁敢超过我？”

这时，外头飘进来一个更让他们震惊的声音：“风先生，不是令徒说话无稽，事实如此。”

那声音悠悠地传来，“二仙”自能听出说话人距他们至少在三十丈开外，但话声却如在耳旁，知道此人武功了得。

想到这儿，风入崖沉声问道：“来者何人，入我霹雳谷不知有何赐教？”

只听那人道：“在下田长老，自幼喜弄各种火器，只因近日研制的一种黑弹，遇到了难处，故而擅闯宝地向二位讨教。田某自知冒犯，但倘若在临死之前，能得二位指点，则田某大愿既了，死而无憾……”

风入崖冷冷地道：“我夫妇研制霹雳弹，纯粹是自娱，念你我毕竟志趣相投，老夫也无意计较你的其他了，你下山去吧。”

水无性有点心动，但风入崖这样说了，她也只能道：“各人自有一锅饭，你那锅骨头咱们也不想去啃。”

远处的田长老突然呻吟起来：“田某此行本就没有打算活着回去，纵然不能得到二位的指点，把疑难留下也是好的……”

田长老的声音越来越小，语带呻吟，似是受了重伤。

“二仙”抢步出去，见田长老果然被他们的机关所伤，风入崖欣欣然有喜色，暗道：“即便你是神仙，这霹雳谷也能叫你有来无回。”

水无性见丈夫手捋胡子，颇为自得，便道：“咱们也不能见死不救。”

田长老被飞弩刺穿中了大腿，双腿也俱被老藤缠住，动弹不得。水无性把武林中有头脸的人物在脑海中滤了一遍，可怎么也想不到有这样的一号人。

得允留下后，田长老拿出图纸，将自己的研制和心得毫无保留地说给“二仙”，并点明自己的困惑处，田长老便告辞。

“风水二仙”毕竟有点不放心，他们自知这种火器一旦流落到民间或官府，那将意味着什么。他们对田长老作了许多试探，但田长老对世事的失望比他们还甚，给田长老疗伤时，“二仙”也察觉出此人内力虽强，但脉象已显紊乱之相，倘无奇迹，风入崖断定田长老活不到年末。

第二天，田长老即行辞别。

哪知次日上午，尼尼扶着田长老狼狈上山来，尼尼声称下山不久，就遇上了一位清廷王爷叫杰如，正率着一大批武功高强的人物往太白而来，杰如声称要生擒太白“二仙”。

“二仙”听了，震怒不已，依着水无性的意思，就要立刻下山，将那王爷之流尽数诛却，以泄心头之恨。

田长老淡然道：“这种人多如牛毛，哪里能够杀得绝？何况那杰如还有‘三天下’

相助，咱们也难操胜算。”

“风水二仙”勃然变色道：“‘三天下’也投了清廷？”

田长老叹道：“还有华山派的人，武林中其他的名门大派都有人参与，你夫妇清尘仙侣，没的玷污了自己的名声。”

风入崖道：“依田兄之见，该当如何？”

田长老沉吟道：“杰如肯定是冲着这些火器来的，火器一旦流入他们手中，二位岂不是成了千古罪人？”

四人且说且议，来到太白山的高处，果见无路子等人已经上了山，而山下还有许多人还正络绎不绝的赶来，水无性恨恨道：“兔崽子们……”

言未必，听到山下无路子喊话道：“风先生，水女侠，故人无路子不请自到，擅临宝地，恳请二位显身相见……”

水无性愤恨不已，风入崖扯了扯妻子，道：“为今之计，还是快快想出应变之策。”

田长老道：“‘三天下’不在一起，肯定另有安排，一旦唐万敌从暗处放起毒烟来……不如这样——”

山下的无路子、养月儿很不安，眼见山下还有许多人在不断赶来，一旦让别人抢了先机，那就彻底坏了事。

养月儿对无路子道：“道长，总不能就这么耗着……”

无路子心中着急，却无主意，迈音达使个眼色，便和二道冲身向前。

五湖、四海的武功毕竟高出迈音达一筹，几步后，已超迈音达许多。孰料刚刚冲出十余丈，就触动了“二仙”设置的机关。

那是两棵看上去和其他树并无两样的松树。腾身跃起的五湖想借着树枝往前跃，哪知两棵树突然从中炸开，一时间，树屑纷飞，烟雾弥漫。

五湖、四海大急向后退时，不料乱石荒草中，又飞起无数根青藤将二人双脚缠住，他俩剑削掌劈，欲待挣脱，那里能够？

接着其他各处又连续炸了起来，被炸成碎截的树干和被炸起的石块如雨一般地盖落下来，五湖、四海纵然武功再高，又如何抵得住？

迈音达本也不甘落后，只是他轻功不济，被五湖、四海甩开几步，侥幸不死，可双腿却被纷落的石块压住，无路子拼死拖出。

山顶处又响起几声浊重、沉闷的炸响，石块碎屑又一次纷纷扬落，无路子忍痛揽住迈音大，拥着养月儿，急朝山底既滚且跃，总算躲过一劫……

原来，“风水二仙”接受了田长老的劝说，要往田长老的隐居处继续研究火器，遂决定将这里彻底炸毁。

“二仙”虽觉故地难弃，但想到目下形势，就依了田长老的计划，几人从密道离开了太白，直往东南而去，究竟田长老隐居在那里，二仙竟不多问。

一个月之后，“二仙”来到了田长老的居处，这里四周高石危岩，人迹不至。

发现田长老的研制和自己夫妇在许多方面都有着惊人的相似，“二仙”自然也不会往别的地方去想，只觉得这是英雄所见略同。

不久，田长老溘然长逝。

为了不致影响“二仙”，尼尼和田长老留下的那名老仆，除了安排必要的饭食外，连喘气都屏息而为，行动更是蹑手蹑脚。当然，他俩也常常到外头的山中去转一转，乐一乐，“二仙”浑然不觉外面之事。

且说太白山上，无路子虽狼狈万状，但总算是保住了性命。幸的是这爆炸来得快，息得也快，将冲在前头的人劈头盖脸地袭击了一顿后，便寂然无声……

等到司马丹五人飞步赶来时，太白山麓，已是苦声肆起，骂声不绝。

一女人瘸着腿、提着剑指着无路子大骂：“都是你害了这么多人，你也去死吧。”

无路子冷冷地道：“贺兰受伤并不重，贺青，你还是趁早扶他下山去吧……”

原来这女人正是“凌云鸽子”贺紫的师妹、人称“穿天蝙蝠”的贺青，那受伤的是她的同伴“入地黄鼬”贺兰。

贺青甫一出手就给无路子瞧破了行藏，她深知师姊乃至整个丐帮都在寻她，当下狠狠地唾了一口，不再言语，扯起尚自昏迷的贺兰，一瘸一拐地下山去了。

养月儿受伤最轻，可此时也是衣裳凌乱，瓜皮小帽也掉了，一头乌发纷乱披散，不免露出了女儿之相。

南柯梦云笑道：“你们平日作威作福，颐指气使……”说的正起劲，胡春儿低声道：“南柯阿姨，咱们还是救人要紧。”

南柯梦云一愣，回头看时，果见司马丹、李文贝正给几个伤号裹伤。南柯梦云脸上一热，帮忙去了，金九也紧随其后。

一番忙乱后，司马丹正想喘口气时，无路子过来道：“司马女侠，贫道……”

司马丹叹了口气道："道长不必多言，司马丹知道你的意思。"

那买音达已是气息微微，若得不到及时的救治，断然难以持久。

养月儿见司马丹过来，急忙让开道："晚辈见过司马前辈。"

司马丹冷冷地道："不敢。"

南柯梦云道："妹子，你真的要救这个人？还是慎重些……"

司马丹道："成败功过，并不在此。"

司马丹请南柯梦云给她当下手，又吩咐无路子摁好迈音达，不使其稍动，命李文贝给迈音达嘴里塞一块布巾，叫金九、胡春儿监视四周动静。

说话间，司马丹已准备好了药物、刀剑、软索一类。

约莫半个时辰的治疗后，司马丹喘了口气，道："能不能活，看他造化了。"

第十五章 绝境

日落山坡的时候，司马丹带着几人摸上了霹雳洞。

霹雳洞也被崩塌的石块堵了大半，就着燃起的火把，他们只能看见碎散的杂物，还有投到地上的奇形怪状的暗影，黑魆魆的，好像是随时能从地上爬起来的怪物。

司马丹轻声道：“到底是谁？”

次日，无路子和养月儿向司马丹再次表示感谢，司马丹只做不闻。

可众人抬头看时，只见右侧一块突起的巨石上，三个僧人比肩而立。

司马丹急忙将金九的面具扯下来道：“原来是莫邪‘三圣僧’到了，司马丹这边有礼了。”

见胡冰变成了金九，海空愣了愣，苦日则怒气冲天，探手朝金九劈胸抓到，口中叫道：“胡冰，你就是胡冰”

司马丹大叫：“胡冰，大哥，快来救人——”苦日果然丢开金九。

司马丹笑道：“我大哥胡冰才是你们的杀徒仇人，他既然知道你们在找他，那自然是躲起来了；你们要是将金九当我大哥，江湖上传将出去，岂非天大的笑话。”

难天道：“你说什么？你说胡冰躲起来了？这么说，胡冰是怕了我师兄弟了？”

司马丹道：“当然，不但我大哥胡冰敬畏三位，就连他们——”司马丹指了指无路子等人道：“见了你们也都是毕恭毕敬，敬畏有加。”

果然，“三圣僧”目光所及，所有人都向他们鞠躬。

李文贝和胡春儿也上来行礼，难天盯着胡春儿道：“听说胡冰找到了女儿，想必就是你了。”

南柯梦云急忙道：“冤有头，债有主……”

海空大声道：“司马丹，你快点让胡冰出来，一切便罢，否则，老衲将你们统统杀了；须知咱‘三圣僧’和别人动手，从不管高低尊卑男女老幼。”

司马丹道：“我有一个主意，管保大哥会主动来和三位见面。”

圣僧们闻言，一齐瞪眼道：“快说。”

司马丹笑笑，对“三圣僧”道：“大哥一生重义，你们想用他的女儿威胁大哥，那自然是不成的，但我不同，我是大哥的义妹……”

海空恍然道：“果然不错，咱就把你司马丹抓了，逼那胡冰露面，胡冰可以不管他的女儿，肯定不会无视他义妹的生死，司马丹，是不是这样？”

司马丹脸微微一红，道：“大师果然好悟性。”

海空道：“既如此，司马丹，你还是乖乖地跟我们走的好。”

司马丹道：“莫非大师们还担心司马丹会逃走？我得安顿一下其他事。”

苦日冷笑道：“好，咱们可以稍微耐心点。”言毕，“三圣僧”们各自朝后跃开二丈余，仰面朝天背对司马丹。

司马丹决定让南柯梦云也随自己同往莫邪。

南柯梦云看看李文贝和胡春儿，道：“这样也好，只是哥儿、姐儿总是让人放心不下，再说，‘三圣僧’那边……”

司马丹道：“他们终究是要自己闯荡闯荡的，‘三圣僧’那边，料来说服他们不是困难的事。”果然，司马丹没费多少口舌就说得“三圣僧”同意南柯梦云也上莫邪。

难天乜斜着眼，冷哼一声道：“南柯梦云，你不妨再用一用你那‘捉鳖散’……”

司马丹怕再生事端，急忙道：“南柯姊姊的‘捉鳖散’意在捉鳖，逢着大师这样的人，那就自然失灵……夜长梦多，还是快点动身的好。”

苦日、难天正要说话，却见海空举步跃到胡春儿身边，目光凶气大炽，恶狠狠地道：“你，胡冰的女儿？”

李文贝挡在胡春儿前头道：“你要干什么？”

海空怒道：“圣僧说话，岂容你胡乱插嘴？”

说话声中，伸手一拨，李文贝登时感到一股硬聚如槌的大力直朝他肋下撞来，待他急忙出掌相抗时，哪知海空的内力又突然卸去。

李文贝猝不及防，向前急抢而出，眼看就要撞在前面的石壁上，海空大喝一声，手里提着胡春儿跃起来，后发先至，挡在了李文贝的前头，但听“噗”的一声，李文贝一头撞中了海空的肚子。

懵懵懂懂中，李文贝后颈又被海空抓住，听他喝道：“死罪可恕，活罪难饶；胡冰害了咱们的徒儿，咱也不能放过他的女儿。”

司马丹叫道：“大师，岂可言而无信？”说着，快步扑上，右手直出，抓向海空左肋，海空冷笑一声，双臂一抖，将李文贝、胡春儿抛向空中，接着朝司马丹大吼道：“吃了你们——”

总算这海空无意“吃”人，只是想吓唬吓唬李文贝和胡春儿，而李、胡二人的内力、轻功也都有相当的根基，在空中连翻了几个跟斗后，稳稳地落在地上。

李文贝震骇不已，他总算明白了像姨丈胡冰那样的人，何以一提到“三圣僧”也是头痛不已，人家那都是以实力为基础的。

胡春儿向海空拜道：“多谢大师不杀之恩。”

海空眼睛一瞪道：“不杀你，是要杀你爹。”言讫，转身去了。

司马丹和南柯梦云随“三圣僧”离开后，无路子便建议金九和李文贝、胡春儿跟他们一起下山，三人自是不肯。

见养月儿率先转身走开，金九忽然又愤怒了，冲着无路子和养月儿的后背大声道：“你们得意什么？须知咱们投鞭断流，每人……唾一口，也能将你们淹死；现在就有人不服你们，最不服你们的就是我‘捉鳖会’……”

刚说到此，忽听到一个冰冷的声音在他耳边响起：“投鞭断流，也得齐心协力，你这个强盗出身的家伙，懂什么？”

这声音就如同一把尖刀在一块铁皮上划过，刻厉刺耳，刚走了不几步的无路子三人也悚然回头。

循声望过去，却见前面不到一丈远的树干上，站着一个通体裹成漆黑的人，只留两个眼窟窿，幽幽地闪着几近于绿色的光芒。

金九只觉体内一股凉气突然迸裂，他立刻就得出一个结论：“这人要杀我。”

那黑衣人从树上一跃而下，目光如芒，从金九的肩头看过去，直视后面的李文贝、胡春儿。

金九咬破舌尖，朝那黑衣人道：“咱是强盗，该死，可他俩……你高抬贵手。”

黑衣人道：“凭你，也配在这儿讲条件？”

金九绝望之余，大呼道："无路子，道长——"

那黑衣人道："就是元始天尊临界，能奈我何！"说话中，伸手朝金九抓去。

金九所能做的，就是趁着周围冷风涌动时，伸手扬出一把"捉鳖散"。

李文贝、胡春儿见势不妙，双双跃起，一左一右，朝黑衣人扑过来，胡春儿的含光宝剑更是绿锋闪烁，带着一阵锐利的风声，刺向黑衣人的右颈。

黑衣人身形不动，只鼓嘴隔着面罩便将金九扬出的"捉鳖散"吹开，在缩身躲过李、胡二人袭击的时候，右掌径拍金九的左肩，只听"嚓"的一响，金九痛叫一声，整个身子向前飞出，撞在一处山壁上后，又跌在地上。

李、胡怒喝一声，各出所能，朝黑衣人猛攻。

无路子听到金九呼救，急嘱养月儿护好迈音达，哪知刚冲了几步时，却给另外一名黑衣人缠住，

不管无路子如何冲跨，这黑衣人总如一座山似的挡在他前头。

眼见李文贝二人被逼得越来越远，无路子在加紧攻击的同 时，还发出几声哨响，企图唤来麻隆中和唐万敌，因为按约定，他们也确实该来了。

可他哪里知道，麻隆中他们也遇上了麻烦。

本来，麻隆中在太白山的另一侧探出了一条秘密通道，在爆炸发生不久，他们就发现了"二仙"和另外两人的行踪，哪知刚刚跟了几步，就给两个黑衣人拦住。

幸得这两人无意和他们作生死之斗，简单走了十几招后，一名黑衣人突然发力，将杰如三人震退，便鬼魅般地消失了，而"风水二仙"的踪影也就再也难以找得到。

等麻隆中察觉不对，赶来和无路子会合时，方知他们的判断从一开始就是错的。

和李文贝、胡春儿搏杀的那名黑衣人发出了一阵啸声后，挡在无路子前面的黑衣人双眼忽如充了血一般，动作也随即更加凶猛狠辣。

养月儿见势不对，也急忙上来助阵，无路子一面大声让养月儿退下，一面催动内力，拂尘大力甩开，攻向黑衣人。

但不管他如何发力，黑衣人就是不管不顾，只见黑衣人左手一抖，但听"咔嚓、咔嚓"两响，已将养月儿的手臂折断，养月儿登时昏了过去。

无路子跨步冲出，侧身将养月儿撞开，右手拂尘直进，左掌如剑，斩向黑衣人的左臂，只听"刺啦""蓬"两响之后，黑衣人的右臂连衣带皮肉被无路子的拂尘扯下一块来；另外一响则是无路子的左掌和黑衣人的左臂硬碰硬地磕在一起，

响声中，二人“腾腾腾”地各自向后退开几步。

无路子只觉气血翻涌，而黑衣人却是长喘了两口气，复又挺身奋臂冲上来。

这人就像从高处滚下来的石头，对自己所受的打击毫无感觉。

无路子忽然想到了魔鬼，内心的恐惧瞬时布满全身。但他明白，倘若自己一旦不支，这里所有人就将全部不保；于是急将内力聚于双臂，迎上前去。

就在这时，忽听山顶风声大起，还有怒虎劲扑之声，而后是一声尖厉的长啸。

听到 啸声，黑衣人急忙停步，双目一敛， 转身纵向山顶。

无路子将养月儿安置在一个草丛深处的石窠里，也朝山上追去，但山顶上已是万籁俱寂，两个黑衣人固是踪影全无，李文贝、胡春儿也不见了。

四周乱草狼藉，悬崖旁一棵碗口粗细的松树被齐腰折断。

无路子探头往深壑中望了望，但觉深处寒雾翻涌，凉气森森，渺无人踪。

无路子苦叫一声，转身下山，不久，杰如和麻、唐二人匆匆赶到。这次行动，算是彻底失败。

紧急磋商了一阵，几人分头行动，唐万敌护送无路子、养月儿和迈音达就近疗伤，麻隆中负责将金九送往莫邪，顺便将这里发生的事情转告司马丹。杰如则秘密返回北京，向朝廷汇报情势的复杂和紧急，同时，看看能否从朝廷内部查出些蛛丝马迹来。

第十六章 坠崖

李文贝和胡春儿被黑衣人逼到山顶后，知道今日之事，只能绝境求生。

激斗中，胡春儿将含光剑交给李文贝。

李文贝左掌拍向黑衣人的门面，待黑衣人举手来格时，右手含光剑横卷而出，削 向黑衣人的左肩，等胡春儿想从右包抄向前时，李文贝忽然大喝一声，跨步冲出，硬生生地挤进黑衣人和胡春儿的中间，叫道：“春儿快走。”

那黑衣人“冷哼”一声，抓向李文贝手背的手指突然中途变爪，抓向含光剑，同时，右脚飞踢，将胡春儿的去路尽数封住。

李文贝心中一亮，暗想这宝剑削铁如泥，即便给对方抓住，只要自己有机会稍微抽抽剑身，对方的手指就断然难以保全。

哪知黑衣人只用食指和中指便夹住了含光剑，李文贝用力急拽，如撼山一样。

胡春儿左掌急出，怒拍黑衣人的后颈。

黑衣人低头躲过胡春儿，手腕轻轻一抖，李文贝登时身不由已，退出几步，虽然长剑没有脱手，可浑身剧痛，仿佛脊椎被撞断。

接着，胡春儿也被黑衣人震得跌过来。

眼见黑衣人又紧紧逼过来，胡春儿低声道：“山崖——”

黑衣人阴恻恻地道：“你们，只有一个活命的机会。”

胡春儿点头道：“你是想要姨丈留给爹爹的书。”

黑衣人道：“你知道就好。”

李文贝扫了眼身后的深崖，那深崖横在距他们不足半丈远的地方。他很清楚，再斗下去，即使合二人之力，肯定也就是三招两式的事情。

胡春儿对那黑衣人道："你得说说，为什么书交给你比交给其他人更合理。"

黑衣人冷笑一声道："你们没有和老夫讲条件的余地，何况老夫也知道胡冰不可能将书交给你两个娃儿。"

李文贝插嘴道："既如此，你又如何苦苦相逼？"

黑衣人道："很简单，你们死了，而且死得惨不忍睹，胡冰恐怕也就支持不了多久了。——老夫数到三，倘你二人还不能明确地说'有'或者'没有'，老夫就一定会让你们知道什么是求生不得求死不能。"说完，便立刻数道："一——二——"

胡春儿道："姑姑神机妙算，岂是你这等人能想到的？"

黑衣人眼睛绿光一闪，喝道："废话少说，到底有没有？"他随手一弹，"嗤"的一声，用一粒石子将李文贝手中的宝剑击落，狞笑道："不说我将你们训练成搜魂手——"

胡春儿突然从李文贝背后抬起头来道："搜魂手？我明白了，就是你们掳走了那么多的江湖人物，并把他们训练成你这个样子的。"

黑衣人道："知道了不该知道 的事，只能让你死得更快、更惨。"

胡春儿冷笑道："未必，鹿死谁手，还不一定；不信，你看——"

她抬手朝黑衣人的身后指去，胡春儿本是想用这种很古老的法子转移黑衣人的视线，不料歪打正着：却见一只猛虎从石窠中跳将出来，大吼一声，朝黑衣人猛扑过去。

山顶霎时飞沙走石，怒云翻滚，胡春儿抓起含光剑，一扯李文贝道："快！"两人连滚带爬，朝崖下急滚。

黑衣人左臂一甩，将老虎荡开，大喝道："哪里走。"右手的食指、中指疾出，戳向胡春儿的眉心，眼看滚动中的胡春儿再难躲开，又是一阵风起，另一只老虎冲跃过来。

虽然黑衣人很快毙了两只大虎，且顺势向李文贝、胡春儿拍出了一掌， 可终究还是慢了半拍，李文贝和胡春儿在黑衣人掌力甫一发动际，已相拥着翻下山崖。

黑衣人扑至崖边，但见崖下深壑中乱雾如烟，风声如涛，二人已是形迹渺渺。

远处忽然有一声清啸传来，黑衣人急忙招呼山下和无路子剧斗的那人，往啸声起处径奔而去。

一个石窠的阴暗处，这黑衣人受了一通斥责："你身为长老，行事不周，出了如此纰漏，该当何罪？"

这黑衣人战战兢兢地跪下来，口称："属下该死，请教主发落。"

那教主也是通体一袭黑衣，盘膝坐在一块大石上，背对着黑衣人。

教主旁边那人朝教主跪下道："教主，莫团头行事一向谨慎，且长年卧底北京，功不可没，此次因托大失手，虽罪无可赦；不过，李文贝、胡春儿跳下山崖，也必然是粉身碎骨，——请教主从宽发落。"

那教主沉吟片刻，忽然起身，扬掌在莫团头后背一拍道："莫天树，罚你禁食三天。"顿了顿，又道："一个月后，搜魂手必须达标， 你和奔长老一定要取得李文贝、胡春儿摔死的确证，返回总舵，倘若再跟江湖人物擅自发生冲突，杀无赦。"

莫天树磕头道："属下谨遵教主法旨。"

教主冷哼一声，身子一闪，踪影俱无。

莫天树擦擦汗，向那奔长老谢恩，奔长老道："算了，咱们彼此彼此，莫团头，还是先想想如何禁食吧，三天水米不沾牙的滋 味可不好受。"

莫天树闻言，目光惨淡，朝奔巴躬身道："还请奔长老到时出手相助，大恩大德，莫某没齿不忘。"

李文贝和胡春儿往崖底直坠，二人不知被绝壁上斜长出来的树枝挂了多少回，却始终紧拥。

经过几棵树的扯挂后，二人下坠的速度已是大大缓减，而崖底又有一条流动的水沟，两壁的树枝、野果不断落入，长年累月， 水沟的表面形成一层厚厚的软盖，是以两人在摔下去后，并没有立即沉下去， 却溅起一阵扑鼻的味道，甘醇而香冽。

二人开始想如何离开这里，只这谷底三面峭壁如削，即便轻功再高，想要攀缘而上，那也万不可能。

在李、胡二人坠崖之前，山顶一群猴儿的新猴王因在殴斗中受伤严重，看见二人从高空中"飘落"，衣袂飘飘，且能互相把持，以为仙人，自羡慕无比，从此便不断摘下树上可口的鲜桃之类，奉给倚在树上的李文贝、胡春儿。

胡春儿见这猴儿这般可人，闲来无事，便试着给猴儿比画一番，让它和自己一起练水月精神。

时间长了，这猴儿竟揣摩出了练功的门径。胡春儿欣喜之余，给猴儿起了个名字，唤作“心心”。

李文贝不无担忧地道：“姨丈传功一向要求甚严，如今春儿花费这么大力气把水月精神传给一只猴子，恐怕不妥。”

胡春儿道：“表哥放心，心心还没有学会做坏事。”

李文贝知道胡春儿向来有决断，如今见她这样说，自也无话。

又是个月圆之夜，朗月清风，水汽晶润，二人默念着水月精神总诀，渐渐了无杂念，心中一片空明澄澈……

不知过了多久，忽听李文贝道：“春儿，有动静——”果然，从笔架式的石棱那边传来了很轻微的划水声。

第十七章 幽寒

已到了涨水的季节，那边的水潭已扩成一个规模不小的湖泊。

两人一猴刚刚伏在笔架石的后头，就看见一艘龙舟模样的小船正通过那道窄窄的石缝划进来。

这条水道李文贝试探过不下十次，知道即使这水面看似平静，可不出二尺深的地方便暗流怒涌，漩涡急湍数不胜数。

然而这小船看上去却行得很平稳，料定划船人定非等闲之辈。

那船在距他们十几丈远的地方骤然停下。

其时明月晴空，李文贝、胡春儿看得很清楚：这龙舟通体殷红，舟上舵手是左右各四名汉子，身上的衣裳也都是赤红色。

“龙舟”的船首翘拔而起的是一颗张牙舞爪的鳄鱼嘴脸，巨嘴洞张，散出阵阵烟雾；两只眼睛，绿光幽幽，闪烁不止，说不出的诡谲阴森。

鳄头后面，一人负手而立，蒙面黑衣，凝身不动。

若非他摆过一次手示意小船停下，李文贝二人也许会以为他是这船上的一个饰物而已。

二人一猴正惴惴不已，又有划船声传来。

不多时，又一条同样形状的小船向这边疾驰，速度更快，通体闪耀的却是黄色，船上的舵手也是左右各四人，着黄色衣服。

船首一人，抱臂而立，待他右手摆摆后，船便骤然停下。

两船十六名舵手分前后两排，长发遮面，对峙站立。

只听先前那人道：“莫团头，你能确定就是这个位置吗？”

莫团头道："奔长老，老夫在这附近搜索多天，俱无发现，只剩这一处……"

李文贝、胡春儿听得清楚，这莫团头正是将他俩逼下山的那人，二人又惊又怒，不敢稍动。

奔长老道："如今看来，李文贝、胡春儿是死定了，——训练搜魂手，也是教主最用心的。"

莫团头道："到时还请奔长老在教主前美言几句。"

奔长老道："好说。人家田长老把'风水二仙'骗到了总舵，现在可是教主身边的第一红人了。莫团头在宫中卧底几十年，却没有盗出叹青，加上这里的事情又没处理干净，教主会对你老兄怎样，兄弟就不敢说了。"

李文贝、胡春儿不由浑身发冷，原来江湖上发生的这许多事，皆由这个可怕的组织背后一手操纵。

又听莫团头道："有奔长老相助，总有一天老夫会超过那个田长老。"

奔长老笑道："罢了。这里正是练搜灵掌和绝魂真气的最好地方……"

李文贝二人听得心惊，忽觉身后突然传来"噗噗"的响动，跟着就听见莫、奔二人同时大喝道："什么人——"

喝声中，二人飞身直起，迅如闪电，向这边跃过来，胡春儿早有准备，一俟情形有变，急忙带心心和李文贝贴着石壁，悄然没入酒池中。

两人一猴，相牵相持，深深地潜了下去。他们自幼在水边长大，浪中弄舟，深水摸鱼，习以为常。

二人全力延挨，不知过了多长时间，胡春儿觉得心心抖起来了，牵了牵李文贝的手，两人悄悄摆腿耸身，慢慢向上浮起。

笔架山的那边，早已是杀声大起，掌拍拳击之音如雷贯耳。

二人不暇他顾，急忙探头看觑时，立刻惊愕得连舌头也僵硬起来：原来船上的舵手，只剩下两人，正在进行殊死的搏杀。

一顿饭工夫，莫、奔两魔忽然跃身而起，出掌如电，分击他人的后背。

奔长老道："恭喜，莫团头对搜魂手的控制，可以说已经到了随心所欲的地步了；经过今晚的习练后，老兄的搜灵掌差不多也有教主的境界了。"

莫团头道："奔长老的绝魂真气竟能灭人于无形，老夫佩服。"说话中，那奔长老举掌击碎了一船，二人各操一桨，鳄船便如离弦之箭，从湖面上迅速消失了。

忽然胡春儿惊道："心心——，心心，你怎么了？表哥，你看——"原来，心心的后腿被蛇咬了一口，早已昏过去了。

旋即又见一条死蛇在离笔架石不远的地方，软软地挂在树枝上。这条蛇足有五尺长，七寸已被捏瘪，蛇头也摔成稀烂。

幸得心心随胡春儿练过水月精神，经两人一阵紧锣密鼓的抢救后，它的呼吸渐渐平稳了。

二人很快推断出心心受伤的由来：从那条大蛇的伤痕看来，它也是来酒池中疗伤的，但悄悄潜过来时，将心心咬了一口，莫、奔二魔听得动静，飞身过来，杀了大蛇，对这儿也就不起疑心了。

这几日，俩人反复推敲，还是不能断知二魔头到底是来自哪一路的神仙，只知道既然二魔头的武功可怕，那他们身后的那位教主，定然是超级魔王了。

胡春儿道："那些失踪的武林人物，恐怕……这些搜魂手，莫非是他们？"李文贝惊道："春儿，你是说，还包括郑叔叔？"

胡春儿点头，李文贝半晌没话。

胡春儿道："这些人都已无魂无魄，生死不知，只知一味尚武杀伐，武功又个个不弱，一旦掌握了霹雳弹一类的火器，那将如何？"

经多方思考，他俩终于下定决心，要依着心心的指示，攀上对面猴群出没的崖顶，他们看不清那山崖有多高，但相信上了崖顶有救。

胡春儿解释心心的意思时道："心心说猴群能从半壁上出没，乃因那里另有可以落脚之处。"

攀爬绝壁的准备就从这天开始了。

好在绝壁虽险，但不同的高度总有横生的树木或其他藤蔓可借，有些地方石质稍软，一个冬天过后，石壁上竟让他们凿出一条五六丈高的"石窠路"。

他们练功的时间主要是晚上；练功的地方，胡春儿和心心在树上，李文贝则在那块笔架石上。

谷里的冬天并不冷，因为内力渐强的原因，这个冬天他们倒也没受太多苦寒的摧折。

到第二年崖底有花香飘荡的时候，石窠离猴群出没的地方已只有五六丈远了，李文贝笑道："春儿，看来，再需两个月的时间，咱们就可以出去了。"

心心近日沉默了许多，胡春儿分析这与崖顶上群猴的叫声“日见稀薄”有关。出谷的心情虽很迫切，二人一猴却从未停止练武。

因为得在绝壁上攀附，还得在横斜的树枝上过夜；他们得如壁虎一样，黏附在悬崖峭壁上，还得如轻雀那样栖宿枝头，这种“轻慢”在更多的时候，反比“轻快”有更大的难度。

后来，他们贴着石壁上下自如多了，他们静黏在石壁上时，能使自己体内的水月精神和壁上的气息形成一种十分微弱的呼应，借着这纤毫之力，他俩不需任何帮助，就能在绝壁上做短暂的停留。

他们还能在软泥一样的“酒封”上盘膝而坐，坐的时间也越来越长。

这天下午，李文贝攀上后很快就返下来了，他告诉胡春儿说上面有一排石窠，直通向上面的一处大石窟，而且在那个大石窟上头，也有一排类似的石窠。

此时，两人明白，当初心心坚持让他俩从这里往上，缘由或正在于此。

第二天李文贝重新去察看了一番，大石窟向上顺着石窠再爬十几丈，距崖顶已不过四五丈远了，借着青藤相助，爬上去应该不会有多大问题。

第三天，两人用了将近两个时辰，天色暗时，来到李文贝见到的那个大石窟。

胡春儿见这石窟深可十丈，宽亦足有数步，高丈许，窟底却显得异常整齐，仿佛一座石门，心中纳罕。

窟中有一棵很粗的乌桕树，已枯腐如绵，胡春儿拍拍苍黑色的石壁道：“这真要是一座石门的话，却不知要通向哪里。”

他们顺着那排石窠攀爬了个把时辰，终于和等在这里的两只猴儿会齐。果如胡春儿所担心的那样，心心的同伴们见了它以后，看上去十分悲哀。

听了心心的“咿咿呀呀”后，胡春儿终于明白：原来心心它们这个猴群，近日遭到人们的猎捕，伤亡殆尽。

李文贝忙道：“咱们快上，看看到底是些什么人。”

胡春儿叹道：“那又如何？即便能助心心它们赶走这一拨人，不久又来一拨。”

李文贝问：“那么，又该怎么办？”

胡春儿看看心心，又将身着羊皮、胡子拉碴的李文贝打量了一遍，忽然喜道：“有了，咱俩扮成猴子或其他什么怪物，把那些人吓得再也不敢来。”

李文贝道：“好主意，咱们出其不意，肯定能吓走那些人。”

虽然这儿离崖顶尚远，可有了猴儿们的指点，他们很快就找到了一处斜斜的石缝，由此向上，那便平安得多。

听到天空中又传来滚滚的雷声，李文贝加快了脚力。但胡春儿突然发现从不离身的含光剑落在大石窟中了。李文贝道：“不要紧，春儿，我下去。”

胡春儿探头看看崖底，大石窟已杳渺难见，低声道：“表哥，你小心。”李文贝道：“你们上去后，先找个僻静处歇一会儿，我随后就来。”说完，便沿着来路折身向下。

崖间风紧，头顶正有一块黑云飘来，胡春儿和猴儿们加速向上，终于在大雨来之前翻上了崖顶。

猴儿们避难的地方是一处能遮风挡雨的小山洞。

胡春儿耳朵里塞满了风雨声，她有种很奇怪的感觉，觉得这漫天的灰暗来的异常。

大约五更时分，忽然一阵剧烈的震颤，刹那间天摇地动，跟着又听见一阵山石涌动的声响，正来自胡春儿最关心的那个方向。

胡春儿“啊”了一声，正欲挺身冲出去时，但见眼前猴影晃动，心心已挡住了她的去路，冲她哀鸣不已，漆漆闪亮的猴眼里，说不清是惊惧、担忧还是不安。

她将心心揽在怀中，抖抖地抚着它道：“听你的，咱们等——”

天亮后，云散雨尽，胡春儿和心心在附近的绝壁上不知找了几天几夜，上来下去，下去再上来，却始终没有找到李文贝的踪迹。

胡春儿大哭：“表哥，春儿对不起你……”

李文贝刚下到石窟拿到含光剑，外面已是雷雨交加，他心道：“天可怜见，如再迟得片刻，身在半壁，受着风雨，岂不危险？”

但夜里却发生了山崩。

先是一阵震动，跟着几声沉闷滞重的重响，李文贝觉得整个山窟似乎就晃了晃，随后有一股巨大的热浪从窟口涌进来。

窟内石屑纷飞，他急忙退到窟中最里最深的地方躲避，总算没有被砸伤。

响声只是一瞬，李文贝惊魂未定，将深埋的头抬起来时，周围一片漆黑。他定了定神，起身向记忆中的洞口方向摸去，但他眼光所触及的都是坚硬的石头。他将这里每一寸的地方都挨着摸过，除了厚重的石头外，什么也找不到。

李文贝颓然瘫倒在地，他知道，洞口被封死了！洞口被滑落的石头封死了！

他把含光剑奋力掷了出去，只听“呛啷”一声，宝剑刺击在石头上溅出几点火星后，一切便又沉寂如旧了。

但是，李文贝很快想到胡春儿，胡春儿肯定也很着急，必然是在千方百计地设法救自己出去，倘如内外一起努力，出去也未必没有可能。

李文贝跳起来，再三斟酌后，确定了方向，即开始行动。

他剑击手搬，觉得自己至少干了三天，后来，他怀疑努力的方向不对。

李文贝停下来了，根据这个石窟现在的大小，他清楚地知道，洞口被封至少厚达二丈，二丈的硬石，即使有可能被搬开，也需十天八天。

李文贝痛苦减轻了，他一动不动地躺在黑暗里。

忽然，李文贝听到有人在唤他：“贝儿——”那声音亲切、轻柔，李文贝不用 睁眼，不用想，就知道并看见了唤他的正是母亲。

母亲蹲在他的头前，用似水似雾的眼光亲切看着他。

他挣扎着要站起来时，又看见了父亲——他同样看一眼就知道这个棱角方正神情肃穆的人就是父亲，父亲目光凛凛，一言不发。

李文贝只觉满心酸苦、满腹委屈，起身向母亲扑去，哪知却一头扑空；父母冉冉腾空，若驭风乘云，飘飘而去。

在李文贝的呼声中，母亲潸然泪下：“贝儿，你……岂能如此萎靡？”父亲重重地“冷哼”了一声，他们便消逝在无边的深暗中。

李文贝大急，振臂而追，却一头撞在岩石上，蓦然惊醒，原来是一场梦。

李文贝满身汗湿，道：“这梦来的蹊跷……”

他朝父母飞升的方向遥拜道：“爹、娘，你们见谅，孩儿从现在起，一定竭尽全力，即使最后不免还是死，那也是累死的，而不是等死……”

李文贝原非那种轻易放弃之人，如今既镇定下来，身体内水月精神运转三个周天后，就渐觉神清气爽，思虑也马上明朗。他发现了自己的一处疏忽：这石窟被密封了这么长时间，如何还有一丝清爽之感？这里肯定有可以通风的地方。

他摸着火镰，燃着一段乌柏木，发现升腾的烟气缓缓地朝里头飘去，那里，窟底， 原本是一壁很平整的石面，上面还长了密密的青苔，当初胡春儿还笑说像是一道石门。

他打火燃着了乌柏木，慢慢地靠近石壁，清楚地看见烟气是从石壁的右端齐肩高的地方钻进去的，他用含光剑把青苔轻轻刮下。渐渐地，他看清楚了：这石壁中间，有一道高及两人的石缝，笔直，有一指宽。

李文贝顺着石缝向上、向右摸了一遍，暗想这石缝垂直而下切向右直拐，分明当是人工的痕迹吧？他把石缝里青苔、尘屑尽数剔去，果然一道石门的轮廓展示在他面前，只是不管他如何努力，却始终无法撼动这石门半分！

李文贝又贴在石壁上仔细听了半晌，里头有微微的“叮咚”声，其间还夹杂着更轻忽的“窸窣”声，仿佛是风吹柳梢的那种。

李文贝摇撼了一阵，石门依旧如前，他想到这石门肯定是里头堵上的，从外头，自然是打不开的。忽然，他按在石壁上的右手有凹下去的感觉，李文贝将这里清理出来，看到了石壁上的三个大字：“擒龙洞”。

笔画手指那么粗，字形如笔走龙蛇，显得甚是苍健。

很快，李文贝看见了这三个字的下端也有字，却小得多，想必因为年长日久，风侵水蚀，那字迹便模糊难辨，李文贝举火看了很久，才将大意看清楚：

北周天和二年，秦岭太白山一带，有一怪兽出没于云雾水波之中，伤人无数；兼之力大无穷且灵性已通，虽有四方高人齐集于此，千方百计也无可奈何。

茅山道士瞿鹊子、长梧子率同门力战十余次，终于擒得怪兽。

经此恶战，茅山一门伤亡殆尽，唯瞿鹊子、长梧子师兄弟幸免，虑及 怪兽既通人性，当为天地钟灵所毓，不忍杀戮，只将其拘禁在洞中，念其尚有千余年的兽龄，便废其声力筋脉，囚于此洞，俾其自生自灭，以竭天年。

瞿鹊子、长梧子师兄弟亦决心监守，以求化掉此兽的戾气。

最后还有说明，一是说瞿鹊子、长梧子常以崖底、池中之物充饥，还在洞中开凿天井，以延怪兽之寿的做法；一是警告世人一旦落入石窟，万不可入洞，洞内除怪兽之外，还有冷池，如果被这二气所侵，势必心性大乱，三日后死于非命。

第十八章 擒龙

李文贝苦笑：倘若自己不入此洞，那是二日后必亡。

李文贝想：两位先人既这样说，莫非这儿真的另有通道？又想到碑文上还有“毕生监守于此，竭力化掉此兽戾气”的文字，再联想到瞿鹊子和长梧子也曾凿石窠下崖底取天酒充饥，那么，这儿必然有通道或有开启石门的机关。想到这儿，李文贝急忙起身，终于，他的左手向上探摸时，触到一处较别处松软的地方，他稍稍用力，那里有厚厚的尘土簌簌落下。

李文贝搬来一块大石头，踮着脚尖，用含光剑在这儿刺了刺，这儿果然石块松动。一个时辰后，复原了小洞口的原貌。

这个洞口实在小得可怜，就连心心那样的猴儿恐怕也很难穿过，为此，他又将自己折磨了许久，直到自己能钻过去。

李文贝用宝剑将剩下的一段乌柏斩劈成十余段，通过小洞掷了过去。

除了枯木落下去的声音外，李文贝什么也没有听见。可他从小洞中探身过去时，便有一股冷厉之气陡然袭来。

退回石窟，李文贝把剩余的青苔尽数吞下，又运功作了番调息，将自己的精神调整到最佳状态。

李文贝举着火把，刚把头探过去，赫然看见在黑暗的深处，有两颗拳头大小的发光体，幽幽地闪着浅绿的光芒，明灭不定。

李文贝插好宝剑，举着火把，背倚石壁，吸附着石壁滑了下去，他辨了辨方向，决定朝着寒气逼过来的那边走。

可走了几十丈后，李文贝便难以为继了：且不说洞中怪石嶙峋，斗折蛇行，关键是愈往前走，冷寒愈甚。

开始李文贝尚能咬牙坚持，后来他觉得自己好像也成了一块坚冰，气血寒凝，四肢麻木，又走了两步，更是全身冷战，面颊眼睑俱僵硬难动，李文贝知道若是再往前走，恐怕连后退的机会也没有了。

坐下调息了一阵后，他又试着往别处走了走，但四周俱是死路。

渐渐地他看清了洞中的情景。

向北的石壁有两处石龛，龛中各坐着一名道士，手执拂尘，脸上笑意犹然。

李文贝乍见之下，急忙鞠躬行礼，口称“冒犯”。

但两位道士毫无反应，李文贝凑过去看时，原来两名道士早已亡故，李文贝心下恍然，知是瞿鹊子和长梧子两位道长。

李文贝朝两位道长稽首道：“晚辈李文贝惊扰了二位，实属无奈，前辈原谅。”

接着发现，在两座壁龛的右前方，有一只庞大的怪兽，非蛇非蟒，通体漆黑，长有两丈余，那两颗发亮的“珠子”，则是怪兽的两只眼睛，不断地忽眨着，泛着幽幽的绿光。

李文贝看清楚它的时候，这怪兽正张牙舞爪，口喷白气，凌空朝李文贝扑来，李文贝大惊，丢掉火把，着地滚开。

但又未觉有什么异常，定睛看时，才发现这怪兽虽看似穷凶极恶，却始终保持着同一种向前冲扑的形状。

他马上又发现怪兽何以能在空中保持飞跃之姿的原因：原来，它的长尾被三枚硕大的铁钉子钉在石壁上；另外还有三根胳膊粗细的铁链，一根穿过了它的鼻骨，一根穿过了它的前爪，还有一根在它的腰腹处死死地缠了三圈。这些铁链的两端也同样钉在石壁的两侧。

在这怪兽脑袋的上头，有泉水不断地落下，正对着它的嘴。

只是李文贝不明白，仅凭着这一线泉水，怪兽如何能延龄千余年？

他却不知，昔年两位道长将怪兽困于此洞中后，为了不致它饿死， 在洞壁的上头凿开一孔类似天井的石道通向崖顶的林子里，保证鲜果一类从此落入。

洞外四季常青，两位道长对这“天井”的设计又极巧妙，使得距这里足有几十丈高的山顶 的鲜果能不断地落下来， 满足怪兽的需要。

或者是天数使然，在怪兽自感再也不需要那鲜果、那泉水时，两天前的那场山体崩塌也彻底封了“天井”。

李文贝自然想不到这些，他只是觉得洞中的一切太过匪夷所思，尤其是看到了水滴和地下成堆的鲜果后，立刻感到饥渴难耐。

在确定这怪兽不会也无力对自己产生什么不利时，李文贝小心翼翼地凑过去仰头接着泉水喝了一阵。拣起两枚果子要吞下时，忽然想到瞿鹊子和长梧子二道长这样锁住怪兽，正是希望它也能活下去，眼见着怪兽气息奄奄，自己还这样和它争食，岂非太过卑鄙?

想到这儿，李文贝便朝那怪兽行礼道：“龙前辈，晚辈饥饿难忍，让您见笑了。”说着，便将那果子对着怪兽的大嘴掷了过去，哪知那怪兽巨嘴一闭，便将鲜果碰落；李文贝再将果子掷过去，怪兽依旧挪挪脖子，果子又跌下来。

他心下大奇，拱手向那怪兽道：“龙前辈，莫非你哪里不舒服吗？晚辈也略通医理，或可能有助于你。”

那怪兽听了李文贝的话后，竟努力抬起它那大如碾盘的头颅，朝李文贝点了点，扯得铁链一阵响动。

李文贝强打精神，调息一番，然后跃身而起，左手抓住铁链，右手按向怪兽的后颈，冀图将内力送进怪兽的体内。

不料这怪兽通体冰冷，表皮坚硬如石，李文贝真气刚一发出，即便反弹回来，连续在其他地方试了几次，均没效果。

不得已，只得跳下来，朝那怪兽行礼致歉道：“晚辈无能，龙前辈见谅。倘若龙前辈能给晚辈明示哪里不舒服，晚辈定当全力以赴。”

但怪兽双眼依旧那么缓缓地眨着，嘴里徐徐地喷着一阵一阵的热气。

李文贝想到这怪兽就这样被吊在洞中千余年，肯定大大不舒服，眼见它如今体衰力残，且这洞中四处密封，即便放它下来，料它也难以兴风作浪。

哪知一番努力之后，方知自己的希望实在过于狂妄自大，石壁固定铁链的铁钉，即便有十人二十人也难以撼动。

李文贝不再妄动，想及外头石门上说，“此兽灵性已通”，不如将水月精神的练气之法传给它，或者可以让它自健体魄。

李文贝对着怪兽念了一通“心如月，性若水”，又在怪兽的眼前不断比画、演示，倒也颇解独困此洞的苦寂。

李文贝觉得活着离开这里的想法越来越渺茫。

这次他又要去喝泉水解渴时，忽然注意到那怪兽微微地甩着脑袋，还朝着瞿鹊子长梧子的真身方向眨眨眼。

李文贝心念一动，转身道："二位真人在上，李文贝被困此洞，烦请二位在天之灵能指示一条生路。"说完，便重重地磕下头去，忽觉膝下有凹下去的地方，忙打着火镰仔细看时，原来竟是几行文字："倘贫道尸身无损，可吸食血肉，助尔抵抗奇寒；若只存朽骨，即可研成粉末，和水服下，亦必大有奇效；另有一途……"

李文贝膝行向前，可"另有一途……"的"一途"是什么，却没了下文。

李文贝四处寻找，终于在瞿鹊子石龛的顶端发现了一些字："师弟业已鹤去，这恶龙凶性不减……误入此洞者须知，可剖食此龙之胆。"

观其字迹，笔画倾仄，凌乱乏力，显是瞿鹊子在生命最后一刻留下的。

李文贝读完了瞿鹊子交代的剖食龙胆后当注意的事宜：虚其心，实其腹，弱其志，强其骨。

想到这恶龙最初被擒之后，暴戾凶恶处毫不稍减，终日在洞中狂吼嘶鸣，两位道长为了化去它的戾气，耗尽了毕生的心血，终于赍志而殁。

且临终前，师兄弟二人肯定还有过一番争论：倘若有人误入此洞，杀龙取胆之法该不该明示给他？

李文贝的推论大致不差，但在许多细节上，他是永远也无法想明白的。

当初，瞿鹊子、长梧子率门人擒捉恶龙时，二人均已年逾七十，彼时他俩已练成金刚不坏之躯，若无意外，尚有一甲子的寿数。

奈何这恶龙秉天地巨奸大邪之气，已具神力，威力无边，最后虽被擒获，但茅山一门十三名弟子也无一幸免，瞿鹊子、长梧子也是元气大耗。

十年后，长梧子撒手仙去，瞿鹊子思之再三，还是把这"另一途"留了下来，只是写在了更远更偏的地方，因为寻常人物见了"第一途"后，定是喜不自胜，哪里还顾得上其他？

不久，心力交瘁的瞿鹊子也溘然长逝。

由于二位道长生前饮天酒，食奇果，加之洞中冷寒，是以遗骸历数百年而不腐。

李文贝朝二位道长的法身长拜道："二位道长舍身济世，李文贝虽被困此洞，又岂能因贪生而冒渎道长的贵体？”

言毕，转身走近怪兽，看那怪兽目光越来越黯淡，大嘴一张一合间，喘气也愈来愈沉重，李文贝暗想：莫非它的生命也走到了尽头。

李文贝朝那怪兽作揖道：“龙前辈，两位道长至死不肯为难你，晚辈又岂能行那害你之事？李文贝生能与二位道长及龙前辈相伴，此身无憾矣。”李文贝的话刚说完，却见那怪兽眼中两滴清泪滴出。

李文贝大声道：“龙前辈，倘若你真的灵性已通，就当饮水吃果子，如此你我也能多相处些时日……”

哪知怪兽却出人意料地冲着他点点头，李文贝急忙拾起地上的果子，腾身而起，将果子掷到怪兽嘴里，只听“咕噜”一声，果子被怪兽咽下去了。

李文贝甚喜，正准备如法炮制，不料刚刚举起胳膊，那怪兽巨头一甩，朝着李文贝张嘴一阵大咳，接着又喷出一股气味，辛辣刺鼻，呛得李文贝连连打喷嚏。

就在李文贝一时难行措手之际，怪兽喉间“喀”的一声，大嘴向上一扬，嘴里弹出鸡子般大小的东西，血色淋漓，径奔李文贝嘴里而来。

李文贝待觉嘴中有异，急欲吐出来时，那怪兽嘴里又喷出一股劲气，劲厉无比，正逼在李文贝嘴里的那物事上。

李文贝张皇难禁，嘴里那物事已滑入咽喉间。

李文贝又惊又怒，右手急忙按住喉头，同时运起水月精神，朝咽 喉处直冲，欲图吐出来，不料那怪兽扬首一甩，“喀”的一声，一枚牙齿径击李文贝中府穴，李文贝连躲避的姿势都没有调整出来，穴道已给封住。

李文贝怒火万丈，却无法发泄，只能任喉间那物事悠悠地穿过食管，滑进自己的肚子里，还带着一股温热，正像刚出锅的馒头。片刻工夫，腹中辛辣渐渐强烈，热度也越来越高，不久体内已是炙热如焚。

那物事还在他肚子里旋转不已，一圈一圈的热浪，在他腹中冲扑。

眼看李文贝难以支持，怪兽又吐出一枚牙齿，解了李文贝的穴道。

李文贝急忙运起水月精神与体内热气相抗，可哪里能够。但觉腹中烈焰腾腾，如一只熊熊燃烧的炉子，继而这炉子又突然迸裂，将他的五脏六腑烧成正在冶炼的“铁水”，这“铁水”沿着四肢烧过来，直似要烧焦他的头发。

李文贝觉得自己快要疯了，凭着那一丝残存的理智和记忆，他跌跌撞撞地奋身朝洞的深处冲去。他还记得那里曾让他冷得活不下去，或者可能缓解他体内的炙热。

等他稍稍清醒一些时，他发现自己正浸泡在一处水池中。

这冷池原本是坚冰，李文贝竟以体内热气将坚冰化成了水，但他自己并不知情。水池上飘散着一阵氤氲之气，轻浮慢绕，虽然体内那团火还在急转，但李文贝却觉得舒服多了。

李文贝还没有想明白这到底是怎么回事时，便听到“啊呀”一声，一人冲上岸来，魂飞魄散：冷池中竟有一个人，那人怒目圆睁，龇牙咧嘴、作势朝他扑来。

李文贝惊魂未定，腹中那团火又如火如荼地烧起来，比先前似乎更剧烈。

李文贝只好朝那人说：“神仙前辈在上，晚辈李文贝鬼使神差，误入此洞，诚不得已，恳请您老人家大慈大悲……”过去后，他才看清楚，原来，那只是一具死尸。

很快，他又在水池的岸上看见了另外十二具死尸，他们都是道士打扮，李文贝方明白这十三人皆是瞿鹊子、长梧子的弟子，千年前因擒拿恶龙殉身。

想必是师傅们将他们“安葬”于此的，至于为何十二人都在池岸，独此人浸在池中，李文贝便不得而知了。

这池子方圆三四丈，四壁寒石峭立，李文贝很快就弄明白了这洞里其他处为什么漆黑一片，独这里能光亮睹物的原因了，因为这池底有一颗夜明珠。

在池中浸泡了不知多长时间，李文贝觉得寒冷难禁，便爬上岸来，心中祈祷着腹中的那团火千万不要再烧了。

哪知不久之后体内的“烈火”又死灰复燃，他只得退回来继续浸泡。

李文贝心想，既然如此，自己又何必小心翼翼地控制这团动辄就要“炸裂”的火焰，不如干脆放开它，看它能将自己烧成什么。

他自幼喜欢戏水，如今便在池中做着各种各样的放松动作，立俯偃仰，侧躺顺卧，“随心所欲”……

有时自语一阵，全不顾体内水月精神忽然意外地强健起来，和腹中的酷热、池中的奇寒之气相互激荡，肆虐翻沸。

不知过了多久，忽觉似有人在他脚底涌泉穴上轻搔，麻痒无比。继而，涌泉穴又有缓缓蠕动的感觉，肾俞、风池、命门诸穴也都有了这种动态。

李文贝悚然而惊，方知是体内这几处穴位仿佛有一丝线 隐隐相牵，一动俱动。

李文贝心念一动，他知道平日运功练气时，最难通过的就是这几处穴位。莫非今日奇遇，竟有助于解决这一难题吗?

又想起瞿鹊子遗骸处的那几句话："虚其心，实其腹，弱其智，强其骨"，瞿鹊子这是交代在食龙胆后化去其毒热之气的方法，那么，自己目下这种心态莫非就与所谓"虚心""实腹"的内涵暗合?

体内的真气还在流转，李文贝的心思也在继续：莫非那怪兽强迫自己吞下去的就是瞿鹊子所说的龙胆？想到这儿，李文贝大叫一声，从水池中跃身而出，不顾一切冲了过去。

怪兽却再也无力睁开它的眼睛了，听了李文贝的大声叫喊，怪兽的眼睛眯开那么一条缝，李文贝热泪滚涌，竟不知说什么好。

那怪兽沉沉地闭上了眼睛，徐徐吐出一口热气，发出一声叹息，脑袋一偏，身子也便重重地沉了下去，拉得铁链子硬硬地响起来，——它竟然死了。

李文贝终于想清楚了：怪兽逼他吞服的这枚热胆，想必聚集着它一身的精阳纯烈之髓，只因它曾经嗜杀成性，残虐异常，这精髓便有如烈火一般，狠厉无比。千百年来，面对着从容含笑的瞿鹊子、长梧子，怪兽真切地感到了自己的罪孽深重，于是，戾气渐去，使满身的精阳俱凝于一枚热胆。

李文贝热泪长流，他又一次觉得自己有希望了，随着体内真气的流转，他可以越来越久地离开那冰冷奇寒的冷池了。

不知过了多长时间，李文贝体内水月精神的活动也渐渐明显，甚至还能参与对体内酷热之气和体外冰寒冷厉之气的调和了。

李文贝有意识地强化水月精神的活动范围和周期，他尽量手搏脚踢，肩冲头摆，让水月精神能够调节体内酷热、体外冰寒之气的实际对抗。

随着汇入丹田、膻中的精阳之气越来越多，李文贝能在岸上停留的时间也越来越长，体内的那种炽热也相应越来越弱，他还清楚地感觉到腹内的那枚热胆也越来越小了。如此很久以后，李文贝决定离开此洞。

为了安全，李文贝经过艰苦卓绝的努力，竟然在体内贮藏了一团冷气，每当那枚热胆的酷热之气发作时，李文贝就牵动这团冷气与之相抗。

李文贝还欣喜地发现，自己的掌力已提高到了一个匪夷所思的境地。

一日，他随意挥出的一掌就把一块石头拍成粉碎；接着，他还发现，自己已经能够暗中睹物，不用火就可以大致看清洞中的景观。

离开时，他对着瞿鹊子、长梧子两位道长和那怪兽深深地拜了拜，默默道："三位的大恩大德，李文贝长铭不忘。"

哪知离开这里走了不久，忽听身后隆声大起。原来，不久前这里的地震，已经严重地损害了这里的地脉，加之那怪兽天生神力，近千年日复一日的挣扎，四周的坚石也难以禁受。

李文贝震惊之余，本想返回身看个究竟，却几乎给纷乱的石块砸伤，他只有全力向前直奔。

洞中乱石崔嵬，艰难曲折且险象环生。

李文贝遭到过蝙蝠的袭击，那些蝙蝠大如车轮，怪目闪闪，叫声断金裂铁般瘆人， 根本不顾他左掌排山倒海的力量，也不顾他右掌含光剑削铁如泥的气势，只争先恐后地朝他扑击。

一番腥风血雨之后，李文贝终于脱困。他四顾徘徊，确信自己已获安全后，打算休息一阵。

忽觉拄石而立的右臂又不大对劲了，接着还闻到一阵异乎寻常的味道。低头一看，却见两条筷子一般长短的小蛇正顺着他 的右臂往上爬。

李文贝知道这种蛇叫玲珑蛇，长得看似娇小，其实至毒无比，尤其是蛇口中散出的那种气味颇能惑人心智。

这种蛇一般雌雄相 随，相与而一，极少失手，哪知今日 的情况却大是不同，按理， 李文贝早就应被翻扑在地，任其搜噬了。但它们不知李文贝虽然身子瘦弱，可吞食了龙胆之后，已成百毒不侵之身。

人蛇僵持片刻，雌蛇口中又漫出一阵白雾，雄蛇则干脆从身上分泌出湿湿的黏液来；白雾、黏液都恶浊异常。

李文贝稍稍镇定，暗中调息，丹田真气旋转成势后，一股内力顺着肩井穴过肩颙穴撞向趴在曲池穴附近的两蛇，只听"噗、噗"两响，两蛇被震得直甩出去。

一日，觉得洞中明显干燥了许多，李文贝在一块平整石头上做了次短暂的调息， 此时，他觉得腹中的那枚热胆和自己所贮的那团冷气皆已化至如指头肚般小了。他穿过一道窄窄的石缝，前面隐隐有光，李文贝紧走数十步， 前头豁然开朗。但他没注意到，就在洞的左侧，闪着一双可怕的眼睛。

第十九章 潜伏

眼看接近洞口，李文贝忽觉左侧一股劲风骤然袭来，接着一道鞭影从面前掠过。

李文贝急忙低头避过，只听“啪”的一声，那软鞭击在对面的石壁上，跟着一枚石子袭来，李文贝沉腰扭身，将石子接住，未及转身，那人的鞭梢已硬挺如剑，朝李文贝的脖子直刺而至。

李文贝顺手将刚接住的那枚石子朝鞭梢击去，那人的长鞭被击中后，便蛇一般瘫落在地。又是几声响过，几枚石子向他身后几处大穴袭来，同时，落在地上的长鞭也就势缠向李文贝的双臂。

李文贝觅得时机，右手含光剑倏然出鞘，那人大惊，“咦”一声，动作稍缓，长鞭已给斩断。

李文贝抬头望去，就见前面约一丈高的地方，有一处仅可容人的小洞，小洞的前头，是一平台，袭击李文贝的人就坐在那里。

那人头发纷披，右手攥着长鞭，左手还攥着几枚石子。

李文贝沉声问道：“阁下高姓？何以无端拦截在下？”

那人不知说了句什么，突然手腕一抖，断鞭又一次扬起，鞭身曲折如波，扯着刺耳的风声，绞向李文贝的右手腕。

李文贝右脚一起，将一块石头踢向软鞭的中腰，待那人的鞭子受震略转时，含光剑挥出一招“无风起浪”，再斩鞭头。

那人左手一扬，五枚石子电射而出，分袭李文贝的双眼、两肩和丹田等要害处。

李文贝后退不可能，仓促间身子横卧空中，正好能躲开那人的连环攻击。

再斗片刻，那人右手将鞭头抓住，随后甩成一个套子，朝李文贝罩过来。

李文贝急忙举剑相隔，这人手腕一振，那鞭套竟停在空中寂然不动，左手甩出两枚石子来，一枚袭向李文贝的左腿膝关节，另一枚则匪夷所思地击向他自己的长鞭，那悬在空中的鞭套受震之后，硬硬地拐个弯，朝李文贝套过来。

李文贝举剑朝鞭套撩去，哪知鞭套转了两个弯后，又将李文贝的左臂缠住，李文贝奋力直甩，欲待挣脱，却见这人双手一阵急挥，飞掷出来的石子犹如飞蝗一般，铺天盖地朝着李文贝击过来。

洞中逼仄，李文贝要躲开暗器，却无法躲开鞭子的缠绕，眨眼间就被飞旋不已的鞭绳如茧壳一样地卷裹起来。

眼见那人飞身跃起，扬掌劈过来，李文贝大喝一声，“嘣嘣”几响之后，束绑在他身上的长鞭寸寸断裂，他随即挺身站起，奋力朝外推出一掌。

那人已停止了攻击，正捧着李文贝跌落的含光剑，全神贯注地看着，目光似痴似呆，喃 喃不已：“是的，是含光剑……”

眼见此人再无恶意，李文贝想收力撤掌已来不及，只能腾身跃起，右手尽可能转向，但即使如此，李文贝的掌力仍有四成以上击在那人的身前。只听“砰”的一响，那人仰面跌倒。他挣扎起来，全不顾自己伤情，只盯着李文贝，道：“你姓李？”

李文贝见他目光散乱，已了无恶意，便道：“正是，在下姓李……你到底是什么人？”

那人眼睛骤然闪亮，叫声：“好——”一口血喷出来，身子一歪，竟晕了过去。

李文贝急忙将他扶起，却见他双腿尽皆残废，而且脸上还带着一道长长的伤痕，当下，扶他坐好，伸出右掌按在他后颈的风池穴上，将内力缓缓地送入这人体内。

这个人很快醒过来了。看上去他平静了许多，但满脸显出极度的痛苦之色，又沉默了片刻，对李文贝道：“我是潘云。”

李文贝“啊”了一声，惊得几乎要跳起来。

潘云，这个名字他自然很熟悉，胡冰、红妹子、司马丹都给他讲过潘云。

在李岩救助抚养的众多孤儿中，潘云、郑天则、司马丹是最出众的三个，有“李门三杰”之称。

潘云武功高绝，作战骁勇无比，后被李闯王看中，唤到帐下做随身侍卫。和当时的“铜豆子”俞半碗及另一名侍卫汪力，都是李闯王身边极得力的人。

潘云尚武，对含光剑自然甚是熟悉，而他的武功也得到过胡冰的指点。待进了北京后，潘云的心态发生了微妙的变化，特别是李岩和李闯王周围的人发生了几次激烈地争吵后。

有一件事是潘云亲眼所见，那是田参军和汪力曾秘密审查一名小校，这个人供出了李岩暗中聚敛并埋藏金银、绘制藏宝图的事。那小校说他就是因为气愤不过才冒死盗出藏宝图来献给牛丞相并请牛丞相转交皇上的。

牛丞相听了，便指示田参军、汪力会同潘云按照藏宝图所示，果然挖出了一处宝库，并擒获了一干守宝者。

据这些人供述，该宝库是李伴设计的，一旦和清廷谈拢了条件，便要作为礼金献给清廷。

潘云大怒，抽出腰刀就要往李岩帐中，田参军慌忙拦住。

牛金星也嘱潘云“万万不要声张，以免弄得沸反盈天”，既“增皇上烦恼，又无助事情的解决，反给清军、吴三桂以可乘之机”。潘云只好如此。

当天晚上，李自成突然召见了潘云，可却什么也没有说，只把他上下打量了一番，即命他退出。

独柳塬变故后，潘云和田参军、汪力等随大顺皇帝南逃，奉命运送军饷，他和汪力都身上带伤，落在先头部队之后。

不久，潘云忽然发现他们运送的箱子，有许多和李伴藏金银的箱子一样，接着，他们中间有一个人和出现在李岩帐中的清军武士动作总有相近的地方。

潘云将自己的怀疑告诉了汪力，汪力瞩他不要声张。

当晚，潘云遭到了袭击；袭击狠辣、直接，完全不给潘云任何机会！

待潘云认出袭击他的正是田参军和乔装成为清军武士、在独柳塬要护卫李岩的那几人时，他已被田参军挑断了右脚筋。

潘云拼死抵抗，挣扎着逃到山顶后，左腿已给汪力震断。

田参军冷笑道：“李岩说你忠勇可靠，把你倚为心腹，现在看来，你最多是一只瞎狗，李岩养了这样的狗，焉能不败？”

一名曾扮作清军武士的汉子对田、汪二人道：“他连狗也不如；你们主人也太过谨慎，利用这样的人，不必花费这么大的力气……”

忽听“啪啪”两响，这人的背上已挨了田参军两掌，田参军冷笑道：“你是什么东西，竟敢非议咱家主人？”

此人正得意忘形，万没料到竟因一句话招致杀身之祸，他想回头，可腰眼处接着又中了汪力一拳，这一拳将这个人打得朝潘云这边直跌过来。

潘云奋起最后的力气，抓住这个人的双腿，朝着田参军和汪力横扫过去，趁着两人稍稍后退的一瞬，潘云抱着这个人滚下山崖。

潘云侥幸得活，他强挣着逃进洞里，追下来的田、汪在洞里不深的地方做了一番窥探就匆匆离去。

为了能把这个阴谋昭之于世，潘云坚持着活了下来。

二十年来，他曾三次出洞，想找到相关的人，可总是无功而返。

他十天前出洞，竟发现田参军和汪力最近也在这一带活动，潘云只好继续蛰伏。

听了潘云的叙述，李文贝霍然起身，盯着潘云看了很长时间。

这个人，姨丈姨妈和姑姑他们，总说他忠勇良善，侠肝义胆，哪知……

李文贝双手紧攥，悲恨交加，内心的酸楚一时无以言表，潘云见李文贝如此，缓缓收回双臂，双眼紧闭，再不说话。

沉默许久，李文贝对潘云道：“我带你出去。”

潘云摇摇头，双眼倏然睁开，切切道：“务请小公子将这一切都转告司马丹。”

李文贝道：“记下了，我这就带你出去。”

潘云还是摇头，道：“小公子武功高强，却宅心仁厚，须知这世上如潘云一样奸邪恶毒的小人比比皆是，这种人残害忠良，其卑鄙龌龊也和潘云一样，恳请小公子日后引以为戒，如有可能，就将潘云的事情遍示世人……”

李文贝叹了口气，道：“那也不必，潘前辈，咱们走吧。”

潘云道：“好吧，有劳小公子到洞口看看——”

李文贝转身朝洞口走去，刚走不到五步，即听身后“啪”的一声大响，急回头时，已见潘云用一块尖棱的石角将自己的面部砸得血肉模糊。

李文贝惊叫着过去将他扶起道：“你……又何必如此？”

潘云气息奄奄，道：“潘云岂能放过自己？”

说话声中，他脑袋向后一跌，靠在李文贝的胳膊上。

李文贝把潘云安放在那个小洞，拜道：“潘叔叔，你安息！爹爹会原谅你的。”

李文贝出洞是在一个深秋的下午，他在山坡上走了很久，后在一块草地上睡着了。醒来的时候，正是夜半时分，明月悬枝，风摆如摇。

忽然听到远处似乎有什么人在说话，悄悄寻声过去，在一处山包的背风处看见，两个人正围着一堆火吃喝。

简单听了几句后，知那和尚是云南盘龙寺的亦遇，他因不能容忍师兄的严格，一气之下，亡走江湖，不想会在这儿出现，另一人是大平捕头，姓赵。

两人口中提到的“神秘女子、猴群、桃子 ”，李文贝怀疑和胡春儿、心心有关。

再听几句，又知道“神秘女子”已给贺青、贺兰拿住，正在押往大平，亦遇和老赵计划在不远处那个土庙动手拦截。

李文贝打定主意跟紧二人，一探究竟。

原来，那崖底密封的万年“酒池”被前不久发生的山体滑坡冲毁，酒气外泄，以至于这儿方圆百里香气缭绕。而大平上流阶层认为这附近可能有异乎寻常的宝物，加上本地的绅士们有在酒桌上吸食猴脑的习惯，山上那群大异寻常的猴子，自然更能让他们垂涎三尺。

为了搞清真相，大平县令高价悬赏，江湖群豪纷至沓来。

胡春儿在李文贝失踪后，和心心搜寻了几近一个月，毫无结果，本来想去找司马丹，不料来探山寻宝的人络绎不绝，山间林中的飞禽走兽惨遭毒手。

为了心心它们的安全，胡春儿只得留下来和人们在林子中周旋。

但贺青、贺兰抢先一步。

本来，除了他们之外，还有其他三十余人不肯轻言放弃，贺青命贺兰重拳出击。等到“二贺”认为该离开的都离开了，他们才开始下手。

贺青扮成一只受伤猴子，猴鸣不已，待闻风赶来援救的胡春儿靠近时，贺青突然撒出迷药，胡春儿猝不及防，被贺青擒住。

“二贺”不敢久留，既已得手，稍事休息后，就匆匆下山。

李文贝尾 随亦遇、老赵一路跟下来，傍晚，到了土庙，却见亦遇二人已和另外几人搭上了话，仔细看时，知是贺青、贺兰一干人。

贺青对亦遇道：“我们出一个人到村子里买点东西， 你们那边也出一人。”

亦遇点头称是，便命老赵随那推车的汉子一同进村，但贺青又以为不可， 说两人不能同时走，走的方向也不可一致。

推车的汉子和老赵先后买来了酒饭。

月色疏朗，土庙四周风吹草斜，虫鸣婉转，李文贝悄悄地跃了上土庙后头的大树，找了个安稳的树杈躲起来。

他暗能睹物，看见独轮车右侧的车筐内是个女子，果然是胡春儿，想到胡春儿平日整洁素净，今日受此折辱，自是苦痛至极，李文贝心中大忿。

李文贝刚刚藏好，便听见贺青要求亦遇和老赵住在庙里。

亦遇笑道："院中风凉苦寒，两位施主还是去屋里的好；既做了和尚，就得有点风尚……"

贺青道："须知要是有人用迷香来暗算或者毁屋生事的话，这院子才最安全。"

亦遇道："原来如此，和尚遵办就是。"

老赵还在犹豫，猛抬头瞧见贺青阴森冰冷的眼光正狠狠地盯着自己，不由浑身一激灵，急忙朝庙中窜了进去，怯怯地靠着亦遇躺下来。

四周一片静寂，只亦遇的鼾声不真不假地响着。

"二贺"保持着高度的警觉：轮流休息。

李文贝没有机会，只好继续镇定。

忽听"轰隆"一声巨响，贺兰跃身挡在贺青前头，亦遇也"冷哼"一声，翻身出来，手持禅杖横在门口，老赵则躲在亦遇身后的影子里。

几声喝问后，人们才看清是土庙的突然坍塌了，忽听老赵"啊"地惊叫了一声，顺着他的所指，却是一道黑影从坍塌的土堆中窜了出来，向独轮车底疾奔，贺兰长剑一挺，刺向那黑影的双眼，但听怪叫一声，那黑影已翻扑在地。

亦遇拍手赞道："贺施主好剑法，只半招，就取了这耗子的性命。"

人们这才看清这黑影原来不过是只大耗子——"硕鼠"而已。

老赵抖抖地从亦遇身后走出来，倒提起那只足有二尺长的耗子，朝贺兰讪笑道："贺英雄这等绝招使出来，再大的耗子也难逃性命。"

贺兰不无得意地道："区区小意思，不足挂牙齿。"众人虚惊一场，很快又各就各位严阵以待。

倒是那名矮个子推车人看上去镇定得很，目光清冷，俨如月色。几人刚刚坐定，突然又是一声大响——土庙的东墙又塌了。

第二十章 误会

这次，人们镇定多了，大睁眼睛，看着尘埃，只是没有大耗子跑出来。

正是月亮西沉的时候，四周的黑暗就如一张大袋子，要将这儿紧紧地笼起来。渐渐地，有人觉得不大对劲了，黑暗中似有一点异常正往外渗。

贺青急忙对贺兰道："不好，快坐下。"

亦遇也对老赵道："坐着，不要动。"

李文贝听他们说话的声音都变了，好像是在发抖。

这几人何以这样紧张？

院子中的人到底没有坚持到最后，他们先后歪倒，好像睡着了。

李文贝大奇："莫非有人暗中捣鬼，偷放迷药？"他决定行动，可刚摸出救命绳时，忽然看见从坍塌的西墙的废墟中，有一个人头钻出来，那人头很小，如一颗大蒜，小眼睛却贼亮如豆。

那人四周 瞅了半天后，慢慢地从土堆里爬出来。

他先爬行到亦遇和老赵跟前，见二人没有动静，再匍匐到"二贺"及那推车人身边，很用劲地抽抽鼻子，然后，站起来拍拍身上的尘土，笑道："就算你们武功高强，就算你们小心提防，又怎知老万的手段如今已能置阴换阳。"

原来这人就是万青海，同贺兰一样，原本也是一名独脚大盗。

万青海擅长地下活动，盗墓起家，当发现自己既然能掘地三尺，又能破壁入室的时候，万青海就毅然决然地把目光由死人转向了活人。

后来在一次行动中，他被史步宜擒获，暴打一顿，还拔了他两颗门牙。

直到他再三表示要洗心革面重新做人，史步宜才放过他。痛定思痛后，活动又转入地下。经过几年的努力，他练就了一门绝技——豢养蚊子。

万青海以惊人的技艺，将这些蚊子统统刺哑。

这次行动，他一路跟踪下来，顺手捉到一只和他个头差不多大小的耗子。

万青海掘洞到西墙底下时，挖塌了院墙。这院墙本就摇摇欲坠，这么一只耗子窜出来，别人也不会想到有人在捣鬼。

万青海又挖倒了东墙，大功告成，他围着独轮车转了一圈，从车厢底下取出一个木匣，打开木匣时，这破庙的周围立刻散漫了醉人的香味，匣子里放着三个桃子。

原来万年酒池被冲毁后，香精外泄，滋润了附近仅存的一棵桃树， 那桃子便有了一种浓酽无比的香味。

“二贺”涉险找到这颗桃树时，桃树原本有五个桃子，其中两个为“二贺”分食，吃了之后，“二贺”认为这是“神品”，把这三个桃子看得比猴儿们还重要。

万青海盯着桃子的小眼骤然发亮，道：“好，好，一桃值千金。”带好桃子，跨步出了院子，几步之后，想了想，又返回来。

他咬着牙道:“量小非君子,无毒不丈夫。”说着,举刀削向贺青的脖子,口中道:“就算你师姊是贺紫，那也顾不得了。”但他的刀忽然砍不下去了，又抽不出；抬眼看时，立刻魂飞魄散。

原来，刚才还昏睡在独轮车旁的那个推车人忽然坐在了万青海身旁，左手正捏住了他的刀背，“冷哼”道：“贺紫的名字也是你随便能叫得吗？”

万青海哪里想到这个面皮黝黑的推车人说话会突然变成了一种熟悉而可怕的女腔,一时吓得魂不附体,听到这女腔又哼了哼,便连滚带爬地跪在“推车人”面前，捧起匣子，颤声道：“小的该死，小的不知道贺女侠在这儿，肯定死定了……”

这推车人是贺紫所扮。

贺紫在寻找贺青时，得知大平有这样一道悬赏令，便猜贺青会不会也要去争赏?

鉴于以前几次都让贺青从眼皮底下溜走，贺紫扮成一哑巴男子来到大平。果然发现了贺青和贺兰。

看到师妹竟然和贺兰搅在一起，贺紫又气又急，想到贺兰死不回头，肯定是受了这厮的蛊惑，贺紫恨不能上前就将贺兰碎尸万段。

但贺紫还能忍住，因为西北今年大旱，她也想不动声色地得到这批赏银赈灾，她打算先助贺青拿到银子后，再将这二人擒住。

贺紫也感到了李文贝的存在，虽无法断定是谁，却已察觉此人内力不凡。

趁着贺青让推车人去村子里买东西的时候，贺紫将推车人制住，自己扮成推车人的样子，守在贺青的身旁。

万青海地下掘道，她原也没有察觉，但她内力深湛，待蚊毒开始侵扰她时，方知万青海作祟，于是佯装受毒，想看看此人到底是不是和那个一直不肯露面的人有联系。

贺紫令万青海先将这几人救醒。

亦遇一醒过来，抓起禅杖朝万青海挥去，骂道:“你这死耗子，佛爷送你上西天。”

蓦然一道灰影掠过，亦遇但觉眼前一花，万青海已给人救走，抬头看时，见万青海正蜷缩在一人的脚下。

亦遇不依不饶，抄起禅杖，虎吼一声，又朝万青海铲去。

贺紫身形不动，伸臂一探，右手已搭在亦遇的禅杖上，顺势一抹，食指中指直抢亦遇的双眼。

亦遇大骇，急撤步后退，但一阵扑面劲风过去之后，手背微微一麻，禅杖已给贺紫夺了去。

亦遇立刻知道自己遇上什么人，忙躬身对贺紫道：“阿弥陀佛，贫僧有眼不识金镶玉……”

贺紫冷冷地道：“亦遭一代高僧，如何会有你这样的混账师弟……你走吧。”

亦遇急忙谢了，接过贺紫掷来的禅杖，掉头而去。

老赵急了，扯着亦遇的衣袖道：“大师，她到底是什么人？”

亦遇头也不回，反手扭住老赵的脖子，手腕一抖，将老赵扔了出去，口中道：“你想知道人家是谁，不配。”

老赵哪里想到自己的合作伙伴会突然反目，虽借着在空中的回旋稍稍得到了缓冲，可仍然跌得手折腿断，登时昏死过去。

这里，贺紫衣袖一扬，将万青海拂出半丈开外，道：“你，自废了武功，滚吧。”

万青海抬起右掌，在自己胸前一阵猛拍，直到贺紫道声“行了”之后，方跌跌撞撞走出破庙。

贺紫看看贺兰，将怒火用力往下压了压，道："你，也滚吧。"

贺兰醒得最迟，见这个突然出现的女人这般"拿大"，早已愤愤不平，见贺青给自己眨眼，以为是让自己"大丈夫一点"的意思，于是，脖子一挺，掣剑在手，朝着贺紫翻起怪眼道："你是什么人，敢在老子……"

贺青登时面如死灰，果见贺紫长袖轻卷，朝贺兰拂去，贺兰举剑去格， 哪知贺紫袖子却快得实在超过了贺兰的想象，只听"啪"的一声，已拍中贺兰的右肩上；跟着袖子又倒转回来，卷住贺兰的长剑，一招"袖里乾坤"，剑柄重重地击在贺兰的左胸。

听得"嚓 嚓"两响，贺兰右肩肩骨既裂，已成重伤，左胸复遭重创，大叫一声，口中鲜血狂喷，身子朝后飞跌出去。

贺紫跨出两步，举掌朝贺兰脑袋上拍去，喝道："今日叫你恶贯满盈。"

贺青情知师姊贺紫这一掌拍下去，贺兰就是有九条命也不保，便不要命地扑身过去，抱住贺紫的腿哀求道："师姊饶命，看在师妹的面子上，饶了他吧。"

贺紫回身将贺青扔出去，怒道："你的面子？你还有面子？——先杀了这专门引诱良家女子的强盗，再和你算账。"

贺青被摔得眼冒金星，抓起短剑抵住自己的喉结，大叫："师姊，你要杀了他，我就死在这儿；你从来就不把我放在眼里，在你眼里， 我连一只耗子也不如……"

贺紫大怒，撇下贺兰，转身拽 起贺青，道："放肆……今天就清理门户。"说着，挥掌就要拍下。

哪知贺青凛然不惧："杀了我，再杀了贺兰，你这辈子就轻省了，就更加侠名远扬了。"说着，抬起脸，竟往贺紫的跟前凑了凑。

贺紫心中犹豫，可她看到贺青看贺兰的目光情深意切时，心头怒火又起，斥责贺青道："这个强盗，声名狼藉……你，阴山神尼的弟子——"

贺青道："至少， 我烦躁的时候，他能接受我的无理取闹；就像师姊你，随时随地都可以用任何法子教训我一样。"

贺紫一时气急如噎，道："你——"便再也说不上话来。

她与贺青名为师姊师妹，实际上俨如师徒，贺青入师门时，阴山神尼年事已高，贺青的武功多由贺紫代师传授，但贺紫的悟性及武功既高，便觉师妹也当如她，进步也该一日千里，否则，就严加苛责，甚至施以拳脚。

贺青每天梦中看到的都是贺紫的横眉冷对，度日如年，武功自然难有大进。

贺紫大恨贺青“烂铁不成钢”，督责之酷更逾从前，所盼不过是通过自己二人能将师门武学发扬光大，自觉一番苦心可昭日月。

今日听了贺青一番话，方知这个师妹的想法和自己想法实在相谬太远。

贺青见贺紫若有所失，忙抢过去扶起贺兰，急为他运功疗伤，哪知她累得满头大汗，贺兰的呼吸反而越来越微弱。

贺青绝望至极，忽觉一股强劲的真气自贺兰顶门冲决而至，充沛祥和，顷刻间散到贺兰体内各处，原来是贺紫出手了。

贺青意外得到贺紫的帮助，很想对师姊说句感谢的话，却又不敢，如此熬了一会儿，终于见贺兰脸上有了点颜色。

贺紫收回双掌，贺青急忙扶贺兰躺下，对贺紫道：“多谢师姊。”

贺紫翻了翻眼道：“你和这家伙到底是什么关系？啊——？”

见贺青吞吞吐吐，欲言又止，贺紫加重鼻音哼了一声。贺青忙道：“也没什么关系，只不过是他帮了师妹几次忙而已。”

贺紫指着贺青的鼻子道：“帮了几次忙？他为什么不去帮我？你们纯粹是耗子被那蝙蝠追，一个模样的灰脊背，——是不是？你敢说不是？”

贺青哪里还敢开口应对。

树上的李文贝见贺紫虽然出手狠辣，但言行举止义正词严，果然是大家风范。正思忖如何将胡春儿解出来时，忽见贺紫抬头向他的隐身处喝道：“什么鼠辈？还不快给我滚下来。”未等李文贝反应，贺紫已挺身跃起，扬掌劈来，掌力端的是如风如电。

李文贝急忙翻身飘下，但右脚仍被掌力扫中，一时灼痛无比。

贺紫认定李文贝肯定也为亦遇、万青海一类，又察觉到李文贝内力不可小觑，是以这一掌出了七成力道，没想到李文贝仍能全身而退。

此时，天已微亮，贺紫见李文贝长发纷乱，身上的衣裳又乱七八糟，益发显得不伦不类，沉声道：“阁下什么人？和胡冰如何称呼？”

独轮车车筐中的胡春儿奋身挣扎着，喜道：“表哥，是你吗？”

李文贝道：“春儿，是我，你稍等，表哥马上来救你。”言毕，转身向 贺紫行礼道：“晚辈李文贝，见过贺前辈。”

贺紫吃了一惊，李文贝和胡春儿在太白失踪，江湖上尽人皆知。他们如何会在这里以这种方式出现？

何况胡春儿以姑娘之身和一群猴儿在一起，脏垢如此，也和传说中的形象不符。

最让贺紫惊愕的还是李文贝的这一身内力，胡冰武功虽高，和自己相比，最多也是伯仲之间，李文贝的内力显然已在自己之上，——莫非这里有诈？

贺紫重新将李文贝打量了一番道：“你果真是李文贝？”

李文贝拱手道：“是，晚辈斗胆恳请前辈 放了表妹，感激不尽。”

贺紫尴尬万分，贺青用这种法子将胡春儿“拿”住，别的不说，单是司马丹若上清水堡向她讨个说法，自已也无颜以对。

贺青见状，急忙道：“这都是我一人所为，和我师姊没有任何关系。”

李文贝冷冷道：“如此说来，李文贝倒要感谢前辈对我表妹的救护了。”

贺青见贺紫目光一寒，不再多言。

胡春儿对李文贝道：“表哥，不知者不罪，心心它们猴群被其他人掳走了七只，咱们得想办法快点救出它们来。”

贺紫闻言，心中略安，急忙拍开胡春儿的穴道，将她从筐子里放出来，赧然道：“胡姑娘，老身……老身向你赔罪了。”

李文贝拱手谢过，扶胡春儿坐下，道：“春儿，你且歇歇，还有心心呢。”说完，走近独轮车，便要将心心和另外一只猴儿抱出来，贺青急了，迈步挺剑，疾向李文贝左肩刺去，喝道：“人交给了你，这畜生你也想要？”

李文贝肩头微沉，避开贺青的短剑，跟着左臂反手挥出。

贺紫知道李文贝内力惊人，见状急忙叫道：“青儿快退开。”

但贺青并不停手，而李文贝救出心心的愿望又很心切，一招 挥出，听得“啪”的一声响过，跟着就是贺青的痛叫。

李文贝将心心和那只猴儿抱出来，转身想交给胡春儿，陡闻贺紫断喝道：“且慢，老婆子领教李少侠的掌法。”

李文贝蓦地回首，却见贺紫扶着贺青靠着独轮车慢慢坐下，贺青满脸死灰，嘴角丝丝血迹渗出。

其实，贺青也不致这般不济，只是实在不愿就这样被贺紫带回清水堡，便做出受了重伤的样子，诱贺紫出手，再寻机逃走。

而贺紫觉得自己既然赔了不是，那么，贺青纵然有千般不是，也该一笔勾销了，李文贝毫不客气地就伤了贺青，那是没有将她放在眼里。

断喝声中，伸掌 拍向 李文 贝 的后背，掌力直朝李文贝的侧后直压下来。

李文贝将心心并另一只猴儿掷给胡春儿，咬紧牙，转身面向贺紫挥出一掌。哪知这一掌却如拍在了一团云雾中，那“云雾”绵密深邃，且有风声在里头飒飒回旋，掌力竟毫无着力之处。正待继续出掌，只听贺紫一声断喝，右掌突然横竖而起，“啪”的一声，已击中李文贝肩头。

李文贝登时觉得痛彻骨髓，一时大惊，以为自己的右臂已毁在贺紫的掌下，慌忙掣出含光剑，朝贺紫分心刺去。

贺紫虽然武功高强且临敌经验丰富，但李文贝内力精劲，含光剑又削铁如泥，贺紫一时难以应对，她深感李文贝的内力深厚，只是疏于招式。

斗过几十招，贺紫终于觅得时机，左掌作势劈出，诱李文贝向左出步，突然飞身跃起，凌空虚点，封了李文贝肩井穴，但她自己已累得吁吁不已。

胡春儿急忙向前解释，道：“贺前辈，心心就是这猴儿，于我兄妹有活命之恩，表哥难以袖手，冒犯之处，还请贺前辈原谅。”

贺紫被李文贝逼得几乎不顾颜面要“放手一搏”，哪知李文贝拼死拼活，却是为了一只猴儿，一时啼笑皆非。

如今师妹伤人在前，自己出手在后，自觉 理亏，唯唯两声，给李文贝解了穴道。

胡春儿扶李文贝坐下，见他脸色苍白如纸，一时再难忍住，泪水簌簌而下。不消一顿饭工夫，李文贝睁开眼，长身跃起道：“春儿，咱们快走。”

贺紫道：“桃子，你们也带走。”

贺紫想了想，终于将自己离开清水堡的缘由如实相告，说自己无力分身，请他二人顺便往大平察看具体的情况；如果能够，请他们为灾民将那赏银务必争到手，她将派丐帮的弟子暗中相助。

见贺紫言辞诚恳，李文贝、胡春儿躬身道：“晚辈谨遵贺前辈安排。”

贺紫摸出点碎银子道：“前面有一处市镇，你们去买两件像样的衣服。”又对李文贝道：“如遇上亦遇那样的人，你只需放开手脚，和他们大较力气即可。”

二人谢过，转身匆匆离去。

然而贺青实在无意和师姊同去，她本就假伤，天黑经过一处山坳时，趁贺紫不注意，重手法点了贺紫的穴道，挟贺兰逃走。

贺紫几乎气死，下定决心，下次见了贺青，就立刻拍死，绝不犹豫。

第二十一章 大平

李文贝和胡春儿蓬头垢面，心中纵有千言万语，只能强自忍住，专拣僻静无人的小道行走。

天黑后，摸进镇中，用贺紫给的银子换了两身整齐的衣裳，找了家客栈，洗沐了一番，方重新相见。

想到这一年多的种种艰难曲折，李文贝真有种恍若隔世的感觉。

胡春儿虽然身子不适，但见到李文贝，自是精神爽快。乃至听了李文贝这般神乎其神的经历后，啧啧惊诧之声不绝于耳。

李文贝心道："那算什么，如果你要听了我与死人相伴恐怕更受不了。"于是，又将在洞口遇到潘云的事讲给胡春儿，并道："那田参军、汪力，又受了什么人指使？"

胡春儿想了想道："不知这些人和咱们见过的那些魔头有没有关系？"

李文贝道："春儿，你怀疑田参军、汪力和姓莫的魔头也可能有联系？"

胡春儿点点头道："应该是，但实在的情形，只能由姑姑推敲了。"

中午，快到大平的时候，他们发现身具武功的几人也往大平而来，这些人虽然都是便装行，可胡春儿仍是一眼就看出并认出了养月儿。

二人心道："莫非他们也是为了赏银而来？"

大平街上的人很多，可大多衣衫褴褛，面带菜色，但待人很热情，见了陌生人，往往凑过来，嘘寒问暖，问需不需要帮助。

当李文贝二人说要往县衙，有些人立刻骄傲起来，有的甚至很激动。

二人莫名其妙，唯点头而已。

忽听那边有胡琴的弹奏声传过来，还有歌声，琴声苦瑟凄清，歌声则幽咽哀婉。

二人紧走几步，过去看时，却见围观的人群中有一老一少卖唱。

拉琴的是个老头，唱歌的是位姑娘，那姑娘怯怯的，身子单薄得如风中的一根芦苇。

只听她唱道："大爷你神通得大钱，大爷你快乐成神仙，大爷你全家都健康，大爷你全家都寿长。"

人群中有各种声音，或叹息，或同情，而这同情的、叹息的，都是外来者，多半是突然出现的江湖人物。

一曲唱罢，一位老者走到场子里，道："到此为止吧，咱大平从来没有这种声音，要不，二位到老朽家歇息两天？"

卖唱老人道："怎敢叨扰？"

两个妇女也来相请，只说咱大平民风笃厚，向来如此。

但两个衙役模样的人走到近旁，说还是去县衙的好，说按惯例，凡踏入大平县境者，自当以大平人视之。

爷孙二人面带惭愧，简单收拾一番，随衙役去了。

李文贝、胡春儿大感古怪，对视一眼，随后跟了上去。

忽然听见有人在吟诗："披发何时惧断头，河山凄凉共苦愁。不平自来多秋雨，天为幽人说古路。"

这声音来得极快，初起时若在城外，吟到最后一句时，已是近在身边。

李文贝吃了一惊，"是贺前辈。"

抬头看时，果见贺紫正举步从街头而来，满脸怒气，身后还跟着一个年轻和尚。看了他俩一眼道："木匣拿来，去官府弄银子的事，就不劳你们了。"

胡春儿忙将匣子递给贺紫，贺紫脸色稍和，原来年轻和尚名段简清，竟是盘龙寺亦遭大师的弟子。

贺紫对段简清道："快去告诉你师傅，就说我老婆子来了，叫他趁早知难而退。"段简清唯唯而去。

县衙很安静，大堂上"明镜高悬"四个大字，熠熠生辉，耀眼闪亮，大门两侧，各有一位戈什。

戈什们将贺紫、李文贝带进官衙的后院。

官衙的后院形近于花园，靠北的那座凉亭依一座小山而建。

凉亭中坐着一人，站着两人；坐的那人一身官服，站着的两人着便装。

不管是官服还是便装，都鹑衣百衲， 个个面黄肌瘦，身子单薄。

着官服那人的身后，一字坐着五名老者。

凉亭下有两排凳子，坐着很多人，高矮胖瘦，行头各殊，年轻和尚段简清就站在一老和尚的身后。

李文贝估计那老和尚就是段简清的师傅亦遭大师了。

还有“不文门”蔡家的人，也站立其中。

凉亭后头，山湖亭榭皆有，但破败斑驳；各处都是人，山上树上甚至湖的船上，密密麻麻，男女老少，衣着各异。

见贺紫进来，凳子上的许多人勃然变色，有几个人站起来朝贺紫道：“原来是贺女侠到了，失敬，失敬。”

贺紫“轻哼”一声，目光却只落在老和尚的身上，道：“亦遭，你缩头已经几十年了，偏在这个时候出现在这儿，是什么意思？”

亦遭双手合十道：“阿迷陀佛，多年不见，贺女侠依然快人快语。”

贺紫道：“这种不着边际的话就不必说了，——你为什么还不离开大平？”

亦遭道：“老衲只想知道敝门逆徒亦遇的行踪。”

贺紫道：“实话告诉你，亦遇一见老婆子就溜了。”

忽听有人咳嗽了一声道：“诸位安静，敝县县丞有话。”

却见凉亭中站着的两人中左首那个，跨步下了一级台阶，大声道:“敝人陈先瑞，大平县丞……”

哪知他话声刚起，忽听厅外一女子的声音大叫：“这里危险，快躲——”话音未落，随即一声大炸，跟着两声巨响，那凉亭已被夷为平地。

人们惊声四起，四散溃逃。

待硝烟散尽，众人抬起头来时，县令固然是被炸身亡，来不及躲藏的众多百姓也有许多死于非命。

学政鲍其胜则是咽喉中箭，而陈先瑞兀自坐在鲍其胜尸身前发呆。

缓过神来的贺紫、“三蔡”一干人将陈先瑞团团围住，喝问：“怎么回事？”

陈先瑞不语，只将鲍其胜咽 喉处的袖箭拔出，凝视片刻，道：“见血封喉，利在灭口。”言讫，又转身问示警的女孩儿：“大平有险情，你是如何知道的？”

李文贝认出这女孩正是那王爷公主养月儿。

只听她道：“刚刚接到一封信，传信的就是这里的一个老人。”

却见一姑娘道：“那信是有人让我送过去的，如何送，送到什么地方，那人说得清清楚楚，但他是什么人，我就不知道了。”

众人看时，却是街头卖唱的姑娘，她说自己叫朱梦华，其祖父已被炸身亡。

忽听一阵脚步纷至沓来，抬头看时，原来是麻隆中一干人到了。

麻隆中对陈先瑞拱拱手，道声：“朝廷已察觉到大平的异常，暗中细查，百姓节衣缩食上缴的粮银，有大半走了黑账；再做深究，原来大平三届县令，竟然都是一个人假冒。”

陈先瑞脸色发暗，叹道：“原来如此。”

贺紫道：“这话却也不可轻信，说不定又是朝廷玩什么花样。”

陈先瑞扫了一眼贺紫，道：“麻隆中虽然系朝廷之人，却也不至于无中生有，贺女侠，你先入为主，所见自然落了下乘。”

李文贝、胡春儿本以为以贺紫性子之烈，自然要出语驳斥，却见贺紫在陈先瑞面前，毕恭毕敬，也不分辨。

陈先瑞又对麻隆中道：“麻先生，如果老夫说对于此间的事并不很了解，你信不信？”

麻隆中点头，道：“当然，只是事关重大，还请前辈能指教一二，算是指点迷津。”

陈先瑞道：“老夫穷一生之力，只想经营一处百姓真正安身立命之所，眼看大平雏形已具，还是功亏一篑。”又道：“其实老夫也已察觉汪县令的身份有问题，只是见他勤于公务，廉洁自律且又颇具备胆识；官场上有这等人物也实在难得，是以总喻之以理，冀其能步入正途造福一方，却不知他竟然如此深不可测。”说完，走到鲍其胜等人的尸身前，拜了两拜，又对麻隆中的道：“这里的事，想来麻先生会妥善处理。”

麻隆中道：“是，在下自会竭心尽志。”

陈先瑞道：“如此甚好。”言讫，转身而去，倏忽不见。

院子里一片狼藉，尸身遍地，人们都在忙碌。

想到姓汪的县令已死，可能成为查找父亲死因和江湖上那么多人失踪的线索又断了，李文贝怏怏不乐。

贺紫铁青着脸，大声道：“现在的大平，谁说了算？”

麻隆中道：“贺女侠莫急，西北灾荒，朝廷会妥善解决。”

贺紫冷笑道：“自己的事，咱们自己安排，银子老身是要定了。”

忽听外头一阵脚步声传来，随即有人道：“久闻贺女侠快人快语，爽朗之处，不让须眉，今日一见，果然名不虚传，老夫这里有礼了。”

麻隆中几人闻言，急忙迎上去，麻、唐等人以“杰掌门”称呼来人，养月儿则呼为爹爹，人们知道来人是人称大清第一王爷的杰如了。

李文贝见杰如身材魁梧，腰板挺直，两 眼炯炯有神，须 髯 飘 飘，心中不禁黯然。

贺紫翻了翻眼睛，明知故问，“你是什么人？”

杰如拱手道：“老夫长白掌门杰如，今日得见贺女侠，幸如何之。”

贺紫道：“阁下既是长白掌门，便在关外打虎射箭便了，却不知为何偏要到这里来送死？”

杰如笑道：“往远处说，那是应时 顺时，往近处说，是奉朝廷之命来处理大平事宜。”

他指了指身后的两人，说一是新任大平县令柴此木，一是新任县丞多格，若贺女侠有什么事时，可和柴县令沟通。

贺紫道：“把银子拿来，老身走人。”

柴此木为官清廉，自视甚高，平时对王爷、大学士等不放眼中，对“乱怪力神”之江湖人物自然也不在话下。

想必是听了麻隆中的什么话，柴此木对贺紫的态度稍有改变，还恭维了贺紫两句，说“贺女侠侠心一片如日月，能急一方百姓所需，柴某万分钦敬”。

贺紫道：“老婆子还有别的事……你拍马屁最好是瞅好方向。”

柴此木收起笑意道：“贺女侠，你是要柴某按麻先生的意思偏袒清水堡的百姓呢，还是一碗水端平，大平的百姓和清水堡百姓都尽可能照顾到？”

贺紫道：“当然是两者兼顾。”

柴此木道：“那 汪力丧心病狂又居心不良，发出这什么悬赏令的……”

贺紫打断他的话道：“莫非你柴县令想把责任推到汪力身上？”

柴此木摇头道：“柴某只是想给你说清楚些，既然你不愿意多听，柴某就简单地说了。眼下的情形是，若柴某答应了贺女侠，既违柴某的本意，还得加重大平百姓的负担。柴某为官一方，既不能让本地百姓安居乐业，又要委屈自己，这官不做也罢，纵然有人以势相逼，柴某自然不会为了一顶乌纱帽而利令智昏。”

杰如听着不置可否，麻隆中道：“我等也是寻常百姓，哪里敢逼迫你柴大人。”

柴此木道：“知道就好。”

柴此木又对贺紫道：“若贺女侠肯退后一步，柴某自当竭力安排一部分粮食往西北，以充贺女侠索要的银两。”

贺紫“哼”了一声，并不回答。

柴此木便让麻隆中、唐万敌先将身上“朝廷所赏的二百两银票拿出来”。

唐万敌闻言，急忙将银票掏出来交给柴此木。

麻隆中急道:“这银子是朝廷认为麻某办事得力,赏给麻某的,柴大人权力再大，恐怕也不能这样吧？”

柴此木冷笑道：“本官所决，和朝廷毫无关系。想想你麻先生，这一年多，表面上是遵循陈先瑞的苦行之道，暗地里陪那汪力吃喝嫖娼，走马斗鸡，挥霍百姓的血汗绝不止二百两银子，如今本官只要你二百两，已是法外开恩。”

唐万敌拍手道：“好官。”

麻隆中道：“麻某深入虎穴，随时性命不保，那又如何讲？”

柴此木道：“那是你的职分。这大平百姓，他们生前可吃过一顿饱饭？你麻隆中就是给汪力害死了，比任何一个平民百姓也已幸运得多。”

眼见柴县令又拿起了惊堂木，而大堂里的人竟没有一个人替自己辩白的意思，麻隆中简直气歪了嘴，只得将银票交给柴此木。

柴此木又向杰如等人借了一些，凑足五百之数，交给贺紫道：“些许银子，数目虽小，或可稍解燃眉之急。”

贺紫也不客气，接住之后既不致谢，只低声对李文贝、胡春儿道：“此去莫邪，路途遥遥，路上必然有人暗算，千万小心。”又对柴此木道：“你算得上是个人才，却不知因何甘为朝廷卖命？”

柴此木并不回避贺紫的逼视，长叹了口气道：“这些话不说也罢，当今圣上举贤任能，柴某一介文士，既得朝廷重用，又可为百姓尽一己之力，也算学有所用。”

贺紫冷笑道：“走了。”

众人但觉一阵风声过去，贺紫已是踪影不见，惟空中还散着她忧苦无限的吟诵：“惶恐滩上说惶恐，零丁洋里叹伶仃……”

胡春儿见贺紫已走，便招呼朱梦华一同走。

杰如道：“不如这样，反正朱姑娘孤苦无依，老夫差人将她送到北京老夫家中，不知姑娘以为如何？”

朱梦华朝杰如福了福道：“如此，小女子谢过大人。”

胡春儿叹了口气，招呼李文贝道：“表哥，走吧。”

养月儿忽然拦在前头道：“两位少侠，贺女侠也说过……”

李文贝道：“那也不劳你牵挂。”说完，和胡春儿跨出院墙，须臾不见。

养月儿跺跺脚，朝着他们的背影道：“喂，姓李的李文贝，有什么了不起？”

杰如看着李、胡 的背影，若有所思。

麻隆中低声道：“无道长已动身赶往福建。另外，据内线报称，偷盗叹青的另两名太监可能已起内讧，一人消失在武夷山附近，另一人在去云贵途中失踪。”

傍晚，养月儿佩戴好舞柳剑，将窗子启开一缝，左右看了看，身子一竦，飘出窗外。

李文贝二人没有离开大平，因为心心又去安置它的猴群去了。待心心按着胡春儿留下的记号找过来时，已是初更时分。

客栈里，胡春儿尚能在自己的房间静坐养气，李文贝似乎很烦躁，他脑海中不断出现陈先瑞干瘪的形象，还有柴此木，朱梦华，这些人都让他难过。

尤其是杰如，不知如何，此人的精明干练，竟让李文贝坐卧不安。

第二十二章 憔悴

主意既定，李文贝立刻兴奋不已。

但胡春儿挡在门前，问："表哥，你是不是要去杀那个王爷？"

李文贝怔了怔，道："春儿，你怎么知道？你不要为我担心。"

胡春儿叹道："表哥，你想想，为什么像贺前辈这样的人还得暂时忍耐？姑姑也肯定不赞同你的想法。"

李文贝定定神，道："不管怎样，这种事总得有人去做——"

忽听门外有人道："好气魄，说得好，豪气干云。"

二人吃了一惊，听出是那位公主养月儿，急忙推开门时，果见养月儿正站在门口，冷笑道："佩服，佩服之至；李文贝，真正英雄了得。"

李文贝急忙将胡春儿拽到自己身后，养月儿道："李少侠何必紧张，这里只有小女子一个人，你正好过来杀了我，再去杀我爹爹，把你看不顺眼的人统统杀掉，你就顺理成章能当皇帝了。"

李文贝冷冷地道："如果有这个必要，李文贝自然会奋身直上，至于 到时谁当皇帝，那就和你们没有什么关系了。"

养月儿怒道："岂有此 理，姓李的，不要以为你点了一盏灯，就变成了太阳神，找个僻静处，本姑娘领教领教你的杀人手段。"

李文贝道："谁怕"，问 胡春儿意见，胡春儿略一思忖，竟点头同意。

三人一猴，奔跃如飞，到了 城外一处荒 野。

养月儿也不再多言，等李文贝站定，舞柳剑便使将开来，"唰唰唰"一阵急刺，见李文贝并不还手，道："你不是也有含光剑吗？快快亮出来。"

李文贝道："不必……"

养月儿心中有气，道："这可是你 说的。"

眼见李文贝腾空跃避，养月儿踏步向 前，一招"青天白鹭"，直刺李文贝脚踝，李文贝竦身闪开。

养月儿剑挽平花，舞柳剑突然易直劈为横削，李文贝躲得稍迟，只听"嗤"的一声，裤管被削下一截。

李文贝挥掌将养月儿逼开几步，怒道："来真的？"

养月儿持剑再上，冷笑道："废话，你要杀我爹爹了，我还跟你来假的？要是本姑娘去杀你爹……"

话到嘴边，急忙收口，却听李文贝道："我爹娘已给奸人害死了……"说完，双掌一扬，便朝养月儿冲过去，他心中有气，运起五成内力，把双掌一股脑的挥拍出去，只三招后，已将养月儿的剑法震乱。

养月儿右脚向外一滑，趁李文贝新招未出之际，忽然冲步向前， 朝李文贝右肩斜刺；等李文贝左掌扬起，作势欲拍 时，养月儿身子一缩，左脚力蹬， 从李文贝右侧飘飞过去，举步迅急无形，轻忽无音，正是麻隆中所授的轻功身法——见缝插针系列。

李文贝忽然察觉有人在暗中窥探，断定是养月儿的助手，挥掌竟然不留情。

胡春儿急忙道："表哥，不可——"

眼见养月儿很难躲开，忽听暗地里一声"格格小心"，却是麻隆中的声音。

就在李文贝的掌力尚未到达的一瞬，麻隆中左手推开了养月儿，右手的"英雄扇"全力压向李文贝拍来的左掌。

李文贝的掌力还没有到达收发自如的境地，而麻隆中志在救人，出手自是雷霆一击，随着一声痛叫，李文贝朝后直跌过去。

胡春儿急忙过去将李文贝扶起。

麻隆中上前两步，道："胡姑娘，这，纯粹是误会……"胡春儿不语，养月儿道："胡姑娘，我，李——"

麻隆中掏出一粒丸药道："此乃麻某家传之药，对骨伤颇有疗效。"

李文贝忍着痛道："不敢，阁下还是留着自己用吧。"

胡春儿却道："如此，谢谢麻先生了。"麻隆中闻言，急忙助李文贝服下。

李文贝道："麻先生，你击伤了我，我服了你的药，谁也不欠谁的……"

麻隆中朝李文贝拱拱手，道："李少侠心胸阔大，麻某佩服之至。"

李文贝不再言语，待觉疼痛稍缓，便和胡春儿相扶相持，进城去了。

麻隆中和养月儿见状，也只得转身离去。

不久，杰如带着养月儿前来赔罪，李文贝不理不睬，倒是胡春儿客气了几句。

杰如还想说点什么，麻隆中匆匆赶来，附耳对杰如说了点什么，二人朝李文贝抱拳道声"回见"后，即便离开，养月儿则留在客栈里。

经过这一番曲折，李文贝感到龙胆在腹中散出的热气一阵比一阵强烈。尤其用水月精神和这团气焰相对时，龙胆的热焰更猛，犹如火上浇油一般。

李文贝彻底放松，只将真气聚于天池、凤池、风府几穴，任那烈焰在腹中自行运行，情形反而好了许多。

杰如、柴此木、麻隆中等人忙得焦头烂额，据当初麻隆中的密查，大平地方的官仓可能还有点粮食，哪知打开粮仓的封条后，所有的仓里都几乎是颗粒无存。

杰如、麻隆中目瞪口呆，柴此木则差不多要瘫倒在地。

没了粮食，又得知县令居然是个假冒的，大平百姓烦躁异常。

杰如动用了一部分军粮储备，朝廷得知后并无太多的责怪，只说"下不为例"。

杰如深知朝内那几位辅政大臣的厉害，他们所以放了自己一马，实因大平官府出了这天大的纰漏，细说起来，他们也难逃干系。但这点粮食对目下的情况来说，仍然是杯水车薪，眼见柴此木几乎要"上吊以明志"，麻隆中、唐万敌只好采取江湖手段，"说服"附近几地囤积居奇的富商们出粮。

如此，柴此木的以工代赈兴办农事的计划，才有机会得以施行。

可汪力是用什么办法将这么多粮食运走，运到了哪里，查了许多天，毫无头绪。

养月儿气急败坏地回到县衙，她告诉这里的人："李文贝、胡春儿跑了，不知道什么时候跑了。"

杰如笑着对养月儿道："不是跑了，人家那是走了，人家为什么要跑。"

养月儿道："走？走为什么不和我说一声？分明就是跑了，好像见不得人似的。"

杰如拍了拍女儿的肩头，道："人家为什么要和你说呢？须知，在人家心里，你我父女正罪该万死呢。"

养月儿怔了怔，又道："可是，我是真心对他们的，他们这样做，于理不符。"

说完，一跺脚，转身朝外直去。

杰如唤过唐万敌来，如是这般安顿一番，唐万敌点点头，说了声什么，跟着养月儿走了。

杰如接到朝廷密报，说平西王吴三桂又要有军事行动。

杰如只好撇下其他事，和麻隆中秘密筹划起来。

在离大平县衙不远的一间黑屋子里，几个黑衣人也在密谋，他们计划还是要继续打击胡冰、司马丹。

有人来报，说和吴三桂会面的大顺将军李来亨是假 的，真的李来亨已潜入首宁。

李文贝和胡春儿正在往莫邪急奔。

离开大平时，他们已经不名一文，李文贝内力强健，饥一顿饱一顿没什么，胡春儿却显得疲乏至极。

眼见胡春儿日渐憔悴，李文贝终于说服了胡春儿，往一处集镇走去。

但胡春儿的情形益发不堪，她咳嗽不已，全身发烫，身子也抖个不停。

李文贝背着胡春儿一路急奔，来到镇里，幸得没用多少口舌，便有一户人家答应他们入住。

胡春儿什么也吃不下，勉强喝了几口稀粥，可眨眼间又尽数吐了出来，李文贝手足无措，唯有将水月精神输入胡春儿体内，却毫无效果。

李文贝急得几乎要哭出来，揽着胡春儿的双肩道："春儿，你到底怎么了？"

胡春儿摇摇头，又晕过去了。

忽听有人疾步而来，却是养月儿抢进了屋子，她摸了摸胡春儿的额头，惊道："天啊，这么烫。"说完，将自己的大氅蒙在胡春儿的头上，催李文贝背起胡春儿"快走"，自己在前头带路，李文贝无可奈何，只好一路随养月儿找到了大夫。

那大夫简单看看胡春儿的情形，便斥责李文贝和养月儿："非要等病人快死了才送来，是要考校老夫的手段吗？"

李文贝不断鞠躬，嗫嚅道："小妹身体一直很好，原本以为小毛病……"

大夫怒道："你是大大吗？既然不是，你怎么敢以男人之心度女人之事？看你五官周正，哪知却满肚子坏水。"

养月儿忙不迭地赔笑："是，是，老大夫目光深邃，一眼就把人看穿了。"

说着，掏出一锭足色足量的银子，交给大夫道："目下病人要紧，贻误了诊病的时机，恐怕于老大夫名声不利。"

那大夫收起银子，又命养月儿将胡春儿扶到里屋，李文贝本想跟进去，那大夫道："你和她是什么关系？是她丈夫吗？"

见李文贝满面通红地摇头，那大夫便说："既不是，那你跟进来是什么意思？你是不懂男女有别？还是别有用心？"

李文贝点头哈腰道："如此，晚辈就在外头便了。"

李文贝坐卧不安，只在门外徘徊。

过了很久，忽然响起"吱扭"的开门声，养月儿探出头冷冷地道："老大夫让我告诉你，说你最好离远点儿，他说你身上散着的那种冷酷之气，影响他救人的情绪。"说完，把门紧紧地扣住，李文贝赶快退到门槛处。

两个时辰后，养月儿终于扶着胡春儿出来了，后面跟着那位老大夫。

李文贝忙上前致谢，老大夫并不理会，只吩咐伙计"把三人送到悦来客栈，就说是老夫的意思。"

又嘱养月儿道："姑娘费心，关键的时候，还得需要咱们这些心态平静的人，不管他是什么中州第一才子李岩的儿子，也不管她是什么雪影胡冰的女儿……"

老大夫见李文贝惊愕，冷冷地道："三十年前，胡冰在扬州杀了的那个张还草，就是老夫的哥哥，——老夫张还木。"

李文贝还想问什么时，张还木挥挥手，伙计们拥着他们往客栈去了。

次日，李文贝扶着胡春儿再去张还木那里时，已是人去屋空，只留下几剂药和几锭银子并一张便条。

回到客栈，养月儿和心心正在候着，见两人回来，养月儿道："我还以为李少侠又带着胡姑娘不辞而别了呢。"

见李文贝无言以对，养月儿道："李大少侠，是你守着胡姑娘呢，还是我？"

李文贝讷讷地道："当然……有劳姑娘了。"

养月儿道："昨晚你就是这样说的，现在你怎的还是这句话？"又道："本姑娘昨晚一夜未眠，也该歇歇了；李大少侠不能为了你表妹……"

胡春儿笑道："月儿姑娘，很多事，那也……不能怪表哥，你好人做到底。"

养月儿听胡春儿叫她"月儿姑娘"，又见胡春儿的眼神亲切，竟至鼻子发酸。

但她对李文贝的支使仍旧不客气，不断隔着门帘“要茶要水要毛巾”， 还嫌李文贝跑得太慢，问李文贝当初离开大平时那种一日千里的速度哪里去了？

有时，李文贝在自己的屋中刚坐下，养月儿便来踹门，说给胡姑娘熬药，需要什么什么药引，还得“要快，片刻耽误不得”。

李文贝自然不敢也不能怠慢，胡春儿则是时而清楚时而昏沉。

养月儿对胡春儿的照料的确精心到位，也丝毫没有做作的地方。

李文贝忽然发现，这个漂亮的姑娘，除了偶尔使一使小性子外，另有一种善良。

正看着人家后背发呆，没想到养月儿蓦地转过头来，李文贝几乎窘得晕过去。

幸得养月儿和他说的是另外一件事：“就算那几锭银子是张老大夫给你的，这几天咱们三人……”

她脸色微微一红，道：“李大侠，总得想点办法吧？”

李文贝点头道：“姑娘说得极是，在下这就去想办法。”虽然对养月儿三两天就花完了几锭银子的说法心存疑虑，但他哪里敢去深究？他计划去附近的山上打柴来镇上卖，便和心心比画了半天，直到心心很深沉地点了点猴头，李文贝才准备行动。

但养月儿拦住了他，恨恨道：“姓李的，你让心心留下来是什么意思？你既然对我……对本姑娘不放心，那你为什么不杀了我？”

李文贝一愣，吞吞吐吐地道：“这个，姑娘何必多心。”

养月儿冷笑道：“李文贝，事无不可对人言，你难道连句真话都不敢说吗？”她目光咄咄逼人，李文贝憋了半天，最后终于无可奈何地大声道：“那就任由你去想了。”

第二十三章 慷慨

养月儿咬着嘴唇，道声：“好，好，那么，本姑娘让你放心好了。”

李文贝正忐忑不安，却见养月儿左腿搭在一张凳子上，举起右掌，朝腿胫硬硬地切了下去，只听“咔嚓”一声，——她竟然击断了自己的小腿。

她强撑着靠在墙上，道：“李文贝，你现在可以放心了吧？”

胡春儿听着不对，一看竟发生了这等事，急忙唤店家找大夫；可是，这小镇只有隐居在此的张还木能给人看病，现在张还木既走，一时半刻又哪里来的了大夫？

胡春儿只有强打精神，给养月儿接骨、绑腿，但养月儿竟异常清醒，冷冷地道：“李大少侠，你现在还不去赚银子，是不是对……本姑娘的另一条腿还不放心？”

李文贝不言语，后来不知何故，应了一句：“这，这全是在下的过错，只是这种闲气，姑娘不生也罢……”

养月儿瞪眼道：“为什么不生？肯定要生——”

后来，胡春儿总算哄得养月儿不再拒绝李文贝的帮助，客栈老板又及时送来膏药，道是“于治骨伤最有疗效”，问他这药从哪里来，老板只说是祖传秘方。

李文贝忙得几至不可开交，幸得第三日，店老板给找来个婆子伺候。

那日下午，李文贝返回客栈时，看见胡春儿和养月儿已经住到一个房间里了，那婆子道：“是胡姑娘吩咐过的，说这样彼此也好照应。”

过了一个月，胡春儿大致痊愈，养月儿的痛楚也大得缓解。

李文贝便和胡春儿商量着上路。

但养月儿该怎么办？胡春儿沉吟半晌，亦无良策，只得对李文贝道：“暂且同行，再看机会吧。”

得知要一同上路后，养月儿道：“李大侠放心，我不会给二位找麻烦。”果然，店家很快给她准备了一匹马。三人继续改头换面，径往莫邪。

养月儿虽有伤痛，但说话毫不滞涩，但有机会，自然要对李文贝旁敲侧击。

李文贝知道难缠，大多时候，只佯作不闻。

不几日，李文贝忽然发现，二女竟然以姐妹相称。

如此昼夜兼程，这天来到了首宁，养月儿也竟能自己勉强行走了。

拜祭过范阿婆和范大叔后，决定次日继续赶路。

可是他们很快改变了主意，因为首宁出现了很多身居武功之人，悄悄跟踪了一番，发现有几人白天分散，晚上在薰风楼悄悄聚集。

胡春儿见李文贝跃跃欲试，悄悄叮嘱了几句。

晚上，李文贝悄悄出来，可走了不久，就发现养月儿跟在后头。

李文贝尽量让自己和颜悦色地对养月儿道：“出了意外，可不能怨别人。”

养月儿道：“你李大侠尽管做你的事好了。”

李文贝心里嘀咕：“莫非他们那一方也知道了高夫人在首宁的事？”

来到高墙的暗影中，李文贝左右看看，紧贴着墙壁的阴影向前走了一阵后，陡然跃起，伏在距薰风楼最近的一处屋顶。

养月儿怔了怔，看到没人注意，方接近这屋子，蹿上来，挨至李文贝身边。

忽听有人大叫起来：“快来呀，着火了，薰风楼着火了。”

火来得很快，惊叫声中，已是烈焰熊熊，还有许多惨烈的哭叫声，求救声。忽见两道身影冲身跃起，其中一个只有耗子一般大，依稀是多一点。

李文贝略一犹豫，夹着养月儿便往起火的地方飞奔，养月儿道：“可是——”

哪知他们身后竟然还藏着一人，见他俩去救人，那人犹豫了片刻，朝着两道黑影所去的方向追了下去。

薰风楼的火实在烧得太猛太烈，大火中，隐隐还散着一股呛人的煤油味，养月儿道：“肯定有人纵火。”

李文贝窜入火海，来回救出十余人，正抱着最后找到的一人冲出来，一根燃了火的横梁砸向李文贝。

李文贝累得气喘吁吁，混乱中，脚下被绊了一下，养月儿叫了一声，单腿直起，飞身将李文贝拉出来。

二人在熙熙攘攘中稍稍喘息了一会儿，又往多一点离去的方向找了很远，直到三更时分，还是一无所获，只好返回客栈。

胡春儿还在等着，简单说了几句后，便和养月儿休息去了。

三更时分，胡春儿来到李文贝房内，低声道："可以了。"

这次，李文贝的行动很顺利，因为在他不知道方向时，前面总会传来石子落地的声音，虽无法断定是敌是友，但李文贝还是决定跟下去。

无数个曲折之后，最后拐进一家大院，李文贝瞅了瞅，便纵身跃到一个拐角。可立身未稳，屋顶、墙上已有四个人跃下来，将李文贝团团围住。

正面那人道："阁下什么人？夤夜到此，意欲何为？"

李文贝道："在下途经此地，错过了投宿的 时间，听到这儿有动静，就过来看看。既然打搅了各位，那就很对不起了，告辞。"说罢，就要离开，忽然一道人影窜出，喝道："想走？先吃老叫花一拳再说。"

李文贝吃了一惊，这人在角落里藏了这么长时间，自己却毫无察觉，倘若这人出其不意地攻来，自己岂不是要吃大亏？

眼见这人声到拳到，劲风凌厉如割，李文贝不遑他想，转身朝这人迎了上去，二人拳掌相遇，只听"轰"的一声大响，院子里登时尘土飞扬，瓦砾四起。

李文贝只觉胸腹间气血翻滚，一股发甜发涩的味道直窜向喉间，他不敢怠慢，趁着那人也后退了几步，飞身掠起，逃了出去。

察觉后头没人追来，方找了个僻静的去处，运气调息了一会儿，自觉没事，才略略放下心来，暗道："这是什么人？如此厉害，丝毫不弱于贺紫贺前辈。"

突然又想起那人在出拳时，曾说"吃老叫花一拳"，心中一惊："莫非是丐帮帮主俞前辈亲自到了？"

李文贝的推测大致不差，但这个老叫花却不是丐帮帮主俞半碗，而是丐帮副帮主不笑弥勒向明。

他受俞半碗、贺紫夫妇的委托来首宁和高夫人会面，但他出手的时候，他不像李文贝所想的那样早已藏在暗处，而是几乎和李文贝同时赶到那个院子。

见李文贝退走，几人追之不及，只好折返回来，再找个安全处，继续议事。

原来，在云贵一带活动的大顺余部首领李来亨接到高夫人密报，悄然来到首宁。

向明和高夫人、李来亨等见过后，又对少一尘道：“你二人步入正轨，可喜可贺，从此可要竭尽全力，以报夫人知遇之恩。”

二人闻言，点头称是。

简单寒暄几句，向明将丐帮高层的意思转致高夫人，表示：“夫人如今既举义旗，丐帮大江南北数十万弟子唯夫人马首是瞻，力图光复。”

高夫人谢道：“有丐帮鼎力支持，何愁大事不成。”

话题很快转到了李文贝身上，众人七嘴八舌，始终不能确定“来者”何人。见向明一直沉默不语，高夫人问：“莫非向副帮主已有结论？”

向明沉吟道：“有一个青年，在太白山失踪一年多后，最近出现了，和贺夫人交过手……”

高夫人惊道：“难道是李文贝？”

向明叹道：“不错，此人在太白山失踪了那么长时间，不知遇上了什么高人，内力强健到了常人难以想象的地步；但其出掌运掌的特征仍不离胡家的掌法特征。真真不可思议，老叫花曾以为贺夫人的说法过于夸张。”

高夫人道：“这样说来，胡冰的女儿胡春儿目下也在首宁了。”向明点头道：“理当如此。”

忽然外头有人进来，道是门参将有事要找少先生，少一尘对高夫人道：“属下去去就来。”

见有人不免紧张，高夫人笑道：“没事的，咱们现在的位置和提督府只有一墙之隔。咱们一旦起事，就首先要控制着提督府。”

少一尘马上就转回来了，说那门参将是来转述薰风楼一事的，上下都已打点好了，绝对没人怀疑有人在纵火。

高夫人解释，说薰风楼已经引起了很多人的注意，纵火，也是不得已而为之。

李来亨道：“李文贝此行——，难道他有心来投？”

高夫人道：“不好说，司马丹一直不冷不热，他们 的立场，不容乐观哪。”

众人点头，少一尘道：“夫人，属下觉得李文贝既然能找到这里，是不是说明其他势力也可能察觉了我们的行动？”

高夫人点头道：“这是肯定的，不过现在已不用太担心，只要咱们行动起来，他们就会浮出水面。——你们现在还有什么为难的吗？”

见众人不语，高夫人便命少一尘带两人先往提督府，“多带些金银玉器，先稳住他们，一旦获得讯号，即刻动手。”

少一尘领命而去，高夫人又命鄱阳“三雄”带几人“往东、南、西三处关键的渡口、桥梁一带活动，见讯号起来，便尽可能断桥、毁船，制造混乱”。

高夫人问向明道：“贵帮长江分舵舵主巴山夜那里可安排好了？”

向明道：“巴舵主定会全力以赴的，此外，若夫人允许的话，俞帮主让老叫花就在巴山夜那里策应夫人。”

高夫人喜道：“若能如此，我们的成功又多了几分保证。只是往返劳顿，向副帮主辛苦如此，老身于心何忍？”

向明客气两句，匆匆 离去。

众多事情处置妥善后，屋中只有高夫人和李来亨二人，高夫人神情肃穆地道：“成败与否，在此一举——”

语未毕，忽听里屋有人声响动，高夫人急忙站起，喜道：“顾道长，您果然守时。”

她在椅背上轻轻地旋转了一下，西首那壁墙便悄无声息地向两边滑开。

暗室里，明烛高照，一位道人端坐于内，鹤发童颜，面温如玉，正是顾方。

见高夫人、李来亨朝自己行礼，顾方急忙还礼道：“自己人，何必客气。”

高夫人便简单将行事的情况给顾方介绍了一番，顾方听后道：“不错，细密周到，可谓天衣无缝，足见夫人英明。”

李来亨二十多年没有见过顾方了，今见这位武林泰斗仍然精神矍铄，慈和有加，自也感慨颇多。

李文贝返回客栈，胡春儿还在候着，见他进来，问道：“见着了吗？”

李文贝将遇到丐帮高人的事说了一遍，然后问：“春儿，咱们应该怎么办？”

胡春儿笑道：“不要着急，有人会找上来的。”

李文贝担心养月儿会走漏风声，胡春儿道：“事已至此，只要和她寸步不离，就不会有什么意外，再说，她肯定对此一无所知。”

二人简单议了议，胡春儿认为，先去范家小院最合适。

可次日上午，当三人来到这里时，老屋已经化成了灰烬。

正错愕时，突然感到有人暗袭。

这人显然预先做了最充分的准备，悄无声息，招式凌厉，等李文贝感到不妙时，后脑挨了重重一击。悠悠转醒后，胡春儿还在昏睡，养月儿已不知所踪。

幸亏胡春儿受伤也不重，被李文贝救醒后，却见胡春儿手里多了一张纸条，上面写着："提督府。"

今夜无月，李文贝和胡春儿、心心伏在和提督府只隔着一条街的一处屋顶上。

觑准时机，李文贝右手在瓦片上轻轻一托，一招"浮光掠影"，出手按向正在那儿张望的"暗哨"。

可他的右掌离那人还有半尺之遥的时候，那人脚步突然一滑，不见了踪影。

李文贝右掌在墙上轻轻一拍，便要转过身来，哪知他立步未稳，一股强大的掌力从他右上的斜处怒摁下来。

李文贝退避无路，右掌直捅而起，竟将这人浑厚的掌力捅出一道"裂缝"，快速飞升的身子就从这人将要合拢 的双掌中突了出去，右脚顺势踢向这人的左肩。

那人"咦"了一声，侧身避开，身子微屈，便又缩在沉沉的黑夜中。

李文贝飞身追上，但那人似乎无意和李文贝缠斗，反手拍出一掌，随即借着反弹之力，加速向前。

眼看追上，墙底的暗影处忽然刺出五支长枪来，呈环形围攻而上，枪尖白光闪烁，划出一道白色的线浪，朝李文贝席卷而至。

李文贝一招"大江东去"挟势挥出，在掌力和对方力道触及的瞬间，朝后倒翻出去；可他还没有站稳，又觉身后高处传来一声爆响，急回头时，便见夜空之中，一阵暗器，闪烁如梨花点点，星光阵阵，朝他铺天盖地地袭来。

眼见李文贝身处险境，胡春儿飞身而至。只见她宝剑轻进，在那一片闪着寒光的暗器中一阵急舞、尖挑、横拍，将几十件暗器尽数击落。

李文贝双掌齐出，一举震退了五名枪手，趁着他们立足未稳，右手再进，将他们的兵刃全部夺下。

忽听一人拍手赞道："名门之后，率无弱子。"

赞扬声中，院子里忽然灯火通明，即见一位妇人在二人的簇拥下，停步当院，虽然布衣裙钗，但目光凛凛，自有一种齐天的威严，——正是高夫人。

李文贝、胡春儿急忙行礼："晚辈多有轻慢，恳请前辈恕罪。"

高夫人快步走上，扶住二人，细细打量一番，笑道："想不到只一年不见，你兄妹竟脱落得如此神俊，苍天有眼那。”

说着，带二人并其他人进了里屋，给他俩介绍，“这位长辈是丐帮向明向副帮主，这位是犬子李来亨；——李少侠，他还抱过你哩。”

向明笑道：“李少侠内力果然神奇，看来俞夫人所言不虚呐。”原来向明昨晚离开后，半路接到顾方传书，又连夜返回首宁。

李文贝急忙道：“晚辈唐突，不知天高地厚，望老前辈见谅。”

向明笑道:“出手先示三分弱,开口便见十分真,李世兄让我等更无地自容了。”

李来亨也过来相见，二人免不了还客气几句。

坐定后，见胡春儿欲言又止，高夫人笑道：“胡姑娘的意思老身明白。那位清廷公主也是老身请来的，当时老身也想将李少侠、胡姑娘一并请来的，只是当时情形并不允许，李少侠、胡姑娘，老身这里向你们赔不是了。”

李文贝、胡春儿又吃了一惊，他们万没想到高夫人武功竟神妙如斯。

稍停，高夫人又对胡春儿道：“胡姑娘就和那清廷公主暂时相处一会儿，一旦我等行动起来，你和她去留自便。”

胡春儿急忙起身：“谨遵前辈安排。”

高夫人对李文贝道：“李少侠的态度也由自己决定，你们还年轻，希望你们在做出决定的时候，一定要慎重，切毋操之过急，遗恨终生。”

李文贝表态：“前辈既欲举大义，晚辈自当全力相随。”

第二十四章 谋略

高夫人道："这样也好。不过，你最好与胡大侠、司马女侠商量一下，老身以为，等这里事起，你还是与胡姑娘往莫邪一趟的好。"

胡春儿道："那倒不必，一旦高夫人义旗高举，爹爹和姑姑肯定会设法赶来的，或者，他们现在就在首宁也未可知。"

高夫人正想说什么，忽听暗中有人低声道："杰如、麻隆中等一干人正向首宁靠近，如正常进行，他们明早就到了。"

高夫人道："知道了，再探。"

那人应声而去，高夫人道："各位，为了安全，咱们还得换个地方。"

大致安排了一下，高夫人笑着对胡春儿道："胡姑娘莫急，到了那儿，你就能见上那位公主了。"

这次，他们来到 的是邻近郊外的一家布行。

这布行从外头看上去，实在没有其他惹眼处，但后面的三重院子却甚是宽敞。

高夫人和向明将胡春儿送到养月儿那里。

养月儿似乎被点了穴道，正盘膝在炕上"坐"着，眼珠飞转，满脸怒气。

胡春儿正想说什么时，却听"嗤"的一声，一股真气从身旁向明的衣袖中劲射而出，养月儿"嗯呀"一声，穴道已被解开。

不待养月儿说什么，便听高夫人冷笑道："老身姓高，先夫是大顺皇帝，咱们要干什么，你也知道，所以，你最好老实点。"言罢，转身离去。

养月儿惊诧异常，方知今日之险已远远超过了自己的预料。

又见胡春儿一脸平静，更是恼怒，便不顾其他，踹开屋门，朝外掠去。还未等她辨明方向时，便听有人道：“姑娘止步，这儿不是你随便走动的地方。”这声音就如同在她耳边响起，可当她回首四顾时，四下里却空无一人。

养月儿咬牙跺脚，身子再度拔起，哪知她身子刚刚发动，一张渔网自墙后突然抛起，养月儿人在空中，无法转身，挥剑向渔网划去。

只是她的剑锋尚未触及渔网，便听“嗤”的一声，养月儿只觉胳膊微微一麻，整个人便如一条鱼“撞”到了网上，

把她舁回来的是两名渔夫打扮的汉子，身上还散着咸涩的鱼腥臊。其中一人解开了养月儿身上除哑穴之外的所有穴道，任由养月儿在网中拳打脚踢，只是她的动作越大，渔网在她身上就缠得越紧。

养月儿又急又怒，心里直骂首宁地方的各级官员，打定主意倘若自己一旦脱险，必当奏明皇上兄弟，将这些尽数诛灭。

两个渔人将养月儿扔到屋里。

眼见两个渔人一声不吭，收起渔网就走，养月儿怒道：“是好样的，你们就将万儿留下，日后但有机会，本姑娘定当请教。”

两渔人并不答话，径自向前，三腾五越之后，消失在那一排高房之后。

养月儿怒气更炽，操起舞柳剑，又要行动，胡春儿劝道：“不要急躁。”

养月儿突然恼火，跳起来指着胡春儿的鼻子道：“我就瞧不上你这种事不关己高高挂起的样子……”随后踢开门，朝外大叫：“哼，一帮见不得人的家伙，还想成什么大事……高老太婆，你出来，本姑娘就是被你杀了——”

忽然一阵微风飒飒，五人呈半环形围在她前头，居中一人冷冷地道：“主上对你这般宽厚有加，那是她老人家的胸襟，咱们对你却不必容忍，你要再敢这样放肆，说不得，只好用狗屎塞住你的嘴。”

那人的嘴一张一合，宛如一把钳子一下一下地剪动，双唇的开合“扇哒”有声。养月儿心里发怵，只得暂时退回来。

养月儿计无所出，安静了一会儿，开始打胡春儿的主意。

养月儿道：“人生自古谁无死，春儿姐姐，愈是关键时候，我们才愈要把握住自己呀。”

胡春儿叹了口气，道：“月儿姑娘，你说的大致是不差的，昔日文丞相就事不肯 低头，才成 就了一世的英名，据 此而言，你说，我胡春儿又该当如 何呢？”

养月儿一愣，方知自己在这儿引证不当，便换了一种口吻道：“春儿姐姐，你年纪轻轻，岂能泥古不化。”

胡春儿脸色一沉，再不多言，盘膝坐在炕上，任由养月儿在她身边发急。

养月儿颓然跌坐在椅子上。强迫自己安静下来后，思虑渐渐清晰：

从大平随她们表兄妹一路来到首宁，刚好遇到高夫人起事，这一切，难道仅仅是巧合？须知李文贝和胡春儿的父母先前可都是高夫人的臣属。

想到这儿，养月儿暗自心惊：莫非他俩早就和这里的人暗相交通，这一路上的种种手段只是为了引自己入彀？现在再看兀自闭目不语的胡春儿，益发觉得胡春儿平日还算娴静恬淡的面容，果然有几分令人捉摸不透的老辣。

想到自己非但不能为父亲为朝廷排忧解难，反而要成为高夫人等人的挡箭牌，养月儿“呛啷”一声，把刚收起不久的舞柳剑又拔出来，“嗖”地一下，剑尖瞄准了胡春儿的咽喉，喝道：“今日之事，先废了你再说。”

胡春儿倏然睁开了眼睛，伸手将养月儿的舞柳剑拨开，道：“你要知道，假如你我二人任何一人出了问题，那么事情就会更加复杂。”言讫，又闭上了眼睛。

养月儿愣了愣，果觉自己先前的“顿悟”似乎有点问题，只好收起宝剑。

李文贝随高夫人来到议事所在。

待诸人聚齐，高夫人道：“有各位的鼎力相助，有弟兄姊妹们的精诚团结，何愁大业不成？复国之志不遂？”

群豪异口同声地道：“我等勠力同心，悉听夫人号令：四面开花，凌厉击杀。”

高夫人道：“好，现在开始，袁宗礼——”

坐在高夫人左首那名汉子应声站起，领命而去。

袁宗礼去后，高夫人又命向明率十几名轻功高绝之人，一旦令出，便以各种手段尽快通知各地各部同时起事。

向明道：“夫人放心，老叫花保证咱们弟兄们传递消息的速度是天下最快的。”

高夫人又给几人分派了任务之后，便命负责军事行动的李来亨将具体的作战安排周知其他人，李来亨自怀中掏出一张地图挂在墙上，指点各部行动。

原来，李来亨在来首宁前，依高夫人的指示，和吴三桂进行了秘密谈判。谈判的结果是，大顺军取消自己的旗号，接受吴三桂的调遣，但前提条件有二：十余万大顺军只驻守在云南、缅甸一带，成可退可守之势；接受吴三桂调遣的大顺军听调不听编，在大顺军的活动范围内，吴三桂不得派驻武官，地方戍防一律由李来亨所部负责。

李来亨自幼在军中长大，统兵作战几十年，对战局的理解自有过人之处，他和高夫人的计划是，就算吴三桂另有企图，只要把他裹卷进来，也能让他骑虎难下。当时，李来亨在昆明盘桓数日，自觉所谋了无阙漏，方启程离开。

不过，他没有想到的是，就在那日吴三桂为他举行的宴会刚结束，有一人从几重深的帘幕后走了出来。

吴三桂称他为“田先生”，将其请进密室，道：“如今还望田先生全力以赴，迅速进行，否则那两个人质的身份一旦被识破，就前功尽弃。”

田先生道：“王爷多虑了，现在的关键是王爷如何指挥兵马。”

吴三桂道：“李来亨虽号称拥有十余万之众，但只要擒住那几个头目，余者皆不足惧。本王已派夏国相、马宝各率精兵秘密潜伏，但得讯息，便鼓噪而出，本王则亲率大军自外夹击，如此必能一鼓荡平闯贼余孽，肃清云贵。”

田先生闻言道：“这样最好，田某这便回复教主。”说罢，起身要走，吴三桂道：“先生且慢。”

吴三桂轻轻拍了拍手，就有两人抬着一只大箱子进来，打开后，里面珠宝玉器灿灿闪烁，刚才还暗气沉凝的密室立刻金碧辉煌起来。

吴三桂道：“田先生往返劳顿，辗转辛苦，区区薄礼，请先生笑纳。”

田先生眼睛圆了圆，道：“王爷出手果然阔绰得很呐，这一箱子金银共计三百八十斤，其中金条五十根，猫儿眼玛瑙八十颗，昆山玉五十六片……”

他围着箱子转转，拿起一颗珠子擦了擦，又放回去，对吴三桂道：“这些东西就暂时放在这儿，待田某汇报教主后，再受赐不迟。”言毕，直出王府，须臾就消失在苍茫的夜色中，只留下吴三桂和两名侍卫发呆。

一侍卫擦着汗走近吴三桂道：“王爷，这田先生到底是哪路神仙？莫非真的是神鬼附身？”

吴三桂蓦然而悟的样子，顿了顿方道：“如果本王没猜错的话，他就是前明那个名满天下的酷贪蔡倚窗。”

两侍卫“啊”了一声道：“就是那个能在十丈范围内闻出金银味道的家伙？”

吴三桂道：“这种旷世奇才，历千年亦未能有一人，只不知此人又从哪里习得着一身武功；能把这等人招致麾下，看来那位教主，倒是个不能忽略的角色。”

一侍卫道：“看这田先生的武功，当属当今一等一的高手，和这种人打交道，王爷可得小心点儿。”

吴三桂“轻哼”一声道：“不必紧张，武林不久后必起争端，不管孰正孰邪，待到是非既定之日，也是武林精英消亡殆尽之时。”

说罢，叫人唤来夏国相、马宝，命他俩各率所部，扮成大顺士兵，潜往大顺军驻兵附近，各持易燃之物，见大顺军中鼓噪声起，只管放火。

夏国相、马宝躬身退出。

吴三桂又唤来巡城提督李本深，嘱他倘若发现有人从李来亨下榻的客栈于某某时辰出来，不必阻拦，任其自走，还要暗中提供方便和保护。

诸事安排妥后，吴三桂啜一口茶，冷笑道：“李来亨，你将死得更快——”

首宁这边，高夫人站起来，命人将血酒倒在碗里，自己首先一饮而尽。

行酒毕，高夫人道：“王杰一干人马上就要来到首宁，那时，就是我们起事的最佳时机。”

高夫人话音未落，即听外头乱声传来，随后见两人架着一人闯进来，这人浑身血污，勉强抬头向高夫人道：“兵饷被劫……旬阳……弟兄们力战不支……”

高夫人脸色大变，拎过此人的衣领，厉声问道：“怎么回事？说清楚——”

那人却再无说话的力气，歪了歪头，即便逝去。

高夫人丢开这人，扫视了一眼群雄道：“无关大局，继续。”但她心底雪亮，旬阳驻守着一股重要的力量，有许多很关键的人物。她二十多年来赚下的金银也大多集中在这个地方。如今旬阳被袭，高夫人几乎失去了起事行动的基础。

高夫人思虑电转，她略略调整了计划。

命巴山夜率渔夫兄弟火速赶往旬阳，通知那里的兄弟迅速行动；命少一尘飞书通知福建所部，立即行动，按计划袭击耿精忠；又通知俞半碗等以最快的速度靠向兰州设法制住陕西提督王辅臣；命首宁兄弟着即控制水路要冲，宣布光复。

高夫人气闲神定，道：“不必再等昆明方面的消息了。”

分派初定，突然有三个受了同样重伤的人各自带来了三条更加可怕的消息：一是得到昆明传书，说大顺军十余万人，突遭吴三桂的暗算，全军溃败；一是一名丐帮弟子，说丐帮长江分舵受到来历不明且武功高强的人的袭击，就连秘密赶往首宁支援高夫人的十余名高手也遭到围歼。

最后的坏消息则来自北京，说安置在北京的内线被抓起来了。

还没等能明白过来的人明白过来时，就听院外无数兵丁大叫：“不要走了反贼，抗拒者死”，随后有人报告高夫人：“所谋事泄，弟兄们反为人所制……”

眼见情势大乱，李文贝挺身而起，哪知后背受了重重一掌，他不及反应，晕了过去。

不知过了多久，李文贝才醒过来。

屋中已没有其他人，高夫人和李来亨已经倒在血泊中。

李文贝苦叫一声，正要站起来时，忽然听见了外头的脚步声，李文贝大骂一声，便踹门冲了出去。

来人是胡春儿、养月儿，还有心心。

第二十五章 渡口

首宁城外的荒郊，李文贝、胡春儿埋葬了高夫人、李来亨。

养月儿也来帮忙，但她动作机械，神情紧张，不敢吱声。

李文贝忽然站起，说肯定出了叛徒，否则，大好形势何至于顷刻间土崩瓦解？他要去找叛徒算账。

胡春儿挡住他，说那个告密的叛徒已经自杀了。

但叛徒究竟是谁，李文贝似乎无意搞清楚，胡春儿也没有说。

三人便长久没话。

冷风瑟瑟，枯草呜咽，空中弥散着的灰云，铅一般地凝重；不远处的江面上有一曲渔人的歌声清清楚楚地传过来，辞曰：“问从来谁是英雄？……霸业在空，遗恨无穷；蜀道寒云，渭水秋风。”

唱律疏野狂放，却偏偏有一腔凄苦落寞的情思。

胡春儿道：“表哥，这里的事，会不会和郑二叔他们的神秘失踪也有联系？咱们得赶快去找姑姑。”

李文贝一跃而起，道：“咱们快走。”

刚走了几步，李文贝忽然回过头，冲着养月儿道：“去告诉你父亲，叫他把我抓了，把我砍了；否则，李文贝还要造反，你明白吗？”

李文贝双臂高举，咆哮连连，养月儿骇然震怖，不知所措。

胡春儿急忙拽住李文贝：“表哥快放手，若不是月儿姑娘及时示警，有人再补你一掌，那你可就危险了。”

李文贝回头对胡春儿道：“那是她在惺惺作态，要是咱们成功了，咱们自然也会有这种姿态。”

话虽如此，但抓着养月儿的手终于还是松开了，养月儿甩甩胳膊，强忍住几乎要掉下来的两汪眼泪。

不几步，李文贝又转身，恨恨地问她为什么还要跟着，养月儿道：“不为什么，就想跟着。”

李文贝怒道：“终有一天……”

养月儿跳到李文贝跟前，大声道：“不要什么‘终有一天’了，现在我就在眼前了，你出手吧，杀了我，你就胜利了，心理平衡了。”

胡春儿忙道：“表哥，听说有一批神秘的人物赶往莫邪，会不会对姑姑不利？”

李文贝闻言，不再说什么，转身向前。

胡春儿的消息是养月儿告诉她的：有人把高夫人所谋告诉了先期赶到的唐万敌。

杰如和麻隆中等听了唐万敌的汇报，急得似乎连恼怒也来不及了，马不停蹄赶来时，一切已经结束了，这里已是平静异常，好像什么也没有发生。

李文贝、胡春儿离开后，杰如几人一直在首宁忙碌。

这天下午，提督府突然来了几人。

原来是向明，还有巴山夜、少一尘师兄弟等。

向明直截了当，道：“我等这次是完败，这也没什么说的了，但旬阳钱物乃夫人和无数兄弟姊妹血汗所得，就这样被你们劫了去，老叫花无论如何也不甘心。”

唐万敌道：“向副帮主这样空口无凭，可与你身份不符。”

向明道：“身份不符？岂非笑话。”

杰如又把唐万敌扯到身后，道：“旬阳之事，我等确实不知情。老夫知道这样说各位也不相信，那就还请各位说明来意。”

向明道：“即便真是尔等所为，自然也不会承认，但实际的情况是，盗走旬阳财物、暗算夫人的，不是你们，就是吴三桂，就让你承担起来，又有何妨？老叫花向你索要，又有何错？”

杰如道：“果如向副帮主所言，老夫自然无话可说，但老夫觉得，事情可能还另有蹊跷。”

向明道：“多说无益，老叫花今日 领教 阁下高招。”

麻隆中道：“向副帮主，你来此的目的既已实现，今日之事就到此为止，如何？须知，向副帮主既没有做好准备，动手也无必胜把握。”

巴山夜跃跃欲试，向明伸手拦住，沉思道：“麻先生果然名不虚传，不过你我总有一战，到时恐怕阁下就不会如此从容了。”言罢，转身离开，巴山夜等紧步跟上，一时去得干干净净。

唐万敌恨恨地道：“这老叫花，倒也确实有两下子。”

麻隆中却满脸忧郁，道：“王爷是不是将格格先挡回来？”

杰如想了想，道：“以月儿的性子，除非彻底限制，否则她还会追上去；再说，因为感到了危险，就退缩不前，亦非本王所愿。”

这天傍晚，胡春儿和养月儿走了一程，到了僻静处， 胡春儿突然出手，点了养月儿的穴道，二人藏在草丛中，约莫顿饭功夫，等来了麻隆中。

胡春儿道：“麻先生辛苦了，月儿跟着我们，很不安全，如今将她交给您了。”

麻隆中笑笑，提醒胡春儿道：“此路凶险，在见到司马女侠前，千万不得大意，尤其前面的渡口、岔道，所谓渡口莫强，岔口莫望。”

胡春儿道过谢，转身离开，赶上李文贝。

养月儿气急败坏，还要追上去时，麻隆中拦住，道：“胡姑娘所说也是实情，好在咱们不日也是要去莫邪的。”

养月儿心中不忿，不久就以一个女孩儿的方式逃脱了麻隆中的监视，临走还顺走了麻隆中的两锭银子。

这天中午，李文贝、胡春儿来到一个叫问津渡的地方，正坐在河边茶棚里等船，却觉卖茶的老头动作生硬，目光游移，依稀还听到他提到“司马丹”“三个和尚”之类，胡春儿立刻想到麻隆中的示警。

二人到僻静处，胡春儿把自己的怀疑告诉了李文贝，并主张分头行动，先由胡春儿走水路往莫邪，李文贝则在这里监视。

胡春儿道：“如此，咱俩总有一人能遇到姑姑。”

李文贝道：“行吗？你一个人？万一遇到危险怎么办？”

胡春儿道：“表哥放心，我的水性不弱于你，万一遇到意外，跳河逃走不成问题，何况咱俩都是易了容，只要小心，别人肯定认不出来。”

李文贝犹豫再三，知道胡春儿平日所谋远在自己之上，便点头同意。

临行，胡春儿又提醒李文贝，万一养月儿追过来，事非紧急，莫要声张。

果然，次日上午，便见养月儿也赶到这里，此时，渡口刚好有一条船。

听到吆喝，老艄公懒洋洋地睁了睁眼，道：“莫急，多凑几人一起过去。”

养月儿急道：“给你十个人的银子总可以了吧。”

那艄公道：“敝东向来只管做多少人的生意，从不管赚了多少银子。”

养月儿又气又急，却又无可奈何，李文贝不吱声，远远地看着养月儿进了茶棚。

接着，向西的那条小路也来了几人，吵着要喝茶，李文贝觉得其中一人走路的姿势似曾相识，便想靠过去看看。

还未过去，那边已经有了冲突，果如胡春儿所料，是司马丹和莫邪“三圣僧”到了。

原来司马丹得到了李文贝、胡春儿的消息，一路赶到这里，她也看出了卖茶老头儿的蹊跷，悄悄布置了一番，计划主动挑起事端。

她先带着海空来到茶棚。

茶妇正不断朝棚外的路上张望着，她葛巾布袄，满头白发。

打扮成樵子模样的海空粗着嗓子叫道：“上茶。”顿了顿又道：“当然，最好还能给整壶酒来。”

司马丹道：“三哥说笑了，这卖茶的地方哪里来的酒。”

茶妇也似刚醒过来地道：“是，是，小店简陋，只卖茶，没有酒。”

司马丹呷了口茶，问茶妇：“老嫂子，你这茶棚是刚开张的吧？”

茶妇道：“老身在此卖茶已有十多年了。”

司马丹“哦”了一声，再没说话，又喝了两口，便带海空转到他们藏身的地方。她告诉“三圣僧”，那茶妇和老艄公都是假的，真正的茶妇和艄公已给这两人害了。

司马丹道：“看来，咱们还是有点小瞧这两人。”

海空恍然道：“怪不得那老太婆眼光贼溜溜的；掌门师妹，你是怎样看出来的？”

司马丹道：“那假茶妇卖茶心不在焉，倒茶将茶都溢出来了，另那双手还细皮嫩肉，就更不是卖茶的手了。还有那艄公，始终低着头，他一个划船的，为什么要这样遮遮掩掩的？”

苦日问道：“下一步，该如何？”

司马丹道：“咱们去试探试探，看看他们守在这儿，到底是何居心？”

正说着，又看见从那边的堤岸上远远走来一人，那人渐渐走近，司马丹的脸色也由惊愕、怀疑而终至惊喜，只见她长身站起，张嘴欲呼，又硬生生地忍住。

海空见司马丹神色大变，也朝来人看过去，却听司马丹低声道：“三哥，是贝儿，暂时不要招呼。”

她声音发颤，显是激动异常，不过，她很快镇定下来，悄悄地潜到茶棚的后院。果然在一堆柴草中发现了被害的真茶妇和艄公，二人脸呈青黑色，致命的伤在被捏碎了的喉头。

司马丹心下骇然，对全然不会武功的人下这样的重手，足见凶手心性残毒，已不可以常人理喻。

这边，圣僧们已经挑起了茶棚里的恶斗。

看见李文贝也走过来，司马丹急忙过去打了招呼，强调这里凶险，让李文贝躲得远一点，她却不知李文贝食了龙胆后功力大增。

李文贝见了司马丹，自是悲喜交加，只是见司马丹满脸凝重，心下纳闷。

假茶妇和假艄公不免心慌，原本计划将李文贝三人一起擒获，不料遇上了司马丹和“三圣僧”，这种变化可和教主所预料的完全不符。

几招过后，他俩已落下风。

那假茶妇拼全力冲破了“三圣僧”的包围，气急败坏地甩掉假发，却是一位面皮白净、相貌清癯的老者。

李文贝惊道：“你姓莫，莫团头——”

司马丹见李文贝如此吃惊，判断此人大有来头，悄然出手，手中青光剑，从身后刺向莫团头的后背，同时还大声命“三圣僧”拿下那个假艄公。

莫团头既知情势已非，一个前空翻，腋下射出一阵飞芒，趁着司马丹手势稍缓，展开双掌，转过身来。只见他双手的拇指、食指和中指互动齐出，或捏或夹，或戳或点，紧紧随着司马丹的剑锋横抹竖拨，两招之后，司马丹已再难抵挡。

司马丹奋步向前，剑尖直指莫团头的下颌，莫团头并不闪避，只双腿微微下蹲，突然张嘴咬向司马丹刺过来的剑尖。

司马丹急忙缩手，莫团头右手拇指、食指一勾一弹，但听“嗤”的一声，一股冷气劲击司马丹的手腕，司马丹只得飞身闪避。

“三圣僧”正要去拿那假艄公，不到两步，再回头时，司马丹已然处于被动状态。

难天急得大叫：“快退下，退下……”

“三圣僧”行走江湖，和别人动手时有两个习惯，一是不管对方是谁或有多少人，从来都是并肩齐上；二是在此之前，必先用各种法子挤兑得对方先动手。如今这两点皆不吻合，一时难以下手，只有在圈外怪叫不已。

却见李文贝突然侧着身子从苦日和海空的中间穿而过，身子飞拔而起，左掌挥出，朝莫团头的后背拍出一掌。

莫团头急忙曲背避开，但左手食指已搭在司马丹的剑身上，司马丹身不由己，剑尖竟瞄着李文贝右掌掌心疾刺过去。

更可怕的是，莫团头左手食指后发先至，朝李文贝的肩井穴戳过去，指风之烈，竟然突破了李文贝衔怒而出的掌力。

李文贝急忙跨步向前，双掌齐出，“嘿”的一声，朝莫团头当胸推去。

莫团头身子一缩，从李文贝左侧滑步而过，右手三指飘飘忽忽，如爪如钩，抓向司马丹的面门，恨道：“今天先让你这俏燕子变成死麻雀。”

待司马丹急忙举剑上撩，李文贝也转过身来时，莫团头的指招又变，左手小指突然划向司马丹持剑的手背。

司马丹曲臂成锤，压向莫团头右臂；莫团头眼中绿光一闪，左手三指鸡爪似的直取司马丹腋下，司马丹登时觉着肋下寒风厉厉，仿佛一块坚冰贴在了身上。

司马丹动作略略一缓，青光剑已给莫团头手指夹住，若非李文贝也陡然跃起，凌空击下一掌，长剑肯定脱手。

莫团头见情势紧急，张嘴喷出一股浊气，趁司马丹退开两步，莫团头斜步跨出，左手抓向司马丹小腹；右腿则翻踢而出，封向李文贝拍出的右掌。他的手指也似乎触到了司马丹的衣服，可是当他催力再进时，却忽然感到一阵炽热的内力沉沉地向他右臂、右肋一带撞来。定睛看时，却见李文贝不知何时已立身在他的正面，右掌挥出的内力刚好切断了莫团头对司马丹的袭击。

莫团头心中一凛，右手五指俱开，向李文贝胸口拍去，同时脑袋一低，一只袖箭从后颈射出，带着锐利的哨响袭向司马丹，随后他着地一滚，朝一旁兀自大叫的难天撞去。

难天正为司马丹着急，不防莫团头突然有此一着，不暇他想，提脚便踹，却听苦日大叫：“不可，快躲——”

就在苦日的喝叫声中，五枚毒蒺藜自莫团头飞转的身子上射出，绿光闪闪，速度比射向司马丹的那只袖箭还快，难天硬生生地将踹出去的右腿拽回来，身子平地拔起丈余，总算是避开了莫团头的毒招。

眼见莫团头能从司马丹和李文贝、难天的双重封堵中全身退出来，苦日不遑他想，大喝一声，冲向前来。

孰料莫团头收回的左手又突然从右臂下翻转而出，抓向苦日的右肋。苦日只得变招，右掌稍斜，改劈为切，冲着莫团头的脖子切下去。

莫团头举掌向上，指缝间“嗤嗤”有声，只听“乒”的一声，两人内力相撞，苦日峙立不动，莫团头似乎痛叫了一声。

苦日奋臂再上，却见莫团头右臂一振，一件物事陀螺般的在他手中急转着朝苦日的左肩削过来，苦日担心有毒，急忙避开。

趁着苦日闪身，莫团头凌空而起，等苦日再来拦截时，莫团头又“嗤”地撕下一块衣襟，以同样的手法朝苦日掷去。

苦日怒道：“一已为甚，岂可再乎？”

哪知这次，莫团头却在布块中裹了一枚毒蒺藜，苦日手臂急震，算是躲开了暗器，但莫团头的布角仍扫中了他的手腕。

苦日怪叫着还要向前追时，莫团头侧身斜纵，伸手抓住养月儿的肩头掷向苦日，苦日只得张臂接住。

待海空也来拦阻时，莫团头嘴里不知唤了声什么，一直呆立着的假艄公陡然纵身掠起，冲过来挡在海空的前头。

海空见状，双掌大力推出，不料莫团头也朝假艄公后背拍出一掌，但听“砰”的一声，假艄公没有躲开海空的攻击，就先给莫团头击中，跟着又给海空一掌拍中右肩，只听他“闷哼”一声，嘴中鲜血朝着正面的海空狂喷而出。

海空急忙侧身，莫团头则趁势高高跃起，身子在空中划出一道弧线后，“扑通”跃入江水中，不久后，在更远的江面上探出头来，狂笑着道：“莫邪三蠢僧，就算尔等认了个女人做掌门，又能把爷爷如何？”

第二十六章 坚持

司马丹现在是莫邪掌门。

“三圣僧”何以坚定地奉一个女子为掌门，江湖上说法不同。

有好事者曾千方百计想知道原因，却实在不敢轻易靠近这三位僧人。

人们只是从表象上做了大致的推断，说司马丹对莫邪的贡献有三：一是她主张接受难民；二是她医好了难天的烂顶，三是她给三位圣僧各收了一个资质上乘的徒弟，现称“三小莫”。

但这只是推断，实在的情形到底是什么，却无定论。

司马丹成为掌门不久，便得到了李文贝和胡春儿重出江湖的消息，于是想和“三圣僧”动身寻找。

但“三蔡”突然上得山来，说有要事相告。

不过他三人说得杂七杂八，看上去一脸肃色，偏偏说的又不着边际。

最后还是蔡无汤走上前来，说有些话本来是要说给胡大侠的，但胡大侠既不在，那就勉为其难只能说给司马女侠了，他还特别强调这与李文贝、胡春儿有关。

他说李文贝和胡春儿出现以后，他俩的身边就有各种各样的人物跟着，还有一位清廷的公主叫什么格格的。又把高夫人败亡的事告诉了司马丹和“三圣僧”。

司马丹闻言，不由“啊”了一声。

蔡无汤道：“这世间本就是乱哄哄你方唱罢我登场，孰成孰败，平平常常。司马掌门如此胶着，可不是掌门的气度。”

蔡无汤继续说，其他人都不足论，藏在李文贝、胡春儿身后的那般势力才最可怕，而蔡倚窗那狗贼也可能藏在暗中。

司马丹心下恍然，“三蔡”上莫邪的真正目的原来在此，众人也是越听越惊。

司马丹稍稍思考了一阵，做出了安排：由南柯梦云率“三小莫”在山上看管众百姓， 请蔡氏叔侄藏身在莫邪的暗处，相机行事。

司马丹又说为了方便，请“三圣僧”和她易容下山，圣僧们兴奋不已。接着就发生了后来的事情。

司马丹听了李文贝关于首宁之事的叙述，略一思忖，决定返回莫邪。

她对养月儿道：“这位姑娘，——公主，你打算怎么办？”

养月儿咬咬嘴唇，道：“晚辈还怕有人暗算，托庇于前辈，晚辈自可安然无恙。”

海空道：“怕人暗算？是要暗算别人吧？”

苦日道：“师弟所言不假，否则那莫团头把同伙也杀了，何以却放过了她？”他没有拦住莫团头，反而差点被伤，心中有气，说话自然凌厉。

难天和海空闻言，立刻围过来，让养月儿快把话说清楚。

养月儿道：“他为什么不伤晚辈，晚辈怎么知道？不过晚辈想，除了他可能是放长线钓大鱼外，最主要的就是因为有你们三位在，他根本没有机会出手。”

司马丹“哦”了一声，道：“那你说说，他是要钓什么大鱼？”

养月儿道：“大鱼，当然就是这里的各位了，各位前辈想想，假如晚辈就这样被你们赶走，遭了暗算，那时他们就会将所有的把罪责推到各位身上。”

司马丹道：“这样说来，我们不仅得带着你，还得保护你了？”

养月儿道：“其实这主意是胡姑娘给我出的，她还让晚辈把我和她姐妹相称的事告诉司马前辈。”

司马丹闻言，心中一愣，但看李文贝时，李文贝肯定地点头。

司马丹道：“好吧，你父亲他们赶来时，你再走不迟。”

听养月儿说麻隆中他们也要赶往莫邪，司马丹忽然觉得事情可能有意外，便告诉“三圣僧”和李文贝，须加快行程。

且说且行，李文贝给司马丹简述这两年来的经历。

司马丹大多时候听着，只是当李文贝说到潘云时，方惊道：“原来是这样。”

但养月儿越来越不对劲了，她浑身发冷，起初还能咬牙坚持，后来，便觉被莫团头抓过的那条胳膊冷痛麻痒，几乎没了感觉，在五人身后悄悄捋起袖子看时，却见上臂靠近肘弯处赫然有三个紫青的手印。只是她不甘示弱，便硬挺着，在休息时，才默默地运功相抗。

直到后来连咬牙坚持也困难了，刚想扶着一棵树喘气时，两眼一黑，便晕了过去。

司马丹稍作查看，便得出结论：因为没有得到及时救治，这两天，莫团头的阴厉内力已散至养月儿的经脉中。

本来，这伤也算不了什么，毕竟，当时那莫团头也急于逃命，不可能用尽全力，但延误了这两日，养月儿又全力相抗，反而使这阴狠内力越侵越深。

司马丹和“三圣僧”也试着帮助养月儿驱毒，但几次过后，总是无功而返，尤其是苦日那充满阳刚之气的内力甫一发动，养月儿便立刻震颤不已，唬得司马丹急命苦日罢手。

司马丹只有命李文贝动手为养月儿疗伤，告诉李文贝运功时应注意“清和徐缓”。

水月精神本就有疗伤驱毒的功效，而李文贝自有过天然酒池和擒龙洞的经历后，其内力就更绵远沉厚。

养月儿全身的冷战暂时得到了控制，司马丹和“三圣僧”抓紧时间做了副担架。这样，他们行走的速度就慢了。

倘有空闲，圣僧们就追问李文贝，让他尽可能详细地说说有关天然酒池和擒龙洞的故事。

海空道：“哎呀，每天美酒仙桃，那不是神仙的日子吗？……喂，贝儿，哪天有空，咱俩再去坠一次崖，要不，你把洒家推下去也行。”

听说酒池已经毁于那次山崖崩塌时，海空扼腕叹息，气沮至极。

难天则对擒龙洞的事感兴趣，他将李文贝又打量了半天，道：“有这等事？不见得，大大不见得；你又干又瘦，武功也高不到哪里，掌门师妹又不在你跟前，你怎能出来？”

到了莫邪山脚，养月儿的病情总算稳定了。

海空建议把养月儿送到附近的县衙。

司马丹想了想，决定还是带养月儿上山。

难天见司马丹神情落寞，低声威胁养月儿：“你这丫头，小心我吃了你。”

见司马丹不高兴，难天和海空抬行担架时，便故意颠簸几下，养月儿内伤未愈，哪里承受得了，又不肯出声，只得紧咬嘴唇，强自坚持。

养月儿心里恼怒异常，不止一次发誓，日后但有可能，一定要加倍奉还今日之苦，尤其是烂顶僧这和尚，定要想办法把他的头顶烫的乱七八糟。

幸得不久后，苦日和李文贝抬起了担架，养月儿总算舒服些，长喘了气。

司马丹综合李文贝的汇报，形成了这样的判断：

那莫团头就是两年前在紫禁城纵火盗窃叹青两名太监之一；他属于一个极其秘密的组织，江湖上失踪的那些人，恐怕早已被这个组织训练成杀手了。

二十年前的独柳塬之变，也和这个组织有关。

而现在，或者是两年前，这个组织开始打击她和大哥胡冰，其原因是，想让他俩神志受挫，以达到他们不可告人的目的。

司马丹把自己的判断悄悄告诉了“三圣僧”和李文贝。

海空道：“掌门师妹莫担心，他们有什么咱们就有什么，‘苦海般若掌’‘莫邪生风剑’，‘叠罗汉阵法’，还能输给别人？”

难天低声道：“照理说，师弟的话是不错的，可是，咱们那‘叠罗汉阵’也只练到了‘叠起’的地步，离‘罗汉’还是有一定距离……”

海空“嗤”了一声，道：“这才正好可以以假乱真。”

司马丹道：“咱们处境险恶，最好还是准备得充分些，关键的时候，最厉害的也许不是武术而是心术了……”说完，自语道：“计划，看来要变一变了。”

又看看李文贝，继续道：“今日的情形，恐怕大异往日，贝儿，你要做好准备。”

转眼到了一处密林，司马丹低声道：“随我来。”

他们走的是通向回龙谷的另外一条小道，在悄悄避开了山上几处埋伏后，眼见距回龙谷不到十里，司马丹便命众人稍事休息，将自己调整到最佳状态。

难天道：“掌门师妹，你武功不如咱们，你就在这里划出道道来，冲锋陷阵的事交给我师兄弟好了。”

司马丹道：“事关重大，此时或者也是澄清公子冤死的关键；对方既这般阴险狡诈，临事之际，也许瞬息万变，师妹岂可置身事外？”

司马丹对形势的估计大致不差，确实有人在打莫邪的主意。

这些人由他们的教主率领，突然蒙面来到莫邪。

此时，回龙谷、莫邪堂空无一人，见有人四下张望，那教主道：“司马丹马上就要返回莫邪了，你们只管等着就行了。”他抬抬手，唤过凉亭台阶下站着的一人道：“田长老，莫团头那边可有消息？”

田长老躬身道：“启禀教主，还没有，不过——”

田长老本来还是想往下说的，但听到教主鼻孔哼了一声，便赶快收口。

教主道：“田长老，你语气游移，说话模棱两可，是不是因为你最近用力过度，而用心则大大不足之故？”

田长老道：“教主训诫的极是，我有负教主厚望，死有余辜。”

教主道：“田长老言重了，功夫练到你这般境界，已大不易，还想提高，那只有练心了。”

田长老闻说，心中略安。

又过片刻，那教主忽然挺直身子道：“你们听，远处来的是谁？”

几人急忙倾耳倾听，田长老显出迟钝犹疑的样子，道：“此人武功当属胡冰一脉，只是步伐轻柔……教主，这人到底是司马丹呢还是胡春儿？”

教主微笑道：“田长老能听出五里之外人的轻功特征，还能分辨出男女，这般造诣确也可睥睨当世了。”

忽见布置在回龙谷谷口的那名哨首飞奔而来，左手举在胸前，竖起的拇指、中指和食指虚握了三下，指指谷外，又拍拍自己的前额。

教主道：“知道了，去吧，——果然不出所料，该来的都来了。”

田长老等弓身受命，几人展开身形，隐藏在苍松深草里处。

来的正是胡春儿。

和李文贝在渡口分开后，她赶路的速度快了许多，这日来到莫邪脚下，举目四望，但见莫邪山上，山石崔嵬，兼之古木参天，树枝草尖之上，竟似皆贮冷意。

转过一个几成直角的高壁后，忽见一人挡在了胡春儿前头，朝她拱手道：“胡小姐，不管你多么小心，总归是没有用的。”

这人黑色面罩，面罩的额头有一处指头大小的青片在闪光，整个人就如一段被火烧之后的枯木。

胡春儿道：“你们又露面了——”

这人就是田长老，他并不多话，做了个“请——”的动作，给胡春儿让出道来。

胡春儿也不多话，收起含光剑，瞅了眼田长老，迈步向前。

几步后，胡春儿忽然回头，问道："这次你们又有什么图谋？"

趁着田长老发怔，胡春儿佯装举步不稳，身子向前扑出，早已会意的心心自胡春儿怀中陡然窜出，没在草丛深处。

田长老见状，正欲纵身追上，胡春儿操剑在手，朝田长老内心刺去。

田长老让过胡春儿的剑招，右掌挥出，震断一棵松树，半截树平移着挡向胡春儿，就势折断一根树枝，大力甩出，直取心心的屁股。

胡春儿身子一横，含光剑如风怒摆，人竟从树身的缝隙中穿了过去， 宝剑闪出一道青虹，朝着田长老的肾俞穴一带直刺，口中大叫："心心小心。"

田长老长臂一摆，胡春儿但觉一股阴厉的劲风扑面吹来，宝剑几致脱手。

心心听得风声不对，骤然缩颈抽臀，身子蜷成一团，嵌入一处瓦盆大小的石窠内。

待躲过如箭的树枝袭击后，心心闪电般地退出身来，前臂后缩，作腿轻轻一勾，已搭住石壁上的一棵小树，身子迅捷地飘出一道半圆后，反朝田长老身后那处峭壁纵过去，且顺"爪"摘下两粒松子，"嗖嗖"两声，击向田长老的后脑门。

田长老躬身避开松子袭击，随手拾起一粒石子向后掷出，认位之准，俨若后脑长了眼睛；然而心心借着松枝轻摆之力，后腿硬蹬，贴着石壁直直滑下去，等田长老又抓起几枚石子时，心心早已没了踪影。

胡春儿笑着对田长老道："田长老，走吧。"

田长老心头火起，猛然回身，右手三指箕张，扣成鹰爪形状，作势朝胡春儿咽喉抓去；然而胡春儿笑容依旧，没有任何要闪避的意思。

田长老的手指骤然停止，冷笑两声，道："女娃儿，你会死得很惨。"

田长老把胡春儿带到莫邪堂前的见心亭，道："她原本还带着一只猴儿，跑了。"

教主的话很简单："绿护法，杀了她……"

胡春儿对那教主道："事到如今，回头还来得及， 须知人生苦短，世事如过眼烟云，何必这么劳神费力？"

教主道："本座已是死过多 次的人了，人生短不短，那也无关紧要。"

胡春儿道："前辈若是真死过， 奈何桥畔，久候在那里的前辈故人又怎会放前辈轻易脱身？"

教主道："本座乃秉承天意，应世而生，何来故人？"

胡春儿叹了口气道：“要知道你的真实身份其实并不难，晚辈有四句诗不知道 前辈听不听？”

教主喝止了绿护法，道：“女娃儿但念无妨。”

胡春儿念道：“独柳塬上有狼音，首宁城中起狐鸣，平明夜半止南隅，独 向东瀛听涛声。”

教主脸色一变，挺身从椅子上站起厉声道：“是谁告诉你的，是司马丹？”

胡春儿不再理会教主，转头对绿护法道：“你动手吧。”

绿护法已将兵刃操在手中，是一柄柳叶分魂刀，他尖叫一声：“去死吧。”朝着胡春儿直削下来。

胡春儿知道，为今之技，最有效的法子莫过于拖延时间以待来援。

眼见那人攻来，胡春儿展开追风步，或“浮光掠影”身如彩蝶，游走于草间树上；或“月上柳梢”，身如莲上观音，来有形而去无踪，即便有时必须面对绿护法如狼似虎的冲击，仗着手中的含光剑，也能为自己赢得喘息之机。

教主觉得自己有点失算。

眼见绿护法总是怯于胡春儿手中的宝剑而不肯出全力，如此下去，即便是绿护法胜了胡春儿，恐怕也在百招之外，教主心中不满，不由一声“冷哼”。

绿护法听了，浑身一激灵，斜腰跨步，柳叶刀砍向胡春儿右臂，胡春儿忽然高跃而起，剑尖在绿护法那殷红如血的刀背上轻轻一划，顺势切向绿护法持刀的手腕。

眼见自己不管如何闪避，都难免受伤，绿护法疯一般的抬头仰身，右掌恶狠狠地朝胡春儿拍过去，使得竟然是同归于尽的招法。

胡春儿知道，要是真的伤了这个绿护法，教主或田长老就会出手，是以在自己宝剑剑尖距绿护法手腕不足三寸时，人已倒跃出去。

绿护法冷笑道：“臭妖女，原来不过是个银样镴枪头。”

教主冷冷道：“人家那是不想杀你，你是认输呢还是继续？”

绿护法闻言，大叫一声，朝胡春儿猛扑过去。

教主扫了一眼绿护法，站起来，又坐下，将回龙谷四周扫视了一圈道：“田长老，这方圆百里……”

田长老十分肯定地对教主道：“教主，属下已做过拉网似的搜寻……”

教主从闭着的牙缝里挤出几个字："本座倒要看看，这莫邪山上还有什么特别 的人物！"

田长老心里发毛，他听出教主是在竭力控制着自己的情绪，他追随教主几十年，从未见过教主的这种情形。

这附近到底还有什么力量，能让教主这么紧张？他也不敢多问。

那边，胡春儿和绿护法的搏杀也好像到了最后关头。

绿护法把真气全部提聚起来，全力向前抢扑，他不管胡春儿是佯攻还是假刺，斗到急处，分魂刀直削胡春儿小腹，等胡春儿侧身躲过时，绿护法左掌陡出，掌力卷着两枚落叶，朝胡春儿当面击去。

胡春儿见状，左掌一招"大江东去"，身子则趁势向右飘纵，只听"啪"的一声，绿护法的手掌已拍在原本在胡春儿身后的那棵树上。

借着这一拍之力，绿护法迅速转身，扑向胡春儿，而且张嘴向胡春儿喷出一口血，——这人竟用自残的方式来对付胡春儿了。

胡春儿还想尽可能拖延，眼见绿护法的分魂刀欺中直进，朝自己的顶门直劈下来，胡春儿将身一缩，含光剑向上一撩，刺向绿护法的刀柄。

忽听绿护法的掌风中有一声锐利的哨响，胡春儿情知有异，手腕急振，含光剑易刺为拍，欲图借力后撤，但那哨响实在来太快，"叮"的一响，一粒石子已击在含光剑上，胡春儿但觉虎口一阵剧痛，宝剑脱手飞出。未等她做出任何反应时，又一枚石子击中她的肩井穴，胡春儿只觉一阵剧痛，随后重重地摔下来。

原来是那教主出手了。

第二十七章 死战

绿护法狠狠地将分魂刀抛向空中，那刀恰好和正在下落的含光剑交击在一起，“咔嚓”声中，分魂刀被断成两截，而含光剑也在受震之后，斜飞而出，插进胡春儿倚靠的那棵树的树干一丈高的地方。

绿护法面目狰狞，揸开五指，抓向胡春儿脸面。

胡春儿心中默念：“爹爹，你千万要挺住，莫要中了这些人的奸计。”又想：“爹爹一生顶天立地，这次肯定也能渡过难关；如今去见娘亲……即便女儿变成了丑八怪，母亲也照样爱怜女儿……”

但听“噗”的一声，绿护法有一种手指被拗断的痛楚，原来——瘫靠在树干上的胡春儿现在已不见了人影，他的手指只是抠进了树皮里而已。不等他抬头，忽觉腰上一紧，已给不知什么东西卷住朝后拽去，随后就听见教主极冷峻的声音：“站一边去——”他抬眼再看，不由惊愕万分。

原来，教主已不在椅子上坐着了，而是直直地站在凉亭中，脑袋微微向上扬起，神情肃穆，目光所对，正是胡春儿倚靠的那棵树的树冠。

顺着教主的目光看过去，更是目瞪口呆：大树之巅，赫然盘膝坐着一个人，那人须发皆白，头发蓬乱，直如鸟窝一般，满脸红色，像喷了满脸的血污。顺着树干往下看，便是胡春儿。

胡春儿也盘膝坐在树杈上，低那人有一丈，双目微闭，似乎正在运功疗伤。

绿护法怒气上涌还要扑过去，却给刚刚返回来的一名次长老紧紧拉住，低声对他道：“教主生气了。”

绿护法转头看时，却见教主刚刚坐在椅子上，眨眼间又站起来，双臂略显生硬地低垂着，脑袋却始终向上仰着，目光不曾片刻离开树巅上的红面乱发人。看看台下，离凉亭半丈远的田长老也是万分紧张。

绿护法心中不安，低声问：“怎么回事？”

那人道：“可能那家伙武功太高了，教主也不敢掉以轻心， 至于如何你我对此没有感觉，那就说明咱们武功太差。”

不知又过了多长时间，教主的衣裳鼓鼓地胀起来，树巅上乱发人的双掌好像也做了次开合，动作虽极细微，可枝叶“沙沙”的响声很明显。

忽听山下有急促的脚步声传来，看到是莫天树，几人才长长舒了口气。

一人急忙上前，将这里的蹊跷告诉了他。

莫团头吃了败仗，还损失了一名搜魂手，心中不安，见状和田长老说了几句，莫团头主张和乱发人来个鱼死网破，否则，等司马丹上了山，事情就更不好说。

但田长老却以为教主的威严深不可测，若没有得到教主的明示就贸然出手，胜固可喜，败则堪忧。

莫团头将绿护法拉到一旁道：“我等总不能就这样无动于衷吧？”

绿护法瞅了一眼莫团头，道：“莫长老，只要你肯下令，本护法断然舍命相 随。”

然而，莫团头看看田长老，终于还是忍住。

田长老想了想，命一人率三个搜魂手守住回龙谷口，又命一人“火速赶回总部，告诉奔会长全力警戒，以防意外”；再命一人往莫邪大庙后院监护。分派完毕，便慢慢向教主靠近。

几步后，便觉 教主四周有无形 的墙，“墙”体如覆坚冰， 在与教主尚有一丈远的时候，骤然感到围在教主四周的那堵“墙”急速旋转开来，还挟着冰凌般的芒刺，向田长老身上穿刺而来。

田长老大惊，知道自己要是还不撤退，一俟被卷进去，即便不被割得体无完肤，也要被这阴寒之气冻成冰人，而那时，教主也会因真气流转受到纷扰而给对面的乱发老头留下可乘之机。

正欲退出，哪知在这飞旋的冰寒中，忽又冷浪翻涌，暗流怒旋，就像水波中有无数的夜叉探出手来，要把他拉进让人惊恐的黑暗中。

田长老惊慌更甚，又不敢出掌反击，只脚跟使劲，上身后仰，意欲倒纵出来。但那气流实在古怪至极，田长老纵然能避开要将他向里回扯这一波，却没料到另有一束至寒至冷的气流好像原本贴着地面，待田长老提身纵起时，这一束寒流也忽然挺起，撞向田长老小腹。

田长老猝不及防，只听“乒”的一声，胸腹处如遭锤击的他向后直飞出去，重重地撞在三丈远的石壁上。

绿护法过去将田长老扶起，田长老调息了一阵，确信自己没有受内伤。他将莫团头和绿护法悄悄唤来，叮嘱几句，自己又朝那棵树靠过去。

他的想法是：在和教主对抗的过程中，乱发人肯定难以兼顾胡春儿，倘若自己对胡春儿进行突袭，就能破坏这人和教主之间的平衡。

田长老很快靠到了预定的地点，他食指、拇指扣成环，双脚一蹬，抓向胡春儿的后颈。

哪知在距胡春儿还有半丈远的时候，忽感一股大力朝他推来，田长老既不能退，只有拼死相迎，但听一声大响，他向后倒飞出去。

莫团头、绿护法看见，在胡春儿和正喘息着要站起来的田长老之间，多了一个青年，这个青年身子颀长瘦健，挺身而立，正是李文贝。

原来，司马丹避开路上的暗桩，率“三圣僧”及李文贝从另外一条密道上急赶时， 李文贝听见了心心传来的声音。和心心一番手势后，得知胡春儿如今已陷险境。

几人心急如焚，更是全力向前。

养月儿很不安，几次三番要他们只管再快点走，不要管她了，但背着她的苦日执意不肯，只道：“你女娃儿轻得如同一片纸，不影响——”

“三圣僧”中，以海空的轻功最优，起初尚可和李文贝并进，有时甚至还能超过李文贝一步、两步，但时间长了，便渐渐拉在后头。

大约奔了半个时辰后，方赶到回龙谷，见田长老骤然发难，李文贝出手救下胡春儿。

乱发老头将田长老的举动看得清清楚楚，见李文贝挥掌震退田长老，奋起精神，专心和教主相抗。

田长老深知目前已是生死关头，自己决不能临阵脱逃，见李文贝正要从树上救下胡春儿，便提足内力，伸掌朝李文贝右肩扣去，李文贝不敢怠慢，挥起一掌“大江东去”迎向田长老。

就在二人掌力将要撞击的刹那，忽听空中一声沉闷的炸响，就如霹雳响在自己的耳朵里，接着有一股似冷还热的气流，以一种滔天之势，将李文贝、胡春儿以及田长老三人卷进去，又抛出来。

幸得李文贝在急切间还能将胡春儿拦腰抱住，慌乱中运起的内力也起到了一些翼蔽作用，二人方不至于摔得太狠……

原来那教主见李文贝赶了来，知道自己的算计都因为这个乱发人的突然出现而功败垂成，便决定结束这种对抗。

他暗中提聚内力，双臂疾速划了个圆 圈，将聚在周身的罡气大力推向乱发人。乱发人不敢小觑，也将自己的混元功罡气团推出去，与此同时，两人似乎心意相同，各自凭借着剩余的功力，向上直飞。

所不同的是，教主在高跃而起后，看见田长老举步不稳，踉踉跄跄地被气流卷得不知东南西北，他俯冲下来，像鸷鸟一样，将田长老提起。

而乱发人看来也再无暇顾及李文贝、胡春儿了，落身在山坡上后，盘膝坐下。

难天、海空刚好赶到，二人各发一声喊，就要冲向教主，却给胡春儿拦住，说万一斗起来，这些人丧心病狂，就连山上的山民恐怕也是难以幸免。

随后赶到的司马丹也严令众人不得擅动。

大约沉默了一顿饭工夫，听那教主对乱发人道："师弟， 果然是你，却不知二十年前，你是如何脱身的。"

乱发人道："桐柏山上，茅舍篱笆；牯牛腹中，自有洞天；木瓜吉人天相，况且，你我早已情断意绝，这师兄师弟之谓，也不必勉强。"

教主道："这样更好，只是木瓜兄今日显身莫邪，是要和老夫摊牌吗？"

木瓜老人笑道："你武功高我半筹，我和你岂能性命相搏？只是故人既去，唯有这点血脉，如今你要赶尽杀绝，木瓜岂能坐视？"

教主道："你武功不弱，可老虎也有打盹的时候，还有莫邪山上的这些有名无实、妄称圣僧的人，你难免顾此失彼……"

海空闻言大怒，喝道："哪来的牛鬼蛇神，吃了——"扬起"苦海般若掌"，朝教主直劈过去，教主右臂微起，朝着海空一挥，海空便觉一股强大无比的阴冷内力横击过来，身子不由朝后直跌，幸得后面不少人出手相助，海空方不至于跌成头破血流。

海空大叫一声，还要冲上，却被司马丹挡在面前，道：“海师兄，你执意要任性妄为吗？”

海空见司马丹目光凛凛，语气严肃，只得退开。

又听木瓜老人道：“你说得不错，如此，你我各退一步如何？”

教主想了想，对木瓜老人道：“好，依你。”

“不文门”蔡氏叔侄也走过来了，朝着教主的方向望过去。

教主对木瓜老人道：“你我之间既有了约定，奈何你还不离开这里？”

木瓜老人道：“这里还有若干其他小朋友，老木瓜看着他们挺可心，老木瓜纵不敢开口请你放过他们，但出手帮帮他们，也合情合理。”

教主道：“得你木瓜兄千金一诺，本座于心已足，至于司马丹和莫邪三个和尚，让他们多蹦跶几天，那也没什么了不起。”

“三圣僧”一齐怒叫起来，司马丹道：“三位师兄不要中了奸计。”

海空脸憋得通红，朝司马丹嚷道：“掌门师妹，咱们现在吃了那什么狗教主，其他一切就不在话下了……”

陡闻那教主一声断喝：“三个贼和尚，你们果然把自己当作圣僧？”

这一声大叫惨厉刻骨，沉闷滞重，“三圣僧”顿觉天旋地转，脑袋轰响如裂；要不是难天拼命护住，司马丹定然会昏倒在地。

魂不守舍的蔡氏叔侄突遭“霹雳”，也痛叫一声，先后跌翻。

但这三人很快坐起，继续向田长老靠过去。

李文贝觉着情形不妙，早已出左掌按在胡春儿的凤府穴上。

养月儿受创最巨，她似乎比司马丹还迫切想知道教主这伙人的庐山真面目，教主的动作、说话，她都想听清楚，正听得全神贯注，不防教主有此摧心夺魄的毒叫，只听她惨叫一声，喷出一口鲜血，晕倒在地。

李文贝见状，挥出救命绳，将她牵缠过来，右掌按在养月儿头顶，竟以一人之力助二女疗伤。

幸得那教主只一吼即止。

忽听绿护法对木瓜老人道：“我教主受命于天，你这厮不知深浅——”教主衣袖微动，一股冷风劲射而出，只听“咔嚓”一响，随后就听见绿护法惨痛的叫声，只见他双手捂着嘴，指缝间有血迹不断渗出，——教主以一缕内力“击落”了绿护法的两枚牙齿。

教主道："本座治人不严，冒犯了木瓜兄，尚乞恕罪。"

木瓜老人笑笑，不语。

司马丹忽然插话，对那教主道："你以一人之力，近两年来虽屡屡要加害我等，却又每每失算，你暗中支使赣二不断跟踪大哥，又将三位师兄引到太白，想坐收渔利，可你却没有料到贝儿、春儿能够大难不死，武功反而大进。"

教主道："那又能如何？"

难天挡在司马丹前面，指着那教主道："有本事和我们大战三百回合，看如何吃了你。"

那教主也不出语，胳膊微动，已将绿护法断在地上的半截分魂刀卷起，"嗖"的一声，朝难天脖子削来。

苦日早有戒备，但觉不对，将难天的肩头向后拉拽，众人眼前一花，那半截分魂刀已转回教主手中，而随即又听见海空的大叫："啊，啊——"

众人回头看时，却见海空头顶被削下一片头发，人们居然没有看见那半截分魂刀如何绕过难天，滑过了海空的头顶。

海空怒极，将被削下的一缕头发置于掌间，三揉两搓之后，一团头发已化成碎屑，两掌一摊，发屑即如灰飞去，接着叫道："来，老衲还能被你唬住？"扬掌就要冲过去。

司马丹阻止不住，只得命难天将海空拖住，对他厉声道："海师兄，你若不听本掌门之令，就立刻将你逐出莫邪。"

苦日见海空还在挺着，道："师弟，莫邪掌门历来言出……师弟，你切不可……"海空看看司马丹，又看看苦日，牙齿咬得"嘣嘣"作响，大叫一声："气死我也——"一口鲜血劲喷而出，竟尔昏厥过去。

司马丹对教主道："你的激将法得逞了，这是你高明的地方。"

那教主目光一凛，右臂一抬，李文贝急忙叫道："姑姑快退——"

哪知教主没有朝他们这边冲来，而是纵身而起，提掌向山坡上的木瓜老人拍去，口中叫道："为了今日之诺，你我击掌为誓如何？"

这一下来得突兀，木瓜老人情知此人可能是包藏祸心，仍笑道："正该如此。"众人见他们要动手，急忙塞耳提神，全力防护。

但这教主人在空中，只将中指的指力击向木瓜老人的眉心一线，同时忽然收腹转身，回掌起脚，朝木瓜老人踢过去，等木瓜老人逼开他的指力， 教主早已飘身而走，火光下，众人但觉黑影如风闪过，幽灵一般，接着便听见这教主的喝叫：“这小女却不属活命之列。”

养月儿正难受得厉害，哪里能躲开教主这神出鬼没的搜灵掌？

眼见养月儿即使没有受伤也难以躲开，李文贝不遑他想，大喝一声，一招“乱石穿空”，拍向教主后背。

教主并不回头，右手一旋，掌力斜插而进，只听“嘭”的一声，二人的掌力撞在一起，附近立时沙砾乱起，迷雾扑面。

司马丹急得大叫：“贝儿，你怎么样？”

然而她的叫唤被一阵更高亢更激烈的大叫掩过去了，那是蔡无汤的大叫：“今天就为蔡家清理门户。”吼声中，飞身朝田长老扑去，蔡有勺、蔡有瓢见叔叔动了手，也 各挥茅勺、茅铲，冲向田长老。

原来，田长老没有料到蔡氏叔侄已秘密来到莫邪，大意之下，稍稍表现出了蔡倚窗的特征：走路时总要先摸摸右膝盖，左手掌心向外甩两下。

蔡氏叔侄一生以追毙蔡倚窗为已任，对这种特征自是刻骨铭心。他们从大平跟到首宁，又没了蔡倚窗的踪影。叔侄三人一番计较，觉得蔡倚窗也许会在莫邪出现。果然，一番观察后，认定眼前这个神秘教派中的“田长老” 就是蔡倚窗。

蔡倚窗见“三蔡”突然显身，心中恼怒，道一声“你们终于还是找来了”。

原来，崇祯五年，他因贪弊被革职，经年的积蓄又在太行被劫，家人也被尽数杀害。只身逃出后，往投儿女亲家被拒之门外，走投无路的刚要悬梁自尽，却给神秘教主救下。

他满怀大恨，决意练武报仇。他夏练三伏，冬练数九，常常练得废寝忘食，通宵达旦，稍有怠懈，必定用严厉的法子处罚自己。

如此十五年后，他的绝魂真气和搜灵掌已大有境界。

蔡倚窗颇善运筹，在体察人心短长方面也往往能补教主之不足， 便顺理成章成了教主麾下最重要的长老，为教主掌管着最可怕的一支生力军—— 搜魂冲锋队。

在蔡倚窗全心全意地为教主收罗并训练搜魂手时，教主也终于同意他去报仇了，当然，他的名字已叫田长老。

他用最血腥的手段将劫他钱物、杀他家人的太行“众虎”和拒绝他进门的亲家干苑秋一门尽数屠戮。

现在，见“三蔡”不要命地疯狂扑过来，蔡倚窗聚起绝魂真气，提起搜灵掌，迎了上去。他打定主意灭了他们，省得以后他们不断找麻烦。

李文贝在教主阴冷的掌力中，将胡春儿拨到身后，又趁着和 教主对掌的一瞬，左腿滑出， 将养月儿扫向司马丹、难天那一侧。

教主和李文贝对了一掌后，右手中指忽然竖起，捅向李文贝的左肋；左掌斜劈，抓向李文贝肩头。

李文贝全然不顾，还是一招“乱石穿空”，瞄着教主胸腹拍过去。

教主急忙缩左手，右掌翻出，拍向李文贝手背，等李文贝也直起右掌迎来时，教主手掌微握，中指勾向李文贝的左肩。

李文贝急忙侧身闪开，同时双掌齐出，向教主的右手夹拍过去。

教主突然转身，避开李文贝的掌力，接着，左掌一挥，朝距他一丈开外的司马丹虚拍一掌，难天知道厉害，急将司马丹撞开，双掌齐出，推向教主。

教主冷笑着，右臂直直的从难天掌力中探进来，亦挥亦勾之间，已欺近难天，抬手便将难天手腕拿住，顺势将难天掷向大吼着冲过来的苦日。

苦日张开双臂将难天接住，孰料那教主的绝魂真气用得异常神妙，就在苦日毫不费力地将难天接住时，教主加在难天身上的绝魂真气才猛然发作，那情形就像苦日接住别人投过来的一块大石头，尚未站稳，又有石头撞上来。

只听“嘭”的一声闷响，苦日、难天二人抱成一团，向后直飞出两丈余后，重重地摔在地上，随即晕了过去。

这样，养月儿便完全暴露在教主的掌下了，眼见随着那教主左掌挥出，养月儿纸鹞一样飞起来，李文贝高高跃起，将养月儿接住。

只觉养月儿浑身冰冷，抖得厉害，落下来定睛看时，却见她两眼紧闭，脸上毫无血色，伸手去探鼻息时，哪里还有呼吸的迹象？

教主三拳两式将莫邪“三圣僧”打得一塌糊涂，拍手转身，已欺至蔡氏叔侄和田长老剧斗的地方。

蔡无汤的烟管还冒着烟，散着呛心熏肺的霉草味，蔡有勺、蔡有瓢的茅勺和茅铲则漾着阵阵的恶臭，三人嘴中“赫赫”有声，虽多处带伤，仍全力向前。尤其是蔡有瓢左肩肩头连中两掌，肩骨已经碎裂，仍蹈死不顾，即便已经察觉身后有人过来，是敌是友，也不管了。

教主两手且探且扬，左手蔡无汤，右手蔡有勺，抓起二人，朝后掷出去。

蔡有瓢本就伤重难支，一旦身边没有了叔叔和弟弟，更是难以为继，被田长老一掌击在胸部，“闷哼”一声，仰天向后跌倒，登时气绝身亡。

第二十八章 重伤

那教主“冷哼”一声，嘴里不知说了句什么，转身掉头而去。

随后，数十蒙面人在田长老、莫团头的带领下，出了回龙谷。

李文贝还要追，木瓜老人阻止不住，将他暂时点了穴道，交给司马丹。

待司马丹安顿好李文贝，抬头看时，哪里还有木瓜老人的身影？

回龙谷内，亭坍树倒；四处狼藉，满目萧索。

“三圣僧”尽皆带伤，“三蔡”二死一伤，胡春儿伤势也不轻，而养月儿，简直是气若游丝，看上去也挨不到天明。

海空受伤最轻，调息了片刻，即能自持；望着眼前的一切，看着兀自昏睡不醒的苦日和难天，他生平第一次感到恐惧。

南柯梦云助司马丹善后，一边默念：“天灵灵，地灵灵，是鬼还是神？”

而司马丹的思虑一直没有中断过：

二十年前出现在独柳塬李岩军帐中的神秘高手，断然和这个教主有关。

还有那个木瓜老人，说是为了故人之后才来到这里，那么，他所说的故人，是指公子李岩还是大哥胡冰，或者二人兼指？这个人到底是谁？

司马丹叹口气，她发现自己只想清了一件事，那就是：她必须在那教主卷土重来之前做好准备。

因为擅长火器的“风水二仙”在他们手上。

司马丹感到了一种从未有过的紧张。

正想着，她的身后传来一阵轻轻的脚步声，回头看时，果然是胡春儿。

胡春儿满脸忧色，问：“姑姑，月儿姑娘真的——？”

司马丹刚刚看过养月儿的情形：静静地躺在床上，双眼紧闭，蜡黄的面孔上还散着淡淡的青黑。

司马丹很清楚，倘若教主的真气在她体内还有形状的话，以李文贝的内力，或者可以追踪之，迫击之，护住她的心脉，也许还有一救。但现在，那教主的绝魂真气已混沌无迹，和她的气息、血液冲融成一体。除非有人的武功比那教主明显高，或者可以抽丝剥笋。

可这实在是一种假设，她无法想象，比那教主武功还高会是什么人。

司马丹把实际情形告诉李文贝，提醒他："贝儿，还有许多事等着我们……"当时，胡春儿也在侧。

现在，胡春儿又来问她，司马丹叹道："这姑娘也怪可怜，年纪轻轻，出落得这般标致；春儿，你是不是有话要说？"

胡春儿道："姑姑，即便那个教主和她父亲、麻隆中他们有关，月儿姑娘肯定也毫不知情。"

司马丹吃了一惊，道："春儿，你是说，那教主和杰如，和清廷有联系？"

胡春儿摇头道："不是断定，是怀疑，在还没有水落石出以前，任何人都是可疑的，包括武林中的那些名门正派。"

司马丹心中陡然一震，"哦"了一声，少顷，又道："春儿，你是不是还有话 要说？"

胡春儿正要开口，李文贝来了，问："姑姑，那姑娘当真没救了吗？"

见司马丹点头，李文贝道："姑姑，肯定还是有办法的……"

司马丹有点生气，道："是的，是有办法；除非那教主肯出手想救，但那 可能吗？"

李文贝忽然跪下给司马丹重重磕头道："贝儿无礼，请姑姑见谅。"

司马丹叹口气，将李文贝扶起，道："是姑姑不好，许多事，不是人力所能扭转的，尽了心，也就是了。"

李文贝不敢抬头，道声："是，贝儿记下了。"

将近中午，胡冰也赶到了莫邪。

他曾经的光头上现在已长出两寸长的头发，络腮胡子，虽风尘仆仆，可仍豪气逼人，神姿飘逸。

正逢苦日和难天刚醒过来，二人抖擞精神，凶神恶煞地将胡冰挡住，“咱们四处寻你，你竟然敢自投罗网。”

嚷着要报杀徒之仇，急得南柯梦云和“三小莫”一齐上去劝解，却给司马丹和胡春儿拦住。

胡冰并不反抗，只笑着作揖，口称“胡某罪该万死，请两位圣僧恕罪”。

胡冰一路赶来，听说司马丹竟成了莫邪掌门，便认定圣僧们不会对自己下狠手，只将水月精神护身，打定主意让圣僧们拳打脚踢一番，或者以前的恩怨即可冰释。可他却不知道圣僧们此时已经负伤，力量根本不足以对付他护体的水月精神，乃至感到苦日、难天的出手绵软无力时，两位圣僧已给水月精神震得跌了出去。

莫心、莫文急忙上前将师傅扶起，苦日、难天对视一眼，道：“胡冰虽然武功高强，可咱们要报杀徒之仇时，他也同样得乖乖服罪。”

随即又黯然道：“胡冰武功太高，未曾用招，就将咱们师兄弟震退，人家胡大侠并没有乘人之危，也算是放了我师兄弟一马，如此，咱们和胡冰的恩仇就两讫了，这可和掌门师妹没有关系。”

众人见圣僧们这样想，尽皆笑逐颜开。

南柯梦云道：“恭喜你们，你们心愿既了，以后浑身轻松，武功自然更会大进。”

难天道：“当然，总有一天，咱们肯定能战而胜之，以报今日之辱。”

一时大家相见。

看到女儿大难不死，更出落得沉稳大方，胡冰感到十分安慰。

司马丹对胡冰道：“未得大哥允准，三妹擅自做了莫邪掌门……”

胡冰呵呵笑道：“三妹何必如此，咱们都是江湖儿女，行事最要不得拘泥刻板，何况放眼天下，能给‘三圣僧’做掌门的，非三妹莫属；这实在是武林中的一件盛事，若有机会，定当好好庆贺庆贺。”

难天闻说，摸摸光头，不无得意地道：“想不到你胡冰也有这等眼力，足见我们师兄弟当时的决定何其英明。”

难天在“三圣僧”中受伤最重，败得也最狼狈，不过因为对司马丹有绝对的信心，是以也最能做到知耻而勇。

胡冰又和其他人寒暄几句，便问：“贝儿呢？”

胡春儿道：“表哥正在给人疗伤。”便引胡冰来到安置养月儿的厢房。

可这儿哪里还有李文贝的影子，炕上的养月儿也不见了。

司马丹很快就看见了李文贝留下的字条，那上面写着“救人要紧……姨丈姑姑勿挂念。”

胡冰道：“看来，贝儿是在我来了这儿才走的。”

司马丹点头道：“他这样做，是怕大哥阻拦。”

苦日赞道：“贝儿，好样的。”

胡冰道：“他要去救的，就是那个王爷女儿了？”

见司马丹又点头，胡冰道：“贝儿，倘你能说明情况，姨丈也自会全力助你。”

南柯梦云要去找，司马丹道：“贝儿既存这种心思，怎么会让咱们轻易找到？”说着，簌簌流下泪来，对胡冰道：“大哥，都怪我……”

难天道：“掌门师妹，那能这样说？腿长在他身上，他要走，谁能拦得住？再说，那姑娘眼见活不了多长时间了，她死了，贝儿也就回来了。”

司马丹知道事情到了这份上，也只能依难天的说法，何况这回龙谷满目疮痍，百废待兴，也实在无力铺张去找人了。司马丹便嘱众人各行其是。

山民中的青壮年也来帮忙收拾，一天过去，莫邪大庙的前后总算恢复旧观。

屋里只有胡冰、司马丹和胡春儿的时候，胡冰问胡春儿和李文贝一起坠入山谷后的种种奇遇，也问了他俩在大平和首宁的事。

胡冰问：“三妹，长梧子和瞿鹊子两位道长的故事，你听说过吗？”

司马丹道：“这事在唐人的传奇故事中有记载，但那些故事多为怪诞附会之说，哪知却确有其是，真真不可思议。”

胡冰双眉耸动，眼光湛然有神，道：“盘古开天辟地，女娲造人补天，即便是三皇五帝之说，也了无实据，但百姓津津乐道，原因何在？”

司马丹道：“大哥，三妹明白了。”

胡冰点点头道：“时间不早了，你们也去休息吧，我四周看看。”

次日，莫邪山上依旧是一片繁忙的景象，不过，比之于昨日，一切更显得井然有序，在司马丹和南柯梦云的安排下，人们都能各司其职。

苦日、难天知道日后真的任重而道远，便竭力配合胡冰的帮助，运功疗伤，在感到水月精神的博大精深后，两人方知自己的内力和胡冰相较，还是有一定距离的；而且每每想到那教主，二人就精神倍增，决意加紧练习，以求日后报仇雪恨。

临近中午的时候，在谷口守望的莫心、莫文气喘吁吁地跑上来，说是山下来了几个人，看上去武功都不弱。

司马丹道：“应该是麻隆中他们。”

话音刚落，便听谷口处有人高叫道：“我等拜见司马掌门、三位圣僧大师。”

声音远远传来，如疾风从树梢、草尖掠过，人们却听得清清楚楚。

司马丹微微跨出半步，朝身后的胡冰低声道：“大哥——”

胡冰会意，伸右手抵在司马丹肾俞穴上，以水月精神助司马丹起声应道：“三位远道而来，司马丹和三位师兄有失远迎，尚望见谅。”

这声音也如长河奔涌，挟势而出。

苦日、难天一齐随司马丹朝谷口迎去。

几步后，便见三人已走进谷来。

走在前头的，自然是自称长白掌门的清廷第一亲王杰如，他中等身材，脚步甚是沉健，虽笑容满面，但神色之间也难掩凝重。

他身后左侧是唐万敌，上身五短肥胖，两腿则出奇的细短，仿佛是插在面袋下的两根筷子，走路也不见他双臂摆动，但移动起来挺灵便；整个人的身体结构看上去如同一面袋上置一石球。他的手总藏在袖子里，想必是因为此公向来不轻易出手，江湖上流传“四川万敌一出手，送你走上地狱路”的说法，大约就是即此演绎而来。

杰如右后便是狐天下麻隆中了。

此公长得状如竹竿，下身颀长，双臂则奇短，短得如竹竿上残留的两片叶子，可他手中偏偏常年不离那把自名为“英雄扇”的扇子，双眼似睁似闭，很容易让人觉得他是个自作聪明的骗子。但此公在江湖上的影响实在大大超过毒天下唐万敌，他那一身神出鬼没的功夫“见缝插针”罕有敌手自不必说，跟踪别人更是如影随形；还有一手，据说就是能把别人口袋里的钱财弄到自己腰包里来，这更让人不寒而栗。

杰如朝司马丹并二位圣僧拱手道：“司马掌门和莫邪圣僧名满天下，老夫心仪久矣，今日得见，幸何如之？”

司马丹还礼道：“阁下言重了，想司马丹本一弱女子，家国沦亡，已无立锥之地，后蒙三位师兄抬爱，忝为掌门，三位今日所为何来，不妨明说。”

杰如笑道：“老夫此来，一者是怀疑有人欲对贵门不利，所以不揣冒昧前来示警；二者是据悉小女也因仰慕各位上了莫邪，老夫深知小女顽劣，在此多有不便，徒增司马掌门的烦恼，想把她带下山。”

司马丹道：“杰掌门，我等倒也感谢各位的好意了，但遇到意外，种瓜得豆的事情……”

她本来是要讥刺杰如鼓励养月儿和李文贝、胡春儿接近，但一想到那养月儿肯定是性命难保，便中途改口道：“司马丹也不瞒三位——”

忽听远处胡冰高声道：“三妹，客人远道而来，自当以理相待，不可给人小觑了。”

苦日道：“胡大侠所言甚是，三位请了。”

杰如察言观色，已知情形不对，可又不便直问，又暗想胡冰也在这里，或者倒也不失为一次机会，于是对司马丹和二位圣僧“称谢”毕，又迎着胡冰的声音道：“原来是胡大侠，幸会，幸会。”

但胡冰一句话后，就转身往山后去了。

杰如见胡冰终不露面，不免失望，看到这里的人个个神情落寞，又始终不见女儿出来，心中的不祥益发浓重。

难天摸着油油的光头，抚着头上的疤眼，不停地打量着麻隆中和唐万敌，起初好像还尽量克制着，可到了莫邪大庙前时，终于忍不住大笑起来。

唐万敌开始尚能强自忍耐，乃至看到难天对着自己指手画脚的样子，终于怒不可遏，道：“大师如此明目张胆，若有其他意思，就请明示，老唐接着便是。”

难天道：“不敢，我只是奇怪，以前也和二位有过照面，那时二位的尊容虽不能说像模像样，但至少也是有模有样，哪知今日一见……”

麻隆中道：“难天大师此言差矣，人不可貌相，海水不可斗量，何况，在难天大师头顶满目疮痍时，我二人对大师可是礼敬有加的。”

难天被噎，一时无话语塞。

杰如、麻隆中、唐万敌坐定后，司马丹便直言不讳地告诉他们：“昨晚，莫邪受到一伙蒙面人的袭击，而养月儿则身受重伤。”

杰如一抖，随即站起，满脸惶急道：“那，月儿怎么样了？现在在哪里？”

司马丹 告诉杰如：“李文贝带着她，找人疗伤去了，如今一直没有回音。”

杰如“啊”了一声跌坐在椅子上，良久，方道：“既如此，我等告辞。”

麻隆中道："来犯莫邪的，司马掌门是否已经看出了一些眉目？"

司马丹道："恕司马丹眼拙，那教主是何门派，实难断定。"

麻隆中道声："多谢"，转身便走。

司马丹道："关于首宁的事，三位没有什么要说的吗？"

麻隆中道："凡我能说，即司马掌门所知；凡我能说，即司马掌门所疑，那也没有必要再说了吧。"

司马丹道："果然如麻先生所言，如此，恕不远送。"

胡春儿忽然出现在莫邪大庙的小径上，道："麻先生，晚辈向你道一声辛苦。"

麻隆中叹了口气，又见杰如一脸的疲惫，便道："无定河边多白骨，梦里春闺半夜泪。胡姑娘，麻某不得已而为之，铸成大错，夫复何言？"

胡春儿不再言语，转身去了。

司马丹目送几人离开，又想起李文贝，不由长叹一声。

李文贝确实是在听到了姨丈胡冰的声音后走的。

其实，在胡冰到来之前，李文贝已经决定要带养月儿走了，只是在听到胡冰的声音后，李文贝才真的走了。

李文贝最明确的想法就是追上那神秘的教主，和那教主拼命，强迫教主给养月儿疗伤，因为李文贝记住了司马丹的那句话："除非那教主肯出手相救。"

李文贝抱着养月儿悄然跃上了屋顶，又从屋顶窜上树冠，再从树冠展开追风步直入山峰，凭着印象，追向教主离开莫邪的方向。

但怀中养月儿已难以为继了，李文贝能明显地感到养月儿的身子越来越冰冷。他只得停下来为她运功驱毒。

一顿饭工夫，听见养月儿嘴里喃喃有声："我想见……想见爹爹——"

李文贝知道养月儿随时都可能气绝身亡，便改变了主意，道："你忍着点儿……"

养月儿道："求你了……"

李文贝不再说什么，只将养月儿背好，折身，朝西北直去，不料刚走了不到二里，养月儿抖得更加厉害，最可怕的是她浑身益发冰冷，就像李文贝在擒龙洞中最初挨近冷池的那种感觉。

李文贝只得止步，叫了两声，但养月儿已全无回应。

李文贝知道再这样直奔下去，不胜颠簸的养月儿绝难坚持到下山。

他四处看了看，只见左前方十几丈远的地方有一座两丈见方的小山包，山包上没有草木荆棘，足可容身。

李文贝将外衣脱下来，罩在养月儿头上，再背好养月儿，掠上山包，再次给养月儿运功疗伤。

这次，他将内力又加大了两成，而且左右手分别从风府、肾俞两处穴道同时将真气输入养月儿体内。

养月儿悠悠醒过来，用断断续续的声音恳求李文贝："不行了，不要……不要这样了，不要——"

李文贝道："你坚持住，我带你去见你爹爹。"片刻过后，养月儿道："……我想躺一会儿。"

李文贝也累得浑身酸困，便喘着气将养月儿扶着倚靠在向阳的石壁上。

第二十九章 梦乡

趁李文贝在一旁闭着眼睛运功恢复，养月儿咬紧牙，抽出舞柳剑，心中唤一声：“爹爹，你保重，女儿去了……”

她双手举剑，剑尖慢慢递向自己 的咽 喉， 觉得自己正坠入一个冰冷的深渊……

忽听“叮”的一声，养月儿的舞柳剑被击落。

李文贝大惊而起，急忙起身，便看见坡下深草中， 站着那位乱发红面人。

李文贝立即想到此人既然能够和那教主抗衡，或者也就有能力救养月儿， 急忙朝木瓜老人鞠躬道：“晚辈李文贝，斗胆请前辈救人。”

木瓜老人道：“此女中了那人的搜灵掌，恐怕神仙也难救了。”

李文贝道：“前辈武功高强，定然有办法，——老人家，求您了。”

木瓜老人道：“老夫说神仙难救，那她就是无药可救，如今那王爷正靠近回龙谷，你小子还是快点把人家姑娘送过去，让人家父女见最后一面。”说完，转身就走。

李文贝不顾一切地上前拽住木瓜老人，道：“前辈根本没有察视她的症状，如何断定她就无药可救？莫非也是因为她是清廷之人，前辈就不肯尽心吗？”

木瓜老人怒道：“你小子也是名门之后，如何说话这般无礼？”

李文贝 叩头道：“前辈若不肯出手救她， 晚辈无论如何也不答应。”说完，挺身站直，目不转睛，只死死地盯住木瓜老人。

木瓜老人冷笑道：“你小子有多大能耐，竟敢在老夫面前这般狂妄。”李文贝道：“没有能耐，只有无奈。”

二人僵持了片刻，木瓜老人的脸色首先缓和下来，笑道：“好，好，不错。”

他拍拍李文贝的肩头道：“你记好了，行侠仗义可不是简单的护花情郎。”

说着，跃到养月儿身旁，凝视了一会儿，伸出二指给养月儿把了把脉，道：“这斯将绝魂真气用这种方式逼近她的心、肺间，就是让她求生不得，求死不能。”

又道：“只有一个地方也许能有点效果，可那地方比龙潭虎穴更可怕更不堪，如果你要去的话，肯定是九死一生，你可想好了。”

李文贝道：“前辈放心，纵然是粉身碎骨，晚辈也是要去闯一闯的。”

木瓜老人再不说话，左手抱起养月儿，右手拿起舞柳剑，也没看到他身子如何变化，便“噌”的一下冲天而起，向西南那座高大的山峰纵去。

李文贝急忙跟了上去。

木瓜老人去势如电，李文贝的追风步其实也已快成了“超风步”，可还是被老人落的越来越远。

渐渐地，木瓜老人的身影已成为一个黑点，又转过几个山坡后，前面的黑点突然滑出一道更高更长的弧线，便消失在高坡的那边去了。

李文贝左脚蹬树梢上奋力一蹬，觑准半山腰上一块凸出的石棱窜了过去，又纵出十余丈，翻过这座山顶，举目四望，哪里能看见木瓜老人的身影？

忽觉一股恶臭呛鼻而来，但他无心思去分辨这种味道的蹊跷，只高叫不已，又不敢走远，围着这山头将四周巡察了一遍，可还是毫无所获。

他心中又慌又急，惊疑不定，“莫非此人另有企图？”

忽听木瓜老人喝道：“你小子嚎什么？她还没死呢？”

声音好像就在李文贝耳边响起，可当李文贝四处 瞻顾时，又不见木瓜老人的影子。

李文贝忽然想起姑姑司马丹曾提到的一种极上乘的说话功夫——截风流音，据说这种说话功夫是用内力将说的话逼聚在风中的某一位置，然后那声音随风飘到一定的距离后才突然爆裂，是以听到声音的人，就觉得说话人就在自己的耳边。司马丹推测，放眼当今武林，能用这种功夫的，恐怕只有顾方和枯心大师。

言念及此，李文贝心中一喜，“难道这位前辈是他二位中的一个？”

又听木瓜老人道：“往西北看，顺着山峰那棵最大的老松树往下跳就找到我老人家了，快点，耽搁了时辰，死了这小女，岂不败兴？”

李文贝迎着那股臭气向前走出十余丈后，来到那棵大树旁，往下看时，却见白雾缭绕，烟气弥漫，哪里能见到木瓜老人的影子？

朝下叫了两声，木瓜老人却没了回应。

李文贝捂着鼻子又左右看了一阵，确信这里就是木瓜老人所说的那个地方，摸摸腰中的救命绳，深吸一口气，纵身跳了下去。

下落不足一丈，就觉有木棍之类的东西朝自己腰间搭来，李文贝本能去挡时，那木棍忽然曲成弓形从他腋下穿过，往上一挑，已将他下坠的力量尽数卸去。

待李文贝刚刚站定，浊雾臭气中传出木瓜老人的声音，“下来就下来了，还嚎什么？……”

李文贝目力甚强，已看见养月儿倚靠在石壁上，两眼紧闭，仍是那种昏昏沉睡的样子，急道：“这地方……怎能医病？”

木瓜老人凶巴巴地道：“莫非你怀疑老夫？莫非你还有其他办法？”

老头嘴上有声音，手上有动作，不知何时已准备了一捆干柴，将火镰打着，燃起木柴，这里的浊臭瘴气便稀薄了许多，脚下一丈深的地方显现出一池黑潭。只是，这里的臭气被柴火烘成更暖的气流后，臭味似乎更加活跃，呛入口鼻后，变本加厉地搜肠刮肚，熏得李文贝连睁眼都困难。

木瓜老人向下一指道：“现在知道了吧，臭味就是从下面的黑潭里散开的，你瞧瞧，那里头有甚物事？”

李文贝探头向下一望，潭面上的东西已是一览无余：那本是一处沤泥池，三丈见方，池面上还有东西游动。

想必是为了让李文贝看得更清楚些，木瓜老人又往池中投了几枚石子，池面上立时活跃起来了：小者如指甲盖大小的爬虫，大者有两三尺长的、像水蛇一样的东西，都在池里蠕蠕而动，有的还将头高高昂起，在池面咻咻不已。

李文贝全身起鸡皮疙瘩，五脏内翻江倒海般的难受。

木瓜老人道：“这是世上能医治这女娃儿的唯一场所。”

李文贝目瞪口呆，老头儿道：“这臭池是成千上万年飞禽走兽的屎尿沤成的，加上还有各种剧毒无比的蛇、蝎、蜈蚣被老夫捉到这里安家，经过厮杀、吞并之后，留下来的自然是毒中翘楚，恶中精品。它们虽同处一潭，却不敢有一丝一毫的懈怠，从来这里那一刻起，这些毒物就处于高度紧张的状态，互相提防；唯其如此，它们才能将自身的阴厉和灵敏多变最充分地结合起来……”

老人道：“想必你小子对老夫的话肯定已有深刻的理解，那么，你就把那女娃儿扔下去吧。”

李文贝大惊道：“不理解，一点也不理解，既然那些东西如此毒恶，咬上一口就肯定是性命不存……”

木瓜老人冷冷地道：“对极了，有可能被咬上一口性命不保，也有可能一沉下去，立时就被臭泥蚀得尸骨无存。”

木瓜老人又道：“本来还有一个办法，那就是等天冷一些，可这女娃儿随时性命不保……究竟是现在就采取行动呢，还是继续等，你自己拿主意吧。”说完，再不理李文贝，身子一耸，窜上崖顶，倏然不见。

养月儿牙齿又是一阵“咯咯”作响，脸上的青气浓得好像要渗出来。

李文贝决定照木瓜老人的说法去做。

他本想唤醒养月儿告诉她这一切的，但是想到这样一个冰清玉洁的姑娘，一旦知道自己不免要被投放到这样一个污秽的所在，她肯定难过得要命。

李文贝把救命绳给她系在腰上，打定主意一俟情形不对，就把她拉上来。

但等他将养月儿抱到崖壁边时，就见潭中各种怪物或跳起来或抬起头来，嘶嘶有声，蠢蠢大动，且目光烁烁，其贪婪急切之状，尽显无余。

李文贝想到养月儿不下去固是必死无疑，而自己居然设计出这么一个“安全”的法子，一时大感羞惭。

遂后退两步，将救命绳从养月儿身上解下来，复系在自己腰间，又运功给养月儿体内输了不少真气，直到养月儿悠悠转醒。

李文贝喘了口气，伸手抓起一把碎石，击向潭中那些挺头跃身的怪虫，毙掉其中的首恶，随后抱起养月儿纵身跃下……

此时，木瓜老人已悄悄转至崖顶，见李文贝终于抱养月儿一同跃下，面显嘉许之色，暗赞：“果然难得。”

又见李文贝击打怪虫，木瓜老人大叹：“多此一举，多此一举。”

见李文贝、养月儿在池中挣扎了一会儿，沉没下去之后，木瓜老人将身一躬，也跃入臭池中。

潭中的怪虫立时“呦呦呀呀”，活跃异常。

李文贝虽抱必死之心，却也不甘心轻易被咬，见群虫扑来，便挥手乱摔、乱拍，然而这些长短不一，粗细各异的怪虫依旧蜂拥而上。

慌乱中，李文贝见一个头肥大的怪虫昂首吐舌咬向养月儿的脖子，急忙伸指弹去；但惊急之中，忘了控制呼吸，那种浊恶狠臭的味道便汹涌扑鼻。

恶臭如风如电，直从他鼻孔中呛入心肺，又在他体内炸裂开来，让李文贝昏昏难明，神志不清。

昏昏沉沉中，李文贝抱着养月儿跃起来，仰头张嘴想呼一口气，哪知又有几滴臭泥或者也是几只小怪虫溅入或钻进李文贝嘴里。

这样的掌拍身摇，换气吸气，还要护着养月儿，饶是李文贝功力不凡，百毒不侵，经了一阵摸打侧击后，也大感心力俱瘁。

偶尔一疏神，养月儿的脸上就爬了几只臭虫。

觉着养月儿向下急沉，李文贝急忙向下揽住养月儿，但他的脖子、手背及双腿各处均被不知哪一类怪虫咬住，感觉虽不创痛，却麻痒无比。

忽听“嘭”的一响，木瓜老人跃下来，摁住他的肩头，将他按到臭池的更深处，李文贝原本水性极好，下沉丈余之后，忽觉周围暗流涌动，清凉无比。

刚想揽着养月儿冲出臭池，那知心念甫动，肩头又遭了木瓜老人的大力一按，他本已被污泥和怪虫摧折得精疲力竭，哪里还能承受得住？只抱着养月儿向下直沉，木瓜老人则还在身后不断推搡他俩。

如此不知沉了多深，又被潭底湍急的水流卷入一个巨大的漩涡中，李文贝自然明白被漩涡卷进去意味着什么，他右手紧紧地抱住养月儿，其余一臂两腿奋力地挣扎着，只是这吸力实在太强，他的努力看来竟没有半点效果。

后来，便觉自己就被卷进一个冰冷的“铁桶”中，而外头，正好像有许多人在扯着“铁桶”做高速的旋转；漩涡中那巨大的声响又如许多人在围着“铁桶”棒敲槌击。

李文贝能做的，似乎只有紧紧地抱住养月儿，可全力挣扎了一阵，一个“失神”，脑袋重重地撞在石壁上……

醒来的时候，李文贝发现自己和养月儿躺在一条小溪的岸上。

水声和缓流丽，阳光晴亮温暖。

养月儿一动不动地躺着，脑袋压着李文贝的胳膊，衣衫不整，香肩粉臂，女儿气息逼人。

李文贝想把胳膊抽出来，可稍稍一动，便觉浑身上下的骨架仿佛都已经散裂，一点力气也使不出来。

李文贝不敢再看，感到养月儿一息尚存，心中略安。

如此喘息了很久，李文贝总算积攒了点儿力气，将自己胳膊从养月儿头下抽出来。

正要抬头坐起，忽见养月儿左肩有两处创口，如钱孔那么大，伤口还冒着黑血。

李文贝一惊，为救养月儿跃入臭潭的情形又尽显脑海之中，想到这创口可能是被怪虫咬出来的，当下顾不上其他，翻身过去，张嘴往养月儿伤口吸起来。

不知过了多长时间，吸到后来，李文贝只觉舌头发硬，牙齿酸麻痛痒。

等他再爬过去吸养月儿右肩的伤口时，养月儿却意外地醒过来了，乍见李文贝如此，惊怒交加，狠狠一记耳光扇过来。养月儿又晕过去了。

李文贝本想说两句什么的，舌头已不大好使，知道自己中毒已深。

他略一犹豫，又凑上养月儿的伤口吸起来，心道："事有急处，那也只能请你原谅，好在这里没人，等姑娘再醒过来，我李文贝也给毒死啦……"

直到每一处的伤口吸出来的瘀血由黑转红方作罢，此时，李文贝连睁眼的力气也没有了，心里不断念叨着："天可怜见，再让我坚持一会儿……"

忽听耳边有人道："相公，你又在讲故事了，这俩人哪是什么小夫妻……"声音滴沥婉转，如黄莺吐脆，却是一个女孩的声音，李文贝本想抬头看看，可头微微动了动，便晕过去了。

第二次醒来的时候，已在离小溪十来丈的一棵大树下。

溪水响声依旧，太阳温暖依旧，李文贝能听见鸟语，能闻见花香。

养月儿的衣裳也换了，虽然是葛布褐衣，但整洁利落。连头发也整理过了，秃髻乌发，是一种村姑的模样。伸手搭搭她的脉搏，感觉比跳入臭池以前强劲了些。

李文贝发现自己的身上换了一身樵夫或是渔夫的衣裳，身上的痛楚似也不再那么剧烈。正感奇怪，忽然听得有脚步声，还有咳嗽。

来的是一男一女，那女子手执一杆玉笛，纤步弄巧，双眼澄澈如洗，若披风而来，兼以全身一袭白衣，飘飘冉冉，像一名御风而来的仙子。

她身边的木瓜老人笑道："于于，这小子为了一个姑娘，一往无前，很不错的。"

老人声带疲倦，举步蹒跚，还拄着一根竹杖。

李文贝道："蒙二位照顾，李文贝感谢不尽，前辈……"

哪知两人浑没在意李文贝，木瓜老人只管叹道："于于，你看人家不是夫妻，可却能生死以证，亲密无间；你我虽是夫妻，本相公却只能'执子之手'……"

李文贝吃了一惊，他没有料到那女子竟是木瓜老人的妻子。

于于道："于于既然看出他俩不是夫妻，那便是相公输了……"

原来，这二人竟围绕着李文贝和养月儿是不是夫妻打赌。

木瓜老人道："认输，当然认输，莫非本相公还会失信。"说着，身子微微一斜，于于便跃坐在老人的肩膀上，刚才还飘飘忽忽的长袖，忽然拧成了软鞭，顺势在老人的背上抽了两下，叫道："得儿——驾，老木瓜；老木瓜，得儿驾，乖乖走，明天和你摆家家……"

老人一脸苦相，脚步趔趄，好不容易稳住身子后，已是牛喘不已，只拍着自己的胸脯道："唉，圣人所谓食色性也之说，欺我太甚也诱我太甚……"

于于娇笑不已："快走，否则休怪于于鞭下无情。"

老人看似力乏难继，走得却极快，在于于的一阵巧笑倩骂中，跨过小溪，转过一个小山坳，不见了。

李文贝脑袋似乎有点乱响。他打起精神，靠在树干上，想着自己先运功疗伤，然后救治养月儿；哪知内息刚刚运起，只觉丹田处一股热力直冲顶门，李文贝"啊"了一声，晕过去了。

再醒来的时候，发现身上的衣服又给人换过了；准确地讲，是有人给他换了衣服还替他重新包扎了伤口。

记忆中，依稀看见两个人的背影，其中一人好像还有点瘸，离开这里时，这人似乎恶狠狠地唾了自己一口。

李文贝不再强自挣扎，渐渐在丹田聚起一团真气，待这团真气在腹中流转三周天后，又将其导向身体的各伤处，如此半天后，痛楚大大缓减。

晚上，李文贝已能借助树干慢慢坐正了。

此时，月光如练，良夜寂寂，弥散在空中的清爽，夹杂着水气的清凉和百花的芬芳，若有若无；小溪也敛起声响，在他们脚下静静地流淌，树冠上的叶子，偶尔有微微的颤动。

天地一色，人物同气，李文贝神清气爽，恢复自然更快。

李文贝根本没有想到，这样的安排，是木瓜老人为救治养月儿的设计。

在受了毒恶之气的熏染后，又被怪虫咬成遍体鳞伤，养月儿的五脏六腑已彻底给这种浊臭之气“洗礼”了一番。

随后，他俩又在湍急的水流中被石壁磕击得几乎是体无完肤，养月儿体内原有的真气系列已遭到根本的破坏，而她所中的绝魂真气也受到强有力的冲击。

因为臭池中的怪虫，实是万毒之中最阴厉者，和绝魂真气正属于同类相克，加上木瓜老人和李文贝从旁相助，大致可以驱尽养月儿体内阴厉的绝魂真气。

不料李文贝却将臭池中最活跃、毒性也最厉害的几条怪虫击毙，致使木瓜老人的计划大打折扣。

天明的时候，有人送饭来了；一男一女，女的胳膊上挎着篮子，男的手里提一个布包，布包里面有什么不得而知，可篮子里肯定有酒。

酒香袅袅飘来，李文贝食欲不由大动。

那女人皱了皱眉，和那男人在李文贝和养月儿中间隔起一道帷幔。

那男人满脸横肉，来到李文贝身边，将包裹狠狠地甩下，不由分说，把李文贝摁倒。

李文贝大急，道：“喂，你干什么——”

那人将李文贝提起来再掼到地上，骂道：“老子给你换药！你要是再这样不知好歹，小心老子在你腿上捅出三刀六洞来。”

李文贝痛得两眼发黑，忍不住道：“这般折辱人，这药不换也罢。”

那人冷笑道：“老子这是第四次给你换药了，你现在说不换，那以前的三次该当如何？何况，老子每来一次，自然要大大折辱你一番，你能把老子怎么样？”

他说话杀气腾腾，手上的动作却甚是利落，眨眼间，已把李文贝翻来覆去地弄了好几个来回，俨若一名屠夫在砧板上摆布一只被杀的鱼。

李文贝起初还挣扎了几次，奈何力气不足，这人手劲又大得很，而且李文贝每说一句，这人手上的劲道就增一分。

李文贝只有忍气吞声，好在此人很快地就换完了药，在给李文贝穿上衣服后，又照李文贝的大腿狠狠地拍了一掌，恨恨地道：“这次，总算又完了。”

那边的女人道：“姓马的，他重伤未愈，你又何必……”

老马闻言，腾地站起来，把一块沾满了血污的布块甩在地上，道：“何必？

你要是个男人，活到这份上，比老子还次。”

那女人叹了口气道：“你若觉得憋屈，照我来就好了。”

女人说话平静如波，但老马益发暴怒：“照你来？老子敢吗？”

那女人道：“咱们来这里也很长时间了，人家对你如何，你自已也知道。”

老马冷笑道：“确实对咱不错，可普天之下能容忍这种不错的男人恐怕也只有我姓马的了。呸——”

忽听那女人咳嗽了一声，老马的愤怒立刻戛然而止。

李文贝笑道：“原来马兄也心情不好，哈哈，哈哈哈。”

老马更火，提脚要踢李文贝，听见女人又是一声咳嗽，终于忍住，愤愤地唾了一口，起身尾随女人急急地去了。

篮子里果然有酒，李文贝急不可耐地打开酒封，仰头一顿牛饮，一壶四五斤的酒顷刻入肚。他意犹未尽，可再摇酒壶时，里头已是点滴不剩。

忽听头上树叶微动，有人叹道：“相公所中意的这个人，也不过是一酒徒而已，摊上这样的男人，这姑娘也只能是鲜花插在牛粪上。”

李文贝急抬头看时，却见人影一闪，倏然不见，只木瓜老人的声音还听得很清楚：“鲜花灿烂，牛粪心甘，正如本相公和于于，若非本相公甘为牛粪，哪有我于于今日秀色可餐？”

于于笑道：“相公又在狡辩。不过，相公这样说，于于总是高兴。”

李文贝听得心跳狂乱，耳热无比，暗想人家老夫少妻在这儿缠绵，自已则竖耳倾听，实在不堪。于是便撕下一块布角，想塞住耳朵，忽听两声锐利的哨响，李文贝但觉手指一痛，手上的布角竟给击落，于于道：“相公，你瞧，那小子还嫌咱俩的话污了他的耳朵呢，其实他整日想入非非，偏偏还装模作样；这种人，最是牛粪，相公带他到这里来，无声谷从此清气不存矣。”

木瓜老人笑道：“于于所言甚是，不过，这小子已是谷外罕见的清俊人物了，想从如蚁人群中找一个比过他的，绝非易事。”

于于道：“于于有一个办法，可以让这小子更干净些。”

木瓜老人道：“于于请说。”

于于道：“莫如把他再投到那臭池中浸泡上两个时辰，以毒攻毒，两毒相克，或可化腐朽为神奇，俾其重新做人。”

木瓜老人拍手笑道："高，这主意妙极了。"

李文贝大惊道："万万不可，两位的话晚辈听了如沐春风……以毒攻毒，没有必要，没有必要，晚辈不塞耳朵便是。"

于于恼道："相公你看，他刚才还要塞耳拒听，如今又说如沐春风，可见他已集贪生怕死和阿谀拍马于一身了，污秽不堪如此，快快投入臭池中去吧——"

木瓜老人笑道："于于言之有理，不过咱们不如假以时日，看看这小子是否可堪造就，如何？"

于于叹道："……那就按相公的意思来吧。"

李文贝长喘了口气。

等他们的声音消失后，李文贝便想再凑过去看看养月儿，却听木瓜老人远远警告道："别动，那姑娘还得躺三天。"

晚上，微风轻拂，头顶风叶之声不绝于耳，这响声乘着柔腻的月光，缓缓而来，浅浅地飘荡在四周，仿佛是从月宫里散出来又掠过山峰的天籁之音。

——原来，竟有人在弹奏。

这乐音如夜水微凉，清嫩婉转，后来，乐声渐渐浓了，如水，将李文贝紧紧地浸润其中，直听得李文贝如醉如痴，心旌摇荡。

这样持续了一段时间后，有人唱起来，歌曰："月容姣好兮月生辉，我心忉怛兮我心悲，惠风依依兮惹人醉，掬我泪，心不堪兮莫能慰。"

所歌抑扬唱叹，凄清沉婉，想是曲调太过悲切，竟至栖鸟乱飞，草间群虫也惊疑不定地叫起来。

乐声如烟如雾地飘了一阵后，陡然大作，接着又听见一个女子唱起来。歌曰："独倚危楼风细细，望极春愁，黯黯生天际。草色烟光残照里，无言谁会凭栏意。拟把疏狂图一醉，对酒当歌，强乐还无味。衣带渐宽终不悔，为伊消得人憔悴。"

李文贝年过二十，于男女之事自有意会，此时便觉唱出来的那种情景，仿佛一对情侣劫后余生的破镜重圆，彼此无言，唯千行轻泪而已。

李文贝幽幽叹了口气，转头看着养月儿，见她脸色平静，月光轻轻地撒在她身上，更显得她冰清玉洁。

第三十章 横笛

李文贝看得出神，不知咏唱何时已经停息，直到三人在小溪对面冉冉飘落。

中间是白发苍髯的木瓜老人，虽然竹杖依旧在手，但满脸笑容，精神甚是矍铄，他的两侧各有一名姝丽女子。

右首那名身材纤弱，着一身粉色衣裙，月光下，如薄雾加身，只眉宇间散着很明显的愁苦，泫然欲泣，寸心欲断。

左侧那位身材高挑言笑晏晏者，是于于。

木瓜老人道："甜甜今天把这'起死曲'拨得就像天籁之音，只是本相公这'还魂调'还不能让这小子心驰神往。"

于于掩口，窃笑道："相公有自知之明，于于喜欢。"

又听木瓜老人道："自知之明么，本相公早就有了，这也算不得什么，只是相公劳累了大半晚上，你却只有'于于喜欢'这四个字，未免单调。"

于于跳起来，抱住老人的脖子将他额头吻了一下，道："这下不单调了吧？你该得到滋润了吧。"

这动作突如其来，看得李文贝目瞪口呆。

老人"咂叭咂叭嘴"，意犹未尽的样子，道："远远不够，你这不过是即兴发挥，不过是亡羊补牢，只有形，没有神……"

于于道："相公要形神兼备，那好说。"

言毕，就向老人扑上去，一直没有说话的甜甜突然隔在木瓜老人和于于中间，道："现在最重要的是看看我和木瓜的合作是不是真的已经珠联璧合了，要是真达到了预期目的，你俩再卿卿我我不迟。"

李文贝方知他三人的吹奏应该和治疗养月儿有关。

却见木瓜老人走到养月儿跟前，伸指为她把脉。

片刻后，木瓜老人的手指收回来，甜甜忙问：“怎么样？”

木瓜老人凑近养月儿又审视了一阵，道：“这姑娘目下已无性命之忧。只是少了一味最猛最厉的蛇毒，她心肺间的那种绝魂真气便难驱尽，看来……”

李文贝不知如何应对，只低头不语。

甜甜忽然陡然冲身而起，向小溪那边掠去，倏然不见。老人叹道：“甜甜此去，我心忧忧呐。只是我有誓在身，不能出谷……”

于于柔声道：“相公放心，甜甜的踩尘步、混元功有如斯境界，她那丈夫……”

李文贝听得吃惊不小，原来甜甜和木瓜老人合奏这“起死还魂曲”是为了救养月儿。

木瓜老人道：“你小子也不要高兴得太早了，老夫所能保证的，也只是她两个月的性命。你体内有一股奇怪的真力，或可助她调元养息……”

李文贝道：“前辈有话，尽管吩咐，晚辈洗耳恭听。”

木瓜老人盯着李文贝道：“如今国事未安，正是你大显身手的日子，何况你父仇未报，如今为一姑娘舍身不顾，不亦太甚？”

李文贝道：“李文贝鼠目寸光，行事每每贻笑大方，但见死不救这种事万万做不出来；至于舍身报国，矢志父仇，只要有机会，晚辈自然也不会放弃。”

于于笑着对木瓜老人道：“李文贝能做到这种地步，也实在不容易了，相公不必再考校他了。”

木瓜老人道：“这不是简单的考校，这对他二人而言，都是关乎生死的大事。”

于是，木瓜老人就将养月儿所中的绝魂真气的特征以及他让李文贝养月儿进入臭池的构思大略说了一遍。

他说他搜集、豢养这些毒虫已有十余年，目的就在于等时机成熟交给胡冰、司马丹他们，以对付那教主可怕 的武功；他找到的蛇虫，必须是同类中的“翘楚”、“王者”，因为“五毒之长，必有灵者”，为此，他曾有三次几乎被毒身亡。眼下正是大功告成之日，察觉那神秘教主蠢蠢欲动，而胡冰正往莫邪赶去，木瓜老人便想出谷和胡冰、司马丹商量对策。

但计划赶不上变化，为了救胡春儿，木瓜老人不得不强行出面和那教主比耗内力，双方实力虽在伯仲之间，但木瓜老人终究稍逊一筹。等那教主掌伤养月儿时，木瓜老人实已无力相助了。

老人自然知道那教主对伤养月儿的用心：若司马丹袖手不救，就会贻人口实；若要全力施救，也会招致非议，而且因为功力不济，施救者必然会被绝魂真气所伤。

哪知李文贝在重压之下，爆发出的内力大大出乎所有人的估量不说，他救人的想法也坚决而简单，最终逼得木瓜老人改变计划。

上述种种，李文贝又怎能想得到？

木瓜老人说完，和于于转身而去。

其实，木瓜老人并没有把一切都告诉李文贝。

就在这条小溪之畔，李文贝和养月儿昏睡了三天，那三天，木瓜老人与甜甜、于于弹唱了两次《起死还魂曲》，唱词虽不尽同，但主旋律则坚持如一。

甜甜弹奏瑶琴，木瓜老人引吭高歌，于于则从旁相助，或弄笛音，或点穴输功，他们力图让自己的努力融合天地日月之精气，以激发养月儿若有若无的生命激情。

甜甜弹奏之前，还和木瓜老人有一个坚决的约定，那就是一旦努力小有所成，木瓜老人必允许她出谷，去把她丈夫的脑袋砍下来。

那年，甜甜卖身葬父，情愿入洛阳阔佬袁方成府中抵还葬父之债，适逢此提督到袁府揩油，袁方成便把誓死不从己意的甜甜做个顺水人情，送给提督大人。

甜甜早闻此贼恶名，等被这提督强娶回府做六姨太，已萌死志。

后来，金九被南柯梦云所逼，夜入提督府，大喊着要会会提督老爷的新姨太，甜甜更是羞愧难当，一曲奏罢，就悬梁自尽，恰被秘密来到这里的木瓜老人所救。

那天晚上，李文贝曾在提督府的屋顶窥探，也想去救甜甜的，可彼时他武功远不及木瓜老人，只是看到了一道灰影闪进了甜甜的屋里，甜甜即便没了踪影。

甜甜被木瓜老人救入谷中，自然愁苦异常，时间久了，渐渐静下心来。

这位无声谷主，武功高绝自不必说，洒脱率真也是甜甜平生仅见，与之相处了一段时日，益发觉得于于所说“是真名士，自风流”殊为不谬。三年的苦练，甜甜“混元功”“踩尘步”已颇成气象。

此后，但有时间，木瓜老人便来查看养月儿，兴致到时，也能和李文贝闲话一阵。

这天，三人又谈起臭池中的怪蛇毒虫，李文贝心中愧疚，道：“要是再有些那样的毒虫就好了……”

语未完，于于跳起来指着李文贝怒道：“姓李的小子，那东西容易对付吗？稍有不慎，相公就可能中毒身亡，到时，你那小刁女丢了性命倒也罢了，你让我于于后半辈子靠谁？莫非靠你？”忽然又恍然大悟的样子，杏眼大瞪道：“对了，李文贝，你是不是想千方百计地利用相公的单纯整死相公，以达到你不可告人的目的？是不是？”

于于怒气熏人，活像一头狮子，而老人两眼微闭，了无半点没有制止的意思，李文贝只得为自己辩解道：“哪里，李文贝……怎么会？”

于于道：“怎么不会？谷外，不，就是谷内的有些人，什么事情做不出来？你肯定是想杀主霸谷，杀夫占妻。你在外头活了这么多年，什么肮脏龌龊的事没见过？ 你武功不弱，这等事自然手到擒来。”

眼见于于指斥更加飞流直下，什么“月儿姑娘 摊上你简直是她看走了眼”，什么“幸得这小子武功智力都不及相公，否则，那就大大不妙”，什么“皮笑肉不笑，最能出黑刀；皮笑肉也笑，过河就拆桥”，李文贝早已大汗淋漓，于于还没有停下来的迹象。

李文贝终于忍无可忍，振臂扬手冲着于于大吼：“你到底有完没完？纵使你在木瓜前辈眼里国色天香，但在我李文贝看来也不过如此；你凭什么说养月儿看我是看走了眼？ 我看木瓜前辈遇上你才大大……”

李文贝还在反击，但老人和于于交换个眼神，突然飞身飘去。

除了于于“咯咯”的笑声外，老人的话也在李文贝耳边回响：“此后每日中夜和午时，要为助那姑娘恢复，每次一个时辰。”

李文贝急忙躬身道：“晚辈谨遵前辈吩咐。”

李文贝睡意全无，围着这棵梧桐树和养月儿转了几圈，觉得自己的功力果然大致恢复，对木瓜老人的细腻周密不由更加感激。

梧桐树的后头有一片绿茸茸的草地，十数丈见方，草高寸许，暖绿如锦，太多的时候，李文贝就躺在草地上。

送饭的还是老马和那个女人，老马依旧 凶神恶煞。

后来，李文贝和养月儿的外伤痊愈了，换衣换药这道工序也就免了，但老马还是不高兴。

又过两天，李文贝忽然发现：其实老马寸步不敢离开那女人，他总是如影随形地跟着她，一俟发现因为发脾气和人家落开了距离，就忙不迭地急追几步。

看上去老马可以对那女人大呼小叫，看上去那女人对老马还算百依百顺，但女人言辞神色之间总显讥诮和鄙视。

更让李文贝惊诧的是，这女人虽然满身油腻，粉黛不施且双手粗糙，但仍难掩她姣好的面容。尤其是那双眼睛，浸润清亮，虽然闪烁着丝丝缕缕 的沧桑，但更给人一种世事洞 明的成熟和风韵，不久，李文贝知道她叫闲 闲。

中午，李文贝走过去，将养月儿扶起来。不管她听见听不见，先说了一通客套话，然后坐好，右掌抵在养月儿脑后风府穴上，掌指向左；左掌掌指朝下，掌心摁在养月儿的肾俞穴上，除拇指外的四指两两分叉，稍稍用劲，待真气发动后，左掌开始移动，自下而上移到右掌下端的陶道穴，然后再由上而下轻抹。

但他却遇到了极大的困难，先是，他的右掌刚摁在养月儿风府穴上，便觉着自己 的掌下泛着一层森冷之气，冷砭入骨。其次，当李文贝不得不回缩内力时，养月儿体内的森冷又会翻涌而出，直刺李文贝肺腑，让他自顾不暇，救人的努力便更难以为继。

李文贝情知自己一旦放弃，养月儿的伤情就会更加严重，是以咬着牙，身体微微前倾，再三告诫自己要坚持。

持续了片刻，李文贝略略改变了自己的救治方针，他慢慢地将左掌力道减弱，以提高右掌对绝魂真气的冲击力，他尽可能护住自己的心脉，同时也主动吸纳养月儿体内的阴冷，即便全身发冷，李文贝仍在坚持。

能让李文贝继续坚持下去的原因，还因他的丹田始终有一团热气，这热气虽然忽忽微微，但总在关键时候萌发出一种奇怪的热量，让李文贝能够继续下去。

他俩的身后，木瓜老人低声赞叹：“此子内力深，固然是得天独厚，但这种淳朴厚重的天性，则更为与生俱来，足见天道不灭……”

于于道：“这世上真还有像相公一样的人，年纪轻轻，又有这般身手，正是谷外人所说的那种前途不可限量之人……”

木瓜老人瞪眼道：“于于，你何以突然间这么俗气？莫非本相公钟情与你，就是穷途末路才转而投入你的怀抱吗？”

于于笑：“虽不是彻底的穷途末路，但至少有那么一点点关系。”

木瓜老人笑道：“于于所言甚是，我本是那人行道上的一条虫，没有被踩死，已是承天之福。”

于于听老人话中透着几分苍凉，笑道：“相公，你还是有点口是心非。”

木瓜老人叹道:“本相公确乎对谷外还有点牵挂,不过,这种牵挂也快要结束了;等甜甜回来，两个娃儿也走了，咱们，就能封谷了。”

两人说着，也始终观察着李文贝、养月儿二人的情形，此时，他二人的头顶不断地冒出白雾。

后来，雾气渐浓，又因阴冷内力作用，雾气散在他俩身上，半个时辰后，两人身上竟披了一层冰。

木瓜老人盘膝坐在李文贝右后，于于将玉笛吹奏起来，这次，她吹奏的是“无声谷主题曲”。

曲子前半章流畅自然，间以清风和煦，足令听者忘情，闻者神往。曲子的后半章格调稍变，缠绵 甜美，深幽清净。

于于吹到酣处，老人唱起来了。所歌是韦端已的《女冠子》，“四月十七，正是去年今日。别君时，忍泪佯低面，含羞半敛眉。不知魂已断，空有梦相随。除却天边月，没人知。”

正是太阳偏西的时候，梧桐树旁，群鸟翔集，飞蝶翩翩。

不久，李文贝、养月儿身上的那一层冰皮，竟有丝丝的雾气渗出。

木瓜老人见状，低喝一声：“起——”

但见他双掌疾出，内力起处，李文贝、养月儿两个“冰人”竟然平飞起来，随着老人的掌力，两个“冰人”朝小溪那边飘去；而对岸的于于也在轻叱声中，横笛而出，直指“冰人”，于是，紧紧连在一起的两个“冰人”就飘在小溪水面三尺高的空中。

木瓜老人和于于就这样用内力护持着李文贝、养月儿，直到“冰人”缓缓沉入溪水之中。

于于累得气喘吁吁，软泥一般瘫坐在溪岸上，而木瓜老人则飞身跃起，头下脚上，双掌分按在李文贝、养月儿两人的脑袋上，直到结在二人身上的冰层渐渐化去，才将李文贝、养月儿扶上岸。

闲闲来相助时，老头无力地挥挥手，道：“你还是去照顾他俩吧。”

自己搀着于于，踉跄而去。

闲闲应了一声，将李文贝、养月儿扶到树下，此时两人还昏迷不醒。

这次，老马没有跟闲闲太紧，他似乎入神地看了会儿老头和于于的背影，直到闲闲大声地咳起来，老马才给李文贝换了衣服。

“冰疗”后的第二天，闲闲和老马在梧桐树下搭起了一顶帐篷，还在帐篷内支起了一架简易木床。

老马恨道：“营生差不多就行了，那么认真，是自己要住进来吗？”

见闲闲仍一如既往，老马更恶毒：“伺候人也就罢了，那是有奈出在无奈；伺候猪狗也就罢了，因为还可以食其肉寝其皮，整日侍弄这两个有甚味道？”

闲闲没有反应，李文贝也佯张不闻，老马不免觉得有点孤掌难鸣，于是就开始“自残”：“娘的，天底下像老子这样的人比蚊子还多，如何就老子一人倒霉？”

李文贝走到闲闲身边，想帮帮她，闲闲头也不抬，喝道：“走开。”

李文贝忙不迭地退开。

第三十一章 琅嬛

直到闲闲把事情做完，老马始终在围着闲闲转圈子，战战兢兢，最后，闲闲将养月儿抱进帐篷，里外察看了一番，确信诸事完好，方挎着篮子离开。

果然，下午有雨了，李文贝围着帐篷转了一圈，确信风雨再大点也很安全。

忽然听见养月儿的声音，李文贝心里一喜，急忙进了帐篷。

远处，身披蓑衣的木瓜老人和于于将这一切都看在眼里，老人伸指点了点于于的额头，道："你说得不错，这小子果然有他至情至性的一面。"

两人说笑一阵，转身离去。

那时，他俩谁也没有瞧见，竹林深处，有一双幽幽闪亮的眼睛，正看着他们。

帐篷里漆黑一片。养月儿的呻吟很轻微，待李文贝能将里面看清楚时，见她正侧身躺着，嘴角丝丝溢血。

李文贝一惊，凑过去问："你，醒了吗？"

养月儿眼睑动了动，要努力地睁开眼，然而却不能够，只断断续续道："李少侠……是李……少侠吗？"

李文贝听她气软乏力，忙替她拭去嘴角的血迹，一面应她道："是。"

顿了顿，养月儿又道："李少侠……我冷，冷得厉害，你帮我。"

李文贝道："好，你坚持住。"

当下把养月儿扶起，还像以前那样，将水月精神缓缓输入养月儿体内。

随着水月精神的步步深入，李文贝又开始心惊难抑；因为他觉察到养月儿体内的绝魂真气似已条分缕析，化整为零地散在养月儿四肢百骸间。

水月精神增强了，这阴厉真气便"蛰伏不出"，李文贝的真气稍稍减弱，这阴毒真气便卷土重来，挟势而进，有时还能化成一股锐利之气，自李文贝劳宫穴通过他胳膊一线迫进他体内。

李文贝脑际忽然电光一闪：假如就这样让养月儿体内的阴毒真气不断的冲进来，岂不是可以大大减弱养月儿的伤痛？

李文贝自然知道这样对自己十分危险，但也顾不了这么多了。

雨停了，月光朗朗地从云层中撒照下来，空中弥散的空气鲜活清润，正是水月精神最易发挥的时候。

依着木瓜老人的安排，闲闲 蹑手蹑脚地将帐篷拆了，并没有惊动李文贝对养月儿救治。

半个时辰后，木瓜老人悄悄靠了过来。

见李文贝身子微微有点发抖，便也盘膝坐在李文贝身后，伸出右掌，按在李文贝的凤府穴上，将自已的内力控制在一二成以内，缓缓地输入李文贝体内。

配合着木瓜老人的努力，于于又在溪水对岸吹起那支《起死还魂曲》。

李文贝得了老人的相助，心胸渐渐为之开阔，思虑忧愁尽皆忘去，唯觉月光普照，水光潋滟。既而又觉水月精神和袭入自已体内的阴厉真气已融为一体。

融合起来的有木瓜老人的“混元功”，还有于于吹奏出来的真情；后来，便觉自已也如那月色水气，也如那波光雅乐，弥散在空中。

等李文贝恍然而悟，睁眼看时，养月儿仍然还在昏睡着，不过那呼吸声却明确而持久了，木瓜老人和于于已不在跟前。

闲闲和老马来了，闲闲步伐依旧冉冉如风，肩上扛着两根竹竿和类于渔网的物事，老马却是赤手空拳，唯一脸凶相，好像要吃人。

忽听养月儿 “哎呀”了一声，李文贝急忙过去，见养月儿正睁眼瞅着他，不由喜道：“养月儿姑娘，你可醒了——”

养月儿挣扎着要站起来，李文贝急忙道：“不要，姑娘还是躺着罢……”

老马恶狠狠地吼道：“你俩，够了吗？快吃饭！”

见养月儿浑身一哆嗦，打了个激灵，李文贝道：“这么大声， 你索命鬼吗？”

老马瞪眼道：“老子就是索命鬼，怎么了？你是什么东西，要老子成天给你做饭送饭……”

不料木瓜老人轻捷无声地从身后掩过来，道：“老马，当初咱们有约定，营生你可以做也可以不做。”

老马搭在腰上的手一松，整个人也矮了半截，转身向木瓜老人鞠躬道：“谷主教训的极是，老马放肆了……”

这时，李文贝才看清，闲闲所扛的，原来一副担架，她简单给养月儿喂了两口羹汤，便将养月儿抱在担架上。

老马本想过去帮忙，闲闲右脚一起，一粒石子挟着锐利的风声击向老马，老马只得闪身躲开。

李文贝也不敢多言，只眼睁睁地看着闲闲一人把养月儿“舁”走了。

说她一人“舁”走了养月儿，是因为她双臂平伸，两手握住两根竹竿的一端，那担架便稳稳地横在空中，好像担架的那头还有个人在和她配合。

眼见闲闲走得远了，老马忙将其余物事拾掇起来，跟了上去，不料因过于紧张被脚下的什么给绊得翻了个跟斗，再爬起来时，已是灰头土脸。

木瓜老人对李文贝道：“贝儿，你 吃点儿东西，咱们也走吧。”

这是老人第一次这么慈祥和李文贝说话，李文贝知道，老人肯定有新的安排。

转过一座山坳，穿过一片石林，再通过一个拱洞似的石门，老人说“到了”。

这座石门掩在一排高大松树的后头，石门两侧的近处是几座小山包，远处则是巍峨的高峰，即便走到跟前也看不到石门的存在。

过了石门，又是一处开阔的所在，景致和石门外也大致不差；不过是山包上已能看见几处屋子，皆依山而筑，有的借木成廊，有的临壁为墙。

屋子的四周，长着些疏疏朗朗不成体系的竹子，还有些李文贝叫不上名字来的奇花异草，香气扑鼻。

左侧那座山包下，还有一处十余亩大小的池塘，池水清碧，有几只鸳鸯在悠闲地戏水，远远望去，到好像是瓦碧湛蓝的天空中飘着几朵白云。

池塘岸上，有一围木栅栏，栅栏上也爬满了不同颜色的各种花草，比之于石门外头，那里倒更多些了东篱气息。

闲闲闪身出来，道：“谷主，一切准备就绪，请谷主示下。”

木瓜老人指着李文贝对闲闲道：“以后，你叫他贝儿就可以了。”

闲闲道：“是。”又向李文贝施礼道：“李公子，若有需要，只管吩咐。”

闲闲在一间木屋前停下来，李文贝见木屋的门楣上写着“存暖堂”三字。

这存暖堂从外面看似不大，里头则极是宽敞。有里外两间，布置虽极简单，但琴棋书画都有自己的位置；还有几盆花，皆清淡素雅一类。靠着北墙，有一张大床， 中间一门，用竹帘隔着。

忽听屋里有人道："外头，可是李少侠？"声音浮弱柔嫩，正是养月儿。

李文贝应了一声，正想撩起帘子进去，又缩手止住，道："啊，是我，养月儿姑娘——"

养月儿应了一声，听来还是很虚弱。

又听养月儿说她渴得厉害，想喝水，李文贝才过了那道门帘。养月儿虽也是欲语还羞的样子，但脸上洋溢着的笑容很明显。木瓜老人和于于进来了。

于于手里提着水壶，笑道："月儿姑娘这种情形，还是喝新采的泉水好些。"

她一边给养月儿倒水，一边让木瓜老人和李文贝到外屋说话去，说伺候这样一位娇滴滴的姑娘，哪里是粗糙后生做来的？

于于对养月儿道："姑娘，你想说两句感激的话呢，就说两句，不想说呢，也无所谓， 我叫于于，救你的人是我相公。"

养月儿笑道："不管怎么样，我还是得感谢你，感谢你家相公。"

养月儿在宫中长大，穿梭于各种不同身份不同层次的人中， 所以颇获各色人等的喜爱，除了她的率真随和，能言会道也是一方面。

这边，木瓜老人把李文贝带到一个叫琅嬛苑的木屋。

老人将木屋后墙的一道门打开，原来，这木屋本不过一个门面而已，琅嬛苑所遮掩的，竟是一个天然石洞。

顺阶而下，即可看到这石洞分做两部分，中间由一排整齐的石柱隔开。右首那间大的书架殷室，陈书落落大满，不知有几千几万册图书。

石壁上还挂满了李文贝从来没有见过的字画，都是各朝各代的大家名作；字有东晋王羲之父子及唐宋欧阳、颜、柳、米诸公的真迹，画有顾恺之的人物，韩干的奔马和无名氏的山水泼墨，不一而足。

见李文贝在一幅画前出神，老人指着画道："这幅自然是神 品；你看它意境清空，洛墨洗练，虽不刻意写山范水，但高树横斜， 舟子弄水，已尽得山水之神韵矣。若非心中有大丘壑，断难有此境界。"

木瓜老人又将他带到一幅字前，这字其实很难称为字，笔画和字形皆呈条纹状，如蝌蚪横走。

想必是看出了李文贝的茫然，木瓜老人道：“这个是你父亲留给我的，他日你出谷时，把它带上。”

木瓜老人见李文贝神情黯然，知是因为自己提到了他父亲的缘故，就不再多说什么，只领他来到石窟西侧石壁下几只柜子前。

木瓜老人在中间一只柜子前站定，揭开盖子，李文贝但觉一阵冷润之气扑面而来，原来柜子里装的竟是满满的金银珍珠玛瑙玉器之类。

木瓜老人又打开其他几只柜子，里面所装的也大致是这些东西，木瓜老人道：“这些都是人间珍玩……贝儿，你出谷的 时候，把这些东西全部带出去吧。”

二人出了琅嬛苑，折回存暖堂，却见屋中已摆了一桌酒饭，闲闲在桌前侍立，老马则在屋外门口拱手站着。

木瓜老人招呼李文贝上座，闲闲拦住道：“谷主，李公子一身污垢，这样坐上去，伤了谷主的胃口。”

木瓜老人笑道：“那就烦请闲闲给他收拾收拾，然后再吃不迟。”

闲闲请李文贝到不远处另外一间木屋，屋里正有一澡盆，香气馥郁，澡盆的水中还飘着几朵颜色不同的花。

闲闲做了个“请——”的动作之后，铁着脸，木然侍立，见李文贝行动迟缓，闲闲道：“这是让你洗澡，又不是用油锅炸你……”

李文贝为难道：“这个，须知……须知男女有别——”

闲闲后退两步，守在门口道：“你不洗也可以，但你休想再出此门。”

李文贝换了种口吻道：“闲闲人姐，李文贝平日看你也还彬彬有礼，如何今日竟是这个样子？”

闲闲冷笑道：“女人多变，信者实愚，你连这道理也不懂，还装模作样个什么？”

李文贝道：“既如此，李文贝走了。”说着，就想越窗而出，却听闲闲冷笑道：“这里岂能容你随心所欲？”

说话声中，右手抓向李文贝肋下，李文贝不敢小觑，急忙侧身躲开。

闲闲轻叱一声，已单足立在盆沿上，左掌则击向李文贝右肩。

李文贝暗忖：“这无声谷中的人行事个个毫无常理，我也就以其人之道，还治其人之身好了。”主意既定，人在空中飞行，突然身子一折，向后平移二尺，在躲开闲闲那一戳的瞬间，双脚一并，落下地来。

闲闲如影随形，“指锥”挟势捅向李文贝右肩，哪知李文贝竟不闪不避，拼着受痛，左手骈指而出，以指为剑，后发先至，点中了闲闲的肩井穴。

闲闲虽也戳中了李文贝的肩头，但她内力既远逊李文贝，又全没料到李文贝会突然有此一招，惊急之余，哪里还能来得及躲闪？

李文贝揉了揉肩头，闭起眼睛将闲闲架出屋外，再以极快的速度洗了澡。

打开门时，却见木瓜老人和于于正立在门外，闲闲垂手而立。

木瓜老人呵呵笑道：“好，好，该出手时就出手，这对老夫大有启 发。”

木瓜老人对闲闲道：“你出手方向不准，出手动机也不合理，罚你今日不得睡觉，苦练一宿‘混元功’。”

闲闲急忙低头道：“是。” 说完，转身招呼着老马一同去了。

几人来存暖堂吃酒，李文贝只往里看了一眼，于于便笑道：“李公子放心，那小姑娘正睡得香，一切都好着那。”

李文贝虽大感尴尬，只得表示感谢。

席间，木瓜老人突然问起他这许多年来的经历。

李文贝将自己与胡春儿随姨妈红妹子在首宁避居以及后来的种种情由一一说给木瓜老人。

当李文贝说到被困擒龙洞的种种奇怪经历后，木瓜老人心道：“此子临危不乱，受了许多艰难曲折，言语辞色了无自得自矜，倒也确有其父遗风。”

谈到高夫人首宁败亡之事，老人叹道：“数十万大顺子弟， 轰轰烈烈几十年，就以这种方式走到了尽头……”

屋中似乎沉寂了片刻，木瓜老人仰头将一盅酒喝尽，然后，看着李文贝，微笑着道：“老夫叫宋献策。”

李文贝大惊，从小就听过姨妈红妹子说过关于宋献策的故事，后来又从胡冰和司马丹那里听说了不少。

李文贝道：“宋伯伯，曾听姨丈和姑姑说过，先父和您， 还有当时的丞相牛金星牛前辈并称大顺三神士……”

宋献策喝了杯酒，方对李文贝道：“神士云云，是人们的穿凿，老夫和你父亲是万万不称的，倒是我师兄牛金星那可真是神士，名与实符。”

李文贝听说宋献策和牛金星居然是师兄弟，又惊得几乎要站起来，因为李文贝记得，在莫邪山回龙谷，宋献策曾 呼那位神秘教主为师兄……

宋献策道："不错，牛金星原本是我师兄。现在，他 的身份是'三无教'教主，就是幕后策划袭击你们的人。"

李文贝惊道："这怎么可能？姨丈和姑姑都说牛丞相意见虽然常常和家父相左，但对大顺却是忠心耿耿，而且，他在独柳塬已中毒身亡。"

于于道："中毒死亡，对一个武功高强的人来说，不是什么难事；胡冰倒也罢了，那俏燕子司马丹据说绝顶聪明，怎没有算计到这一层？"

宋献策苦笑道："牛金星行事诡秘异常，即便我曾是他的师弟，也万没料到他居然'玩得这么大'。老夫现在也只是看出了他有'三无教'教主的身份。"

李文贝道："这样说来，我父母和叔叔的屈死，都和牛金星有关系了？" 宋献策道："可以这样说，但其中也可能有别 的原因。"

对自已和牛金星是师兄弟的事，宋献策显然不想多说。倒是对自己早年和李岩的交往以及如何在大顺军中共事，多说了几句，言及李岩不肯抽身终至独柳塬亡命，宋献策每每哽咽难语。

于于道："往者已矣。如今的关键是要提醒贝儿他们，如何提防牛金星。" 宋献策道："正是此话。"

多年前，宋献策曾向李岩说过自己和牛金星的事情。然而李岩道："牛丞相在军国大事方面和你我所见不同，也未必就是另有所谋，即便他所习练的武功真的 阴狠无比，但武功的发挥，乃是运乎于心的事情……"

后来，形势急转直下，就在大顺军退出北京的那天，李岩悄悄地对宋献策道："小弟有一事相求。"

宋献策见他说得慎重，自然表示要全力以赴。

李岩将一油布包交给他，道："此物乃李岩毕生心血所得，于日后勘定内乱造福苍生必有作用。" 李岩请宋献策带上此书火速离开。

李岩又告诉宋献策一个叫无声谷的地方，说经过多年求证，已确认无声谷就在莫邪山附近，若非羁于军务，他差不多能找到无声谷了。

李岩给宋献策提供一条线索，出入无声谷的路在唐人的一幅著名山水中。

宋献策听李岩语调沉重，忧虑苦重之状溢于辞色，便劝李岩，说如今形势已非，不如一同离开。

李岩不愿。

宋献策知李岩心意已决，只得告别，简单收拾了一下，便同奉李岩之命来送他的胡冰悄悄离开。

可他也担心李岩的安危，不久就设法甩开胡冰，向南急奔。

哪知这日刚到了恒山，就受到两个武功高强的蒙面人的狙击，其中一人手持黑色铁弓，面罩虽很严密，但右眼的疤痕还是给宋献策看得很清楚。

这人对宋献策道："把李岩的书放下，允许你自尽。"

宋献策十分震惊，自己和李岩所谋绝无他人知道，如何这几人这么清楚？

"莫非是牛金星？"

宋献策也顾不上考虑太多了，抖擞精神，一番恶战后，持弓人被宋献策突然使出的"混元功"所伤。

另一蒙面人终于出手，而且使出了宋献策很熟悉的武功：搜灵掌。此人直言相告："不错，我就是牛金星，宋献策，你死定了。"

宋献策道："牛金星，你到底意欲何为？"

但牛金星不说什么，只喝命持弓人："一起上，下痛手。"

三人又对了十余招后，宋献策左腿中掌，受伤虽不重，但那绝魂真气却如冷风入内，丝丝缕缕，仿佛身体内有爬虫在蠕动，特别是膝盖、脚踝处，碎风冷浸，缠绕交织，竟让宋献策有种裹足难前的感觉。

不多时，持弓人的铁弓又扫中了宋献策的右肩，彼时，宋献策的"混元功"尚不及现在的五成，"踩尘步"也未成体系，惟师傅教他的暗器功夫"金针度人"，还没有轻易使出来，因为他知道，这是他唯一机会。

牛金星阴笑声中，拇指、食指扣握成环，捏向宋献策的咽喉；宋献策身子后仰，两脚劲蹬，踢向牛金星腋下，同时右掌直出，大拍持弓人的手腕；持弓人不退反进，铁弓划出一道半圆，绞向宋献策右臂。

牛金星身子一歪，动作快若闪电，曲臂成锤，硬磕宋献策踢来的右脚，见宋献策想撤脚回防，牛金星也陡然中途易招，五指箕张，抓向宋献策的膝盖。

宋献策忙收腿挺身，左手直取持弓人双目，迫使他动作稍一迟滞的同时，右手紧攥，迎着牛金星的右掌击去。

牛金星大叫一声“今日送你上西天”，将手上的真气再提高一成，待手掌和宋献策的拳头行将接触的一瞬，拇指突然直起，按向宋献策的手背。

哪知宋献策的五指也是突然张开，十数枚细若牛毛、白光闪闪 的银针暴散射出。

牛金星虽惊不乱，右臂直出，左掌大力拍出，挥向宋献策散出的银针，意图用强力改变金针怒射的方向。

持弓人见牛金星情势危急，长弓易横扫为直砸，狠狠地敲向宋献策的手腕，全不顾这样一来，自己的胳膊就彻底卖给了宋献策。

如此，但听“啪”“啊”“呀”三声大叫，宋献策总算为自己赢得了逃走 的一瞬。

原来，那“啊”的一声是持弓人发出的，因为持弓人的全力向前和牛金星的闪避，牛金星是护住了手腕，但他的胳膊还是中了两枚金针，那两声“啊”“呀”就是他两人负痛的叫声。

宋献策则被蒙面人的铁弓砸中了左手腕，即便宋献策做了最大程度的躲避，但那种痛彻心扉的感觉，就如有人用一把锯子锯割他的胳膊。

趁着牛金星还没有转过方向来，宋献策赶紧逃跑。

他疯狂地往前冲，跃沟攀树，提气大奔，但总能听见牛金星追来的脚步声。

如此转了不知几个弯后，宋献策从一个山坡上滚了下来，正见一猎手双手血污，全身血迹斑斑，手持屠刀，开剥一只猎物，听到宋献策那一声“救我”后，那猎手就示意宋献策往猎物的肚子里钻。

猎物的肚子刚刚剖开，内脏还堆在豁口旁，里头正散着一阵一阵的热臭。

那猎手帮宋献策钻进猎物的肚子里后，嘱宋献策“千万要忍住”。

猎手的话刚说完，宋献策听见了牛金星的脚步，听见牛金星在向猎手喝问。

猎手道了声“那边——”，随后是牛金星向“那边”急奔的脚步声，然后是持弓人追过来的声音。

那持弓人刚站定，牛金星已返回来，说“那边是处绝壁，命持弓人继续搜”。

这两人自然是一无所获，持弓人疑道：“那斯是不是跳崖了？”

牛金星道：“他身负李岩所托，岂肯轻易言死？”他命持弓人“就在这儿守着”，自己展开轻功又在附近搜查了几个来回，不久，又转回来朝那猎手吼道：“你看清楚了，他是往那边去了？”

猎手颤颤道：“当……当然，小的还看见他的腿有点瘸，却……却跑得那么快……简直比兔子还快。”

又听那持弓人道：“你要是能给咱们找到他，这些东西就是你的了。”随后，就是金属磕击的声音。

猎手却道：“大爷难为小的了，这金子虽好，可是……要不，您二位爷等着，待小的喊些人来，下崖去看看，不过，您老可得说话算数……”

就在这猎手的说话声中，忽然卷起一股阴冷的劲风，接着就是那猎手的一声惨叫；宋献策只觉自己的臀部一阵剧痛，便在猎物肚子里同那猎物尸体一同飞起来，撞在了山壁上又重重地落在一丛荆棘中。

一根硬刺刺穿了猎物的肚子后，又扎进宋献策的大腿。

直到听见牛金星二人的脚步声远去并很快消失了，过了很久，宋献策才从畜生的肚子里爬出来。

说到这儿，木瓜老人唏嘘不已，老泪纵横中；他告诉李文贝，从此以后，每次出谷，自己就把牲畜的血涂抹在自己脸上。

原来，那猎手是于于的哥哥，于于自幼父母双亡，兄妹二人相依为命，哥哥被害那年，于于不过十岁。

那天，哥哥出猎一日未归，村里人带着于于一路寻来，方知哥哥遇害。

两年后，宋献策在豪富钱谦益的私家宝库中找到了那幅唐人山水，按照提示找到了无声谷。

宋献策道：“后来才明白，你父亲当时将我支走，他肯定也看出了潜在的危机，纵然他没有察觉到牛金星的狼子野心，可他对自己的处境十分清楚……唉，你父亲殚精竭虑，最终还是不免屈死，死后还骂名在身。”

第三十二章 情疗

过了一阵，李文贝又问：“宋伯伯，那牛金星这样做又是为了什么呢？”

宋献策道：“这些年，老夫一直在思考这个问题，最初以为牛金星所谋，不过是担心你父亲威胁到他的丞相位置，现在看来，牛金星是在另起炉灶。”

于于道：“这些话以后再说不迟。”

木瓜老人恍然道：“正是，本相公总还是控制不住自己的情绪。”

于是，话题一转，容光焕发地给李文贝补讲了他和于于的故事。

于于在谷中生活了三年，出落得清水芙蓉一般，宋献策在武昌为她买了一处宅子，然后又替于于招亲。

但于于只说自己要回无声谷。

说到这儿，老人轻捋须髯，不无得意地道：“想不到老夫文不成武不就，年过半百，竟然获得了这般贴心的红粉知己，得了于于的真情，老夫自然舍不得推却，就把自己交给于于了。”

于于道：“那是不错的，自从我认识相公后，相公就常常出现在于于的梦中，说也奇怪，相公的音容举止竟和梦中一模一样；贝儿，你说，一个人要是对另一人生了这种印象，还能和别的人卿卿我我吗？”

李文贝不妨于于会有此一问，大窘，道：“那……大概是不能吧。”

于于道：“贝儿怎的还没长进？岂不闻‘言出由衷’乎？你只要称一称你表妹胡春儿和养月儿姑娘在你心中各自的分量就行了。”

李文贝益发吞吞吐吐道：“这个问题，这个……我实在没有想过，没有想过。”

于于冷笑道：“没有想过就快快想一想，也省得你在昏睡中‘春儿’‘月儿’

地叫。”

李文贝十分担心于于还会说出什么，仰头将一碗茶喝尽，大声道：“想就想了，李文贝想表妹是因为内心不安，想养月儿姑娘是因为难过……”

于于笑道：“既如此，你们彼此也不必酸文假醋，什么‘养月儿姑娘’了，什么‘李少侠’啦，这么生分，那可对月儿的伤病没什么好处。”

又过两天，甜甜回来了，满脸怒气，恨得咬牙切齿，说她那丈夫不知哪里去了。然后就不再和别人说话，只坐在那儿怄气，木瓜老人笑道：“既如此，那也是天意，或者他已经死了也未可知……”

甜甜杏眼圆睁，怒道：“你怎么说出这么糊涂的话来？去年他还活着，今年怎肯轻易死了？再说即使他死了，我没有亲见，那也不能安心。

木瓜老人见状，道：“要不，就由我出去找，若有可能，下手除去便是。”

甜甜怒气更炽，斥道：“这话更离谱。须知他只能由我来杀，别人杀了他，我还得为他报仇；你读了一辈子书，难道竟不知杀夫之仇不共戴天吗？”

木瓜老人倒退两步，应道：“是，甜甜所言极是，所言甚是。”

李文贝正扶着养月儿往琅嬛苑来，听他三人说得这般起劲，只好悄然退开。

好不容易退出听不到的距离，李文贝再也忍俊不禁，“扑哧”一声笑出来，养月儿嗔道：“贝大哥，你这样笑，终究有点大不敬的味道。”

李文贝不语，养月儿幽幽叹了口气道：“他们多轻松……”

养月儿忽然脸一红，道：“贝大哥，月儿心中有一事，不说出来，实在不安。”

李文贝点头，养月儿便道：“贝大哥，月儿怎么能打你耳光呢？贝大哥你说，月儿是不是连好坏都分不清？”

李文贝将养月儿的手握住，道：“你那时伤重乏力，那哪是扇耳光，那简直就是在抚摸我。”

养月儿低头道：“贝大哥一向不苟言笑，如今也这么贫嘴，真是近墨者黑。”

忽听闲闲“冷哼”一声，道：“你俩缱绻够了吗？我家谷主有请。”

二人相视而笑，往琅寰苑而去。

可是甜甜却不见了，木瓜老人满脸萧瑟，于于笑道：“甜甜走了。”

木瓜老人招呼闲闲快点准备酒饭，道是：“边吃边乐，最能怡人情怀。”又对李文贝道：“自听说你在太白谷底喝过天酒，宋伯伯也就不敢吹嘘闲闲酿的酒了，不过，有总比没有好，你就凑合着喝吧。”

养月儿道：“各有千秋，月儿虽没有喝过太白谷底的天酒，却敢肯定那酒断然没有这种自制佳酿的脉脉温情。”

木瓜老人和于于听了，自然高兴。

饭毕，木瓜老人悄悄对李文贝道：“我已想好了一套方案，这个方案不能让月儿知道，你得做好充分准备。”他又叮嘱李文贝最近两天在助养月儿运功疗伤时，可以轻缓一些，等养月儿体内残余的阴毒之气充分活跃起来后，再对症施治。

李文贝走了以后，木瓜老人看着闲闲和于于道：“甜甜五日内不知能否回来，倘若本相公有什么意外，你们，无论如何也要继续下去。”

于于眼泪簌簌而下，哽咽道：“相公既然决定去做，于于竭力便是了。”

闲闲道：“奴婢保证全力以赴。”

这天，李文贝和养月儿来到他们曾昏睡过许久的那条小溪旁。

养月儿躺在草地上，闭着眼睛，微微泛着红晕的脸颊仿佛被风吹开的花瓣。良久，养月儿喃喃道：“真奇怪，于于姐说咱们来无声谷，第一步是要经过一处极恶浊的臭池，但每次梦见如何来这 里时，都是祥云笼罩，香气缭绕……”

李文贝笑道：“月儿，你感觉怎样，就怎样好了。”

养月儿道：“不，我一定要尽力想清那个臭池的样子，理解宋伯伯和贝大哥为我做的一切。”

李文贝道：“宋伯伯么，自然是要记住的，至于贝大哥，那就没有必要了。”

养月儿托地坐起，问为什么，李文贝道：“贝大哥已经 自然深刻地融在你心中，和你心气相通，不用想起，当然也不会忘记……”

养月儿道：“好啊，原来你变着法子开我的玩笑。”说着，起身就朝李文贝冲来，李文贝怕她摔倒，也不躲避，只顺势将月儿的双手攥住，养月儿本就伤重未愈，这一折腾，便吁吁急喘起来。

李文贝和养月儿也去过琅嬛苑的藏宝洞，那日，于于在侧，笑着说他们出谷时，月儿可以将这里喜欢的东西尽可取去。

养月儿笑道：“万水千山总是缘，这些东西既在这儿生了根，岂可夺爱？”

于于道：“缘分一说，虽然贵在随遇，也贵在争取，要知道一花一世界固然也是一种结果，可要是能和周围的许多花一道万紫千红，境界岂非更高？”

养月儿道:“于于姐说得对,不过月儿想,禅家说的那花,也未尝不可以是尘埃,‘一花’和万紫千红都是大境界,可零落成泥也暗香如故呢。”

于于只好直白道:“月儿,于于姐也是过来人,咱们说话做事总要往同一方向努力,才能有好效果,若是南辕北辙,不是枉费了许多人的苦心?”

养月儿看看在远处和木瓜老人正说话的李文贝,黯然道:“若是为了别人,他肯定也能像宋伯伯那样,可对他自己,他永远以他父亲和胡大侠为偶像的。”

于于闻言,怔了怔,道:“不错,月儿,还是你了解他。”

这日,木瓜老人将几人唤到一起,要给养月儿疗伤,他命闲闲往池塘水香榭那边把老马“安顿”好,万万不可出纰漏。

几人到齐后,老人让李文贝坐在藤椅上,养月儿则坐着地上的一块蒲团上。

闲闲一脸平静,手执一箫管,目光所在,只盯着木瓜老人。

听到于于道一声“好了”,木瓜老人的琴声骤然响起,他右手轻按,左手慢抹,琴声铿然,仿佛密林深处,古道石径,有人拄杖而来。

闲闲的箫管也和着木瓜老人的琴音吹起来。

琴音、箫声给人的感觉是,高风之中,仿佛有人在峰顶极目远眺;远处,大海白浪汹涌,间有海鸥空中盘旋,鸣声凄清。

渐渐地,乐声趋于平缓,就如风平浪静 的海面,岸上却是一阵隐隐约约的呜 咽。

接着,于于唱起来了,踏着木瓜老人的节拍,和着闲闲的音律,轻歌曼舞。

开始,还能看清她是在木瓜老人和养月儿身边,翩翩跹跹,后来她步伐渐渐加快,看不清她 的身形,只是一团白雾在眼前飘动。

木瓜老人唱道:“记得小苹初见,两重心字罗衣,琵琶弦上诉相思,当初 明月在,曾照彩云归。”

木瓜老人且弹且唱,他长久地看着脚步轻移箫声不断的闲闲,而闲闲也时不时地冲着老人点点头,俩人的诚恳和坦荡,就如给远山着了色的夕阳,流丽也辉煌。

忽然,三人的奏和 弹 唱又变了格调,是初入谷时李文贝曾经听过的“还魂曲”。

听见于于一声欢叫,抬眼看时,却见于于已轻落在木瓜老人身旁,颔首挑肩,左手轻探,弹起琴来,而木瓜老人也已收起左手,只留右手弄弦。

李文贝于声律,实在是“门外汉”,但自来了这无声谷,熏陶渐染,稍稍有点意会,见木瓜老人和于于各出一手,仍能将瑶琴奏得这么优雅、和谐,深知除了本身必须要具备高超的弹奏技艺外，他二人还得真正“心心相印”。

闲闲踱到木瓜老人和于于身后，她神采飞扬，仪态万方，箫声清厉深迈。

不久，琴箫声的内容又发生变化了，好像群山涧壑之中刮起了秋风，秋凉瑟瑟，草木惊悲；琴音、箫声，仿佛是山间荒径衔枚疾走的残兵，在惊恐之中苟延残喘。

这种惊悸持续了不久之后，闲闲的箫声陡然拔高，木瓜老人和于于的合奏也随之高昂，两人二手一阵急拨紧按后，倾耳而至的是漫天的肃杀之音，如鱼阳鼙鼓动地而来，风起云涌，阴风怒号。

所幸这种调子并没有持续多久，随着闲闲的箫声逐渐回落，老人和于于也似乎停下来了；箫声消失了很长时间，琴音总还那么有一下没一下地响着，藕断丝连。

李文贝只觉心中悲苦万分，情绪实在难以自已，而养月儿已是泪流满面。

忽听老人沉声喝道：“开始——”声出掌起，左手一抹一击中，那瑶琴急如电闪，飞向哀苦伤悲的养月儿。

于于抢步窜出，后发先至，抓住养月儿的肩头将她提起来，就在间不容发的一瞬，竟将养月儿置放在瑶琴上。

跟着，她胳膊微抖，搭在手臂上的长丝带已将养月儿和瑶琴绑 缚在一起。

闲闲也踏步向前，手中箫在急速飞行的瑶琴上一磕，那琴便带着平躺在上面的养月儿快速旋转起来。

木瓜老人挺身而起，双掌齐出，击在养月儿双脚的涌泉穴上，于于和闲闲也各出一掌，每人扯住了养月儿一只手，掌力所对，是养月儿的劳宫穴。

三人围着躺在瑶琴上的养月儿飞转起来。

但闻一声凄楚的惨叫，养月儿两口鲜血急喷而出，随即昏了过去。

听到木瓜老人召唤，李文贝奋手摇臂，挥掌向木瓜老人拍去，木瓜老人道声“好”，头也不回，腾出右掌迎向李文贝。

闲闲、于于也在老人的喝叫声中，各出一掌，朝李文贝虚拍。

瑶琴还在急转，烛光已被劲风带灭。

木瓜老人的掌力绵密沉厚，闲闲 和于于的掌力虚虚实实，若有若无，因为担心伤了养月儿，李文贝的出手此时其实很被动。

这样，四人随着瑶琴和躺在瑶琴上的养月儿又持续旋转了半个时辰，李文贝听见了闲闲和于于微微的喘息声。

忽听于于道："贝儿，你必须加大力度——"

见木瓜老人一脸凝重地点头，李文贝双掌上下一提一压，已摆脱他三人的牵制，稍稍后退半步，双掌一错，挥掌朝于于和闲闲的方向竖切下去，听木瓜老人叫道："小心，控制旋转。"

登时风声飒飒，接了李文贝几掌后，木瓜老人挺身奋起，在空中一个圆转，手脚换位，将养月儿两腿带起后，自己的双脚踩着养月儿的双脚上，双掌迎向李文贝。

闲闲和于于也已同样的动作踩在养月儿的手上，闲闲踩着养月儿左手，于于则踩着右手，两人均是单足而立，居高临下，一齐向李文贝虚拍。

情景看上去倒是昏迷不醒的养月儿一手托着一人，两脚 则举着木瓜老人。

在半空中旋转的瑶琴只是向下稍稍沉了一尺余，速度反而更快了一些。

李文贝随着他三人的移行换位，将掌力上移，但听"嘭"的一声，李文贝已和木瓜老人对了一掌，老人略微颤了颤，即已稳住。

对了几掌后，李文贝便感到在他和老人之间形成了一个巨大的旋涡，这旋涡非但"吸收"了李文贝拍出去的大部分力道，同时也消去了他掌力中固有的风浪之声；而闲闲和于于虚实难定的出掌， 又像两条的暗渠，分去了不少李文贝攻出的内力。

又见木瓜老人身子前倾，右掌成拳，朝李文贝左肩直压下去，待李文贝仰身躲避时，木瓜老人和闲闲二人已交换了位置：闲闲和于于分别站了在养月儿的双脚上。

于于、闲闲出掌劲拍李文贝右肋， 木瓜老人则趁机揽起养月儿的双手，让她两掌黏合在一起，成拜佛之势向上竖起，接着，飞身跃起，左脚竟踩在养月儿额头的印堂穴上， 左掌一挥，迎向李文贝拍出来的掌力。

但听"啪""啪"两响，李文贝只觉一阵绵密和暖的内力竟从自己的双掌中溃决而出，如此几个来回后，李文贝忽然明白：包括他在内的四人，所以转得这么流畅，与他的强力推动有很大关系。

现在，李文贝难以自控了，因为木瓜老人已成功和李文贝绞缠在一起，有闲闲和于于的"推波助澜"，李文贝想让自己的奔行慢一些也毫无可能。

其实，这正是木瓜老人他们制定的方案，也是对养月儿毕其功于一役的治疗。

步骤是，先以“还魂曲”为主题的音律，全方位地激励李文贝、养月儿的生命责任感，同时，也将李文贝洗浴得柔情万种。

第二步，就是在他俩如醉如痴时突然“发难”，将养月儿体内的瘀血尽可能逼出，再利用高速旋转而产生的力量，强化养月儿体内的代谢过程。同时，还要借助外力，使养月儿的真气运转从涌泉穴而到劳宫穴，一气贯通，如此反复进行， 直到打通养月儿的任、督二脉。

当然，这里最危险的三步棋是：其一，借助的外力必须充沛，要源源不断地保证真气至少在养月儿体内流转。其二，必须保证这外力能够顺利和木瓜老人和闲闲、于于的“混元功”融成一个整体，还不能超过功力较弱的于于的承受力。其三，木瓜老人在完成换位的同时，让养月儿双手并拢，再用双脚轻点她的印堂，继续促成她体内真气的流转。

这样，五人就形成一种奇观：木瓜老人和闲闲、于于分立在养月儿的额头和双脚上，还得稍稍俯身牵着李文贝急奔。

五人三层，环环相接，在木瓜老人的引导下，“混元功”、水月精神先冲融成一个整体，激活养月儿体内全部的阴厉内力，然后利用两者的绝对优势，或将其一举吞而噬之。

李文贝自不知道这里有这么多层次的凶险，他在受了木瓜老人三人一次次的激发和“诱导”后，不断加强自己的力量，却屡屡被木瓜老人他们化为无形。

第三十三章　拒绝

李文贝忽然记起胡冰的教导，说水月精神的发挥，必须强调源源不断的自然流动，如明月临水波光潋滟，方能有效地驱邪逐恶。

想到这，便急忙敛起心中的不安。

又出了几掌，听得木瓜老人叫了声“好”，叫声中，左脚将躺在瑶琴上的养月儿勾了起来，于于则松开了对养月儿的绑缚，只听几声“铮铮嗡嗡”之后，千年乌木制成的琴架已化成一阵灰雾散去。

眼看养月儿就要落在地上，闲闲和于于的衣袖中各自飞出一条长绫，从养月儿身底穿过：闲 闲 的黄绫自右而左，在养月儿身上缠了两圈后，“噗”的一声，固定在西墙的窗框上，于于的白绫也如此这般，绫头固定在东墙 的窗框上。

木瓜老人屈身如弓，落地的同时，左手已托在了养月儿的风府穴上，李文贝也同样及时托在了养月儿后背的肾俞穴上。

尘埃未定，李文贝便觉察到情形有些不对：

木瓜老人原本很滋润 的脸上，如今隐隐约约地散着些青气，有时，李文贝还能感到老人拍过来的掌力，有绝魂真气的 阴厉特征。

待李文贝全力和这 种阴厉之气相抗时，李文贝便觉得老人呼吸轻松，脸上的青气也隐去不少，身后的 闲闲和于于似乎有点抖。

回头看时，却见闲闲尚堪支持， 而于于已是浑身战栗，牙关发抖，连眉毛、头发上也弥散着一层霜色。

感觉到李文贝真力变弱，木瓜老人急忙将真气流转过程中的那如丝如缕的绝魂真气尽数敛在自己身上，闲闲和于于心意相通，待觉木瓜老人如此，自然也“如法炮制”，以减轻木瓜老人的压力。

木瓜老人这样做，也是明告李文贝，他的水月精神只能强化而不能减弱。

李文贝终于下定了决心，他将身子一躬，把托在养月儿肾俞穴的左手腾出来握住于于空着的左手，自己用脑袋顶在养月儿肾俞穴上。

而闲闲也将自己的右手按在于于的左手背上，木瓜老人总算松了一口气。

因为李文贝脑袋顶住养月儿，客观上促成了这最后一个环节的顺利进行。

已是拂晓的时候，他们只需促成真气在养月儿体内再流转七十二周天，而这个过程，只要一个时辰。

忽然，李文贝听到屋外的风声似乎有另外一种沉重，他刚想仔细分辨一下时，琅嬛苑本就并不结实的竹门被撞开了，一个人冲了进来。

冲进来的这个人全身裹着尖厉的笑声：“啊哈哈……啊哈哈哈……”

李文贝脱口而出：“老马——”

木瓜老人急忙道：“镇定。”

老马满脸的狰狞因兴奋而灿烂成酱紫色，他左手操一只炒瓢，右手则攥着捣蒜用的铁杵，挥舞手中的家什，围着木瓜老人他们转着。

李文贝见自己几人的气流只是让老马的衣角不断飘起，而对他举步行走却没甚影响，便知这老马的内功也有相当的根基。

老马转了两圈，咬咬牙，铁杵直出，“噗”的一声，捣在木瓜老人的鼻子上，老人立时鼻血直流，而老马的铁杵也给震得脱手飞出。

闲闲和于于同时惊叫起来，李文贝急忙提高内力，通过双掌和养月儿的身体传给他们三人，助他们稳住。

木瓜老人知道自己是老马最恨之人，要是能将老马 的注意力吸引到自己一人身上，闲闲和于于就可能免遭毒手，便无限轻视地向老马 眨眨眼。

老马也深知木瓜老人的可怕，决意先将木瓜老人除去再说。

一击之下，已试探出老人的内力比自己想象的更加可怕，竟不知如何再下手。

老马并不知道，木瓜老人的内力已经为给养月儿疗伤耗得差不多了，如今震飞老马的铁杵，多半是借着李文贝传过来的真气。

老马皱皱眉头，忽然侧地一滚，滚至闲闲前，炒瓢一扬，“啪”的一声，击在闲闲的小腹上。

闲闲晃了晃，一口鲜血尽数喷在老马脸上。

老马骂声连连……

说完，转身冲出屋外，捡回被震飞的家什，将手中一把石粒向闲闲扬去。

一阵“唰刷”声过，闲闲的一身粗布衣衫，立时变得“千疮百孔”，脸上也血迹斑斑。

然后，老马又改近击为远投：他掷出铁杵和炒瓢，击中了木瓜老人和于于后，再捡起，再掷出，嘴里还不断骂。

眼见木瓜老人三人都已带伤，想到就这样下去，养月儿固然难以救治，这里的人性命也定会伤在此人手上，李文贝正要行动，听木瓜老人道：“且慢，这厮即使杀了咱们，他也找不到出谷的路。”

老马狂笑道：“老木瓜，这是老子卧薪尝胆七年不知想了多少法子。你说，老子一旦用最有趣的法子对付她们，她们还敢不告诉老子出谷的路？”

在又将几人打了一轮后，老马把铁杵、炒瓢扔在地上，三拳两脚把琅嬛苑的竹门劈散，又用散在地上的琴弦将竹材束起来，“嗤”的一声，将自己的衣襟撕下一块，缠到竹材上，——老马是要做一个火把。

几人心中大叹，情知这老马一旦放起火来，他就彻底胜了。

闲闲和于于追悔不已。

闲闲的追悔是因为没有尽早将老马逐出谷去，而是要“守”着他。

而于于的追悔是因为在动手给养月儿疗伤前，受木瓜老人的暗嘱，曾往池塘那边用重手法点了老马的穴道，现在看来，竟然被他骗了。

老马的火把已经扎成，又开始声嘶力竭：“七年，老子在无声谷就这样活了七年，受了七年的罪，还得看着你们脸色……”

老马愤怒地将余下的一条竹片掷向木瓜老人，老人急忙低头，那竹片插进了老人的头发，伤虽不深，却有血滴顺着老人的额头滴下。

李文贝和木瓜老人及闲闲、于于这才明白，这姓马的为了消除别人对他的疑心，往常故意在闲闲面前发泄两句，原来也是煞费苦心的演戏。

不仅如此，为了有朝一日能够报仇雪恨，老马还冒着生命危险，偷窥闲闲习练无声谷武功，经过五六年潜心琢磨，武功也有了惊人的突破。

今夜，老马悄悄地潜伏在琅嬛苑的窗外，在地上伏了两个时辰，直到屋中四人由“踩”着养月儿到成为“举” 着养月儿时，老马才下定决心破门而入。

那年，他的父母、哥哥因为他的狂嫖滥赌回家后还要用最不堪的手段摧残妻子，以致全家鸡犬不宁，要将他逐出家门，他先用迷香将他们迷翻，然后又举刀砍向他们时，就有过这种犹豫。

后来，他决定把两个妹妹送给提督大人的时候，就不再犹豫了。

再后来，他决定把妻子闲闲卖往熏风楼的时候，也没有犹豫。

两个打手模样的人架着闲闲出门 时，转头问他道：“连老婆都卖了，却不知马兄下一次卖什么？”

老马掂掂手中的银子道：“二位放心，马某也不是坐吃山空的人，卖了家当卖人口，卖了自家卖盲流……”

他甚至还向闲闲鞠了一躬，道：“一日夫妻百日恩，我得提醒你两句：到了那边，你啥也不用想……”

闲闲恨得五内俱焚，恨不得一口吃了他，但架着她的那两名打手，正是熏风楼多一点的手下，他们紧紧地拿住闲闲，闲闲哪里能动得半分。彼时，闲闲咬牙切齿，晕了过去。

待闲闲醒来时，却见那两名打手已昏睡在地，老马正被吊在门框上，嘴里塞着闲闲给他缝的袜子。

一个红面老人，正用皮带狠狠地抽着他，不紧不慢，却有力，一边抽， 老人嘴里还一边说，“这一下，为你的父母兄长；这一下，替你个两妹妹……”

院子里站着许多看热闹的人。

彼时，马秀才皮开肉绽，气息奄奄，好像离死真的已经不远了。

闲闲本来很高兴，可是很快她就听到人群中有人这样道： “这秀才穷凶极恶，肯定想不到有这么厉害的人物来帮他媳妇。”“这正是莫谓浮云终蔽日，枕边皆乃花心人，你若以为所有人都软弱可欺，那就错了，大大地错了。”

闲闲求木瓜老人饶马秀才一命，见老人不肯罢手，以死威胁，于是，就有了后来的故事。

闲闲在谷外已无立锥之地，木瓜老人将她，也将马秀才带到无声谷。

见老人带来闲闲倒也罢了，还有一个半死不活的腌臜男人，于于便觉不可思议，要老人收回成命，否则，后果不堪设想。

于于再三劝闲闲把老马逐出无声谷，可闲闲只是摇头不肯。

于于不厌其烦，等于于第三十九次来劝说她的时候，发现闲闲故意斜眼歪嘴，还用刀子在自己的脸上比画，声称“若再受胁迫，先毁了脸再自杀”。

冷静下来后，于于又去游说马秀才，老马开始不敢说话，乃至看到这美人和颜悦色，就告诉于于，倘若有好处的话，他当然可以把老婆送给看上她的人。

于于大怒，腾地站起来，道：“姓马的，你错了，我家世代猎户，专门捕杀牲畜……”说着，探手如爪，抓向老马咽喉。

闲闲翻身扑在老马身上，大喊：“想杀他，先杀我……”

于是，闲闲和老马成了无声谷的两名仆人。

闲闲开始跟着老人学武功。

闲闲知道老马的歹毒，她对老马的监视做到了片刻不放松。

除了表面上要求老马和自己同进同出外，闲闲甚至还让老马与拉磨的毛驴同住了两年，只要老马稍有异议，就会遭到闲闲的打。

当然，有别人时，她允许老马当着她的面发点男人脾气，她就是用这种方式告诉木瓜老人和于于、甜甜，自己是有夫之妇！

老马把燃着的火把先扔到闲闲脚下，一边狞笑着对木瓜老人道：“不要着急，下一个就是你……”

木瓜老人一声大喝：“甜甜，快救我！”

趁老马惶然回头，木瓜老人又喝一声：“起——”旋见他托着养月儿的脖子当先跃起，李文贝顶着养月儿的腰紧随其后，他的身后，是闲闲和于于。

四人亦牵亦推，步调相随，从琅嬛苑已被老马砸坏的洞门窜了出去。

等到老马醒悟时，木瓜老人等已窜出琅嬛苑。

老马举着火把追来，手中铁杵掷出，正中李文贝背部，幸得李文贝内力高强，能挺住。

眼看就要被追上，木瓜老人急道：“左拐，回折，再入琅嬛苑。”

老马没有料到出去的人会突然转身，等他也绕过两排树后，木瓜老人他们已从窗口又跃入屋中，老马发力追来时，四人抬着养月儿已逃进了藏宝洞。

老马大叫着，手中火把掷出，就在四人要关住洞门时，老马将火把扔进了洞里，正好落在养月儿身上。

四人用嘴咬肩扛，臂扭臀侧，将洞门关上，又上中下三道门闩插好。同时，将养月儿身子稍稍倾侧，令火把跌落。

等老马冲到洞门，四人已能在洞内喘息了。

木瓜老人示意大家坐下来，这样，就成了养月儿横卧在李文贝的双腿上，木瓜老人和闲闲、于于还是分托养月儿头和双脚。

养月儿双手依旧合着，听她呼吸还算均匀，几人心中略安。

洞外，老马的砸击虽疯狂至极，但这石门乃是厚逾一尺的花岗岩，门闩也是精铁所制，如果老马没有别的办法，自难入洞。

四人都已带伤，木瓜老人受创最重。

于于头发凌乱，全身发颤，但笑容依旧；闲闲则满脸血迹，泪水淋漓。

外头的老马还在砸，还在骂。

李文贝见三人渐渐平静，当下振腰挺身，竭力促进真气的运行。

其他三人既有所感，便心领神会，各自打起精神，他们都知道，即便是给老马耽搁了，但只要能顺利完成助真气在养月儿体内流转就成功了。

老马在门外忽然换了一种声调："你们要是能把那位什么养月儿格格交出来，放马某出谷，事情也可以商量的，还有余地；——喂，你们听见了吗？"

感受到李文贝内力微微异常，木瓜老人道："贝儿，不能和这等人对话。"

李文贝心中一凛，暗道："果然不错，在这等人面前退缩，岂非自堕品味？"

老马没有得到回应，气急败坏地吼道："老子烧死你们——"

他的喊声虽大，声嘶力竭，可洞中的几人好像根本没有听见。

李文贝忽觉自己左膝盖处撑着养月儿肾俞穴的地方凉气微微，不久，又散成越来越强烈的阴寒之气，接着，就发现木瓜老人三人冷颤不已。

李文贝大惊，急忙调整，在不断将内力被送出去后，李文贝还努力把从养月儿体内传过来的绝魂真气沉入自己的丹田。

他有过擒龙洞冷池的经历，这样的处理对他来说并不是太大难题。

三人的压力果然大为减轻，看到闲闲和于于稳定了，李文贝也舒了口气。

木瓜老人又惊又喜，惊的是李文贝的内力比他估计的还要强健；喜的是刚才老马气急败坏之际，将火把扔在养月儿小腹处，反而帮助了他们对养月儿的救治。

那情形就如在养月儿的那个方位安了一次拔火罐，部分地激活了养月儿体内的绝魂真气，更利于木瓜老人、李文贝他们将其捕获，直到消融。

木瓜老人明白，刚才那一阵奇寒之气，是养月儿体内绝魂真气的最后一次发作，现在，只需助真气在养月儿体内流转既可遂愿。

老马的声音从门缝中传进来了：“‘乱魂散’，老子还有‘乱魂散’……”

木瓜老人知道老马所言不假，马秀才昔年在首宁是少一尘线下的二级蛇头，是少一尘师兄弟亲自调教出来的。

老马的声音已提到最高：“数到五，老子数到五，你们要是再没反应，老子就放火，你们将被老子熏死，呛死，里头的东西也要化成灰烬……”

在木瓜老人的暗示下，四人托着养月儿，尽可能往洞里头的地方转移。

木瓜老人知道，一俟烟味毒气逼进门缝，首先沿着洞壁循环，然后，再往中央蔓延。

老马的声音还是那么清晰：“老子熏死你们……”

石洞门贴近门缝最近的地方，是木屑、布条一类燃不起大火的东西，干柴堆则稍远一些。

老马的想法是，把放火分成两个阶段，一是先把‘乱魂散’的烟雾从门缝中催逼进去，倘若里头的人终于忍不住宣布投降了，那自然是万事大吉；第二阶段就是当里头的人死不服输时，他就用大火猛烧，如此，里头的字画等名贵之物不免要化为灰烬，但金银，自然是不怕火炼的。

然而，他忽然听到有人向这边飞奔，且大声喊道：“住手——”

第三十四章 花症

原来是甜甜。

她上次杀夫失败，后改为男装出行，终于如愿以偿地找到了那人。

那人已升为巡抚，但甜甜却饶了他的性命。

甜甜逼他写出自己的种种恶行，诸如卖官鬻爵侵占民财逼良为盗杀友邀功欺上瞒下妾人妻女行贿受贿等，稍有不从，甜甜就割他一块肉。然后将此人用绳套牵出衙门，来到闹市区，脖子上挂了一木牌，上写“罪己书”。

等兵丁们闻讯赶来时，甜甜逃走了。

心愿既了，甜甜浑身轻松，满心欢喜，返回无声谷。

行程比计划缩短了两天，原本想给木瓜老人一个惊喜，哪知谷中竟是这种情形。

老马深知甜甜武功是三女中最高的，只得转头迎向甜甜。

炒、瓢一旦掷出，老马又从柴堆里，抽出一根燃着的木棒，咧着嘴，冲了上去。

甜甜凌空跃起，闪开老马的火棒，接着俯身出臂， 戳向老马眉心。

哪知老马突然奋颈甩头，大叫声中，一口浓痰狠狠向甜甜射去，甜甜只好翻身避开， 待老马的木棍呼啸着从肩头捅过去时，甜甜飞起一脚，径取老马咽喉。

老马侧转身子，左手持木棍，右手则迎着甜甜踢过来的左腿抓去。

甜甜手腕微缩，折扇已搭在老马 的木棍上，稍稍一借力，忽地腾空跃起，整个人便踩在木棍上，顺势一脚，踢向老马下颌。

老马大惊，只得丢下木棍，着地滚开，不承想用力过猛，滚下山坡去了。甜甜俯身拾起木棍，在火堆上抽打起来。

老马见状，捡起两枚鸡蛋般大小的石子，掷 向 甜甜，甜甜听得风声不对，急低头时，还是被一石子击中腰部。

等她强忍着疼痛，转身去对付老马时，老马已逃走，但当甜甜去救火时，老马又将碎石不停地掷来。

甜甜拼着被石子击中，想把火扑灭，可烈焰熊熊， 一时哪里能够，甜甜悲苦万分，只在外头哭喊：“你们怎么样啊？”

老马狂笑道：“他们已经被熏死了，你只管号丧吧。”

甜甜愤怒至极，张开双臂，扑向老马。

老马在无声谷卧薪七年，偷学到的“踩尘步”不及一分，甜甜既然全力来追，老马没逃多远，被甜甜追上，只得抖擞精神，奋命反击。

老马虽多挨了几下，可仗着筋强骨壮，还能出拳蹬脚。

甜甜没想到老马皮肉这么硬厚，虽然总能先手击中，但老马玩命般地滚扑抓击，也让甜甜感到很吃力。

这样十余招过后，两人又斗到火堆旁。

再次挨了甜甜两下后，老马忽然伸脖侧身，横身跃起，大叫着，伸拳如铁杵一般，直向甜甜小腹捣去。

眼见老马来势凶狠，甜甜向后急退时，脚下不知给什么绊了一下，踉踉跄跄，几乎跌进火堆。

老马叫一声：“死去吧——”双臂 张开，蹬 腿 跃起，如 恶 鹰 扑兔，向甜甜直扑过来。

甜甜退无可退，又见老马面目狰狞，不由方寸大乱。

正危急间，忽听藏宝洞的门缝中传出李文贝的声音：“甜甜姐，那厮武功远不及你，再过十招，他必然不支，——你不用担心我们。”

原来，觉着洞外甜甜危险，李文贝灵机一动，传话示安。甜甜听到后，果然精神大振。

就在老马穷凶极恶扑过来的刹那，甜甜双手向后一拍，竟将熊熊燃烧 的烈焰向后逼开半尺，借着微弱的反弹，甜甜腾空跃起，落在了老马的后头。

甜甜平静地对老马道：“你恶贯满盈，现在就是你恶有恶报的时候。”

老马不语，又朝甜甜扑将过来。

甜甜左手一抹，将老马带出半步，随后右掌拍中了老马的手腕。接着拔地而起，从老马头顶掠过，顺手扇了老马一掌。

老马眼冒金星，怪叫着，不顾一切地朝着甜甜抢过去，哪知 甜甜已转到他身后，双掌并出，击在老马后背上。

老马痛叫着扑倒在地，随即双臂硬撑，身子在地上打个圈，飞弹起来，脚前头后，朝甜甜直撞过来。

甜甜轻轻一纵，避开老马的撞击，右掌旋即击中了老马的脚踝。

如此又中了甜甜几掌后， 老马神智大乱，跌跌撞撞地朝洞口冲扑过去。

洞门处浓烟滚滚，老马不顾一切地抢上去，朝火堆手抛 脚踢，狂叫:“他们死了，他们已给我熏死了，熏死了……”

甜甜心中着急，正想上前，忽听一啸声从洞中传出，洞门訇然中开。

浓烟中，李文贝两臂各夹着一人，抢身直出。

老马正撞击得疯狂，不防洞门大开，一头抢进洞里。

洞中这时已浓烟大起，待李文贝放下两人，转回洞中又挟出两人时，老马的声音还在洞中狂响着：“哈哈，都是我的了……”

李文贝、甜甜合力将四人抬到坡下。

原来，木瓜老人既知决不能停止对养月儿的救治，而李文贝又明确拒绝独自逃生，事情反而简单了，便静下心来，顺其自然。

闲闲和于于与木瓜老人心意相通，自也能敛心静气。

如此，老马的歇斯底里他们就听不见了，包括甜甜在洞外和老马恶拼，木瓜老人他们也没有察觉。

但李文贝内力天成，听到甜甜的声音后，欣喜万分，又丝毫不敢惊动木瓜老人他们，心中唯愿甜甜能大展无声谷武功 的威力，将老马一举击败。

甜甜心性高洁，与老马的打斗声持续了很长时间，李文贝情急生智，急忙传声示安。

甜甜果然很快占了上风。

真气还需在养月儿体内流转，洞内已热得像火炉，李文贝依稀还闻到一种香软绵甜的味道，他知道，这是“乱魂散”进来了。

李文贝一次又一次地鼓嘴吹风，吹向木瓜老人、闲闲和于于，想把可能流散到他们跟前的“乱魂散”吹开，全不顾自已换气时，可能吸入更多。

如今，只要养月儿体内真气能坚持流转，他们就大功告成。

但于于的呼吸越来越急促，后来是闲闲身不由己想站起来，显然，不管李文贝的鼓吹多么竭力，她俩还是中毒了。

洞里的火在一瞬间燃起来了，大火逼过来时， 真气在李文贝体内刚好流转完最后一个过程……

此役，若非甜甜提早赶回，无声谷必然尽遭涂炭。

甜甜受伤最轻，和李文贝两人给伤号们喂药、助他们疗伤。

三天后，养月儿、闲闲先后醒来了，受伤最重的于于也在这天傍晚恢复了神志。但木瓜老人却一直昏睡。

老人内伤并不严重，只是脉象微微，好像随时都可能消失。

几人惊魂不定，以为老人年事已高，纵然内力深湛，可此次给养月儿疗伤耗力甚巨，又遭老马惊扰，——莫非是器官衰竭之状？

于于和甜甜想到老人向来乐观豁达，身体矍铄，这次给养月儿疗伤之前还反复强调，只要大功告成，那对所有人来说都“有利而无害”，可是他现在却醒不过来，莫非是对别人有利了，对他“有害”？

二女精神大差，茶饭不思，又不敢大声喧哗，只在老人左右哀毁骨立，伤痛欲绝。

倒是闲闲看上去较平静，自醒来后，便一直沉默。

有一天，老人忽然坐起来，冲着闲闲三人大叫：“你们这模样莫不是要吓死本人？”

慌得甜甜几人都慌忙去洗浴、化妆，李文贝也不得不慎重地整理了服饰。

满以为等这里的一切都焕然一新后，老人已醒过来，可老人发了那一嗓子后，就又恢复了原样，长晕不醒，身子也渐渐发凉发僵。

于于拨开老人的眼皮，说相公眼里的精气散了，甜甜哭道：“不可能，肯定不可能，刚才叫得声音那么大，怎么会……”

于于斥道：“什么不可能？刚才那分明是回光返照……都怨你，需要你的时候，要去砍那狗才的脑袋……”

闲闲想上来看看木瓜老人的情形，也给于于一顿斥责：“也怨你，守着一个这样的家伙，半句人话也听不进。”

养月儿说了声“于于姐息怒”，于于更怒道：“相公成了这样了，我怎么息怒？

我把姓李的小子杀了，你怒不怒？这世上哪有把别人的相公累死了，还装模作样让别人息怒的道理？这话，我最不喜欢听！”

养月儿只好抬高声音告诉她：“宋伯伯在说话那。”

此言一出，一众息声，果见老人嘴唇翕动，于于凑到他嘴边，听见老人说的是：“想吃——”

闲闲跑去水香榭精心做了碗豆腐脑，端来时，老人却勉强只吃了半汤匙。他抖得厉害，发热；李文贝给他运功，他的身体并不拒绝水月精神。但种种现象，让围在他周围的五人大惑不解。

木瓜老人就这样躺着，情形时好时坏，喝水吃饭倒也定时定量。

后来养月儿又道：“宋伯伯此症，据贝大哥讲，既不是内伤所至，那么，是不是和五脏不调六腑气滞有关？”

于于道：“关键是咱们该怎么办？怎么才能让相公恢复正常？”

后来，几人决定出谷请有名的郎中来给木瓜老人把把脉，但老人平日最忌他人进谷，此计还得悄悄进行。

计议已定，就分头行动，闲闲、李文贝和养月儿在谷中看护木瓜老人，甜甜和于于出谷去找郎中。

先是于于在次日晌午的时候，请来了陈郎中，马上，甜甜请来了杨郎中。

哪知还没有诊断，木瓜老人大叫起来：“气死我也，有生人来了，是谁弄进来的？——你 们是不是嫌老夫死 得慢了？”

三女慌得手忙脚乱，赶快把两神医的眼睛蒙住，健步如飞，送出谷外……

谷外的名医不能请，李文贝的水月精神看来效果也不甚明显，木瓜老人就这样昏睡不醒，让谷中的人整日提心吊胆。

这天，甜甜吩咐闲闲和于于照顾木瓜老人，她和李文贝、养月儿去整理琅嬛苑。

想到是为了给自己疗伤，无声谷才遭此浩劫，养月儿心下黯然，道：“日后定好好努力，多收集一些珍宝，以报宋伯伯大恩大德。”

甜甜冷笑道：“姑娘的话浅了。我入谷三年，从未见过他入洞，听说最近带李公子来看过一次，那也不过是要告诉你们，但有所需，尽可取去。如今姑娘想用宝物报答他，那是舍本逐末了。”

养月儿大惭，甜甜又道：“大抵世间的奇珍异宝，都有自己的命运、秉性的，它等既受了那斯浊恶之气的冲击，便宁为玉碎，也是洁身自好的意思。”

用了两天时间，终于将藏宝洞清理干净了，甜甜拉着养月儿的手道：“月儿，你千万记住，不要刻意去报答真心帮助你 的人……”

养月儿若有所悟。

第三十五章 乐事

这次，是李文贝先起了疑心。

因为闲闲她们的情形当时和木瓜老人也差不多，何以她们早已恢复，而木瓜老人的脉象这么长时间了，依旧是说来就来说走就走呢？偏偏又吃喝不误。

李文贝和养月儿说起自己的怀疑，养月儿道：“倘真这样，那就是宋伯伯的心智受到了摧折。”

李文贝沉 吟道：“月儿，按照你这种说法，宋伯伯应该是傻得一塌糊涂才是，可他总是在适当的时候醒过来，又该如何解释？”

养月儿道：“贝大哥，你是什么意思？你是说他老人家在装病？”

见李文贝点头，养月儿道：“这不可能吧？他为什么要装？”

李文贝摇头道：“也许我的想法是错误的。”

下午，养月儿找了个适当的机会，把李文贝的猜疑告诉了闲闲。

闲闲坚决摇头，可过了一会儿，当她一人在水香榭准备晚饭时，脑海里想起三天前的那一幕：

那天，甜甜和李文贝、养月儿去整理藏宝洞，闲闲去水香榭做豆腐，留于于一人照顾老人，当闲闲端着豆腐羹蹑手蹑脚开门时，于于正暗自垂泪。

奇怪的是，在闲闲开门的一瞬，分明看见老人的脸上有一种笑容，狡黠而神秘，可等她走近时，老人的脸色又沉重成枯黄的颜色。

现在听了李文贝、养月儿的怀疑，闲闲也有点嘀咕。

闲闲放下手中的活计，立刻悄悄和甜甜、于于交换了意见，于是，就像捅破了一层窗户纸，几人的同感马上产生。

这天傍晚，甜甜支开了李文贝和养月儿，可养月儿拉着李文贝，潜到窗下，要看看她们如何行事。

却 听于于道：“两 位姐姐，于于朝思暮想，终于想清了相公卧病不起 的原因……”

甜甜忙道：“快说，怎么回事？”

于于突然出手点了她俩的穴道，她泪光盈盈，道：“相公和我们一起救治月儿，我们能平安无事，可相公却成了如今这个样子。想必是在为月儿疗伤之初，相公就想到了危险，是在竭力回护我们，致有今日之祸。”

于于继续道：“相公神仙一般的人品，如今不能自理，要是相公清楚自己成了这个样子，自然不肯苟活。何况，谁知以后是不是永远都能保证‘病床前头有贤妻’呢？……唉，罢了，这些也不必说了。”

于于擦擦泪，道：“相公昔日不止一次说过，希望死后能葬身在一个没有沾染任何俗气的地方，于于已经想好了，东山绝壁，白云深处，就是这样的地方……”

说着，便将老人扛起，对闲闲和甜甜道：“以后年年这一天，烦请两位姐往那里烧点纸钱，也不枉你我姊妹一场……”

李文贝、养月儿虽知她三人是在“救治”木瓜老人的不醒之症，但如今听于于说的沁入肝脾，也不禁泫然欲泣。

于于说完后，扛起老人就走。

然而老人在于于的肩上大喊：“还不到时候……”

见老人果然“有诈”，闲闲和甜甜也围过来了。

……

养月儿拉着李文贝走了好远，问道：“贝大哥，你说，宋伯伯装到底为什么呢？”

未等李文贝回答，她又自顾自地道：“宋伯伯既享受柔情蜜意，又化解了她们的难过与不安，大智若愚，又细腻多情，真奇人也。”

李文贝很专注地看了看养月儿道：“月儿，这么短短的几天，你好像脱胎换骨，神情越来越像……越像另一个人了。”

养月儿紧紧挽着李文贝的胳膊，道：“贝大哥，月儿知道你说的是春儿姐姐，其实，不管是贝大哥还是月儿，都不能和春儿姐姐相比的，姑不论春儿姐姐聪睿深刻，就是她那种沉郁忧思也多半出于天性，是与生俱来，别人学不来的。”

李文贝笑道:“公主不必过谦,你身上自有一种任何人都比不上的大气,这一点,李文贝认为断然是世所罕见,何况,能把人看得这么准,自是聪明绝顶了。”

不知过了多久,忽听于于的声音传来:“贝儿,月儿,你们过来吧,相公有请。”

存暖堂已有一桌简单的酒饭,木瓜老人和于于、甜甜围坐桌前,言笑晏晏。

闲闲还在忙碌,却一扫以往忧苦之相,显得顾盼多情,温婉和煦。

见李文贝二人进来,急忙招呼坐下。

几杯酒喝下,养月儿道:“四 美既具,岂能没有雅乐?”

这次是木瓜老人横笛,于于操琴,甜甜弄箫,而闲闲则在地上轻歌曼舞。

随着缓缓地乐章,闲闲莲步轻移,且舞且唱,歌曰:“弄舞存暖堂,新衣裳,未酒玉倒怨昏黄。醉芬芳,倚情郎,玉肌香,春宵刻刻天久长。女儿不解郎衷肠,经年伴蛇恨沧桑,夜听莲花露苦长。”

闲闲歌声初罢,木瓜老人操笛在手,唱道:“无声歌却长,旧地方,相顾无言惟情长。薰暗香,弄宫商,歌悠扬,从此携手共天堂。武陵梦断为他乡,追风踩尘路茫茫,樯倾何必再踏浪。”

李文贝逸兴遄飞,也要来一曲以为助兴,却是养月儿以筷击碗为乐,歌曰:

“妹妹说江那边柳色多青青,哥哥我只看见百草丛中蝶纷纷,水波荡漾无限流啊,只盼那道是无情却有情……”

这天晚上,李文贝和养月儿就在水香榭过夜,起初,木瓜老人和闲闲他们很难为情,说“那地方——”

养月儿笑道:“山不在高,有仙则名;水不在深,有龙则灵。那里曾是闲闲姐姐住过的地方,一切就自当别论了。”

听养月儿这样说,便任由他俩自便。

夜色虽浓,李文贝和养月儿却了无睡意,养月儿支着下颌,对月良久,忽然幽幽地道:“真想不到,世上真有这种地方,真有这样的人……”

李文贝笑道:“说来宋伯伯能有今日,还得感谢月儿你呢,要不是给你看病,可能还得好事多磨……”

养月儿道:“宋伯伯早年鞍马劳顿,晚年如此,也是人生一大幸事……”

李文贝叹口气,竟然无话。

养月儿道："月儿愿意和贝大哥走一步是一步。人家宋伯伯他们是有以后，月儿有现在就是天下最幸福的人了，咱们谁也不要自寻烦恼好不好？"

李文贝急忙将被子给她盖好，只催她快点休息。

醒来的时候，已是日上三竿，洗漱完毕，就往存暖堂而来。

众人见毕，闲闲三人自往水香榭中忙碌，木瓜老人唤住李文贝和养月儿，道："从即日起，老夫要给月儿讲说无声谷武功了，贝儿可以旁听，假如老夫和月儿有什么需要相助的地方，你也可以做些力所能及的事。"

木瓜老人又对养月儿道："月儿，如今你身上内力尽去，老夫未得你同意，就要给你解说无声谷武功，虽可能有点强人所难，但这本身也是给你祛毒疗伤的组成部分，假如有一天你内伤痊愈，想 中止练习无声谷武功，老夫自然也没有话说。"

养月儿大喜，急忙给木瓜老人行礼道："师傅在上，受徒儿一拜。"

木瓜老人将身一侧，不肯受礼，道："月儿，这是为了给你医病，而不是要给你教授武功。"

养月儿见状，只得作罢。

木瓜老人稍做调整，便开始为养月儿说功。

一个月后，养月儿便可练"踩尘步"和"无声掌"了。

有一天，李文贝问："宋伯伯，倘若一个人若能真正做到仁爱无偏，是不是也可以把'无声掌'和'惊涛骇浪'系列掌法结合起来？"

木瓜老人点头道："自然可以，不过这其中有两点必需清楚，一是有恨有爱才能仁爱无偏；二是武功之间只强调联系是不行的，更应该强调融合和发展。"

后来，木瓜老人对他俩的指点越来越显得懒散了，有时两人有了疑惑，去请教木瓜老人时，老人或者三言两语，点拨一二；或者有时干脆道："想想，能想通的，何必问别人。"

说完，便和三女弹琴唱歌去了，或者侍弄瓜果、喂养鸡鸭去了。

倒是甜甜和于于很热心，对养月儿的帮助无微不至，对李文贝提出的问题，也是不厌其烦地指点。

李文贝和养月儿练功的地方主要是外谷，他们初入谷的那条小溪旁的梧桐树下，是他俩打坐的主要场所。

这天，二人将“无声掌”一路练下来，练到尽兴时，李文贝只觉心旷神怡，随着和暖的微风，飘忽游移，但见他猿臂轻舒，矫若惊龙；追风踩尘，飘若浮云。

一旁的养月儿早已停下来，看得如醉如痴，心中的兴奋比之于自己取得进步更激动。

不知过了多长时间，李文贝刚 刚收束身子停下来，便听木瓜老人在一旁拍手赞道：“好，风行水上，焕为文章；羚羊挂角，不着痕迹。变化万千又了无雕琢夸张处，颇得我无声谷武功之三昧矣。”

李文贝定睛看时，梧桐树下，除了木瓜老人外，还有笑吟吟的养月儿。李文贝朝老人行礼道：“前辈过奖了。”

木瓜老人指出，李文贝的出掌已没了刻意的棱角，唯弹指、握拳那一瞬扯出来的风声还略显张扬，显然，这是因为李文贝对内力的把握还不能应付自如。

木瓜老人还有另外一个结论，就是“惊涛骇浪”系列掌法威力固是无穷，但消耗内力也是很明显的。他嘱咐李文贝，如有机会，一定多向顾道长请教，否则，“这惊涛骇浪系列掌法，大约也只有像胡冰和你这样内力雄浑的人才能练，要是别人恐怕就不行。”

李文贝躬身答应。

一日，木瓜老人嘱闲闲办了一桌酒席，郑重地将李文贝和养月儿请到存暖堂，养月儿很不安，说自己还有一桩心事，得木瓜老人帮忙才能完成，就将木瓜老人“强请”进里屋。

饭毕，告辞出来，李文贝问养月儿和木瓜老人所谋何事，养月儿道：“本来呢，这顿酒宴的意思是宋伯伯为咱俩离开无声谷饯行的，月儿是向宋伯伯再争取一段时间，把武功练得更完美些。”

李文贝道：“原来是这样。”

第三十六章 出谷

以后的两个月，除了甜甜离开了无声谷几天，三女都是在操琴、弄笛。

养月儿也很少和李文贝在一起练武，她常常和闲 闲同出同进，弄饭做菜，听闲闲说话，接受闲闲在武功方面的意见。

有时，李文贝也问她，养月儿便说是和闲闲练一项适合女子练的功夫，名为“龟息功”。

李文贝初闻“龟息功”，便想听听缘由，见养月儿不肯多说，也就不多问。但李文贝却发现这项女子功夫和打坐有关，因为好几次李文贝催养月儿“该休息了”，养月儿只端坐不语。

有时，养月儿甚至一个白天不见踪影，李文贝习武之余，不免若有所失。吃饭时，还不见养月儿，李文贝就得小心克制自己的心猿意马，因为有一次， 李文贝不小心给于于他们瞧出端倪，于于就笑：“一日不见如三秋兮——”

闲闲于心不忍，道：“于于，你含蓄点——”

于于美目如波，继续笑：“含蓄？为什么要含蓄？贝儿尚不含蓄，我为什么要含蓄？况且这本来就光明正大——”

于于的话还没有说完，就听养月儿的声音从外头传来：“那好，那就请于于姐给咱们来个不含蓄的……”

于于道：“怎么只要有人和贝儿玩笑一阵，你就准能及时出现？”

养月儿进门道：“那要看什么玩笑了，要是于于姐的玩笑是宋伯伯说的那样，挑黄绵杏总找软的捏，月儿当然就能随时出现。”

随后进屋的木瓜老人笑道：“月儿这话有意思，我喜欢。”

于于朝老人瞪瞪眼，正要说什么时，见养月儿正笑吟吟地看着自己，便也做轻松状，笑道："不管怎么样，连相公也跟着我说'我喜欢'了，足见我的'不含蓄'效果明显，却不知月儿——"

闲闲踢了踢于于，于于改口："却不知月儿什么时候也能不含蓄一次？"

这天，于于过来传话，说相公有请。

这次，养月儿的行动很缓慢，她帮李文贝将衣服整饰了一番，可泪水却不自觉地流了下来。

见二人来到，闲闲三人借口离开。养月儿开口道："宋伯伯和三位姐姐的教诲，月儿铭记在心……"

木瓜老人嘱他俩坐好，道："老夫还有几句话要说与你二人，倘若你们觉得老夫的话在理，日后行事，也多少算个参考……"

木瓜老人打开桌上的木匣，取出一个油包，郑重其事地递给李文贝道："这就是你父亲留给我的那本书，说来惭愧，二十多年了，老夫对此书的内容居然毫不知情。"

老人叹了口气道："这世上没有一成不变的事情，老夫虽置身谷中二十多年，但谷外之事常常在胸间脑际萦回，只是老夫垂垂老矣，力不从心；贝儿，日后行事固需小心谨慎，但也不必瞻前顾后。"李文贝点头。

木瓜老人又转到关于这本书的话题，他满脸愧色， 道："两年前，当老夫想将此书交给胡冰、司马丹时，打开一看，方知此书原来竟是假的。"

李文贝和养月儿闻言大惊，齐声道："假的？怎么可能？"

打开书，看时，果见书页全是空白，只封面上写着"天械"二字。李文贝忙问："宋伯伯，究竟怎么回事？"

木瓜老人道："老夫想了两年，直到最近，根据甜甜先后两次出谷探到的消息，才总算完成了一个老夫自以为正确的结论。"

木瓜老人推测，当初李岩将此书交给他时，已被人暗中掉了包。

盗书的必然是当时的牛金星，至少与他有关。

木瓜老人道："牛金星对李岩一直是心知肚明的，他在李岩最危急的时候，盗换了《天械》，只留下了封面，又疑心李岩和老夫另有安排，这就是牛金星当时放下诸多重要的事不管，非要置老夫于死地的原因，显然，'风水二仙'的神秘失踪也与牛金星有关，这说明，牛金星他们在研制天械的过程中，肯定遇上了难以解决的问题。”

木瓜老人又道：“从现在的情形来看，牛金星在‘天械’的研制方面还没有彻底如愿，但假如能得‘风水二仙’相助，那也为期不远了。一旦他‘天械’得成，那他可就真的天下无敌了。”

李文贝和养月儿听得满身大汗，太白山那次爆炸他俩还记忆犹新。

木瓜老人站起来，拍拍李文贝的肩头，告诉李文贝，通过多年的努力和最近几次出谷印证，已大致可以确定牛金星“三无教”的总窟在武夷山赣闽交界处。

他还说，也许，牛金星自认为大功告成，得意之际，放松了警惕。

木瓜老人又补充道：“和牛金星那样的人打交道，必须把胆大心细勇敢果毅几方面接合起来，否则，后果同样不堪设想，在这方面，司马丹可谓人间奇才，再得你们相助，成功的把握还是很大的。”

旁边的甜甜接着介绍了一下谷外近期的情况。

吴三桂的动作已引起了北京方面的注意。杰如二次南巡已经结束，正在北返北京的途中。胡冰数月前曾又在莫邪出现过，住了几天后又离开了，去向不明。江湖上继华山派解散后，又有数十家门派声称解散。风闻丐帮近日要有点动作，丐帮内部的意见似乎不统一。外界的人多说李文贝、养月儿可能已经亡故。

甜甜说完，木瓜老人又道：“为了你俩行事方便，出去以后，最好暂时不要以真面目示人，你俩还活着的消息切莫让牛金星知道。”

正说着，闲闲和于于来招呼了，说酒席已经准备好。

桌上饭肴虽极丰盛，但六人实在食不甘味，举箸动杯，不过是做样子。

诸事完备后，木瓜老人便嘱闲闲和于于送李文贝和养月儿出谷。

不知走了多远，李文贝和养月儿怅然回头，却见冷风深处，木瓜老人俨如一座石雕，经风不动，养月儿潸然泪下……

顺着外谷的那条小溪，往东，在溪水尽头那座小山包的后头，闲闲和于于将他俩带入一处他们从没去过的石林。

出了石林，扑面而来的是一阵洁净爽朗的山风，又翻过一道山坡，便见一条小河傍山而流，山势和缓，水流平静。

小河两岸，树木葱茏，沿着小河走了三四里，见一条小船系在一棵大树上，四人跃上船，闲闲长竿在岸上一点，小船便疾速穿行起来。

河岸斗折蛇行，夹壁高耸，但闲闲操纵下的小船像箭一般地向前， 有时竟离开水面，御风而行。

李文贝心惊不已，有两次养月儿甚至叫了出来，但立在船头的闲闲始终镇定自若，手中的长竿左点右拨，看似信手而出，浑不着力。

李文贝自忖以自己的武功，持长竿或木浆，也能避免船毁人伤的麻烦，但若想驾驭得这么举重若轻，或和别人配合得这么天衣无缝，恐怕还大有难度。

坐在李文贝身旁，养月儿见李文贝两手比画，双脚微颤，虽知李文贝可能在思考，可哪里想到李文贝这一瞬间好像明白了武学方面一个深刻的道理。

李文贝正自“神游”，忽听于于道：“到了。”

仔细看时，小船已泊在水面的开阔处，近岸有两棵大树偃卧如虬，皮黑似铁。周围高草丛生，群雀鸣声不止。

说话中，闲闲已拨开了一堆杂草，露出一个仅可通人的石隙。

于于催李文贝和养月儿快点离开，她解释，据木瓜老人推测，这里即将要发生一次地震，山崩随时都可能发生，她指了指前面那道如苍鹰振翅的山岭：“你们立刻从那里穿过去，到了无名河畔，就算安全了。”

说完，拉起闲闲，跃上小船。

当李文贝和养月儿再次朝来处深深地鞠下躬去时，石隙里传出于于焦急的声音：“快走——”

李文贝应了一声，转身架着养月儿，朝山岭奔去，不到五里，便听身后传来一阵隆隆的响声， 接着就感到脚下一阵震颤。

李文贝心中焦急，干脆挟起养月儿，一路狂奔，很快就越过了那道山岭，看见写着“无名河”石碑后，方停下喘息了一会儿。

片刻后， 李文贝鼓足勇气，问：“月儿，下一步……”

养月儿想了想，道：“还是先去莫邪吧。贝大哥，你不用为月儿担心，见到司马前辈，我也不会像以前那样紧张了；再说，我去了，也有助于把话说清楚。”

李文贝道：“那又要委屈你了。”

养月儿笑笑：“这也没什么，我是想，要是有可能的话，我想陪你一起会会那个什么‘三无教’教主。”

李文贝道：“姑姑一定不允许的。”

养月儿笑道：“我就是这样想想而已，这样大的事，司马女侠肯定会有全盘考虑，到时，你我说的恐怕都不算。”

疾行一阵，李文贝道：“天色将晚，看来今天咱们是去不了回龙谷了，还得先找个地方歇息。”

这一晚，他俩在镇外的一片林子里落脚。随便吃了几枚野果，又闲话了一阵，养月儿便睡着了。

李文贝脱下长衫，给养月儿盖好，自己倚着树干，不知又过了多久，才有了睡意。

忽见夜雾之中，有三条人影从天而降，横在他俩前头，养月儿也被惊醒。

定睛看时，原来是养月儿的父亲杰如，他的两侧是唐万敌和无路子。

杰如瞪着眼睛，恶狠狠地对养月儿道：“这两年你始终和这臭小子在一起吗？”

只听养月儿颤声道：“女儿被那恶魔所伤，幸得李大哥拼死相救……”

杰如冷笑道：“李大哥？看来你对这小子还感恩不尽呀……”

养月儿垂首道：“女儿……如今我们已察知‘三无教’教主的底细，正要联合各方势力，将其扑灭。”

杰如怒道：“我们？你和谁是我们？……赶快随我回京，与哈穆王子完婚。”

养月儿忽地跳将起来：“完婚？爹爹，你说什么？和谁完婚？”

杰如道：“你已由太后做主，许配蒙古科尔沁亲王的世子——”

不等他说完，养月儿抓着杰如的胳膊大叫起来：“爹爹，你一向疼爱女儿，哪里会做出这样的事？女儿是决不会嫁给那什么王子的——”

杰如一记耳光扇在养月儿脸上，斥道：“这事由不得你。”

养月儿痛哭：“就不，女儿决不嫁他。”她一边叫着，一边朝李文贝身后躲。

李文贝大声道：“太过分了……你怎么忍心将女儿往火坑里推？”

杰如厉声道：“住口！与你何干？”

李文贝道：“为什么与我无关？两年来，我和月儿同生共死，真心相待……”

杰如“唰”的一声将腰中的长剑抽出来，瞄着李文贝的鼻尖，怒道：“你是什么东西？居然敢有如此非分之想，我女儿天潢贵胄，皇家千金……”

养月儿向前一步，挡住李文贝，面对着杰如寒光闪闪的剑尖，哭道：“父王，你不能侮辱贝大哥……”

杰如长剑又向前递了递，剑尖只在养月儿咽喉前闪烁，一字一句地道：你俩在一起不行。

养月儿长叹一声，她原本颤抖的身子，现在反而平静了，说话也格外决绝：“女儿今日和您把话说清楚，女儿决不会嫁什么王子，今后什么事也不会听您的了，您如果再逼女儿，女儿就死在这里。”

杰如的话同样也是冷峻如铁：“好，那就成全了你。”

说着，手腕一抖，长剑冲着养月儿的咽喉直刺过来，李文贝急忙扯着养月儿向后退，哪知双腿就如灌了铅，格外沉重，只能拼尽全力朝杰如大喊：“住手——”

杰如冷笑道：“本王先杀了你这不知天高地厚的小子。”

正要出剑时，身后转出唐万敌，闷声闷气地对杰如道：“王爷，杀鸡焉用牛刀？让我先来会会这小子。”

杰如道：“也好。”

唐万敌“冷哼”一声，两掌并起，朝李文贝前胸直推过来，而李文贝非但脚步沉重，现在连内力竟也使不出半分。

唐万敌右掌直出，将李文贝击倒。无路子从李文贝怀中把书取出来，交给杰如，然后拂尘一摆，照着李文贝兜头抽下。

李文贝拼尽全力，朝无路子迎去，哪知竟扑了个空。

原来，李文贝竟做了个梦。

养月儿也是悚然而惊，她满眼尽显恐惧之色，浑身发抖，紧紧地挨傍着李文贝，道：“做了个梦……”

李文贝心中一凛，问：“月儿，你也梦见了你爹爹？你爹爹是不是逼你——”见养月儿点头，李文贝心中明白，原来两人都做了同样的梦。

二人均感奇怪，不知如何会这般巧合，唯四目相对，顾盼无言。

养月儿心中长叹：“如果梦里的事真的发生了，不知贝大哥当如何？”李文贝心中不安：“要是这样，月儿可就真要受苦了。”

养月儿道：“人们都说，梦见的 和实际要发生的事正相反……”

李文贝两眼直勾勾地盯着养月儿，片刻后，双手忽然按在养月儿的肩头，大声道：“月儿，你答应我……”

究竟答应什么，李文贝却难以说清。

养月儿嫣然笑道："贝大哥，你急糊涂啦，养月儿怎么会嫁给王子？再说，这两年来月儿和你同进同出……"她的声音越来越低，连说话也语无伦次，"在别人眼里……月儿除了死心塌地跟着你，还能跟谁？"

养月儿心中发热，脸上发烫，说到最后，竟感到一种莫名其妙的酸楚，以后的话就再难说下去，只把头深埋在李文贝怀里，哽咽着。

李文贝听养月儿这么明白地向自己吐露衷肠，拍着养月儿的后背道："时间还早，咱们再休息会儿吧。"

然而二人俱是心事难平，尤其是养月儿，科尔沁王向朝廷求婚的事，她真的听说过。

养月儿想："可是，贝大哥又如何能梦见这些呢？莫非生命中果真有感应一说吗？如果是这样，又主何吉凶？"

养月儿愁肠百转，自悲自怜了很久，想："我心中有他他心中有我，以后不管遇到什么事，我俩也断然生死相依，即使遇到天大的麻烦，必怀着这种心思。"想到这儿，心中的凄恻愁苦便轻省了许多……

忽然有兵戈相击的声音远远传来，还伴着一阵恶斥怒骂。

循声靠过去，穿过一片林子后，便见在几座小山包中间的一块空地上，七八名汉子正围着一人剧斗。其中一人手持两支判官笔，一长一短，呼喝不断，听声辨音，正是"三无教"的那名田长老。

田长老两支判官笔，长的如剑如枪，剑抹枪挑，处处不离被围之人的要害；短的则如鬼如魅，冷光闪闪，或掩于衣袖之下，伺机骤然发动，总瞄着被围人胸腹一代的要穴。相较于其他几人，田长老的攻击竟占了七人中的大半，且招式很辣，显然是欲置对方于死地。

但被围的人则更加神勇，一双肉掌在圈子中上下翻飞，守固是天衣无缝，进攻也大有一泻千里的气势，在这么多人的围攻中，竟丝毫不落下风。

李文贝低叫一声："是姨丈。"

正要跃起时，却被养月儿伸手拽住，悄悄提醒他，离开无声谷之前，木瓜老人曾叮嘱，为了便宜行事，不要暴露了自己。

李文贝点头，商量了几句，简单易易容，便分头行动。

养月儿先藏起来，李文贝则悄悄掩到更近处，二人打定主意要擒住田长老。

围着胡冰的其他几人身手也个个不弱，和田长老不同的是，这六个人趋退攻守，相与为一，行动特征俨然一套训练有素的阵法。

当胡冰出掌怒进时，六人中首当其冲的那人虽是抽身急退，余下五人却寻隙而进，在助同伴脱险时，刀枪并举，攻胡冰之所必救处。加上田长老出招阴狠，胡冰虽不被动，但也没有占到上风。

第三十七章 策划

李文贝很困惑，这六人出招虽辣，却不失光明正大的风度，对胡冰的攻击和田长老也完全没有默契，但他们为什么一起和田长老对付胡冰呢。

忽听田长老发一声怪叫，左手的短笔瞄着胡冰的右肋直刺过去，待胡冰缩腰撤腿， 闪身逼开后，田长老右手长笔横扫，笔尖呈波浪形状，划向胡冰胸腹、双肩一带。他双笔急抖，笔尖闪烁的白芒犹如一阵散起的冰晶，胡冰忙于应付其他人，躲闪稍有迟滞，只听“嗤”的一声，袖口已被长笔刺破。那几人见田长老一招得手，跨步直上，将胡冰围在更小的 圈子里。

胡冰大喝一声，左手一招“乱石穿空”，将田长老的笔尖震歪，右手一招“飞流直下”，劲拍田长老左肩，田长老急忙缩身，竟从他身后两人的中间退出。可未等胡冰化解了其他几人的招式，田长老又攻了进来。李文贝正要出动，被养月儿拉住。

原来，养月儿发现蒙面的田长老的后腰挂着两件大小不同长短不一的东西，便指给李文贝看，低声道：“贝大哥，你小心他那些玩意。”

话声未落，见 胡冰左臂微起，一招“月笼山水”，在胸前划出一道半圆的弧形，将田长老的双笔罩住，同时，右腿微挺，凌空跃起，整个人竟然在七人的合围中陡然拔高半丈，人在空中，连续踢出两脚，冲在最前头的两人后退不迭，兵刃脱手飞出，没入林子的深处。但这些人虽被迫退开一丈余，仍散在胡冰周围，远远围着胡冰。失了兵刃 的人，不知何时手里又操起了木棍，虎视眈眈，随时就要扑上来。

此时，李文贝和养月儿都已看清，胡冰对田长老出手狠辣猛重，但对虬髯汉子这几人却是手下留情。

李文贝捡起两枚石子，掌中用力，将其研成微粒状，打定主意，一旦胡冰形势紧张，就不顾一切将石粒撒出去。

忽听场中又是“刺啦”一声，定睛看时，原来是胡冰的袖口又给着地滚来的田长老撕下一片，而他的短笔也给胡冰以空手夺白刃的手法夺下。同时，胡冰顺手一牵，田长老的长笔和另一高个子的青钢剑磕在一起。

田长老猫腰一窜，从高个子的身后趁势退开，而高个子给田长老碰了一下，几乎摔倒，挺身站正后，“唰”的一剑，朝田长老刺去，怒道：“你是什么东西？还敢暗算老子，今天先把你打发了，再说其他。”

虬髯大汉喝道：“温兄弟，住手。”

高个子转身向虬髯汉子道：“刘大哥，咱们何等人，岂能与此等人同伍？”

姓刘的点点头，叫停几人，朝胡冰拱手道：“胡大侠手下留情，我等早该知趣了。”

李文贝、养月儿闻言，方知这虬髯汉子竟是大将军刘国轩。原来胡冰准备回莫邪，没想到在此遇到刘国轩等，以及田长老。

田长老看到刘国轩等与胡冰动手。担心刘国轩萌生退意，于是悄然出手，右手铁笔瞄着胡冰的后心掷出。

胡冰头也不回，反手一抄，将田长老的掷来的铁笔操在手中。然后，将接住的铁笔朝后反掷出去，只听“嗤”的一声，那铁笔竟穿透了田长老藏身的树干。

田长老从腰上摘下一枚物事，贴着地面掷向胡冰，李文贝急将一粒石子弹出，那物受震之后，改变方向，倒向田长老飞过去。

养月儿则学着司马丹的声音大喊道：“快，苦师兄，海师兄，从后拦住——”

田长老颜色大变，着地一滚，朝另一侧窜去。

胡冰喝道：“哪里走——”

哪知那东西一旦撞碰树干上后，“嘭”的一声炸响，胡冰猝不及防，痛叫着从空中直坠下来，李文贝奋力跃起，飞身接住胡冰，旋即飘向林子深处。

炸响过后，刘国轩几人也有受伤，侥幸没有伤及要害。

刘国轩行伍出身，这么灵巧、威力又如此可怕的爆炸物则是头一次见到，一时心下骇然无措，想到就这样得罪了胡冰，心里着实难受，便硬着头皮向林子中沉声道：“司马掌门，莫邪‘三圣僧’，小可刘国轩，不揣冒昧，这里有礼了。”

哪知连叫三声，并无回音，刘国轩只好抱拳道：“司马掌门和三位圣僧既不屑显身，他日但有机会，刘某定来莫邪叨扰。”言罢，率人离开林子，向东疾去。

养月儿追了几步，失了田长老的踪影，只得怏怏而归。

胡冰的后背及双腿均被炸伤，右肩胛骨几乎被一块铁皮洞穿。

李文贝和养月儿简单处理一番后，急忙背起胡冰来到小镇，找到一位白胡子郎中给胡冰疗伤。

那老郎中直到日头偏西，才将胡冰后背及两腿上的铁屑等物尽数取出。

不久，胡冰醒过来，看到李文贝平安归来，心中的欢愉自是冲淡了许多的伤痛。养月儿见胡冰对自己颜色可亲，心中舒坦了不少。约莫两个时辰后，总算听到老大夫道：“行了。”稍息片刻，胡冰吩咐李文贝赶快去准备两匹快马。

李文贝本想建议休息两天，但见胡冰目光决绝，知道多说无益，只得应允。

忽听老大夫“冷哼”道：“马，老夫已经给你们准备好了。”

这时，三人才发现刚才还咳声连连、说话明显中气不足的老郎中，如今忽然目光如电，一直佝偻着的身子也挺拔如松了。

等老郎中去掉假发后，李文贝、养月儿一齐惊呼：“张大夫——”

他俩当然记得，那年秋天，李文贝和胡春儿从大平往首宁的途中，胡春儿一病不起，看病的就是这位老郎中。后来，老郎中告诉他们，他的真名叫张还木，是张还草的哥哥。李文贝不由挡在胡冰的前头。

胡冰哪里知道各种缘由，只道：“老大夫手段高明，却不知老大夫如何称呼？也不知老大夫如何知道我等急需马匹？”

老郎中冷笑：“你就是化成灰，老夫也能嗅出你那种寒气来。——老夫张还木，和张还草乃一母同胞。”

胡冰听了大吃一惊，道：“如此说来，你早已在这儿等着胡某了？”

张还木叹了口气，道：“罢了，这些话不说也罢，胡冰，你好自为之……”言毕，背起药箱，径自离开。

半个时辰后，三人骑马上路，只是稍有颠簸，胡冰伤口就血流不止，李文贝只好将胡冰背上，放慢速度，尽量捡平坦的路走。

好在这里距回龙谷只有一百多里路，若是平日，他三人即便不借脚力，也最多只需半日，但这次却整整走了一天。傍晚时分，三人悄然摸上了莫邪。

先去见了司马丹，悲喜之后，李文贝转述了木瓜老人对牛金星的分析，司马丹忙将“三圣僧”和胡春儿等人唤来，告诉他们，要注意封锁消息。

这一晚，司马丹彻夜不眠。她知道，自己必须在今明两天做出全面的安排，让她痛苦的是，自已和大哥胡冰有了不可调和的矛盾。因为胡冰接受顾方的建议，有南下昆明和吴三桂谋求合作的意向。

这是司马丹不能认同的，她很清楚，一旦兵事大起，吴三桂败则罢，要是胜了，天下可能更乱。到时的局面必然是，东南西北、长城内外各方据势割据，兵事难休。

更何况，假如处置不当，李岩的遗物就可能成为助纣为虐的工具。

但现在的问题是，虽然有些事不能做，但与此相关的事又迫在眉睫，容不得半点犹豫。她必须抢在大魔头牛金星动手之前！

翌日傍晚，司马丹做出了安排。

她先告诉胡冰，同意胡冰南下昆明，但她有一个要求，那就是：“在行事方式上，大哥必须听三妹安排。”

胡冰点头同意。

司马丹找到了养月儿，问她：“如果让你和贝儿一同走一趟，你可愿意？”

养月儿点头，道：“此去定然危险重重，晚辈能给李大哥最大的帮助。”

司马丹道：“你竟然毫不含糊？”

养月儿道：“生死关头，不必多言。”

司马丹想了想，问：“你还有要说的吗？”

养月儿道：“此去若不能生还，自然无话可说，若还能活出来，请允许晚辈自行解决和李大哥的事，如何？”

司马丹问：“为什么？”

养月儿迎着司马丹的目光道：“为报恩。晚辈不想让李大哥既难过，又难堪。”

司马丹再不多言，唤来李文贝，告诉他，行动的方向是“三无教”牛金星的老巢。

司马丹自怀中掏出一幅图，是福建武夷山双峰一带的地形图，命他俩熟记于心胸后，将图收起。又交代了三点：易容；发现有人跟踪，即下手除掉；到了双峰后，不可妄动。她还告诉李文贝，他俩之后，还有一批人会随后赶到。

趁着夜色，司马丹便打发他俩悄悄出发了。

胡春儿悄然掩来，问道：“有没有胜算？”

司马丹道：“什么是胜算？是他们能不能生还吗？”

胡春儿叹口气，转身离去。

李文贝和养月儿离开莫邪后不久，难天和海空也出发了，说要去云南的盘龙寺。

几天后，胡冰也往昆明而去。

李文贝和养月儿心不旁骛，一路往武夷山进发。

养月儿甚至很快乐，只要有机会，就要说笑一番。

如此顺江而下，急行了几天后，来到一个小镇。

屈指算来，又到了为养月儿运功祛毒的时候了，听到李文贝说在这里休息一会儿，养月儿也道：“正是呢，这么冷，是不是阴毒又要发作？”

李文贝听了急忙道：“不会吧，宋伯伯说得总没有错。”

所幸养月儿的情形还属正常，李文贝助养月儿运功调理了一阵，养月儿立刻精神飒爽。

二人继续上路，刚转了个弯，就看见一个搭得很高也很大的戏台，不是在演戏，而是有人在说评书。

却见那说书人镇木在桌上狠狠一砸，声音挑得格外高，道：“好胡冰，处变不惊，伸手搭在善人张还草的肩上，张还草身子微蹲，一招朝天炮，狠狠砸 向 胡冰后 腰，胡冰仿佛后脑长眼， 左腿朝后飞踢……”

见说书人喝了口水，有人等不及，只管催：“快点说， 后面的事如何？”

说书人继续道：“正值秋凉，云低风暗，双方你来我往，已斗了大半天，雪影胡冰少年英雄，豪气冲天，固是精神抖擞，那张还草虽年过半百，但情知今日一战，断无退路，强力奋战三百招， 竟也不落下风……”

养月儿凑到李文贝耳边，低声道：“大哥，说书人是个女子。”

李文贝一愣，问：“你如何知道？”

养月儿笑笑，只眨眨眼睛，示意李文贝继续往下听。

说书人显然说到了动情处，但见他扬眉奋目，侧身甩臂，道：“张还草扬州经营数十年，奉行兔子不吃窝边草的原则，虽然恶行累累，但也骗了不少善男信女，身边八个近身护卫，个个武功不凡，尤其那护院赣二，平日疯疯癫癫，却练得一身强横功夫……”

养月儿低声道：“怎么样，看出来了吧？”

李文贝摇头，养月儿解释道：“你看她笑时酒窝微显，怒时下颌微凸，齿白如贝，十指纤纤，分明是个二八佳龄女子……”

李文贝运起目力，仔细看时，果然不错，他笑着勾勾养月儿的鼻子道：“相公果然目光锐利。”

旁边的人不满意了，道：“你们不听可以走，偏要在这儿叽里咕噜，讨嫌。”

养月儿吐了吐舌头，道声：“对不住，打扰了。”

说书人继续道：“见一帮人渐渐逼近，胡冰竟然毫不畏惧，只大叫一声‘你这厮既然不知悔改，那就让你恶有恶报。’——这才演绎出了一段‘伪善张氏现原形，雪影胡冰真英雄’的故事，要知后事如何，且听下回分解。”

听客意犹未尽，哪里肯散，纷纷叫嚷起来，道：“一到了关键时候，就成了‘且听下回分解’，这不是吊人胃口吗？”

“是呀是呀，你干脆把那无端的解释分析尽情删去，只讲故事本身便罢了。”

说书人朝众人作揖道：“原定只说半个时辰，现在已经超了顿饭功夫，各位自然知道，何必小老儿饶舌。”

有人道：“业有业道，行有行规，老人家原也说得在理……”这是养月儿的声音，她掏出几粒细碎银子掷到台上。

出了城，二人不敢轻易施展武功，只盼到那山间荒僻无人处，再加速疾走。

忽听身后一阵急促的马蹄声，旋即有一匹快骑朝他俩身边赶过，正是那位说书人，眨眼间，便绝尘而去。

二人心下不免嘀咕：“奇怪，莫非这女子不是说书的身份？”

眼见路上行人渐少，二人向右折入一条小径，翻过一座山坡进入一片林子，养月儿道：“大哥，咱们能快走了。”

李文贝忽然道：“附近有人——”

话音未落，一人从一棵树后闪身出来，朝他俩躬身道：“李少侠，格格，你们好。”

李文贝跨步挡在养月儿身前，道：“是谁？”那人朝四周看了看，声音极低，道：“少侠，格格，梦华这里有礼了。”

言毕，嫣然一笑，摘掉瓜皮小帽，扯去胡子，又伸手在自己脸上揉抹了两下，一位乌发靓丽明眸皓齿的女孩儿就站在他俩面前。

养月儿“啊”了一声，抢上一步，抓住女孩儿的手道：“原来是你，——你怎么会在这儿？”

这女孩正是在大平出现的朱梦华，她的祖父身亡后，杰如着人将她送到北京。李文贝当时曾以此看轻她，不料今日在此见面。

养月儿拉着朱梦华的手道：“谁能想到是你。那时你那么柔弱，现在竟说起书来了；还出落得这么光艳四射，简直大美人一个。”

朱梦华低头道：“格格取笑了。”

朱梦华红着脸看看李文贝，又低下头，便把自己的情况说给他俩。

第三十八章 惊风

王府生活虽很安逸，上下对她都很关爱，可朱梦华还是不习惯。只有跟着王府中的武士特别是胡子和青皮两人练武时，能得到片刻的安宁。不到两年，她的功夫已达到能行走江湖的水平。后来朱梦华便请求离开王府，最初杰如不同意，但经不住朱梦华不断恳求，杰如便也点头。

可当她一路辗转来到莫邪时，方知李文贝和养月儿在莫邪遇袭后，一齐失踪了。人们还说，按当时的情形来看，养月儿很难生还。朱梦华大为震惊，她在莫邪附近搜寻了很久，毫无结果，不免灰心，又不好再回王府，便浪迹天涯。

有一天忽然想到，要把胡冰的故事编成评书，让英雄家喻户晓，千古流芳，也算做了件有意义的事，题目就是《雪影胡冰》。

养月儿问：“你是如何认出我俩来的？”

朱梦华笑道：“天底下的相公和奴仆也见得多了，可是像格格这种相公总跟着仆人走的就不多见，何况，在众多的听书人中，二位目光炯炯，与众不同。尤其李少侠，听到我提到胡大侠就拍手喝彩，眼光炽热，要是这样还认不出来，岂不成了白痴！”

养月儿笑着揽了揽朱梦华的肩膀道：“朱姑娘，你若成了白痴，我岂不成了笨鸟、成了掘地鼠了？”

养月儿告诉她自己二人还要到远处去给“三圣僧”采药，她可以暂时在此逗留，等事毕后，再来找她。

朱梦华脸色黯淡，道：“梦华又不会给二位找麻烦，何以见弃这般激烈？”

养月儿忙解释说此行要翻山越岭，采药又刻不容缓，实在大大不易。

朱梦华说她一直没有放弃练武，又道：“假如到时梦华真的扯了你们的后腿，成了累赘，不劳二位说什么，梦华也会知趣离开的。”

养月儿终究不忍，便问李文贝：“如何？”

见朱梦华这般乞求，又想着急于上路，李文贝只好点头同意，又说，为了方便，三人就以兄妹相称，朱梦华听了，倒也兴奋。

两日后，三人已来到武夷山下，傍晚时，他们找到了一个僻静的地方休息了一晚。

二女渐渐睡着了，四周一切静寂。

李文贝刚想合眼休息一会儿，却见对面的小道两侧，有一阵轻烟在草间依依散起，很快，小路两侧的草木就被烟雾“淹没”了。并且，他竟然看见，轻烟之上，有人飘 飘而来， 是两人，御风踩雾一般。

李文贝大骇，急忙唤起养月儿、朱梦华。

两名白衣女子飘然而至，朝李文贝三人盈盈下拜，道：“公子好，两位小姐好，我家主人已恭候多时。”

她俩朱唇轻启，悄声暗语，夜半时分，声音直如冷泉叩石。

李文贝咳了一声道：“二位小姐请了。我等与你素昧平生，不知你家主人所谓何人……”

二女嫣然笑道：“公子含蓄了。须知此地名天绝崖，近万年从未有生人能进得来，倘公子没有和我家主人预约，只要靠近附近百里就难免挫骨扬灰了，如何现在还能和婢子二人相对而语？何况，婢子们奉命来迎接三位……”

两女子笑盈盈，目光晶晶闪亮，额头、双颊均泛着鳞片似的光辉，浑身散着丝丝缕缕的寒意。

朱梦华、养月儿颤颤不已，李文贝强打精神，竭力提摄着自己。

右首那女子突然向后飘退丈二，头也不回，右手不知何时多出的一柄匕首，“唰”“唰”几下，在半山腰一棵粗可合抱的树干上削出一段树白来，另一女子也闪身向后，手持一根木棍，一阵“嗤、嗤”后，树白上划出三个殷红如血的字：“天绝崖”。

红色的字迹中微微泛着青光，三字形似骷髅，益发显得青面獠牙。

二女复又飘到李文贝三人前，道：“公子可看清了？”

见李文贝点头，二女道："既如此，就跟我们走了罢。"

李文贝内力暗起，将浑身窜泛的凉意稍稍压了压，回头见养月儿摇头，便对二女 道："天明之后，我三人一定前往，如何？"

右首那女子闻言，道："请不到公子，定是我们礼数不周。"

言毕，也不待李文贝等如何反应，左手疾出，揪住自己的头发，右手白光一闪，但听"嘭"的一声，这女子竟将自己的脑袋斩下来，但见断颈处血光四溅，身子却并未跌倒，左手提着自己的头颅，眼里似还有泪流出。

养月儿和朱梦华再也支持不住，"啊"了一声，掩面藏身。剩下的那女子垂首向李文贝森然道："请公子寒舍一叙。"

她的话生硬决绝，凉意砭骨，李文贝急忙颤声道："好，在下从命。"朱梦华哆嗦着道："大哥莫非真的要去？"

那女子又回过头来，看着李文贝道："莫非我家主人竟看错了人？主人说你丰神俊朗性子又极豪爽，可你行动迟疑，胆怯如鸡……"说完，呛啷一声，将短刀掷到李文贝脚下，道："你既然是冒充的，那你就把自己的脑袋斫下，还给咱们姊姊。"

养月儿忽然大声道："什么冒充不冒充，咱们兄妹三人姓岳，—— 你家主人请的是不是咱们兄妹？"

那女子又将李文贝三人上下打量了一遍，沉吟道："不错，主人说来客就是岳家三兄妹，可是——"

养月儿听了，大为气沮，她本来是随便说了姓岳的，可误打误撞，却又正好撞在人家的枪口上，莫非真是——？

那女子低头沉思了片刻，道："三位请随我来。"

眼见那女子转身冉冉而去，只好举步相随，但养月儿又惊恐地叫了一声，倒在地上的那位"自斫其首"的女子的尸身，现在已经不见了。

李文贝低声对二女道："莫怕，咱们要狠一点，——神鬼怕恶人。"

一阵山风徐徐地吹来，李文贝通体发凉时，才知自己已浑身湿透。

绕过一座山峰后，步入一片林子中。这里月色朦胧，花影婆娑，隐隐还有异香飘散， 水声潺潺。

走出林子后，便见前面横有木桥，桥径不过二尺，长达丈余。

走近后才看见，这窄窄的石桥乃由铁链架着木板而成，桥下是绝险的石涧，涧中暗雾缭绕，深不知底。

桥的四周，寒烟不凝，翻涌若沸；更远处的“唰唰”声好像是泉瀑飞流，又好像是冷浪激石。

白衣女子在这涧桥边站定，回头对李文贝三人笑道：“这道石涧叫乱七八糟涧，这桥叫无可奈何桥。”

说着，双足轻点，就从这桥板上烟一般的飘溜过去了。

刚过了桥，只听“喀”“喀”几声，桥上几块木板落下山涧，接着，惊风飒然而至。

三人簇挤在一个狭长地带，正想着赶快离开，不料一只怪鸟悄然扑来，朱梦华闪避不及，便给那怪鸟的巨爪抓住，朝深涧逸去。

李文贝不遑他想，双腿蹬起，凌空冲向怪鸟。

他暗能睹物，奋力扑下，速度竟比那怪鸟快得多。

冲入涧中四五丈后，李文贝内力再起，身若电光一闪，已然追近。

那怪鸟头一偏，张嘴直啄李文贝手背。

李文贝左掌一翻，抓向怪鸟的脖子，右掌一招“乱石穿空”，击向鸟头。

这两招疾如闪电，但听“叭”一声，羽毛纷飞中，怪鸟松开朱梦华，堕向涧底。

李文贝向下急冲，左臂揽住朱梦华，右手摸出救命绳，挥手绞在一块石棱上，随后翻身跃上，见养月儿没有什么危险，心中稍安。

那白衣女子冷冷道：“脚步轻，莫惊动；一失足，千古恨，这是过这无可奈何桥和乱七八糟涧的口诀，你等不得要领，几乎酿成大祸……”

李文贝怒道：“既有口诀，为何不提早相告？”

白衣女子道：“要是事事都得他人预示，凡夫俗子也皆能未卜先知了。”

三人继续跟着白衣女子向前，这次，李文贝走在前头。

未走几步，山中气象大变，月色全无，寒雾骤起，远处还有狼嚎狐鸣之声。

三人正愕然时，四下里突然一片通明，耀眼闪亮，而那白衣女子已然不见。

灯火照耀处，分明是一座红墙壁瓦的大院落，院门两侧，两盏灯笼高高悬挂，门上有两个猩红的图案，还写着四个大字：“异乡天庄”。

李文贝冲养月儿和朱梦华点点头，上前两步，伸手扣 向门环，那门却忽然自动开了。

一老翁拄着竹杖，眯着眼睛，朝三人先上后下复又先左后右打量了一番，道：“既然……那就来吧……”

这声音不软不硬，如一根细丝，蘸着水朝三人脖子缠来，冰冷如蛇。

李文贝心知有异，左掌竖起，伸出食指中指，朝这股冷风剪去。

老翁似乎抖了抖，竹杖在石径上一点，转身前行。

李文贝三人对视一眼，便随后跟进。

院内不过疏竹乱石，月光、灯光明 暗交替，显得光怪陆离。

如此走了数十丈后，进入一道拱门，又有一条小径，蜿蜒向前；小径两 旁，高松夹道，依稀有声音漫出，大致是“到了，真的到了”“真的？真不简单”之类。

出了夹道，便看见几间屋子，屋里有灯。

一扇灯光明亮的窗子里，传出一阵玉石轻叩的“丁丁”声，跟着听见有人吟道：“黄梅时节家家雨，青草池塘处处蛙；有约不来过夜半，闲敲棋子落灯花。贵客临门，虽姗姗来迟，毕竟也为寒舍增色不少。”

那人声音刚落，李文贝三人便见一人闪身在屋檐下，却是一位身着玄色长袍的青年公子。

给他们带路的白衣女子又悄然现身，向李文贝三人道声：“请——”

但那青年公子忽然道：“且慢。”

转身问那白衣女子道：“怎么回事？青娘，你没有问清楚就将他们带到这里？”

青娘吓得几乎要瘫倒在地，带着哭音道：“主人恕罪……”

青年公子“冷哼”一声，复又扫视了李文贝三人一眼，接着，“嗖”的一声，脑袋突然石球一样朝李文贝他们过来，目光霍霍，闪亮如炬，鼻子也抽搐有声，好像是除了看还要闻出什么问题来。

李文贝他们哪里料到此人身子站立不动，唯脑袋能伸得比长颈鹿还长，三人“啊”了一声，向后退出半步。

这颗头在距李文贝他们不到一尺的地方停住，李文贝似乎还能听见这颗头里有什么声音“呼噜”“呼噜”地响着。

好在这种怪异并没有持续多久，青年公子便将自己的头收了回去，眨眨眼，对青娘道：“是我没有算对，不怪你。”

然后对李文贝抱拳道：“在下失算，劳三位远道奔波，抱歉之至。”

他意甚萧索，连身子也摇晃起来，看上去若非青娘扶持，就不免随时跌倒。

李文贝 听他这 样说，松了口气，道：“既是阁下认错了人，那么，我等就此告辞。”

那人道：“三位一路劳顿，就在敝庄暂歇，天明上路，如何？”

说罢，竟不再看李文贝三人一眼，只转头吩咐青娘道：“好生伺候。”

青娘朝里屋道声：“婢子遵命。”

进了屋子，便闻到一种烂草沤透了的霉味儿。

屋内陈设简陋，家什粗朴，所见不过锄犁一类的农具，只有靠着北墙一溜刀剑弓矢和屋中桌上一盘未尽的围棋。

忽听窗外有人道：“资质如此，终究难堪大用，本来可成千古名局，惜乎错过了时辰，终成千古恨事，唉……”

这声音初时清晰可闻，后渐次远去，终至袅袅散尽，最后归于不闻。

少顷，仆人送来酒饭，青娘说一声：“粗茶淡饭，自酿米酒，三位尽可自便。”说完，盈盈一笑，举步退出。

养月儿低声提醒：“小心有毒。”一面从头上拔下簪子在酒饭中试了试，虽然未见异常，可养月儿还是不放心。

三人简单地吃了点，四周渐渐安静，竟先后睡着了。

直到感到了阵阵冷凉时，李文贝、养月儿才醒过来，——原来，天已大亮。但朱梦华居然还在睡。

养月儿正要俯身唤醒她时，不由大吃一惊，她发现，他们竟然睡在一个断碑烂瓦、杂草丛生的地方：这里赫然是一座坟墓。

而且，昨夜的大院廊庑，连同他们吃过饭、休息过的屋子，都全然不见。

距坟坡一丈远的地方，有一平石， 平石右侧，也有一高墓；横倒的墓碑上还有字，字迹虽多漫灭，但“异乡天庄” 四个字仍是依稀可辨。

李文贝和养月儿惊魂不定：“自己三人昨晚被引进去的，竟是一间墓室？”

养月儿抖抖地问李文贝：“这，到底怎么回事？”

李文贝摇了摇头，半晌方道：“就……就这么回事，先唤醒朱……三妹再说。”

养月儿却道：“她更胆小，要是看到这些……”

李文贝点头，弯腰正要扶起朱梦华时，却又看见了更可怕的东西：高墓四周，残木断枝固不少见，而右侧已经败倒且断成两截的，很明显曾是一架石几。

一截断几上赫然有一颗颅骨，黑窟烂窍，眼窟窿正直勾勾地瞪着他俩，嘴洞中牙齿森森，好像还冒着丝丝冷气，颅骨四周，有几只残破的青瓷小盅。

想到 昨夜青娘曾说过“自酿米酒”的话，养月儿腹中大动，呕吐不已。

第三十九章 回归

李文贝背着朱梦华、搀着养月儿离开的时候，实际上是慌不择路。

直到跑过昨夜经过的乱七八糟涧，才略略喘息了一阵。

李文贝自顾自地道：“多半是人，多半是有人在装神弄鬼……”

养月儿点点头，又道：“可是，既这样，他们何以不直接向咱们动手呢？”

忽听东南山岭有一声惨叫传来，还未等李文贝回过神来，又是一声痛叫接着传来：“救命——”

李文贝挺身跃起，朝着那边飞掠过去。

可是，当李文贝翻过这座山岭，放眼而望，山岭四野杂草丛生高树林立，所见茫茫，并无一人。

李文贝脑袋“嗡”的一响，随即振臂转身，但他还是慢了，还是晚了：养月儿已经不见，只朱梦华仍在昏睡。

李文贝惊怒异常，大骂一声：“浑蛋”，跃身到最高处，正要再高声痛骂两句时，忽然一阵冷厉的山风吹来。

李文贝悚然而惊：倘若自己一时忍耐不住，暴露了身份，后果更难预料。

浑身是汗的李文贝费了九牛二虎的力气，才平静下来。

李文贝背着朱梦华来到曾是“异乡天庄”的古墓旁。

他将这里又仔细察看了一阵儿，还是一无所获。

李文贝又把昨天晚上在这里经历的事情在脑际过了一遍，终于有了一种感觉：那个身着玄色长衫的青年庄主，似曾相识！

接着又想起在莫邪回龙谷，牛金星率众袭击回龙谷时，他的身旁就站着这样的一个人：这异乡天庄很可能与牛金星的“三无教”有关。

李文贝给自己的推断惊出一身冷汗：莫非自己和养月儿已经暴露了身份？月儿既落到这样的人手中，岂能幸免？

他又气又急，想得云山雾罩，可又始终没有眉目。

正要离开这里时，李文贝忽然眼睛一亮，他发现了这块墓碑有了变化，早上他们逃离这儿的时候，这墓碑还立得很正，现在，墓碑却略略有点倾斜。

仔细看时，果然如此，因为他早晨看见的是“异乡天庄”四个字，而现在，因为墓碑的倾斜，那个“庄”字，已没入土中少半截。

进一步，李文贝还发现，墓碑周围有纷乱的脚印，只是这些印迹想必因为有人扫过而显得极轻微很模糊，李文贝暗想：“难道这古墓中有什么古怪？”

这样想着，李文贝双手扣住墓碑，内力起时，就要将墓碑提起来。忽听身后一声咳嗽，急回头时，原来是昏睡了近一天的朱梦华醒了。

只见她正睁着眼四处扫视着，看到李文贝，挣扎起身：“大哥，怎么回事？”

李文贝叹了口气道：“咱们遇到了麻烦。”

朱梦华左右瞧瞧，问：“二姐呢？”

李文贝摇摇头，片刻后，又道：“三妹放心，月儿只是暂时离开一会儿。”

沉默一阵，朱梦华忽然问：“大哥，你们来这里，真的是为了采药？”

她目光灼灼，盯着李文贝，李文贝思之再三，将自己这两年的经历以及来这里的目的简单地告诉了朱梦华。

朱梦华沉吟道：“莫不是早有人发现了你们俩的身份，一路跟到这里，伺机将二姐掳走吗？”

李文贝道：“不可能，都是按姑姑吩咐做的，自然是万无一失。”

朱梦华道：“大哥，不管劫走二姐的是不是你说的那些人，只要你还健在，他们暂时肯定不会伤害二姐。”

李文贝问为什么，朱梦华看着李文贝，似乎犹豫了片刻，方道：“一是你身后的大侠们都是强有力的人物，二是二姐身份特殊。”正说着，忽听有脚步声传来，轻快迅疾，二人急忙躲在暗处。

寻声望去，却是两个樵夫模样的人，正沿着李文贝在石壁上刻下的记号朝这边而来，前头的那人很瘦弱，后头那人背着柴筐，手执板斧，显得甚是孔武有力。

李文贝按事先的约定，撮唇哨了两声，得到确实的回应后，方出来和二人相见。

令他没有想到的是，前头这个瘦弱的樵夫，竟是姑姑司马丹所扮，她身后的那人则是苦日。

李文贝急忙将这里发生的事告诉了司马丹。

司马丹只是听，因为戴着面具，李文贝也看不出她的脸色变化。

等李文贝说完后，司马丹看了朱梦华两眼，告诉李文贝："苦师伯的柴筐里藏着心心，心心武功大有长进，尤其嗅觉特别灵敏。"

苦日瓮声瓮气地指斥李文贝："你怎么回事？一个女娃儿都照顾不到。"

司马丹急忙摆手示意，苦日伸手按了按鼻子，不再言语。

司马丹到古墓前摇了摇墓碑，将附近察看一番，便招呼几人寻到一个隐蔽的场所，抓紧时间休息。

见司马丹神情肃穆，端坐不语，李文贝也不敢多话。

气氛格外沉重：司马丹目光打量着眼前的朱梦华。

苦日、李文贝哪里见过她这样看人，不过，他俩很快就发现了朱梦华的怪异：开始很从容，之后微微发抖，不久脸上的汗点点滴滴落下，牙齿也咬得"咯咯"作响。

李文贝以为这是中毒后的症状，正要起身去助朱梦华，却给司马丹伸手拦住。

司马丹对苦日道："江湖上曾有话说，横不过胡冰，狐不过隆中；据说最近又有两句，与我有关，苦师兄，你可听说过？"

苦日道："人们说的是'狐狸在荒冢野蒿中疾走，燕子往蓝天白云间轻飞'。"

朱梦华睁开眼，这一瞬，她又变得很平静。她对司马丹道："好吧，前辈有什么话，只管问。"

司马丹道："朱姑娘，有人把我和麻隆中作了这种比较，你是何看法？"

朱梦华道："我认为您的境界高。"

司马丹摇摇头道："高则高矣，却忽略了尘世的沉重，相形之下，荒冢野外的狐狸比实际中的多。"

朱梦华"哦"了一声道："前辈的意思是——"

司马丹叹气道："其实，说这句话的人并没有厚此薄彼的意思，但言者无心听者有意，立场不同，理解就可能一厢情愿。"

司马丹看了一眼李文贝，又道："两年前，月儿姑娘中了牛金星的毒掌，我因为她是清廷之女，还怀疑她跟随贝儿一同上山时别有用心，不肯出全力相救，朱姑娘，你说这样见死不救表里不一心胸狭窄的人，境界能称得上高吗？”

苦日道声：“掌门师妹，你——”

司马丹摆手，继续问朱梦华：“朱姑娘，这样的人，你说她还配做一家掌门吗？”

朱梦华道：“若是别人，那自然就不成了，但是前辈您，那自然能了。”

司马丹道：“姑娘，何出此言？”

朱梦华道：“圣人说，君子之过也，犹日月之食焉，过焉，人皆见之；改焉，人皆仰之。前辈在晚辈面前也这般坦荡，足见胸怀高远。”

司马丹道：“朱姑娘所说的，也有一定道理，但不中关键。朱姑娘可想听听？”

朱梦华点头道：“当然。”

司马丹道：“其实很简单，我之所以还能做一些事情，那是因为我常常能遇见好人，遇见倾心向善、为别人随时都愿意而且能够做出牺牲的人，所以，我才能给三位师兄做掌门，做大哥的义妹，做贝儿和春儿的姑姑。”

司马丹看了眼苦日和李文贝，继续道：“所以，我们才能同心协力， 纵是天塌下来，我们也能共同撑住，朱姑娘，你说是不是这样？”

朱梦华点头，司马丹又道：“相信以后不管朱姑娘遇到什么事情，只要贝儿能够，他会全力以赴帮你助你；不只贝儿，还有其他许多人，譬如现在身陷 险境的养月儿姑娘，也会出手相助，是不是？”

朱梦华又点头。

苦日和李文贝虽不知司马丹说这些的目的，不过听见司马丹能这么肯定养月儿，心中也暗自高兴。

司马丹又道：“朱姑娘，咱们都是苦命人，贝儿也是，可咱们又很幸运，只因咱们遇见了很多好人。朱姑娘，你能告诉我，假如是正常情况，你遇见月儿姑娘被人欺侮，你是不是要助纣为虐？”

朱梦华全身发抖，低下头，一句话也说不出来。

李文贝这才开始惊疑：“莫非月儿的失踪，和朱姑娘有什么关系？”

司马丹站起来，摸摸朱梦华的头发，道：“孩子，我无法断定苦师兄、贝儿还有你我能不能活着离开这里，但有两点我可以肯定，一是只要你愿意，你和春儿、养月儿以及贝儿都会成为很好的朋友；二是无论牛金星准备得多么充分，他的阴谋决不会得逞！天道长存，我莫邪一门、大哥还有贝儿，誓死与他周旋到底。”

司马丹目光炯炯，仿佛牛金星就在眼前，而她正在向这魔头宣战似的。

李文贝道：“朱姑娘，姑姑说的难道是真的？不，这不可能吧？须知……”

朱梦华苦叫一声，一口鲜血喷出，昏倒在地。

朱梦华很快就醒过来了，她脸色苍白，额头汗湿晶晶。

她看了看周围的三人，道：“不错，是我，是我们策划劫走了养月儿姑娘。”

朱梦华当然姓朱，牛金星也姓朱，他们都是前明第二个皇帝建文皇帝的后裔。

前明太祖朱元璋一生英明果敢，世事洞明，却没有察觉到他的四王子燕王朱棣其实也很想当皇帝。

建文皇帝败给叔叔后，在两个神秘且武功高强的人的帮助下，在云贵一带的荒山野岭落了脚。建文皇帝在深山中又活了四十年才死，临死，逼着儿孙们在他面前发下毒誓，即便复位不成，也要不择手段地祸乱朱棣的后代。

后来，建文皇帝的后裔流落到全国各地，很多人随着时间的流逝，当皇帝和报复天下的“雄心壮志”渐渐淡化，有人还怀疑这种说法有没有根据。但也有人把建文皇帝的所有用心都继承下来了。他们当中官商农兵都有，还有不少人自愿作了太监，还有人专门学了“残心术”。

朱梦华说，朱棣以后的明王朝，始终充斥着凶杀、祸乱，帮会起事，宦官专权，党派纷争，大都与建文皇帝的后人有关。

朱梦华说完后，司马丹问：“如此说来，这所谓的‘三无教’也已有了二百多年的历史了吧？‘三无’又是什么意思呢？”

朱梦华道：“晚辈也不知道‘三无教’的历史，只知道现任教主是牛金星。”这以后朱梦华说得开始简单。

朱梦华这一支多年后，家道已彻底衰落，但她的祖父却一直和牛金星这一支保持着联系。他们的联系方式和所图谋的事，朱梦华和父亲都不知道。本来，按照规定，朱梦华的祖父应将所有的隐情秘密口授给她的父亲，但朱梦华一家在离开武夷山不久后，她的父母和兄弟便先后染病而亡。

这对祖父实在是一个沉重的打击，但他还是坚持带着孙女来到大平，至于去大平的目的是什么，朱梦华到现在也不清楚。和朱梦华的祖父约好见面的人，却没有出现。

也许老人临死前悟到了什么，将联系方式告诉朱梦华后，又拼着最后一丝力气对朱梦华道：“走不通的路就不要再走了，苦了自己，也苦了别人。”

当她被杰如派人送到北京的王府时，“三无教”的人和她接上了头，那些人命她“静观其变”。

直到三个月前，朱梦华忽然接到指令，让她在莫邪和武夷山之间活动，密切注意司马丹和“三圣僧”一干人的动向。

朱梦华受命来到东乡后，一切都按传来的话去做事，倒也平安。

本来，司马丹给李文贝、养月儿的面具巧夺天工，任何人都难以看出破绽。但他俩在酒店异乎寻常的表现引起了朱梦华手下人的注意，他们立刻把这消息告诉了朱梦华。以后朱梦华随李文贝和养月儿一路来到武夷山。

至于白衣女子、天绝崖、乱七八糟涧、无可奈何桥和异乡天庄的种种诡秘，也是朱梦华和几个教中异人的共同策划。

但李文贝内力强健，施在他身上的种种蛊惑竟然没有起到预期的效果，包括弥散在“异乡天庄”的毒雾，而养月儿因为身上阴毒未尽，没有抵抗作用。

按说，出现了这种情况，教主至少是长老会早就应该制定相应的对策，可是当他们掳走了养月儿后，只是要朱梦华“待命，相机行事”，却不知是什么缘故。

说完这些后，沉默片刻，朱梦华抬起头，对司马丹等抖抖道：“你们快走吧，这些人穷凶极恶，什么事都能做得出来……”

司马丹问：“如此说来，你还没有将贝儿他俩的真实身份告诉他们？”

见朱梦华点头，司马丹拍拍朱梦华 的肩膀，道：“牛金星被我暂时骗开了这儿，但他马上就会明白过来，咱们抓紧时间。”

朱梦华道：“司马前辈，晚辈知道您算无遗策，也知道苦大师和李少侠武功高强，可是，这里不管走那条路，都是死路。”

司马丹拉起朱梦华的手，柔声道：“即便咱们今天能躲开他们，但明天呢？就算咱们侥幸能逃脱他们的黑手，可是，其他人又当如何？”

李文贝道：“是呀，他们岂能放过你？何况，月儿还在他们手中。”

苦日也道：“老衲倒要看看，死路究竟是条什么路！”

朱梦华眼中的恐惧终于渐渐散去，最后，她告诉司马丹，进入“三无教”腹地有两条路，一条是阳道，一条是暗道。

阳道的入口在某个县衙内。

司马丹道："官府，肯定也有不少的'三无教'教徒吧？"

朱梦华摇头道："晚辈不知道。"

司马丹道："这阳道显然我们是走不成的了，说说暗道。"

朱梦华道："暗道晚辈虽知入口，却从未走过，每次，都是在入口处和相关人物完成交接，随即离开。据说里面机关重重，有一个长老就曾说过，没有允许，就是风也刮不进去。"

司马丹沉吟片刻，道："朱姑娘，你只需将咱们送入洞中，然后，一切自便。"朱梦华道："事已至此，晚辈也绝不落后。"

其实朱梦华所害怕的，是"三无教"惩罚"叛徒"的种种手段，虫叮蟒吞，搜灵噬骨，想起来都发抖。想到这儿，朱梦华向苦日要了几枚"海天一日"。

司马丹知道她的意思，叮嘱苦日将药瓶交给李文贝，又道："事关重大，不管谁，一旦失手或受了伤，千万不要麻烦别人，其他人该做的，就是全力向前，捣毁魔窟。"

司马丹命几人吃点东西，调整一下状态。

司马丹从怀里拿出一副面具戴上，还说了两句话，问朱梦华像不像牛金星的相貌和声音，朱梦华说大致不差。

司马丹道："老魔头肯定不会经常在他的部属前走动，咱们现在正好利用他故意制造出来的这种神秘。"

她卸下面具，又换了一幅，说必要的时候，才能装成牛金星的模样。朱梦华见司马丹处事果断，一副胸有成竹的样子，心下略安。又说存放炸药的地方她只是听说过，那个地方叫研究所，据说那地方除了教主以及三长老外，任何人都不得靠近。

朱梦华告诉司马丹，那地方有搜魂冲锋队员的严格把守，而搜魂冲锋队则只听命于教主和田长老二人。

教中另一个长老奔巴，朱梦华只知道他曾是个蒙古王子，为教主牛金星敛来大批珍宝，可他的情形，朱梦华就说不上来了。

朱梦华还提醒司马丹，"三无教"高层人士都在悄悄传言，说教主又研制出了新的兵器，还说，尚可喜之子尚之节就是为此来和牛金星接洽的。

朱梦华的介绍让司马丹心中更没底，捣毁这个魔窟，除了勇气，可能什么也没有。

忽听远处有轻微脚步声，几人急忙藏在深草处，司马丹探头张望，却见几条身影从山坡上飞掠而去，其中一人竟是丐帮副帮主向明。

司马丹吃了一惊，暗道：“莫非丐帮也要有所行动？”

一旁的苦日问：“掌门师妹，如何？”

司马丹道：“顾不上其他了，继续。”

夜色微临的时候，朱梦华道：“可以行动了。”

四人越过一道山谷、两座山坡。

李文贝吃了一惊，因为这个浅坡所有的枯草、疏竹、断树，还有几片散落的烂瓦、枯木和“异乡天庄”的情景完全相同。

司马丹稍稍察看了附近的地势，问朱梦华道：“朱姑娘，像这样的地方，一共有五处吧？”

朱梦华点头道：“以这里为中心，前后左右还各有四处。”她跃到树上远望片刻，跳下来又伏在古墓上听了一会儿，站起来，对李文贝道：“摁住墓碑，用力往下压，要顺直。”

李文贝依言大力下压，等到墓碑上“异乡”两个字也没入土中时，便响起一阵“咯吱咯吱”的声音，接着古墓向上徐徐升起，坟堆上的土石纷纷散落，通体黝黑的棺材在升高半丈后，中间分开，变成了一个可容十余人乘坐的铁架。

朱梦华道：“快上去——”

四人刚刚站定，铁架开始迅速下降。

第四十章 虎穴

很快，听得“嘭”的一响，铁架子落在地上。

李文贝抓住一根铁链，稳住，正要仔细看看这是怎样的一个魔窟时，周围忽然灯火大亮，通明如昼。

听得有人道：“朱副护法又为本教立功了，我等在这里先向朱副护法贺喜了。”

朱梦华急忙道：“多谢。”略略喘了喘，便带三人下了铁架子。

司马丹暗忖：“这里的人既还有这么浓的人间习气，自然有可乘之机。”向前几步后，觉得状态已大致恢复，司马丹低声问：“几人？”

李文贝回答：“左右后各三人，正前一人。”

两步后，司马丹又问：“右、后两方交给你，如何？”

李文贝答：“七成把握。”

司马丹又问苦日：“苦师兄，左三人如何？”

苦日道：“六成。”

又走了两步，司马丹低喝一声：“动手。”

喝声中，苦日、司马丹和李文贝电射而起，朝着左中右三个方向同时扑去。

朱梦华着地一滚，滚到铁架旁，抓起一把石子，蓄势待发。

司马丹的动作最隐蔽，她从朱梦华的腋下窜过去再挺身跃起，手中宝剑势若长虹，径取石壁上那人的咽喉。那人待觉冷芒袭身，想要应变，哪里还来得及？

苦日和李文贝同时发动，他们虽比司马丹稍稍迟了一瞬，但速度明显更快。尤其是李文贝，腰身后仰，右手已将“救命绳”抽出。

站立在石壁高处、各持火把的三个人，似乎只看见了绳头的飞动，张嘴欲呼时，只感到胸前一阵痛楚，便从石壁上掉下来。

接着，李文贝飞掌怒拍，将后面石壁上的三人击落。

苦日的步伐看起来比李文贝要慢半拍，在距对方还有五尺之遥时，被站在石壁上的那人察觉，而此人正是和朱梦华对话的那人，“三无教”一名指挥使。

这人发现情形不妙，将身前一名搜魂手撞向苦日，自己则飞速朝洞里逃去。幸得苦日怀中的心心及时跳出，奋身而起，将其击倒，苦日跨步追上，点了那指挥使的穴道。

喘息片刻，司马丹和朱梦华悄悄说了两句什么，朱梦华走到左首的石壁前，双手按在一块凸出的圆石上，伏在上面听了听，先向左转三圈，再向右转四圈，但听一阵“轧轧”声响过后，他们的眼前忽然出现了一道石门。

片刻后，有声音自里传出，却是“三无教”教歌：“天悠悠，地悠悠，天地悠悠人悠悠，悠悠何悠悠。”

朱梦华则把这首教歌倒着诵了一遍。

片刻后，随着一阵铁链的响动，黑沉沉的里头方传出话道：“进来吧，你们——”三人随着朱梦华鱼贯而入。

这条甬道，高不过七八尺，宽不过能容两人并肩而行。石壁上镶着几颗发光物，忽明忽暗。出了甬道，眼前是一片开阔地，几人正想喘口气，忽听几声急响，几只飞弩朝他们劲射过来。

几人且挡且躲，十几枚飞弩落地后，便听有人叫道：“好，不错——”说话的人赫然是田长老。

话音未落，又有几人从黑暗中走出来，在司马丹他们面前一字排开。

田长老站在几人的中间，将司马丹几人扫视了一眼，道：“很好。如今江湖上已是人人自危，可朱副护法还能有此斩获，足见朱副护法已能独当一面。”

朱梦华没有见过田长老，只道：“为教主效力，岂敢居功？”

田长老笑道：“朱副护法客气了，教主有令，你我不得擅自以真面目相示，老夫自不敢违拗，不过——”

朱梦华心思聪敏，又得过李文贝的介绍，立刻猜到时田长老，便行礼道：“原来是田——”

田长老道：“都是教友，在教主麾下，你我自当勠力同心才好。”

朱梦华道：“鲁莽之处，还请教友见谅。”

田长老“嗯”了一声，目光停在司马丹身上，上下打量了司马丹一遍后，道：“嗯，不错，这个女人不错，朱副护法，你可知道她是什么人吗？”

四人立时紧张起来，田长老道：“朱副护法当然不知道，这个女人就是鼎鼎有名的风云际会捉鳖手南柯梦云……”

朱梦华佯惊道：“原来是她，听说她也随司马丹上了莫邪，何以会在东乡出现？……肯定是受了司马丹委派，潜伏在那里的，莫非司马丹也察觉到了什么？”

田长老点头道：“不错。那司马丹三年前就看出了咱们的一条活动路线，是以教主才及时调整了老夫几人的活动周期。”

司马丹暗自吃惊，躲避飞弩时，自己虽将南柯梦云的几招刻意颠来倒去，但仍给田长老看出了破绽，幸得自己即便在最慌乱的关头，也没有使出“追风步”。

田长老的目光又在苦日身上落定，随即口音大变，抢出半步，扣住朱梦华咽喉道：“莫非这三人竟都是从莫邪而来？”

司马丹低吼一声道：“动手！”

李文贝当先窜出，径奔田长老，苦日和司马丹也同时出手。

司马丹手中的含光剑剑锋如电，扫 向右边那两人。

哪知这两人的功夫比前面洞中的那些人实在高出许多，虽然没有得到明确的攻击命令，不能出手和司马丹搏杀，闪避功夫却十分了得。就在司马丹含光剑扫来的刹那，两人同时向上跃起，躲过司马丹的剑招后，再落到地面，肩并肩站在司马丹的右侧。

苦日的情形也大致如此，他的“苦海般若掌”使得虎虎生风，可拍出五掌后，只有一掌扫中一人的肩头，可受伤之后，他所面对的两名搜魂手行动反而更加迅捷飘忽。苦日再想伤他们时，已是困难重重。心心也加入了战团，而朱梦华得李文贝相助，也从田长老手中挣脱。一人一猴，助司马丹击倒两名搜魂手。

李文贝也是苦战，他骤然发动，虽迫使田长老放开了朱梦华，可十余招后，想拿住田长老仍然毫无把握。

田长老步伐轻灵，搜灵掌爆发出来的那种绝魂真气，也每每能穿透李文贝的强力封堵，攻向李文贝薄弱的地方。

只是压力巨大，田长老不能张口向搜魂手发布攻击令。而且，他也很快断定，对手就是李文贝。

田长老把搜灵掌中缠卷诀、蛊惑诀发挥到了极致，只是不管他如何避虚就实，就是争取不到号令搜魂手的机会，——虽然喊出那声号令，只需一瞬间的时间，但李文贝就能做到不容他发声。

过了二十招，田长老益发只有招架之功而无还手之力，想到要是就这样下去，大概过不了五六招，自己肯定会被李文贝的内力彻底摧毁。田长老突然易掌为拳，迎着李文贝的右掌全力捣出，李文贝见田长老奋力易招，左掌直竖，便挡住他的来拳，右掌平切，削向田长老咽喉一线。

哪知田长老身子猛缩，全身骨节一阵急响之后，左掌倏然长出半尺，径向李文贝小腹抓去，李文贝猝不及防，急切间迅速回掌，一招“中流砥柱”，左掌切向田长老手腕。

田长老左掌中指倏然弹出，就在他的绝魂真气和李文贝的水月精神就要撞击的一瞬，又陡然撤掌回缩。

一般情况下，对敌之时，这种回缩是极其危险的，因为这种“开门揖盗”的做法，等于放任对方的内力突然进来，自己则完全处于被动挨打的位置。

但田长老就这样做了，他借着李文贝的内力冲击，身子顺势飞起，只听“嘭”的一声，撞到石壁上的田长老随即又跌落下来，虽然受伤不轻，但他还是在滚动中咧着嗓子喊出了四个字：“逆我者亡——”

李文贝又惊又怒，急忙转身追觅田长老时，两名搜魂手已仗剑朝李文贝攻来。这两人全然不顾自己的头顶、双肩门户大开，只红着眼睛一味直刺大杀，其搜魂夺魄之处，似比田长老更甚。

司马丹见势不妙，抓起两把沙砾，奋力朝这俩人扬来，趁着此俩人稍一迟滞，李文贝聚起全部掌力，推出一掌，正面这人虽然剑法凌厉，可终究难以承受，只听一声“闷哼”，身子就朝后飞出，重重地撞在石壁上。

接着，李文贝跃起半尺，将另一搜魂手的剑紧紧夹在双脚中，此人抽剑不动，正要弃剑使 拳，已给李文贝抓住肩膀 掷了出去。

虽只刹那，田长老不仅发出了攻击令，还出爪如电，又扣在朱梦华的咽喉处。仅剩的三个搜魂手迅速围成一道屏障，将田长老和朱梦华挡在后头。

李文贝还想向前，田长老左手一扬，“乒”的一声，石壁上登时火星四溅，随即喝道："别动，否则，绝杀。"

他手中握着一只曲形的管状兵器，铁管中还冒着青烟，正瞄着李文贝。

司马丹急忙将李文贝挡在身后。

田长老阴恻恻地道："果然是你们……"又道："朱梦华，你居然吃里爬外。"

司马丹道："牛金星为什么突然离开？"

田长老眼睛急转，道："莫非胡冰做了什么决定？"

司马丹道："不错，须知我大哥手中有牛金星感兴趣的东西，他担心我大哥送给别人，那自然是不肯的了。"

原来，司马丹毁掉牛金星老巢的计划，第一步就是引蛇出洞。蛇就是牛金星。

司马丹让难天扮成胡冰模样，星夜出发，马不停蹄地赶往昆明，看上去行动隐蔽，实际上，司马丹又悄悄放出风来，给"三无教"在莫邪附近的眼线暴露了难天的行踪。她还让胡冰扮成难天的样子和海空跟在难天的后头。司马丹这样做的目的，就是因为胡冰身体尚须恢复。

牛金星果然上当，他太想得到李岩的遗物了，即便得不到，他也绝不容许别人得到。

其实，牛金星应该能够看出司马丹计策的破绽，只是牛金星太自信，他认定走投无路的胡冰，似乎如今只有和吴三桂合作。而且，他也没有想到，李文贝又活过来了。

牛金星决意往昆明一行，这一次，他下了决心，若还不能从胡冰那里得到李岩的遗书，就将胡冰彻底消灭。

田长老摆了摆手中的"天械"道："即便如此，又能如何？老夫数到三，你和李文贝必须自闭穴道，否则——"

哪知司马丹更直接，只飞身朝田长老扑过去，大叫道："贝儿，快——"

田长老举着"天械"，瞄着扑过来的司马丹，狞笑道："去死吧——"

孰料就在他发动的刹那，他身前的一名搜魂手突然转头，田长老几乎没有做出任何反应，就给这名搜魂手死死地抱住。

但听"乒——"的一响，田长老固是击中了这名搜魂手，可他同时也被扑到。

这一瞬，田长老分明能看到，这搜魂手原本浑浊的目光，晶晶地亮了一下，然后，头就沉沉地垂下来，只是他的手指还像钢锥一样，直抠进自己的双肩。

田长老右手被压住，左手用力推开这人，正要翻身跃起，但已经晚了。他被李文贝大力踢中，立时昏死过去。

而心心也将司马丹撞得向左挪开半尺。

司马丹肩头虽然给一个搜魂手的掌力擦伤，但李文贝一旦加入，三五招后，两个搜魂手已然不支。

司马丹扶起扑倒田长老的那人，那人的胸口给田长老击伤，显见是不能活的了。司马丹揭去这人的面罩，失声痛叫：“二哥，果然是你——”这人正是郑天则。

三年前，他和司马丹在追踪杨穿天和南柯梦云时，发现了江湖人物神秘失踪的线索，但他们的举动早给牛金星瞧在眼里。

牛金星将杨穿天等一干人击毙，命田长老将郑天则掳到武夷分水关老巢，百般摧折后，将郑天则变成搜魂手。

郑天则医术精湛，水月精神也有相当的根基，他表面上完全同于其他搜魂手的混沌和麻木，实际上从未放松做自我调理，但有机会，便服下自配的草药。经过种种惨绝人寰的摧折后，郑天则心志已是大受损败，但他的脑际只有一丝念头：等大哥胡冰和三妹司马丹。

随着时间的流逝，郑天则残存在脑际的那一丝关于胡冰和司马丹的记忆也快要消失了，这就是何以司马丹和田长老对峙了那么久，郑天则仍然没有反应的缘故。若非司马丹一声断喝，郑天则也难以知觉。

听见司马丹的声音，郑天则左手略略抬起，指了指大腿，即溘然逝去。

司马丹撕开郑天则的裤管，赫然看见，郑天则的右大腿上刺着一幅图。司马丹断定这是“三无教”总舵的地形图。图上，有的地方，还刻绘着火把形状，“火把”旁还有“*”，司马丹知道那是用火引爆的意思。

司马丹命李文贝、朱梦华将这幅图默记在心。

苦日左腿受伤，行动已大不便，司马丹道：“苦师兄，如你能离开这里，一定要设法接应我们，如若不成，也千万要把心心放走。”

苦日点头道：“掌门师妹，你小心。”

司马丹吩咐李文贝用重手法封了田长老的穴道，将他和其他几名搜魂手一起藏到隐蔽的地方，将田长老的那把“天械”交给朱梦华，嘱咐她相机行事。

三人继续向前。司马丹现在的扮相是田长老，李文贝和朱梦华也各换了一身搜魂手的衣服。贴着石壁走了不久，就听到里头有动静。按照郑天则图上所示，司马丹知道，这是前来巡视的人正在打开两道石门，现在还有一道没有打开。通过这三道石门，就能进入第三窟，之后就是“三无教”的枢纽地带。

这三道石门，只有里头的人才能打开，司马丹他们必须能制住开门的人，还不能让更里头的两道石门合住。

现在的难处是，倘若打开第三道石门的人后面还有人，即使制住了他，后面的人看见情势不对，将第一道和第二道石门关闭，必然也是前功尽弃。但他们已经没有万全之策。

一道石门打开了，一颗戴着面罩的脑袋从洞中探出来，吟了一遍“三无教”教歌，等司马丹敞着嗓子也倒吟了一遍，那人便道：“田长老辛苦了，小的不敢叨扰，这就回去向莫长老报平安。”

司马丹道：“且慢。”指了指身后的李文贝和朱梦华道：“是这样，这两名搜魂手的心志稍稍有点失控，你把他们带回去。”

见那人有点犹豫，司马丹又道：“他俩已给老夫用重手法点了穴道，断不会伤及你们。”

那人嗫嚅道：“田长老哪里话来……”这人话音未落，斜靠在石壁上的李文贝突然将一枚石子瞄着这人的哑穴弹过去，同时起身，窜进了石门。

这人来不及发出任何声音，在昏倒的一瞬，已被李文贝拽出来。

电光火石间，李文贝已经站在那人原来的位置，光线昏暗，后头的竟难发现。司马丹、朱梦华立刻也跟进来。

继续十余步后，正要拾级而上，随着“嗖嗖嗖”三声急响，三枝飞弩贴着三人的头皮飞过去，钉在他们身后的石壁上。

以后的几道石门虽然各有机关，但内容大致不差，约莫半个时辰后，眼前豁然一亮，便步入了一处天然的石洞大厅。

第四十一章 二仙

这大厅长宽皆有十多丈，高可两三丈。大厅西南有一石门，半开，看不清里头的陈设，只隐隐现出金碧辉煌的颜色。两名女子翩然而至，朝司马丹盈盈施礼道："恭迎田长老——"

声若黄莺吐翠，百啭流丽，正是"天绝崖"出现过的那两个女子。司马丹挥挥手道："罢了……老夫自有要事需办，你俩退下吧。"

见青娘、丽人面显犹豫，司马丹又加强语气："刚才接到教主谕令，说昆明方向又有新的变动，命老夫与莫长老先稳住尚之节，教主随后赶到。"

二人对视一眼，青娘便朝着正北的方向拜了拜，对司马丹肃然道："既有教主谕令，可先着丽人往内厅周知莫长老，预备香案，恭迎教主圣谕。"

司马丹笑道："理当如此。"

司马丹哪里知道，青娘"预备香案"云云，是给司马丹设置的一个陷阱，司马丹的这种"顺水推舟"，早已上了青娘的当。

青娘笑笑道："请田长老稍候。"

说完，二人转身便走，不承想肩头一紧，青娘左肩、丽人右肩已被李文贝出手扣住，司马丹低声喝道："带我们去见莫天树。"

青娘嘴角一撇，满眼满脸俱显不屑之色，司马丹挥出一掌，青娘的身子登时飞起，冲出水帘，落入山涧。

司马丹沉声问丽人道："如何？"丽人一时抖若筛糠，抖抖地指了指右前方刻着"天道"二字的石柱。过去看时，见这石柱之后仅有一处可通人的石洞。

见丽人所言不差，司马丹吩咐朱梦华带丽人离开这里。

司马丹和李文贝从小洞进去，见了莫天树，司马丹疾走两步，道："田某奉教主谕令，与尚将军洽谈相关事宜。"

莫天树的身侧，坐着一名军官模样的人，司马丹断定此人就是尚之节了。

司马丹的猜测没错，尚之节来分水关，是得了牛金星之约，来这里考察"天械"的威力的。

牛金星认定若举大事，还得从"三藩"入手。

他以平南王尚可喜为突破口，以为只要广东的"尚藩"点头，"吴藩"和"耿藩"即可一动俱动。

但尚可喜认为，自己以一介戎武，如今贵为亲王，足以光宗耀祖，便铁定心誓死追随朝廷。

不过，尚可喜的 两个儿子尚之信、尚之节却认定凭借着尚家的实力，至少可以和朝廷鼎足而峙，大可不必活得这么窝囊。

听了牛金星"天械"云云，尚之节便带了两名武功高强的随从悄悄赶来。

然而，根据一直在莫邪窥视的暗线传来的消息，牛金星一番分析后，匆匆离开总舵，指示莫天树和尚之节接洽。

莫天树对于教主和尚之节之间的谋划并不知情，面对尚之节，只能热情应付。

尚之节越来越不耐烦，道："这种暗无天日的地方，能搞出什么名堂？"

尚之节那两名随从也随声附和，女的劝说尚之节快点走人，男的说"这年头骗子们专门就瞄着大户"。

莫天树心中有火，恨不得一人一记搜灵掌拍死这两个人。

司马丹和李文贝一进门就认出尚之节的 两个随从是贺青、贺兰。

三言两语后，"田长老"就要请尚之节看"天械"。

莫天树正有此意，但莫天树下首的那人看了一眼司马丹三人，疑道："田长老，不才有句话，不知当讲否？"

此人一袭蓝衫，看上去二十多岁，眉清目秀，说话慢声慢气，手执一把折扇，——是异乡山庄的那位庄主，牛金星坐下的蓝护法。

莫天树道："都是自家人，不必这么客气。"

蓝护法向莫天树拱拱手，道："教主谕令，谁敢违抗？还得把事情弄清楚再说，省得教主回来责怪，田长老，您以为如何？"

司马丹“冷哼”道：“有话只管讲。”

蓝护法道：“田长老，敢问教主的谕令，到底是口谕呢，还是手谕？”

司马丹道：“是口谕，命我等——”

她看看尚之节，然后又道：“也罢，反正都要成了自己人了，在这里说出来也无妨。教主的口谕是，命我等先带尚将军看看‘天械’，再论其他。”

蓝护法道：“既是教主谕令，我等自得焚香设案，方可行事。”

尚之节冷笑道：“你家教主莫非是皇帝？”

莫天树道：“尚将军有所不明，我家教主圣明齐天，专司打造皇帝。”

尚之节喝道：“你等无官无爵，又粗蛮无礼……”

司马丹急忙道：“大事将行，我等可要勠力同心。”

莫天树想起牛金星的叮嘱，强按怒火，对蓝护法道：“非常时期，理当一切从简，何况还有田长老做主。”

司马丹道：“既如此，尚将军，请——”然后又低声对莫天树道：“教主口谕另有交代，说朱梦华有转投莫邪的可能，凡由她引荐加入本教的人，皆不可信，教主怀疑，这可能都是司马丹策划的……”

莫天树大惊，不等司马丹说完，转身向后大声道：“快把昨天掳来的那人带来——”

养月儿很快被带进来，莫天树一记耳光过去，吼道：“你到底是什么人？”

忽听外头一阵沉重杂乱的脚步声传来，呼喝不已，显得甚是愤怒，眨眼间，有二人已走到那边石门，便听一人恨道：“龟儿子，快放爷爷进去。”

另一人骂道：“兔崽子，敢拦祖奶奶，找死？”

男声如战鼓怒擂，女声似山石崩裂，直震得山洞中嗡嗡作响。

蓝护法道：“是‘风水二仙’，让他们进来。”

“风水二仙”身后，跟着几名“三无教”的高级护卫，都带着面罩。

司马丹将尚之节和“二贺”让至大厅，只说“事情有变，尚将军稍候。”

李文贝悄悄地向养月儿靠过去。

哪知司马丹刚刚转身时，不由又大吃一惊，原来临近水帘的洞口旁，赫然多了一个人，一个矮人，拥刀而立，胡须长发纷披在地，看上去几乎是个毛人，他手里的那把大砍刀，几乎是他个头的二倍。

“赣二——”

这里已乱起来，“风水二仙”喝骂不已。

莫天树和蓝护法只得暂时撇下养月儿，给“二仙”让座道：“有话慢慢说。”

水无性骂道：“你们是些什么东西？统统滚一边去，叫你家教主出来。”

莫、蓝二人仍旧笑脸相迎，道：“教主有要事外出，二位请回研制所，等教主回来，我等立刻报知。”

风入崖冷笑道：“要事？什么要事？他是去找吴三桂了吧？与他筹谋大事，可见你家教主也不怎样。”

司马丹暗想不管“风水二仙”这么恼怒的原因是什么，总不能就这样拖延下去，便挤过去对“二仙”道：“莫长老所言甚是，不如二位先回去等着，一切等教主回来再说，走吧，二位请吧——”

哪知水无性一见“田长老”，立刻惊骇无比，指着司马丹道：“你怎么又活了？”

原来，田长老从太白骗来“二仙”不久就死去，这是“三无教”的绝对机密，司马丹纵然机智百变，又如何能料到这一层？

而“风水二仙”今日所以震怒，是因为有一个把守风水研制所的会员给“二仙”透露，说教主要以研制成的“天械”为底牌，和吴、尚、耿“三藩”合作，还说尚之节已来到这里和教主就具体事宜进行探讨。

如今，听见妻子声音有异，风入崖将妻子护在身后，问：“怎的？谁又活了？”

水无性结结巴巴地道：“就是那个田先生——”

这时，养月儿已知靠过来的是李文贝，精神立时大振，只抓紧时间运功 调息。

司马丹忽听石门外有脚步声，接就有人道：“天悠悠，地悠悠，天地悠悠人悠悠，悠悠何悠悠，神圣教主驾还总舵——”

未等司马丹做出反应，先前他们进出的那道石门突然“咣当”一声关闭。

石壁上的另一道门跟着打开，有两人跨步走进来。前头的这人没有戴面罩，脸色青白，头发苍黑，看上去略略有点驼背，但呼吸平稳、悠长，双目湛然有神，不见半点长途奔波的疲惫。

司马丹认得他，二十多年前，他是大顺的丞相，现在，他是“三无教”的教主。

不等人们反应过来，牛金星已坐在主位上，而他身后的那个人，人们唤他为奔长老，就柱子般地立着。

大厅中立刻安静下来了，牛教主环视了半圈，命人搀“风水二仙”坐下，笑道：“风先生，水先生，咱们之间的事并不急在一时。”

水无性本要站起，听牛金星这样说，不由自主地坐下。

牛金星道：“尚将军，交往要顺利，就得以信任为前提，你说我‘三无教’是骗吃骗喝，那你我双方的事情，就难以为继了。”

尚之节道:“尚某失礼,向你赔不是了。但说好是你接待尚某的，如何尚某来了，与尚某拉话的是这两个人——”

牛金星打断他道：“非常时期需要非常之谋，不知变通，如何能成大事？你还是赶快回广州去吧，据说尚老王爷审时度势，好像开始更倚重尚之孝了。”言罢，朝后摆摆手，道一声：“送客。”

贺兰挺身向前，朝牛金星喝道：“你，如何敢对世子这般无礼？”

奔巴“冷哼”一声，从牛金星身后窜出，蒲扇般的大手直抓贺兰肩头，贺兰欲要躲闪，哪知一身武功全不发挥，竟被生生地扔出小壁门。

贺青大惊，本来也想硬着头皮出手，牛金星怪眼一翻，贺青陡觉一袭森冷之气朝自己脖子卷来，知道和人家武功相差太远，抬起的胳膊复又垂下，拥着尚之节，向外走去。

尚之节大恨，心中怒道：“但有机会，一定先杀了这老匹夫。”

三人既出，牛金星对“风水二仙”道：“二位既然认出了田长老，老夫就不妨直说，当日若非田长老出此下策，二位如何肯全力相助？另外，如老夫不探明吴、耿、尚三家的态度，那么驱逐清廷的目的又如何会实现？”

水无性道：“我夫妇本无心俗务，既莫名其妙上了你这条船，想来也是天意。但若是要和吴三桂合作，那却万万不能。”

风入崖也站起来道：“不错，就是这话。”

牛金星道：“为了光复大计，和‘三藩’若能真的捐弃前嫌，也是必要的，至少，也可以把这当成一种权宜之计。”

风入崖断然道：“不必说了，日后使用火器，必须有我夫妇监督，否则，咱们就将制造‘天械’的秘密公布于众。”

牛金星站起来，朝二人拱手道：“老夫深知二位志趣高洁，故而才走了这么多的弯路，二位要是感到委屈，老夫这里向二位赔罪了，本来准备前几天就想向二位说明实情，哪知事情有变，竟至于没有来得及说明真相，其中是非曲直，全错在老夫一人。”说着，朝“二仙”作揖行礼。

“风水二仙”冷冷道：“世事难料，小人成堆，若只埋怨你一人，那也无聊得很。”

司马丹明白，这魔头用的显然是缓兵之计，她断定，牛金星将这些人稳在这里，肯定安排好了外头的事情，假如要是转移了“天械”一类的东西，事情就更加缠手。而且，她还认定，牛金星已经知道她这个田长老是假的，——司马丹手心在出汗。

牛金星接着道：“二位先生既这样想，老夫甚是快慰，如果处置妥当，即便我‘三无教’不与‘三藩’联手，也照样能成大事，只不过需要多费些 时日罢了。”

风水二仙听牛金星似乎变了态度，道：“这样再好不过。还是那句话：以后使用‘天械’，必须经我们同意，方可行事。”

牛金星急忙道：“本该如此，本教日后的许多事务，还想烦请两位不吝赐教。”

莫天树趋上一步，低声道：“教主，据田长老说，本教朱副护法……”

牛金星摆摆手道：“此事本座已经听说了。”

他将蓝护法唤到身边，耳语了一阵，又唤过一人，低声交代了一番，待那人也躬身退开后，司马丹便发现，大厅的四周，已多出十几个“三无教”会员，这些人手中，也都拿着一把田长老用过的那种“天械”。

牛金星举手示意人们坐下，自己则站在主位的前头，他站的地方和司马丹隔着一张石桌，他的后头，是奔巴，奔巴的后面，是那道暗门。

石壁高处，离地面四五丈高的地方，有十几个拳头大小的石洞，光线就是从那里照射进来。

牛金星道：“三年前，紫禁城发生了一件失窃案，田长老，你知道吧？”

司马丹道：“不错，据说有人想盗走一种极厉害的毒药，叫叹青。”

牛金星道：“顾老说，失窃的确乎是叹青，却不是剧毒之物，而是类似于一种迷药的东西。二十多年前的许多重大变故，都与这叹青有关。”

司马丹道：“教主的意思是说，吴三桂投降清廷，也和这叹青有关？”

牛金星道：“不错，据顾老说，吴三桂还有尚可喜、耿继茂、孔有德等人都是在不知不觉的时候，中了叹青的迷惑，混混沌沌的，才受人驱使——”

话未说完，风入崖道：“一派胡言！天下人都知道他决定投降，不过是为一个女人……”

水无形“噌”地挺身而起，怒道：“你牛教主绕来绕去，还是在为吴三桂辩护，这叹青的故事也是你编的吧！”

奔巴道：“二位，教主既然这样说了，那便千真万确，莫不是教主错了，你们反而对了不成？”

水无形翻了翻眼皮，道：“谁对谁错，那得由事实说了算，教主算什么，要是明天你做了教主，你就千真万确了？你现在虽然也是个什么长老，但在我老婆子眼里，还是个乳臭未干的黄口孺子而已。”

奔巴大怒，骂一声“老不死，这般无礼”，抬腿一跃，冲至水无形身前，右拳直出，一招“一锤定音”砸向水无性前额。

水无性怒道：“龟儿子，活得不耐烦了吗？”

说着，那污迹斑斑的衣袖朝着奔巴面门一扬，但见一阵白雾过后，一股呛人的硫黄味立刻弥漫了整个大厅。

奔巴冷笑一声，袖子也陡然展开，硬如铁板，一阵“丁丁”之声响过，水无性发射出来的毒蒺藜已尽数被挡落。

众人见奔巴身子一缩，已从水无性的腋下钻到她的侧后，右拳直出，正中水无性的右肋，水无性一声“闷哼”，身子随即倒下。

风入崖大叫一声，怒喝道：“奸贼”。

奈何他双眼已盲，行动比水无性更迟缓，招式尚未使出，奔巴已闪到风入崖右侧，左掌直接击中风入崖的太阳穴。

风入崖甚至连一点声音都没有发出来，就跌倒在妻子身旁。

牛金星斥责奔巴道：“你居然杀了他们？你怎么敢杀他们？”

牛金星对着风入崖、水无性重重地拜了拜，道：“自古贤者多寂寞， 侠者从来不善终；风先生，水老师，牛某对不住你们……”然后道：“着即解除奔巴长老一职，以普通会员的身份在总舵行走。”

司马丹强忍怒火，猛然将面罩扯下来，喝道：“牛金星， 你死期到了。”

除牛金星和奔巴，其他人均情不自禁地“啊”了一声。

牛金星身子未动，手里 的“天械”已瞄准司马丹，冷笑道：“司马丹，放你进来就是要灭了你，——你真以为自己是神仙？”说话声中，左手袖子一扬，司马丹立刻感到一股巨大的冷厉之气朝自己汹涌而来，她身不由己，向右退出丈余。

奔巴撸着袖子道：“教主，现在该属下出手了。”

牛金星命奔巴退下，道：“司马丹，你也必须按老夫的意图去死，当然，老夫也不会就这么简单地灭了你。”

司马丹冷笑道：“牛金星，你果然厉害，但你永远也想不到，公子的‘天械’有两部，你偷的是副本。”

牛金星不屑一顾，道：“哄骗小孩子吗？这种手段也想诱老夫上当？”

司马丹道：“信不信由你。因为公子早已察觉你属于野心家，所以由我代抄一遍，然后公子自己题写封面，不想你果然上当。”

第四十二章 传歌

牛金星道："就算你说的是真的，但这对于老夫来讲，都不重要了。"

司马丹道："若只是为了告诉你这些，我又何必饶舌？"

牛金星道："还有什么？莫非你莫邪门也制造出了'天械'？"

司马丹大声道："牛丞相，你很快就会知道'天械'不会是你的独家秘密，而我已将潘云的故事周知了天下，你说，谁还敢和你合作呢……"

牛金星恶狠狠地道："既然这样，你又何必身犯险境？"

司马丹恨道："牛金星，独柳塬之祸，今天向你讨个说法。"

牛金星哈哈笑道："你是在自绝生路。"说着，左手已经举起来，厅中"三无教"会员除那些搜魂手外，身子急动，已全部闪身在牛金星的两侧。

眼见牛金星举起的手就要往下压，李文贝身如电闪，挡在司马丹身前。

养月儿扯掉面罩，也不搭话，只朝牛金星扑过去。

李文贝惊道："不成——"

话音未落，"三无教"石长老衣袖一挥，"天械"已将养月儿击中，她"闷哼"一声，向后倒跌过来，李文贝急忙张臂接住。

幸的只是擦伤了左臂，司马丹急忙往养月儿嘴里喂了粒丹丸，李文贝怒喝一声，便要向前。

牛金星冷笑道："你们去死吧。"喝令左右开始攻击。

眼见司马丹等人难以幸免，忽听"轰轰"几声炸响伴随着几声惨叫。

几乎同时，牛金星双手中的"天械"射出的子弹带着锐利的哨响，一颗擦着三人头顶飞过，另一颗则击中了司马丹的右肩。

大厅中顿时一片漆黑，三人退到石壁旁。

李文贝暗中观物，见在他们进来的那扇门的右底出现了一个小洞，老石蜷着身子正从那里往出钻，李文贝拈起一枚石子，弹向老石，老石登时不动。

李文贝随即助司马丹、养月儿从那个小洞迅速挤出了大厅。

司马丹一出洞顺手击倒一人，扯下他的面罩，给养月儿戴上。

简单处理了彼此的伤情，两人沿着郑天则所示的方向摸去。

不多远，听见朱梦华的声音，循声过去，果见朱梦华正在张望，三人来到一处开阔地，司马丹吩咐朱梦华和养月儿向北，道：“定要炸掉所有‘天械’。”

司马丹正要向南，忽听乱声中有人道：“是司马丹吗？”

司马丹三人遽然回头，却见一人浑身是血，通体黑衣，戴着面罩，鲜血正从他指缝间流出来。

此人费力说道：“贫道，武当废云……”声若游丝，显然受伤极重。

司马丹大吃一惊，将废云道长扶着躲到大石后头，将耳朵凑到他嘴边，听废云道长道：“大部的火器……已毁去，关键是那边——”

他吃力地抬起头来，看看山坡西南方向，“研制所，要快……”他最后抬抬手，指指自己的脑袋，手一软，即此逝去。

将薄薄的面具揭下来，便见此人相貌清癯，双颊瘦峻，赫然是武当掌门废云道长，而面具的内里，就画有风水研制所的方位路径，有几处也如郑天则的那幅图一样标有“*”的标记。

司马丹戴好那张仿牛金星模样的面具，急往风水研制所而去。

估摸着差不多已到了的时候，司马丹先撮唇大诵一遍：“天悠悠，地悠悠，天地悠悠人悠悠，悠悠何悠悠。”然后，朱梦华大叫：“教主法架光临，不必惊慌，各就各位。”

接着，司马丹聚起内力，模仿着牛金星的声音道：“尔等俱往各处关隘把守——”边走边指着几人道：“你，你，还有你，随本座往风水研制所布控防守。”几个曲折后，几人终于摸到了研制所。

这是一个穹隆形的山坡，山坡上是茂密的森林，其间的花草郁郁葱葱，还散着很浓很浓的花香，一株四五人合抱的大树下，凿有一个仅可通人的树洞。

司马丹刚要安排养月儿先进洞，忽听大厅的方向，传来巨大的爆炸声，天崩地陷。

接着，就听见有人朝这里奔跑的声音，还狂叫着：“拦住司马丹——”正是奔巴的声音。

养月儿要回头时，听司马丹厉声喝道：“快下。”进去后，立刻封死了树洞，朝里直走。

废云是三年前被田长老掳进来并训练成搜魂手的。

多年前，废云道长、枯心大师即察觉江湖上有一股极可怕极隐蔽的势力在作祟。他俩秘密调查了几年，但毫无头绪，后来，扮作寻常武士的废云道长被莫天树“迷倒”，以他的功力，本是可以逃走的。但废云道长怀疑莫天树与那股神秘势力有关，便忍了下来。

道长忍受了常人难以想象的痛苦，精神和肉体都受到了严重的摧残，但他是武学大师，内功精湛，是以心智比郑天则保存的更完好一些。废云道长将风水研制所和存放火器的几个山洞都查得清清楚楚。

他本计划将风水研制所、火器库全部炸毁，但感到仅凭自已恐怕很难摧毁这个魔窟。幸得司马丹、李文贝他们就在这个时候赶来了。

牛金星没有料到，他在拖住了司马丹的同时，给废云道长创造了机会。经过近一个时辰、数百人紧锣密鼓的转移，一切按着牛金星的意思完成了。

以前，为防不测，牛金星秘藏火器和炸药的山洞相隔甚远；这次，担心泄密，牛金星便将这些东西都暂时转移到了一个山洞，中间用一堵石墙隔开。

转移完毕后，蓝护法便发出指令，命废云道长回到议事大厅，因为按照事先的约定，只要这名搜魂手转回来，那就是一切皆已办妥的意思。

但是，废云道长出去后，很快退回来，将守在洞外的四名副护法击倒，夺下他们手中的“天械”。

此时，废云道长还发现，居然有人暗中帮他！帮他的人就是朱梦华，她在秘密监视着蓝护法的行动。

石门里头的蓝护法对外面的事情毫不知情，而其他的搜魂手即便已经看见，在没有得到攻击令的时候，也是视若无睹。蓝护法见废云道长去而复返，正要喝骂，却被废云道长用“天械”击倒。

废云道长和朱梦华很快就将炸药一类布置好，废云道长点燃了洞口的引线。

怀揣六颗霹雳弹，抄捷径，废云道长来到了议事大厅后面的那间密室，顺着密室来到顶端。

顶端有四名护法身份的“三无教”会员，率领十余名搜魂手，各持强弓硬箭，在不同方位，从小洞中瞄着下面的司马丹他们。

因为废云道长是这间密室的守护者，其他人看见他上来也不足为怪。

废云道长靠着石壁站好，就在牛金星扣响“天械”的一瞬，火器库、炸药库开始了爆炸，废云道长也适时掷出了霹雳弹。

但废云道长也被一名护法击中，道长拼尽了最后的力气，终于找见了司马丹。

此时，牛金星几乎要“疯”了。他两 眼发暗，估摸着司马丹、李文贝他们可能存身的地方，不停地射击。牛金星的疯狂其实只持续了很短时间，他很快就镇定下来。他清楚了，司马丹他们已经逃出了大厅。他正要冲出石门时，李文贝大叫：“牛金星，拿命来。”

牛金星举起“天械”就射，但他什么也看不见，方向自然不准。子弹很快射完，牛金星只得举掌来迎。

他久经阵仗，初一接触，已知李文贝功力大进，就算自己能胜，至少也得五百招以外，而那时，司马丹可能已把他老巢的底也翻起来了。

他决不能和李文贝在这里纠缠。

牛金星仗着对地势的熟悉，伺机出洞，可李文贝总能死死咬住他。

牛金星心下骇然：“这小子轻功、内力自不待言，莫非黑暗中也能看见人？”正在惊恐，远处又是一阵更剧烈的爆炸，牛金星心下明白，所有的火器和炸药、霹雳弹等，已彻底被毁。

他出掌击在一根石柱上，震断的石柱朝着李文贝直撞过去，趁着李文贝躲避的空当，牛金星大叫：“保护研制所，拦住司马丹；截天夺地，天地悠悠。”

后两句是向搜魂手发出的攻击令，奈何炸声惊天动地，牛金星的喝声，全被炸声封锁在这大厅中。

所幸奔巴和莫天树尚能听清楚，哪知莫天树正准备俯身出洞时，忽然，被李文贝击中的老石从右侧扑上来，大叫着：“老子咬死你——”

莫天树惊怒之余，右臂曲肘撞出，正中老石胸口，老石痛叫一声，一口热血喷向莫天树，莫天树立时觉得满嘴满眼满鼻子都是粘腻腻、散着腥涩味的东西。

伸手去抹时，老石又不要命地扑上来，黑暗中，莫天树见老石两眼只泛着红光，心中惊惧，伸手去格时，但觉脖子一紧，已给老石抱住。

莫天树脑袋一挣，努力将脖子长出二寸，大骂："混蛋，放开——"

老石不管不顾，吼声中，脑袋一耸，便将莫天树耳朵咬住，莫天树忍痛叫道："你，要反了吗？"用劲将右手从老石的拥抱中挣出来，奋力拍中了老石左肩，但老石也将莫天树的耳朵生生地咬下半截来。

莫天树肘捣腿踢掌劈拳击，老石依旧抱住莫天树不放。

莫天树挣之不脱，惊骇莫名，大叫："教主救我，教主……"哪知他略一松懈，喉结已被老石奋力咬住……

老石疯了。

司马丹吩咐朱梦华将研制所门口几个搜魂手点倒。

这里都是易燃易爆的东西，司马丹他们很快就做好了爆炸的程序。

司马丹命她俩快离开，朱梦华抓着司马丹的胳膊，道："冷静点儿，你身上有伤，再说，别的地方更需要你……"

司马丹想了想，叹了口气，点点头。

她们在洞中引了两三丈长的引线，燃着，便迅速朝外奔去。这个密道的出口，是山坡上的一座古墓。

奔巴已经追过来，司马丹命二女拿好"天械"，稍稍靠后，自己先跃出洞来，喝道："奔长老，你不是在那边追击司马丹吗，怎么来这儿了？"

奔巴一愣，他虽知其中有诈，但司马丹的扮相实在太逼真。

等他明白过来时，风水研制所已炸声大起，奔巴怒喝一声，挥掌击向司马丹，幸得随后出来的朱梦华，瞄着奔巴扣响了手中的"天械"。

搜魂手们木然地看着这一切，爆炸声中，他们无动于衷。朱梦华扶着司马丹，护着养月儿，慌不择路，朝山下急奔。

不几步，忽听四周狼声大起，抬头看时，却见上百的"三无教"会员或持长枪刀戟，或持长短不一"天械"，朝她们两侧追杀过来，在"隆隆"的炸声中，这些人虽然举步不稳，但仗着不弱的轻功，奔行的速度仍然很快。

三人踉踉跄跄，来到近处几株并排的大树后，司马丹让二女赶快撕衣角用唾液蘸湿，塞住口鼻；然后掏出一黑瓶，倒出六粒丹丸，每人服两颗。再掏出一白瓷瓶，将瓶中的药丸给朱梦华、养月儿掌中都倒了些，叮嘱她俩："快快用力研碎，向四周撒出去，快——"

朱梦华示意养月儿和自己合二而一，她的右掌和养月儿的左掌扣在一起， 内力尽起，将几十粒药丸研成粉末，用力朝着不同的方向撒出去。

然后二女再也难以支持，晕了过去。

一名"三无教"会员显然功力不弱，他凌空两个翻越，跃到树上，然后头下脚上，俯冲直下，抡着大刀，朝着养月儿和朱梦华兜头砍下。

司马丹拼着最后的力气，抽出含光剑迎了上去，那人刀背一翻，便将含光剑磕飞，司马丹挣扎着，扑在朱梦华和养月儿的身上……

就在这时，几声脆响带着锐利的破空之音，在附近响起来。

李文贝和牛金星的硬战，已到了最后关头，激斗了数百招，李文贝浑身带伤。

他全然不顾牛金星手里又拿出的"天械"，虽然他躲得很及时，挥掌也势大力沉，但左腿筋骨被伤，右肩也被擦伤。

此时，牛金星"天械"木柄已被震成腐木，只剩一杆铁管在牛金星的手中。

牛金星将铁管向李文贝掷去，李文贝不能松开右手，左掌又有伤，只好曲起左臂朝外格，"砰"的响声过后，那铁管是被格得掉下去了，但李文贝右臂好像被击碎了骨头，几乎支持不住。

眼见李文贝已是举步不稳，牛金星仗着地势有利，只不断从石壁上抓下石子，掷击李文贝。

李文贝虽还能抵挡，但也只能护住要害处而已，眨眼间，身上又多处受伤。眼看后继乏力，忽听山顶上有歌声飘扬："无声歌却长，旧地方，相顾无言惟情长。薰暗香，弄宫商，歌悠扬，从此携手共天堂。武陵梦断为他乡， 水月踩尘路茫茫，樯倾何必再弄浪。"

李文贝又惊又喜，"是月儿，——姑姑她们安全了。"

李文贝立时觉得胸中水月精神涌动澎湃，丹田里的真气瞬时散至四肢百骸，先前所有痛楚、吃力的感觉竟似消失大半。

他右臂一提，身子陡然挺直，宛如就像从石壁上斜生出来的一棵瘦松，稍做吐纳，将自己全身力量聚集起来，然后双掌直出，朝牛金星拍去。

牛金星大骇，但他既不能退，只得两脚猛然蹬起，迎向李文贝。只听一声沉闷而滞重的巨响，李文贝喷出一口血之后，喝道：“再来。”

不料牛金星在惨叫声中，身子斜斜地向下飘去。

李文贝拿出“救命绳”，本想向下继续追击，可他的伤痛剧烈痛起来。

李文贝情知自己倘若还要坚持，就难免失手，急忙找了处可以容身的地方，用救命绳将自己和一棵树绑在一起。

李文贝本待喘一喘后，再给上面回音的，但他实在没有力气了。

他觉得自己仿佛化成了一团暗云，也飘荡在这深谷中。

救起李文贝的是麻隆中和无路子。

此前，杰如接到 两个绝密情报，内容大体一致，说福建武夷山双峰一带某日可能要有大动静，杰如急命麻隆中和无路子昼夜兼程，一路赶来。

司马丹她们很快就被救醒了，麻隆中和无路子发现失踪了两年多的养月儿也在这里时，又惊又喜。

三人均伤得不轻，朱梦华功力最弱，受伤也最重，醒来不久，又昏睡过去了。

倒是养月儿的情形好一些，在无声谷的两年，她的“混元功”和“踩尘步”都有了相当的根基，加上在“三无教”魔窟中司马丹总是全力向前，有意无意地为她挡住了许多。

养月儿一醒来，一把抓住司马丹的手，叫道：“快，快，司马前辈，还有贝大哥，快……”

司马丹倏然回头，看看远处的滚滚浓烟，眼泪簌簌而下，道：“贝儿，姑姑没办法——”

养月儿摇着司马丹的手道：“不会的，司马前辈，贝大哥决不会……”她挺身站起，奈何身子虚弱，两步之后，便摔倒在地，无路子急忙上前扶起。

就在这时，远远传来一声清啸，司马丹道：“是心心， 快，苦师兄——”

麻隆中、无路子架起养月儿，寻声奔过去。

果然听见了下面有人打斗的声音，养月儿情急智乱，不顾一切地就要滑下去，却给麻、无二人死死拦住。

伏在崖顶，依稀只听见牛金星的呼喝，养月儿稍稍冷静，请无路子托住她的后背， 借着无路子的力量，养月儿沙哑的歌声嘹亮地唱起来了。

李文贝果然又活过来了，活出来的李文贝成了个血人。

麻、无二人一生恶战无数，但从未见过像今日李文贝的情形，他们实在无法想象，伤到这种程度，李文贝如何还能在绝壁上坚持下来。

司马丹双手发颤，竟无从下手，她和苦日身上本来都带着药丸的，如今已经用完，还是麻隆中从怀中掏出几粒，征得司马丹同意，给李文贝服下。

但李文贝似乎并没有任何好转，他脸色苍白如纸，全身冰冷， 水月精神在体内的运转也毫无起色，唯一的动静就是牙关咬得“咯咯”作响。

众人急得手足无措，养月儿几乎要哭出来。她瞅瞅李文贝，又看看司马丹，抬起手又放下，再求司马丹想办法。

司马丹沉吟道：“莫非贝儿受牛金星那厮的震起摧残，竟然元气不保吗？”她曾两次冒险将李文贝扶起，右手抵在李文贝凤池穴上，想用自己体内的水月精神助李文贝恢复元气，可当自己的内力甫一发动，除了自己受李文贝体内一股冰寒之气的催逼外，便是鲜血又从李文贝的伤口处不断地渗出来。

麻、无二人虽有心相助，但见司马丹满脸冰冷，自也不敢轻易出手。

此时，杰如和唐万敌也匆匆赶到。

杰如见了女儿，大喜，一时竟不知说什么才好。

却见司马丹抬头冷冷看了一眼杰如，道：“阁下此来是坐山观虎斗呢？还是要一网打尽？你们最好快点下手， 须知机不可失。”

杰如道：“司马掌门，你我于彼此的行事方略均心知肚明，那又何必绕弯子！目下，老夫只想为救李少侠略尽绵薄之力。”

麻隆中嘱唐、无二人将李文贝凌空托起，自己则扶着李文贝的肾俞穴，将真力缓缓送入李文贝体内。他内力既高于司马丹，又经验老到，能巧妙避开李文贝体内那阴厉真气不间断的“反扑”。

司马丹紧张地看着李文贝的反应，连朱梦华什么时候醒过来也没有察觉。

又一个时辰， “三天下”总算停了下来。

第四十三章 双刃

苦日见养月儿眉宇间的惆怅似乎较以前更甚，便凑过去道：“贝儿快醒来了，你小姑娘还急什么？”

见养月儿窘迫难当，苦日又作恍然大悟状，将一颗鲜果在僧袍上擦擦， 看着养月儿一口接一口地脆咬着吃下去了……

司马丹道：“苦师兄，你不必如此，这次，其实是师妹错了。”

麻隆中道：“司马掌门果然大度。”

在远处，杰如、养月儿父女不知说着什么，起先，养月儿总是啜泣， 但后来，又坚决地凛然起来。

三天后，李文贝的情况明显好转了，他体内的真气已有了形状，水月精神开始流转，连脉搏的跳动也渐趋平稳。

杰如告诉养月儿，说自己几人要下山了，养月儿对杰如道：“李少侠为女儿几乎连命都搭上，女儿至少得等他醒了，向他致谢，以后……”

杰如又朝苦日、司马丹拱手道：“小女在此给几位添麻烦了，老夫这里谢过。”说完，转身下山而去，“三天下”紧随其后。

此行虽然捣毁了“三无教”老巢，但人们看上去个个无精打采，只有苦日，时不时甩甩红鼻子，似乎意气风发。

照顾李文贝的事情，由养月儿来做了。

现在，这个姑娘对李文贝的照顾，有点豁出去的架势，那种当仁不让的样子，别人想说什么，又底气不足。

这天，借着养月儿出来收拾李文贝晒干的衣服之际，司马丹咳了一声，唤道：“月儿姑娘——”

养月儿悚然回头，应道：“是，司马前辈……”

司马丹犹豫片刻，方道：“月儿姑娘，你和贝儿……”

养月儿道：“这个，晚辈自然知道，——晚辈岂能陷贝大哥于不义？”

傍晚，司马丹告诉李文贝等人，明天就要返回莫邪，她说大哥胡冰已在昆明，正在决定下一步的行事方向。

人们的心情忽而沉重起来。

司马丹率众直往莫邪而去，一路倒也平静。

上得山来，从昆明秘密返回的难天同一直守在莫邪的胡春儿、“不文门”蔡氏叔侄、南柯梦云和二小莫早已在回龙谷迎候。

相互施礼毕，胡春儿对李文贝道：“表哥，你吃苦了……”又揽揽养月儿和朱梦华的肩头，道：“真不容易。”

养月儿笑笑，一时竟不知说什么。

朱梦华在大平见过胡春儿，数年不见，今日重逢，也自有一番感慨。但胡冰又秘密传过话来，说司马丹等可以暂缓南下，司马丹便得谋划山上人吃喝的问题了。

这日，司马丹正准备在莫邪大堂召集众人商讨粮食问题，忽报云南盘龙寺掌门亦遭禅师求见，司马丹并“三圣僧”急忙出迎。

那亦遭禅师眉慈目善，既矮且瘦，完全是皮包骨头，手臂、额头上，青筋条条绽出，道道分明；一身僧衣早已本色不辨，补丁缀补丁，正是百衲衣的那种。

许多年前，司马丹曾随李岩、郑天则到过盘龙寺，在那里盘桓逗留了几日，亦遭禅师说来也算老熟人了。

将亦遭师徒让进莫邪大堂，略寒暄，司马丹开门见山，道：“大师此来，定有所指，还请大师不吝赐教。”

亦遭呵呵一笑，转头命段简清从怀里掏出几粒碎银子交给司马丹，道：“此物虽太扰心，但倘能处之适当，倒也可解司马掌门燃眉之急。”

司马丹一愣，随即笑道：“好，大师的意思晚辈心领了。”说着，将碎银子亲手接过来。

亦遭将段简清介绍给司马丹等人：“此子智虑忠纯，武功亦可堪差使，他日司马掌门若能因材而用，俾其能有用武之地，则是老衲之幸。”

双方客气了一阵，忽听外面南柯梦云传过话来，说下山采购米粮的人回来了，有事要见司马丹，司马丹向亦遭道声“失礼”，便起身出了莫邪大堂。

转回来，老禅师见司马丹身边只有苦日，便低声向司马丹道：“风闻莫邪武功有一套阵法名‘叠罗汉阵法’，最具佛法禅意，不知老衲能否一睹？”

司马丹、苦日心中俱各一凛，因为这“叠罗汉阵法”系莫邪秘技，就连司马丹也是成了莫邪掌门以后才知道的。

当初司马丹看了这套阵法后，深感其杀心太重，力戒“三圣僧”慎用。

亦遭看出了司马丹的疑虑，便笑道：“司马掌门，既然在此相逢，便属有缘，若能相辅相成，光大佛法，岂非善事。”

司马丹思忖片刻，道：“大师佛法高深，我们能得大师指点，亦是幸事。”

是夜，司马丹率莫邪“三圣僧”偕亦遭禅师来到深山中一个秘密的地方，借着月色，给大遭演练这套“叠罗汉阵法”。

亦遭看了点头道：“果然不同寻常，但要破解这阵法，也不是多么难的事。”

海空心中不服，昂首振臂要说点什么时，却给司马丹止住。

亦遭道：“三位大师看似同趋同进，声势滔天威力无边，但尚未心心相印，那种无坚不摧的威力，其实似是而非，不过是掌力、吼声配合着衣袂飘动时扯动的声音……”

难天对司马丹道：“掌门师妹，既如此，咱们就和这老和尚快练几招如何？”

亦遭继续道：“出家人不打诳语，假如老衲能把本门武功发挥到极致，苦大师，你这‘叠罗汉阵法’能保证困住老衲、无法令老衲逃生吗？”

苦日想了想，道：“不能。”

亦遭又道：“假如有一人武功至少不弱于李文贝，合你三位之力，全力以赴用这套阵法，能有取胜把握吗？”

苦日苦思半晌，直至汗水涔涔而下，方合十道：“亦不能。”

亦遭微微一笑道：“大魔断非常人，而遇着这样的非常人物，三位大师又难以取胜，那这阵法就不免虎头蛇尾，恕老衲直言，贵门派的这套‘叠罗汉阵法’究其实质，也可名为‘碾盘阵’。”

司马丹道：“大师的意思晚辈明白了，大师是说敝门这套阵法，威力是有的，但还是不够灵动。”

难天道：“掌门师妹不必忧心，亦遭大师的话虽也可能有点道理，却也有可能是不着边际的乱七八糟——”

海空道：“掌门师妹，师兄现在就下山，抓几个武功真正高到亦遭掌门所说的那种程度的，比试比试……”

难天道：“只是这样的高手实在太少，若能提前准备几个就好了。”

亦遭禅师道：“何必为此断肠，这样的高手说有就有，并不难寻。”

“三圣僧”大喜，目光齐刷刷盯住亦遭道：“大师明示。”

亦遭合十道：“让众生眼亮让众生眼明，是佛法要义，——司马掌门三思。”

司马丹目光闪闪，沉默良久，方道：“大师远道而来，晚辈何忍拒绝？大师，晚辈这里有礼了。”说完，又嘱“三圣僧”道：“老禅师佛法高深，天下罕有可比，此番相对，原本是相互印证，三位师兄定要虚心向大师请教。”

三人方知亦遭所说的高手就是他自已，又听司马丹允许他三人和亦遭禅师“切磋”，立时兴奋不已。

只苦日听亦遭和司马丹说得沉重，知道事情可能未必简单。

海空向前跨出一步，对亦遭道：“久闻盘龙寺的双刃刀是武林中少有的功夫，今日有幸能够讨教，还请老大师不要藏拙的好。”

亦遭笑道：“印证武功，老衲的出手还是知道轻重的。”

苦日心中不快，冷冷地道：“如此，老衲先谢过禅师的指教。”说完，双掌一扬，抢先跨出，两臂张开，右旋左绕，转出一阵劲力厉的风声，风声中，难天、海空已立在苦日的两臂上。

眨眼间，不见苦日的手臂如何翻转，又成了苦日、海空站在难天的肩头，少顷，又是海空的手臂摔出苦日、难天两人。

一时间，亦遭周围尽皆人影飘忽，人影中贯穿着风声，风声里又飘出各种各样的声响，这声响渐渐地向亦遭逼过来，换成杀气，好像要渗到亦遭的心里。

亦遭双臂一振，宣了声佛号，两掌朝外切出，他掌力较虚，但这一声高宣以九成功力逼出，在清澈的月光中，显得慈和而清冽。

见“三圣僧”连成一体的转动稍稍减慢，亦遭右掌平削，左掌直推，两掌一横一竖，正是双刃刀中的一招“十步芳草”。

这一招在“三圣僧”使出的莫邪生风掌中连续使用，划出一个接一个一层接一层的“十”字形，还带出一道又一道呈波浪形的白光。

并且，这光影总能趁隙从三圣僧的掌招中斜切进去，让三圣僧这“叠罗汉阵法”的转动滞涩而沉重。

“三圣僧”拍出去的掌力借着不断加速飞旋的身形，扯成一道又一道绳索式的冲力，这“绳索”看不见，也难以感觉，待你确知这是由掌力化成时，这“绳索”已紧紧地箍在你的身上，你愈是挣扎，绳索的缠绕就愈紧。

但“三圣僧”今天面对的是亦遭禅师。

亦遭禅师的“无形双刃刀”也系由精纯的内力所化，收、劈、插、挑无迹可变似也无章可循，但见刀光如练，劲击如芒。

所幸这“叠罗汉”能够用最小的力气最大效率地完成三个人的翻转腾跃，消耗极小，打击力却能发挥到极致。

用掌时遵循的也是此消彼长的法则，不同时发力，由在转动中距对方最近的那人出掌，其余二人，一个以虚势诱敌，一个从旁相助。

激斗近百招，亦遭突然斩出两刀，将难天、海空二人的掌力生生切断后，亦遭又化刀为掌，当胸劈出，立时将碾盘一样“叠罗汉”阵震得滚出丈余。

“三圣僧”猝不及防，阵式也随即瓦解。

亦遭笑道：“你三人如今各自为战，莫非这就是这阵法的真谛？”

“三圣僧”一想，亦遭所言果然不假，不由面面相觑；苦日合十道：“大师承让了。”言讫，便招呼两位师弟组成阵法，复又攻上来。

亦遭便振腕出臂，向前迎上。

苦日双臂高举，掌力自上而下，如滔天巨浪，呼啸而至，而亦遭禅师的身影就隐藏在“巨浪”中。

司马丹看的不由泪下，她想起了公子李岩，想起了胡冰，她擦擦眼睛，正要上前招呼双方罢手，却见双方同时向后跃开，均自盘膝坐定。

喘息片刻，亦遭禅师问道：“敢问三位，方今胜败如何？”

苦日施礼道：“大师不胜，我师兄弟不败。”

亦遭双手合十道：“三位宅心仁厚，禅心深沉，实乃佛门幸事。”

“三圣僧”满脸俱显肃穆之色，一齐朝亦遭合十道：“多谢大师点拨。”

司马丹已急忙稽首道：“大师慈心如日，我莫邪一门永志不忘。”

亦遭笑道：“司马掌门言重了，也许老衲是为你莫邪门打开了一扇地狱之门，司马女侠若能急流勇退，或者尚可抽身。”

司马丹道：“大师先以掌门呼我，再以女侠继之，莫非心中尚有犹豫？”亦遭闻言，朗声笑道：“司马掌门神思敏捷，倒是老衲多虑了。”

又说几句，众人回到莫邪堂。

次日一早，段简清慌慌张张地跑来告知：“司马前辈，师父……圆寂了。”

司马丹如遭雷击，惊声道：“怎么会？”说话中，已快步抢出，来到佛堂，果见亦遭面色从容体态安详，已经圆寂多时了！

一瞬间，司马丹觉得脑袋里就如同洪水泛滥，良久，方静下心来。

司马丹明白了亦遭大师一番苦心了：他肯定知道莫邪门“叠罗汉阵”有某种缺陷，才万里迢迢赶来莫邪的。

待将亦遭后事处理完毕后，司马丹问段简清，亦遭大师可有话留下来？段简清道：“正是。”接着，便将亦遭留给司马丹的话背诵出来：“逆来顺达，旁见侧出，横斜平直，各自相除，得自然之数。”

司马丹暗忖这本是东坡学士对吴道子所做之画的评赞，老禅师留给自己莫非另有用意？

苦日则认定这是大师在指点“叠罗汉阵”的招式变化之要，将来有时间，再和师兄弟切磋、印证。

司马丹见段简清木木讷讷，欲言又止，便问缘由，再三之后，段简清看看众人，低下头，悠悠叹了口气道：“师父……命我还俗。”

蔡无汤道：“还俗，有什么不好意思？”

蔡有勺道：“还就还了呗。”见难天正瞪自己，急忙道：“当然，能做圣僧们这样的和尚还是不错的。”

司马丹听了段简清的话，道：“在寺求佛，在俗亦可求道，寺俗虽不同，但求大义的理想总是相通的。”当下便安排段简清和李文贝住在一起。

段简清起初甚是忸怩，但毕竟年轻心热，几天后，和众人厮混熟了，也就山里山外，马不停蹄忙起来。这时，人们才发现，这个动辄就“我师傅说”的青年，其实也挺有意思。

这几天，莫邪是另外一种平静，深味亦遭禅师之苦心的司马丹，常嘱“三圣僧”但有机会，便抓紧时间秘密习练“叠罗汉阵”。

李文贝、养月儿和朱梦华三人的伤已大致痊愈，尤其是李文贝，已完全能够行动如常了，除了身上的几处疤痕外，激斗巨魔牛金星似乎也没有给他留下什么。

养月儿则意外地拘谨、局促，没有什么事的时候，就和苦日拉拉话，更多的时候，是一个人独自在屋中静坐或做些女红。有时，她也主动找胡春儿，和胡春儿往后山去看看那些山民。

这日，朱梦华来向司马丹辞行说在云贵接壤的深山中，有她先人藏聚的 财宝，取来也可解燃眉之急。

司马丹无论如何不放心让朱梦华只身外出，正为难时，段简清走出来，朝司马丹道：“司马掌门，晚辈愿随朱姑娘出发，那里的情形晚辈也很熟悉，想来——”

朱梦华道：“段公子武功不弱，有他相助，司马前辈大可放心。”

二人离开后，养月儿很想亮明自己的身份去向附近的驻军、衙门和那些豪绅大户们弄点粮食来，但话一出口，即遭到司马丹等人的坚决否定。

司马丹反对是因为她不想再引起什么意外，她总觉得胡冰很快就会通知她即刻赶往昆明，她不想让可能的意外，破坏了下一步的行动，为此，她严禁“三圣僧”和其他人有任何“出格”的行动。

这一年的春天，莫邪山方圆百里，飞鸟不形于空，走兽乏迹于地，但不管莫邪人如何竭尽全力，莫邪还是开始断粮了。

见情形越来越难以维持，司马丹咬咬牙，唤过“三圣僧”、蔡氏叔侄和南柯梦云一干人，说如此如此，准备行动。

但山下忽然传来消息，说城里那家最大的粮行同意放粮了，价格比秋天还低，还表示，如特殊情况，就算赈灾，分文不取也可以。

司马丹惊道：“这怎么可能？”

因为司马丹和海空曾以商家的身份，和那家粮行的毛老板有过接触，无论司马丹如何求救，甚至软硬兼施，毛老板都坚决地一毛不拔。

第四十四章　难局

司马丹唤来莫文，莫文讲述了“三青年”事。

原来是李文贝、养月儿、胡春儿三人，到毛老板家，假扮财神、灶神，连哄带吓。毛老板被吓得魂魄俱裂，只能按照几位“假神”的意思，将囤积的米粮按最低价格卖出……

听了莫文的“讲述”，司马丹急忙吩咐苦日化装带着莫力往邵州城内去察看毛老板的动静，密切监视出入毛府的人物，倘有江湖人物和毛老板过从甚密，立即来报。苦日急急领命而去。

看到司马丹坐卧不安的样子，胡春儿正想说什么时，却听司马丹道：“要是毛老板那里把事情搞大、搞复杂，你们，个个都……”

可是“都”什么，司马丹一时又说不上来，只斥责胡春儿道：“春儿，你一向冷静，如何这次这般冲动？你以为天下的事就这么简单？”言毕，挥挥手，道：“出去吧，你们——”

养月儿道：“总归是怨我，干什么都要拖别人受累。”

胡春儿急忙道：“可别这么说，凭良心说，即便你不在，表哥不在，我也会想点办法的；退一步讲——”

胡春儿左右瞧瞧，压低声音道：“就是咱们不想办法，姑姑也会采取措施的；只不过咱们处事不周，挨了姑姑的训，那也理所当然。”

听胡春儿这样说，养月儿心下略安。

三人这两天心里不安，做事格外卖力。他们跑前跑后，少说多做，不说也做，让许多莫邪人都感到很意外。

难天和海空，嘀咕：“小伙子倒也罢了，可两位姑娘平时矜持得就像仙女，如今怎么了？”

二人很快就搞清了事情的来龙去脉， 愤愤地找来，一人责问道：“做这等事，也不招呼我两个前辈，也太目中无人。”

另一人更恼火：“也难怪掌门师妹责怪你们，有了好事，独占独享，掌门师妹自然看不过眼了。”

一人道：“贝儿，以后可得记住，我二人虽然是长辈，可许多时候，咱们还是能走在一起的。”

另一人道：“春儿，要是凡事都能和我们长辈商量商量，掌门师妹肯定不会生这么大气的。”

幸得毛老板的“配合”， “三青年”才放下心来。

苦日带回来的消息是，毛老板这几天并没有刻意安排和什么人接触，他的善举看上去真的很由衷，他常常笑容满面地巡视丁他放粮的各个场所。

当然，司马丹免不了还是要将三人教导一番的：“日后行事，切不可冲动，须知诸多事情看似简单，其实每每牵一发而动全部。”

冬天到了，雪片飘飞，许多人说这种天气很罕见。与风雪同来的是麻隆中。

麻隆中给养月儿带来了皇帝的圣旨和杰如的家信。看了信，养月儿笑着和莫邪诸人告别。她笑着感谢大家对自己的包容。

李文贝上前两步，挡在养月儿的前头，却是欲言又止。

养月儿也不语，只深深地朝李文贝拜下去。

李文贝急忙伸手去扶时，却见养月儿忽然飞身朝后跃起，眨眼便已不见踪影。

司马丹过来，道：“贝儿，月儿是个好姑娘……”

麻隆中和众人拱手作别。

这天，司马丹又接到胡冰的飞鸽传书，大致内容是说他终于和吴三桂有了初步的接触，虽得到顾方的大力协助，但千头万绪，颇费思量。

忽听李文贝道：“姑姑，有人进了回龙谷了。”

接着就听有人高声吟道：“苍天恨尽无国色，醉卧独向老牛车， 山松寒雪路歌难，可堪塞外提刀客。司马掌门，故人贺紫冒昧来访。”

紧接着，又有两人的声音随后响起：

“丐帮俞半碗、史步宜请司马掌门并莫邪‘三圣僧’安。”

司马丹暗想：“多少年来和丐帮素无往来，他三人此番到来，莫非也和大哥在昆明的活动有关？”

这样想着，已率众出了莫邪堂，高声道：“贵客光临，有失远迎。”

话音未落，已见三条人影带着“嗖嗖”的风声，在莫邪堂外落定。

中间的那人个头挺拔，虽然浑身邋遢不堪，却也掩饰不住那种好像是与生俱来的威严。左侧一名中年妇人，身子颀长，脸上沧桑纵横，这二人当然就是大名鼎鼎的俞半碗、贺紫夫妇了。

俞半碗右侧还站着一人，此人鹑衣百结，发乱如蓬，两臂软软地搭过膝盖，是丐帮司法长老“长臂如来”史步宜。

司马丹拱手道：“原来是俞帮主、贺女侠和史长老到了，司马丹有礼了。”贺紫还礼道：“罢了，不必客气。”

司马丹道：“三位远道而来，必有指教，请到堂中叙话。”

贺紫摆摆右手道：“不必，还是外头的好，外头风冷，能让人清醒，你那莫邪堂……谁知是不是咱们这种人说话的地方。”

司马丹正要说话，贺紫又补了一句：“当然，这里也干净些。”

司马丹道：“贺女侠，我莫邪这里原本是干净的，不过现在……”

贺紫怒道：“现在如何？司马掌门，你不妨把话说清楚。”

司马丹却不吱声了，史步宜跨出，站在贺紫侧前，道：“老叫花明人不说暗话，只想知道司马掌门对胡大侠南下的态度。”

司马丹也不犹豫直言道：“还在观望。”

史步宜咳一声道：“司马掌门，事关天下，咱丐帮不能坐视不理。”

司马丹冷笑道：“看来你们又要替天行道了？”

史步宜道：“胡大侠在司马掌门尚未从武夷返回莫邪时即已先行离开，想必事先也和司马掌门商量好了，或者胡大侠此行也是司马掌门的意思？”

司马丹道：“丐帮既将我兄妹和莫邪的事情都摸得一清二楚，又何必多言。”

贺紫道：“司马掌门，你也不能过于目中无人。”

司马丹道：“贺夫人，嘴长在你的脸上，你可以随心所欲地说；腿长在我的身上，我也可以风雨无阻地走。把你放在眼里又如何？二十年前，公子死无葬身之地；

两个月前，我二哥死无全尸；如今，我大哥还在四处辗转，期间没有得到哪位大英雄大侠客的帮助是不消说的了，反而总有些自命不凡者，不知出于何种目的，信口开河，谗言诽谤，让人思之不胜心寒。”

众人见司马丹忽然变得这么激动，大异平日的深沉幽远，也不由伤感。

贺紫道：“既以正道自居，岂能计较个人得失？事实已经查明，李岩将军之死，系由牛金星谮害，司马掌门对此也肯定是心知肚明。”

司马丹道：“往事不说也罢，但大哥和公子一样，从不会为自己谋私利， 更不会做出对不起天下的事。三位，不知我司马丹的话算不算说清楚了？”

贺紫道：“司马掌门这就算是下逐客令了吗？”

司马丹道：“三位自然也可以在此住下，司马丹言尽于斯，已经无话可说。”

贺紫恨恨地道：“司马掌门，你所言含混，可见所谋也拿不到明面上……”

俞半碗、史步宜均感奇怪，按照他们的估计，就胡冰南下的事，司马丹至少也应该和他们客气两句，不料司马丹的言辞不软不硬，莫非其中另有缘故?

俞、史二人急忙抖擞精神，暗运内力，向贺紫靠近。

蔡有勺忽然笑道：“贺女侠像个皇帝，说话就如下圣旨， 吴三桂想做皇帝，显然是痴心妄想，倒是贺女侠哪一天称孤道寡起来，肯定不会输于武则天。”

贺紫大怒，右脚微动，踢起一粒石子带着破空之声，击向蔡有勺，李文贝斜跨而出，伸手将石子接住，朝贺紫作揖道:“贺前辈，有些事恐怕一时也说不清楚……该做的事情总归要做的，何必操之过急。”

原来，李文贝心中记挂着胡冰的安危，实在不想拖延。

贺紫瞥了一下李文贝，道：“原来是李大侠。李大侠不久前勇闯‘三无教’老巢，说来也算是替父报仇了……只不知道过去的两三年去哪里躲来？莫不是和什么人躲在不能为人所知的地方，或者也是要认贼作父贪图富贵？”

第四十五章 苦心

李文贝咬咬牙，用力地闭了会儿眼睛，再睁开。

李文贝道：“贺前辈，不是所有的人都如您所想的那般不堪，前辈是高人，又何必人为地给世人再增坎坷。”

其实，贺紫对李文贝说出那一番话后，心中也不免后悔，现在见他能如此克制，心下也颇多嘉许。

李文贝说完，转身对司马丹道：“姑姑，咱们走吧。”

忽听俞半碗道：“且慢——”

却见他一边走一边嘀咕：“唉，能吃馊饭，心思不乱；唉唉，只说馊话，神惊鬼怕；唉唉唉，只做馊事，半傻半痴；唉唉唉唉……”

走到了李文贝前，抬手向李文贝道：“李世兄请了。”

李文贝还礼道：“俞前辈请。”

见李文贝点头，俞半碗叹了两口气，道：“李世兄不必客气，老俞是一个吃百家饭的老叫花子，你小后生可记下了？”

俞半碗又道：“老叫花只有半下子，老婆也有半下子，加起来最多也只能变成一下子，想做点事，又觉力不从心，所以，冒昧地想向李世兄讨教两招。”

李文贝急忙道：“俞前辈说笑了……”

俞半碗道：“李世兄不必客气，刀头舔血的日子可不容有半点侥幸。”

又对司马丹道：“想必司马掌门也不会拒绝老叫花吧。”

司马丹心中不快，她深知俞半碗夫妇武功高绝，就算一人出战，李文贝也了无胜算，二人齐上，李文贝更占不到好处。

但胡春儿却道："姑姑，俞前辈贺前辈都是武林中泰斗级别的人物，表哥有机会接受指点，也是机会。"

司马丹情知胡春儿心思沉静，她既然这样说，或者因为李文贝胜券在握？又见丐帮三人来势汹汹，若无交代，终究难以离开这里，当下点点头。

俞半碗谢过司马丹，又对贺紫道："喂，老婆子，你有没有要交代的？"

贺紫见丈夫陡然豪气勃发，眉宇间隐隐闪着青年时期的那种风采，心中忽然有一种热热的感觉，应道："那个自然。"

俞半碗道："既如此，老叫花就更不怕被天下英雄耻笑了。"

李文贝道："二位前辈，莫非只此一途？"

俞半碗道："今日我夫妇向李世兄讨教，无关乎天下，无关乎江湖，也不涉及个人恩怨，但我夫妇一大把年龄，江湖上又颇有虚名，胜了人家会说以大欺小，败了人家会说浪得虚名，进退两难，不知司马掌门可有两全之策？"

司马丹没有想到俞半碗还有这样的忧虑，也不知这老叫花到底意欲何为，一时不知如何应对。

俞半碗便道："最好有个僻静的所在，无人打扰，让老叫花夫妇能更安心地向李少侠讨教。"

司马丹闻言喜道："如此甚好。"

俞半碗又问贺紫："老婆子以为如何？"

贺紫道："你俞帮主既然如此说了，姓贺的只好相随。"

司马丹虽不喜二人的行事，却也深知他俩绝不会暗算李文贝，无人在场，更方便双方的进退。

司马丹叮嘱苦日将他三人带到那日给亦遭禅师演示"叠罗汉"的地方，便率众人远远离开。

余者本来想看看三人的身手，哪知俞半碗竟是这种心思，便觉扫兴。

"三圣僧"们虽然担心，但见司马丹如此，也不再多言。

胡春儿和司马丹有同感，不过，想到贺紫出手之辣，心下实在嘀咕不已。

他们驻足处距三人切磋的山谷并不远，不过隔着一座山包，但很长时间过去了，三人登高"展翅"的身形不仅看不到，就连高手出招时必然的呼喝之声都没有。

这让司马丹颇感意外：莫非他们的打斗是另外一种形式？

一个时辰过去了，那边还是了无声息，难天道："掌门师妹，莫非这两人是在和贝儿拼内力？"旋即又道："不对，贝儿的内力深不可测，要是这样，他俩可不是贝儿的对手。"

却听苦日问史步宜道："史长老，你等到底是什么居心？"

史步宜耷拉着眼皮，不看苦日，只道："这等事，帮主没有必要和我等沟通。"

蔡无勺向前两步，又退回来，嘀咕道："武功是要看的，名声是要传的，他三人不让别人看，莫非也是盛名之下其实难副——"

海空喝道："趁早闭住你那嘴——"

突然那边有了动静，众人看时，却见三人先后出谷，李文贝走在前头，脚步踉跄不稳，而俞半碗、贺紫则互相搀扶，跟在后头。

远远地听贺紫怒道："不行！老婆子不能这么赢……"

俞半碗道："下山罢，你还要怎的？"

贺紫喝道："不能，这次你退开，老婆子单独领教。"

俞半碗道："你何以在这里也是软硬不吃？"

贺紫冷冷地看着俞半碗道："你想怎样？老婆子打不过李文贝，难道打不过你？"

俞半碗听了，脸色骤然由红变黑，随后在自己胸口猛击一拳，又复一掌，一口鲜血登时狂喷出来，接着仰天大哭道："命苦乎？抑或是无辜乎？"

哭声中，转身提足，朝回龙谷口发力奔去，眨眼间人已消失得无影无踪，只留下他无限悲苦的哭声："老天，是老叫花无辜还是我姓俞的先天不足？"

贺紫似怔了怔，恶狠狠往地上唾了一口，奋身朝山下追去，口中叫道："姓俞的，你给我站住……"

远远地听俞半碗应道："你是虎，老俞是猫……"

众人惊吓之余，又觉可笑，"二蔡"几乎要笑出声来，但史步宜怪眼一张，"二蔡"但觉一道寒芒朝自己的脖子直扫过来，只好将笑声生生地吞下去。

见史步宜拱手欲走，司马丹道："史长老，有一件事，不知当讲不当讲？"

史步宜道："愿闻其详。"

司马丹便把自己在武夷山进入"三无教"老巢前，看见过丐帮高人的事告诉了史步宜，并问："莫非贵帮此前已获得了牛金星的消息？"

史步宜反问司马丹道：“司马掌门是怀疑本帮？”

司马丹叹道：“史长老，司马丹在这个问题上所以犹豫，就是担心贵帮多心，现在史长老这样说，看来还是司马丹多嘴了。”

史步宜闻言，低头沉思了一会儿，朝司马丹作揖道：“或许真的是老叫花小气了。司马掌门，咱们后会有期。”言讫，并不转身，只双脚一提，人已跃起，身形不变，去势却如流星赶月，眨眼间，已消失在山下的丛林中。

这里，众人将李文贝搀到莫邪堂，好在他所受的都是皮外之伤，众人方始放心。

这天深夜，司马丹做了决定：由司马丹率莫邪“三圣僧”先行，秘密南下昆明。等李文贝彻底痊愈，再带心心随后赶来；莫邪山就由胡春儿、“二蔡”、南柯梦云和“三小莫”留守，当然也有几个假司马丹假三圣僧假李文贝。

次日，司马丹又将那几个“假人”唤来，如此这般地安顿了一番。

当夜，司马丹、“三圣僧”化装后，悄悄由南麓离开了莫邪，一路直往昆明而去。

又过三天，李文贝彻底康复。

胡春儿早已将一切都准备好，她把心心的毛发染成黑色，拍着心心的脑袋，连说话带打手势，神情肃穆地比画了若干遍。

她给李文贝准备了一幅褡裢，让心心藏在里面，告诉李文贝，离开莫邪三百里后，才许心心露面；到那时，李文贝可以是樵夫也可以是书生，然后又将含光宝剑交给李文贝，以备应急之用。

李文贝一一答应，昼夜兼程急行两天后，终于在东川追上了司马丹他们。

为了安全，四人分两拨行宿。

让司马丹不安的是，自离开莫邪后，就再也没有得到过胡冰的消息，在昆明住了三天，仍没有获得任何关于胡冰的音讯。

苦日、李文贝依司马丹所嘱，两次靠近平西王府，但他们一无所获。

下午，司马丹又带着海空往最靠近平西王府的一段热闹街区探视。人群中走了很久，仍旧一无所得，正要回走时，听一个算命先生的声音：“不算命，只算事；不算命之富贵贫贱，只算事之成败曲折。”

马丹历来不喜此道，见算命先生不是招呼自己，便要走开，忽听有细若蚊蚋的声音道：“司马丹，要耐心。”

司马丹大惊，暗忖：莫非这算命先生是宋献策？

这样想着，便在距算命先生摊位前不远处选了个有利位置站定。

果见有人大步流星而来，定睛看时，却见是两个很有特点的人，正走向算命先生的摊位。

两次来到摊前，前面的人朝周围喝道：“走开——”

算命先生笑道：“老朽算尽天下事，天下事归老朽算，若无天下人来看，这卦就不灵了。”

后面那人笑道：“老先生言之有理。”

那人走到算卦人摊前，盯着算命先生道：“事对天下，想必这就是老夫两次请老先生， 但老先生却执意不肯往寒舍一叙的原因吧，如此，就请先生为老夫测几个字如何？”

司马丹侧着身子，有意地阻挡着海空的表情。

那人提笔写下一字，算命先生道：“阁下的这个‘子’，乃‘一’与‘了’的合体。”他拈着胡须道：“阁下固然有一了百了的意思，但‘子’者，后世之后人也，阁下莫非因为放不下身后之事方意有所动？只是这‘了’上加‘一’，正中一横，那么，阁下想‘了’的心思就不大容易了。”

那人闻说，又写了一字，道：“这个字如何？”

算命先生看了看那人写下的字，说话更加严肃了：“这个‘止’字……”提笔在“止”上加了一横，道：“阁下请看，如今这‘止’就成了‘正’， 正者，真也；真者，本也，阁下只因一步之差，而不真不本，诚可憾也。”

那人提笔又写了一字，道：“这个字又如何？”

算命先生的声音也提高了几分：“‘自’乃‘目’上加撇，这一撇，乃披风之形，阁下心中有事，举目不明——”

那人方欲再写，旋又停住，看着算命先生，笑道：“先生语带双关，此番言语莫非专指老夫？”

算命先生道：“既是相遇，也是运数，阁下这样说，也未尝不可。”

那人拱手朝老头道：“谢了。” 转身吩咐身侧那人道：“重赏！”然后，拽步而去。

但留下的这人却无意重赏算命先生，他朝远处甩甩手，就见有三人紧紧护着已走的那人去了。然后，恶狠狠地对算算命先生：“一派胡言，老匹夫，今天打发你上路。”

言讫，“咔嚓”一声将桌子拍成稀烂，但算命先生已不见踪影。只空中响着算命先生依旧沙哑的声音：“东海缥缈影浮动，大漠深处有涛声，三生石上回风浪，朝来昔往两眼空。”

司马丹带着海空正要随着人流离开时，忽觉右手微微一震，低头看时，手里已多了一张纸团，旋又听到那个细切的声音：“诸事小心。”

两人匆匆回到客栈。

司马丹手里的纸团，是吴三桂平西王府的示意图，所绘情形虽然复杂，可苦日和李文贝已两次探过那里，是以一看便知。

司马丹沉吟道：“看来，那算命先生当是少林枯心大师，而那来测字的人，就是吴三桂了。”

苦日道：“几年前，枯心大师和废云道长是离开清水堡后一齐失踪的，没想到他竟在这里出现。”

海空道：“掌门师妹，真的是枯心大师？会不会有人给咱们下套？”

司马丹道：“有可能，不过他念的四句诗我却听过。昔年，我和公子曾去拜访枯心大师的师傅、那时的少林方丈是行了大师，但传出来的消息却是行了大师于午时圆寂了；当时就是枯心大师见的我们，他说行了大师已知公子将访，留下了四句偈语便圆寂了，偈语就是今日测字先生念的四句诗。”

难天道：“这老和尚，有什么话直接跟咱们说就行了，何必这样藏着掖着。”

司马丹道：“难师兄，不管他是不是枯心大师，他不和咱们正面接触，总归还是对我们有好处，毕竟吴三桂已经注意到他了。”

过了一个时辰，司马丹道：“夜探吴府，就在今日。”

但司马丹的决定又不免让“三圣僧”失望，因为司马丹只让李文贝一人前往。

司马丹命李文贝将示意图上所有的内容都记下来。

司马丹道：“不管发生任何事情，都必须按着图中箭头所示的方向前进，若行不通，你就只能退出来；你不能采取任何行动，哪怕有人将刀子已架在姨丈或别的什么人的脖子上；你也不能被生擒，如果决定自尽，就首先将自己的容貌毁了。”

司马丹又叮嘱苦日将一瓶“海天一日”交给李文贝，道：“也许，用得着。”

司马丹又道:“吴三桂手下有一个叫刘玄初的人,此人很神秘,是吴三桂的军师,吴三桂所有的重大决策都与这个人有关,要是你能见到这个人,更要留心。”

眼见时辰已到,司马丹吩咐李文贝即刻动身。

李文贝藏在靠近院墙这棵枝繁叶茂的梧桐树上已有半个时辰了。

今晚,天上有云,月亮在云缝中游移,偶尔,也有几丝月光从云层中射出来,好像是带着磷光的暗器。

终于,李文贝听到院中有人的声音了,来自王府很深的地方;可仔细再听,又不免失望,原来那竟然不过是人的呼噜声。

月影已经偏西,偏西的月影又开始下坠。

李文贝开始默念水月精神练气真诀,他决定,假如默念三遍,不,五遍后,如还没有机会的话,就回去。

然而,一遍未完,便感到了有人在夜行。

这人来得好快,瞬间就来到树下的墙根处,然后到距李文贝藏身的那棵树五六丈远的一处屋前停下,低声道:“王爷有请。”说完,飞身窜起,一阵微响过后,人已去得远了。

屋内有人低声应道:“是,总爷。”随后,便见两道人影自屋中闪出,尾随着总爷一路追下去。

李文贝暗能睹物,已认出后来的这两人一个是少一尘,另一个则是亦遇。

李文贝正要跟上去,忽听“嗖嗖”两响,但见两支劲弩向自己的藏身处射将来,李文贝缩身躲过,心中暗自叫苦不迭:“如何尚未发动,就被人发现……”

但飞弩过去以后,却再没了动静,李文贝探头张望时,院内也是寂然无声。

原来这是试探。

在感到少一尘二人扯起的风声要消失的时候,李文贝趁着月亮躲进云层的一瞬,提气追了下去。

那总爷似乎对身后很不放心,移动时要么突然停住,要么突然向后兜回来。这样,转了几个弯后,少一尘、亦遇消失在一座假山的阴影中。

假山的后面有一条护城河,宽约丈许。

李文贝定了定神,记得那张图上箭头的指示就停在假山那边不远的地方,那里，是图上强调的一个重点。

李文贝手在地上轻轻一按，旋即腾空而起，就如一枚秋叶落到了假山上。

这时李文贝方发现这所谓的假山是一堵界墙，将偌大的王府隔成东西两个部分。

这界墙三面环水，与对岸只用一根胳膊粗细的铁链连着。

少一尘和亦遇正踩在着铁索上，颤悠悠的，很紧张很谨慎的样子。

等二人过去，李文贝正要起身时，忽觉假山下有轻微的吸气声，李文贝急忙将身子缩到假山的一道石罅中，闭气不出，即见一人从暗影中跃上那道铁索，过去了。

这人自然是那位总爷了，李文贝突然觉得总爷的背影与牛金星很相似。

第四十六章 对策

这总爷在跃上铁链不久，又转过头来，倒着身子往对岸踩过去，两步后，突然一个后翻，越过护城河对岸的高墙去了。

李文贝疾掠而起，飞身跃过，伏身藏在河对岸那排房子的一棵树上。

很快便听到屋中有人在说话。

一人道："老和尚突然在这里显身，莫非这里还另有玄妙？"

接着便听到那总爷道："王爷，是谁不重要，关键是他的意思……"

显然，这王爷就是吴三桂了。

吴三桂道："别的话也就不用说了，只请先生多留心……对了，研制新兵器的进展如何？"

总爷道："不出四个月， 定能投入军中；只是胡冰至死不肯配合——"

李文贝虽得司马丹提醒，如今闻言，仍感震惊。

吴三桂道："此事系由先生一手操办，具体的做法本王就不听了。"说完，似乎又客气了两句，便起身去了。

静默了片刻后，忽听这总爷冷笑道："先生？刘玄初早就死了，王爷，下一个死的，是你还是我？"

顺着一种几乎不是听到而是感到的声音，李文贝闭着眼，竭力将水月精神与空中散淡的月光融合在一起，终于，他能听到 断断续续的声音， 这其中有姨丈胡冰之声。

可是李文贝不能再听下去了，远处，东方的天空似正有一丝晨曦要破出黑夜。

李文贝虽然能想到胡冰处境艰厄，但他肯定想不到总爷的手段。

总爷把胡冰浸泡在水牢里，津津有味地看着各种水蛇、老鼠和云贵特产的狼蚁在胡冰身上叮咬，看着那些没了毒性、撕咬却更加有力的怪物在胡冰身上扯出一道又一道的血痕，看着那些白蚁在胡冰的耳朵里鼻孔中钻进钻出，总爷咂叭着嘴唇，时不时用一根白柳枝很有节奏地抽打胡冰两下。

总爷抽打很到位，很容易就能将昏死过去的胡冰抽得醒过来，胡冰道："胡某一生争强好胜，这次，也想争一争……看看到底是鬼可怕呢？还是人不可战胜。"

听了胡冰的话，总爷有点恼火。

总爷很清楚，胡冰一旦死在平西王府，他也就万事皆休。

胡冰是半个月前公开和吴三桂接触的。

在和吴三桂接触前，胡冰听说了司马丹和李文贝等人大破"三无教"老巢的消息。

经过几个不眠之夜后，胡冰终于下定了决心，要和吴三桂谈一谈。吴三桂率一批文臣武将以最隆重的礼节接见了胡冰。

吴三桂拉着胡冰的手道："非常时期，咱们正该捐弃前嫌……"

胡冰道："平西王文韬武略，今日方知昔日李闯王之败，也并非偶然。"

原来那日，胡冰接到了"圣手书生"顾方转来的秘密消息，说清廷已动议削藩。顾道长还说，他目下正在游说尚、耿二藩，估计不日会大有突破。

那晚，胡冰什么也没做，一直坐到天明，最后下定了决心。

得知胡冰要离开昆明，吴三桂眼睛眨了眨，笑着挥挥手道："什么也不必说，有缘千里来相会，本王和胡大侠还会再见面的。"然后嘱刘玄初道："就由先生代劳，送胡大侠一程。"

刘玄初把胡冰送出很远，出了昆明又出了郊外的一座小镇后，二人拱手而别。

朝阳如血，枫林寒意也浓，胡冰转过一座山包，回头看时，却见刘玄初背他而立，那一瞬，胡冰觉得刘玄初就好像一棵脱光了叶子的枫树，枝枝杈杈，通体向上，却又锋芒毕露，——胡冰感到一阵冷意向他袭来。

胡冰加快了脚步，但浑身的冷厉之感却越来越浓重：小路两侧，高树低草，都弥漫着肃杀之气。

胡冰定定神，继续向前，但十余丈后，胡冰已分明地感到，这一阵浓过一阵的萧瑟，已经变成了凛凛杀气。

杀气阴冷而凝滞，朝他全身席卷过来，让他举步维艰，连呼吸也感到困难。

胡冰只能放慢脚步，他感到了生平从未有过的压力。

再转过一个小山坳，胡冰看见了一个人，——一个敌人。

敌人背对着胡冰，坐在那条仅可通人的小路中间，身躯挺直，浑身玄色衣服，肩上还搭着一柄拂尘，——敌人是个道人。

在胡冰距他还有两丈远的时候，这个道人冷冷地道："胡冰，此路不通。"

胡冰心头大震："道长，原来是……是你！"可他还是很快就控制住了自己，道："不管胡冰从哪条道上走，道长都是要把胡冰挡回来，挡在这儿吧？"

道人道："胡冰，这不是挡，而是改造。"

胡冰盘膝坐下。

那道人蓦地转身，喝道："胡冰，你莫非还想做困兽之斗？"

这个道人就是顾方，他现在的身份是吴三桂帐下的第一幕僚刘玄初。

胡冰道："胡某现在是该称你为顾道长呢还是刘先生？"

顾方脸色一寒，喝道："不要废话，亮出你的兵刃。"

胡冰道："降妖伏魔，丹心是剑，对付鬼，人间一切兵刃都不管用。"言讫，随手捡起一截枯枝做了个刺击动作。

眼见顾方扑来，胡冰正要跃起，不料身下一声炸响，跟着头上一张渔网罩下来，四周又有强弩的射击，而顾方则是拂尘脱身，尘柄倒射直出，击向胡冰咽喉。胡冰本已被炸伤，避开飞箭和顾方的拂尘时，那张渔网已经兜头落下。

彼时，在距他二人二十多丈远的一棵大树上，一个人影溜下来，悄然没入深草中，就像一条蛇，迅速地消失了。

顾方将胡冰"接"回来的事情，只有吴三桂等几人知道。这几人轮番劝说无果，就不止一次向王爷建议，将胡冰了结了算了，吴三桂坚决反对。

吴三桂说倘若胡冰死在他平西王府的消息让别人知道了，他以后的进取之路就会多一层障碍。

吴三桂意味深长地看了刘玄初一眼，让他制订处置胡冰的方案。

刘玄初恨得牙根发痒，可还得点头。他的难题是，如何才能把胡冰安全地送到那个地方，又不致暴露了自己。

听了李文贝的汇报，司马丹命李文贝把在吴府中听到和看到的每一个细节、每一句话再重复一遍。然后，司马丹嘱李文贝等快点休息，自己开始向隅而坐。

一个时辰后，她用十分确定的声音低声告诉几人，他们很快就可能和刘玄初面对面了，这是一个可怕的魔头，合我们所有人的力量，恐怕也不是这个魔头的对手。而最关键最难办的一点是，倘若这个刘玄初一旦觉察到我们的动静，他就会立刻缩身逸去，想捉着他固不可能，甚至也休想再看见他。

司马丹还说，我们现在的有利方面是两点：一是这个人现在行事可能不是最冷静的时候；二是，吴三桂对这个人肯定也起了疑心。

忽听李文贝低声道："姑姑，有人来了。"

原来是段简清和朱梦华；二人昼夜兼程，一路赶往朱梦华先祖藏宝的山中，哪知去了以后，已是洞毁财亡。

朱梦华惊疑不定，只得快速返回莫邪，方知司马丹几人已秘密南下。

胡春儿深知姑姑司马丹此行干系重大，当段、朱二人执意也要赶去时，经过慎重的考虑后，点头同意。

司马丹每一次移动都留有信号，以备和胡冰、胡春儿可能的联系，所以，二人也就很快找到了这里。

司马丹又得了两名生力军，自是高兴异常。简单给段、朱二人做了番介绍后，又将原先的计划进行了必要的补充。傍晚时分， 七人分批先后而动，最后离开的是李文贝。

天蒙蒙亮，有四个人分两拨在昆明东北的重镇曲靖会齐。黑瘦青年和"童仆"，是李文贝和段简清，后面两人则是苦日和难天。他们四人要在曲靖镇外一处路口埋伏，司马丹则带着海空、朱梦华到另一处监视。

按照安排，扮成胡冰的苦日隐在前面靠着小路的一座山丘后，密切注意昆明方向。

李文贝则潜藏在距小路十余丈远的林子里，当居高临下的苦日发出了发现异常的讯号后，他要把这个信号转给已扮成劫匪、守在路口的难天和段简清。

直到 次日中夜，李文贝才终于听到远处有很急促的声响。

很快，李文贝听清楚了：来的是三人和一辆马车，就是说，连同赶车的在内，和这辆车同行的，共有四人。

他们都具有不凡武功，就连那驾车的马，看来也非比寻常。

李文贝悄悄地探出头来，就着月光，看见难天和段简清已经挡在路上。难天背对来人，而段简清则侧对着车马。

段简清高声道："此路是我两人开，此树是我两人栽，尔等若想从此过，就要留钱买路来。"

驾车的急忙拉住马，叫道："喂，朋友，借个道。"

段简清看看，又道："又开路来又栽树，从此这里无恶畜。尔等要想从此过，快快出钱好上路。"

马车前头 那两人耳语了两句什么，却见一名短粗汉子跃上一步，扔出一块金子。

难天反手接住，对着月光看看，咬咬，复又掂掂， 道："不错，是真金子。"说完，将身子一挪，将路让开半边，道："师帮主，你可以过去了。"

短粗汉子吃了一惊，暗想这人竟然看破了自己的身份，果然有些来历。当下，也不说其他，谢了一声， 招呼后面道："走。"

哪知难天又挪身挡住，只道谁出钱谁过。

驾车的是"黑虎帮"长老齐同，护在车后的是"南海威云帮"帮主洪福来，分别在马车左右护卫的是"大鲨帮"帮主王叫天和师盛天。

几人中，王叫天的脾气最为火爆，平素也很看不上师盛天逢人就低头的样子，如今见他又是一种任人宰割的熊样， "冷哼"一声便亮出了兵刃。

洪福来唤住王叫天道："上头有话在先， 王兄忍一忍。"

王叫天闻言，果然泄气，只好和其他二人拿出银子。

难天接过银子，又像以前那样检验了一番，认定是"真的"，便和段简清同时侧了侧身子，道："就请四位上路。"

几人正要赶车上路，难天和段简清又挡在路中央。

师盛天见状，声音不由抬高了几分： "二位还当言而有信吗？"

段简清道："师帮主，难怪你偌大年纪，只能做个喽啰。人家是从喽啰到帮主或到把总再到王爷最后成了皇帝，你只能是从帮主到喽啰再到丧家之犬，原来你非但脑子不够用，眼睛也不过徒有两个黑窟窿而已……"

趁着这当儿，心心已悄悄地掩到车底，摸到车上，看到了车中情形，便退出来先后去给李文贝、苦日比画了一番。

苦日急忙打发心心往司马丹那边报信去了，而李文贝则发出几声蚊虫一类的轻叫，示意难天、段简清继续执行司马丹的意思。

而根据李文贝带出来的消息和自己的推敲，司马丹得出了判断。

既要杀害胡冰还能谋得其他好处的目的，刘玄初最好的办法，就是将胡冰送给广州的尚之信。

那尚之信自然急于向胡冰索要李岩的遗物，到时只要刘玄初小动唇舌，胡冰必死无疑。

胡冰死在广州，尚之信就成了武林公敌，那时，他只好托庇于吴三桂。

司马丹认定他们去广州只能是这两条路，也就“兵分两路”，由心心来回策应。

这边段简清道：“先前的买路钱，只是你们几个过路费，这马，这车，既没交钱，自然过不得。”

王叫天终于大怒，这次，是师盛天拦住了王叫天。

师盛天又从怀中摸出一锭银子，送给难天道：“这次，总行了吧。”

齐同冷笑道：“师帮主，你退一步，人家进两步，你想就这样过去，就算把你全部的家当给人家，恐怕也是不能。”

段简清道：“还是齐长老有思想。几位在江湖上臭名昭著，能请动你们的肯定是王爷一类的人物，让你们押送的，当然价值不菲，你等只出这点就想过去，岂不是说我二人没眼光好欺骗吗？”

第四十七章 皇裔

难天点点头，道：“不错，只要你们把车上的金银留下，就能走了。”

段简清道：“ 我俩只要这一车，肯定下不为例。”

见四人还在忍着，段简清松了口气，道：“要不，我俩只要车上金银的一半，如何？你们现在就将金银卸下来，我二人保证只取一半。”

难天笑道：“对了，这叫作盗亦有道，——老二，你去看看，他车上到底有多少银子， 取一半，又该是个什么数。”

段简清道声“是”，便起身朝马车走去。

难天则提醒段简清道：“老二，师帮主可是做好要你命的准备了，趁你弯腰的时候，左拳猛击你的太阳；王帮主就更不要脸了，现在正瞄着你的屁股， 假如你的动作过于粗糙，就可能要被扎出两个洞来。”

段简清左右瞅了瞅，又继续向前，道：“多谢老大提醒。”

师盛天几人听得心惊不已，他们几个刚刚拿好了兵刃，步子还没有站成形状，人家就喝叫出了他们可能采取的攻击招式。

眼见段简清要打开车帘，师盛天铁拳如锤，直捣段简清太阳穴，而王叫天的一对象牙棒也确乎是硬扎段简清的臀部。

段简清忽然一招倒挂金钟，头下脚上，翻贴在车厢上，刚好躲开了师、王二人的合击，顺便将车厢门拉开。

可是，这车厢的构建很特殊，门内还有一层薄薄的防护，好像是蒙着布帘之类的东西。

段简清还在查看，师盛天、王叫天一左一右，又朝段简清攻过来。

段简清挥掌震开了王叫天的象牙棒，跃到难天身边。难天抓住洪福来的铁铲，手腕微抖，即将洪福来震得倒飞出去。齐同见状，哪里还敢轻易向前？

难天问段简清：“如何？里头装得多少宝贝？”段简清道：“好像不是金银……看样子是一个人。”然后又做沉思状，道：“会是谁呢？”

难天拍手道：“这四个家伙都干过贩卖人口的勾当，以他们的身手，如今联合起来贩卖的人，自然非同小可，恐怕不是王爷也是将军。”

段简清道：“果然如此，他们肯定看见王爷好运到头了，将王爷用蒙汗药放倒，准备卖了。”

难天道：“王爷值多少钱？”

段简清道：“不好说。”

难天对四人道：“你们走吧，这个人咱们要了。”

师盛天知道硬来肯定行不通，便换了种口吻道：“敢问二位名讳……”

段简清道：“想听我弟兄的名讳，那也不难，可是你们得先站好，做好准备，以免说出来把你们吓死。”

然后他指着难天道：“这位么，就是‘三无教’教主牛金星，在下么，当然就是牛教主麾下的护法了。”

师盛天情知这二人在胡扯，也只能虚与委蛇，拱拱手道：“久仰久仰。”

难天忽然烦躁起来，道：“既然久仰我二人的大名，那就快快行动，车里的人咱们要了。”说着，右臂一探，已将王叫天抓住，随手摔掷出去。

段简清挡在难天前头，对师盛天三人道：“你们，给人还是给钱？”

洪福来、齐同见状，情知此关难过，但后退肯定无路，当下双双跃到车前，一个使剑，一个使钩，低喝一声便分别攻向难天左右。

难天抬脚踢向齐同持勾的手腕，等齐同的金钩正要变招时，难天的右脚在一提一顿间，已将齐同的金钩采住。

趁着齐同动作稍显迟滞，难天右手疾探，抓住齐同的领口挡向洪福来刺出的夺魂一剑。

眼见洪福来剑尖磷光闪闪，朝自已的左肋刺过来，齐同吓得大叫起来，难天手腕一抖，将齐同抓住扔了出去。

洪福来见状，剑尖自下而上划出一道圆弧，脚跟突然使劲，朝后仰过去，手中的如意剑突然长出半尺，淬过剧毒的剑尖，径取段简清咽喉。

段简清右脚一滑，侧转身子，双掌齐出，夹向洪福来的如意剑。

洪福来拇指在剑柄机栝上轻轻一按，如意剑骤然又长出二寸，接着，手腕微微一提，剑尖划向段简清小腹。

难天"冷哼"一声，鱼跃冲出，探手将洪福来的左腿小胫抓住，然后长臂直出，夺下他的如意剑，左手向洪福来眉心击去。

洪福来失了兵刃，却了无惧色，难天急忙收回拳来，道："倒也是一条汉子，自行了断去吧。"

洪福来捡起如意剑，举剑刺向自己，忽又停住，朝难天道："你不是牛金星，若不给将死之人一个明确的说法，洪某死不瞑目。"

段简清道："你也可以不死，可咱们就是咱们——"

洪福来叹了口气，手上用劲，剑刃在自己脖子上一划，登时倒地毙命。段简清叹道："既知今日，何必当初。"

师盛天早已软得浑身无力。

段简清左右看看，命师盛天："驾车向北，先到林子里躲起来，再砸开车子。"

躲在远处的李文贝暗赞段简清的聪明。但他很快觉得有点不对劲了，空中的阴湿之气好像也越来越凝重，就连草尖也好像要垂下头来。

眼见师盛天赶着马车转过一个小山坡，忽听难天嘟囔了声什么，段简清转头看时，却见难天神情大异，显得异常挣扎。

段简清也很快无以为继了，他觉得有一股杀气绞向他的脖子，他几乎喘不过气来。

而驾车的马也是裹足难前，前蹄一阵急刨，嘶鸣不已。

随即，一个阴恻恻的声音就在此时响起："师盛天，去死吧——"

这声音就如刀刃的寒芒，从草尖掠过，然后又从人们的头顶扫过来。

师盛天一下子跌在车轮旁，抖若筛糠，好像要说什么，却又说不出来。

但那声音还在继续："去死吧——"

话音刚落，一根枯枝从地上飞起，朝师盛天咽喉刺过去。

忽听一人喝道："人的性命，怎能操纵在鬼魅手上？"喝声中，一条灰色的人影从空中飞过来，掌风如剑，将那根枯枝斩断。

这人既救下师盛天，又向高草深处喝道：“刘玄初，现在，你还有什么话好说？”——正是李文贝。

喝声刚落，即见一人如轻烟一般，从深草中漫起，赫然就是刘玄初。

刘玄初有点吃惊：“是你？你果然在这里。”

李文贝又一次觉得刘玄初似曾相识，道：“你到底是什么人？”

刘玄初不语，向前几步，看着难天也慢慢靠在李文贝身边，道：“看来，不管怎样，老夫都躲不开你们。”

见段简清也缓缓站起，道：“你是什么人？”

听了段简清的自我介绍后，刘玄初点头道：“亦遭和尚死了吗？”

段简清惊道：“前辈如何知道？”

刘玄初冷笑道：“司马丹能走到这一步，自然有人相助；亦遭和尚要是不死，她怎么会寻到这里？你怎么又配站在这里？”

远处骤然传来一阵急促的马蹄声，眨眼间，三人一猴先后赶到。

当先一人是海空，司马丹居中，骑在马背上的，是朱梦华和心心。

这匹马是他们在半道上遇到的，好好地拴在一棵树上，周围却看不见别人。

眼见几人将他围在当中，刘玄初冷笑道：“今晚咱们就在这里做个了断。”

司马丹点点头，将苦日唤过来，把自己和其他六人又向刘玄初做了介绍，然后对刘玄初道：“现在，该你了。”

刘玄初道：“老夫刘玄初。”

司马丹先吩咐段简清将马车赶到一个相对平稳的地方，方对刘玄初道：“说来惭愧，直到昨天晚上，司马丹才想明白，你的另外一个身份，就是顾方——”

周围六人闻言，俱皆大吃一惊。

司马丹接着道：“但这也不是你的真名，你还有一个身份是‘三无教’教主。”

李文贝脱口而出：“你果然是牛金星。”

司马丹又道：“牛金星、顾方、刘玄初，这三个名字，哪一个说出来都如雷贯耳，可这三个名字还都不是你的真实姓名，你其实是建文皇帝的后人，姓朱。”

这人长叹了一声，缓缓地从自己的脸上揭下一张面具，月光下，他的面孔意外地清晰：清瘦平静、不忧不戚。

这人把面具掷在地上，对司马丹道：“老夫朱全日。司马丹，老夫一生最大的失误，就是看轻了你。”

司马丹道：“朱全日，这应该是你真实的身份，今天，你必须有个交代……”

朱全日喝道：“老夫命由天定，尔等能奈我何。”

言讫，再不搭话，飞身举掌，拍向司马丹，苦日、海空早有提防，见状，越步而出，各举双手迎战。

双方掌力甫一接触，但听“砰”的一声巨响，便见苦日、海空向后退出几步。

朱全日右掌一翻，抖出拂尘，喝道：“再来。”

却听司马丹道：“朱先生，心平气和，才能使自己保持最佳状态；顾道长，这可是你昔日再三告诫我们的。”

朱全日面色一凛，道：“不错，老夫谢过女娃儿的提醒。”言毕，扬掌再进，看似要扑向司马丹，可等李文贝做出提防措施后，朱全日侧身一扭，身子蛇一般在空中完成一个转折，左掌如爪，扣向朱梦华。

忽听司马丹叫道：“罗汉叠显，天高地远；莫邪圣僧，降妖伏魔——”

叫声既起，分立不同方位的“三圣僧”，骤然叠立在一起，挡在朱全日身前。

朱全日冷笑一声，扬掌冲身向前，双方四人，登时绞杀在一起。

“三圣僧”虽略处下风，但今日遇着劲敌，却也是难掩兴奋之情。

剧斗中，难天很快就给朱全日掌力扫中肩头，但他全然不顾，双掌上下翻飞，虎虎有力，和师兄师弟的配合也依旧流畅。

数十招后，朱全日的攻击力度已渐渐加强，招式层出不穷，内力阴狠惨厉。

急速旋转中，听见苦日叫一声：“罗汉叠显，天高地远。”

难天、海空则齐声应道：“莫邪圣僧，降妖伏魔。”

这次，三人的掌力并不直接攻向朱全日，而是在他身前二尺远的地方，自相击后，聚合成一股大力，再朝他正面劈过来。

双方四人，一时难分高下。

司马丹见“三圣僧”暂时无虞，来到车前，内外看看，急命李文贝扭开车厢的铁锁、铁链，将外层木板取下来。

木板之外，还有几圈铁链围着，只留几个小孔透气，李文贝又不敢发力，最后还是在朱梦华的提示下，费了很大力气方将车厢的底部撬开。

里面果然是胡冰。

原来，朱全日担心胡冰一路难禁颠簸，于是将胡冰固定在车厢内，除用一根细铁丝穿过胡冰的肩胛骨、在绕过胡冰胸前固定了一圈外，还有几根粗大的绳子，紧紧地将胡冰勒在车厢的木板上。

胡冰身上的伤口甚至溃烂处比比皆是，想在胡冰身上找一处下手扶他的地方，竟很难。

司马丹探探胡冰的鼻息，示意朱梦华和段简清先将车厢固定好，自己轻轻托住胡冰，方命李文贝将车厢的木板尽数捏碎。

四人合力将胡冰抬到一块大石头后面一处平整的地方，司马丹嘱李文贝将水月精神以最弱的方式送入胡冰体内，护住胡冰的心脉，自己从怀中掏出几粒丹丸，给胡冰慢慢地喂下。

司马丹咬紧牙，将穿过胡冰肩胛骨的铁丝慢慢抽出来，再将胡冰平平地放倒。这时，司马丹告诉李文贝，他可以加入对朱全日的攻击了。

李文贝低声对司马丹道："姑姑，附近好像还有其他的人。"

司马丹道："无论是敌是友，都暂时不会对咱们出手，但不管怎样，今天必须是朱全日的末日。"

李文贝闻言，精神一振，道声："是。"言毕，转身跨步，也不搭话，挥掌加入了战团。

第四十八章 幸福

得了李文贝的相助，“三圣僧”的“叠罗汉阵”也转得愈来愈快。

朱全日已将内力激发到极致，右手拂尘和左手搜灵掌神出鬼没，必要的时候，还两手互递，右手搜灵掌，左手执拂尘，阴、阳二力相互撞击，势若电闪雷鸣，恶龙出海，又如野狼咆哮，搜神裂肺。

尤其右手的拂尘使出了“横天恨海”“苍龙啮尾”“烟喷雾罩”三招后，那更是惊天动地。

朱全日见李文贝来攻，拂尘一抖，一绺尘丝卷向将李文贝左臂，同时，左腿大力出击，扫向“叠罗汉阵”的中部，在稍稍阻住“三圣僧”的飞速逼近时，右掌使出搜灵掌中的蛊惑诀，食指如锥，戳向李文贝左臂的曲池穴。

李文贝左臂直出，就像凑过去专门要让朱全日戳中似的，只是在朱全日手指将近时，李文贝右掌陡然成爪，反朝朱全日肋下扣去。

朱全日虽然戳中了李文贝，却只是点在李文贝的左肩上，而水月精神瞬时的凝聚，则让李文贝左肩一带坚逾硬铁，更让朱全日的指头如遭火炙。

朱全日没有料到，只两个月的时间，李文贝除轻功更加神妙外，水月精神也体现出了惊人的长进。眼见李文贝又大力挥出一掌，朱全日贴着草尖，烟雾一般地向右飘开半丈。

等“三圣僧”如影随形又追过来时，朱全日又挺身跃起，再次冲上来。

又激斗数十回合，忽听苦日高宣一声，招呼难天、海空退了下来。三人均多处挂彩，那些凸现的部位如双臂、两腿、双肩或被朱全日尘丝扫中，或被朱全日食指、中指钩破，伤痕处处，血迹斑斑。

尤其是难天，光亮的头顶，赫然被朱全日抓出两道很深的血痕，指痕正从他顶门处滑过，血色模糊。

司马丹给苦日、难天简单处理了伤口，低声嘱咐他俩，既要防止朱全日可能脱身逃走，又要注意西北方向的动静。

此时，天已大亮，这边段简清和朱梦华已为胡冰扎了一副担架。

李文贝和朱全日的战斗已经到了最后关头。

海空在旁边大叫："好……贝儿，向右横拍，要不，贝儿你下来，洒家上去。"

一阵"噼噼啪啪"震耳欲聋的对掌后，却见李文贝突然双腿猛蹬，身子耸摇而起，正是"追风步"的一招"水乳交融"，瞬间飞居朱全日之上，跟着一招"大河奔流"，掌力如银河飞泻，贯落下来。

朱全日在空中扭了扭身子，重心后移，身子竟然凝滞不动。

李文贝哪里能料到朱全日身子会突然停住，他呼啸而下的掌风，从朱全日头前三尺余的地方冲决而下，只是震脱了朱全日的发簪而已。

而李文贝则被朱全日硬摆而起的右腿扫中了脚踝，原本流畅自如的身子，立时在空中摇摇欲坠。

朱全日则趁势调整好了身形，将拂尘摆成铲子的形状，横削李文贝的脖子。

待李文贝忍痛拍出一招"大浪淘沙"时，朱全日身子猛缩，借着李文贝的掌力，突然俯身，朝七八丈以外的司马丹他们冲过来。但见他两眼血光凛凛，双腿上下摇摆，两手虚抓实拍，若有翼之虎，速度之快，直如闪电一般。

苦日、难天双双抢出，挥掌拍 向朱全日。

朱全日右手拂尘一摆， 将二人震退，向前的速度似乎并未稍慢。

身后就是胡冰，司马丹只得知难而上。

眼见情势危急，忽见一道人影从司马丹身边掠过，撞向朱全日，只听"嘭、嘭"两响，这两人冲撞之后激起来的气浪几乎将护在胡冰前头的朱梦华卷飞。

一时间，附近树倒草折，尘砾顿起。

司马丹被来人冲出去后，本就立身未稳，如今更是随着这气浪，翻了许多个滚，直到被一棵大树挡住。

"三圣僧"、李文贝也顾不上其他了，和来人一道，将朱全日团团围住，一同攻了上去。

朱全日的反击仍然惊心动魄，几招后，就将还没有来得及组成阵势的苦日、难天震得吐血退开。

李文贝虽然也挂了花，但因为几乎铸成大错，如今已是怒火难抑。他眼里显然没有了朱全日的招式，没有了对成与败的牵挂，他只是紧紧地盯着眼前这个人，不管这个人做出什么样的动作来，他只是咬住不放。

在其他人均已退开后，李文贝又和朱全日对了几掌。

“大江东去”将朱全日震退三步，“乱石穿空”逼得朱全日只能跃身闪避，“飞流直下”令朱朱全日拂尘脱手，“中流砥柱”凌空击出，将朱全日左臂震断，“一泻千里”逼朱全日侧身滚开。

朱全日刚好滚到师盛天身旁，趁机将师盛天抓起，掷向李文贝。

接着，左手中指、食指成叉形，戳向自己的咽喉。

李文贝好像没有做任何躲闪的动作就躲过了师盛天，右掌挥出，掌力如涛，冲得朱全日再也难以自持。

眼看着李文贝那一招“长烟一空”就要将朱全日彻底淹没，朱全日但觉头皮一紧，头发给什么人拽住，将他拖出数尺。

李文贝一掌拍空，定睛看时，却见将朱全日救出去的，也是一名僧人。

朱全日委顿在僧人的脚下，如一摊烂泥。

僧人双手合十，对李文贝道：“万恶虽聚身，入水亦无痕；李施主，朱全日再也无法为害世间了……”

司马丹在朱梦华的搀扶下，走过来对僧人行礼道：“枯心大师在上，晚辈司马丹谢过大师救命之恩。”

众人闻言，俱各吃了一惊，纷纷向枯心行礼。

枯心大师还礼毕，对众人道：“老衲意将朱全日带回少林，不知司马掌门以及各位英雄意下如何？”

司马丹犹豫道：“大师所命，晚辈自当遵从，只是此人阴险刻毒，凶戾残暴，大师虽然佛法高深，但——”

枯心大师道：“此人戾气败损殆尽，回归正常也未始没有可能，倘能如此，也算化解了几百年的恨怨之气。”

司马丹闻言，心头大震，急忙道：“晚辈多谢大师指教。”

枯心大师道："世传司马掌门慧心如月，今日再见，果然名与实符。"言讫，从怀中掏出一个瓷瓶交给司马丹，道："能妙手回春者，自郑义士后，天下已无如司马掌门，此中几粒丸药，于胡大侠的恢复，或可略有益处。"

司马丹急忙谢过，又向枯心大师问及以后之事，枯心大师道："阿弥陀佛，浩然正气存乎天地之间总是颠扑不破。"

枯心大师又看了看四周，道："司马掌门北往莫邪，自当一路平安。"

司马丹再次谢过。

枯心大师转身向朱全日道："去休，去休，一去皆休。"说着，朝远处拍拍手，就见两名僧人自草丛深处窜出，架起朱全日，随着枯心大师，跨步绝尘而去。

司马丹追出两步，道："大师请留步，晚辈还有一事不明，想请教大师。"

枯心大师再不回顾，空中，只有他的声音："司马掌门，你丹心一片，此后关山万里，保重了。"

又有一个声音跟着响起："我之心兮昭日月，恶尘乱兮蒙圣光。我之身兮负五岳，嘶哑啁哳兮步难长。我身归寂兮天昏惑，苍苍神州兮孕秋凉。身虽了兮神还复，啼泗横流兮品大荒。"

声音哀婉凄绝，感天动地，经久不散。

司马丹一行北上之路果然异常平静，几天后，他们回到了莫邪。

胡冰渐渐清醒，他的恢复速度很快。

对于擒获朱全日一事，胡冰的反应也意外地平和，甚至懒得提起朱全日。他很少主动和别人交谈武学方面的事情，除非有人诚心请教。

有时，他也练气练功，但看上去只是为了恢复。他好像对国事对江湖没了兴趣，反而关注日常的吃喝穿住花草虫鸟。

有一次，胡冰竟目不转睛地花了一个时辰看热闹：狗逮耗子。

胡冰还常常饶有兴趣地看山民们日出和日落时匆忙的影子，也饶有兴趣地看他们的饮食起居。

虽然南柯梦云提醒胡冰："胡大侠，多去陪陪司马妹子……"

胡冰点头称是，却不见有什么实际行动。

他也常常问百姓一些古怪的问题：

"你们能不能想睡觉时就睡觉，想干活儿时才干活儿？"

“你们说，咱们更应该怕已死的先人还是怕没有出生的后人？”

他听人家夫妻吵架，听老头老太太没完没了的默叽，听女人向男人发火：“跟了你，一辈子背运倒霉……”男人软中带硬：“你知足吧，到了关键的时候，还得爷们……”

胡冰笑笑，转身跨步而去。

当然，胡冰更乐于和司马丹他们去处理莫邪山上那烦琐的皮毛之事，卖粮、收粮以及布置来年的桑麻蚕织等。

胡冰对这些虽不甚精通，却表现出浓厚的兴趣，他在做这些事时，总是做得一丝不苟，结果虽不甚完美，但他的态度却足以能将功补过。

每次在得到别人的肯定时，胡冰脸上总露出孩子般的微笑，很骄傲的那种神情。

“三圣僧”更觉得胡冰可亲可近。

为了也表示一下地主之谊，有一次，难天外出办事，整回来二十斤老酒和几斤熟牛肉。

“三圣僧”拉着胡冰，悄悄到了一个偏僻的山旮旯去放松一回。

可惜准备少了，酒喝了个底朝天，几人最多是略有酒意而已。

四人决定抓阄外出搞酒，苦日和胡冰运气不佳，搞酒的事落在他俩的肩上了。

苦日、胡冰惴惴不安，有点反悔。

苦日说：“酒么，差不多就行了，万一掌门师妹知道了，那个，不太好。”

胡冰立刻附和：“真的，三妹知道了，谁也不好，差不多就行了。”

难天、海空急了，嚷道：“定好的事情，哪里随便说差不多就行了…… 再说，即使真的遇见了万一的事，也包在我身上。”

苦日、胡冰被逼迫不过，认定还是守诺，至于万一真的不幸“万一”了，那也是没有办法的事。

两人，正要行动时，一抬头，看见了司马丹。

司马丹从一棵树后闪身出来，挡在他们前头。

可能因为看见这几人目瞪口呆，于心不忍，司马丹只道：“难师兄…… 大哥的伤还没有痊愈……”

难天吭吭哧哧：“掌门 师妹，这个……这个，是师弟……”哪知回头看时，头陀早已脚底抹麻油，——溜了。

司马丹叹口气，转身走了。

从此，“三圣僧”再不言酒。

当然，胡冰也总是和女儿待一会儿。

一次，胡冰对女儿道：“春儿，爹爹对不住你……爹爹没有好好照顾你，让你受苦了。”

胡春儿轻轻将头埋在胡冰的腿上，良久，方喃喃道：“爹爹，你不知道女儿有多幸福。自幼有娘的呵护，有阿婆的关爱，表哥从小让着我。还有爹爹，还有姑姑，都是大英雄，你们常常让女儿骄傲；比起天下那么多无父无母、受饥挨饿甚至遭人欺凌的女孩子，女儿也常常想，是不是爹爹苦受得多了，才给女儿换来这么多的福气。”

胡冰道：“春儿，以后的日子还长，你也不要太委屈自己。”

胡春儿站到胡冰的背后，轻捶着父亲双肩，道：“爹爹，你吃了大半辈子的苦了，其实，你也能轻省轻省的……”

胡冰的心在悸动，把本来要说出口的话硬硬地收回来，心里默默道：“余心尚痴，未到已时。”

他站起来，抚着女儿满头秀发，用长满胡茬的脸挨了挨女儿的脸颊，拍拍她的肩头，也弯腰摸摸心心，大步流星地走了。

屋中，胡春儿泪如雨下；小路，胡冰虎目发涩……

此时，李文贝、段简清和朱梦华、“三圣僧”奉司马丹之命，已先后离开了莫邪，据报一切顺利。

南柯梦云来和司马丹说话，聊了不久，南柯梦云加重语气道：“妹子，你可要拿定主意，像胡大哥这种人……”

司马丹回过头来，很坚决地摇摇头，因为，胡冰正朝她们走来。

胡冰过来的意思也很明确，他想让司马丹往清水堡一趟，胡冰说那里的事情可能很复杂，也许不是其他人能顺利解决了的。

司马丹道：“大哥，三妹已经安排好了，假如天下还有他们六人解决不了的事情，就是三妹去了也白搭，大哥只管放心好了。”

胡冰不再说话。

这天晚上，正是一夜中最安静的时候，胡冰房间的后窗子轻轻地打开了。

接着，有一个人探出头来，探头扫望了一阵后，“嗖”的一下窜了出来，右手在屋侧那棵树的树枝上轻轻一抓，顺势荡出，人已凌空飘出丈余。然后，远远地落在了一棵高树上，身子尚未停稳，便又再度扑出，如此悄无声息地跃了三个起伏后，这人已掠过了两道山梁，落身在一条迤逦向下的羊肠小道上。

他停步，回身向莫邪堂方向望了望，然后，转身向前，再没有任何犹豫。

可他 刚走了不几步，就看见小路上赫然有人挡在前头。

被挡住的人好像并不吃惊，叹道：“三妹，终究还是瞒不过你。”

这俩人便是胡冰和司马丹了。

司马丹闻言道：“大哥，你一个人，三妹如何放心……”

胡冰道：“大哥已轻车熟路，多了你，反而分心，再说，你肩上的担子已经很重。”

司马丹道：“可是，大哥难道不相信三妹的安排？”

胡冰走近两步，月光下，见司马丹眼睛里那种泫然欲泪的晶润正渐渐隐去，如今，已是坚定的从容和清澈。

两人相顾无语，片刻，听胡冰道：“那，三妹，走吧。”胡冰拿过司马丹背着的背囊，两人一前一后，向山下走去。

又有一条人影挡在路上，却是胡春儿。

胡冰、司马丹吃了一惊，旋即平静下来。

胡冰向前两步道：“春儿，爹爹有事，爹爹不想让你担心。”

胡春儿点头，道：“春儿懂。”

胡春儿紧紧地靠了靠胡冰，道：“爹爹，必须走吗？”

胡冰无言，只揽着胡春儿的肩膀点头。

胡春儿笑笑，整整胡冰的衣襟，道：“爹爹伤重初愈，此去要多加小心。”又揽揽司马丹，道：“可是，姑姑……”

胡春儿的话平静得如同夜中月下泛着柔光的水波，让司马丹心里凉得很难受。她抓着胡春儿的手，道：“春儿，这儿的事暂时就辛苦你了……凡事多和师伯、表哥商量，莫邪风光好，山水好，你年轻，莫要辜负了这些……”

胡春儿点头，笑笑，目送父亲、姑姑离开。

第四十九章 出发

司马丹又想起不久前的那个晚上，她曾和李文贝的那次长谈。

不知为何，在开口前，司马丹很紧张。

坐着的李文贝，双脚拢住又分开，继而是脚尖相对，脚跟空提，两手先放在膝盖上，可能又觉得不大得劲，想挪到别处又没有合适的位置，很快，便汗湿淋淋。

那时，司马丹想起一句谚语：“泪与汗，水潺潺。”

司马丹柔声道：“贝儿，姑姑只是想和你拉拉话……”

李文贝更加不安，抬起的头复又迅速垂下，道：“我知道，姑姑。”

那次谈话，司马丹只记得李文贝这样的几句，这几句还是李文贝忸怩了半天后，才吞吞吐吐地说出来的，他始终低着头，声如蚊蚋：

“姑姑，打小，我在春儿面前就紧张；我的想法，好像都瞒不过春儿，她好像只需看我一眼，我的心思就全知道了……在春儿面前，我常常不敢抬头。”

司马丹和李文贝的谈话，就这样结束了，过程和结果，都不是司马丹的设想。

听了司马丹的感慨，胡冰也道：“三妹说得不错，就如贝儿，假如按将军和你我的意思，他应该过一种很普通的生活……跟着我们，孩子们都吃了不少苦。”

胡冰和司马丹离开莫邪的时候，李文贝和段简清、朱梦华下山已有半月，“三圣僧”也走了三天。

那日，中午时分，丐帮长江分舵舵主巴山夜浑身是血，闯上山来求救，说总舵清水堡不日将有巨变。

司马丹急问这消息从何而来，但巴山夜却昏过去了。

简单和胡冰商量了一番，司马丹派李文贝、段简清和朱梦华即刻出发。

李文贝剧斗朱全日虽受伤不轻，可经过一路近二十天的恢复，到了莫邪时，已基本痊愈，司马丹发现，因为种种稀奇古怪的遭遇，李文贝如今已成百毒不侵之身。

司马丹嘱咐三人道："你三人一路要悄然而行，万不可张扬。"

司马丹交给三人几副面具，要他们便宜行事，又嘱倘若需要，李文贝先行一步也可以，三人唯唯答应，连夜下山。

后来，巴山夜情况稍稍好转，便急于返回分舵，司马丹又嘱"三圣僧"一路护送，之后也赶往清水堡，策应李文贝他们。

李文贝三人昼夜趱行。起初，李文贝稍稍放慢速度，段简清、朱梦华尚能跟得上，后来，段简清尚可，朱梦华则喘气渐急，朱梦华建议李文贝先行。

李文贝想起姑姑司马丹的话，便点头同意。离开段、朱二人，李文贝速度快多了。

这天要过一道河谷，河中水流湍急，连着两岸的，是一架铁索木桥。桥身只容一人通行，李文贝既不欲显示轻功飞跨而过，就只有耐着性子等。

好不容易等到只有一个老头和一个小女孩快挪到这边了，谷中忽然起了风，风吹索摆，小女孩一脚踩空，两手抓着铁索在空中飘摇，小女孩吓得大哭，老头除了惶声大叫外，自也无计可施。

李文贝正要出手，忽然身后有人叫道："兀那老头，快快闪开。"说话声中，就如一匹健骡，向桥上冲过去，一点一纵间，已冲出丈余。

李文贝一惊，虽然这人也是易容而行，但李文贝还是听出他就是少一尘。

不久前，李文贝在昆明夜探平西王府时，知高夫人事败后，此人又投靠了吴三桂，不知何以又在此出现？

他既然敢破誓而来，莫非也与丐帮的事情有关？

眼见经了少一尘的摆弄后，铁索摇晃得更加厉害，而老头见少一尘如风飞来，心一慌，失手落下铁索桥，惊叫声中，小女孩也随后坠下。

李文贝悄然出手，"救命绳"陡然飞出，将祖孙二人卷上岸来，少一尘去得极快，自也没有察觉。

那祖孙二人只觉腰间忽然一紧，不由腾空而起，在空中飞行了两三丈后，轻轻地落在岸上，待他们清醒过来时，李文贝也如风一般，倏然不见了。

少一尘很快察觉到了异常，因为他身后总是跟着一老头。

起先，少一尘也没甚在意，他紧张是因为在他突然加快了脚步，从一处一丈高的山坡上飞落下来后，回头看时，老头儿仍然跟在他后头。

显然，老头也是武林中人了，可他竟没有瞧出这老头是什么来历。

这次涉险潜回西北，少一尘也实在是无可奈何。

自刘玄初“失踪”后，吴三桂、亦遇就开始清洗刘玄初的势力，凭着师弟多一点拼死抵抗，少一尘才得以逃出来。

他甘冒大险进入西北，是为了取出许多年前藏在这里的一宗金银，那是他和多一点做强盗多年的另一笔积蓄。现在，他的身后却跟上了这么一个老头，而且，他也很快发现，自己的武功和这老头有很大的距离。

有半天时间，老头不见了，少一尘便换了一副行头，专拣更偏僻的路快走，但日暮时分，人家又跟上来了。

少一尘觉得自己像一只兔子，只要空中的老鹰没有扑下来，他就还得没命地逃奔。

跟着少一尘的是李文贝，见少一尘也是往清水堡方向，李文贝就这样跟着。

这天上午，连续马不停蹄地奔行了三四个时辰后，看见一处小镇。

少一尘突然转过头来，和李文贝主动搭话：“大爷，去镇子休息休息，吃饱喝足了，您老再跟着小的走。”

李文贝左右看看，点头。

小镇名叫陈家集，虽处荒漠，因是行军用兵、商贩往来的必经之路，客栈、酒店自也俱全。他带李文贝去的地方叫穿肠楼。

根据少一尘的要求，酒保将他们安排在一个“雅间”——不过是隔着一道屏风的角落。

李文贝急着上路，吩咐酒保赶快“上菜上饭”。那酒保头上箍着块白毛巾，神色满是不屑，听了李文贝的话，冷冷地道：“咱这店没菜没饭，客官只好重新选过。”

李文贝奇道：“既是酒楼，怎得没菜没饭？”

酒保更加不屑，用拇指指肚摁住右边 的鼻孔，恨恨地“哧”了一声，道：“客官想知道咱们这儿何以叫‘穿肠楼’吗？”

李文贝道："不就是取'酒肉穿肠过，佛在心头坐'的意思吗？"

酒保道："既如此，客官就应该知道，咱这'穿肠楼'只有酒肉，没有饭菜。"

见少一尘脸色有异，李文贝忽然大哈哈地道："那就上几斤肉来。"

酒保又问上什么肉，李文贝道："随便，什么方便，上点儿来就行了。"

那酒保皮笑肉不笑地道："这可就难为小的了，咱们的行规是客官点得具体，咱们上得仔细，客官说'随便'，难道是别有用心？"

李文贝不等他说完，便道："来一点羊肉好了。"

那酒保又问："客官是要塞北草原的羊肉呢还是河南的圈养羊肉？"

不待李文贝回话，酒保又补充道："小可看二位还是吃塞北的羊肉好，须知那里的羊吃的是草，喝的是泉水，肉质营养，对您二位这样的黄脸汉子……"

李文贝盯着酒保道："咱就偏要河南的圈养羊肉，如何？"

酒保似乎愣了愣，随即道："当然可以，这世上不知好歹的人太多。"

李文贝道："快点，咱们的时间紧得狠。"

酒保道："客官难道不要酒？客官难道没有听说过'只肉不酒，底气不厚'这样的说法吗？"

李文贝道："吃不吃酒，那是我的事，与别人无关，你这般没完没了的啰嗦，殊非待客之道。"

酒保怒道："客官好生无礼，须知大块吃肉大口喝酒，从来都是人生的大事，不能半点马虎。小的好心不得好报，无端挨你指责，——你得赔礼道歉。"

李文贝见少一尘眼睛微闭，心中怀疑：莫非这厮用诈？

李文贝忽地站起来道："咱们换一个地方。"

酒保拦住李文贝道："换一个地方，原本也没什么不可以，但小的伺候了二位这么长时间，唾沫腥儿也溅湿了一堵墙，二位爷就是要走，也得有个交代。"

李文贝终于怒道："这难道是黑店？要强买强卖？"

酒保看了看李文贝，惨然道："要是小的功夫高过客官，就是强买强卖，客官也得挨着，但客官的本领既高过小的，事情就不好说了，只是小的费尽口舌，也没有取得预期效果，活得既如此无用，那也没有太多意思。"

说着，自腰中拔出一柄匕首，朝自己胸口剜心挑去，动作又狠又猛，李文贝不遑他想，使出无声谷"白手翻飞"的功夫，将酒保的匕首夺下。

酒保瞪眼道："客官莫非明摆着要看小的笑话？须知咱们头可断，血可流，唯有面子不能丢，咱们的传统就是拼将一腔头颅血，誓将面子尽挽回。"

李文贝只有让步，坐下来重新要酒要肉，除羊肉外，李文贝又要了半斤老酒。

酒保还想说什么，好像也是忍了忍，掉头去了。

这时，少一尘方凑过来道："这些人的鼻子比狗还灵，眼睛比沙漠里的阳光还毒，——阁下是不是给人家瞧出了底细？"

李文贝"冷哼"一声，不语。

酒保推门进来，他提着酒壶，身后跟着两个满身油腻、味道复杂的大汉，一前一后，抬着一个铁架子，铁架子上放一只至少有三十斤的 烤全羊。

两大汉翻翻眼，瞅了眼李文贝，将铁架子往桌上一放，转头而去。

李文贝瞠目结舌，唤住正要离开的酒保，比画道："我们，每人有这么一碗就够了，吃不了这一只的。"

酒保道："咱们穿肠楼历来就是卖整的，零打碎敲的小营生从来不做。"

李文贝冷笑着揶揄道："那咱们要是吃点牛肉、驴肉，你穿肠楼也来个烤全牛、烤全驴不成？"

酒保肃容道："绝不。凡有助于人事的骡马牛狗，咱穿肠楼一概不烤，即便是能自食其力的虎豹蛇鸟之物，也不在咱穿肠楼的烧烤之列，咱们烤的是那些埋头苦吃、抬头不做、吃了嫌少、永不知饱的牲口。"

见李文贝没说话，又哈腰道："小的招呼别的客人去了，客官但有所需，只要拍一拍桌子，小的保准跑得就像有人给钱似的那么快。"

少一尘忽然来了精神，他操起刀，先将那肥硕白嫩的羊尾切下来，在盘中划成条，端到嘴边，一条一条吸进嘴里再咽下去。然后，又手起刀落，左手不断在嘴和刀子之间往返，两腮鼓得好像随时都有可能爆炸，眨眼间， 全羊已被少一尘斩吃得体无完肤。

李文贝手里有刀，两眼却没有方向，后来还是少一尘为他削下两片肉，仔细一嚼，果觉味道不错。

现在，少一尘不知用什么法子揭开了羊的颅骨，用尖刀挑拨一番后，把嘴靠上去猛吸一顿，因为耗力太甚，他的眼珠似乎要鼓出来。

李文贝道："走吧。"

少一尘满嘴大嚼了几下，指着羊肚子道：“最好的全在那里，俗话说，羊肚羊肺羊腰子，能香您老八辈子，——您老不会拒绝一个将死之人的要求吧。”

李文贝知道贺紫逼少一尘师兄弟离开西北的事，如今少一尘既然违誓，“将死”云云，倒也是实情。

忽听隔壁的嘈杂声音中似乎有一声极低的叹息：“格格，唉——”

仿佛是麻隆中的声音，李文贝心头大震，急忙再听，却什么也听不到了。

而这时，少一尘的想法是：自己的刀子直取李文贝的咽喉，然后用袖子中早已藏好的另两把带毒匕首，攻击李文贝上下两路。

少一尘还算计到，就算李文贝能躲开这上中下三路的袭击，不过那时，他左手的折扇就已出手，扇骨中除了数十枚同样喂有剧毒的针芒外，还会喷出一阵毒雾。

少一尘认为，在这么短的距离内，进攻一旦发动，成功率有六成。

看到李文贝若有所思，少一尘更觉机不可失。只听他低喝一声，四支短箭急射而出，两支在前，两支在后。

尖头绿忙闪烁，显是淬过剧毒的。

情急之下，李文贝内力暗起，扬臂抖袖，刹那间，布袖已经坚硬逾铁，但听“丁丁”两响，两支毒箭已给挡落在地。

就在李文贝弹落另外两支短匕首时，却听少一尘惨叫一声，身子向后跌出，摔在地上扭了扭，随后寂然不动，胸口赫然插着两支毒箭，仅小指那么长。

李文贝又惊又怒，大步跨出，叫道：“来人，快，来人——”

那酒保和一名中年汉子应声而来，李文贝将酒保一把拽住，道：“快说，这究竟是怎么回事？果然是黑店！”

酒保道：“本楼乃百年老店，客官可要对自己的言行负责。”

李文贝怒道：“这人是谁杀的？”

酒保看看李文贝，又将头探进“雅间”，“冷哼”一声道：“天下事说不过一个‘理’字，客官自恃有几分力气，就在这儿使恨，恐怕难以服人。”

酒楼里的客人有的开始说话了。

有的说：“果真？恐怕不会，假如这里真的是黑店，我等岂不是也中了暗算？”

有的说：“也未必，这地方的人个个吹胡子瞪眼，就像闻见了肉味的狼。”

李文贝拽着酒保，进了“雅间”一看，只觉脑袋“嗡”的一响，一句话也说不出来了。

短弩、毒箭不见踪迹，倒在地上的少一尘也没了踪影。

李文贝掉进了一个陷阱中。

人们鼓噪起来了，有的要求李文贝给一个明确的说法，还穿肠楼以清白；有的则干脆建议将李文贝扭送官老爷；有的还讥刺李文贝“不自量力，自找麻烦。”

群情汹汹，不一而足。

第五十章　丐帮

李文贝道：“……那个人，哪里去了？”

但他的声音很快就被人们的不屑和讥刺淹没了：“腿长在他身上，但事情可是你做出来的。”

“在座有很多人也是结伴而来的，总不能说没了同伴，就归咎于别人。”

穿肠楼的老板率一干人将李文贝围起来。

食客们纷纷回到自己的桌子上，继续啃羊腿。

老板道：“咱们也不为已甚，你有什么话，先说说。”

李文贝擦擦汗，叹口气道：“没有。只想知道，你等要如何处置在下。”

老板道：“有三条路供你选择。”顿了顿，道：“这第一条，就是你要将自己绑起来，在陈家集方圆百里内游走十天，为咱酒楼恢复名誉，然后，再为咱酒楼无偿做工三个月。”

见李文贝摇头，老板又道：“这第二条，就是去见官。”

李文贝还摇头。

那老板继续说：“第三条么，自然是破财免灾，只要客官肯出银子，咱们穿肠楼也肯定立刻放人。”

李文贝便问需要多少银子，老板大声道：“得八十八两八分八钱。”

李文贝摇摇头道：“银子倒是有，可只有一两八——”

老板怒道：“什么？瞧你刚才那种横样，不像总督也像个巡抚，最次也是个地主，一两八，不可能！”

酒保怒道：“拿着一两八，也敢来这要？快点说，你到底是游街呢还是见官？”

李文贝还是叹气，摇头，道：“银子呢，就这么多，游街和见官都不成……”忽听有人道：“能走就走吧，人家专门要和你耗着，然后再设法黑了你……”

酒保喝道：“什么人在胡说八道？咱穿肠楼向来光明正大——”

那人道：“穿肠楼原本自然很阳光的，不过给你们占了这些日子，也就成了黑店了，唉，丐帮弟子，本来是行万里 路，做天下事的。”

李文贝又吃一惊，自己本来是要去解丐帮之困的，要是此人所言属实的话，岂不是反被丐帮的人困在这里了吗？

老板使眼色命其他人将李文贝看住，自己则带人将那人围起来。

食客们见牵涉到了丐帮，便远远地走开。

老板黑着脸，手持一把菜刀，道：“阁下什么人？”

那人并不抬头，道：“你本是丐帮长老来投达座下弟子‘睡不够’黄一刀，十天前开始经营穿肠楼，至于原来的店主人哪里去了，就不得而知了。”

这个人慢慢地抬起头来，脸上带着一副羊皮面具。

店老板喝道：“一派胡言。”说着，又要冲扑过去，那人脚尖一踮，连人带桌子滑开两步，将守在他身后的一人撞得跌了出去，道：“各位且看。”

但见他的手在桌上一拍，酒壶便向上窜起，砸在房梁上，只听“砰”的一声，一人跌落在那人的脚下，胸口还带着两支短箭，赫然便是少一尘。

那人将少一尘胸口的短箭拔下，掷给“店老板”，道：“这少一尘本死有余辜，你黄一刀杀了他也罢了，但这种手段殊非丐帮弟子的风格。——黄大侠，江湖上人人都知道你有四支箭，另外的两支，恐怕是要用来对付这位老弟吧。”

李文贝对店老板冷冷道：“这话当真？”

老板不语，一伙计操起手中的拨火棍，朝李文贝后心扎去，李文贝身子一侧，将拨火棍夹在腋下，跟着一扭，这伙计连人带棍被摔了出去。

另一名伙计从右面举菜刀砍来，李文贝左手轻出，刀已落到了他的手里。

李文贝叹了口气，转头问那伙计：“你，果真是丐帮弟子？”

伙计也不语，李文贝把菜刀还给他，道：“你，去吧。”

李文贝又问“店老板”：“阁下果真是黄大侠？在下和黄大侠虽无缘见面，

但对黄大侠却景仰得很，却不知今日之事，阁下肯否给在下一个交代？”

“店老板”面色惨然，朝李文贝抱拳道：“老夫是不是黄一刀，如今已不重要了，说明白为什么要这样对付老兄，那也没甚意思。”

他对李文贝和那带羊皮面具的人弯腰行礼，叹口气道：“两位武功高强，行事也极有分寸，正是江湖大侠的风采，丐帮若有难处，还请二位鼎力相助。”

李文贝自没料到刚才还凶神恶煞的“店老板”，忽然变得这么愁苦落寞，一时不知如何是好，眼见他说得恳切，忙道：“当然…… 在下义不容辞。”

那人身子并不抬起，只道：“如此，多谢了。”

说着，头一歪，竟栽倒在地。

待众伙计抢身向前扶起他时，一柄短箭已刺进了他的胸口，深仅见柄。

酒保垂泪道：“师傅，这怪不得您——”

那人道：“不从师命，便是无德；不遂己愿，便是无命。无德无命，何必苟且偷生！”说完，头一歪，气绝身亡。

哭叫声中，众伙计将师傅的尸身放好，然后在两侧跪好，朝师傅叩首毕，未及李文贝反应过来时，已个个倒地，跌在黄一刀身旁。

酒保喃喃道：“师傅，各位师弟，你们先走一步，我得把穿肠楼还给人家。”说着，又重重地叩下头去。

李文贝哪里想到刚才还粗声大气生龙活虎的一群人，眨眼间个个横尸在地，不由悲从中来。

酒保见李文贝兀自发呆，瞪眼喝道：“还不快走，你答应过师傅的。”

李文贝蓦然醒悟，抬眼望时，店里再无他人。

李文贝忙对酒保道一声“千万珍重”，并道：“留得青山在，不怕没柴烧。”

酒保道：“好说，能活，咱一定好好地活。”

李文贝抓抓他的手，走了。

出了镇外，看看左右无人，便展开身形，朝清水堡方向大奔，如此急奔了一天一夜，清水堡已是遥遥在望。

李文贝扯掉了胡子，再给自已的脸上拍点黄土，让自已本来也算完整的衣裳多了点小窟窿，自觉一切就绪后，方往清水堡而去。

丐帮总舵建在一处缓坡上，虽云总舵，却也不过是十几间普通的泥坯房而已，只周围那一圈高大的栅栏稍稍显示出这里的与众不同。

守门的丐帮弟子向他索要帖子，看李文贝不明所以，一个中年花子对李文贝道："帖子，就是敝帮帮主邀请您进堡的帖子，您若没有，那老叫花任谁也不敢擅放，您配合。"

李文贝这才注意到，从他身边先后进去的几个人，确乎都是有帖子的。但没有多久，他就趁着夜色越过了栅栏，混了进去。

李文贝忽然有一种感觉，觉得这种看上去紧凑的盘查，其实也就是做个样子而已，像故意留下的漏洞，更是像让他这种人能悄悄地混进来。

被请来的人们都聚在一个大厅内，约有一百多人，借着幽暗的灯光，李文贝认出有些人在穿肠楼曾经见过。

大厅的四周有许多丐帮弟子，他们靠墙而立，什么表情也看不出来。

门口那几个丐帮的执事弟子也是每人手持讨吃棍，恭恭敬敬地对着那些还在往里走的人说"请——"。

进来的人都有座位，凳子是泥墩，桌子是泥台。

泥台上也有酒饭，那酒却辣鼻呛肺，有人饥渴难耐，将酒碗凑到嘴边闻了闻，便皱着眉头放下；那饭就更不能吃了，不过一个破碗中放着几块又黑又硬的干馒头。

不久，丐帮弟子就传来帮主指示，说各路豪杰各方英雄已到齐，命相关执事弟子"将栅门、厅门关好，尽心防守"。

有人便道："既是议事，那何必关紧门窗，打开窗子说亮话，最好。"

有人道："难道有谁敢来丐帮捣乱？那他肯定是活得不耐烦了。"

有人道："那也未必，要不然，丐帮为什么在陈家集就开始设防？"

嘈杂声中，大厅的门还是"咯吱吱"地关上了，李文贝抬头四望，觉得屋顶的天窗和四壁的窗子，都像一个个潜藏着人的洞口。

忽听一个人叫道："帮主到——"

众人但觉一阵暗风卷过，北面的主位上已有三人坐定。

坐在中间的是俞半碗，眼睛似睁非睁，火把的映衬下，俞半碗似乎很忧郁。

俞半碗右首那位邋遢长者，就是丐帮司法大长老史步宜，看上去比俞半碗更加不济，因为他干脆连眼睛也懒得睁开。

左首那名凸额尖颔的，是丐帮副帮主向明。

一名执事弟子介绍完后，向明道："各位都是威震一方的人物，有的还是官家红人，要谋大事，诸位以前的这些努力自然是不会白费的。"

接着，向明便请帮主俞半碗说几句话。

俞半碗看看向明，说了几句，不外是希望群雄明辨是非，以成大事之类。

向明谢过俞半碗，又对群雄拱手道："在明告请各位来清水堡是何目的之前，老叫花要就各位所关心的几件事说清楚。"

向明说贺紫和来投大受帮主委托，外出联系同道去了。

关于长江分舵和秦岭分舵的事，向明是这样说的，"最近，丐帮有些分舵的舵主，对总舵的决定不理解，言辞过激，甚至还有叛帮投靠别人的企图"，向明提到了"托塔天神"巴山夜和"一只虎"石夏的名字，并说这二人已受到了严厉的惩处。

有人不耐烦地问："敢问向副帮主，贵帮召集我等前来，意欲何为？"

向明直截了当，道："反清复明——"

此言一出，群雄哗然，有人大声道："复明？咱们没兴趣。"

还有人道："不管反谁复谁，总得有个领袖，向副帮主，那谁是咱们的领头人呢？难道会是某个王爷？"

向明皱了皱眉头，正要说什么时，又有人道："用传统策略，先拥戴俞帮主为平天王，向副帮主为平天副王，到时自然一呼百应。在座哪位不同意？站出来。"

见众人没有往出站的，这人向俞半碗、向明施礼道："民心不可违，既然我等是真心拥戴，二位帮主也就不必再推辞了。向副帮主，丐帮是如何与吴三桂沟通的？听说吴三桂为了让事情能够按他的设计进行，派人给清水堡送来了许多金银。"

李文贝已听出这人就是穿肠楼里戴羊皮面具的那个人。

向明"咳"了一声，内力起处，声音破空而出："邀请各位到此，关键是想听听各位英雄的意见，了解一下各位的态度，其他不足挂齿。"

群豪耳鼓嗡嗡作响，尤其听出向明语带威胁，更是心悸不已。

见人们稍微安静，向明又道："现在最关键的，就是要观念统一，行动一致。"说罢，低声向身后二人点头示意。

两名丐帮弟子应了一声，很快从外厅扯着一匹长近丈、宽二尺的白绫出来了，人们看见那上面写有八个猩红大字：反清复明，众志成城。

向明命丐帮弟子将白绫移到俞半碗面前，请俞半碗先在白绫上写下自己的名字。

俞半碗提笔签上自己的名字，接着是向明、史步宜。

群雄情知自己的名字一旦写上去，那就等于把身家性命尽数交给了丐帮，想要回头，那便再无可能。

不过，有四人的签名看上去很爽快。

这四人签上自己 的名字后，又一齐向丐帮的首脑拱手道："三位都是江湖上大有影响的人物，武功自不必说，其胸襟之豁达亦素为我等景仰。我等以往确实受过丐帮的好处，那是私；今日既倡义举，关乎家国社稷，这是公， 唯愿贵帮能以天下百姓为重，向副帮主，你以为我等所言如何？"

向明似没有想到这四人会有这么一番话，"咳"了一声道："几位大气豪迈，甚合老叫花之意。至于花了银子之类的小事，不说也罢。"

此时已有人认出这是"昆仑"四兄弟，据说这四兄弟本出身士林，却练有一身极高的武功，而行事又极为怪诞。

四十年前，这弟兄四人就宣布，此生再不涉足中原武林，丐帮今天能把这四人请出来，足令群雄大感意外。

向明对这四兄弟显然比对其他人客气得多，笑道："既坦诚相见，理当知无不言，言无不尽。"

"昆仑"二兄道："还是那句话，既然我等必须做这件事，我兄弟唯愿丐帮各位英雄胸怀坦荡，真正做到事无不可对人言。"

"昆仑"三兄道："譬如今日之事，我兄弟就觉得这白绫签名有强人所难之嫌，物各有主，人各有志，强扭的瓜不甜。莫不是丐帮也曾有恩于这些人，今日之举，是要提醒他们知恩当报吗？"

"昆仑"四兄接着道："我兄弟言尽于斯，请俞帮主、向副帮主及丐帮众长老明示。"

大厅之中，一时又人声鼎沸，但还是向明的话最清楚："敝帮此举，不过是要张大声势。谁不愿签名，敝帮自也无意为难他们。敝帮俞帮主已命丐帮弟子守在各位英雄居家之地，凡是在此签了名的，敝帮弟子将负责将其家小、财物转移到安全之地。"

人群中有人道："多谢俞帮主、向副帮主处事周详。"

向明道："当然，那些还暂时没有准备好或有这样那样顾虑的，敝帮除了保证他们安全回家外，只想请他们回去后，严守今日秘密。"

"昆仑"四兄弟道："如此甚好。"

当下就有不少人表示"事关重大，尚须回去和众兄弟协商一下"。

接下来的一人提笔欲签，又停住，很犹豫，向明道："闫掌门向来行事果断，何以今日如此举棋不定？莫不是另有顾虑？"

此人正是"大雁门掌门""金刀"闫老成，听了向明的问话，闫老成道："向副帮主见笑了。老夫虽驽钝不堪，却也知道国家兴亡匹夫有责。何况老夫门人尽数给恶魔朱全日戕害，大雁门在老夫手上已凋零败落，闫某自不会有什么顾虑。"

向明道："既如此，闫老英雄何以这般犹豫？"

闫老成看了眼俞半碗、史步宜，又看看向明道："老夫只有个不情之请，请向 副帮主允许老夫观望一个阶段，再行定夺，如何？"

不等向明表态，人群中就有人道："假如大伙儿都像你这样，那咱们的大事还成个屁？"

闫老成闻言，只看看向明道："向副帮主以为如何？"

向明道："悉听尊便。"

闫老成环顾左右，道："倘若丐帮的义举真的能让百姓看到希望，就是为了那些死去的弟兄，闫老成这把老骨头也自当奉上，若违今日之言，誓同此刀。"

说着，掣出金刀，"咔嚓"断成两截，掷在地上，然后盯着向明道："当然，假如丐帮的行动不遂老夫所愿，老夫也无意重蹈覆辙。"

忽听门外丐帮弟子叫道："亦遇大师到——"

接着便听见一人高宣佛号道："阿弥陀佛，俞帮主、向副帮主并丐帮各位英雄，老衲来迟了。"

众人抬头看时，却见一名僧人手执禅杖，出现在人们面前，他旁边那人，身子瘦弱，唯目光湛湛，四处观望。

李文贝想到此僧背叛师门，又参与朱全日迫害胡冰的行动，着实怀恨。

亦遇对着周遭人等客气了两句，又将身边那人介绍给俞半碗、向明道："这位是平西王爷麾下羊八羊施主。"说着，掏出一封信交给向明，道："王爷亲笔手书。”

向明没有见过亦遇，但打开信后，见笔迹、印章俱真，心中犹疑便减了几分。但他仍将二人又打量了一通，道：“关山万里，沿途凶险无数，难为大师和羊兄及时赶到。”

羊八道：“咱们受王爷之托，只走关隘，一路有人接应，简单多了。”

向明见他们应对无误，心中疑云尽释；便把吴三桂的来信给俞、史及其他人看过，最后掷在火盆中烧了。

羊八趁着众人看信之际，转头扫了众人一眼，又做了个抬臂擦汗的动作。李文贝登时恍然，原来这二人是段简清、朱梦华所扮。

第五十一章 狼群

原来，在李文贝离开后，段简清二人也一路急赶。

这天，二人想往陕甘提督王辅臣营中盗一匹良驹，适逢遇上亦遇、羊八奉吴三桂之命，给丐帮转递书信的同时，顺便探视一下各地督抚的虚实和反应。

段简清本就存着清理门户的念头，如今哪里肯放过这个机会。

侦知亦遇、羊八也要去清水堡后，朱梦华也点头同意，但再三强调，倘若不成，就得立即抽身，段简清自然答应。

哪知亦遇和尚的武功之高，全然超过了他们的想象，二人见势不妙，拔腿便走，不料，很快被亦遇追上。

交手几合，亦遇便知道了段简清的身份，下手更不容情，二十招后，已将段简清、朱梦华逼得了无还手之力，眼看二人渐渐不支，两个蒙面人突然显身。

这二人武功之高，并不弱于亦遇，劲斗数十招后，亦遇卖个破绽，就想脱身，哪知逃出十几步后，便翻扑在地，显然是中毒之相。

段、朱二人本想问个究竟，但那二人身子一闪，已不见踪影，只留下一句话："速往清水堡。"

朱梦华从亦遇身上搜出了吴三桂的亲笔信，又从羊八嘴里问出了相关的细节。朱梦华将段简清扮成了亦遇和尚，自己则成了羊八。

二人既至，李文贝安心不少。

很快，大厅中所有的人都亮明了自己的态度，白绫上签下了五十八人的姓名。

向明拱手朝那些没有签名的人道："各位英雄持事稳重，敝帮上下也理解得很。"说完，便吩咐执事弟子带这些人去休息，但群豪既得罪了丐帮，只愿即刻离开。

向明道：“既如此，老叫花也不勉强各位，此地有狼，——各位英雄一路小心了。”

好像是为了印证向明这句话，远处果然有几声狼叫清楚地传来，但此间群雄皆在北方长大，个中还有若干捕狼好手，自也不放在心上。于是，纷纷道声“叨扰”或“后会有期”，转身出了大厅。

李文贝既没有签名，自然也得离开。

一人出来对向明拱手，正是陈家集向李文贝示警的那人，他自称名为彭夜，却听他道：“向副帮主，有几个故旧，今日一旦分手，后会必遥遥无期，彭某想请他们给亲友捎个平安，请向副帮主恩准。”

向明道：“彭先生自便。”

彭夜道声：“多谢向副帮主。”

群豪出了栅栏，便一阵疾行，好像后头真的有狼追来。

李文贝、彭夜、闫老成走在最后，闫老成最初的几步还很犹豫，可走了十几丈后，叹了口气，几个纵跃，已赶在群雄的最前头。

又走了一阵，李文贝突然从一旁逸出，闪身躲在一蓬杂草之后，哪知前面的彭夜也如轻烟一般的倒纵回来，见李文贝发急，急忙低声道：“李少侠，是我——”

正狐疑间，彭夜又低声道：“李少侠，找个僻静处说话。”

借着星光，李文贝看见前头的人们走得更快了，已经窜上了另外一道山梁。

彭夜道：“李少侠，跟我来。”说着，就向左首那座更高的山梁奔去。

李文贝想了想，跟了上去，二人一前一后，很快进了一座废弃的古堡中。

彭夜似乎对这里很熟悉，转了许多圈子后，方停在一间小屋子前。

彭夜看上去还是不敢大意，安置好李文贝后，又跃到高处观察静听了一阵，确信周 围没有异常后，方滑下来。

喘息片刻，彭夜道：“李少侠，久违了，老夫麻隆中。”

李文贝并不惊奇，因为他已经觉得这人说话很熟悉，但他不想暴露自己的身份。

麻隆中知道李文贝疑心，拍拍又按按自己的脸，表示脸上再无面具，又道：“李少侠虽然深藏不露，但毕竟不善作伪，今夜要不是老夫迂回，而向 明又心不在焉，李少侠恐怕早就给向明认出来了。还有，如无老夫在穿肠楼相助，李少侠也不会那么容易就脱身吧。”

李文贝暗想继续藏着掖着也没意思，便道："在下便是李文贝，却不知麻先生为什么将在下引到这里？"

麻隆中苦笑道："事情复杂，也难怪李少侠疑虑。这样吧，老夫有一物给李少侠过目，李少侠当不会再怀疑老夫的身份。"

说完，自腰中抽出一柄软剑递给李文贝道："这是出京时格格交给老夫的。格格说要是能见到李少侠，就带她将此剑转交。"

李文贝手抚宝剑，蓦然想起在穿肠楼，曾听到隔壁有一声关于养月儿的叹息，便问是不是也是麻隆中的声音。

麻隆中点头道："正是，不过，李少侠，目下最紧要的还是丐帮的事。"

李文贝见麻隆中这样说，便冷冷地道："那当然，丐帮如今联系了这么多人反清复明，麻先生自然坐卧不安了。"

麻隆中叹道："事情要是真这么简单，那自然无话可说，但清水堡情形的复杂，恐怕连司马女侠也没有彻底想清楚。"

李文贝道："麻先生，你最好直截了当。"

麻隆中道："有两点可能很严峻，一是俞帮主他们可能受了某种势力的胁迫，是以丐帮今日之举，殊非以前的风格；二是据老夫多年的调查，丐帮向明向副帮主可能和大魔头朱全日关系非同一般……"

李文贝闻言，又是一惊，想起向明的一个动作和朱全日的搜灵掌很相似，正要问麻隆中这样说有什么根据时，忽听远处狼声四起，紧接着传来了有人惊慌无措、恐怖至极的呼叫，李文贝一跃而起，却给麻隆中拽住。

麻隆中牙齿战战，攥着李文贝胳膊的手也抖个不停，道："且慢，是狼群——"

李文贝道："救人要紧。"挣脱麻隆中，循声掠去。

狼的嚎叫更尖厉更密集，人的求救声好像快要被狼声淹没了。

李文贝情急之下，已将内力提到极致，疾若流星破空，脚点手探，每得一个支撑点，都能向前纵出十余丈。

麻隆中苦叫一声，随后跟上。

如此急奔了十余里，刚刚跃上一高坡，李文贝就看到了让他毛骨悚然的一幕：谷底，窜跃着几百上千只狼，正撕咬着已被扑倒的人们。

李文贝赶到的时候，狼群正扑到了最后一个还在奔逃的人。

李文贝听出，那最后的惨叫，正是闫老成的声音。

刚在还鲜活生动 的几十名江湖豪客，瞬间淹没在狼群的饿嚎中。

群豪已经形销骨灭，谷底的狼眼闪着摄人心魄的光芒。

李文贝发现，这个山谷其他三处皆陡，只有他伏身的这里是一处缓坡，闫老成他们也是从这里进了山谷，或者是被狼群追到了山谷里。

忽然，其他三处的陡坡上亮出了火把，火把纷纷朝谷底掷下，狼本畏火，在谷地一阵团团乱转后，迅速汇成一股阴风，朝李文贝这边掠过来。

李文贝尚在惊愕，忽然有人抓住他的胳膊道："快，快跑——"

原来是麻隆中随后赶到。

狼群的速度虽快，但比起李文贝的"追风步"和麻隆中的"见缝插针身法"尚有不及，二人奔行了一顿饭工夫后，把狼群甩在了后头。

麻隆中气喘如牛，不能前面带路了，只道："不能停，快，还得快……"

李文贝扛起麻隆中，按着他的指点，一路狂奔下去。

事后，李文贝才明白，就算当时他清醒，但若没有麻隆中的指点， 想摆脱狼群也殊非易事。

扛着麻隆中的李文贝绕过古堡，又兜了个很大的圈子后，来到一处沙漠里。

听到麻隆中道声"行了"，俩人瘫倒在地，长时间默然无语。

晨曦微现，沙漠中寒气逼人，麻隆中不停抬头四 望，显得甚至惊恐，仿佛狼群随时会从沙丘的后面扑过来。

一顿饭工夫，麻隆中才镇定下来，叹道："能将狼也计划在内，太可怕了。"

李文贝情知麻隆中所言并非虚妄，便问他丐帮内部到底发生了什么。

麻隆中沉吟道："俞半碗态度有点问题。反清对他可能有点诱惑， 但'复明'他肯定没有任何兴趣。还有，这狼群…… 出现得太及时了。"

李文贝道："那又如何？"

麻隆中道："俞半碗向来光明磊落，就算他真的对不肯签名的人心怀不满，也断不肯做出这等阴险狠辣的事来。"

李文贝道："麻先生是说，这狼群是丐帮专门用来对付那些不肯签名 的人的？"

麻隆中道："在这个地方，能够做出这等事来的，有哪几家的势力？"

不待李文贝回答，麻隆中又道："只有两家，官府和丐帮。"

李文贝冷笑道："麻先生如何不想到官府头上？"

麻隆中摇摇头道："不可能。这种做法，不符合官府的做事原则。"

李文贝道："麻先生身在官府，自然要这样说了，但历来坑害百姓、祸乱社稷的事，也是官府做得最流畅。"

麻隆中道："李少侠这样讲也无可厚非，但能让百姓安居乐业，也得倚 借官府，何况心怀天下者，未必都是在野之人。今日之事，请李少侠深思。"

李文贝沉默了片刻，问："倘若此事确系俞帮主所为，麻先生又当如何？"

麻隆中眼中一丝寒芒闪过："杀之以告天下！"

李文贝道："凭阁下的功力，恐怕还不够。"

麻隆中道："李少侠深入双峰，南下昆明，与朱全日激战时，就稳操胜券？"见李文贝不语，麻隆中道："能不能和做不做是两回事。当下，李少侠准备如何？"

李文贝想了想，知道目下除和麻隆中合作外，似乎也别无他途，至少他是没什么办法的，便只能点头。不过李文贝又强调："如果此事系官府所为，麻先生恐怕也脱不了干系，那时休怪李文贝无情。"

麻隆中笑道："正该如此。今日相见，方知李少侠行事其实也不乏灵活，看来还是格格说得对……"

麻隆中还告诉李文贝，自己已知道段简清和朱梦华也进了清水堡，是唐万敌和无路子传来的消息。

麻隆中换了种舒服的姿势，盘膝坐在沙丘后，仿佛自语道："不管怎样，一定要探听到俞半碗的口实。"

李文贝问："麻先生，你们三人既然都来了清水堡，何必非得拽上李文贝？"

麻隆中苦笑："此次行动，我三人其实各有所管，我得了李少侠的帮助， 自然胜算更大。"

沉默片刻，李文贝道："麻先生说向明和朱全日有关系，不知有何依据？"

麻隆中叹道："依据并不确定，多半也是推测。除了昨晚的气氛让老夫感到不对劲外，几年来，还有几件事，如今请李少侠细细推敲一下。"

麻隆中认为，首宁高夫人事败，可能就是朱全日一手操纵。

高夫人多年的积蓄，突然下落不明，朝廷没有插手，吴三桂也没有赶上， 那笔巨大的财富，到底流落何处？

此外，司马丹和李文贝大破“三无教”老巢前，丐帮高手也在双峰出现过。还有，昆明郊外，司马丹率“三圣僧”、李文贝等和朱全日激战正酣时，麻隆中等人也悄悄赶到，彼时，麻隆中还察觉到，至少有四种势力在悄然旁观。

除了已露面的少林方丈枯心大师外，还有丐帮、吴三桂的势力，可麻隆中始终没有法子确定另外一派是谁，因为那人来得急，消失得也很快。

麻隆中道：“各种迹象表明，大魔头朱全日之后，江湖上还有一股神秘的力量在活动，这股势力，是不是就潜伏在丐帮内部？”

李文贝道：“原来，这么多年来，麻先生一直在盯着我们。”

麻隆中苦笑道：“实际的情形是，这些年， 老夫也在调查江湖上这些扑朔迷离的事情，可事事都比司马掌门慢半步。”

麻隆中还想问李文贝知不知道胡冰给杰如传言并北上的事，终于又强自忍住。

李文贝又问朱全日和向明可能是什么关系，麻隆中道：“不知道，有一点对我们很有利，要是老夫的推断假如成立的话，那就是向明肯定一直受朱全日操纵，朱全日既已覆灭，向明行事就不免多生纰漏，就如昨晚，如果是朱全日，做事就不会有那么多漏洞。”

看看已是日上三竿，麻隆中从怀中掏出两块熟牛肉，和李文贝大嚼咽下，然后，便盘膝、闭目，运功恢复。

此时虽然是仲春，可中午时分，沙漠已是炙烤如炉。

一个时辰以后，李文贝睁开眼，见麻隆中还是端坐如初。

李文贝拿出舞柳剑，仔细端详着。

沙漠中已是暮色苍茫，日圆如轮， 缓缓地落在远处的那一片荆棘中。

麻隆中说时间已到，还说他们须再进清水堡，必须重新换一副行头。

丐帮总舵的议事大厅灯火通明，俩人贴着地面等了很久，才看见有两个人从大厅里出来，往一个深暗的角落里走去。

李文贝觑准时机，冲身跃起，若电光一闪，点了他俩的穴道，并将二人挟出来。

向以轻功自负的麻隆中，见李文贝来去如此神奇，也深感佩服。

简单问问，知道二人是祁连“双虎”之邢大、邢二，和他们换了衣服，将他俩藏好，两人窜进栅栏，混进大厅。

李文贝、麻隆中先后进来，见主位上又多了一人，坐在俞半碗右首，此人是丐帮另一重量级的人物，大名鼎鼎的司务大长老来投达。

此老在江湖上于黑白两道俱不买账，一旦认定某人涉罪，任此人逃到天涯海角，也是紧追不舍，故而人称“千里追狼”。

他俩进大厅时，只见史步宜缓缓抬头，沉着声音道：“诸位若没有异议，就按向……俞帮主和 向副帮主的意思来吧。”

李文贝悄悄靠近扮成亦遇和羊八的段、朱二人，向他们 眨眨眼，二人立时会意。

又听向明道：“咱们 的行事策略是扬长避短，发挥优势……”

朱梦华大声道：“正确的行事原则才是前提。”

扮成亦遇的段简清道：“言之有理。咱们既然不善于大规模作战，就得在某些人的领导下，旁敲侧击……”

有人道：“凡是向副帮主制定的，都正确；凡是正确的，都拥护。”

向明忽然看着扮成邢大、邢二的麻隆中、李文贝道：“二位一直冷眼旁观，肯定另有高见，如今我等即将分头行动，二位不必客气，有话但说无妨。”

麻隆中捏着嗓子道：“向副帮主抬举了——”

朱梦华道：“向副帮主的抬举是对的，目下正值用人之际，有一技之长的，俱属向副帮主的抬举对象。”

向明对朱梦华道：“自昨晚来了以后，你一直沉默寡言，如何今天忽然滔滔不绝？”

朱梦华也笑道：“事关重大，自不能草率。”

向明笑道：“好说，好说，你我既在同一条船上……”

朱梦华还想说什么，哪知向明已飞身跃起，枯指如爪，闪电般向朱梦华抓来，口中喝道：“司马丹，你终于出场了——”

原来，向明把朱梦华认作司马丹了。

眼见向明刚才还满是笑脸，如今已是满身杀气，出手便是一招擒拿绝技——飞鹰手，指影忽忽，扯着一阵劲厉的风声，抓向朱梦华肩头。

段简清斜身侧出，撞开朱梦华，迎向向明。

向明人在空中，方向不变，右臂一挥，一股大力将段简清撞倒。

李文贝见状，再也顾不上其他，朝泥台座位上奋身冲出，一招“乱石穿空”，径拍向 明肋下，正是攻敌之所必救的意思。

向明不敢小觑，只得舍弃朱梦华，抬掌迎向李文贝，但听“啪啪”两响，惊叫声中，群雄纷纷四避，附近的几个泥台在掌力中已彻底碎裂。

第五十二章 祛毒

刚才还庄严肃穆的议事大厅，登时尘埃弥漫。

向明的声音又如裂帛一样响在大厅中："李文贝，你来得正好，只是老叫花无论如何也想不到，你如何也和麻隆中搅在了一起？"

他退回自己的位置，又朝朱梦华道："司马丹，这也是你的安排？"

麻隆中揭掉面具，抢在朱梦华前头对向明道："向副帮主好眼力，麻某是闻到清水堡的火药味后，昼夜兼程急赶而来，哪知却忽视了狼粪味，若不是李少侠及时赶到，麻某早就和那些人一样，葬身狼腹了，——向副帮主，你还是把所有的事都说清楚的好。"

来投达脸色一变，道："什么葬身狼腹？姓麻的，不要信口雌黄。"

麻隆中见他目光狠厉，双掌蓄力，不离俞半碗左右，知道他和 向明已经走到了一起，便道："麻某今日只想听听俞帮主有甚话说，毕竟那么多人，确实是给狼吃了。"

朱梦华也露出女儿装，道："向副帮主把晚辈认作司马前辈，晚辈愧不敢当。"

段筒清接着道："却不知向副帮主何以对司马前辈如此怀恨？"

原来，段筒清和朱梦华已感到这里气氛不对，且不说俞半碗、史步宜就是简单附和 向明，向明也是目光游移，其注意力根本不在所谓的"大事"上。

朱梦华感觉到向 明是在拖延，但究竟是在等待时机呢？还是在等什么人，朱梦华一时难以确定。

及至向明迫不及待将她称为"司马掌门"，又先后叫出了李文贝和麻隆中的身份后，朱梦华忽然有一种感觉：向明是在等人，而且，他等的人，就是司马丹。

事实和朱梦华所料大致不差。

向明几天前也得到了胡冰、司马丹北上的消息，便认定司马丹上当，因为巴山夜是向明故意命手下放出去的活口。他这样做，就是为了诱司马丹来清水堡，他要杀司马丹为朱全日报仇。

可现在司马丹变成了朱梦华，向明虽感失望，即便杀不了司马丹，可杀了李文贝，同样可以最沉重地打击司马丹。

麻隆中高声道："向副帮主，当着这么多人，你必须交代清楚，闫寨主他们给狼群吞噬，这到底是怎么回事？"

向明冷笑道："时至现在，也不必藏着掖着了。来兄弟，你告诉他们，你是如何执行朱前辈计划的。"

群雄闻言，震怖不已，方知麻隆中所说的闫老成他们被狼吃了一事，竟然是事实，而且这里头还可能藏着一个更可怕的阴谋。

来投达正要站起，忽见俞半碗从座位挣扎起来，趔趔趄趄地朝向明扑过去，嘶声叫道："你这狗贼，你——"

向明冷笑声中，伸手将俞半碗挥倒在地，哼道："想死，也不必急在一时。"

俞半碗挣扎再四，可哪里能动得了，他怒气冲膺，一口血喷出去后，晕过去了。

向明朝俞半碗唾了一口，又对朱梦华恶狠狠地道："你这个贱人，要不是你的出卖，朱前辈怎会被司马丹暗算？"

麻隆中道："原来向副帮主今日之谋，竟然只是为朱全日报仇而已，这不是明目张胆欺骗天下英雄吗？"

向明道："那又如何？——你们统统去死吧。"

说罢，右手拇指、中指向后甩出一声脆响，群雄身后便骤然响起一阵"嗤嗤"声，人们急回头时，便见一名丐帮弟子站在一个大箱子上，瞄着门口地面，张弓射箭，"噗"的一声，整个箭身竟至全部没入地里。

李文贝正想着这也不过尔尔，哪知地面中箭之处，忽然"砰"的炸响起来，大厅之中，立时恶烟大起，土尘弥漫。

惊叫声中，群雄乱成一锅粥。

炸声过后，又听得百余名丐帮弟子齐声大叫了一阵，等烟尘稍稍稀薄了些，人们赫然看见，大厅的四周、门口、窗子上，甚至房梁、天窗上，都有这种手持硬弓的丐帮弟子，他们个个虎视眈眈，瞄着大厅中的人，挽弓欲射。

忽听见门外有人道：“好毒的阴谋——”一声未毕，大门已被撞开。

来人是三个，正是莫邪“三圣僧”到了，他们奉司马丹之命，将巴山夜送回去后，急忙赶来。

“三圣僧”虽不通机变，可临敌经验甚是丰富，在接近丐帮总舵的木栅栏时，便谨慎了许多。

直到听到里头发出一声炸响，苦日道声：“二位师弟，咱们闯了吧——”

向明躲在两名丐帮弟子后，见是“三圣僧”，怒气更甚，冷笑道：“好，又有三人送死。”

“三圣僧”察言观色，已知丐帮的事情就出在向 明身上。

海空叫道：“俞帮主，老史，到底怎么回事？”

麻隆中道：“向明和来投达相互勾结，想必俞帮主和史长老是被下了毒。”

海空怪眼一翻，道：“你多什么嘴？”

麻隆中苦笑：“麻某此来，也是想把这里的事搞清楚。”

苦日冷冷地道：“那么，你现在可以走了。有了咱们这么多人，用不着你在这里碍手碍脚。”

麻隆中上下左右环顾一圈，苦笑道：“倘能脱身，麻某自是求之不得。”

难天道：“你现在就走，我要看看他们能把你老狐狸怎么样。”

麻隆中道：“万万不能，只要老麻敢动身，向副帮主一声令下，老麻就算不被射成刺猬，也得给炸成粉碎。”

向明听得心烦，陡然喝道：“三个臭和尚，快让司马丹出来，否则——”

难天大怒，又要往前冲，朱梦华急忙道：“大师且慢，晚辈有事请教向副帮主。”

苦日见李文贝满脸焦急，便道：“好吧，朱姑娘，你最好能劝 向明放下屠刀。”

麻隆中将内力逼到指尖，朝着李文贝的腿虚写了“‘海天一日’，热散，快。”

李文贝忙用截风流音给苦日传话：“苦师伯，快将‘海天一日’沿裤管送出来，莫给向明察觉。”

大厅里原先的泥台泥凳子皆已坍塌，李文贝双脚以及瓷瓶都掩在土块后，厅中人影憧憧，向明看不清他的脚。

朱梦华还在和向明东拉西扯。

向明则在盘算："三圣僧"既已现身，莫非司马丹就在附近？若能将司马丹一股擒杀，自己就是彻底获胜。于是厉声道："你们全部自封穴道，否则，就先毙了俞半碗——"他抡起右掌，作势挥向俞半碗顶门。

苦日既将药瓶踢向李文贝，又见向明 两 眼血红，知道此人所言非虚，只好伸手戳了自己的胸玑穴。

海空道："大师兄，如此，我师兄弟岂不是要任人宰割？"

向明道："不错，向某人就是要宰割你们，你又能怎么样？"

苦日忙道："师弟，点了吧？"

海空心头一震，也伸指点了自己的胸玑穴。

向明道："李文贝，现在，轮到你了。"

此时，来投达已制住朱梦华，将她拖到主位上。

李文贝费了很大的力气，才用脚将药瓶里药挤碎。

麻隆中大声道："李少侠，你也不必紧张，穴道自己封住，也能自己解开。"

李文贝终于将部分药丸研成粉末，经李文贝炙热的内力烘烤后，这种气体开始在空中飘散。

见李文贝伸手要戳向自己的穴道，向明道："且慢，你先用重手法封了嬗中穴，然后再点肩前、中府、胸玑几穴。"

李文贝冷笑道："嬗中穴被封，李文贝如何还能再动？"

麻隆中见向明目光紧缩，杀机大炽，忙道："可惜呀，可惜呀……"

向明道："你可惜什么？"

麻隆中喘了口气，道："李少侠遇上了向副帮主，武功高强却毫无机会。"

来投达对向明道："向副帮主，莫要上当，他们是在拖延时间。"

向明道："老狐狸，你去点李文贝的穴道，快点。"

麻隆中转身朝李文贝走来，大声道："向 副帮主，万一李文贝不顾别人的生死，在老麻尚未出手的 时候，就制住老麻，把老麻当成活靶子，挡住飞箭——"

"海天一日"药丸已化成毒雾，但李文贝还得通过双 脚， 用水月精神驱使着毒雾飘向 向 明，至于可能还毒到别人，李文贝就实在顾不上了。

听麻隆中在提醒自己，情知事情紧急，李文贝大喝一声，左掌直出，已将两米开外一名丐帮弟子推得撞向向明，同 时左脚飞踢，解开苦日的穴道。

麻隆中脱下衣衫，聚束成棍，直冲房梁。

苦日抬手解了两位师弟的穴道，“三圣僧”从三个方向冲向硬弓手，段简清则紧随李文贝之后。

厅中立时大乱。

向明双掌齐出，击在他前面两名硬弓手的后背上，自己闪身向后，想藏到俞半碗身后，不料几个硬弓手突然歪倒。

李文贝知道是“海天一日”起作用了，心中大喜，喝道：“走不了你。”

眼见李文贝飞身过来，向明知道假如自己还要往内厅逃，那就得把后背全卖给李文贝。他脚上用力，将身子稳住，顺手拾起硬弓手们跌落在地上的硬箭，右臂斜刺，朝瘫倒在地上的朱梦华刺过去。

李文贝挥掌拍出，只听“咔”的一声，向 明手中 的 硬箭已 给生生斩断。

向明转身向前，攻向李文贝。

在被李文贝一掌震退后，向明着地一滚，再次站起时，手里又操着两枝硬箭，直刺过来。

来投达见状，踢开倒地的一人，右掌扣向朱梦华的咽喉，段简清奋力跃起，扑在朱梦华身上，但听“噗”的一声，来投达硬厉的三指从后头插进段简清左肩。段简清痛叫一声，登时昏了过去。

来投达拖开段简清，左右手继续攻向朱梦华。

但他忽然感到一阵昏 眩，——眼见到四周的硬功手们在此以前纷纷跌倒，自己扬起 的手，竟然感到力不从心，来投达断定自己是中毒了。

只是迟缓了这么一瞬，已给苦日飞脚踢起的一块泥坯，砸中左肩，来投达“闷哼”一声，翻倒在地。

李文贝心中略安，正要全力对付向明，忽听房梁之上又是两声炸响。

李文贝大惊，知道周 围这百余名硬弓手的硬箭一旦射出，厅中的人恐怕无一幸免。

忽听麻隆中含混不清叫声：“老唐，不可，箭头上有炸药。”

旋即是无路子的声音：“快，给这些人服解药。”

李文贝这才明白，大厅中包括群雄和硬功手在内的人纷纷扑倒，除了“海天一日”的效力外，唐万敌的“煮命”系列也起了更重要的作用。

厅内的硬功手等都已倒地，只向明一人还在挺着。

见李文贝攻来，向明手中的两支箭硬扎李文贝两侧的期门穴，哪知李文贝猛一吸气，胳膊用力，已将两枝硬箭死死夹住。

向明只得松开手。

李文贝喝道："只要你肯——"

向明恨恨道："向某……岂能向你低头？"

那边，唐万敌急得大叫："忙不过来了，李少侠，再迟就来不及了。"

向明目露凶光，后退几步后，复又冲上来，左手自上而下，急运如刀，再朝李文贝劈下，右手则操起不知从何处拾起的短剑，刺 向李文贝小腹。

李文贝长身跃起，左脚腾空时， 已踩在向明持剑的右腕上，右脚一提一顿，直取向明中府穴。

向明弃剑缩臂，两手乱舞，护住胸前各出要穴，同时，脑袋一扬，张嘴一吐，几枚牙齿急射李文贝下三路，借着李文贝腾身闪避的瞬间，向明扣起左手三指，抓向自己的咽喉。

人虽已倒下，向明目光中的恨意仍是昭昭可见。

李文贝正要将倒在主位上的俞半碗等人扶起来，却给唐万敌制止，唐万敌说大厅里所有的人都必须保持现在的样子。

他嘶哑着嗓子对李文贝道："烦请李少侠施展轻功，将大厅所有的门窗和可能透风的地方都关起来，尽可能严实些。"

见李文贝肯配合，唐万敌又和无路子将一些木柴堆起来。

唐万敌从怀中掏出几包药粉撒在柴堆上，又将随身的皮囊打开，拔开塞子，一股带有明显药味的浓烈酒气冒将出来。

唐万敌喝一口，再嚼一阵，张嘴喷在柴堆上，喷了五次后，道："行了。"

李文贝此时也已将门窗关好，唐万敌又道："请李少侠注意外面的动静，任何人不能进来。"

又将几粒药丸递给李文贝，道："李少侠独具异禀，想必不会有问题，不过小心没大错。"

李文贝提气试了试，觉得自己神清气爽，了无任何中毒的迹象，便道："既如 此，这些还是留给别人吧。"

唐万敌不再坚持，接过来装入怀里，便和无路子同坐在柴堆旁。

无路子将拂尘搭在肩上，和唐万敌保持同一种坐相，双掌平放胸前，掌心向上，左掌上，右掌下，两眼微闭。

唐万敌低声喝道："开始——"双掌便开始在各自胸前翻转，先自内而外，再自外而内，转速开始很缓，后来便渐渐加快。

不久，唐万敌胸前飘起一团白茫茫的雾气，转动不已的双掌，就像行进在浓雾中的车轮。

这样持续了片刻，雾气中一团青气显现出来，青气慢慢发蓝、发红；蓝、红之色渐浓，青灰之色则慢慢褪去，李文贝见唐万敌浑身汗湿，无路子脸色惨白，胸脯亦起伏不定。

转眼间，二人胸前的蓝红气 团已聚成两颗火球，在两人的手掌间翻转不已。

起先，两火球皆大若头颅，但越转越小，直至状若鸡子。忽见二人同时侧转身子，相向而坐，四掌相对，两颗火球已融而成一。

这时，大厅中那浓密 呛人的味道已经彻底消尽，——原来他二人的努力就是将大厅中所有的气味都吸引过来，再以火球燃尽。

忽闻唐万敌叫道："疾——"。

二人身子再度侧转，将火球推上去，只听"噗"的一声，柴堆着火了。

不过，二人双掌还在轻出缓拍，柴堆散着一层蓝色的烟雾。

渐渐地，柴堆散起一阵臭味，开始很轻微，慢慢变浓变重，后来汹汹如潮，即便李文贝躲开了正面，仍被熏得气滞胸闷，嗓子眼如堵。

听到了苦日的咳嗽声，李文贝心下略宽，不久，其他人的咳嗽声也响了起来。

但唐万敌、无路子却晕过去了。

三天后，人们神智渐渐清楚，体力也开始恢复，贺紫甚至能"冷哼"几声了。

她和俞半碗、史步宜一同被向明制住后，俞、史被迫做骗人的幌子，但向明深知贺紫脾气刚烈，便不敢胁迫，只把她藏在离大厅一里远的一口枯井中。

俞、史为了不致更多的丐帮弟子屈死丧命，忍辱做了最大程度的让步，但他们做梦也想不到，那些拒绝签名、离开清水堡的几十名武林人物，竟给来投达诱来的狼群吞噬。

人们醒来已经很久，可他们蓬头垢面，脸上无光，惟心中有恨。

那些被请来的人，有的要求丐帮快快将他们送回去。还有一些人怒气冲冲，有的说："俞帮主、史长老爱护丐帮弟子的心情咱们理解，但别人也不是生来就是要喂狼的。"有的说："俞帮主既然早就无心帮务，何不提前把丐帮解散了，省得如今祸害别人。"有的道："史长老人称'长臂如来'，肯定是能够度化恶人了，却不知您老人家自己身边如何滋生出这么多恶魔？"

俞半碗、史步宜不吱一声，只一个劲儿地给人鞠躬。

第五十三章 侠义

这天下午，李文贝匆匆来辞行。

苦日问何事，李文贝局促不安，只说近日没什么事情，他想单独走走。

朱梦华道：“就由李大哥去吧。”

苦日道：“贝儿，你一路要小心了，尽快返回莫邪。”

李文贝行礼毕，转身疾去。

苦日问朱梦华道：“朱姑娘可知贝儿有什么事吗？”

朱梦华摇头道：“不知道，司马前辈可能知道。”

“三圣僧”听朱梦华这样说，也就放了心。

因为被毒后很快又解毒，再加上李文贝三天来不断以内力相助，“三圣僧”、朱梦华、麻隆中等人恢复得很快，第四天便行走如常。

情形严重的是俞半碗夫妇和史步宜，他们先遭了向明、来投达的暗算，后又被“海天一日”“煮命散”所伤，身心俱遭重创，恢复缓慢得多。

唐万敌的情况也没有什么好转，他救人耗尽了所有的功力，他持续昏迷了两天两夜，醒来后也是目光黯淡，神志不清。

麻隆中长叹：“老唐看来是很难恢复的了。”

这日，麻隆中和无路子合计离开清水堡，两人犹豫再四，觉得还是应当和俞半碗、“三圣僧”打个招呼。

然而，除了段简清、朱梦华还简单地客套了几句外，“三圣僧”冷若冰霜，不过道一声“罢了”，就再无话。

二人又去了俞半碗夫妇的茅草屋，听了麻隆中、无路子辞行的话，俞半碗、史步宜并不抬头，只听见不知哪位年轻乞丐道声“罢了”。

二人转身出门不几步，忽听屋中贺紫悲啸一声，接着又是“咔嚓、咔嚓”几声大响，麻隆中、无路子悚然回头，却见那间茅屋已经坍塌。

原来，贺紫发怒，拔出剑来，削断支撑房梁的柱子，这茅草房本就摇摇欲坠，是丐帮总舵的头等危房，哪能受得了贺紫的如此摧折。

眼见里头的人没一个出来，无路子惊呼一声，就要跑过去救人，却给麻隆中死死抱住，许多丐帮弟子跑过去救急，麻隆中拉着无路子离开了这里。

麻隆中、无路子把唐万敌扶出那间民宅时，却见朱梦华正等在屋外。

朱梦华请麻隆中借一步说话，然后便开门见山问麻隆中，李文贝为什么着急走。

麻隆中“咳”了一声，叹道：“本月初六，养月儿就要往科尔沁，与科尔沁王爷的王子成婚了。”

朱梦华“啊”了一声，怔立半晌，稍稍清醒些时，“三天下”已去得远了。

又过两日，“三圣僧”也决定返回莫邪，他们去辞行的时候，俞半碗夫妇、史步宜还是无话，不过是稍稍抬了抬头。

走不到两里，忽听俞半碗哭声传来，那哭声细切尖厉，宛如秋蝉在高树上的长鸣，灰暗而萧瑟。

贺紫的吟诵也响起来：“长恨苍天无国色，残阳不照断魂歌；塞外古道音尘绝，天涯风卷老牛车。”

一路上，人们的话都很少，朱梦华不断地催促着，段简清见她神色有异，问了几次，朱梦华只说司马前辈可能等得急了。

众人也不想其他，只发力往莫邪直去。

难天很快兴奋起来了，说此番能顺利剪除向明、来投达一流，全靠掌门师妹的神机妙算，苦日、海空点头称是。然而他们并不知道，朱梦华自听了麻隆中透露的消息后，心中却产生了更多的不安，她总有一种感觉：一场更大的变故马上就要发生。

朱梦华虽不能断定这场变故的具体内容，但她相信，事情肯定与司马丹此次以这种方式安排他们去解丐帮之困有关联。

朱梦华觉得见了司马丹后，一切就会很清楚。可她哪里知道，胡冰、司马丹已离开了莫邪，此时正在北上途中。

李文贝离开清水堡，确实是因为麻隆中告诉了他养月儿要出嫁的消息。

他懵懵懂懂，如疯如狂，一路向东，心中不停地念叨着“月儿，为什么？”

如此不知狂奔了几百里或千余里的路程后，李文贝清醒些了。

离养月儿出嫁的时间还有五天，李文贝只想去见一见养月儿。

不知过了多少山水，这日黄昏，李文贝又饿又累，便准备休息一下再上路。

又急行了一阵，遇到一处小镇，找了家饭馆。

忽听门外马蹄声，旋见一汉子和一妇人进得店来，那汉子绿林打扮，一进门便粗声大气地道：“快点，酒肉都上点，爷们急着那。”

李文贝不由抬头看了二人一眼，见那汉子满脸恼怒，愤愤不平的样子，而那妇人则凄凄惨惨，脸上泪痕犹存。

李文贝正打算起身，忽听那汉子恶狠狠道：“妈的，闫老成——”

那妇人哭起来了，道：“求你了，家里几个孩子还小，他爹又没了……”

那汉子道：“你住口，老子给闫老成做了两年长工，好处没捞着， 他倒好，就这么死了，老子什么也没有抢着，用他老婆做抵押也没有什么不对。”

女人哭道：“魏兄弟，他爹在时，没有亏待过你，你们整日称兄道弟……”

那汉子恨恨道：“哼，那是他活着的时候，他又是老大……真他妈晦气，那帮小子 ,下手倒快，老子抢上你，远远不够……再来一壶酒。”

妇人只是哭：“他叔，求你了，孩子小，他爹……”

那汉子不耐烦，酒碗重重往桌子上一放，道:“嚎，再嚎，老子把你卖到 妓院去，或者干脆也把你喂了狼——”

他忽然说不下去了，因为李文贝不请自到，坐到他跟前了，问他：“你姓魏？”汉子点头，李文贝又问：“委鬼魏还是卫士卫？”

汉子道：“委鬼。”

李文贝把他的酒碗拿过来，仰头喝尽，道声“好酒”。

汉子道：“当然，汾酒。”

李文贝又喝了一碗，精神好多了，而且也觉得身体恢复了许多。

李文贝又问汉子：“他不是你老婆？”

汉子看看妇人，点头。

李文贝问：“朋友的老婆？”

汉子点头，李文贝道：“朋友妻，不可欺，这句话你难道没有听说过？”

汉子不能点头了，只吞吞吐吐道：“听……说过——”

李文贝又拿起酒壶，可又停住，自语道：“不能喝了。”

他叹了口气，对那妇人道：“你走吧，你能走了。”

妇人看看李文贝，又见姓魏的汉子满脸恐惧，便慢慢站起来。

却听那姓魏的冲着李文贝大叫道：“妈的，老子拼了， 老子为什么怕你？”

眼见姓魏的举手拍向李文贝，妇人吓得一激灵，又坐在凳子上。

这店里的客人本就不多，如今更是早已散尽。

没走的，是只有不能走的店家和小二几人。

他们正深恨李文贝不知死活，却又给自己的所见惊得目瞪口呆。

原来，姓魏的拍出去的手掌竟给李文贝用筷子按在桌子上， 抽不出来。

姓魏的骂了一句，又挥另一掌来拍，可这一次，李文贝好像懒得去躲了，他只坐着不动，任凭那姓魏的拍中自己的肩头。

就在妇人的惊呼声中，只听“咔嚓”一声，姓魏的那一掌是拍中了李文贝，但自己却喊爹叫娘地痛 叫起来，原来他的手腕断了。

李文贝低声喝道：“不许叫。”

姓魏的立时忍痛止声，心中懊悔不已：“既已看出人家已非常人，还不知死活想来硬的，我莫非跟上鬼了？”

但见李文贝眼里寒光凛凛，杀气腾腾，姓魏的满头大汗，却不知是痛成这样呢还是怕成这样抑或是二者兼有。

李文贝松开筷子，命姓魏的将怀里的银子全掏出来，交给妇人。

李文贝嘱那妇人道： “去吧。”

妇人意外获救，道声“谢了。”出门上马，走了。

这边，李文贝丢下饭钱，夹起姓魏的，也不说话，只一路疾走，来到小镇外的一片林子中，将他扔在一片坟茔中，两掌拍下，废了他 的武功。

李文贝走得更快了，两天之后，来到北京城外。

按照麻隆中给他说的日期，明天就是养月儿赴科尔沁与什么王子成婚的日子。李文贝在城外一个僻静的地方休息了一会儿，稍稍收拾了一下行装，黄昏时分，已走在京城的街道上。

李文贝很快就找到了杰王府，正是华灯初上的时候，李文贝躲在王府对面的一个角落里。

但李文贝总有一种说不清楚的奇怪，觉得对面王府中散发的气氛和自己的估计不一致。

二更时候，李文贝开始行动。

在确信并没有惊动任何人以后，李文贝跃入杰王府。

偌大的王府，李文贝觉得自己已经转了很久，躲开了好几拨暗哨，还是没有什么方向，正当他准备进入一间屋子里时，忽然闻到一股熟悉的香味。

李文贝不假思索，循着香味向前靠近，一番柳暗花明后，来到了一处玲珑的小院。

还未确定从哪里进去，听见院门“吱扭”一声，一个人开门探探头，又缩了回去。

李文贝长身轻纵，落在屋顶上，随后一招倒挂金钟，头下脚上，从屋檐上探下来，用食指蘸着口水捅破窗户，朝里头瞧去。

他目力甚强，可现在不管如何努力，却是什么也看不见，——原来，窗子里不知给什么东西挡着。

李文贝中指、拇指轻轻叩起，向地上虚弹了两下，只听“噔噔”两声轻响后，屋里果然有极细切的脚步声响起，随后门就启开一道缝。

李文贝又往远处弹了两下，诱那人走出屋子，自己则如泥鳅入水一般，悄无声息地从门缝中滑了进去。

出门的那人是个女子，脚步甚是便捷，显见也身具武功，她从门外再返回来时，嘴里嘟囔着：“怎么老觉得有响动？”

等她进来刚刚关好门，李文贝伸手戳了她的 哑穴，低声道：“姑娘莫慌，我……在下只想知道，月儿姑娘在哪里？”

那女子乍受袭击，本已抖作一团，乃至听了李文贝的话后，似乎镇定了一些。

李文贝道：“我解开你的穴道，但你不能叫。”

这女子点点头，穴道被解后，借着微弱的星光把李文贝上下打量了一番，道：“你是李文贝？”

李文贝吃了一惊，道：“是。”

这女子又道：“那么，格格的舞柳剑——”

李文贝便解下剑交给她，她看了看，又把剑还给李文贝，拿出一身衣服交给李文贝，道："快，快换上，随我来；不管见了谁，你只管低着头，不要说话。"

那姑娘探出头看了看，回来燃起一盏灯笼，交给李文贝，道："走吧。"

二人一先一后，刚出了小院没几步，忽然前头一阵轻微的响动，随后便见两人从假山的暗影中闪了出来，拦在二人前头，低声喝道："什么人？"

但又马上换了种口吻，道："啊，原来是丽姑娘——"

丽姑娘道："二位辛苦了。"

二人闻言，急忙闪身避开，道："丽姑娘请。"

一阵曲折回环后，丽姑娘带着李文贝停在一道大门前。

她接过李文贝手中的灯笼，轻声道："李少侠，以后就看你的了——"

就在丽姑娘转身离开的时候，李文贝感到了一阵森冷的气息：这里有埋伏。

李文贝想了想，突然耸身，从墙上拔起丈余，朝屋顶掠去。

哪知他左脚刚刚够着屋顶，陡觉脚下滑腻异常，李文贝一惊，急忙腾身跃起。原来，这屋顶浇了层油腻之物，任你武功再高，也难以立足，只能以提纵飞跃来求取平衡。

就在他右脚刚刚点中屋脊时，只听一声轻叱，一人从屋檐下翻身上了屋顶，手里剑光闪 闪，铺天盖地地 向李文贝袭来。

那人却在这油腻腻的屋顶上趋进自如，如履平地：一边出招一边挤兑李文贝："下去，这里岂容你立足。"

李文贝不甘示弱，道："未必。"

话音未落，便见又一人窜了上来。

此人手执一把明晃晃的钢刀，刀光霍霍，仿佛立时就要把李文贝吞噬。

李文贝看似很狼狈，可推出的掌力仍旧威猛无俦，持刀人也不敢太冒进。

又走了几个来回，持刀人闪在李文贝另一侧，在持剑人的掩护下，连续砍出三刀，嘴里叫道："耗到天明再说。"

李文贝立身不稳，稍稍提高力度，拍出两掌将他们逼得更远一点，右脚使劲，顺势踢飞了几块瓦片，想在屋顶寻觅一处立锥之地。

不料瓦片是踢到了，但因用力过大，在踢飞瓦片的同时，李文贝左脚再也难以站稳，情急之中，只能再次跃起来。

使刀人见状，跟进半步，削向李文贝左脚脚腕；持剑人也凌空飞起，径刺李文贝腰眼，眼看李文贝难以躲开，二人已将下一招的出击方向也想好了。

哪知李文贝忽如失去重心一般，“啪”的一声，摔在屋顶。

持刀人叫道：“不过如此。”叫声中，抡刀 如 风，照着李文贝脖颈切下，持剑人既料准李文贝还会腾空闪让，剑招一变，已将李文贝的退路全部封住。

可李文贝却无意往空中闪避了，他在极被动的时候，几乎躺在屋顶上，左手撑着身子转了半个圈。

他臀部着地，两腿和上半身微微抬起，左手食指、中指和拇指攒聚如锥，不断在地上点拨，拨动着身子不断滑动、旋转，就像一个陀螺。

转到极快时，如风如雾，有时居然升腾而起，掠过二人的头顶，攻击他们的背后或侧翼。

持剑人和持刀人既然难以把握攻击目标，配合便很难流畅自如。

又游斗了十余招，李文贝左脚点出，踢中持刀人的刀背，但听“叮”的一声，持剑人的剑尖刚好刺中了变了方向的刀身上。

若非二人武功高超，见势不妙，刀、剑扬臂递出，化去了李文贝不少的内力，否则这一次磕碰，二人的兵刃恐怕就要脱手。

二人原本形势已非，又坚持了几招，只听持剑人低声道：“刀剑合璧。”

手中宝剑脱出，持刀人右臂微曲，道声：“无往不利。”

大刀一挥一缩之间，已将持剑人的宝剑吸附在刀身上。

持剑人既无兵刃，只围着李文贝高速转成的“圆锥”，或拳或掌，一味大力抽拍。

而那持刀人将同伴的宝剑吸附于自已的大刀上，出法更显得诡谲怪异。

数招后，不料持刀人宝剑突然离开砍刀，贴着屋顶刺向支撑李文贝转动的左臂。

李文贝待觉风声不对，急忙大力腾起时，可“嗤”的一声，衣袖还是被人家的宝剑刺出一个窟窿。

李文贝右掌大起，掌力呈半圆形向二人横扫过去。

二人一击不中，便收招后退，嘴里叫道：“可惜”。

两人经验老到，早就看出，在李文贝转出的那个圆锥形影子中，有两个地方是其软肋，一是圆锥的中间部位，二是支撑这个圆锥转动的地方。

所以，一旦出击，必然瞄着这两个方位出招的。

李文贝也意识到了这一点，又吃了两次苦头后，连续拍出“大江东去”和“中流砥柱”，转速似乎稍稍慢了些。

持刀人见状，左手骈指如锥，直戳“圆锥”底部。

哪知背后忽然风声大起，持刀人待觉不对，要想回头时，李文贝的手掌已按在他的后背，道：“多有得罪。”

说完，松开手，同时也解开了左侧持剑人的肩井穴。

原来，在两只袖子都给刺出了窟窿，李文贝想出了一种很冒险的法子：在高速的旋转中，甩脱上衣，把强大的内力附着在上衣上面，保证人离开后，还能继续转动。

二人正全力对付那个还在转动的“圆锥”，根本没有想到李文贝会和他们玩出这么一招“金蝉脱壳”，等到风声不对，再想变招时，已经来不及了。

持剑人叹道：“江山代有人才出，胡子，你我今日只有认栽。”

胡子瞪眼道：“听你青皮的口气，好像还有点不服气？”

说完，将宝剑掷给青皮，再不答话，然后横身卧倒，骨碌碌从屋顶上滚下去了。

青皮接住宝剑，转身欲走，又停住，问李文贝：“老夫认输，只是你小子赢得也太侥幸，须知胡子的刀剑再稍稍 向里半寸，你岂非要遭开肠破腹之痛？”李文贝只道：“晚辈情非得已，也只能如此。”

青皮眨眨眼，又道：“老夫瞧你武功虽然不凡，智谋其实平平，可偏偏有人说你绝顶聪明，还警告老夫……唉——”言毕，低声对李文贝道：“天涯芳草咫尺情，关山一步起秋风。就从那儿——”

他指了指李文贝身后不知何时已亮起的一片灯光，道声“请——”，便闪身逸去。

李文贝也没有再想什么，依着青皮指示的方向纵去。

这里又是一处院子，李文贝鼓目四望，只觉院中的轩榭亭台、花木石径似乎都泛着微明的灯光，又好像笼在一层沸翻不已的青雾中，仿佛寂静的大海边海风的涌动。

李文贝顿了顿，便想抬脚过去。

忽听屋门一响，丽姑娘走到李文贝前，道：“王爷有请。”

随丽姑娘转了几个曲折后，最后进了一间屋子，屋子不大，在朦胧的烛光中，屋里模糊而沉重。

唯花架上几盆花散着的清幽香味，让李文贝怦然心动。

丽姑娘把李文贝带到这儿后，也隐身在黑暗中。

第五十四章 出嫁

里间走出一个人，道：“你，果然来了。”正是养月儿的父亲杰如。

他撩起眼皮瞟了瞟李文贝，用漫不经心的口吻道：“你这次来，是不是给胡——大侠打前站？”

李文贝愣了愣，也用同样口吻道：“姨丈从来都是想去哪里就去哪里，他没有必要让别人为他打前站。”

杰如“哦”了一声，沉默片刻，示意李文贝坐下，但李文贝没有坐，可他也不知如何开口。

又一会儿，杰如好像明知故问：“那么，此来，你要干什么？”

李文贝横下心来，道：“此行，就是……就是想和月儿——”

杰如目光如炬，逼视着李文贝，李文贝也迎着杰如的目光看过去。

好在二人对峙没有多久，杰如用尽量和缓的语气对李文贝道：“好吧，你找月儿有什么事？”

不等李文贝回答，杰如又问：“听说，月儿托麻先生把舞柳剑给了你？”

李文贝忽然觉得杰如的话有点语无伦次，见李文贝点头，杰如又道：“此乃御赐之物，是不能转送他人的，现在……”

杰如站起来，背对着李文贝站在花架前，李文贝感到这个背影有点忧郁。

沉默了片刻后，杰如的声音又有了以往的那种镇定，他朝身后的李文贝挥挥手，道：“你走吧，月儿三天前已走了，去了科尔沁……”然后，直步离开。

丽姑娘进来的 时候，李文贝已跌坐在椅子上，神情木然。

丽姑娘急道：“李少侠，你听我说，快点，咱们还得快点……”

李文贝道："快点？快点干什么……"

丽姑娘摇着李文贝道："李少侠，你得去见，你必须去见格格最后一面。"

李文贝伸手拨开丽姑娘，叹道："见一面又如何？她要嫁给王子了……我为什么要见她？你说，为什么要见她？"

不管丽姑娘上来如何摇他晃他，李文贝对丽姑娘的话充耳不闻。

丽姑娘彷徨无计，将一盆凉水泼向李文贝。

见李文贝眼光又晶润闪亮起来，丽姑娘急忙低 声对他道："李少侠，你至少可以去和格格说说清楚，是吧？"

李文贝挺身站起，道："好，那就快点。"

丽姑娘将一套衣服拿出来给他换上，又安顿了李文贝几句。

一番收拾后，出了王府，拐弯处，有人牵着两匹马等在那里。

丽姑娘和李文贝翻身上马，向前疾驰。

出了德胜门，又飞驰了二十余里，嘴里一声呼哨，便有一人两马应声而来，丽姑娘介绍那壮汉叫乌木。

除马外，乌木还带着一只猎狗，猎狗名唤"风儿"。

丽姑娘道："乌大哥，以后 就辛苦你了，你可千万要用心那。"

很快，两人三马，还有一只猎狗，便远远地去了。

屋中，杰如点点头看着丽姑娘带着李文贝离开，忽然道："好，北部台林，科尔沁亲王，你的确很会把握时机……"

说话声中，已将手中的茶杯捏成粉碎，随瓷末儿一齐滴落的，还有血。

青皮、胡子进来向杰如汇报，说胡冰、司马丹已到信阳一带， 到西安不过三日的路程。

杰如道："胡冰、司马丹行事一向雷厉风行，此次如何这般迟缓？"

青皮摇头道："他们去过几处名胜，还拜望了几位至今不肯臣服的武林耆宿和老儒。王爷，他俩的葫芦里到底是卖的什么药？莫非他们另有用心？"

杰如道："那也不见得，也许只是礼节性的拜访而已。许多年前，司马丹随李岩也有过这种举动。"

胡子道："司马丹谋划深刻，王爷还是多加小心。"

杰如吩咐二人："半个时辰后动身。"

且说李文贝随着乌木出了北京，过了滦河以后，经隆化方向一路朝北直奔。次日中午，他们赶到了木兰围场。

又走了两个时辰后，风儿却不肯往科尔沁方向走了，它狂声大叫，只朝西北叫个不停，不管乌木如何诱导，总是如此。

乌木古 铜色的脸涨成血红，可风儿的态度异常坚决，继续向西大叫。

乌木急得直搓手，转了两个圈子后，只得问李文贝："现在如何？"

李文贝不语，他朝东北方向看去，那里通着科尔沁，是关外最肥美的草原，科尔沁亲王是蒙古各王爷中最有实力的人物之一。

养月儿就要去那里和那个什么哈穆王子成婚。

李文贝不知道，老王爷向朝廷向杰如提亲，除了许多年的梦想外，还 因为他帐下一名强有力的师爷给王子"占了一卦"。

卦中说王子的残疾并非不能改变，只要能娶到一位年轻漂亮、出身尊贵的女孩，被妖魔迷住的心窍就会开启。

有了提示，老王爷自然很快就锁定了亲王杰如的独女养月儿格格。

听说云南吴三桂方面要有大举动，师爷给王爷制定了提亲方案。

照师爷的安排，王爷不卑不亢地向朝廷、向杰如表明了自己的愿望。

事情进行得异常顺利！

王爷有一种空前的成就感，仿佛看到了儿子哈穆已挺起腰来，相貌堂堂，跨马扬鞭，成为草原上最强有力的男人。

如今，李文贝、乌木却万分着急，按照必然的想法，他们理所当然是该往东北方向追的，而风儿选择的方向，乌木说，那是察哈尔。

找到了两个百姓，一个摇头说一无所见，另一个则说三天前看见一队人马，至此分为两路，一路去了东北方，另一路向西而去。

逡巡了很久，李文贝咬牙道："往东北。"

风儿不得已转头跟了过来，可是不到一里，风儿又窜到乌木的马前，屈后腿，直前腿，朝着乌木大叫，俩人面面相觑，只得再停下来。

仗着自己在草原上的生活经验，乌木试图从两条岔路上车辙印看到点蛛丝马迹，可在北部台林的车队以后，这里不知又走了多少车马牛羊。

李文贝忽然灵光乍显，异常清醒。

他意识到养月儿提前离开北京且走得这么毅然决然，一定意味着什么。

李文贝对乌木道：“为了万无一失，咱俩分道，你走哪个方向？”

乌木摇摇头：“不行！没有我的指引，你肯定会迷路，而我，即使能追得上，也没有用，咱们一起走，还有五成 机会；分开，那你就只有靠运气这一成可能了。”

乌木蹲下，轻抚着风儿的颈毛，道：“相信风儿。”

两人骑马向西，风儿撒欢似的跃高二尺，空中转了个圈，随后窜出，它四腿飞扬，在草尖上追风掠尘，速度竟不下乌木坐下的骏马。

李文贝心道：“风儿，拜托了，你可千万不要有什么差错。”

又一天一夜后，三匹马累得气吁吁，汗沟走血，已难以为继。

他们歇脚的地方是一片小湖（当地人叫作海子），李文贝捉来两只野兔，经过一番拾掇后，乌木闻到了烤肉的香味。

看着李文贝不知疲倦，来回奔波的身影，乌木思绪不断。

他本是草原上的羊倌，父母被恶霸害死后，他才成了一名刀客；他用了十年时间，学成武功，杀了仇家又到官府自首。但是，他被草原的主人议成死罪，后来被杰如救下。

在王府，他遇见了格格养月儿。

养月儿给乌木带来一只小狗，乌木从小就是养狗高手，他觉得自己和狗交流比和人交流容易得多也轻松得多。

风儿渐渐大了，大了的风儿果然比那些聪明人可意多了，因为受到杰如的推荐，风儿还帮助捕快破了几宗疑案。

后来，养月儿随王爷悄悄离开了王府。

养月儿失踪的消息悄悄地传开了，据说，和她一同失踪的，还有一个汉族青年，居然是李岩的儿子。

不过，养月儿还是回来了，回来的养月儿披着一身成熟和练达，但却更蕴藉有致，落落大方，仿佛从霞光中走出来，身上还闪着耀眼的明媚。

她蹲下来摩挲着风儿的鬃毛，勾它的鼻子，有一次，乌木看见，养月儿的头正贴着风儿的脸，泫然欲泣。

科尔沁亲王求婚的消息是杰如带回来的，杰如本来是准备迎接女儿的一场大闹的，但养月儿只是大哭了一场 就平静下来了。而她的父亲经过一个不眠之夜后，看上去苍老了不少。

养月儿就这样走了，如今，乌木带着李文贝去追赶格格，可是，能追得上吗。

过了多伦，又急赶了一夜后，在又一个岔路口，风儿不向西改而朝北了。

乌木说他对这儿很熟悉：向西是坦途，去察哈尔，向北则是一片茫茫的沙地。二人对视一眼，竟异口同声地道：“继续跟着风儿。”

风儿的判断没有错：王爷是想借着求婚成功向别的部落显示一下他所受到的尊崇，——这也是那位师爷的建议。

这位师爷是年前来投的，来的时候还带着两个人，他自称名叫古特奇。

此人武功高强，他只用了两个手指头就将北部台林所有的武士逐个打败。

当然，除了武功高外，古特奇的谋略也有其不凡之处，他在许多方面都向老王爷提出了建设性的意见，王爷依计而行，果然无一不中。

老王爷大喜之下，待古特奇为上宾，金银牛马赏赐无数，但古特奇一概拒绝，只道：“士为知己者死，老夫岂能看重这些身外之物？”

但养月儿的情形却不对了。

按照养月儿的推算，李文贝在得知自己要远嫁科尔沁的消息后，会尽可能早地追到北京，而那时她也必然到了科尔沁。

她认定，如果正常的话，李文贝追上自己的时间应该在七天后的下午；到了那个时候，她的病情已到了不可救药的地步了，——养月儿就是按照自己的这种推算来安排这一切的。

所以，在王爷决定折向西行的时候，养月儿已经感到头重脚轻了。

得知王爷的决定后，养月儿曾提出异议，说“婚期乃圣上钦定，岂可轻易违迕”？

王爷的答复是：“事有仓促，只能随机而变，请格格见谅。”

养月儿不能再说什么了，因为和古特奇几次接触后，养月儿更感到事情可能比朝廷、比父亲估计的还要复杂。

可到底在古特奇身上感到了什么，养月儿也不是十分清楚。

这日，车马队路过一片沙地，老王爷派人征询养月儿的想法，养月儿从车窗向外看了看，道：“一切均由王爷安排好了。”

两天过去了，养月儿的病情越来越重，看上去形容枯槁，荣光不再。

又走了两天，服侍养月儿的老嬷嬷说格格连呼吸都困难了。

古特奇说自己略通医术，他问老王爷：“可否允许微臣瞧一瞧？”

老王爷暗想格格贵如天人，岂能遭此亵渎？一旦贵气外泄，岂非影响了给儿子冲喜的效果？于是急命车马队调转向北，穿过沙地，想到百达庙向活佛求助。

但老嬷嬷又一次跑过来，说格格已不能再承受这般颠簸了，求王爷快快想个办法。

老王爷气急败坏，咬咬牙，跺跺脚，方对古特奇道：“你，去吧——”

古特奇疾步来到养月儿的车前，老嬷嬷掀起门帘，轻声道：“格格——”

旁边的一位婆子捧过枕来，将养月儿的胳膊扶到枕上后，古特奇 食指、中指轻轻搭出，按在养月儿的脉搏上，内力暗起，将一股森冷阴寒之气送入养月儿体内。

这寒气虽然细若游丝，若有若无，但如今却能在养月儿体内畅通无阻，毫不费力即可达最危险的区域——心脉。

显然，养月儿此时连普通人应该具备的自护本能也没有了。

古特奇心有不甘，力道又稍加一分，养月儿身子抖了抖，晕过去了。古特奇的望闻“探”切持续了顿饭功夫才站起来。

对着快要急疯的老王爷，古特奇只用“血气亏滞，四肢酸软”“左关沉，右关浮”一类话来应付。

老王爷除了搓手，再也无话可说，万一朝廷怪他“不回属地，而是迂回千里，致格格青春早亡”，那时，他将 如何应对？

古特奇的建议是：严禁走漏养月儿格格得病的消息，私下也不得议论格格的病情。

这天，他们走到了一块玲珑草地。

格格染病不治的消息在这天夜里传开了。

老王爷目瞪口呆，古特奇安慰他道：“王爷，事已至此，眼下的关键是不能让朝廷知道格格是死在了这种地方。”他对老王爷道：“但有机会，咱们还能 向朝廷提出同样的要求，要知道， 王爷有数万蒙古铁骑，金银无数，牛马多得如沙漠中的土粒，这是任何人都不能小觑的。”

老王爷点点头，下令：“好，继续上路——”

古特奇道：“王爷，这等天气，格格的病又古怪，万一播散开来，可就了不得。”

老王爷连连称是，便传命人们架起火堆，“连夜烧了”。

贴身伺候养月儿的那位老嬷嬷，本来也是要建议将格格的尸身就地火化的，见王爷也是这个意思，暗中喘了口气。

将养月儿移出来后，古特奇简单将养月儿乘坐的那辆马车劈成一堆木柴。

他还掀开养月儿的头巾，去探了探她的脉息。

火，起先很慢，但不久，在最初 的一阵浓烟过后，偌大的柴堆就烧成了烈焰，“劈劈啪啪”地大烧起来了。

老王爷一刻也不想停留了，在火势还没有燃起的时候，他就传令大队人马即刻出发，快快动身。

在众侍卫的簇拥下，老王爷不坐马车了，改为骑马，扬鞭而去。

古特奇回身再望火堆时，一种美中不足的感觉涌上心头。

按古特奇的计划，他是要在养月儿到了科尔沁之后，再设法折磨她的，还要以她为诱饵，吸引更多更大的“鱼儿”上钩，比如司马丹、李文贝，而现在，古特奇就只有另想办法了。

李文贝是次日上午追到这块绿地上的。

此时，已有牧民告诉他们确实从这儿过去了一队人马。

这草地上原也有几户人家，被那队人马惊走后，现在正探头探脑地回来。

乌木研究了草灰和车辙，道：“他们离开这里不出三个时辰，日落之前，肯定能追上他们。”

忽听一声叹息传来，转头看时，却见一牧民老妇，怀抱一只已死的羔羊，哀声连连，顺着湖边从这儿走来，脚步蹒跚，嘴里不知念叨什么。

走近李文贝时，老人似乎很奇怪地看了他一眼，眼中还有一种很犹豫的光芒，那布满皱纹的老脸，就如被车马践踏过的草地。

第五十五章 破帐

又疾驰一个时辰，已是沙漠中一天最热的时候，脚底固是灼烫难耐，头顶、身上更是好像披了层火星沫儿。

两匹马鼻孔大张，暴喘不已，乌木拉转马头，拍拍马臀，道：“去吧。”

两马朝后甩了甩头，仰头一声嘶鸣，即撒蹄如飞，消失在沙漠中的来路处。

随着车辙印追出了十余里，乌木伏在地上听了一会儿，道：“他们也停下了。”

暮色渐浓，李文贝悄悄靠了过去。

几十顶帐篷的四周，明处、暗处，三步一岗，五步一哨。

中央有一顶更大、护卫看上去也更严密的帐篷，李文贝能听见从那里传出来的阵阵欢歌笑语。

他不知道，这是师爷古特奇正设宴安慰老王爷。

老王爷空欢喜一场，虽然不断得到安慰，看上去还是有点紧张。

古特奇看在眼里，喜在心头， 现在，他要取得老王爷的绝对信任，以便让老王爷临殁托孤时，放心地将哈穆王子交给他。

见老王爷情绪稍稍稳定，古特奇说：“吴三桂起兵之后，届时鹿死谁手，殊难定论，而科尔沁处北京背后， 精兵良将，世所难匹，作用当然是举足轻重。那时再向朝廷报知格格养月儿病亡的消息，朝廷自然无话，将来，王爷就算要给世子娶两个格格，皇帝也得依允。”

见老王爷仍然萎靡，古特奇将内力聚于二指，沿着老王爷脊椎两侧的穴位自大椎再到命门、肾俞诸穴来回揉按；初时，老王爷尚觉麻痒难耐，后来便觉体内凉气熙熙，既而五脏六腑清气流沛，浑身上下充满了无尽的力量。

若干碗酒下肚后，老王爷居然风卷残云地消灭了几斤手扒肉。

老王爷自然不会知道，古特奇输进他身体中的内力，暂时可以激活他一时的生命活力，却也将那种阴寒之气贮藏在了他的肺腑中。

李文贝就是这个时候摸过来的。

李文贝几乎看遍了所有的帐篷，却没有发现养月儿。

他定定神，又搜视了一遍，结果依旧。

李文贝在暗处，看见了醉醺醺的老王爷，也看见了古特奇 。

没有看见养月儿，李文贝开始怀疑是不是追错了方向?

李文贝退回来把情形说给乌木，乌木也吃了一惊，但乌木又说可以不相信别人，但风儿决不会错，格格养月儿就在这条路上。

他问李文贝是不是有什么地方漏过去了，见李文贝坚决地摇头，乌木道："何不去捉一个人来问问?"

李文贝道声"好"，又朝北部台林车马 队的宿营地掠了过去。

再回来时，腋下已多了个"请"来的老嬷嬷，老嬷嬷抖若筛糠，直到乌木凑到她耳边叫了声"福婆婆——"

那老嬷嬷才清醒了些，愣了愣，开始抬头打量身边这两个人。原来，这老嬷嬷正是一直伺奉养月儿的那个老人。

当初养月儿离开王府时，执意不肯让府中任何人陪行，丽姑娘等放心不下，打听清楚北部台林带来的人中，将由福婆婆照料养月儿的饮食起居，就在福婆婆身上花了不少银子。

福婆婆心本善良，又得了丽姑娘和乌木的好处，对养月儿的照料自是全心全意无微不至，和养月儿同行虽不过数日，相处却极是融洽。

福婆婆没有想到乌木会在这里出现，大哭，慌得乌木急忙摁住她的嘴道："快说，格格到底在哪儿？快说。"

福婆婆紧咬嘴唇，满脸抽搐着道："格格去了——"

李文贝、乌木同时"啊"的一声站起，李文贝身子摇了摇后，又坐下， 大张着嘴，可什么也说不出来，而乌木再也顾不得什么了，抓着福婆婆双肩摇道："什么？你再说一遍，你瞎说——"

福婆婆本就年老体弱，哪里还能禁受得起如此的摇摆？又勉强说了一句："格格去了，真的——”便晕了过去。

李文贝怒吼一声，朝北部台林的宿营地扑过去。

老王爷的豪华大帐还灯火通明，欢笑之声不绝于耳。

忽听外头传来一声悲怆的大叫，跟着又是一声大响。

帐中一时乱声肆起，老王爷面如土色，扔掉酒具，直往女人堆里钻。

古特奇脸色微变，也不见他如何动作，已窜出帐外。

他刚出帐门，只见一道黑影在对面的帐顶轻轻一顿，随即朝这边直扑来，速度之快，古特奇平生仅见。

他很快就猜出，来人是李文贝，——古特奇立刻全身冰凉。

按照他的估计，就算李文贝本事通天，此时也不会出现在这个地方。

惊诧之余，古特奇将身一缩，躲向两名武士的身后。

李文贝虽然方寸大乱，目光却依旧犀利，未及古特奇躲开，李文贝双手一阵急拨乱拿，那些身处古特奇之前的武士们大都已跌了出去。

当李文贝又向一名挺着长枪的武士冲去时，却见古特奇衣襟之下寒光一闪，一把短匕首直刺李文贝小腹。

李文贝暗能睹物，眼见古特奇虽然躲得很迟，逃窜的速度却很快，疑心顿生，他大喝一声，蹬出一步“浮光掠影”，在空中扭出一道波浪的形状，身子一曲一仰，刚好躲过了古特奇的匕首。

古特奇掣出宝剑，径削李文贝脚踝。

只是他的剑招和内力尚未融成一体时，宝剑已给李文贝右手的食指、中指夹住；李文贝手腕一抖，剑身一股强劲的内力直传过来，震得古特奇虎口发麻，半个身子也几乎失去知觉。

古特奇虽然松开宝剑，但左手食指曲弯如钩，朝李文贝还夹着宝剑的右手手腕勾去，内力起处，漫起阵阵阴厉的冷风。

李文贝见他出招阴狠，指风森然，心念不由一动，大声问道：“你到底是什么人？”

古特奇一言不发，加紧催动内力，中指竖起，配合着右指，戳向李文贝右手的外关穴，同时，松开宝剑的右臂一抬，两柄同样淬有剧毒的匕首同时射向李文贝：一把瞄向李文贝小腹，一柄瞄向李文贝右腿关节。

就在古特奇中指、食指就要触及目标的时候，李文贝手指夹着宝剑的右手微微一挫，剑柄直出，压向古特奇。

同时，双腿腾空跃起，竟用两只脚夹住了刺向他小腹的那把匕首，也顺势躲开了射向他小腹的那一柄。

但他身后的两名蒙古武士眼见难以躲开。

众人惊呼声中，李文贝空中翻身，夹在右手的宝剑顺势挥出一道弧形，只听“乒”的一声，后发先至，竟用剑柄将向后急飞的毒匕首击落。

古特奇陡觉压力消失、还想出招时，李文贝已又回剑按压在他的肩头。

武士们见李文贝起剑救人、再回剑制住古特奇，动作快到不可思议，不由大声喝彩。

李文贝看了看古特奇，手上用劲，只听“咔”的一声，宝剑已断成两截。

李文贝丢开古特奇，朝老王爷的豪华大帐走去。

古特奇又惊又怒，拾起一杆长枪，朝李文贝的后心硬扎过去。

却见李文贝身子一侧，右臂微起，已将古特奇刺来的长枪夹在腋下，跟着身子一扭，抓着枪杆的古特奇已被甩了出去。

李文贝继续向前，挡在他前头的武士们齐喝一声，挺枪直刺过来。

李文贝腾身而起，从他们的头上跃过。

到了大帐跟前，李文贝却找不到入口，因为帐门给里头的人堵上了。

等武士们发一声喊，转头又向李文贝挺枪刺来时，却听“刺啦”一声，老王爷的帐篷已被李文贝抓出一个大洞来，李文贝身子一猫，钻了进去。

武士们见状，骇然变色。

因为这顶帐篷的帐壁有内外两层，加厚的皮革皆用盐水泡过一年，然后再把原来的兽皮刮成最薄，只保留最有韧性的精华部分层叠在一起，两层皮革之间，又有精铁条加固。

这种帐壁，就是最彪悍的武士用最强有力的硬箭，站在最近的地方，也难以射穿，要是刀砍斧斫，那就更费力。

想不到这个人就这么轻描淡写地把这么坚固的帐篷抓出这样的“创口”来。

帐篷内早已乱作一团，老王爷更是早已软成了一堆。

随古特奇来的那一男一女还镇定一些，男的持刀，女的持剑， 从里头守在伪装好的大门两侧，只待“刺客”一进来，就刀剑齐下，哪知“刺客”在很快突破了那么多人的 阻挠后，竟以意外的方式、从意想不到的部位钻了进来。

此时，这里头还有一盏灯未灭，李文贝虽然易过容，但一看见他瘦削的身材，男的尚可，女的不由 倒吸一口凉气，跟着浑身战栗起来。

如此对峙了片刻，古特奇悄悄给那对男女使个眼色，古特奇的本意是让他们把老王爷护着退出去，男的 则把古特奇的示意理解为攻杀。

他本就嗜杀，尤其见李文贝一出场，就把同伴吓成这样，心中老大不甘，如今不假思索，挥刀砍出。

那女的阻之不及，也急忙挥剑跟上，剑尖所向，正是李文贝右后背的肩井、天宗几穴。

李文贝头也不回，右手反出，拿住了女人持剑 的胳膊；左手一扯，男人和女人的兵器便磕击在一起。

女人痛叫一声，长剑跌落，男人虽疼得龇牙咧嘴，可就是不肯放开兵刃。

李文贝左手再出，也把这男的拿住，然后将二人朝上掷起，只听“怦怦”两响，两人撞在帐篷顶部后，摔下来，跌成一团。

在这一男一女的惨叫声中，李文贝混沌茫然的思绪，好像被风吹开了一缝，他低头看了看地上的这俩人，道：“原来是你们——”

然后，他回头又看向古特奇，道：“想不到你还活着……”

古特奇见李文贝这么快就明白过来了，有点后悔，当下鼓了鼓劲，翼蔽在老王爷前头，道：“不错，你既然认出了老夫，老夫也没甚话好说，但只要你答应不伤害王爷，老夫任由你处置。”

古特奇见李文贝不置可否，上前低声道：“只要你不肯说破老夫的身份，老夫也不会说出你的名号。你我……从此两不相干。”

李文贝眼里寒光如刀，道：“姓蔡的，——你真该死。”

古特奇就是蔡倚窗。

那日在“三无教”老巢被李文贝擒住，但他内力精深，在“三无教”总舵爆炸前的一瞬冲开了穴道，逃了出来。

逃奔中，后脑勺不幸被拳头大的一块石头击中，而且藏在怀中的那块锦帛连同上衣全丢了；锦帛上记载着制造“天械”的工序，绘制着各种相关的图形。

蔡倚窗虽气急败坏，也无可奈何。

不过，他很快又看见了贺青、贺兰。

原来，他俩和尚之节被牛教主“送”出来以后，尚之节又率“二贺”悄悄掩回来，不料“三无教”总舵忽然发生爆炸，“二贺”仗着武功不弱，侥幸得脱，而尚之节却不幸被埋在乱石之中。

贺青好不容易在广州找到了落脚点，下定决心要随尚家兄弟做一番惊天动地的大事业给贺紫一干人看看，不料寸功未建，还搭进了尚之节一条性命。

彼时蔡倚窗正瘸着腿寻声走过来。

贺兰心头憋屈，不宣而战，提刀就向蔡倚窗砍了过去。

蔡倚窗虽身上带伤，心智也未必完整，但发挥出来的武功仍比“二贺”高出许多，贺兰三砍五削之后，非但没能伤了这个瘸子，兵刃反给蔡倚窗夺了去。

贺青急忙上前助战，蔡倚窗使出搜灵掌，十余掌后，就将二贺拍得晕头转向。

贺青见此人恶意并不彻底，停下手来请教蔡倚窗的“高姓大名”。

这次，蔡倚窗把自己的身份及人生阅历毫无保留地说给“二贺”听；“二贺”震惊之余，急忙朝蔡倚窗行礼。

三人处境既同，自然是一拍即合。

那时，蔡倚窗心中已有了一定的想法，他撺掇“二贺”一同北上，成就大业。

蔡倚窗化名古特奇，又给“二贺”随便捏了个名字，力戒他二人到了那里以后，要多做事，少说话，“二贺”自然全部答应。

三人一路向北进发，不久，就听说司马丹、李文贝等人在炸毁了“三无教”老巢之后，居然也活着出去了。

蔡倚窗心中痛恨不已，决心报复。

三人来到科尔沁，把沿路窃得的几件宝贝献给老王爷，又在人们面前展示了几手武功。

老王爷大悦，给了三人特别是蔡倚窗相当程度的封赏，但蔡倚窗代表“二贺”婉言谢绝了。

老王爷见状，益发看重蔡倚窗。

蔡倚窗在科尔沁的发展一切顺利，不仅使得老王爷对自己言听计从，还笼络了若干名高层在自己周围。

在老王爷为儿子迎娶养月儿这一点上，蔡倚窗并没有费多少口舌，就实现了自己的愿望。

一想到杰如父女被迫允婚后的彻夜难安心如刀绞，想到李文贝肯定也是锥心痛骨形销骨立，蔡倚窗就快乐得几乎要跳起来。

唯一出乎意料的是，养月儿如此不禁折磨，几天后就死了。

可现在，李文贝忽然从天而降，蔡倚窗恐惧加身，说话不由颤抖："你只冲着老夫一人来好了……"

李文贝道："这次，也是你出的主意了？"

蔡倚窗点头，李文贝又问："只是为了报复？"

李文贝转头问贺青："月儿，是不是真的已经——"。

贺青点头。

李文贝浑身一抖，竭力忍着，但终于还是喷出几口血来，身子摇摇晃晃，几乎就要倒下去。

蔡倚窗眼色一寒，双臂微扬，袖中仅存的五把飞刀全部急射出来。

两把直取李文贝双眼，一把径刺李文贝咽喉，余下两把一处朝李文贝左胸，一射李文贝小腹，毒匕首出击之后，蔡倚窗又顺手抢过身旁一名武士的长枪，朝李文贝拦腰横扫过去。

李文贝右大腿给一把匕首刺中，登时血流如注。

第五十六章 送别

李文贝右掌震退了蔡倚窗的反扑，又两掌将蔡倚窗击倒在老王爷身边。随后，抢上一步，将蔡倚窗劈胸提起，如拎小鸡似的提着蔡倚窗忽上忽下地摔着。

蔡倚窗也在奋力地出拳出脚，奈何距离虽近，却碰不着李文贝。

如此挣扎了片刻，蔡倚窗只觉头晕目眩，血气翻沸，全身骨架几乎散裂。

众武士见李文贝受伤之后，仍如此神勇，不由大声喝彩起来。他们早已对蔡倚窗那种阳奉阴违的样子感到不舒服。

愤怒至极的李文贝就这样抓着蔡倚窗摔打了一阵，又恨恨地将他掷到的帐壁上。

李文贝再将他提起，目眦尽裂：“你怎么就知道害人？”

蔡倚窗大笑：“你老子你娘就是老夫弄死的，有种，给老夫一个痛快。”

“李文贝，告诉你，姓蔡的但有一口气在，就还会暗算你……”

李文贝再次将他掷到帐壁上时，蔡倚窗挣扎了两次，已不能站起。他嘴角溢血，双手乱舞：“格格，不是尊贵吗？现在她已化成灰烬了……”

不防一阵风起，但见一人闯进帐来，拾起一杆长枪，“噗”的一声，自蔡倚窗左肩刺入，生生地将他钉在帐壁上。

正是随后赶来的乌木。

贺兰挡在贺青前头，起身抡刀，奋力朝李文贝砍过来；李文贝身子微斜， 左手翻出，已按在了贺兰砍刀的刀背上，顺手一招，将贺兰击倒。

贺兰还想挣扎，李文贝将已夺过来的砍刀架在了他的脖子上。

这一按力逾千钧，贺兰哪里还能动得半分？

贺兰面如死灰，向李文贝哀告：“全是我贺兰一人之过，贺兰甘愿受死。”说完，也不待李文贝的反应，挺起脖子，便朝按在他肩膀上的刀刃撞过去。

李文贝没有料到贺兰对付自己这么生猛，急忙抽刀后撤。

贺兰趁着李文贝撤刀之后压力消解的机会，又伸掌拍向自己的额头，打定主意以自己的性命去抵二人之罪。

贺青扑过来将他抱住，大叫道：“胡说，你死犟牛一头，若不是跟着我，狗屁坏事也做不出来，你吹什么牛皮？”她抬头对李文贝道：“别的不说，单就这次致如花似玉的养月儿悲死大漠，我贺青就罪在不赦， 你动手吧。”说完，抬头闭眼，一副引颈就戮的样子。

李文贝看看他俩，突然掷下砍刀，伸出双手，一手一个，抓起“二贺”扔出帐外，跟着，将身一猫，也飞蹿出去。

乌木见了，也随后跟了出来。

人们但见眼前一花，这四人的身影已消失在无边的黑暗中，李文贝一句话还在人们耳边回荡：“改了吧，否则，天地不容！”

李文贝抓掷“二贺”的力道很重，贺青轻功原本不弱，她很想在空中调整一下自己的身子，却根本没有可能。

空中飞了三四丈后，贺青左肩落地，在地上翻了几个滚，才稳住身子。

贺兰则斜着身子跌下来，摔断了左胳膊， 痛得大骂：“混蛋——”

贺青捂住贺兰的嘴，朝李文贝消失的方向鞠了一躬，大声道：“谢李大侠——”她语带哽咽：“请李大侠转告我师姊，我没脸见她，从此我和贺兰退出江湖，自食其力，若违此言，天打雷劈——”

二人相拥而泣，贺兰的脸伤倒还能忍受，但断臂之痛一阵比一阵地锥心，只是不敢打断贺青的抓拥揽抱，贺青清醒之后，忙给贺兰接好了断臂。

贺青替贺兰整整衣襟，道：“兰哥，等你伤好了，咱们靠苦力赚点银子，买几亩地，青妹就一门心思给你做老婆好不好？”

贺兰闻言大喜：“真的？”

见贺青重重地点点头，贺兰喜不自胜，叫道：“咱贺兰什么也没有，力气多得很，犁起地来，我敢说，比牛马也厉害……”

老王爷一俟李文贝离开帐篷，又晕过去了。

在女人们的哭喊中，悠悠转醒的老王爷大喊着："快走，快快地走……"

倚在帐壁上的蔡倚窗忽然蠕动了一下，帐篷里只有他一个人了。

他口干得厉害，离他左腿不到一尺远的地方，有一只茶壶，那茶壶静静地斜躺在他的视线里，壶嘴朝着蔡倚窗，奶茶从壶嘴里点点滴出来。

蔡倚窗甚至还能闻到一阵馥郁的奶茶香味儿。

在忍受了巨大疼痛后，他的左脚脚尖离那把茶壶仍有半寸远的距离。

昏昏沉沉的蔡倚窗还能清楚地听到外头的狼嚎，那是一声接一声凄厉的嚎叫。

蔡倚窗听到狼叫时，又感到有两股冷风从帐篷门口和被李文贝抓破的那个洞孔中窜进来，接着，外面就有了响动。

他很快就从那个破孔中看见一双狼眼。

狼眼闪着幽幽的寒芒，一眨一眨地打量着蔡倚窗。

蔡倚窗忽然笑了，这时，他身上意外地有了点力气，他朝那洞孔勾勾手指："来，来吃我呀……快点，慢了可就轮不到你了……"

蔡倚窗话音未落，就听到外头响起了密集的狼的脚步声，纷至沓来……

李文贝又转回了那片玲珑的草地。

一位蒙古大娘蹒跚着走过来，就是上一次李文贝看见的、怀抱死羔羊的那位蒙古大娘，她蹒跚而来，端着一碗水，走近李文贝，蹲下来，拍拍李文贝的肩头。

李文贝轻喟一声，道："……用不着了。"

老人竟伸手揽起李文贝的脖子，非要逼着李文贝喝下去。

那位蒙古大娘见李文贝终于喝了点水，长长喘了口气，如释重负的样子。

忽然听见有人笑，李文贝抬起头，看见一个老大爷从不远处那顶破旧的帐篷中出来，笑眯眯地朝李文贝招招手。

随后，一个身着蒙古袍的女子从毡门出来，那女子看上去弱不禁风，还得扶着蒙古包才能站定。

那身蒙古袍对她很不合身，因肥大而显得空空荡荡，风中，衣袂飘摆。

但她那笑意微微澄澈如满月的眼睛，不正是李文贝的魂牵梦绕？

李文贝恍如昨梦，而风儿则抢先"汪"了一声，朝那女子泼身冲过去。

这女子赫然是养月儿。

养月儿趔趔趄趄地迎过来，她看上去更瘦弱，两步之后，摔在地上。

三天后，李文贝已彻底恢复，养月儿看上去还很羸弱，可大致不影响行动。

乌木用老人那辆平板车送李文贝、养月儿。

乌木说他和风儿就留在这儿，伺候两位老人家。

养月儿知道自己改变不了乌木的决定，只道："乌大哥，苦了你——"

直到日头偏西，见养月儿担忧之情越来越重，乌木方挽回牛车。

大漠落日，纤尘不动，顺着乌木马车的车辙印痕，远远望去，风吹草低，炊烟袅袅，还能听见马头琴悠扬的琴声。

养月儿将头软软地靠在李文贝肩上，喃喃道："贝大哥，遇上你，月儿真幸运，只是总给你找麻烦。"

李文贝道："要是你不给贝大哥找麻烦，那贝大哥可就惨了。"

养月儿道："看来，李大侠又有收获？"

李文贝道："当然，深入险境，得抱……"他本想开句玩笑，但话到嘴边，又说成："得报大仇。"

两人说说笑笑，速度倒也不慢，也很少苦累的感觉。

可不知怎的，内心深处，他们都觉得还有没能解决的事，可到底怎么回事，却想不清楚，这让他俩很不安。

尤其养月儿，和以前大不相同，显得娇嗔无比，走不动的时候，就让李文贝背自己一会儿，自己趴在李文贝背上，一门心思和他逗乐。

"想我也曾喜欢抛头露面，也曾热衷舞枪弄棒，但如今既不能让朝廷知道我是偷着死的又偷着活了，也就只能面对李大侠一人了。"

"只是月儿还得苦练武功，虽不能说一定要高过你李大侠，但至少……"

李文贝接着道："但至少要……男唱女随，行动才合拍，步调才一致。"

养月儿大窘，轻捶李文贝肩头，道："你这人……"

实在担心李文贝还会"口没遮拦"，赶忙道："真担心贝大哥会在北京大闹一场，那事情可就麻烦了。"

事实上，为了渡过这次难关，养月儿真的做好了赴死的准备。

无声谷中，养月儿的"龟息功"已能持续一刻多一点的时间。

自莫邪返回北京后，半年来，养月儿勤练不辍，又将自己使用“龟息功”的持续时间延长了半刻。

虽说过了这个时间段，“龟息”还可持续，但要醒过来，却必须别人相助才行，假如一个时辰内，得不到别人的帮助，那可就永远醒不过来了。

根据她的安排，她必须“死”在往科尔沁的路上。待李文贝赶到时，只要以内力触动她一下，她就可以醒过来。

清水堡事变后，得到麻隆中的传书，养月儿决定提前两日行动，养月儿掐着李文贝的速度，一步一步地安排自己的行动。

哪知在蔡倚窗的怂恿下，北部台林改了路程，一路向西炫耀。

更让养月儿吃惊的事，北部台林的那位师爷竟是蔡倚窗。

想到自己的打算一旦给蔡倚窗瞧出破绽，自己的冒险固然毫无效果，还要导致朝廷和科尔沁部关系恶化，养月儿只能听天由命。

养月儿的病情一天天地加重，等到了那块草地时，养月儿就不得不闭气了。那时，养月儿似乎真的是万劫不复了，但蔡倚窗“救”了养月儿。

蔡倚窗并不甘心就让养月儿如此轻松地死去，所以，在养月儿几乎没有呼吸的一刻钟之后，蔡倚窗将绝魂真气逼入养月儿体内进行试探。

养月儿本已气息奄奄，再没有精神提聚内力，蔡倚窗前后逼入的绝魂真气简直“起死回生”，激活了养月儿体内真气的一丝反应，养月儿居然渐渐地醒过来。

那时，养月儿已被裹在锦被中，放在柴堆旁；她不敢稍动，心中异常紧张。她悄悄地驱动内力在体内运转着，欣喜地发现，内力运转虽不若平时那么流畅，却能助她蹬出“踩尘步”来。

大约过了一刻钟，庞大的柴堆堆起来了，在把她抬到柴堆上以后，养月儿聚起内力，用手指将锦被从下头划破。

她裹紧脑袋，头上脚下，窜到柴堆的最低部；借着夜色，贴着草地，掩在两丈外的深草丛中，不敢也不能动了。

现在，她摸着伤处，显得心有余悸，“贝大哥，这疤痕能不能去掉？”

李文贝正色道：“担心得越厉害，事情就往往越糟，你老想着老牵挂着，那伤痕自然不肯褪去了，也许反而会扩大呢。”

养月儿趴在李文贝背上，扒拉着李文贝的左耳往里头嘘气，道：“你吓我——”

这天晚上，来到一个不知名的小镇客栈休息时，对着一盏小灯，二人在桌子两侧相对而坐，听着窗外淅淅沥沥的雨声，二人了无睡意。

李文贝见她楚楚可怜的模样，在朦胧的灯光中，益发显得娇软如垂柳披烟。

不知怎的，养月儿忽然脸上发热，道："贝大哥，月儿困啦……"说着，起身就要往自己的房间走，李文贝道："月儿，今夜你就在这儿。"

养月儿大窘，低头挣臂道："贝大哥，你——"

李文贝将她半拥半揽送到炕上，养月儿哪里能挣得脱，又羞又急，还要说什么时，却见李文贝一把把蚊帐拉下来，道："月儿，我总觉得今晚这里有点古怪。"

李文贝弄了条长凳，横在门口，将身一纵，背里面外躺在凳子上道："好了，快点休息，明天还要赶路。"

养月儿见状，心中自责不已，暗想贝大哥谦谦君子，如何会对她无礼。眼见他睡在凳子上，瘦削的身子在昏暗的灯光下，也是那么棱角分明，便柔声道："贝大哥……过一会儿，月儿替你。"

入关以后，看到的武林人物也多起来，担心被人认出，李文贝二人总走便道。

可是过了张家口后，江湖人物的行踪少了，偶尔遇见几个，也是神情落寞，懒懒的，好像既没力气、也没心情讲话。

这天，行至一处闹市，李文贝必须离开养月儿一会儿，养月儿靠在路旁一棵柳树上喘口气，忽然听到经过她身边的两人在叹气："胡大侠，唉——"

另一个人也同样惋惜伤痛地道："司马女侠，可惜……"

养月儿心头一震，却见两人骤然加快脚步，拐过那边的墙角，不见了。

养月儿的心在紧缩，她料到肯定有一场可怕的变故在等着她和李文贝。

后来，一俟武林人物走近，养月儿就拉着李文贝远远地走开，李文贝开始以为养月儿是担心有人瞧破她的身份，不虞有它，但李文贝只要离开，养月儿就千方百计靠过去，凑近那些神神秘秘窃窃私语的江湖人物。

经过十余次这样的接触，临到北京的时候，养月儿终于知道了事情的大概。

她绝望到了极点，她甚至觉得自己拼命从火堆里逃出来，完全是自讨苦吃。

她几次想偷偷离开李文贝，去死在一个没人知道的地方，可一想到让李文贝来独自承担这一切，养月儿就继续忍着。

李文贝在她身边的时候，养月儿尚能克制，一人独处时，养月儿不免要瘫倒。

直到现在，养月儿才终于明白，即使自己在玲珑草地又活着见到了李文贝， 可心头也一直飘荡着一团挥之不去的阴影，原来就是在昭示着今天的灾难。

李文贝见她神情恍惚，几次问他，她总是道：“贝大哥，我怕……”

李文贝虽觉这种持续的哀伤并非养月儿的本性，可他绝对没有料到，事情已严重到了养月儿无法承担的地步。

这天晚上，经过一片林子，养月儿说她又累了，李文贝就说在这里歇歇。

她目光怔怔地，和李文贝的应答木然而机械，后来竟至于全身也抖起来。

李文贝终于认定养月儿是有什么事在瞒着他了。

他敛起笑容，道：“月儿，你怎么了——”

养月儿转身捂住李文贝的嘴，叫道：“贝大哥，月儿……” 话刚出口，就抱住李文贝大哭起来，但她很快停止了哭声，任李文贝给她拭去满脸的泪滴。

她牙关紧咬，嘴唇也用力地闭着，盯着李文贝目不转睛地看着。

片刻后，养月儿缓缓地舒了口气，嘴唇在李文贝额头轻轻一点，道：“月儿知道，天底下贝大哥最疼月儿，为了月儿，贝大哥什么苦也吃得……就算月儿现在就死了，月儿也知足了。”

李文贝的心在收缩，在开始下沉，一直沉到冰冷而漆黑的极点，他只是坐着，一动不动 地听着养月儿的声音：

“月儿只求贝大哥一件事， 贝大哥，你千万要答应月儿，求你了。”

李文贝点点头道：“好，月儿，贝大哥答应你。”

养月儿笑笑，站在李文贝身后， 替李文贝梳头，养月儿手指如风，轻柔而缓慢地在李文贝头发间梳着、篦着。

几次来回后，养月儿沉沉地道：“贝大哥，不管出了什么事，你都要好好地活着，因为爱你的人已经……”

李文贝浑身一震，他有一种大难临头的感觉。

这种感觉很快就从养月儿嘴里得到了具体的印证。

那日，在平昌的一家酒店里，养月儿听到又有两人在议论胡冰、司马丹“太不可思议了，简直难以理喻”，见养月儿靠过来，就赶紧缄口不语，但在酒桌上，养月儿随便给他们露了两手，这二人就开始害怕了。

那时，李文贝已给养月儿借口支走了。

养月儿摸出一锭银子，恶狠狠地威胁人家，要是把事情说清楚，银子就归他俩；要是说不清楚，她就要用筷子将人家的手钉在桌子上。

眼见养月儿横眉怒目，绝非虚言恫吓，那个长着山羊胡子的老头道："既如此，咱们就大致说说，这事早已传遍天下，小哥儿（养月儿那时是小青年的扮相）要是进了北京，随便就能听到，也不会累及我俩言多有失吧。"

另一人也道："银子，咱们也不要。"

养月儿所期望的转机最终没有出现，这两人的叙述，彻底击碎了养月儿的侥幸。

第五十七章 双龙

胡冰死了，司马丹也死了。

胡冰死在杰如的掌下。因为他和杰如约定了一场比武，在独柳塬。他和杰如剧斗千余招，结果是他败了。

败了，就得兑现诺言，——司马丹将一包物事交给了他。

然后，司马丹自尽了。

苦日率难天和海空赶来独柳塬时，已是胡冰、司马丹去世的次日中午。

在一个简易的窝棚里，“三圣僧”看见了大侠胡冰和他们的掌门师妹司马丹，他们都死了。

虽然他们 的脸上还显示着一如既往的平静和从容，但他们都死了。

难天坚决不肯承认这是事实，只一遍遍地叫着掌门师妹。

他叩首磕破了脑袋，他大叫叫哑了嗓子，他眼泪流尽，继之以血。

他把窝棚三下两下彻底捣毁，要去找人拚命，却给苦日和海空死死拽住。

海空给难天念司马丹写的信：“三位师兄，此系双方自觉自愿，与他人无涉……凡以我兄妹之死挑起事端者，皆大违我兄妹之本意，司马丹死不瞑目……”

难天不听，大叫着说那是掌门师妹活着时写的，现在师妹死了，就要替她报仇，替她讨命。

苦日、海空无奈，只好用重手法点了难天的穴道。

苦日和海空克制住了自己的情绪，他俩大睁着眼睛，几欲喷火，他俩将麻隆中一干人都逐下独柳塬。

后来，胡春儿赶来了，他们把胡冰、司马丹就葬在了独柳塬。

他们用最简单的方式安葬了胡冰和司马丹。

胡春儿没有泪，她没能将父亲、姑姑留住在莫邪，那时，她就想到了今天。

十二天后，莫邪诸人又回到了莫邪，他们看到了司马丹留给他们的又一封信，信的内容很简单。

大意是说，此去是要助大哥完成一个夙愿，她交代莫邪一门的后事由大师兄苦日料理，她建议"三位师兄并师侄，日后少走江湖……若能专于医药，或可稍有益于苍生，如此，则司马丹幸甚，莫邪门幸甚"……

胡春儿每念一句，莫邪诸人都躬身拜领。

又几天后，胡春儿正在佛堂静坐。

听到身后脚步声，便问："苦师伯，您有话？"

苦日沉默良久，方道："春儿，掌门师妹离开时，你就知道了结果？"

胡春儿不睁眼睛，只点头。

苦日老泪纵横，又问："为什么必须是他们，而不是老衲或其他人？"

过了很久，方听胡春儿道："那个夙愿，其实就是一场约定，今生和前世……"

苦日沉默片刻，长叹道："老衲明白了。胡大侠虽死犹生，掌门师妹精神长存。"

难天返回莫邪四天后，武功尽失。没人知道这是怎么回事，因为难天拒绝和任何人说话。

他只和自己、只和司马丹说话，他说掌门师妹就在莫邪山上，大约是看到了别人怀疑的目光，难天就开始找掌门师妹。

有时找得很辛苦，漫山遍野，要找方圆十几里或几十里才能找到。有时不出回龙谷，在莫邪堂附近就找到了。找到了掌门师妹后，难天就和她说话。

和掌门师妹说话的时候，难天满脸慈祥，眼睛亮如冬天的太阳。其实，那时，在他的四周，只有萧萧的风声。

和掌门师妹一番对话后，难天就做着各种各样的保证，还让跟在自己身边的弟子莫力也朝司马丹鞠躬，莫力自然也做得很好。

但在难天不注意的时候，在没有人的地方，莫力黯然泪流。

南柯梦云在得知胡冰、司马丹死讯后，服毒了。她给金九喂了杯毒酒，自己也喝了一杯。

那天，她端着两杯毒酒，站在一个很高的地方，她把四周尽量远的山水草木看遍后，走下来，坐到金九的面前，对金九道：“天变了，地变了，人心也变了；神来了，鬼往了，胡大兄弟、司马妹子不见了……”

南柯梦云笑着给金九擦擦口水，又道：“南柯梦云若不变，活着的时间还这么长，怎能熬到头？但南柯梦云要是变了，又怎能对得起司马妹子？没有他们，我难活；可是没有我，你金九怎么活？……老九，我要带你走， 带你去找胡大兄弟，去找司马妹子了，你，走不走？”

金九只是笑，仿佛一个身心俱疲的人，终于找到了归宿。

是养月儿把独柳塬的事情消息告诉李文贝的。

养月儿说这些的时候，满身都是绝望，她努力把事情说完后，就晕过去了。

那一刹那，她看见李文贝痛叫一声跳起来，仿佛被箭射中的一只猎豹……

但是养月儿又醒过来了，她醒过来的时候，却是在一家农舍，这家农舍只有老夫妇二人，见养月儿醒来， 老婆婆以手加额，道声：“谢天谢地。”

接着，就开始絮叨：

“孩子，不要紧，他既能背你来，那他就还会来找你的。”

“唉，你也是，你干吗惹相公生那么大的气？看他那样，简直就要疯了……”

养月儿放声大哭。

李文贝来到独柳塬的时候，就像一个疯子。

独柳塬，黄土寂寂，李文贝知道，养月儿所说的一切，竟然是真的。

李文贝怔了片刻，仰天大呼一声：“不可能——”

他奋身冲过去，在新坟前挖掘起来，一边高叫着：“姨丈，姑姑……姑姑，你回来，贝儿听你的话，姑姑——”

独柳塬，尘土飞扬，哭声大起，有人上来劝道：“李大哥，你冷静点儿——”

说话的是段简清和朱梦华，他俩受胡春儿之托，在此等候李文贝。李文贝双臂一振，朱梦华已跌出一丈开外。

二人无奈，只好从李文贝的身后，点了他的昏睡穴。

李文贝醒来的时候，是在一处窑洞里。

段简清、朱梦华坐在炕沿上，望着悠悠转醒又要挣扎起来的李文贝，又一次用肯定的、不容置疑的口吻告诉李文贝， “……两位前辈已经去了，胡前辈确实是输了。”

李文贝力气不足，只嘶声大叫，说这不可能，说姨丈怎么会输，何况还有姑姑。

朱梦华叹了口气，待李文贝歇斯底里稍稍平静了些，便流着泪给他念了司马丹留下的血书："不得以此为借口，寻衅出手，否则，司马丹死不瞑目……贝儿，读书习武固可自娱，鱼樵田猎亦足安一生……"

李文贝又晕过去了。

几天后，段、朱带李文贝离开独柳塬时，"三天下"来送行。

李文贝凶狠地盯着他们道："是你们做了手脚。"

唐万敌直摇头，此时他已尽显老态龙钟之相，步履蹒跚，说不出话来。

李文贝又要挣脱段简清和朱梦华时，却还是给二人死死拽住。

李文贝咬牙切齿地对"三天下"道："我姨丈怎会输？你们说，怎么会输？"

他两眼充血，牙齿森森，头发竖起。"三天下"见李文贝简直成了一匹青面獠牙的恶狼，不由朝后退了两步。

少顷，麻隆中叹道："天下或者有很多人能暗算胡大侠，但天下肯定没有人能在这种事情上暗算司马掌门，李少侠，你说得不错，以胡大侠的实力，应该不会输，可胡大侠偏偏输了……"

说完，便朝李文贝三人拱拱手，道声"后会有期"，扶着唐万敌，转身去了。

"三天下"走向那头，段简清和朱梦华扶着李文贝走向这头。

李文贝回到莫邪，胡春儿给他读了司马丹专门留给他的几句话，司马丹那言辞亲切的叮嘱，让李文贝更觉得自己好像连说话的力气也没有……

李文贝甚至不知道自己在莫邪该做什么能做什么，只是在难天又说见到了掌门师妹的时候，在绝壁，在孤松旁，李文贝才在难天身后流泪。

两个月后，段简清和朱梦华要离开莫邪，他们说他们自幼在云贵一带长大，那里或者更适合他们。

二人离开的时候，"三圣僧"带门人都往山中采药去了。

朱梦华道："总不敢和他们当面辞行……李大哥，胡姐姐，你们保重。" 李文贝无语，胡春儿道："你们身涉险境，更应当小心才是。"

朱梦华点点头，又对李文贝道："李大哥也要常出去转转……" 感到自己几乎要哭出来，朱梦华急忙缄口。

直到将二人送出回龙谷后，段简清才在怀中掏出一沓纸稿来，交给李文贝道：

"闲来无事，和朱家妹子将近年来发生的事都记录在此，但小弟觉得，许多事并没有结束，接下来，就烦请李大哥和胡家妹子来完成了，倘能借此于后人有所警示，也不辱胡大侠、司马前辈英名。"

李文贝正要推辞，胡春儿接过来，道："难为 两位有此苦心，小妹一定尽力。"又三言五语后，四人挥手作别。

未几步，朱梦华终于还是回过头来，朝李文贝盈盈拜了拜："李大哥，你……不要老是憋着自己。"一语未毕，已是泪如雨下。

不待李文贝开口言谢，朱梦华已掩面转身而去。

数年后，传言云贵一带出了两位大侠，他们神出鬼没，惩治贪劣，扶贫济弱且又精通医术，在那边远地区重复着简单的事情。

他们总是云来雾去，见多识广的人就说这两人肯定和大侠胡冰、司马丹有关。

李文贝也终于接受了苦日和胡春儿的劝说，要到外面转转去了。

这次，是苦日和海空将他送出回龙谷的，望着李文贝瘦削的身影越来越远，海空不无忧虑地道："大师兄，贝哥儿就这样，也终究不是个法子，要是他有个三长两短，你我师兄弟怎能对得起掌门师妹，可是春儿……"

苦日双手合十，念一声佛号，道："掌门师妹留下的问题，你我师兄弟也只好让它留着，掌门师妹自有深意，——春儿看来也许不用担心。"

李文贝却无意去更远的地方去散心，他在离莫邪不远处的长江顺游下走一段，再溯游上走一段。

他听到了人们关于胡冰、司马丹之死的一些不同的说法，最让他难以接受的，是说胡冰早有将李岩遗书给杰如的意思，比武不过是个借口。

人们因此还有不同的心得，有的 说路遥知马力日久见人心，知人之面不知心；有的说山穷水尽穷途末路，胡大侠此举也是不得已而为之。

李文贝还听到杰如就在附近巡察，他想去会一会这个清廷第一王。但李文贝终究没有把这念头付诸实施。

这天，李文贝来到了首宁，来到了范家小院。

范家小院现在是废墟，断壁残垣。

忽然听到有夜行人飞动的声音，随后便觉得有暗器向自己袭来，李文贝侧身躲过，那暗器便击落在自己身旁，原来不过是一土块而已，力道也并不强劲。

李文贝朝暗器发来的方向望去，就看见不远处的屋顶上，正有人探头朝这边张望，还向李文贝招手，见李文贝飞身掠起，那人转身朝城外直奔，速度之快，身形之妙，实在是江湖中一等一的高手。

李文贝心道："原来是她，却不知找我是什么意思？"

跟到城外，见左右无人，李文贝提声问道："前辈召唤，不知有何吩咐？"

那人并不回答，速度反而益发加快。

李文贝心下起疑，莫非自己认错了人？又急跟了几里，再问，那人终是不答。

李文贝心中不快，就想转身止步，但又想到万一自己没有认错的话，这位脾气大大高过武功 的前辈，肯定会很不高兴。

想到这儿，发力不再含糊，须臾就将与那人的距离缩到不足一丈。

就在李文贝追上时，那人突然转身， 绕过一排高树，进了一座破庙。

李文贝围着破庙转了一圈，沉声向庙中道："前辈引晚辈到此，有何见教？"

庙里有灯光亮起来，跟着有人道："李少侠，要去岳阳，不必急在一时。"

李文贝心道："果然是他们，却不知他们为什么要说我到岳阳。"便拱手道："原来是俞帮主俞前辈——"

庙里是丐帮帮主俞半碗和贺紫一干人。

得知胡冰居然败死在杰如之手，丐帮高层虽惊怒异常，却也无可奈何。

但后来关于胡冰与杰如比武的说法就多了，最让贺紫震惊的说法是，所谓比武不过是个借口，胡冰的真实想法是想借此将李岩的遗书交给杰如。

另一种说法是，一旦胡冰将李岩的遗书交出来，自可飞黄腾达，比武不过是为了掩人耳目而已，只是因为杰如没有把握好出手力度，导致胡冰意外死亡。

起初，俞半碗夫妇、史步宜对此大加贬斥，统统斥之为无稽之谈。

但不久，丐帮内部也有几个人这样议论。

贺紫坐不住了，得知杰如正在南阳巡察，俞半碗夫妇便率一干人秘密赶来。

李文贝进了庙门，贺紫略略抬了抬头，道："李少侠最近总在此盘桓，是不是也想从杰如手里夺回你父亲的遗物？"

李文贝道："晚辈无此想法，再说——"

贺紫冷笑道："比武决胜，本有生死，但输也一定要输到明处……何况，你父亲的东西既然关乎天下，那就不能只由个人说了算。"

李文贝道：“……事已至此，恐怕谁也无能为力。”

俞半碗道：“还请李少侠三思。”

李文贝还是道：“姨丈既是输给了人家，那也无可奈何。”

贺紫道：“李少侠，事关重大你总不能就是‘无能为力、无可奈何’吧？”

李文贝道：“李文贝武功大差姨丈，智谋更不及姑姑，如今束手无策，那也是无可……无可奈何的事。”

贺紫道：“李少侠，你应当很清楚，以你姨丈胡冰的武功，就这样败给了杰如，老婆子可真有点想不通。”

李文贝叹道：“贺前辈说得很对，但如今事实如此……”

贺紫冷冷道：“李少侠，老婆子想告诉你的是——老婆子怀疑胡冰是故意输给杰如的。”

李文贝心头大震，道：“不，这不可能，姨丈，还有姑姑，他们怎么会？”

贺紫道：“也许，胡冰这样做，就是为了方便把你父亲的遗物交给杰如。”

李文贝心中火起，却还是只有长叹。

贺紫复又道：“这也许就是胡冰、司马丹还有点可取的地方吧，”

李文贝盯着贺紫道：“要是贺前辈所说是事实的话，姨丈和姑姑这么做，想必也自有他们的道理。”

李文贝朝俞半碗、贺紫一干人拱拱手，道：“就此告辞。”

俞半碗还想说什么，但觉冷风一动，李文贝已踪影全无，只破窗上几片烂纸发出微微的轻响。

群丐见李义贝身子未做任何调整，飞纵就有如斯神效，不由骇然变色。

忽听外头有响动，是李文贝去而复归，只听他道：“贺前辈，令师妹曾有话让晚辈转告，她说愧对师门，无颜再见师姊，决意远走他乡，从此自食其力。”

贺紫几年来苦苦寻找贺青，一直没有结果，她得到的最后的消息，是说有人看见贺青和贺兰投了尚之信，这说法几乎羞得贺紫拔剑自刎。

如今从李文贝这里得到了师妹的消息，一时百感交集，急忙追出庙门，道：“李少侠请留步——”

但外头依旧暗黑如漆，李文贝却是声影俱无，显是去得远了。

想到贺青亡走天涯，今生恐怕再难相见，贺紫几乎落下泪来。

俞半碗轻声道：“青妹生性灵巧，贺兰又对她百依百顺，二人维持生计，当不会比别人差……日后她安顿好了，也许就会主动来见你。”

两天后的日暮时分，李文贝赶到了岳阳，进了提督府，他很简单地对“呼啦啦”围上来的十余名武士道：“我要见你们王爷。”

屋中走出一人，朝李文贝拱手道：“原来是李少侠——”

李文贝道：“麻先生，李某想见你家王爷。”

麻隆中笑道：“王爷已恭候多时了。”

屋中果然是杰如，见了李文贝，命人“看座、奉茶”。

李文贝不坐也不喝茶，他站着，面无表情地看着眼前这个人。

想到几个月前，姨丈就败在也死在这个人手上，而姑姑也因此永远地去了，李文贝用很长时间花很大气力才控制住了自己的情绪。

一侧的无路子很紧张。

李文贝道：“李某也要和你比武，就在这儿，一决胜负。”

听李文贝这样说，一旁的麻隆中似乎缓了口气。

杰如道：“比武？李少侠要和老夫比武？——那当然可以，只是老夫武功远不及李少侠，若李少侠只是想以这种方式打败老夫，那么，老夫现在就可以认输。”

李文贝冷笑道：“你能将姨丈打败，可见你武功不弱…… 莫非你怕了？”

杰如叹道：“李少侠，老夫理解你的心情，胡大侠，真大侠客……”

李文贝冷笑道：“但还是你赢了，所以，你还活着。”

杰如叹了口气，给麻隆中使使眼色，麻隆中走上来解开杰如的上衣，朝李文贝做了个“请——”的动作。

顺着麻隆中的手势，李文贝看见杰如的左胸、左肋都有隐隐的掌痕，接着，麻隆中又扶杰如转过身来，李文贝看见杰如的后背也有两个掌印，虽然已过了几个月，这些印痕还依稀可辨。

李文贝当然能看出，那是“惊涛骇浪掌法”留下的印记。

若以常理而论，胡冰能将指痕、掌印留在对方身上，出力之大，往往已能致命，杰如中了至少四掌，却还能还坚持到现在，想来也大受苦楚。

麻隆中低声地对李文贝道：“目前来看，李少侠即便胜了王爷，那也没有多少意思……”

李文贝颓然跌坐在椅子上，满头大汗。他摇晃着站起来，木然道：“既如此，李文贝也无话可说，只是——”

杰如道：“李少侠请说。”

李文贝道：“父亲的遗物，李文贝只想看一看，哪怕只是看一眼也成……”

杰如、麻隆中等人大惊道：“什么？二十多年来，莫非你竟没有见过你父亲留下的东西？”

李文贝道：“是的，连姨丈和姑姑也不知道父亲留下的是什么。”

杰如几人对视一眼，急忙将李文贝带入另一间大屋子，命侍卫们点起七八根大蜡，屋内立刻亮如白昼。

一侍卫将遮着一面墙壁的帷幕徐徐拉开，墙上立刻显出一幅大图来，杰如指着这幅图道：“李少侠请看，你父亲留下的，不是书而是图，一幅我神州中华的腾飞大图，名为《双龙演天图》，李少侠请看——”

杰如的话带着情不自禁地激动。

顺着杰如的指示，李文贝抬眼望去，顿时血脉贲张，心潮澎湃，却见整面墙挂着一幅巨大的图画，图画系由锦缎制成。

首先跃入视线的，是画面上两条在云气中腾跃的龙：一龙首东，一龙面西。

烛光下，龙身鳞片闪亮耀 眼，龙首高昂奋拔。

锦图左首四个大字：双龙演天。

锦图右首也是四个大字：锦绣中华。

李文贝道：“父亲、母亲、姨丈、姑姑，你们丹心一片，日月可昭，你们的苦心，贝儿懂了。”

忽听外面，远处传来一女子声音，以及一男子声音。原来是贺紫和俞半碗到了。

第五十八章 夺图

杰如出去，麻隆中低声命人“看好此图”，也和无路子急步出来。

贺紫不打话，脚尖挑起一侍卫跌在地上的砍刀，顺手操住，朝杰如左臂削下。

无路子急忙冲步将杰如挡开，挥起拂尘迎向贺紫。

贺紫砍刀去势不变，出左掌迎向无路子的拂尘，只听“噗”的一声，掌力已将无路子牵引得侧出几步。

随后出来的李文贝不遑他想，急忙夺过旁边一名武士的佩刀，挥刀直出，但听“叮”的一声，贺紫手中的砍刀脱手飞出。

贺紫大怒，当下不顾肩膀疼痛，便要挺身再上。

李文贝心中惶惑，急忙施礼道：“见过二位前辈。”

俞半碗满脸严霜，阴着声音道：“李少侠莫不是——？”

麻隆中道：“李少侠是担心大家在这儿打斗起来，不免伤了其父少璧先生留下的宝图，情急之下才出手的。”

贺紫冷笑道：“姓麻的，就算你救了老婆子一百次，到了必须砍下你这狐狸脑袋的时候，老婆子也决不会手软。”

麻隆中道：“理当如此。但在下几人功力一直没有恢复到十之二三，二位就算今日得胜……”

贺紫道：“这幅图肯定是你们使诈，巧取而得，如今李文贝取回来，也是天经地义，李文贝，你究竟是什么态度，不妨明说。”

李文贝叹了口气，道：“贺前辈说姨丈是被他们所骗，不知贺前辈有何依据？何况，当时还有姑姑，他们想骗，也不大容易……”

贺紫道：“胡冰武功要比这位什么杰掌门高出许多，司马丹更是聪明无双，他们怎么会不明不白地死在独柳塬？你说，是不是这样？是不是？”

她又指了指杰如、麻隆中，喝问：“你们说，你们说——”

见没有人能够说出什么来，贺紫更加咄咄逼人，追问李文贝：“当年，在独柳塬，你父亲将此图交给胡冰时，你可知你父亲说了什么话？”

李文贝道：“自然知道。”他看看杰如，道：“李文贝有个不情之请，想请俞前辈、贺前辈看看父亲绘制的那幅图，不知——”

杰如道：“当然可以。”便命人将图小心翼翼取出来，挂在外面的屋檐下。

在火把的照耀下，李文贝注意到俞半碗、贺紫、巴山夜等一干人，站在锦图前，全神贯注，如醉如呆。

原来，俞半碗潜伏在外，确实听到了屋中的人在议论“双龙演天”，知道了李岩留下的，原本不过是一幅图。

及至亲睹此图，内心所受的震撼，竟让俞半碗等忘了身处险境。

良久，方听俞半碗道：“这世上恐怕也只有少璧先生能有这等境界。”

贺紫向李文贝道：“此图虽是你父亲一人绘制，但他志在中华，这图就不能视为你李家所独有。”

李文贝道：“那自然，晚辈从来没有想过要占有此图。”

此时人们听见附近有脚步声在急促移动，很显然，丐帮的长江分舵和麻隆中可能都有自己的安排。

李文贝叹了一口气，道：“我……得保证父亲绘制的图必须完好无损。”

杰如道：“俞夫人说得对，少璧先生手制的这幅锦绣中华图，绝非哪一家哪一人所能独有，倘若老夫只将其据为己有，那也大大违背了少璧先生、胡大侠的意思。俞夫人，你要是真心喜欢此图，只要李少侠不反对，你可以将它带走。”

此言一出，闻者大惊。杰如环顾众人，见手下人中只有麻隆中略有所悟地朝他点头，心中稍获安慰。

贺紫冷笑道：“看来这幅图如今对你已没有什么用途了，但至少还可以是一种象征，如今你却要把它拱手送人，那也不免叫天下英雄齿冷。”

杰如道：“俞夫人也不必挤兑老夫，在老夫看来，少璧先生寄托在此图上的，更重要的是一种精神。”

第五十九章 沉寂

正在紧张，胡春儿突然赶到，但此时她已出家为尼，法号“无影”，是莫邪掌门。

俞半碗夫妇无论如何不愿与李文贝、无影过招，贺紫叹息一阵，恨恨离开。

半年后，一直在莫邪容身的李文贝，在无影的“启发”下，来到独柳塬祭拜先人。

一路跋涉，李文贝回到了独柳塬。

独柳塬上，黄土寂寂，埋着李岩、红娘子、胡冰、司马丹的那几座坟茔，土色深褐，已完全是这里的本色。

坟前的老柳树死了，而且死得很彻底。

墓地的四周很整洁，好像经常有人祭扫，李文贝很惊讶。

李文贝跪在坟前，泪如雨下：“爹、娘，孩儿来看你们来了，现在，孩儿就在您二老的身边，姨丈、姑姑，你们能听见贝儿的声音吗？”

忽然，好像有一声叹息传来，李文贝大惊，急忙起身，惶然四顾时，却不见一个人影。

李文贝深感奇怪，因为那叹息声李文贝刻骨铭心，——是养月儿的声音。

他找遍了周围二三里的地方，可所见还是浅沟深壑。

养月儿如何会出现在这里？除非——

李文贝决定离开这里后，去北京看看情形。

可当他再次跪倒在父母坟前的时候，却听见了脚步声。

很快看见了来人：杰如和他的三个幕僚：麻隆中、无路子和唐万敌。

李文贝大感吃惊的是，四人中除了无路子仍一身道袍外，其他三人都葛巾短袄，一副田夫乡老的着装，杰如和唐万敌的头上还箍着白毛巾。

看见李文贝，走在前头的麻隆中急赶几步，大声道：“李少侠，别来无恙？”

其他人也朝李文贝拱手问好，他们的声音都很洪亮，粗犷，无所顾忌。

大约是看出李文贝心存疑惑，麻隆中道：“李少侠，此间之事，说来话长，今日是胡大侠、司马女侠的忌日，待我等祭毕，再细说不迟。”

祭毕后，杰如手抚那棵老柳，叹道：“去年，就觉得这棵树神气不旺，老夫虽终日浇水呵护，全力施救，可终究还是无力回天。”

麻隆中道：“杰兄也不必难过，此柳在这方圆几十里寸草不生的地方独立支持了这么多年，已属奇迹。”

杰如道：“事到如今，也只能这样想了。”

唐万敌道：“杰兄还想这里有树，那咱们可以另栽几棵。”

杰如喜道：“这倒是个好主意，以老夫和唐老弟剩余的岁月，种活几棵树肯定没问题，弄好了，也许还能绿树成荫啊。”

这天晚上，李文贝同麻隆中、无路子在窑洞中歇息。

这四人现在好像都很有趣，最有趣的莫过于唐万敌。

唐万敌讨了老婆，他的老婆就是杰王府的丽姑娘，助李文贝远出漠北、找到养月儿的那个丽姑娘。

麻隆中把一些事情大致讲给李文贝听。

杰如辞官了。把王府的所有一切都献给了皇帝，包括宅院、仆众，还有这许多年来所有的书信、文稿，包括那些最隐私的私人信件，包括那幅《双龙演天图》。

杰如离开京城的方式很彻底。

杰如把所有的随从、随侍尽数遣散，他的身边只有失了武功的唐万敌和他的妻子丽姑娘及一名马车夫，准确地讲是一名牛车大。

后来，他们来到了独柳塬，无路子也是很想留在独柳塬，但麻隆中道：“唐兄武功尽失，他留在这儿，别人自不会有什么想法，你老道不知变通，岂非还是要给王爷找麻烦？”

无路子点头称是。

无路子竭力撺掇麻隆中同去崆峒，说那里山清水秀，花木葱茏，幽雅深僻，乃道家十代修仙静养之地。

麻隆中点头同意，今天麻隆中和无路子来拜祭胡冰、司马丹。

丽姑娘（后经麻隆中建议，大家一致呼为丽大嫂）见麻隆中、无路子来了，挎着篮子，里面有酒菜，酒是当地百姓自制的米酒，菜是丽大嫂腌制的几样咸菜。

丽大嫂说很惭愧，没有好东西招待远客，实在不好意思。

杰如和“三天下”不提过去，也不想以后，即便对现在，他们都努力地回避着，他们毫不客气打断任何一个人想说任何一句“明白话”的企图，他们故意海阔天空、不着边际地说一些天南地北。

窑洞中的油灯，摇曳出环形的黄晕，朦朦胧胧的，像长者的笑容……

很快，他们就东倒西歪了，就醉眼浑浊了，就口齿不清了。

麻隆中念了几句歪诗：

“万事不如杯在手，百年明月独碰头。借酒浇愁愁没了，抽刀断水水流了。”

唐万敌也逸兴遄飞，红着脸应和：

“一二三四五六七，醉就醉在窑洞里。七六五四三二一，吃酒哪能没有你。”

坚持到最后，无路子也终于跌倒在炕上。

李文贝走出窑洞。他头上是满天的闪烁，穹隆无际，他的脚下是一种略显温绵的沉寂，无边无垠，置身在这里，天地是想象中的那么大。

忽然，他听见唐万敌夫妇所住窑洞里有人在说话，声音虽很小，但李文贝却能听见；李文贝心下奇怪，那屋里莫非还有别人？

李文贝靠近，听得更明白了，和丽大嫂说话的，分明是个女子，李文贝怦然心动，正要挨过去时，门开处，丽大嫂出来了，李文贝急忙躲开。

原来，丽大嫂是给他们几人来送酒添菜的。

李文贝很想趁着这个空当儿，去唐万敌夫妇屋里去看看，可他犹豫再三，终于还是忍住。

次日，麻隆中、无路子挥手西去，杰如和唐万敌夫妇也不挽留。

麻隆中拍拍李文贝的肩膀，笑笑，也不说什么，转身偕无路子离开。

第六十章 尾韵

丽大嫂劝李文贝再盘桓一日："李公子反正行无定所，今天，咱们和杰大哥得往镇上办些油盐酱醋，这儿，就烦公子代看一日。"

李文贝好几次鼓足勇气，想问丽大嫂关于养月儿的事情，可话到嘴边，或者因为自己难以启齿而无以为继，或者因为丽大嫂及时岔开话题而无法进行。

丽大嫂吩咐杰如和唐万敌各自带好篮子、坛罐一类，走出数十步后，丽大嫂又折身回来，冲李文贝笑道："若我等回来的迟了，李公子一切自便。"说完，又笑笑，快步追上杰如、唐万敌，去了。

李文贝决定将这里看个遍，尤其是可能藏人、躲人的地方。

可李文贝挨个把几个窑洞找了个遍，养月儿还是芳踪不显。

李文贝有点急了，洞里洞外，塬上塬下，手足并用，养月儿仍是人迹杳渺。

两个时辰过去了，李文贝眼瞅耳听，依旧没什么效果，唯一让他心动的还是唐万敌夫妇窑洞里的那一阵兰草香味儿。

可是，养月儿喜欢兰草，丽大嫂也可以喜欢。

话虽如此，李文贝还是强打精神，又将这里找了一遍，最后，在杰如 的窑洞里，认定自己的努力决不会有什么结果时，李文贝颓然坐下，无力地瘫 靠在洞壁上。

哪知这一靠，却"靠"开一道门，若非李文贝反应敏捷，急切间将身子拿住，就难免要闪跌在门洞中。

这道暗门用厚重的榆木制成，再装饰成和洞壁完全相同的颜色，自是可以以假乱真，难怪以李文贝目力之强，竟没有看出来。

李文贝大叫着："月儿，你让我找得好苦"，叫声中，冲身而进。

但里头没有养月儿，不过是一张炕，一张桌子和一架书。

这甬道其实就是一条地道，长约十七八丈。

前面的出口同样用一块榆木板挡住，密道外一道深达丈余的长壑，李文贝看到的只有这些。

李文贝失望得很难过，直到杰如和唐万敌夫妇回来。

虽然李文贝想竭力掩饰自己的尴尬，但丽大嫂还是看见了他满脸的萧瑟和身上没有拍尽的尘埃。

看样子她很想安慰李文贝两句，便道："李公子莫非…… 哪里不舒服？"

李文贝随便带过，丽大嫂虽然语焉不详，可她那复杂的眼神，益发让李文贝坐不能坐，站不想站了。

次日，李文贝又借故往更远的地方走了走，所见不过茫茫的黄土。

下午，李文贝来到父母的坟前，来到姨丈胡冰和姑姑司马丹坟前，他陪他们坐了好长时间，从黄昏时分直到满天星辉。

独柳塬上，清风流暖，飘荡在空中的黄土味深凝而亲切。李文贝朝长眠在这里的亲人跪拜："孩儿要走了……"

他在亲人跟前吐露心声："不管世人怎么说，孩儿一定要去找她……"

杰如、唐万敌也没有再留，只道两声"珍重"，还有两声叹息。

李文贝将丽大嫂唤到一边，他左顾右盼，在丽大嫂面前抓耳骚腮，憋屈了好一阵，最后，终于不顾一切地道："月儿——"

可两个字以后，便又无下文。

丽大嫂如释重负地喘了口气，笑道："好，李公子既然能这么勇敢，大嫂自然不能无情无义。"

她的声音低下来，四周瞧了瞧，附耳对李文贝道："精诚所至，金石为开固然有理，但有时相反相成也是常见的，李公子何妨玩一玩'无赖'？"

看李文贝茫然，丽大嫂又如此这般说了一通，李文贝脸色果然云消雨霁，连连向丽大嫂致谢，然后拽开大步，疾走如风，眨眼间便消失人们的视线中。

一直掩在窑洞门后，看着李文贝和丽大嫂嘀咕的唐万敌，当然要问一问两人所言何事，丽大嫂随便搪塞了两句，唐万敌总不相信，再问，就惹起丽大嫂的白眼，眼看且嗔且怒的妻子不耐烦，"毒天下"只好忍住。

后来，唐万敌夫妇又来陪杰如闲话。

这种“拉话”，总要进行到子夜以后才结束。

他们“拉”的内容当然也是不着边际，言辞多用“假如”“要是”一类，他们“拉”的过程很有节奏，很有阶段性。

一般是两个男人“主拉”，一旦察觉到杰如、唐万敌忽然停顿了，沉默了，又要叹息了，丽大嫂才不失时机地插两句话，以便让两人的“拉话”能够继续下去。

有时，丽大嫂晚来了或出去了，两人就说说男人之间的笑话。

现在，丽大嫂又在忙着收拾里屋，杰如和唐万敌说笑话。

忽听外头歌声传来。

唐万敌一惊，就要冲出去，丽大嫂一把拽住，低声道：“是李公子——”

果然是李文贝在唱：“无声歌却长，旧地方，相 顾无言惟情长。薰暗香，弄宫商，歌悠扬……”

李文贝本不善此道，但却很投入，很动情。

他那里一曲未毕，却见窑洞里墙壁上的那道暗门开了，暗门开得很快，带起的风几乎要将洞中的油灯扑灭。

丽大嫂急忙用两手罩住油灯，却见一女子已从暗门出来。

这女子如一团雾，柔柔地飘向门口，双眸点点闪亮，仿佛天上星星的垂顾，——正是让李文贝魂牵梦绕的养月儿。

唐万敌惊得张嘴欲呼时，丽大嫂已替养月儿拉开了门，还在养月儿身后轻轻推了一把，待养月儿出去后，随即又关上门。

门外的养月儿就暴露在李文贝的目光下了。

虽然养月儿很想保持女儿的矜持，很想显出一种高高的冷静，可未及张口，眼泪已簌簌滚落，说出来的话更柔情无限：“贝大哥，不是的，月儿……月儿总是连累你，给你找麻烦……”

李文贝却只会笑了，笑得晕头转向，笑得满身武功全不发挥，竟忘了他和养月儿之间还有一条浅壑，连奔带扑冲过来时，竟一头栽了下去，还得养月儿跃到壑底，将他扶起来……

杰如道：“去吧——，远远地去吧——” 他的声音如风也如丝，从门缝中挤出来，渗出来。

窑洞中，油灯暗光如豆，杰如的泪亦如豆……

（全书完）2005 年 10 月终稿